Zon over de hev

Marie Lacrosse bij Boekerij:

De *Wijngaard*-trilogie:
Storm boven de velden
Door de donkere nacht
Zon over de heuvels

boekerij.nl

Marie Lacrosse

Zon over de heuvels

Het leven heeft een mooie wending genomen voor Irene en Franz… tot iemand uit Irenes verleden roet in het eten dreigt te gooien

Deel 3 van de *Wijngaard*-trilogie

Vertaald uit het Duits door Marijke Gheeraert

ISBN 978-90-225-9992-1
ISBN 978-94-023-2210-1 (e-book)
NUR 302

Oorspronkelijke titel: *Tage des Schiksals*
Vertaling: Marijke Gheeraert
Omslagontwerp en -beeld: Bürosüd
Zetwerk: Mat-Zet bv, Huizen

Opgedragen aan alle bekende en onbekende vrouwen die gestreden hebben voor gelijke rechten voor mannen en vrouwen, en aan wie we onze huidige rechten te danken hebben.

Vrouwen moeten zichzelf helpen. Van mannen moeten ze niet veel verwachten: wie doet er nu vrijwillig afstand van zijn privileges? Maar er rust een zware taak op de schouders van die vrouwen die de taak op zich hebben genomen de grote massa vrouwen wakker te schudden.

T.W. Teifen in het Weense damesblad
Dokumente der Frauen, 1899

Er is geen bevrijding van de mensheid zonder sociale onafhankelijkheid en gelijkheid van de seksen.

August Bebel in de inleiding van zijn werk
De vrouw en het socialisme

Oogjes toe en lekker slapen, schavuiten;
moederlief is weer aan 't betogen buiten.
Oogjes toe, kinders. Blijf maar goed gezond;
moedertje houdt een rede, vadertje zijn mond.

Spotvers dat de burgerlijke pers vaak aanhaalde om de activiteiten van vrouwenrechtenactivisten te beschrijven, onder meer na een toespraak van Gertrud Guillaume-Schack in 1883

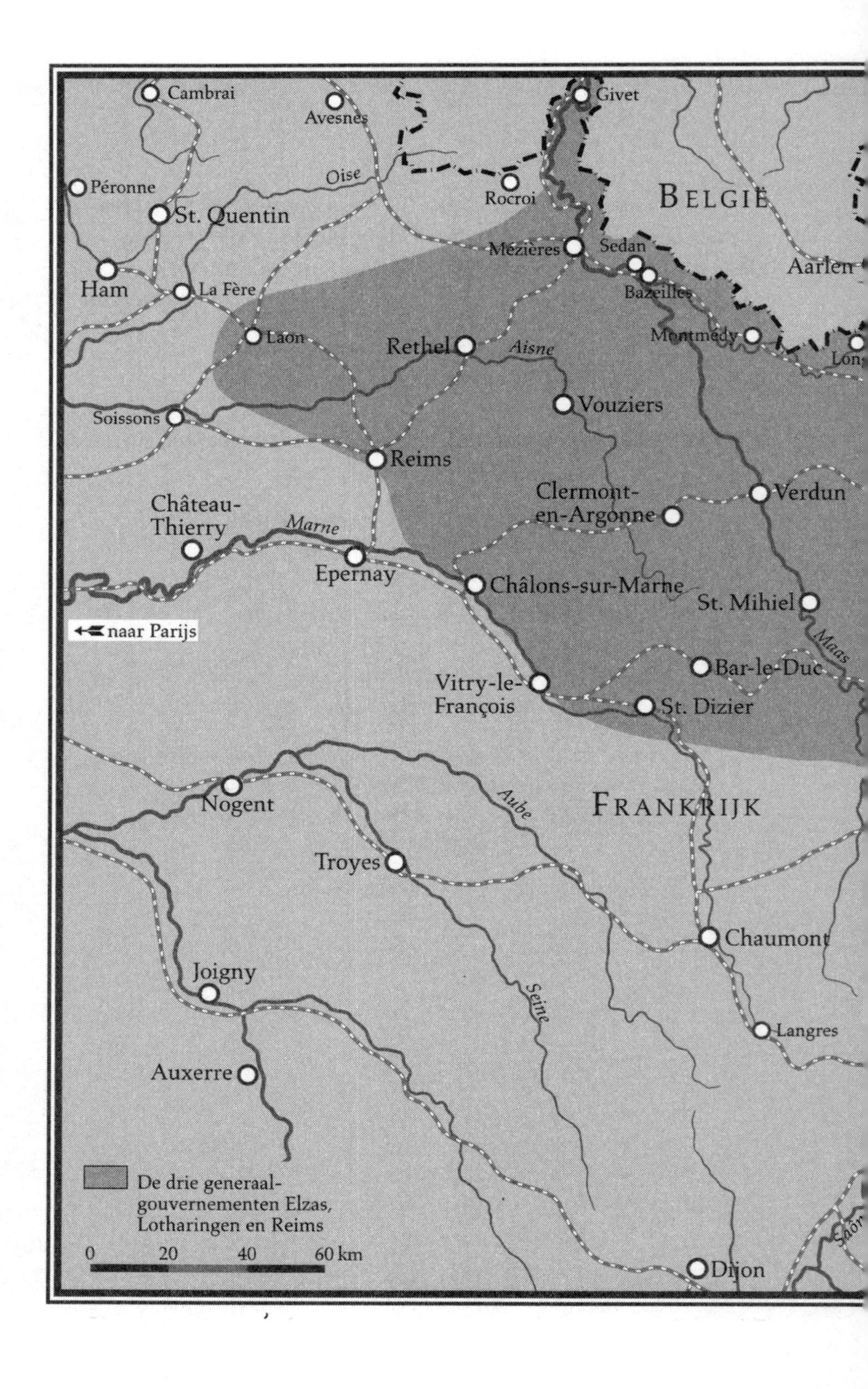

Cambrai
Avesnes
Givet
Oise
Péronne
Rocroi
BELGIË
St. Quentin
Mézières
Sedan
Aarlen
Ham
La Fère
Bazeilles
Laon
Montmédy
Rethel
Aisne
Vouziers
Soissons
Reims
Clermont-
en-Argonne
Verdun
Château-
Thierry
Marne
Epernay
Châlons-sur-Marne
St. Mihiel
naar Parijs
Maas
Bar-le-Duc
Vitry-le-
François
St. Dizier
Nogent
Aube
FRANKRIJK
Troyes
Chaumont
Joigny
Seine
Langres
Auxerre
De drie generaal-
gouvernementen Elzas,
Lotharingen en Reims
0
20
40
60 km
Dijon

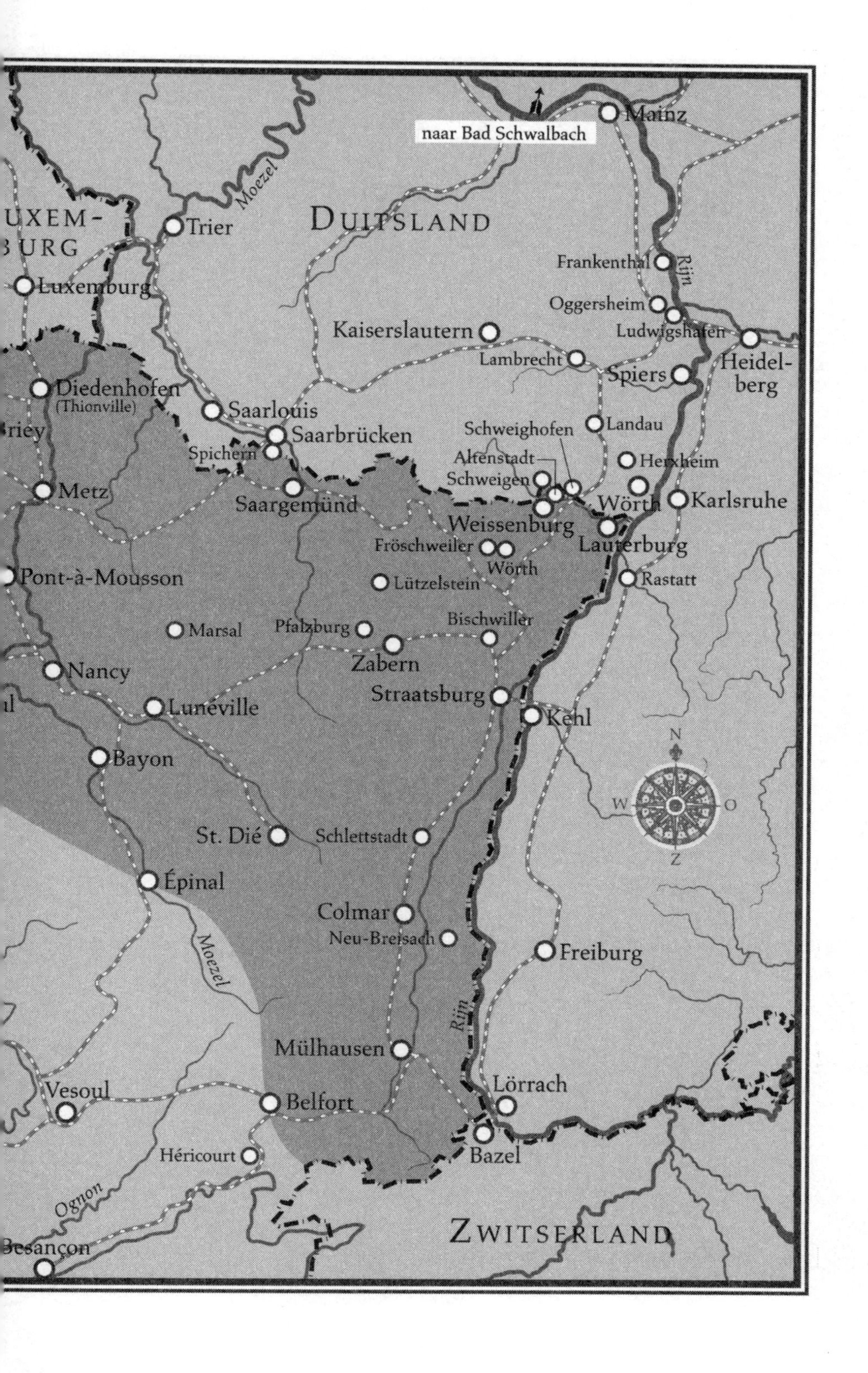

naar Bad Schwalbach
Mainz
Moezel
Trier
DUITSLAND
UXEM-
BURG
Luxemburg
Frankenthal
Rijn
Oggersheim
Kaiserslautern
Ludwigshafen
Heidel-
berg
Lambrecht
Spiers
Diedenhofen
(Thionville)
Saarlouis
Saarbrücken
Schweighofen
Landau
Spichern
Altenstadt
Herxheim
Schweigen
Metz
Saargemünd
Wörth
Karlsruhe
Weissenburg
Lauterburg
Fröschweiler
Wörth
Rastatt
Pont-à-Mousson
Lützelstein
Marsal
Pfalzburg
Bischwiller
Zabern
Nancy
Straatsburg
Kehl
Lunéville
N
W
O
Z
Bayon
St. Dié
Schlettstadt
Épinal
Colmar
Neu-Breisach
Freiburg
Moezel
Rijn
Mülhausen
Lörrach
Vesoul
Belfort
Bazel
Héricourt
Ognon
ZWITSERLAND
Besançon

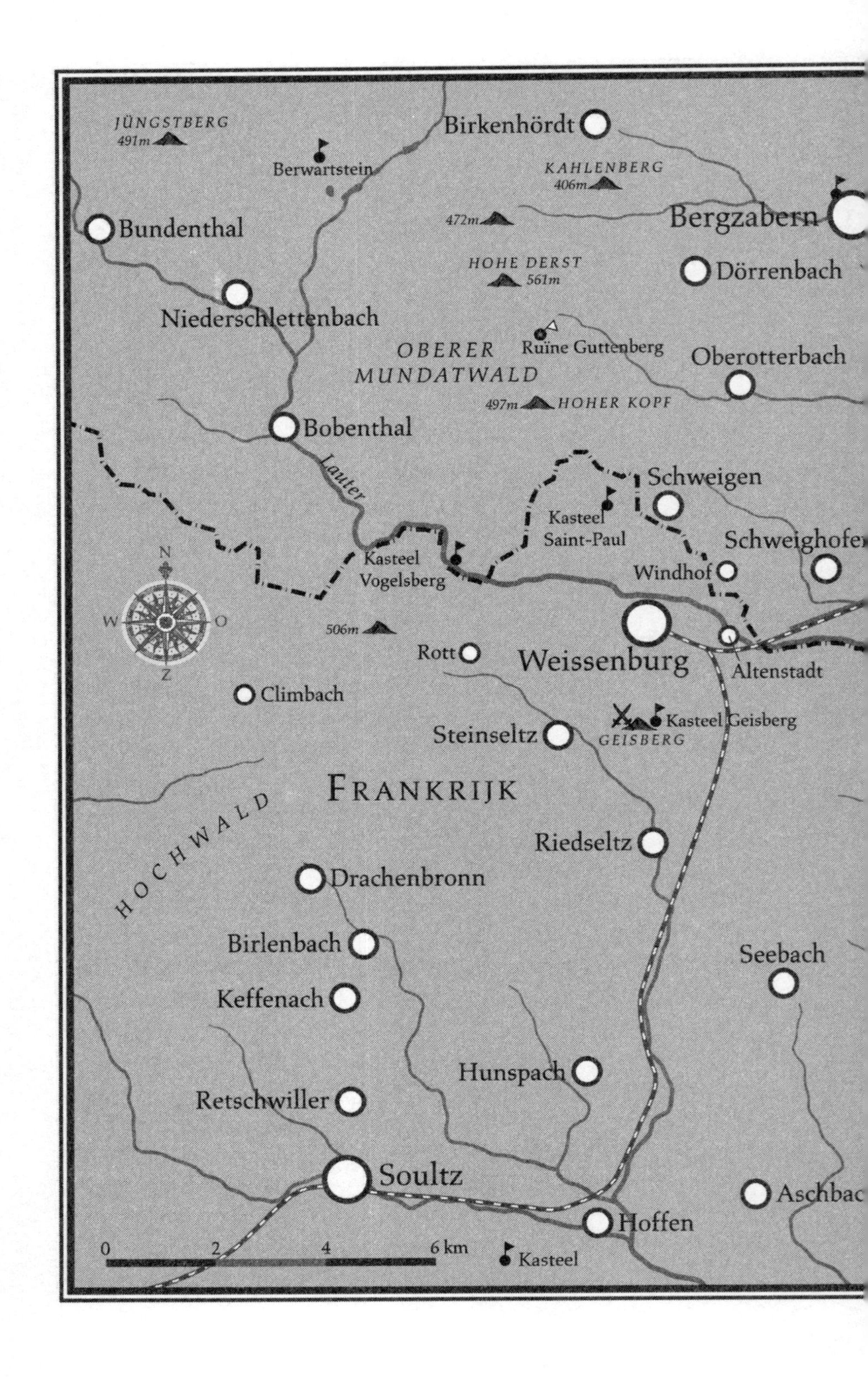

JÜNGSTBERG
491m
Berwartstein
Birkenhördt
KAHLENBERG
406m
472m
Bergzabern
Bundenthal
HOHE DERST
561m
Dörrenbach
Niederschlettenbach
Ruïne Guttenberg
OBERER
MUNDATWALD
Oberotterbach
497m
HOHER KOPF
Bobenthal
Lauter
Schweigen
Kasteel
Saint-Paul
Schweighofe
Kasteel
Vogelsberg
Windhof
N
W
O
Z
506m
Rott
Weissenburg
Altenstadt
Climbach
Kasteel Geisberg
Steinseltz
GEISBERG
FRANKRIJK
HOCHWALD
Riedseltz
Drachenbronn
Birlenbach
Seebach
Keffenach
Hunspach
Retschwiller
Soultz
Aschbac
Hoffen
0
2
4
6 km
Kasteel

Steinweiler
apellen-Drusweiler
Erlenbach
Erlenbach
Barbelroth
Winden
Oberhausen
Dierbach
Dierbach
Kandel
Ruine
Hochhaus
Minfeld
Niederotterbach
Freckenfeld
Otterbach
Steinfeld
Vollmersweiler
Kapsweyer
DUITSLAND
UNTERER
MUNDATWALD
Heilbach
BIENWALD
naar Karlsruhe
Büchelberg
Lauter
Wiebelsbach
Schleithal
Berg
Salmbach
Lauterburg
Niederlauterbach
Siegen
Neuwiller
Trimbach
Wintzenbach
Mothern
Rijn
Croettwiller
Eberbach

Personages

Dit overzicht vermeldt alleen de voornaamste personages. Historische figuren zijn aangeduid met een asterisk (*).

Familie van Irene

Irene Weber: buitenechtelijk kind, geboren in een gesloten kraamkliniek, opgegroeid in weeshuizen; 'Weber' is niet haar echte naam
Franz Gerban: eigenaar van het wijnhandelshuis Gerban en het gelijknamige wijngoed in Schweighofen
Fränzel: hun zoon
Sophia en Klara: hun tweelingdochters
Wilhelm Gerban: overleden pleegvader van Franz en Irenes biologische vader
Sophia: overleden moeder van Irene en jongere zus van Ottilie
Pauline Gerban: Franse moeder van Franz
Mathilde Stockhausen, geb. Gerban: jongere halfzuster van Franz
Herbert Stockhausen: echtgenoot van Mathilde, lakenfabrikant in Oggersheim
Gregor Gerban: broer van Wilhelm
Ottilie Gerban: echtgenote van Gregor en oudere zus van Irenes moeder Sophia
Fritz Gerban: zoon van Gregor en Ottilie, gesneuveld in de oorlog

Belangrijke personages in Wenen

Graaf Eberhard F. von Sterenberg: majoraatsheer, diplomaat verbonden aan de Oostenrijkse ambassade in Berlijn

Adelaide von Windisch-Grätz: zijn oudere zus
Lea Walberger: voorvrouw
*Dokter Viktor Adler**: Oostenrijkse sociaaldemocraat

Bedienden op het wijngoed in Schweighofen

Nikolaus Kerner: rentmeester
Hansi Krüger: leerling-rentmeester en latere opvolger van Nikolaus Kerner
Johann Hager: keldermeester van het wijngoed
Mevrouw Burger: huisdame in Altenstadt en later in Schweighofen
Clemens Dick: eerste voorman van het wijngoed
Herrmann: jonge arbeider van het wijngoed
Rosa: voormalig verpleegster in de psychiatrische instelling in Klingenmünster, nu kamenier van Pauline in Schweighofen
Mevrouw Grete: kokkin in Schweighofen
Peter: de jonge koetsier
Mejuffrouw Adelhardt: huislerares van Klara

Bewoners van villa Stockhausen

Ilse Stockhausen: tante van Herbert Stockhausen
Theobald: koetsier en kamerdienaar
Herta: kokkin
Hanne: dienstmeisje en kamenier

Bedienden van de familie Gerban in Altenstadt

Gitta: dienstmeisje
Heidi: dienstmeisje
Niemann: eerste huisknecht
Mevrouw Kramm: kokkin
Riemer: koetsier

Kennissen van Irene uit haar tijd als arbeidster

Josef Hartmann: vakbondsleider
Emma Schober: textielarbeidster in de lakenfabriek Reuter en Irenes beste vriendin in Lambrecht

Georg Schober: haar echtgenoot, voormalig textielarbeider bij Reuter
Marie en Thea: hun dochters
Trude Ludwig: vriendin en hospita van Irene in Lambrecht
Robert Sieber: voormalig voorman in de lakenfabriek Reuter, nu plaatsvervanger van de productieleider
Benjamin Reuter: lakenfabrikant in Lambrecht
Plotzer: productieleider in de lakenfabriek Reuter

Andere belangrijke personages

Werner Kegelmann: Pruisisch ambtenaar op de rijkskanselarij in Berlijn
Monsieur Payet: advocaat en notaris van de familie Gerban in Weissenburg
Dokter Frey: huisarts van de familie Gerban
Minna Leiser: vriendin van Irene uit de tijd in Altenstadt
Otto Leiser: echtgenoot van Minna, kuiper in Schweigen en leverancier van het wijngoed
*Ernest Lauth**: lid van de Rijksdag voor de Elzasser protestpartij
Arnold Blauberg: wijnhandelaar in Berlijn
*August Bebel**: vakbondsleider en sociaaldemocratisch volksvertegenwoordiger in de Rijksdag
*Carl August Schneegans**: leider van de autonomisten, lid van de Rijksdag
*Gertrud Guillaume-Schack**: Zwitserse voorvrouw
Eduard von Wernitz: Pruisisch majoor en huwelijkskandidaat Mathilde
Konrad Ahrens: politiecommissaris in Weissenburg

Historische personages die geen actieve rol vertolken in de roman

*Otto von Bismarck**: rijkskanselier
*Karl Marx**: een van de belangrijkste voorlieden van de arbeidersbeweging
*Friedrich Engels**: collega, vriend en medestrijder van Karl Marx
*Eduard von Moeller**: eerste, door Berlijn aangestelde president in Straatsburg
*Max Hödel**: pleegde op 11 mei 1878 aanslag op keizer Wilhelm
*Karl Eduard Nobiling**: pleger van de aanslag op keizer Wilhelm van 2 juni 1878

*Xaver Nessel**: van 1874 tot 1878 lid van de Rijksdag voor het kiesdistrict Hagenau-Weissenburg
*Wilhelm Liebknecht**: vakbondsleider en sociaaldemocratisch volksvertegenwoordiger in de Rijksdag
*Robert Viktor von Puttkamer**: Pruisisch minister van Binnenlandse Zaken, groot voorstander van de socialistenwet
*Clara Zetkin**: Duitse voorvrouw

Proloog

Sint-Ulrichkerk in Altenstadt

April 1874

Aan de arm van Herbert Stockhausen, haar toekomstige zwager, betreedt Irene de feestelijk versierde Sint-Ulrichkerk. Haar ogen worden groot van verbazing.

Het zachte schijnsel van talloze waskaarsen verhult dat het buiten een grauwe dag in april is met natte sneeuw die de wind door de straten jaagt. Overal staan grote en kleine boeketten bloemen. De overvolle kerkbanken zijn versierd met bosjes roze tulpen en witte narcissen, samengehouden met een kanten strik. In het middenschip staan op regelmatige afstand van elkaar zuiltjes met bossen heerlijk geurende blauwe hyacinten en witte en roze tulpen. Aan weerszijden van de onderste trede naar het altaar, voor de met rood fluweel beklede stoelen die voor de gelegenheid uit het landhuis in Altenstadt zijn meegebracht en waar Irene nu heen schrijdt, staan de prachtigste bloemarrangementen. Dit is de plek waar Franz en zij vandaag trouwen. Franz moet een fortuin hebben uitgegeven aan de roze rozen, de blauwe irissen en witte lelies die in deze tijd van het jaar alleen in kassen bloeien. Een waarlijk geslaagde verrassing!

'Wat vind je echt belangrijk voor ons huwelijksfeest?' had hij enkele weken geleden gevraagd.

'Dat het een vredig samenzijn wordt,' had Irene spontaan geantwoord.

Franz had wat ongedurig gereageerd. 'Dat spreekt voor zich, mijn schat, maar mijn moeder wil met de voorbereidingen beginnen. Waaraan hecht je het meeste belang? Het eten, de muziek, de kleding van de gasten...'

'Bloemen!' Irene was Franz in de rede gevallen. 'Ik wil heel veel bloemen. Niets duurs natuurlijk,' had ze er nog snel aan toegevoegd. 'Tulpen, narcissen of om het even wat er dan bloeit.'

Haar bruidsboeket is uiteindelijk samengesteld uit vergeet-me-nietjes en witte en roze anemonen. Mathilde, Franz' jongere zus, zou het maar gewoontjes hebben gevonden, maar deze bescheiden voorbodes van de lente zijn juist Irenes lievelingsbloemen. En de kerk is prachtig versierd.

De organist speelt plechtige muziek. In een poging kaarsrecht over de rode loper door het gangpad te schrijden haakt Irene met de hak van een van haar ivoorkleurige zijden schoenen in de zoom van haar bruidsjurk in dezelfde kleur en stof. Ze struikelt, maar Herbert Stockhausen vangt haar behendig op.

'Rustig aan,' hoort ze hem stilletjes zeggen. Dankbaar knijpt ze in zijn arm.

Dit hele feest is vreemd voor haar. De dure jurk met de met kant afgezette, anderhalve meter lange sleep heeft madame Marat, de naaister uit Weissenburg, naar de laatste Parijse mode gemaakt. Het opstaande kraagje accentueert haar slanke hals, een entre-deux van kripzijde loopt van het kuise decolleté tot aan de onderste naad daarvan.

Irene wilde een eenvoudigere jurk, maar op dit punt was haar schoonmoeder Pauline onvermurwbaar geweest. 'Ik wil dat je in niets onderdoet voor mijn dochter Mathilde die al een maand na jou in het huwelijk zal treden. Daar zullen de gasten natuurlijk vooral de jurken van de bruiden vergelijken.'

Dat begreep ze wel, maar Irene vermoedde dat Pauline nog een andere reden had om voet bij stuk te houden: een late schadeloosstelling voor haar moeder Sophia, die nooit met een liefhebbende man mocht trouwen, dacht ze bij zichzelf terwijl ze geduldig de lange pasbeurten onderging.

Sophia, de jongere zus van Franz' aangetrouwde tante Ottilie, was als jong meisje zwanger gemaakt door Paulines inmiddels overleden echtgenoot Wilhelm. 'Verkracht eerder dan verleid terwijl ik zelf zwanger was van Franz,' had Pauline Irene pas vorig jaar, vlak voor kerst verteld.

Onder druk van de familie had Sophia haar dochter Irene anoniem ter wereld gebracht in een kraamkliniek en daar als wees achtergelaten. Ze was het verlies van haar kind echter nooit te boven gekomen en had zichzelf op eenentwintigjarige leeftijd van het leven beroofd.

In Altenstadt, een plaatsje bij de Elzasser stad Weissenburg, had Irene later Franz, de liefde van haar leven, ontmoet. Maar hun relatie was niet onder een gelukkig gesternte ontstaan. De Frans-Duitse oorlog had hen van elkaar gescheiden. Franz verloor in de Slag bij Sedan een been. En

Irene, die zwanger van hem was, vluchtte voor hem weg omdat ze hem ten onrechte voor haar halfbroer hield nadat zijn vader Wilhelm zich ook als háár vader kenbaar had gemaakt.

Pas na veel verwikkelingen en vergeefs zoeken had Franz haar teruggevonden en kon hij haar tot haar grote opluchting vertellen dat ze toch niet met elkaar verwant waren.

En zo komt vandaag een droom uit. Franz, haar grote liefde die ze voor altijd verloren had gewaand, wacht haar nu voor het altaar van Sint-Ulrich met stralende ogen op.

Opnieuw struikelt Irene en opnieuw houdt Stockhausen haar overeind. Hopelijk blijft mijn haar netjes zitten, schiet het door haar hoofd. Voorzichtig beweegt ze haar hoofd heen en weer, maar het zijden hoedje met de fijne sluier tot net boven haar ogen zit stevig vast op haar kunstig opgestoken, dikke bruine haar.

Op dit punt heeft Irene haar wil doorgedreven. Aangezien hun zoon Fränzel al drie jaar is, vond ze het huichelachtig om met de gebruikelijke mirtenkrans en een tot de vloer reikende sluier maagdelijkheid voor te wenden.

Over de ivoorkleurige bruidsjurk was er daarentegen geen discussie geweest. De kleur was net in de mode en veel eleganter dan het spierwitte van de traditionele bruidsjurken.

De tweede afwijking van de gebruikelijke gewoonten en tradities is recenter en onverwacht noodzakelijk, maar blijft voorlopig verborgen voor de gasten. Kort voor de bruiloft moest madame Marat de taille van haar jurk weer een beetje uitlaten. Ochtendmisselijkheid en andere onmiskenbare tekenen wezen erop dat ze kort na hun hereniging weer zwanger was geworden. Dat bespaart haar nu gelukkig het strakke insnoeren in het voor haar nog altijd ongewone en inmiddels zeer onaangename korset dat ze onder haar eenvoudige arbeidskleding niet nodig had gehad.

We krijgen nog een kind, denkt ze blij zoals vaker de afgelopen dagen. Haar hart loopt over van liefde als ze Franz steeds dichter nadert. Hij ziet er prachtig uit met zijn rokkostuum en het hagelwitte, geplisseerde overhemd uit het naaiatelier van Herbert Stockhausen en het bosje vergeet-me-nietjes en anemonen op zijn revers.

Mijn geliefde echtgenoot. Nu zijn we eindelijk weer bij elkaar, denkt ze bij zichzelf.

'Mama! Daar komt mama!'

'Ssst!' Franz legt een vinger op zijn mond terwijl zijn moeder Pauline zich naar zijn driejarige zoontje toebuigt en hem lachend iets in het oor fluistert, waarna de kleine abrupt zwijgt en zijn handje voor zijn mond houdt.

Liefdevol kijkt Franz naar hen beiden. Fränzel ziet eruit om op te eten in de op maat gemaakte mini-rokjas en groeit als kool ondanks de enorme ontberingen in de periode dat Irene voor hun hereniging alleen voor hem zorgde. Ze had zichzelf het eten uit de mond gespaard opdat het kind niets tekort zou komen.

Met de dag gaat Fränzel meer op zijn ouders lijken. De donkere ogen en lokken dankt hij aan zijn vader die ze op zijn beurt van zijn moeder heeft geërfd. Van Irene heeft hij de volle wenkbrauwen, de kleine, spitse neus en de mond met dunne lippen.

Vaak kibbelen Irene en Franz lachend over wie van hen beiden nu de bron is voor Fränzels schrander- én onverzettelijkheid als hij eenmaal iets in zijn hoofd heeft gezet.

Franz' moeder Pauline, in haar elegante nachtblauwe ensemble en dito, met pauwenveren versierde hoed, ziet er dankzij haar herwonnen optimisme en energie jonger en indrukwekkender uit dan ooit.

Als een vrouwelijke, uit de as herrezen feniks, bedenkt Franz, die Paulines metamorfose vaak met het mythische wezen vergelijkt. Zijn moeder zelf zegt dat de ervaringen en ontberingen in de drie jaar dat ze door toedoen van haar man Wilhelm wederrechtelijk in het krankzinnigengesticht van Klingenmünster zat opgesloten, haar hebben doen groeien.

'Als je eenmaal door zo'n diep dal bent gegaan als ik, deels door mijn eigen schuld, namelijk de laudanumverslaving, deels door de listen van Wilhelm, kan alles alleen nog beter worden,' verklaart Pauline haar positieve ontwikkeling. 'En als het lot je daarna niet alleen compenseert met een prachtige zoon en een schitterende schoondochter, maar ook nog met zo'n verrukkelijke, slimme kleinzoon, vergeet je alle leed en onrecht meteen.'

En de jonge Pauline was bovendien niet altijd de timide, gereserveerde vrouw geweest die Franz zich uit zijn jeugd en kindertijd herinnert. Tijdens een kuur in het Oostenrijkse Bad Ischl was ze uit haar ongelukkige huwelijk in de armen van een gardeofficier, zijn echte vader, gevlucht. Helaas wil Pauline nog steeds niet zeggen wie hij is.

'Het heeft geen zin te weten wie je vader was, Franz,' blijft ze herhalen.

'Hij behoort tot de Oostenrijkse hoge adel, meer dan een verhouding was voor ons gewoon onmogelijk. En ik wil je de zoveelste teleurstelling besparen mocht je biologische vader je niet als zijn zoon erkennen. Daarnaast zou het mijn mooie herinneringen aan die dierbare weken in Bad Ischl bederven. Ik weet niet wat er van je vader geworden is, maar hij is vast en zeker met een vrouw uit zijn kringen getrouwd en zal wel een legitieme zoon uit die relatie hebben.'

Franz' blik dwaalt verder over de verzamelde gasten en blijft hangen op het gezicht van zijn jongere zus Mathilde, die naast Pauline op de voorste kerkbank zit. Zij is en blijft Wilhelm Gerbans ware dochter. Met ijzeren discipline heeft ze haar vroegere zwaarlijvigheid overwonnen en ze kleedt zich nu veel smaakvoller dan vroeger. Haar karakter is echter nauwelijks verbeterd. Alleen dankzij de invloed van haar toekomstige echtgenoot, Herbert Stockhausen, houdt ze ten minste in het openbaar haar fatsoen. Met zachte, maar onverbiddelijk strenge hand zorgt de lakenfabrikant uit Oggersheim ervoor dat zijn twintig jaar jongere verloofde zich gedraagt zoals het zijn toekomstige vrouw betaamt.

Herbert Stockhausen heeft Franz en Irene ook geholpen met de ongemakkelijke kwestie van een bruidsjonker. In principe zou het Gregor Gerban, de jongere broer van Franz' pleegvader Wilhelm, als mannelijke verwant toevallen Irene naar het altaar te begeleiden. Maar nog voor hun aankomst op het door Franz beheerde wijngoed van de familie in Schweighofen, hadden Irene en hij besloten haar ware afkomst te verzwijgen voor iedereen die nog niet op de hoogte was. In de ogen van Gregor Gerban en zijn vrouw Ottilie is Irene daarom nog altijd het dienstmeisje dat ooit in de villa in Altenstadt heeft gewerkt en trouwt Franz beneden zijn stand; hun minachting kunnen ze maar met moeite verbergen. Irene naar het altaar begeleiden zou voor Gregor Gerban een belediging zijn geweest, als hij het al niet botweg geweigerd zou hebben.

Ook Mathilde vindt het vernederend dat haar verafgode verloofde nu met Irene aan de arm door de kerk loopt. Haar gezicht spreekt wat dat betreft boekdelen en Franz verdenkt haar ervan jaloers te zijn op Irene, want in tegenstelling tot zijn verloofde neemt Herbert geen aanstoot aan Irenes bescheiden afkomst. 'Die vrouw zou het ook zonder dit huwelijk ver hebben geschopt,' dweept hij geregeld. 'Tenslotte heeft ze zich in korte tijd opgewerkt tot de beste voorvrouw die ik ooit heb gehad.' Bovendien laat hij zich erop voorstaan dat Franz Irene na een lange zoektocht in zijn fabriek heeft teruggevonden. 'Ik ben hun geluksbode,' grapt hij geregeld tot ontzettende ergernis van Mathilde.

Nog heel even staat Franz zichzelf toe de rest van de bruiloftsgasten te bekijken. Innig dankbaar stelt hij vast dat alle mensen die hem de afgelopen moeilijke jaren hebben bijgestaan, aanwezig zijn.

Daar zit dominee Carl Klein, zijn trouwe vriend, die na de Slag bij Froeschweiler-Wörth bijna bovenmenselijke inspanningen heeft geleverd om gewonden van beide strijdende partijen te verzorgen en nu zijn getuige is. Vlak achter Pauline en Mathilde heeft Marianne Serge in de bank voor eregasten plaatsgenomen. Haar bordeauxrode fluwelen ensemble doet in elegantie niet onder voor dat van Pauline. De vermogende weduwe van een Frans industrieel heeft Franz na zijn zware verwonding in haar huis in Saint-Quentin verzorgd en hem daarnaast ook een aanzienlijke som geld geleend waarmee hij de door zijn pleegvader zo goed als failliete wijnhandel Gerban kon redden.

In de banken voor de mannelijke gasten aan de andere van het gangpad zitten zijn neven uit Straatsburg die de andere helft van het krediet hebben gefinancierd en allen met hun vrouwen op het feest zijn verschenen. Vooral Pauline is opgetogen haar familie na al die jaren eindelijk terug te zien.

En Franz heeft een verrassing voor zijn geldschieters: de bank Quistorp, waar zijn vader de inmiddels waardeloze vastgoedakten had gekocht, wil voor een deel van de verloren bedragen daadwerkelijk een schikking treffen met de schuldeisers. Als alles wat Franz van plan is verder goed verloopt, kan hij de kredieten binnen een paar jaar volledig aflossen.

En dat dankt hij ook aan de geweldige medewerkers die hij heeft aangetrokken voor het wijngoed in Schweighofen en die nu de achterste banken innemen. De nieuwe rentmeester, Nikolaus Kerner, is net zo bekwaam als zijn zwager, keldermeester Johann Hager. Ook de jonge Hansi Krüger, zoon van zijn vriend Karl Krüger, ooit voorman op het wijngoed en gevallen bij Sedan, doet het geweldig goed. Voor de dood van zijn kameraad had Franz hem beloofd diens getalenteerde zoon onder zijn hoede te nemen. En ja hoor! Nu al belooft de amper achttienjarige, ondanks zijn jonge leeftijd, na het voltooien van zijn opleiding tot rentmeester een sleutelpositie te kunnen innemen op het wijngoed. Onverwachte mogelijkheden voor mij om de wijnhandel uit te breiden, bedenkt hij. Maar nu is het niet het moment om daarover te prakkeseren. Vandaag ligt de focus op iets anders dan toekomstige zakelijke kansen!

Daar komt de liefde van zijn leven om voor altijd de zijne te worden. Prachtig en zonder de minste verwaandheid over haar toekomstige positie.

Ik ben echt een gelukkig man, denkt hij bij zichzelf.

'En hiermee verklaar ik u man en vrouw.'

'U mag de bruid kussen,' voegt de priester er plichtsgetrouw aan toe, hoewel hij natuurlijk weet dat Irene en Franz samen al een kind hebben.

Door de fijne sluier stralen de blauwe ogen van Irene als twee fonkelende saffieren. Franz neemt haar teder in zijn armen. Een moment lang verliezen ze zich in een innige kus. Vergeten zijn de moeilijke jaren van teleurstellingen en ontberingen. Op dit moment baden ze samen in puur, onvervalst geluk.

Terwijl de gasten zich aan het eind van de plechtigheid naar buiten begeven om het bruidspaar met rijst en een bloemenregen op te wachten, komen de getuigen naar voren om samen met Irene en Franz in de sacristie de huwelijksakte te ondertekenen.

Irene en Franz hebben hiervoor beiden iemand gekozen die een bijzondere rol speelt in hun leven. 'Wat een eenvoudige lieden,' hoort Irene Mathilde als het ware minachtend fluisteren als haar vriendin Minna met een brede lach op haar afkomt. Minna heeft Irene vroeger als dienstmeisje in het huishouden van de familie Gerban opgeleid en haar later met al haar spaargeld geholpen om te vluchten. Nog maar een paar weken geleden heeft Franz deze schuld dubbel en dwars terugbetaald.

Irene had nog getwijfeld tussen Minna en Trude Ludwig, haar vriendelijke hospita tijdens die zware jaren in Lambrecht waar ze onder erbarmelijke omstandigheden in de lakenfabriek had gewerkt. Maar uiteindelijk had ze beseft dat ze nog meer aan Minna te danken had.

Nu omhelst deze vriendin haar innig en zoent ze haar op beide wangen om haar dan met beide handen een beetje van zich af te duwen. 'Wat een prachtige halsketting. Hoe noem je deze edelstenen?'

Irene voelt het bloed naar haar wangen stijgen. 'Het zijn smaragden, een huwelijksgeschenk van mijn schoonmoeder. Het is een familie-erfstuk dat van generatie op generatie wordt doorgegeven. Eigenlijk veel te kostbaar voor mij.'

'Had je liever gehad dat ze het aan Mathilde had gegeven?' antwoordt Minna snedig.

Nog voor Irene daarop kan antwoorden, trekt Franz aan haar arm. 'Kom, mijn liefste! Het weer is helaas te slecht om onze gasten te lang voor de kerkdeur te laten wachten.'

Samen met dominee Carl Klein loopt het drietal achter de pastoor naar de sacristie. Na het plaatsen van de handtekeningen houdt de pastoor van Sint-Ulrich Franz even tegen. 'Wees toegevend voor uw tante Ottilie! Dit is een bijzonder zware dag voor haar.'

Met gemengde gevoelens herinnert Franz zich dat de pastoor van Sint-Ulrich ook de uitvaart van zijn bij de Slag om kasteel Geisberg gesneuvelde neef Fritz, de enige zoon van Ottilie en Gregor Gerban, had geleid. Hij knikt met tegenzin.

Niet dat Ottilie het verdient, denkt hij bij zichzelf. Als het aan haar had gelegen, hadden de Pruisen me standrechtelijk geëxecuteerd. Want Franz, net als zijn moeder Pauline van geboorte Frans, was als burger met de vijand ten strijde getrokken en daarop had destijds de doodstraf gestaan.

'Niemand van ons is zonder schuld.' De pastoor kan de gedachten van Franz' gezicht aflezen. Als Franz met Irene aan zijn arm naar de kerkdeur loopt, voelt hij voor het eerst die dag weer de kloppende pijn in zijn stomp.

Met een stille zucht kijkt Mathilde mevrouw Burger na, de huisdame van Altenstadt die nu al met een huurkoets wil terugrijden om toe te zien op de laatste voorbereidingen voor het grootse bruiloftsmaal. De feestelijkheden vinden plaats in de grote feestzaal van het landhuis omdat het huis in Schweighofen, waar Irene en Franz hun intrek hebben genomen, geen vergelijkbare faciliteiten biedt.

Even leidt de gedachte aan al die lekkernijen die hun te wachten staan en waaruit ze zorgvuldig een paar dingen zal kiezen om haar pasverworven slanke figuur niet in gevaar te brengen, Mathildes aandacht af van het slechte weer.

Zal ik de hertenpaté proberen of de truffelmousse, vraagt ze zich af. Als hoofdgerecht moet ik maar voor de forel gaan, al zou ik liever de gebraden eend of ossenhaas kiezen. Maar dan gun ik mezelf als dessert wel de gevulde cakerol in plaats van die saaie fruitsla.

Op dat moment valt er een nieuwe aprilse bui. 'Waar blijven ze nu toch?' foetert Mathilde die ongeduldig van het ene been op het andere staat te wippen. 'Het tocht hier verschrikkelijk! Straks zijn we allemaal verkouden.'

Ze negeert de frons van haar verloofde aan de andere kant van het paadje dat de gasten voor het kerkportaal vrijhouden om het bruidspaar op een regen van rijst en bloemen te kunnen onthalen.

Haar moeder Pauline, tegen wie Mathilde haar onvrede uit, glimlacht met een spottende trek om haar mond. 'Ze komen zo! Vergeet niet dat ik je vanochtend nog heb aangeraden iets warmers mee te nemen dan deze stola.'

'Ik heb geen passend jasje bij deze jurk,' moppert Mathilde.

Pauline verbijt de opmerking dat wellicht elk jasje bij Mathildes lichtblauwe fluwelen jurk zou hebben gepast, maar dat dan wel haar decolleté zou hebben verborgen waarmee ze wellicht indruk wil maken op haar verloofde.

Hoog tijd dat ze onder de pannen is, verzucht Pauline. Het huwelijk is al een paar keer uitgesteld, onder meer door het onverwachte overlijden van Wilhelm Gerban vorig jaar aan het einde van de zomer. Pauline twijfelt niet aan de bedoelingen van Herbert Stockhausen, maar het uitstel maakt Mathilde duidelijk nerveus.

'En wat krijg ík van jou voor mijn huwelijk?' onderbreekt ze de gedachten van Pauline op dat zeurderige toontje dat ze bij dit soort zaken altijd aanslaat.

Verwend nest, schiet het Pauline door het hoofd. Altijd maar eisen stellen en geen flauw benul van de ontberingen in deze wereld.

Ze denkt aan het trieste lot van Emma Schober, Irenes vriendin in Lambrecht.

'Emma mag niet naar de bruiloft komen. Haar man heeft het haar verboden,' had Irene verdrietig verteld nadat ze het antwoord van Emma op haar uitnodiging had gelezen. 'Hij heeft zelfs het geld afgepakt dat ik haar voor de reis had gestuurd en is er rechtstreeks mee naar de kroeg getrokken.'

Na een blik in de bleekblauwe ogen van Mathilde, waarin Pauline naast de gebruikelijke arrogantie ook onzekerheid meent te ontwaren, speelt haar oude vertrouwde slechte geweten weer op. Hoewel Wilhelm Mathilde rot verwend had, is haar dochter misschien ook zo onuitstaanbaar omdat zij, Pauline, altijd minder van haar heeft gehouden dan van Franz.

Heb ik überhaupt ooit van haar gehouden, vraagt ze zich nu af. De zwangerschap zelf was moeilijk geweest, om maar te zwijgen van de pijnlijke bevalling. Pauline schudt de onaangename herinneringen van zich af en concentreert zich op het hier en nu.

'Wel,' antwoordt ze eindelijk op de vraag van haar dochter. 'Ik dacht aan de diamanten halsketting die jouw vader me als huwelijkscadeau heeft gegeven.'

Mathildes trekken ontspannen zich onmiddellijk. 'Daar ben ik ontzettend blij mee, moeder. Daar gaf ik sowieso de voorkeur aan, zeker omdat het een waardevoller sieraad is dan die smaragden ketting.'

Voordat Pauline hierop kan reageren verschijnen Franz en Irene op het pleintje voor de kerk. Er klinkt gejuich, de gasten jubelen, rijst klettert op de tegels en blauwe, roze en witte bloemen dalen neer op de sluier en de hogehoed van het bruidspaar.

Pauline verdringt de opflakkerende misnoegens tegenover Mathilde en stapt met Fränzel aan de hand op het bruidspaar af om hen als eerste te feliciteren.

'Ik wens jullie het allerbeste, mijn kinderen. Mogen jullie gelukkig en tevreden blijven tot het einde van jullie leven.'

Ze hoort het niet echt, maar meent wel te weten wat Mathilde haar tante Ottilie, die naast haar staat, toefluistert.

'Een dienstmeisje en een herenzoon! We moeten nog zien of dat goed gaat aflopen!'

DEEL 1

Onrust

1

Het wijngoed bij Schweighofen

Oktober 1877

'Waar is Fränzel? Hebben jullie Fränzel gezien?'

De twee knapen in eenvoudige kielen en broeken en blote voeten in houten klompen schudden het hoofd. Even heeft Irene de indruk dat ze haar blik ontwijken, maar misschien zijn ze gewoon verlegen tegenover de landsvrouw.

Met de tweelingzusjes Sophia en Klara aan de hand loopt Irene over de binnenplaats van het wijngoed in Schweighofen naar de bedrijfsgebouwen. Ernstig zorgen maakt ze zich niet om haar oudste. De laatste dagen is Fränzel wel vaker mee de wijngaard ingetrokken om te helpen bij de druivenpluk.

Maar hij had me wel iets mogen zeggen, bedenkt ze geërgerd. Dat heeft hij eergisteren, toen hij niet op tijd was voor het middageten, nog beloofd.

Ze neemt zich voor haar zoon van zesenhalf eens flink de les te lezen en hem een dag huisarrest te geven, ook al weet ze dat Fränzel, die dol is op de hectiek van de oogsttijd, dat vreselijk zal vinden. Op dat moment struikelt de kleine Klara en zou ze op het harde grind van de binnenplaats zijn gevallen als Irene haar niet instinctief omhoog had getrokken. Maar omdat dit gepaard gaat met een stevige ruk aan haar armpje, begint het meisje toch te huilen.

'Maar schatje toch!' Irene laat Sophia los, hurkt neer en slaat haar armen om haar dochtertje heen. Klara blijft nog even hard snikken, kalmeert uiteindelijk en laat Irene haar neus snuiten.

Intussen staat Sophia, haar tien minuten oudere zus, ongeduldig te trappelen. 'Huilbaby, huilbaby!' roept ze.

'Stop daarmee!' Irene roept het meisje zacht tot de orde. 'Klara heeft pijn aan haar arm omdat ik er hard aan heb getrokken om te zorgen dat ze niet viel.'

Maar Sophia heeft geen medelijden en schudt uitdagend het hoofd.

Opnieuw valt het Irene op hoe verschillend de meisjes, die een paar dagen geleden hun derde verjaardag hebben gevierd, toch zijn.

Hoewel Irene zich tijdens de zwangerschap had verbaasd over haar enorme buik, had zelfs de vroedvrouw er tot de geboorte van Klara geen idee van gehad dat er twee kinderen waren.

'Dat krijgt je als je er geen arts bij haalt,' had Rosa, die als voormalig verpleegster de vroedvrouw had bijgestaan, na de geboorte durven opmerken tegen Irene en Franz' moeder Pauline. 'Er had weet ik veel wat kunnen gebeuren.'

Rosa weet natuurlijk niet dat Irene goede redenen had om zich niet tot dokter Étienne, de bekende vrouwenarts in Weissenburg, te wenden. Want hij was het die ooit de illegale abortus, waarvoor Wilhelm Gerban, haar vader, de corrupte medicus vorstelijk had betaald, ôp Fränzel had willen uitvoeren. En een arts uit Landau te laten komen had ze te duur gevonden.

'Laat maar, Rosa!' had Pauline haar voormalige verpleegster uit de instelling in Klingenmünster gesust. De loyaliteit van de vrouw tijdens de laatste periode van haar opname aldaar, had Pauline doen besluiten Rosa na haar ontslag als kamenier mee naar Schweighofen te nemen. Ook al omdat de door de pokken verminkte vrouw daar toch niet kon blijven werken. 'Alles is goed gegaan. Help me nu maar met het baden van de meisjes zodat Irene hen kan aanleggen voordat ze gaat slapen.' Rosa had gemord en schoorvoetend gehoorzaamd.

En vanaf het allereerste moment leken de meisjes elkaars tegenpolen te zijn. Sophia huilde hard en dronk gulzig, terwijl Klara alleen maar zacht jammerde en voorzichtig zoog aan de borst die haar werd aangeboden.

Ook qua uiterlijk verschilden de meisjes totaal van elkaar. Bij de geboorte was Sophia al aanzienlijk groter en zwaarder dan Klara. En nu ze drie zijn, is ze vijf centimeter – een paar jaar geleden was deze lengtemaat in de Beierse Palts ingevoerd – langer dan haar zusje.

Beiden hebben ze donker haar, maar Sophia heeft de krullen van haar vader en de dikke bos van Irene geërfd. Het haar van Klara is dun en laat zich moeilijk vlechten. Alsof de natuur dit heeft willen compenseren, zijn de ogen van Klara even intens saffierblauw als die van haar moeder. En tot groot verdriet van Irene zijn de ogen van Sophia amberkleurig zoals die van haar niet-geliefde tante Ottilie.

Wat hun karakter betreft zijn de verschillen tussen de meisjes zo mogelijk nog groter. Sophia zit net als Fränzel vol energie, al herinnert Irene zich haar zoon in zijn eerste levensjaren als een over het algemeen rustig kind. Wellicht voelde die kleine hoe vaak ik destijds aan het eind van mijn krachten was, denkt Irene nu vaak als ze Fränzel weer wat moet intomen.

In elk geval zijn de twee oudsten vrolijk en pienter voor hun leeftijd, af en toe zelfs echte wijsneuzen.

Klara daarentegen blijft het tere wezentje dat ze al vanaf haar geboorte is. Voorzichtig, angstig en vaak huilerig. 'Het lijkt wel of Sophia in je buik al alle energie heeft opgeëist,' zegt Franz vaak.

Haar schoonmoeder Pauline ziet het heel anders. 'Ik herken het karakter van jouw moeder Sophia in beide meisjes. Het jonge meisje, dat ik voor haar zwangerschap kende, blaakte van levensvreugde en energie. Na haar terugkeer uit de kraamkliniek was ze vaak verdrietig en levensmoe.' Ook de namen van de zusjes weerspiegelen de tegenstelling. Van meet af aan was duidelijk dat een dochter de naam van Irenes moeder zou krijgen. Toen het tweede kind zich aandiende, noemde Irene haar spontaan Klara. Dat was de schuilnaam van haar moeder geweest in de kraamkliniek, zo had ze bij een bezoek aan het weeshuis in Heidelberg van zuster Agnes, de huidige directrice, vernomen.

Ondanks de verschillen houden Franz en Irene zielsveel van hun kinderen. Sinds Pasen zit Fränzel op de basisschool van Altenstadt en doet hij het heel goed. 'Het zal geen vier jaar duren voor u hem in een internaat kan plaatsen,' voorspelt de leraar. 'Als hij alles zo snel blijft oppikken, kan hij binnen drie jaar al naar het gymnasium.'

Irene denkt met gemengde gevoelens aan die ophanden zijnde scheiding. Nu al ziet ze niet veel van Fränzel tijdens de vakantie voor de wijnoogst. Hij is voortdurend op stap met de kinderen van de landarbeiders en is geïnteresseerd in alles wat er op het wijngoed gebeurt. Tot grote vreugde van Franz.

Irene daarentegen is vaak vervuld van weemoed. De kinderen worden zo snel groot en er zullen er geen meer bij komen. Dat heeft een vrouwenarts in Landau die ze een jaar geleden heeft geconsulteerd, haar meegedeeld. Kennelijk komt dat vaker voor na de geboorte van een tweeling.

Nu trekt Sophia morrend aan haar rok. 'Kunnen we nu verder? We zouden toch naar de stallen gaan.'

Net als Irene uit de ongemakkelijke hurkzit is opgestaan en haar pijnlijke benen strekt, ziet ze Nikolaus Kerner, de rentmeester, op zich afkomen.

Ze laat de gelegenheid niet aan zich voorbijgaan. 'Weet u misschien waar Fränzel nu weer uithangt?'

Kerner schudt het hoofd. 'Ik heb hem voor het laatst gezien in de grote wijnkelder, maar dat is alweer minstens twee uur geleden.'

Irene voelt haar maag samentrekken. 'Hij is dus niet met de plukkers meegegaan?'

'Ik denkt het niet, maar maakt u zich geen zorgen. Bengels van die leeftijd hangen overal rond. Met Fränzel zal er niets gebeuren. Maar goed dat ik u zie. Uw echtgenoot wil u graag bij onze bespreking hebben.'

'Nee, toch!' jammert Sophia.

'Wat is er aan de hand, juffrouwtje?'

Irene zucht. 'Ik heb de meisjes beloofd met hen naar de stallen te gaan. Er zouden pasgeboren konijntjes zijn.'

Kerner glimlacht. 'Dat klopt, mevrouw Gerban. Maar ik heb een idee.' Hij wendt zich nu tot Sophia en gaat ook op zijn hurken zitten. 'Wat denk je? Zal ik Albert, de staljongen, vragen jullie de konijntjes te laten zien? Dan kan jullie mama naar onze vergadering komen.'

'Een geweldig idee,' antwoordt Irene. Het gezicht van Sophia klaart ook helemaal op.

'Waar gaat dit over?' vraagt ze Kerner even later terwijl ze de meisjes nakijkt die naast Albert naar de stallen lopen.

'Uw echtgenoot heeft vanochtend per telegram te horen gekregen dat hij na zijn trip naar Hamburg meteen door moet reizen naar Berlijn. Daar heeft men een lucratief contract bedongen met een plaatselijke wijngroothandel die ook levert aan het keizerlijke hof. Wellicht is hij pas tegen het oogstfeest weer thuis en wil hij dat u weet wat er in zijn afwezigheid hier allemaal te doen valt.'

Als Nikolaus Kerner het al niet fijn vindt dat Franz hem daarin niet voldoende lijkt te vertrouwen, laat hij dat niet merken.

Maar misschien vermoedt Kerner wel waar het Franz echt om te doen is, beseft Irene als ze zich naar de wijnperserij begeven waar de bespreking is gepland. Hij heeft wel in de gaten dat ik me almaar nuttelozer voel en iets omhanden wil hebben omdat Franz zo vaak weg is. En hij weet ook dat ik me niet met de operationele zaken van het wijngoed zal bemoeien. Dat heb ik bij eerdere besprekingen duidelijk genoeg aangegeven.

'Ik heb natuurlijk nog een tweede set flessen nodig. Kunt u daarvoor zorgen, Hager?'

De keldermeester van Schweighofen knikt. 'Dat spreekt voor zich, mijnheer Gerban. Ik zal de flessen na de bespreking zelf vullen.'

'Goed, want ik wil de nachttrein vanuit Landau naar Hamburg nemen. Als ik die wil halen moet ik vanmiddag uiterlijk om vier uur vertrekken.' Franz grijpt naar zijn zakhorloge en werpt er ongeduldig een blik op. 'Als ik de trein in Weissenburg mis, haal ik ook de nachttrein in Landau niet meer. Waar blijven ze nu toch?'

'Het is pas elf uur. Ze komen zo, wees maar gerust.'

En inderdaad, op dat moment doet Nikolaus Kerner de deur voor Irene open. Het is fris in de wijnperserij en Irene trekt haar omslagdoek wat strakker om haar schouders. Franz loopt op haar af en kust haar vluchtig op de wang.

'Dank dat je meteen gekomen bent. Helaas moet ik vroeger dan verwacht vertrekken, vanmiddag al. Kan jij ervoor zorgen dat mijn spullen op tijd ingepakt zijn?'

'Natuurlijk. Zodra we hier klaar zijn, geef ik het meteen door aan mevrouw Burger.' De voormalige huisdame van het landhuis in Altenstadt heeft twee jaar geleden gevraagd naar Schweighofen te mogen verhuizen. Sindsdien leidt ze hier het huishouden op haar bekende bedachtzame manier.

In het bijzijn van de werknemers onthoudt Irene zich van verder commentaar, maar aan haar gefronste wenkbrauwen merkt Franz dat ze ontstemd is.

'Er heeft zich een onverwachte kans voorgedaan,' legt hij uit terwijl hij zijn vrouw naar haar plaats op de houten bank leidt waar Hager een paar kussens heeft neergelegd. Tijdens de oogst gebruikt het met seizoenarbeiders versterkte personeel van het wijngoed de middagmaaltijd aan de bijna tien meter lange tafel, omdat het landhuis zelf te klein is voor zoveel mensen. Ook het grote buffet voor het feest dat ze elk jaar na de oogst vieren, wordt hier opgesteld.

Het ruikt er sterk naar most. Tegen de muren staan de enorme, afgedekte houten kuipen waarin de gekneusde rode druiven zijn opgeslagen.

In tegenstelling tot de witte druiven fermenteren deze druiven samen met de schillen en steeltjes meerdere weken in deze vaten om zo de rode kleur te krijgen. Pas dan wordt de most geperst.

Zodra Irene zit, gaat Franz verder: 'Voor een kleine commissie, die overigens pas bij een definitieve deal betaald hoeft te worden, heeft Meisel' – Irene kent de naam van Franz' zakenpartner in Hamburg – 'me in contact gebracht met Blauberg & Zonen in Berlijn, een van de belangrijkste wijnhandelaren in de hoofdstad én ook hofleverancier.'

Irene knikt. 'Dat heeft Kerner me al verteld,' valt ze Franz niet bijzonder enthousiast in de rede.

'Goed! Dan begrijp je hoe belangrijk deze kans voor ons is.' Franz probeert het gebrek aan enthousiasme van Irene te negeren. 'Als het mij lukt met Blauberg zaken te doen, kunnen we eindelijk echt met een gerust hart naar de toekomst kijken. De crisis die mijn vader zaliger heeft veroorzaakt is dan voor eens en altijd verleden tijd.'

Irene knikt nogmaals, maar in tegenstelling tot de rent- en keldermeester, die beiden stralen, lijkt haar glimlach geforceerd.

Franz heeft dit in de gaten en probeert zijn ergernis te onderdrukken. Het is niet dat Irene Franz zijn succes misgunt, ze worden er immers allemaal beter van. Al in het jaar van hun huwelijk had Franz zich toegelegd op de wijnhandel, vooral omdat hij Kerner en Hager op het wijngoed onvoorwaardelijk vertrouwt. Dat in tegenstelling tot zijn oom Gregor, die de handel na de dood van Wilhelm Gerban tijdelijk had geleid en door Franz met een royale uitkering voorgoed met pensioen was gestuurd.

Franz heeft de wijnmarkt rustig verkend en verliet al snel de beproefde, maar platgetreden paden van zijn pleegvader. Op dit moment levert het wijnhandelshuis Gerban nog maar aan de helft van hun voormalige klanten en heeft het alleen nog winkels in Weissenburg en Landau.

In plaats daarvan heeft Franz ook in het Duitse Rijk de methode geïntroduceerd die zijn vader destijds had voorbehouden voor klanten in Europa en overzee: hij levert zijn vaten en de nog steeds zeldzame gebottelde wijnen aan groothandels in alle deelstaten. Net als vroeger maken ook de in de Elzas gelegerde Duitse troepen en het Beierse garnizoen in Landau deel uit van zijn klantenbestand.

Op deze manier is de omzet van het wijngoed in de paar jaar na de dood van Wilhelm verdubbeld. En Franz heeft zich ook op een ander vlak als gewiekst zakenman bewezen: in plaats van zijn geldschieters – zijn neven uit Straatsburg en zijn Franse, zorgzame vriendin Marianne Serge – de kredieten terug te betalen waarmee hij in 1873 de desastreuze gevolgen van de mislukte vastgoedspeculaties van zijn pleegvader had afgewend, heeft hij hun een aandeel in de winst aangeboden als ze hun geld in zijn bedrijf hielden. Alle partijen waren hiermee akkoord gegaan en kunnen dit boekjaar voor het eerst op een rendement rekenen.

Franz is ook heel trots op het feit dat hij hiervoor ondanks de stormschade van vier jaar geleden ook de nodige hoeveelheid wijn, vooral kwaliteitswijn, heeft kunnen produceren. Het idee van Johann Hager om een cuvee te produceren van één cepage met druiven van Schweighofen en andere wijnboeren in de zuidelijke Palts, was een schot in de roos. Vooral voor het wijnjaar 1873 waarin veel wijngaarden in de zuidelijke Palts door het onweer een barslechte oogst hadden gekend, was de geringe en daarom zeer begeerde hoeveelheid voor de Gerbans een goudmijn gebleken. De rieslings en spätburgunders werden als het ware uit hun handen gerukt, maar zelfs minder populaire soorten zoals de gewürztraminer, grau- en weissburgunder, silvaner en de rode portugieser hadden op de markt topprijzen opgeleverd.

Het jaar nadien had Franz ook de productie van ijswijn uitgebreid. Met de winst van het wijnjaar 1873 had hij elk rieslingperceel dat hij kon vinden in de omgeving van Schweighofen opgekocht en een jaar later waagde hij de enorme gok de druiven tot januari te laten hangen. En opnieuw was Vrouwe Fortuna hem gunstig gezind en beloonde ze hem met de strengste winter van het afgelopen decennium. De exquise en zeldzame ijswijn had ook de aandacht van de Duitse groothandel getrokken die binnen de branche hoog had opgegeven over hun kwaliteitswijnen.

Natuurlijk heeft het succes ook zijn schaduwzijde die af en toe het plezier over het succes vergalt. Zo is Franz tegenwoordig bijna elke maand meerdere dagen van huis weg. Hij reist stad en land af en inmiddels doet hij ook de buurlanden België, Nederland en Oostenrijk aan waar hij wijnbeurzen of belangstellende groothandelaren bezoekt en zijn handel steeds verder uitbreidt.

Eenmaal terug thuis werkt hij vaak tot diep in de nacht om de zaken die op het kantoor in Weissenburg zijn blijven liggen, af te werken en er rest hem dus almaar minder tijd voor Irene en zijn gezin. Dat vindt Franz niet fijn, maar hij ziet niet een-twee-drie hoe hij dit anders kan aanpakken. Er rust nog steeds een hypotheek – nog afgesloten door zijn pleegvader – op de huizen in Altenstadt en Schweighofen. De relatief lage rente kan hij probleemloos betalen, maar hij wil de hele schuld zo snel mogelijk aflossen.

Irene daarentegen is, net als nu, steeds vaker ontstemd over zijn afwezigheid, maar toont niet de minste interesse om hem in de wijnhandel te helpen. Meer nog, ze mijdt het kantoor in Weissenburg zo veel mogelijk. Dat is namelijk de plek waar Wilhelm Gerban haar destijds wekenlang heeft opgesloten om haar te dwingen de zwangerschap van Fränzel af te breken.

Ook in het huishouden op Schweighofen kan ze niet veel doen. Franz' moeder Pauline heeft tijdens de zware zwangerschap van de tweeling de leiding overgenomen. En sinds de komst van mevrouw Burger twee jaar geleden vormen de twee vrouwen weer het perfect op elkaar afgestemde team dat tijdens de kindertijd en jeugd van Franz het huishouden van de familie Gerban op een rustige en zeer professionele manier had geleid.

Zo heeft Irene als enige taak haar drie kinderen. Zoals te verwachten was, heeft ze een kindermeisje geweigerd en zorgt ze zelf voor de kleintjes, maar dat geeft haar geen voldoening meer, zeker nu Fränzel vaak op het wijngoed rondzwerft en met zijn schoolkameraadjes, de kinderen van de landarbeiders, speelt.

Ook Sophia wordt steeds zelfstandiger en vraagt Fränzel vaak haar mee te nemen op zijn zwerftochten. Op andere momenten helpt ze, klein als ze is, in de stallen of in de keuken waarbij ze niet in de gaten heeft dat ze voortdurend in de weg loopt, maar iedereen haar glimlachend haar gang laat gaan omdat ze zo'n leuk kind is. Alleen Klara hangt nog altijd aan de rokken van haar moeder. Irenes ondernemingslust heeft dringend een uitlaatklep nodig, dat wordt Franz met de dag duidelijker. Hij heeft er zijn hoofd al over gebroken over hoe hij haar ertoe kan bewegen zich meer bezig te houden met het wijngoed en dat niet alleen tijdens zijn afwezigheid.

Als Hansi Krüger zo blijft groeien, kan ik Kerner de leiding over de lokale wijnhandel geven en zelf onze handel nog verder uitbreiden, denkt hij bij zichzelf.

Maar vooralsnog reageert Irene terughoudend op zijn pogingen haar meer bij het wijngoed te betrekken, al voert ze alle taken die haar worden toebedeeld nauwgezet uit. Welnu, zijn poging van vandaag legt meer gewicht in de schaal dan de vorige: hij wil Irene medeverantwoordelijk maken voor het welslagen van de belangrijkste zaak van het jaar, de wijnoogst. Misschien slaat de vonk dan eindelijk over.

'We hebben grote plannen voor dit wijnjaar!' Franz blikt uitdagend rond. 'Ik wil nog een experiment wagen.'

Johann Hager, met wie Franz het idee al heeft besproken, glimlacht. Irene en Kerner kijken nieuwsgierig op.

'Tot op heden rissen we alleen de druiven voor onze kwaliteitswijnen af voor het persen. Nu wil ik proberen om ook de grauburgunder en gewürztraminer op deze manier te veredelen.'

Er gaat Irene een licht op. 'Aha, daarom staan er nog een paar wagens met mostvaten in de schuur. Ik vroeg me al af waarom.'

Franz knikt glimlachend. 'Ja, ik laat op dit moment alleen de silvaner- en weissburgunderdruiven meteen ter plaatse tot most verwerken. De rest van de oogst wordt aan het begin van de middag geleverd, hier afgerist en gekneusd en een paar uur later geperst.'

Het afrissen – de druiven van hun steeltjes ontdoen – is een arbeidsintensief karwei en voorkomt dat de bittere stof in de stelen, en vooral in de bladeren, en andere ongewenste materie zich vermengt met de most. En dat loont: het komt de smaak van de wijn absoluut ten goede.

'Ik heb speciaal nog vijf arbeidsters aangeworven om bij het afrissen te helpen.' Hij lacht naar Irene. 'Fränzel gaat ook meehelpen. Ik heb hem vijf pfennig per dag beloofd.' Sinds enige tijd geldt ook in Beieren aan de Rijn – zo noemt men de Palts ook wel – en de Elzas het nieuwe Duitse muntstelsel met marken en pfennig dat de guldens en kreuzer heeft vervangen.

'Waar is Fränzel nu? Heb je hem ergens gezien?' vraagt Irene ongerust.

Franz fronst zijn voorhoofd en denkt na. 'Na het ontbijt heeft hij me gezegd dat hij ging kijken naar het schoonmaken van de vaten. Verder weet ik het niet.'

'Daar was hij ook,' bevestigt Kerner. 'Ik heb Fränzel vanochtend in de grote wijnkelder gezien.'

'Ik ga meteen na onze bespreking naar hem op zoek,' stelt de rentmeester Irene gerust. 'Als er iets gebeurd was, hadden we dat nu wel geweten.'

Franz kijkt nog even snel op zijn zakhorloge. 'Laat me nog even mijn verhaal afmaken. Dit jaar oogsten we alleen nog de silvaner, weissburgunder en portugieser op de aloude manier. Met de druivenmolen persen we de druiven in de wijngaard. De most vangen we op in vaten en die brengen we hierheen. Vervolgens persen we de pulp en de most en hevelen we die over naar grote houten vaten om te gisten, met uitzondering van de portugieser natuurlijk. Die moet op de pulp gisten.'

Keldermeester Johann Hager steekt zijn hand op. 'Mag ik een voorstel doen, mijnheer Gerban?'

Franz kijkt verbaasd op, maar stemt toe. 'Natuurlijk, Hager. Tot op heden zijn al uw voorstellen succesvol gebleken.'

'Wat denkt u van nog een experiment met de portugieser?'

'Wat hebt u in gedachten?'

'Wel, op een dag ging er iets mis op het wijngoed waar ik voor mijn komst naar Schweighofen heb gewerkt. Een onervaren helper kieperde de gekneusde portugieserdruiven al na een paar uur in de wijnpers zoals hij gewend was te doen met de wittewijndruiven. Dat leverde een lichtrode most op. De eigenaar was woest en wilde de most weggooien, maar liet die uiteindelijk als nawijn voor eigen gebruik verwerken.'

Hager zwijgt even.

'En?' Franz begrijpt opeens waar Hager heen wil. 'Zeg nu niet dat dat brouwsel ook lekker was?'

'Toch wel. Het resultaat was een frisse, lichte, rooskleurige wijn,' bevestigt Hager. 'Ik vond hem lekker en vooral mijn vrouw praat er nog steeds enthousiast over.'

'En nu wilt u mij voorstellen zo'n pechbrouwsel te maken? Onder de befaamde merknaam Gerban?'

'Het is een poging waard. We zouden ons kunnen beperken tot een halve oogstwagen. Deugt de wijn niet, dan is het verlies minimaal. Smaakt die wel, dan hebt u volgend jaar weer iets nieuws.'

'En hoe zou ik zo'n wijn aanprijzen? Als experiment of vergissing bij het gisten van rode wijn?' Franz heeft er niet veel vertrouwen in.

'Als een oud recept uit Franse kloosters. Die zouden al in de middeleeuwen zo'n wijn hebben gemaakt. Ik heb me in de materie verdiept.'

Er verschijnt een brede grijns op het gezicht van Franz. 'Dan proberen we het zoals u het voorstelt. Laten we hiervoor de portugieserkavel bij Schweigen gebruiken.'

'De hele kavel?' vraagt Kerner vol ongeloof. 'Dat zijn minstens drie oogstwagens vol, meer zelfs denk ik.'

Franz knikt. 'We doen het zo. Wie niet waagt, niet wint. Maar dan hebben we natuurlijk nieuwe vaten nodig. Hebben we er nog over?'

Kerner knikt. 'We hebben nog vijf grote wijnvaten op voorraad. Maar daarna moeten we wel meteen nieuwe bestellen.'

Franz wendt zich tot Irene. 'Zou jij dat op je willen nemen, liefste? je kunt met Hansi Krüger naar Otto, de man van Minna, in Schweigen rijden en dan meteen ook je vriendin bezoeken.'

Voor het eerst tijdens de bespreking glimlacht Irene oprecht. 'Met plezier! Ik zal de meisjes ook meenemen op dit uitstapje. Sophia houdt zielsveel van haar peettante en Klara vindt het daar ook heel fijn.'

Franz werkt de rest van de agendapunten zo snel mogelijk af omdat hij voor zijn vertrek naar Hamburg nog een en ander te doen heeft, maar ook omdat hij merkt dat Irene haar interesse alweer verliest. Hij verneemt nog dat de hoeveelheid en de kwaliteit van de druiven van de wijngaarden die na de storm vier jaar geleden opnieuw zijn aangeplant verrassend goed is. Net zoals de most van de oude percelen die al geoogst zijn een goed tot zeer goed suikergehalte te zien geeft. Johann Hager legt Franz de bijgewerkte tabellen voor met mostgewichten die hij die ochtend zelf heeft gecontroleerd met de mostweger.

'Bespreek met z'n drieën geregeld de voortgang en rapporteer dan per telegraaf. Vooral als er onvoorziene problemen opduiken.' Daarmee sluit Franz de agenda af. Hij had zich voorgenomen de taak hem op de hoogte te houden expliciet aan Irene toe te wijzen, maar ziet ervan af.

Pas bij het onderwerp dat hij speciaal tot het laatst heeft bewaard, richt hij zich weer rechtstreeks tot zijn vrouw. 'Ik kom pas kort voor het oogstfeest terug, liefste. Wil jij met mijn moeder en mevrouw Burger de nodige voorbereidingen treffen?'

'Natuurlijk.' Nu kan er geen lach meer vanaf. 'Als ze nog iets voor mij over laten.'

Geen van de mannen aan de tafel ontgaat de bittere ondertoon.

Samen met Johann Hager haast Irene zich even later bezorgd over de binnenplaats van het wijngoed. Ze heeft snel gecheckt of de staljongen de tweeling al terug aan de zorg van Pauline heeft toevertrouwd en gehoord dat niemand weet waar Fränzel is. Haar ongerustheid neemt toe als de eerste euksters terugkeren voor het afrissen van de druiven en bevestigen dat Fränzel vandaag niet met hen mee naar de wijngaard is gegaan.

'Waar hangt hij dan uit? Misschien is hij wel gevallen en heeft hij zich bezeerd!'

'Dat zou dan in de grote wijnkelder moeten zijn gebeurd en dat zou iemand dan toch moeten hebben gezien. De vaten zijn vanochtend immers schoongemaakt,' aldus Hager. 'Maar ik loop met u mee om nog eens goed te kijken,' voegt hij er, vooruitlopend op de vraag van Irene, nog aan toe.

Op de glibberige, slechts door een paar petroleumlampen verlichte trap die naar de grootste kelder van het wijngoed voert, reikt hij Irene behulpzaam een hand. Langzaam wennen haar ogen aan de duisternis.

In het voorste gedeelte van de kelder heerst een grote bedrijvigheid die Irene niet meteen kan plaatsen. Voor twee van de enorme vaten staan opgeschoten jochies, bijna kinderen nog, die voortdurend iets aanreiken. Als ze dichterbij komt ziet Irene dat het sponzen en uitgewrongen doeken zijn.

'Wat doen ze daar?' vraagt ze aan de keldermeester.

'De vaten moeten binnenin schoongemaakt worden voor we ze kunnen vullen met nieuwe most.'

'Binnenin? Hoe doen ze dat?'

Hager wenkt haar naar het eerste vat waaraan wordt gewerkt. 'Binnenin zit een knaap die door deze smalle opening is geglipt en schoonmaakt. Een volwassen man past daar niet in.' En warempel, op dat moment verschijnt de blonde kop van een van de jongens die Irene die ochtend al naar Fränzel heeft gevraagd, voor het gat dat is ontstaan door het verwijderen van een paar duigen uit het vat.

'Kinderen?' Ze kan haar oren niet geloven. 'Laten we op ons wijngoed kinderen dit soort werk doen?' Ze is boos op zichzelf dat dit haar tot op heden blijkbaar is ontgaan.

Hager kijkt Irene verbaasd aan. 'Er hebben altijd al kinderen geholpen bij de oogst, mevrouw Gerban. Dat gebeurt overal in de Palts. Ze krijgen daarvoor ook vrij van school.'

Irene valt hem in de rede. 'Ja, dat weet ik, maar ik dacht dat dat beperkt bleef tot de druivenpluk.'

'In de oogsttijd nemen we ook wat oudere knapen aan om de vaten te reinigen.' Hager laat zich niet van de wijs brengen. 'Ook dat is al vanouds de gewoonte.'

Irene laat dat even bezinken. Het herinnert haar pijnlijk aan de tijd in de fabriek waar ze ook kinderen in dienst namen om de binnenkant van de ovens waarmee de stoommachines worden aangedreven schoon te maken.

'Ik hoop wel dat die kinderen geen ongeschikt werk moeten doen.'

'Dat spreekt voor zich,' antwoordt Hager. 'Elk kind helpt naar vermogen mee. De allerkleinsten rapen bij de oogst de druiven op die op de grond zijn gevallen of helpen bij het afrissen. De oudere plukken mee. Het schoonmaken van de vaten vinden die knapen trouwens het leukst. En het verdient ook nog eens het best. Uw echtgenoot betaalt hun tien pfennig per schoongemaakt vat.'

Voordat Irene nog iets kan zeggen, klautert de blonde jongen uit het vat. 'Hé, Konrad! Kom eens hier!' roept Hager.

Aarzelend komt de jongen dichterbij. In het schijnsel van de lamp weerspiegelt zijn gezicht zijn slechte geweten.

'Weet jij waar Fränzel kan zijn?'

De jongen wijst in de richting van de lange rij vaten die verdwijnt in de duisternis achter in de kelder. 'Daar heb ik hem vanochtend vroeg voor het laatst gezien,' piept het joch.

Hager vertrouwt het nu ook niet meer en grijpt de jongen bij zijn oor. 'Waar precies? Wijs het ons aan!'

Irene heeft de lamp die voor het vat op de grond stond al vast en haast zich weg. In de verte hoort ze opeens een zacht kloppen, maar van Fränzel is er geen spoor. Het kloppen wordt harder en nu hoort ze ook zacht gesnik. Het lijkt uit een van de grote vaten te komen.

'Verdomme!' vloekt Hager die zoiets nooit zou doen in het bijzijn van een dame. Hij schudt het joch dat hij bij de arm heeft meegesleurd door elkaar. 'Hebben jullie Fränzel opgesloten?' Het kind knikt bang.

'Hier blijven! Verroer geen vin!' brult Hager die zich voor het vat op de knieën laat zakken en enkele duigen lostrekt. Even later sluit Irene haar trillende en snikkende zoon in haar armen.

'Wat is er gebeurd, lieverd?' vraagt ze zachtjes als Fränzel wat gekalmeerd is.

Haar zoon haalt zijn neus op. 'Ik wilde kijken hoe zo'n vat er van binnen uitziet. Konrad, Martin en nog een paar anderen hebben me erin gelaten, maar daarna hebben ze het gat weer dichtgemaakt.'

Hager vliegt op Konrad af en geeft hem een klinkende oorvijg. 'Zijn jullie helemaal gek geworden? Fränzel had daarin kunnen stikken!' roept hij.

'Het was Martins idee,' jammert de knaap terwijl hij de wang vasthoudt waarop zich de vijf vingers van Hager aftekenen. 'We zouden Fränzel er op z'n laatst na het middageten weer uit laten.'

Hager heft opnieuw zijn hand op, maar Irene, die inmiddels weer is gaan staan, houdt hem tegen en buigt zich naar Konrad toe.

'Waarom hebben jullie Fränzel opgesloten?'

Nu pas begint Konrad te huilen. Dikke tranen rollen over zijn gezicht. 'Martin vond het vervelend dat Fränzel opschepte over zijn loon. Hij beweert dat hij vijf pfennig per dag krijgt als hij bij het afrissen helpt. Daarmee mag hij doen wat hij wil, zegt hij. Speelgoed of snoep kopen. Wij krijgen helemaal niets voor ons werk omdat ons loon aan onze ouders wordt uitbetaald. En dat terwijl Fränzel toch al rijk is en wij niets hebben.'

Ondanks haar verontwaardiging over de grap die de jongens met de kleine Fränzel hebben uitgehaald, raakt dit Irene. De arbeiders van het wijngoed Gerban hebben dankzij initiatieven van Franz betere woningen en een hoger loon dan hun collega's bij andere wijngaarden, maar toch leven de gezinnen nog steeds in bittere armoede, zeker als ze veel kinderen hebben.

Ze krijgt een idee. 'Ik wil dat alle kinderen die vandaag bij het plukken en op het landgoed hebben geholpen om zes uur naar de wijnperserij komen.'

Terwijl ze terugloopt naar het landhuis denkt ze na over de voorraden. Voor vanavond heeft ze in ieder geval genoeg. Franz heeft van zijn vele reizen genoeg voor haar meegebracht.

'Ik wil mijn excuses aanbieden aan iedereen die ik vanochtend met mijn opschepperij heb gekwetst. Dat zal ik nooit meer doen.'

Ontroerd kijkt Irene naar haar bijna zeven jaar oude zoon die na een lang gesprek met haar heeft ingestemd dit te zeggen.

Dan gaat ze zelf voor de kinderschare staan die bestaat uit een twintigtal jongens en meisjes in versleten, veelvuldig herstelde kielen of schorten en met houten klompen aan hun voeten. De jongsten zijn amper even oud als Fränzel, de oudsten ongeveer elf of twaalf zoals Martin, de vlegel die de gemene streek met haar zoon heeft uitgehaald. Hij staat nerveus op zijn voeten te wiebelen.

'Toch vind ik het niet fijn dat sommigen van jullie Fränzel in een vat hebben opgesloten waar we hem pas uren later hebben gevonden. Hij, maar ook ik als moeder, zijn heel bang geweest. Ik verwacht dan ook een verontschuldiging van de jongens die dat hebben gedaan.'

Ze werpt Martin een bemoedigende blik toe en aarzelend zet hij een stap naar voren, op de voet gevolgd door Konrad en drie andere knapen. 'Het spijt me.' Martin klinkt oprecht berouwvol. 'We wisten niet dat je in een vat uiteindelijk geen lucht meer krijgt.' Hij kijkt naar Fränzel en maakt een buiging. 'Neem het me niet kwalijk.'

Fränzel knikt en zoekt de ogen van zijn moeder. 'Aanvaard je de verontschuldigingen van Martin?' Fränzel knikt nog een keer. 'Geef hem dan een hand!'

Als ook de andere jongens zich voor hun streek hebben verontschuldigd en Fränzel hun allemaal een hand heeft gegeven, reikt Irene achter zich naar een mand.

'Ik weet dat jullie geen geld krijgen voor jullie hulp bij de oogst omdat jullie ouders dat loon nodig hebben om eten en kleren voor jullie te kopen. Daarom mogen jullie elke avond na het werk hier iets lekkers komen halen. Vandaag heb ik chocolade voor jullie, voor elk kind een reep.'

Stralend halen de kinderen de bijzondere traktatie op. 'Ik heb nog nooit chocolade gegeten,' piept een meisje met blonde vlechtjes. Al snel blijkt dat zij niet de enige is.

'Laat het jullie dan maar goed smaken. Maar jullie mogen het niet meenemen, maar moeten het hier opeten.' Irene houdt een jongen tegen die al op weg is naar de deur.

Dat heeft Nikolaus Kerner haar aangeraden toen ze hem haar plan uit de doeken had gedaan. 'Als u de kinderen echt een plezier wilt doen, moet u ze het ter plekke laten opeten. Anders pakt iemand het misschien nog van hen af. Voor een reep chocolade is er in menig herberg een biertje te krijgen.'

Die raad heeft ze opgevolgd en nu kijkt ze vertederd toe hoe de kinderen verrukt aan hun reep sabbelen. Een paar van hen hebben zelfs hun ogen gesloten. Pas als ze de laatste restjes van hun kleine vingers hebben gelikt, geeft Irene een teken dat ze mogen vertrekken.

'Tot morgenavond, lieverds. Ik zal de kokkin vragen om slagroomsoezen te maken of beignets te bakken. Daar moet ik nog even over nadenken.'

Jubelend rennen de kinderen de schemering in.

Het huis van Minna in Schweigen

Oktober 1877, een paar dagen later

'Zo, meisjes! Willen jullie niet gaan kijken wat er in de werkplaats gebeurt? Mijn zoon Otto zal het jullie allemaal laten zien. Jullie moeder en ik willen graag even met elkaar praten.'

'O ja, tante Minna!' Sophia wrijft de laatste kruimels van de boterkoek van haar mond. Klara, die nog op Irenes schoot zit, kruipt nog wat dichter tegen haar moeder aan.

Sophia bekijkt dit lichtelijk jaloers. 'Mag ik dan totdat Otto komt op jouw schoot zitten, tante Minna?' Het is geen ongehoorde vraag, Minna is immers haar peettante, maar die weigert.

'Vandaag niet, kleintje. Ik ben nog steeds verkouden en wil je niet ziek maken.' Ze hoest.

Sophia trekt een pruilmondje en richt zich tot Irene. 'Mag ik dan ook op jouw schoot?'

Op dat moment komt Otto junior, Minna's oudste stiefzoon, de keuken binnen. Hij is inmiddels veertien en in de leer in de kuiperij van zijn vader. Terwijl hij een stuk boterkoek weggraait, vraagt Irene: 'Wat wil je de meisjes laten zien in de werkplaats? Zullen ze daar niet in de weg lopen?'

Otto schudt het hoofd en schrokt de taart naar binnen. 'Maakt u zich geen zorgen, mevrouw Gerban. Ik zal goed op hen passen. Ik laat hun eerst zien waar de grote vaten worden gemaakt en dan neem ik hen mee naar de leerwerkplaats. Ik moet van mijn vader een brandewijnvat maken om goed te oefenen met de duigen. Eerst laat ik de meisjes zien hoe je de duigen erin steekt en dan met een ijzeren ring bij elkaar houdt. Daarna mogen ze me helpen met het beschilderen van het vaatje. En als er nog tijd over is, kunnen we in de stal naar de lammetjes gaan kijken.'

'Ja, joepie!' roept Sophia, terwijl Klara zich weer tegen Irene aan vlijt. Zij zet haar dochtertje op de glanzend geboende tegelvloer. 'Ga nu maar met Otto mee en laat ons even alleen.'

De drie kinderen verlaten de keuken en Irene kijkt Minna, die weer moet hoesten, bezorgd aan. 'Dat is een hardnekkige verkoudheid die al sinds de zomer aansleept. Gaat het echt goed met je?'

'Met mij gaat alles heel goed.'

'Je bent ook afgevallen.'

'Het gaat goed met me,' herhaalt Minna nadrukkelijk. 'Dat ik wat ben afgeslankt heeft zo zijn voordelen. Nu hoef ik mijn winterkleren niet uit te leggen. Vertel me liever hoe het met jou gaat!'

Irene trekt haar schouders op. 'Z'n gangetje. Franz is alweer op reis; hij zit nu in Berlijn. Als de zaken zo goed blijven lopen, serveren ze binnenkort onze wijn aan de keizerlijke dis.'

'Hoe geweldig is dat!' roept Minna en herinnert Irene eraan dat ze zelf tot op heden weinig enthousiasme aan de dag heeft gelegd voor deze unieke kans voor het wijnhandelshuis Gerban.

'Maar je bent er niet blij mee,' stelt Minna nuchter vast als ze het gezicht van Irene ziet. Ze begint weer te hoesten.

Irene zucht. 'Ik gun Franz zijn succes en ben ook oprecht trots op hem, maar ik mis hem zo. Ik voel me vaak eenzaam en nutteloos als hij er niet is.'

'Je hebt de kinderen toch?'

'Natuurlijk! Ze zijn mijn grote trots, maar hoewel ik nog alle kleren voor de tweeling naai, krijg ik mijn dag daar niet mee gevuld. Bovendien slapen de meisjes 's middags nog en willen ze af en toe ook naar hun oma Pauline. En Fränzel zwerft de hele dag op het domein rond. Ik mag blij zijn als hij op tijd aan tafel verschijnt. Natuurlijk speel ik veel met de meisjes en lees ik hun voor, maar...' Haar stem stokt.

'Maar dat is niet genoeg voor jou!' Minna maakt haar zin af. Irene knikt.

'Je hebt nu toch eindelijk tijd voor jezelf en moet niet meer van 's ochtends vroeg tot 's avonds laat als textielarbeidster in de fabriek werken. Je kunt doen wat je wilt.'

Irene antwoordt niet.

'Je zou nu al die boeken kunnen lezen zoals je vroeger al wilde. Het duurt jaren voordat je door de bibliotheek van Altenstadt heen bent.'

'Je hebt gelijk, Minna, maar nu mevrouw Burger bij ons werkt, ga ik daar niet graag meer heen. Mevrouw Burger legde vroeger de boeken klaar waar ik bij mijn vorige bezoek om had gevraagd. Ottilie en Gregor zag ik op die manier zo goed als nooit. Dat is nu anders.'

'En die zie je liever niet. Dat begrijp ik heel goed na wat ze jouw moeder hebben aangedaan.'

'Dat is één ding, Minna. Feit is dat ze ook geen idee hebben dat ik hun biologische nichtje ben. Ze zien me nog altijd als een omhooggevallen dienstmeisje en laten niet na me dat onder de neus te wrijven. Bovendien heb ik niemand met wie ik over de boeken kan praten als Franz er niet is,' voegt ze er nog aan toe.

'En je schoonmoeder Pauline?'

'Pauline is een ingoede vrouw. Kort na mijn aankomst hebben we veel intieme gesprekken gevoerd, maar inmiddels boeit het verleden niet meer zo. En zo belezen als ik ooit dacht, is Pauline niet. Ze heeft andere interesses dan ik.'

'Zoals?'

'Ze speelt piano en zoekt oude bekenden op. En als er in het huishouden niets te regelen valt, zit ze urenlang te borduren. Ze is een typische exponent van haar sociale klasse en heeft nooit een ander leven gekend.'

'In tegenstelling tot jou,' stelt Minna vast. Irene knikt somber.

'"Denk goed na over wat je wilt, want het wordt je misschien gegund," zei men vroeger. Dat is duidelijk op jou ook van toepassing,' zegt haar vriendin met lichte ironie.

'Ik wil geen fijne dame zijn,' antwoordt Irene fel. 'Ik wil bij Franz zijn, meer niet!'

'Je kunt het ene niet hebben zonder het andere, veronderstel ik. Maar als je zo graag werkt, waarom houd je je dan niet intensiever met het wijngoed bezig?'

'Dat wil Franz heel graag,' geeft Irene toe. 'Maar ik heb totaal geen verstand van die zaken. Nikolaus Kerner en Johann Hager zijn experts in hun vak. Zelfs met twintig jaar ervaring zou ik nog niet aan hen kunnen tippen. Daarnaast zal ik hen zeker in hun trots krenken als ik me met hun werk bemoei.'

Ze windt zich op. 'Je ziet toch dat vandaag Hansi Krüger met me mee is gekomen om de zaken met jouw man te regelen. Ik weet gewoonweg niet wat een goed vat is en wat niet. Franz stelt dit soort dingen voor omdat zijn geweten hem parten speelt. Hij wil me bezighouden.'

'Dat bedoelt hij toch alleen maar goed,' werpt Minna tegen.

Irene glimlacht bitter.

'Waarom ga je niet vaker met Franz mee op reis? Vooral naar interessante plekken zoals Berlijn?' oppert Minna.

'Daar heb ik ook aan gedacht. Zeker nu de meisjes groot genoeg zijn om een paar dagen aan Pauline toe te vertrouwen, maar Franz ziet dat niet zitten. Hij beweert dat hij geen tijd heeft voor de bezienswaardigheden in de steden die hij aandoet omdat hij de hele dag, én avond, met het werk bezig is. En de beste deals worden meestal beklonken tijdens zakendiners.'

'En alleen kun je als zijn echtgenote natuurlijk niets ondernemen. Dat betaamt de vrouw van een vermogende wijnhandelaar en grootgrondbezitter niet.' Nu klinkt Minna wat sarcastisch.

Irene knikt. 'Dan moet Rosa mee, met wie ik het niet goed kan vinden. Bovendien moet Pauline haar dan missen in Schweighofen.'

'Mijn god! Zo ingewikkeld allemaal!' Minna hoest weer en drinkt van haar inmiddels koud geworden thee. 'Zal ik een nieuwe pot zetten?'

'Nee, dank je. Ik heb genoeg gehad. Bovendien moet ik om zes uur weer in Schweighofen zijn.'

'Aha! Vandaag heb je dus toch iets te doen. Naast de kinderen naar bed brengen, natuurlijk,' merkt Minna op.

Irene vertelt Minna over de cadeautjes voor de kinderen van de landarbeiders. Haar vriendin kijkt haar gefascineerd aan.

'Nu je het over die kinderen hebt, zie ik je pas echt lachen, Irene,' zegt ze verheugd en krijgt dan weer een hoestbui.

Irene kijkt Minna strak aan. 'Ik vind dat je nu nog meer hoest dan bij mijn laatste bezoek.'

'Hou toch op, je ziet spoken.' Minna brengt het gesprek snel op iets anders.

'Hoe gaat het met Emma? Heb je onlangs nog iets van haar gehoord?' Irene heeft Minna natuurlijk verteld over het trieste lot van haar vriendin in Lambrecht en zucht.

'Helaas gaat het niet goed met haar. Georg is ontslagen en nu zijn ze ook hun woning kwijt. Emma is voorlopig met de meisjes weer bij Trude Ludwig ingetrokken, anders stonden ze allemaal op straat. Zelf is ze door de ontberingen van de laatste jaren te zwak om in de fabriek te werken. Uiteindelijk redde ze het zelfs in de borstvoedingskamer niet meer.' Minna snuift en moet dat bekopen met een nu toch wel heel heftige hoestbui.

'Waarom haal je Emma en haar dochters niet naar Schweighofen?' hijgt ze buiten adem.

'Georg verbiedt het haar,' antwoordt Irene. 'Hij dreigt er weer mee de kinderen af te pakken. Ik ben speciaal naar Weissenburg gegaan, naar monsieur Payet, onze raadsman, om te vragen of Georg dat echt kan doen. Helaas heeft Payet het bevestigd. Georg kan Emma slaan en de meisjes met zijn drankzucht in de grootste ellende storten, maar als hoofd van het gezin houdt hij het voor het zeggen. Als hij zou willen en een gerechtelijk bevel kan versieren, kan hij de meisjes zonder toestemming van Emma ter adoptie aanbieden.'

'Verschrikkelijk!'

'Je zegt het,' bevestigt Irene. 'Ik stuur Emma geregeld geld zodat ze bij Trude kan bijdragen in haar levensonderhoud, maar vooral om Georg te laten zuipen. We hopen dat hij haar dan rustig daar laat wonen.'

De twee vrouwen zwijgen een tijdlang diep aangegrepen.

'Maar een oplossing op lange termijn is dat niet,' zegt Minna uiteindelijk zachtjes.

'Natuurlijk niet!' Irene windt zich weer op. 'Maar wat moeten we anders in een land dat mannen wettelijk alle macht over hun vrouwen geeft. Waar arbeidsters slechts een derde verdienen van wat een man voor hetzelfde werk en hetzelfde aantal uren krijgt. Waar kinderen nog altijd illegaal werken omdat hun ouders niet weten hoe ze hun anders te eten moeten geven. Omdat...'

Minna heft lachend haar hand op en onderbreekt Irenes hartstochtelijke betoog.

'Ik weet wat jouw ware roeping is en waarin je voldoening zou kunnen vinden. Ik weet alleen nog niet hoe je het in de praktijk kan brengen.'

2

Berlijn

De laatste week van oktober 1877

'Heel fruitig, heel lekker, die spätburgunder van u. Werkelijk! Fantastisch!'

Franz' gesprekspartner ruikt nog een keer aan de rode wijn, neemt nog een slok uit de roemer en laat de wijn rond door zijn mond rollen. Vervolgens spuugt hij die uit in een aardewerken kan op de tafel in het proeflokaal van Blauberg & Zoon, Berlijns bekendste wijnhandel.

'Blij dat te horen, mijnheer Blauberg. Mag ik vragen of de rode wijn ook u bevalt?' Franz wendt zich tot de tweede man aan de gepolijste houten tafel: Hermann Gehl, waarnemend zaakvoerder.

Arnold Blauberg, de corpulente, gedrongen eigenaar van de zaak, is het enige overgebleven lid van het gerenommeerde wijnhandelaarsgeslacht. Zijn twee jongere broers zijn omgekomen in de Frans-Duitse oorlog en voor zover Franz weet, heeft hij geen zonen die als vierde generatie het familiebedrijf kunnen overnemen. Blauberg is al lang weduwnaar. Volgens de geruchtenmolen geeft de man van midden veertig met zijn grijze haren en de met rode adertjes doorlopen, knolvormige neus niet veel om vrouwen.

Kletspraatjes waar Franz niet veel waarde aan hecht. De reputatie van de wijnhandel is in elk geval keurig genoeg om te mogen leveren aan het keizerlijke hof. En dat is het enige dat telt voor Franz; al het andere beschouwt hij als privéaangelegenheden van de wijnhandelaar.

Hermann Gehl, die naar verluidt binnenkort compagnon zal worden, spuugt zijn wijn ook in de kan. 'Uitstekend, mijnheer Gerban. Werkelijk uitstekend. Alleen...' Zijn stem stokt.

Het hart van Franz klopt in zijn keel. 'Alleen niet écht sensationeel. We hebben al een vergelijkbare topwijn uit Deidesheim in ons assortiment. U begrijpt...' Hij zwijgt weer en kijkt zijn compagnon aan.

Blauberg tuit zijn volle lippen onder de verzorgde snor. Zijn bakkebaarden reiken net als bij keizer Wilhelm tot aan de kraag van zijn hemd.

'Natuurlijk heeft het geen zin te concurreren met de wijnen in ons assortiment,' valt Blauberg zijn partner bij. 'We hebben alternatieven nodig voor de wijnen die we al aan onze selecte klantenkring verkopen, geen uitwisselbare producten. En zoals mijn gewaardeerde Gehl al zei, is uw rode wijn weliswaar een tikje fluweliger en fruitiger dan de Deidesheimer, en' – hij houdt het glas in het licht van de plafondlamp – 'wat mij betreft ook helderder van kleur. Maar of onze klanten dat echt merken en waarderen, is maar de vraag. De meesten beschouwen zichzelf als wijnkenners, maar...' Blauberg glimlacht laatdunkend en maakt zijn zin niet af.

'En een dozijn flessen Deidesheimer is ettelijke marken goedkoper in aankoop,' voegt Gehl er nog aan toe.

Aha! Uit die hoek draait de wind, denkt Franz geamuseerd, maar ook gerustgesteld. Ze willen op de prijs afdingen. Natuurlijk kent hij de spätburgunder van zijn concurrent uit Deidesheim en weet hij hoe goed die is, maar hij is zich ook bewust van de minieme, maar subtiele verschillen in het voordeel van zijn wijn.

'Maar de riesling en gewürztraminer zijn ontegenzeglijk een verrijking van uw assortiment, niet?' Hij wacht nog even om zijn laatste troef uit te spelen.

Blauberg glimlacht. 'Voor het gros van onze klanten zeker. Maar voor het hof...'

'Daar heb je heel bijzondere wijnen voor nodig!' Gehl neemt het opnieuw van hem over.

'Wel, dan kan ik u misschien nog iets heel aparts aanbieden.' Franz opent een vak in zijn gecapitonneerde koffer en haalt er nog een fles uit. Het ontgaat hem niet dat de ogen van zijn gesprekspartners oplichten.

Blauberg slaat zijn hand iets te theatraal tegen zijn voorhoofd. 'O ja! Ik was bijna helemaal vergeten...' Die onafgemaakte zinnen gaan Franz stilaan op zijn zenuwen werken.

'Onze ijswijn.' Hij is Gehl, die zijn mond al open had, voor. 'Maar voor u deze exclusieve specialiteit proeft, stel ik een voorwaarde.'

De heren kijken Franz met grote ogen aan.

'Spoel uw mond met water en eet liefst ook nog een paar stukjes brood! Ik wil niet dat het droge van de spätburgunder botst met deze uitermate zachte wijn.'

Even aarzelen de mannen, maar geven dan gevolg aan het verzoek. Ondertussen giet Franz de goudgele inhoud van de fles in drie kleine dessertglazen. Onmiddellijk verspreidt zich een heerlijke geur over de tafel.

Blauberg snuift. 'Het ruikt fantastisch,' ontglipt het hem.

Franz lacht in zichzelf, maar zwijgt. Hij heft zijn glas en wacht tot de heren nog een slok water hebben genomen.

'Op uw gezondheid,' proost hij vervolgens. Geamuseerd ziet hij hoe de neusgaten van Blauberg zich verwijden als hij aan het glas ijswijn ruikt en er dan bijna aarzelend aan nipt. Zijn vlezige gezicht vertrekt spontaan van genot. Hij laat het kostbare vocht door zijn mond rollen en tot grote verbazing van Franz slikt hij de wijn door om dan meteen een grotere slok te nemen.

'Zo moet de wijn van de goden op de Olympus hebben gesmaakt,' zegt hij verrukt. Het masker van de professionele wijnhandelaar is volledig verdwenen. 'Hoe noemen ze die drank ook alweer?'

'Nectar.' De toen zo saaie lessen Oudgrieks aan het lyceum van Straatsburg komen nu toch van pas, denkt Franz dankbaar. 'Ambrozijn noemt men het voedsel dat de goden daarbij nuttigden.'

Gehl kijkt Blauberg afkeurend aan, maar Franz merkt dat ook hij zijn wijn doorslikt in plaats van uit te spugen.

'U hebt deze extra gezoet,' insinueert hij.

Hoewel het achteraf zoeten van wijn niet verboden is en dat ook op het wijngoed Gerban met mate gebeurt, zij het niet bij de kwaliteitswijnen, schudt Franz lichtelijk misnoegd het hoofd.

'Natuurlijk niet, mijnheer Gehl. Dit is onze bijzondere ijswijn uit 1875. Het heeft toen van november tot januari bijna aan één stuk door gevroren.' Niet voor het eerst feliciteert Franz zichzelf met het feit dat hij toen het gigantische risico heeft genomen om de druiven van drie volledige percelen hiervoor te laten hangen.

Blauberg, tot grote verbazing van Franz nu eerder met de pet op van wijnkenner in plaats van wijnhandelaar, wendt zich tot Gehl. 'Meisel uit Hamburg heeft niet overdreven. Dit is echt iets bijzonders.'

'Gefeliciteerd met deze wijn. Wat vraagt u ervoor? Ik neem alle flessen die u nog hebt,' biedt hij aan zonder te overleggen met Gehl.

Franz stopt nu al zijn eieren in één mand. 'De ijswijn is alleen in combinatie met die witte wijnen en de spätburgunder die u al hebt geproefd, te verkrijgen. En let wel, we hebben weliswaar nog een redelijke voorraad van meer dan twee grote vaten van dit wijnjaar, maar het is ons topproduct waar andere groothandelaren als het ware om vechten.'

'En dus?' vraagt Gehl, die het hoofd koel houdt.

'Ik kan u honderd flesjes van 0,375 liter aanbieden als u daarnaast ook minstens tweehonderd flessen van de drie andere wijnen bestelt. Tegen de groothandelsprijs uit onze catalogus.'

Gehl bladert snel het boekje door dat Franz hem aan het begin van de proeverij heeft overhandigd. 'Er staat geen prijs bij de ijswijn,' stelt hij vast. '"Prijs op aanvraag" staat hier.'

Franz knikt koeltjes. 'Met opzet, mijne heren. De prijs is afhankelijk van de hoeveelheid wijnen die u verder afneemt.'

'Stel dat we zeshonderd flessen van de andere wijn bestellen. Hoeveel kost de ijswijn dan?'

'Vijftien mark per fles.' Spontaan verhoogt Franz de prijs die hij oorspronkelijk wilde vragen met een derde.

'Vijftien mark? Bent u gek geworden? Als groothandelsprijs?'

'Exclusief transportkosten.'

'Vergeet het maar!' reageert Gehl. Blauberg pakt hem bij de arm. 'Rustig, man.'

Hij richt zijn blik weer op Franz. 'Ik bied u twaalf mark en dan neem ik tweehonderd flessen af.'

'Dat is onmogelijk voor die prijs. Ze rukken de wijn uit onze handen. We verkopen die nu voor vijftien mark per fles, zelfs aan onze grootste klanten in New York.'

'Hoe zit het met de ijswijn uit 1876?'

Op deze vraag zat Franz te wachten. Hij haalt nog een fles tevoorschijn en schenkt de heren in. Beiden proeven en slikken de wijn ook nu weer door.

'Ook dit is een heerlijke wijn, maar niet zo goed als die van 1875.'

Franz knikt. 'Dat weet ik, mijnheer Blauberg. Afgelopen winter was niet zo koud als die van het jaar daarvoor en we moesten de druiven al kort voor kerst plukken.' Hij laat bewust een pauze vallen. 'Maar deze kan ik u wel voor twaalf mark per fles aanbieden.'

'Maar hij is niet zo goed als die van 1875,' zegt Blauberg met klem.

Franz knikt nogmaals. 'Daar ben ik me van bewust.'

Blauberg ademt hoorbaar uit. 'U bent werkelijk een gehaaid onderhandelaar, mijnheer Gerban. Net zoals uw vader zaliger die ik ooit op een wijnbeurs heb ontmoet,' voegt hij er tot verbazing van Franz aan toe. 'Maar me dunkt dat uw wijnen in vergelijking met vroeger aan karakter hebben gewonnen. Het wijnhandelshuis Gerban had toen al een goede reputatie, maar het heeft nooit tot een samenwerking geleid. De ideeën van uw vader en de onze pasten niet bij elkaar.'

Franz vraagt niet wat daar de reden voor was. Temeer omdat Blauberg hem nu de vraag stelt waarop hij heeft gehoopt. 'Vertel, onder welke voorwaarden kunnen wij wél zakendoen?'

Franz denkt snel na over de mogelijkheden. 'Wat als u nu eens het hele assortiment zou bestellen? Naast het keizerlijke hof hebt u ongetwijfeld ook minder exclusieve klanten. We verkopen ook een lekkere portugieser en andere witte wijnen die als tafelwijn uitstekend geschikt zijn voor eenvoudigere, maar toch ook chiquere milieus. Bovendien plan ik een paar nieuwigheden.'

Hij vertelt over de rosé, die hij als een lichte wijn voor dames aanprijst.

'Laten we een contract maken dat óns een vaste afname per jaar garandeert en ú de gegarandeerde levering van een uitstekend assortiment voor bijna elk budget en elke smaak.'

'Aan welke hoeveelheid denkt u?'

Franz noemt een getal en voegt eraan toe: 'Onder die voorwaarden kan ik u zelfs driehonderd flessen van de ijswijn van 1875 aanbieden voor de prijs van een even grote hoeveelheid van de volgende jaargang, namelijk twaalf mark per fles.'

Gehl geeft Blauberg een teken. Die begrijpt het meteen en zegt: 'We willen dit graag even onder vier ogen bespreken.'

De twee mannen trekken zich terug in een zijkamertje waar ze flink met elkaar in discussie gaan. Franz vangt slechts af en toe een paar flarden op, maar het gaat duidelijk de goede kant op.

'Minstens tweeëntwintig mark per fles... Sensatie van het balseizoen dit jaar... misschien zelfs op de Weense markt...'

Eindelijk komen ze terug, Blauberg met een knalrood gezicht, maar zichtbaar tevreden; Gehl met een ietwat krampachtige glimlach.

'Goed. Wij gaan akkoord met een contract tegen de door u gewenste voorwaarden, maar in eerste instantie voor een periode van drie jaar. Als alles dan naar tevredenheid verloopt, zien we verder. En voor de ijswijn van 1876 betalen we hooguit tien mark per fles.'

Ondanks dit laatste voorbehoud, dat hij eigenlijk al heeft ingecalculeerd, is dit veel meer dan waar Franz op had gehoopt. Hij probeert dat niet te laten merken en sluit de deal.

Pas als hij in een huurkoets op weg is naar zijn hotel, juicht hij zo hard dat voorbijgangers verbaasd blijven staan en de koetsier zijn paarden maar nauwelijks in de hand kan houden.

Villa Stockhausen in Oggersheim

De laatste week van oktober 1877

'Het is je dus volledig ontgaan dat de kosten voor het huishouden maand na maand gestegen zijn?'

Herbert Stockhausen kijkt zijn jonge vrouw Mathilde streng aan.

Het huilen staat haar nader dan het lachen, maar ze probeert zich te beheersen. 'Natuurlijk heb ik dat gezien,' liegt ze. 'Maar ik dacht dat je de betere kwaliteit van het eten wel zou waarderen!'

Haar man laat zich echter niet van de wijs brengen. 'En je wist dus niet dat Herta intussen overal alles op de rekening liet zetten? Bij de kruidenier, de slager, de melkboer, de bakker? In totaal gaat het over bijna honderd mark!'

Mathilde schudt het hoofd.

'Dat kun je alleen hebben gemist omdat je de huishoudboekjes niet hebt gecontroleerd,' zegt Ilse Stockhausen, Herberts ongetrouwde tante. 'Herta heeft elke post netjes ingevuld, zelfs wat ze op de rekening liet schrijven en de volgende maand betaalde voor het geld weer op was. Haar kunnen we alleen verwijten dat ze zich niet eerder tot mij heeft gewend.'

Mathilde zwijgt, plukt met haar vingers aan haar rok en bijt op haar onderlip.

'Ik heb je honderdvijftig mark huishoudgeld per maand gegeven.' Herbert Stockhausen zet zijn kruisverhoor voort. 'Twintig mark daarvan mocht je naar eigen goeddunken gebruiken, maar Herta beweert dat je haar nooit meer dan honderd mark hebt gegeven.'

'Ik heb de kokkin elke maand het huishoudgeld in één keer gegeven,' repliceert Mathilde en negeert daarbij de laatste opmerking. 'Kan ik er wat aan doen dat ze het niet goed heeft gebudgetteerd.'

'Dat controleren is jouw voornaamste taak als vrouw des huizes.'

Herbert geeft zijn tante een teken. 'Eén ding tegelijk, tante Ilse. Wat is het nu? Heb je de kokkin honderdvijftig of honderd mark gegeven?' dringt hij aan.

Mathilde strijkt nerveus door haar haar waardoor er nog meer lokken loskomen uit haar toch al wanordelijke kapsel. 'Dat weet ik niet meer precies. Het kan wel eens tien of twintig mark minder zijn geweest.'

'Tien of twintig mark minder,' herhaalt haar echtgenoot. Ilse en hij kijken elkaar aan.

'En waaraan heb je het geld dat je voor jezelf hebt gehouden besteed?' Herbert geeft niet op.

Er verschijnt een koppige trek rond Mathildes mond. 'Dat kan ik me niet meer herinneren. Voor een paar handschoenen misschien. En ik heb ook een oude hoed laten opknappen. Dat soort kleinigheden.'

'Je zit de laatste tijd bijna elke middag in een konditorei,' beweert Ilse. 'En dat is aan je te zien.'

In de drie jaar van haar huwelijk is Mathilde weer enigszins aangekomen, maar zwaarlijvig als weleer is ze zeker nog niet.

Ze werpt Ilse een hatelijke blik toe. 'Ik zit hier ook de hele dag alleen,' sist ze. 'Herbert is de hele dag weg. Het lijkt wel alsof...' Haar stem hapert.

'Alsof wat?' vraagt haar echtgenoot.

'Alsof je met de lakenfabriek bent getrouwd in plaats van met mij.'

Ilse Stockhausen snuift verontwaardigd. 'Herbert komt elke dag voor het middagmaal naar huis. En als je nu eens eindelijk zwanger zou worden, zou je overdag wat te doen hebben en hoef je je niet elke middag vol te proppen met slagroomtaartjes nadat je eerst een hoop zinloze inkopen hebt gedaan. Met een baby...'

'Tante Ilse, alsjeblieft,' valt Herbert haar in de rede terwijl Mathilde vuurrood wordt. Hun kinderloosheid is voor beiden een heikel onderwerp, waar ze zelfs met hun nauwste verwanten niet over willen praten.

'Wellicht is het krappe budget inderdaad te wijten aan je wens me culinair te verwennen,' onderbreekt Herbert zijn tante die daar niet blij mee is.

Mathilde grijpt de reddingsboei die haar wordt toegeworpen met beide handen. 'Zo is het, lieve man van me. Ik weet toch hoeveel je van forel, knapperig gebakken eend of een sappig stukje reerug houdt.' De genoemde spijzen behoren tot de duurste inkopen.

'Wat gebeurt er met de restjes?' Ilse Stockhausen zit er meteen weer bovenop om een oogwenk later haar vraag zelf te beantwoorden.

'Volgens Herta gaan de kliekjes vaak verloren. Je zou haar en de rest van het personeel hebben verboden ervan te eten. Ze moeten genoegen nemen met eenvoudige dingen zoals karnemelk, gebakken aardappelen of groentestoofpotjes.'

Herta heeft weliswaar toegegeven dat de bedienden zich helemaal niet aan het verbod houden omdat ze weten dat Mathilde zelden in de keuken of de voorraadkamer komt. Maar het lijkt Ilse niet opportuun die kennis prijs te geven.

Mathilde reageert zoals verwacht weer verontwaardigd. 'Wat zeg je nu! Bedienden die eend en reerug eten? Dat kregen de mensen in mijn ouderlijk huis in Altenstadt hooguit op feestdagen.'

'At jouw familie die dure gerechten ook op gewone dagen?'

Het bloed stijgt Mathilde weer naar het hoofd en ze antwoordt ontwijkend. 'Dat weet ik niet meer, het is al zo lang geleden. Bovendien...' Er schiet haar een argument te binnen waarmee ze het pleit in haar voordeel kan beslechten. 'Bovendien hadden we in Altenstadt een huisdame die alles regelde. Ook toen mijn moeder in het sanatorium zat.'

Helaas vangt ze bot bij haar echtgenoot.

'Wij hebben een veel kleiner huishouden dan dat van jullie in Altenstadt. We zijn hier maar met z'n tweeën!'

'Dat is niet mijn schuld!' vaart Mathilde uit. Na een boze blik van haar man haalt ze snel bakzeil. 'Ik bedoel maar dat toen Franz in de oorlog zat en mijn moeder in het sanatorium, ook wij maar met z'n tweeën waren. Mijn vader en ik.'

'We hebben een kokkin, twee kamermeisjes, van wie een ook meteen jouw kamenier is, en een bediende voor mij die ook als koetsier dienstdoet. Meer personeel hebben we niet nodig. Integendeel. Ik heb je gevraagd de hogeschool voor meisjes van hogere komaf in Landau te volgen om daar te leren hoe je een huishouden bestiert,' verwijt Herbert haar. 'De tuin en de verzorging van de paarden zijn in handen van een arbeider die inmiddels te zwak is om nog in de fabriek te werken. Zijn vrouw doet de was. Beiden wonen en eten in hun eigen huis.'

'Je hebt maar één plicht: de huishoudboekjes nakijken en kundig omspringen met het huishoudgeld, dat is me dunkt toch niet te veel gevraagd,' wijst Ilse Stockhausen haar opnieuw terecht. 'Maar nee, met je dagelijkse uitstapjes houd je de mensen zelfs van hun werk af. Theobald, die je rondrijdt, en Hanne, die met je mee moet, werken vaak tot diep in de nacht om het werk dat ze overdag niet kunnen doen in te halen.'

Dit laatste stevige verwijt is de spreekwoordelijke druppel: Mathilde verliest nu toch haar zelfbeheersing en barst in tranen uit.

'Tante Ilse, je bedoelt het goed, maar dit heeft helaas geen zin,' reageert Herbert, die ziet hoe hulpeloos zijn vrouw zich voelt. 'Mathilde is gewoon te jong en misschien van huis uit ook te verwend om een huishouden te leiden. Wat als jij dat nu eens op je neemt?'

Daarop zat Ilse Stockhausen te wachten. Ze onderdrukt een triomfantelijk lachje en kijkt sceptisch.

'Hoe wil je dat ik dat doe, mijn liefste. Ik werk de hele dag in het naaiatelier.'

'Daar kunnen we je elke dag wel twee uurtjes missen. Ik vertrouw jou het huishoudgeld toe en wil dat je elke dag de uitgaven met de kokkin bekijkt. Mathilde zal daarbij zijn zodat ze het ook leert. Is honderdvijftig mark volgens jou een redelijk bedrag?'

Ilse knikt. 'Meer dan redelijk als je af en toe ook genoegen neemt met een karbonade of gehaktbrood als middagmaal en 's avonds een koude schotel.'

Herbert straalt. 'Ik ben dol op karbonade en gehaktbrood. Ik heb inmiddels wel mijn bekomst van forel, gevogelte en wild. Af en toe een stevige erwten- of linzensoep sla ik ook niet af. En tweemaal per dag warm eten hoef ik ook niet.'

Hij ziet niet hoezeer hij Mathilde kwetst met deze indirecte afwijzing van haar inspanningen hem culinair te verwennen.

Zijn tante daarentegen heeft het maar al te goed in de gaten en werpt de door haar onbeminde vrouw van haar verafgode neef een arrogante blik toe. 'Goed dan,' zucht ze vervolgens theatraal. 'Dan neem ik die taak ook op me.'

'Totdat Mathilde je hulp niet meer nodig heeft, lieve tante. Hartelijk dank voor je welwillendheid.'

Voor het eerst tijdens dit gesprek wendt Herbert zich met een vriendelijke glimlach tot Mathilde. Hij geeft haar een tikje op de wang en slaat geen acht op haar verstarde gezicht. 'Je zult zien, liefste. Alles komt zo goed.'

Berlijn

De laatste week van oktober 1877

Wanneer Franz het restaurant van zijn hotel binnenloopt, hoort hij achter zich een vaag bekende stem.

'Goedenavond, mijnheer Gerban.'

Verrast draait Franz zich om en herkent Ernest Lauth, de voormalige burgemeester van Straatsburg.

'Mijnheer Lauth! Wat een aangename verrassing! Wat doet u in Berlijn? Ik dacht dat u uw mandaat bij de laatste verkiezingen van de Rijksdag in januari...' Franz beseft opeens dat hij iets heel tactloos wilde zeggen en zwijgt verlegen.

Ernest Lauth had zich negen maanden na zijn ontslag als burgemeester bij de Rijksdagverkiezingen van 1874 kandidaat gesteld voor de zogeheten Elzasser Liga en met vlag en wimpel de zetel voor het belangrijke kiesdistrict Straatsburg gewonnen.

Franz, in 1874 nog te jong om te mogen kiezen, had toen veel sympathie voor de Elzasser Liga omdat hij verwachtte dat de afgevaardigden zich nadrukkelijk zouden inzetten voor het achtergestelde Elzas-Lotharingen. Het protest van de Liga-afgevaardigden in de Duitse Rijksdag tegen de annexatie van Elzas-Lotharingen, die over de hoofden van de bevolking heen had plaatsgevonden, had hij als symbolische daad uitdrukkelijk toegejuicht.

Het voorstel van de Liga om een referendum te organiseren over de vraag of het gebied bij Frankrijk of Duitsland hoorde, had hij evenwel behoorlijk naïef gevonden. Ondanks zijn tweeëntwintig jaar en het feit dat hij voor zijn vijfentwintigste geen stemrecht had, was hij pragmatisch genoeg geweest om te beseffen dat dit cruciale onderdeel van de vredesovereenkomst niet terug te schroeven was. Zoals verwacht had een grote meerderheid in de Rijksdag het voorstel van de *Protestler* – de protestpartij – zoals de Liga vanaf dat moment werd genoemd, verworpen.

En daarna had hij totaal geen begrip kunnen opbrengen voor het besluit van de afgevaardigden van de protestpartij om demonstratief weg te blijven van elke zitting in de Rijksdag. Die afwijzende houding had ervoor gezorgd dat er de afgelopen jaren niets ten goede was veranderd voor Elzas-Lotharingen.

Franz mag dit jaar eindelijk stemmen en had zijn stem gegeven aan een groepering die zich de 'autonomisten' noemt. Zij hebben in de Neder-Elzas alle zetels gewonnen waarvoor ze een kandidaat hadden afgevaardigd. Omdat Franz in Altenstadt, dat bij het kiesdistrict Hagenau-Weissenburg behoort, zijn hoofdverblijfplaats heeft mag hij stemmen voor de Neder-Elzas. Schweighofen, waar hij in werkelijkheid woont, hoort bij de Beierse Palts.

'Geen reden om u te generen.' Ernest Lauth helpt Franz uit de pijnlijke stilte die er was gevallen. 'Iedereen weet dat ik mijn zetel aan een autonomist heb moeten afstaan.'

Franz knikt. 'Daarom verbaast het me ook u hier tegen te komen.'

'Zullen we samen dineren? Dan kunnen we elkaar uit de doeken doen wat ons naar de hoofdstad heeft gebracht.'

Franz neemt het aanbod graag aan. Hij heeft deze avond geen zakelijke afspraak en verheugt zich op het gezelschap van Lauth die hij als persoon nog altijd enorm waardeert. 'Logeert u ook in dit hotel?'

Lauth knikt. 'Ik heb een tafel gereserveerd. Het kan hier 's avonds behoorlijk druk zijn. De keuken staat goed bekend.'

Franz heeft er die ochtend niet aan gedacht te reserveren en is dubbel blij met de uitnodiging van Lauth nu de zaal bomvol zit. Zoals altijd na een drukke dag doet zijn stomp pijn en hij zou het vervelend hebben gevonden als hij nog eens het hotel uit zou moeten voor het eten.

De ober brengt het menu. Ze kiezen een spätburgunder uit Deidesheim bij de rosbief met knoedels en rode kool. Tot grote spijt van Franz is dat het enige typisch Berlijnse gerecht op de kaart, de kalfslever met gesmoorde appeltjes en aardappelpuree is al op.

Daar ze geen van beiden grote honger hebben, laten ze een voorgerecht achterwege. Ernest Lauth ruikt verrukt aan de rode wijn en neemt een flinke slok.

'Uitstekend,' prijst hij de drank.

Franz glimlacht. 'Wellicht kunt u hier in de toekomst een nog betere spätburgunder proeven.'

'Zo te horen bent u voor zaken in Berlijn en niet geheel zonder succes.'

'Dat klopt.' Franz vertelt over zijn deal met Blauberg & Zonen, dat kennelijk ook levert aan dit restaurant, al zijn dat voorlopig nog de wijnen van de concurrentie uit Deidesheim.

'Van harte gefeliciteerd, mijnheer Gerban. Hoelang blijft u nog in Berlijn?'

'Dat is het enige minpunt. Vermoedelijk nog minstens drie dagen. In elk geval tot het contract is opgemaakt en ondertekend. Blauberg & Zonen werkt heel precies en doet daarbij beroep op een advocaat die helaas op dit moment niet in de stad is en op zijn vroegst overmorgen terug zal zijn.'

'En u wilt natuurlijk niet vertrekken zonder handtekening.'

Franz schudt het hoofd. 'Daarvoor is deze overeenkomst te belangrijk en de reis te ver. Ik heb nog geen ervaring met deze mensen. Als er toch iets mocht zijn waarover we het niet eens zijn, wil ik dat meteen ter plekke kunnen regelen.'

'Mist u hierdoor andere belangrijke afspraken?'

Franz zucht. 'Dat niet. Maar als eigenaar van Schweighofen wil ik graag op tijd terug zijn voor het oogstfeest. Het maakt geen goede indruk op de arbeiders als hun broodheer ontbreekt. Voor die mensen is dit feest belangrijker dan Kerstmis of Pasen.'

Hij zwijgt wijselijk over Irenes te verwachten stemming als hij niet op tijd is.

'En wat brengt u naar Berlijn, mijnheer Lauth?' Franz snijdt een ander onderwerp aan.

'Ik heb weliswaar geen zetel meer in het parlement, maar gebruik mijn contacten voor een goed doel.'

Als Franz hem vragend aankijkt, legt hij het uit. 'U weet ongetwijfeld dat de afgevaardigden van de protestpartij elke zitting van de Rijksdag boycotten.'

'Helaas!' Franz besluit eerlijk te antwoorden. 'Ik mocht in januari voor het eerst stemmen en beken dat ik mijn stem niet wilde verspillen aan een partij die het speelveld verlaat in plaats van voor de Elzas te vechten. Wij hebben lang niet dezelfde rechten als de andere deelstaten en zijn met de dictatuurparagraaf nog altijd overgeleverd aan de pure willekeur van de rijkskanselarij in Berlijn.'

De dictatuurparagraaf maakt het de politieke machthebbers mogelijk te allen tijde de staat van beleg af te kondigen, verenigingen en kranten te verbieden en zelfs ongewenste burgers uit te wijzen.

Lauth kijkt strak naar zijn bord en snijdt een knoedel door voordat hij antwoordt. 'U weet toch wat er aan de basis van deze boycot ligt?'

Franz snuift zacht. 'Het was naïef te denken dat er een referendum zou kunnen komen om de annexatie ongedaan te maken.'

'Maar u weet toch net zo goed als ik dat de meerderheid van de inwoners van Elzas-Lotharingen daarvoor zou hebben gekozen. Een volksraadpleging afwijzen is niet democratisch.'

'Dat hangt van je standpunt af,' repliceert Franz. 'Uiteindelijk heeft een meerderheid van de gekozen afgevaardigden van de Rijksdag tegen het referendum gestemd. Ook dat noemt men democratie.'

Beide mannen concentreren zich even op hun bord.

Uiteindelijk verbreekt Franz de stilte. 'Ik begrijp in elk geval niet wat de afgevaardigden van de protestpartij met hun actie willen bereiken voor onze geliefde Elzas. Zo zetten ze de regering en de rest van de parlementsleden tegen ons op en maken ze alles een stuk moeilijker.'

Lauth kijkt op. 'Uw hart gaat toch nog uit naar de Elzas en Frankrijk?'

'Naar de Elzas,' beklemtoont Franz. 'Om het met de woorden van een bekende autonomist te zeggen: "De Elzas is niet meer Frans, laat het dus Elzassisch zijn!"'

'Dat is een uitspraak van Schneegans,' aldus Lauth.

'Niet van Carl August, de leider van de autonomisten, maar van zijn naamgenoot Ferdinand uit Colmar,' zegt Franz.

Lauth neemt nog een slok wijn. 'Het is wat het is. Voor ik u eindelijk vertel wat ik hier eigenlijk in Berlijn kom doen, wil ik graag weten waar uw pragmatische instelling vandaan komt. Toen ik meer dan vier jaar geleden werd afgezet als burgemeester leek u me nog behoorlijk anti-Duits.'

'Zoals ik al zei, heb ik het niet zo op met de Elzas-politiek van Bismarck. Maar economisch biedt het feit dat we nu bij het Duitse Rijk horen veel voordelen.'

Lauth glimlacht zelfgenoegzaam. 'Natuurlijk. Daar had u het al over. De wijnen van Gerban aan het keizerlijke hof.'

Franz voelt het bloed naar zijn wangen stijgen. Misschien was het toch beter geweest als hij alleen had gegeten. Lauth reageert echter anders dan verwacht.

'"Het zijn bepaalt het bewustzijn", om nog een andere bekende tijdgenoot te citeren, namelijk Karl Marx. Dat geldt net zo goed voor u als voor mij.'

'Wat bedoelt u daarmee?' vraagt Franz verbluft.

'U gebruikt de mogelijkheden die de inlijving u biedt voor uw bedrijf. Dat is niet verwerpelijk, maar heel verstandig.' Lauth lijkt naar de juiste woorden te zoeken.

'En u? In welke zin geldt dat ook voor u?' Franz' nieuwsgierigheid is gewekt.

'Ik ben in mijn kiesdistrict verpletterend verslagen door de autonomisten. Dat heeft me de tijd en de gelegenheid geboden uitvoerig na te denken over wat daaraan ten grondslag ligt.' Hij zucht hoorbaar. 'En u gelooft me misschien niet, mijnheer Gerban, maar inmiddels deel ik uw visie. En precies daarom ben ik hier. Morgen heb ik een afspraak met Carl August Schneegans.'

'De leider van de autonomisten?'

Lauth beaamt dit. 'Hij werkt aan een grondwet voor Elzas-Lotharingen en streeft naar autonomie voor de deelstaat. Een streven dat ik van harte steun. En daarom help ik hem als officieus adviseur. En geef ik hem aanwijzingen over welke ambtenaren op de rijkskanselarij de meeste weerstand zullen bieden tegen zijn plan. Zegt de naam Kegelmann u iets?'

Franz krijgt het afwisselend koud en warm. Kegelmann is de ambtenaar die zijn pleegvader Wilhelm ooit had omgekocht om Franz, van geboorte Fransman, illegaal het Beierse staatsburgerschap te bezorgen.

Hij laat dit niet merken en knikt bedachtzaam. 'Is dat niet een van de Pruisische ambtenaren die de taken van Edgar Hepp, de onderprefect van Weissenburg, na diens ontslag hebben overgenomen?'

Edgar Hepp, die na de annexatie de Elzas heeft verlaten, was tijdens de oorlog een trouwe vriend van Franz geweest. Helaas hebben zij geen contact meer.

'Juist,' bevestigt Lauth. 'Kegelmann is een gladde aal, een valse slang. En laf op de koop toe. Hij doet alles achter gesloten deuren.'

De man is blijkbaar niet veel veranderd, denkt Franz bij zichzelf. Maar dat is een ander verhaal.

'Waarom komt u dan bij de volgende verkiezingen niet op voor de autonomisten? Als u dan toch hun standpunten deelt.'

Lauth schudt het hoofd. 'Dat heeft geen zin. Als ik officieel van partij verander, zullen de leden van de protestpartij me als afvallige zwartmaken. Ik werk liever achter de schermen.'

Hij kijkt Franz opeens geïnteresseerd aan. 'Maar u! U zou een geweldige kandidaat zijn. Uw kiesdistrict, Hagenau-Weissenburg, is een autonomistisch bolwerk. En u weet wellicht dat Xaver Nessel, hun kandidaat, zich eigenlijk niet meer verkiesbaar wilde stellen.'

Franz weet van die vreemde situatie. Nessel was met een grote meerderheid herkozen hoewel hij had geweigerd nog op te komen. Alleen omdat hij buiten zijn toedoen toch nog een enorme overwinning haalde, had hij het mandaat alsnog opgenomen.

'Dat Nessel deloyaal wordt gevonden en slechts een noodoplossing is voor de autonomisten, moet u ook bekend zijn.' Dat wist Franz niet, maar hij laat het niet merken. 'U daarentegen bent loyaal aan de partij en de Elzas, politiek onderlegd en pragmatisch genoeg om goede betrekkingen met Duitsland na te streven al was het maar voor uw zaak. Salonfähig, zeg maar! Uiteindelijk heeft Bismarck al meerdere malen vooraanstaande autonomisten ontvangen.'

Lauth wordt steeds enthousiaster over zijn idee. 'En toch nog altijd gehecht aan de idealen van de Franse Revolutie. Daar kan menig parlementariër en vooral ambtenaar een voorbeeld aan nemen. U bent de ideale afgevaardigde. Uw stem zal zeker gehoor vinden.'

Hoewel Franz spontaan heftig ontkent interesse te hebben voor een zetel in de Rijksdag, vleit het voorstel van Lauth hem meer dan hij wil doen voorkomen. De dagen die volgen kan hij de gedachte niet meer uit zijn hoofd zetten.

Villa Stockhausen in Oggersheim

De laatste week van oktober 1877

Gespannen luistert Mathilde in de duisternis. Ze durfde het licht niet aan te laten omdat ze Herbert wil verrassen en hij moet denken dat ze al slaapt. En dat kan alleen als hij voor het slapengaan niet meer binnenkomt om nog een kuise nachtzoen op haar voorhoofd te drukken.

Al vanaf het begin van hun huwelijk hebben ze aparte slaapkamers. Omdat hij luid snurkt, is de reden die Herbert aanvoert, en Mathilde hoort hem daadwerkelijk ronken tot in haar kamer. Toch vermoedt ze dat er nog een andere reden is waarom ze het bed niet delen.

Na die vreselijke scène over de huishouding die middag had ze zich in haar kamer teruggetrokken en urenlang gehuild om uiteindelijk uitgeput in slaap te vallen. Toen Hanne, het dienstmeisje, voorzichtig aanklopte om haar te roepen voor het avondeten, had ze het kind bars van achter de gesloten deur weggejaagd. Ze had absoluut geen honger en niet de minste zin om alleen aan de grote notenhouten tafel in de eetkamer te zitten. Herbert at immers buitenshuis vanwege de maandelijkse vergadering van de fabriekseigenaren van Oggersheim.

Pas toen de klok negen uur sloeg, hervond ze haar strijdlust. De scène waarbij de gehate tante van Herbert weer de overhand had gekregen, had ze afschuwelijk gevonden, maar de opmerking over het uitblijven van een zwangerschap had haar pas echt gekwetst. Zeker omdat het niet aan haar ligt en ze er zelf hevig naar verlangt.

Ze had zichzelf moed ingesproken. Als ik Herbert een flinke nakomeling schenk en misschien nog een tweede en derde zoon, heeft die oude draak niets meer in de pap te brokkelen.

Ze was uit bed geglipt, had haar verkreukelde kleren uitgetrokken en zich van top tot teen gewassen met water waar ze eerst een halve fles van het dure parfum in had gegoten dat ze net eergisteren had gekocht. En betaald met het huishoudgeld dat ze voor zichzelf opzijlegt en gebruikt om haar saaie leven toch wat glans te geven.

Dat het leven van een gehuwde vrouw zo eenzaam kon zijn, had Mathilde nooit bevroed. Herbert leeft alleen voor zijn fabriek en vader is dood. Moeder en Franz willen niets van me weten en verkiezen dat ellendige dienstmeisje boven mij, dacht ze bij zichzelf.

De gedachte aan Irene herinnerde haar aan haar eigen bedienden in Oggersheim die haar zo schandelijk hadden verraden. Eén pot nat!

Herta, de kokkin, had als eerste haar beklag gedaan bij Herberts vreselijke tante. Het kwam haar goed uit dat Ilse Stockhausen haar eigen vertrekken heeft in een vleugel van de villa waar ze ook gebruikmaakt van het personeel. Gelukkig kookt Ilse, die net als de overleden ouders van Herbert van eenvoudige komaf is, liefst zelf en hoeft Mathilde niet ook nog eens samen met haar de maaltijden te delen.

Na haar gesprek met Herta had de tante eerst nog de rest van het personeel bevraagd voordat ze Herbert had ingelicht en Mathilde had geconfronteerd. En haar trouweloze kamenier Hanne en de koetsier hadden de gelegenheid aangegrepen om zich over Mathilde te beklagen.

Daar zullen ze voor boeten. Iedereen zal hiervoor boeten, had Mathilde voor de zoveelste keer gezworen terwijl ze zich afdroogde en zich vervolgens zonder ondergoed in het wazig-dunne negligé van zachtroze zijde had gehuld die ze ook onlangs met het opzijgelegde geld had gekocht. Helaas spande de dunne stof een beetje op haar buik. Maar ook dat zal iedereen straks worst zijn als ik eindelijk zwanger ben. Dan mag ik zo dik zijn als ik wil, dacht ze bij zichzelf.

Nu ligt ze al bijna twee uur te wachten op Herbert. Eindelijk hoort ze zachte stappen op de trap. Gedempt gefluister leert haar dat Theobald opgebleven is om zijn meester te helpen bij het uitkleden. Pas twintig minuten later verlaat de knecht de kamer van haar man en loopt hij de achtertrap naar de vertrekken van de bedienden op. Zijn kamer ligt precies boven die van Mathilde. Ze hoort hem nog een paar minuten rondstommelen op de krakende planken.

Pas als het helemaal stil is trekt ze een kamerjas aan, glipt ze zo stil mogelijk de gang op en klopt ze schuchter op Herberts deur.

Ze had liever de tussendeur tussen hun beider kamers gebruikt die ervoor zorgt dat ze elkaar in alle discretie kunnen opzoeken als ze daar zin in hebben, maar die zit al langere tijd op slot. Vandaag ook. Dat had ze nog even gecheckt. Nadat ze de deur een keer aan Herberts kant had ontgrendeld, was de sleutel die in het slot zat verdwenen, waar ze achter kwam toen ze het later nog eens wilde proberen.

'Binnen!' Ze gaat de kamer binnen en ziet dat haar man met zijn rug naar haar gekeerd op het bed zit en iets op de grond lijkt te zoeken.

'Goed dat je nog even terugkomt, Theobald,' gromt hij. 'Een van die vervloekte manchetknopen is op de grond gevallen en op dit kleurrijke tapijt vind ik...' De rest van de zin blijft in zijn keel steken als hij Mathilde in het oog krijgt.

Ze trekt de kamerjas met opzet strak over haar borsten. 'Ik kom me verontschuldigen, Herbert,' zegt ze met dat hoge meisjesstemmetje dat hem altijd meteen week maakt en toegeeflijk stemt. Ook nu.

Zijn diepe frons maakt plaats voor een tedere glimlach. 'Wat lief van je, schat, dat je zo lang bent opgebleven om me dat te zeggen.'

'Ik kan toch niet slapen voordat ik het weer in orde heb gebracht,' zegt ze met een onschuldige oogopslag.

'Kom hier voor je nachtkus,' nodigt Herbert haar uit.

Dat laat Mathilde zich geen twee keer zeggen. 'Mag ik even op je schoot zitten?'

Herbert knikt na een korte aarzeling. Als Mathilde zich tegen hem aan vlijt, haar kamerjas nog hoog dichtgetrokken, snuift hij. 'Wat ruik je lekker. Heb je nieuwe zeep gekocht?' Mathilde bevestigt dit en begint zijn nek te strelen. Daarbij laat ze als bij toeval haar kamerjas openvallen. Haar tepels zijn vaag te zien door de dunne stof van haar negligé. Ze grijpt zijn hand en legt die op haar borst. Opgelucht voelt ze dat hij het laat gebeuren en haar zelfs begint te strelen.

'Mijn liefste,' fluistert Mathilde en knabbelt aan zijn oorlel. Dan laat ze haar rechterhand langzaam over zijn buik naar beneden glijden. Ook dat laat hij toe. Triomfantelijk pakt Mathilde uiteindelijk zijn al halfopgerichte lid.

'O, ik houd zoveel van je,' kreunt ze in zijn oor. 'En ik verlang zo erg naar een kind van jou!'

Herbert gromt en laat zich met Mathilde op zijn schoot achterover op het bed vallen. Hij rolt haar naast zich en trekt haar kamerjas los. Verrast hapt hij naar adem. In het huidkleurige negligé is het alsof Mathilde naakt is.

'Vind je me mooi?' kirt ze met halfgesloten ogen. Ze wacht zijn antwoord niet af, maar trekt aan de onderbroek die hij nog onder zijn witlinnen nachthemd draagt. Zacht begint ze zijn blote lid te masseren. Blij ziet ze dat hij nu volledig stijf is. Nu hij klaar lijkt te zijn, laat ze zijn penis los. 'Kom bij me, liefste,' fluistert ze.

Herbert hijst zich op zijn knieën terwijl Mathilde uitdagend haar benen spreidt. Zo heeft hij het haar aan het begin van hun huwelijk geleerd. Ook nu lijkt dit effect te hebben. Herbert kreunt zachtjes, wringt zich tussen haar dijen en tilt haar benen op. Dan probeert hij haar krachtig te penetreren. Maar het lukt meteen al niet. Mathilde verkrampt onbewust als Herberts alweer half slappe penis haar ontglipt. Ook zijn tweede poging gaat mis. Vertwijfeld grijpt Mathilde zijn lid en probeert met krachtige bewegingen zijn erectie te herstellen. Dat lukt, maar ook de derde keer lukt het hem niet bij haar binnen te dringen. Gefrustreerd slaat Herbert haar hand weg als ze hem nog een keer wil pakken.

'Ik ben vandaag gewoon niet in de stemming,' verdedigt hij zich. 'Bovendien houd ik er niet van dat jij je als een hoer gedraagt. Dat vind ik afstotelijk.' Zoals gewoonlijk, en dit speelt al lang, geeft Herbert haar de schuld van zijn falen. Tranen wellen op in haar ogen.

'Ik zou toch zo graag een kind van je willen dragen,' snikt ze.

Haar verdriet raakt Herbert niet. 'Ga terug naar je kamer,' gromt hij. 'Het is al laat en morgen heb ik een drukke dag.'

Huilend doet Mathilde wat hij zegt. Ze trekt haar kamerjas weer aan en schuift haar voeten in haar zijden slofjes.

'En wacht in het vervolg tot ík naar jóú toe kom,' gebiedt hij haar als ze de klink al vast heeft. 'Al het andere is een deftige dame onwaardig.'

Pas als Mathilde trillend en snikkend in haar verweesde bed ligt, bekent ze voor zichzelf de onontkoombare waarheid die ze al maandenlang verdringt: Herbert, haar echtgenoot, kan zijn echtelijke plichten niet vervullen. Hij is wat haar huisarts in Oggersheim, die ze een tijd geleden gegeneerd om raad heeft gevraagd, 'impotent' noemt.

Maar niet tijdelijk door oververmoeidheid, zoals de oude arts haar had uitgelegd terwijl hij verlegen aan zijn grijze sik trok.

Mathilde weet inmiddels wel beter. Deze situatie is blijvend.

3

Het wijngoed bij Schweighofen

Zaterdag 3 november 1877, 's ochtends

'En u vindt het echt niet erg om al die uien en wortelen te snijden, waardmevrouw Gerban?'

Irene glimlacht geamuseerd en spottend tegelijkertijd naar mevrouw Kramm, de kokkin van Altenstadt. 'Lieve mevrouw Kramm, u weet toch als geen ander dat ik het altijd leuk heb gevonden om te helpen bij het bereiden van de maaltijden.'

Verlegen beantwoordt mevrouw Kramm Irenes glimlach. Zoals gebruikelijk is de kokkin ter gelegenheid van het oogstfeest van het landhuis naar het wijngoed gekomen om haar collega in Schweighofen, door iedereen gewoon mevrouw Grete genoemd, te helpen. Vanaf de middag moeten er immers ongeveer honderddertig mensen gevoed worden aangezien naast de vele arbeiders ook de notabelen van het dorp hun opwachting zullen maken. De werknemers van het kantoor en de winkel zijn ook uitgenodigd evenals andere relaties die dicht bij de familie staan zoals monsieur Payet, de advocaat, en dokter Frey, de huisarts van de familie Gerban. Natuurlijk komt ook Irenes vriendin Minna met het hele gezin.

Als bekendste en meest succesvolle wijngoed in de zuidelijke Palts, geeft het huis Gerban ook het grootste feest in de regio. Onder leiding van Franz' oom Gregor was het lange tijd niet meer georganiseerd, maar Franz had al meteen in 1872, toen hij de leiding had overgenomen, de traditie nieuw leven ingeblazen, zij het in het begin iets bescheidener dan nu.

'Maar dat was een andere tijd toen u naar Altenstadt kwam,' antwoordt mevrouw Kramm alsnog. 'U was toen nog een keuken–' Geschrokken slaat ze haar hand voor de mond.

'Dat klopt, mevrouw Kramm. Ik ben als keukenmeid in huize Gerban begonnen. Daar heb ik nooit een geheim van gemaakt en dat zal ik ook nooit doen. Maar nu moet ik opschieten met het snijden want die goulashsoep moet zeker nog een paar uur pruttelen.'

'Het heeft geen haast,' sust mevrouw Kramm. 'Mevrouw Burger heeft aangegeven dat de soep pas als avondmaal wordt geserveerd. In de namiddag bieden we de koude gerechten, worst en kaas, kool- en aardappelsalade aan en natuurlijk een uitgebreid taartenbuffet.'

'Aha.' Irene onthoudt zich van elk commentaar. Haar schoonmoeder Pauline en mevrouw Burger hadden haar wel betrokken bij de keuze van de gerechten en rekening gehouden met haar suggesties. Maar de planning van het feest was dan weer zonder haar gebeurd. Irene beseft dat daar geen kwade bedoelingen achter schuilgaan. De tweeling was verkouden geweest en hadden het bed moeten houden. Natuurlijk liet Irene de gelegenheid niet voorbijgaan zelf voor de meisjes te zorgen, naast hun bed te zitten, hen te wassen, hun pepermuntthee en griesmeelpap te geven en de bittere medicatie die ze moesten slikken te verzachten met voorlezen.

Toch had Rosa, de huidige kamenier en voormalige verpleegster, haar kunnen vervangen toen de symptomen afnamen om Irene de kans te geven verder mee te helpen met de voorbereidingen. Maar telkens ze een stap in die richting zette, stond ze voor een voldongen feit: de tafelschikking voor de belangrijke gasten, het aantal tafels en banken dat in de wijnperserij en de aangrenzende bedrijfsgebouwen moest worden opgesteld, de dansvloer in de schuur, zelfs de herfstige bloemstukken en de muziekkapel, alles was al beslist of besteld als ze ernaar vroeg.

Precies zoals het elk jaar is gegaan sinds Pauline het feest kort voor Irene moest bevallen van de tweeling, voor het eerst had georganiseerd. Alleen de uitnodigingen voor de eregasten heeft Irene geschreven.

De meisjes zijn alweer een paar dagen op de been, maar Irene heeft meer dan ooit het gevoel dat ze iedereen aan wie ze haar hulp aanbiedt voor de voeten loopt.

Daarnaast laat ook de terugkeer van Franz op zich wachten. Eigenlijk had ze hem vorige week al verwacht, maar het opmaken van het contract met Blauberg & Zonen had steeds weer voor uitstel gezorgd. En gisteren heeft hij per telegram laten weten dat hij vastzat in Mainz omdat de trein vanwege een technisch defect niet verder kon, maar plechtig beloofd vroeg in de namiddag in Weissenburg aan te komen. Peter, de jonge koetsier die door de oude Riemer uit Altenstadt is opgeleid en nu in Schweighofen werkt, zal hem afhalen.

Vanochtend bij het ontbijt was Irene uiteindelijk haar geduld verloren. Van Pauline hoorde ze dat ze weer helemaal niets hoefde te doen. 'Rust liever wat uit tot de eerste gasten komen, liefje,' had haar schoonmoeder liefdevol voorgesteld. 'Het wordt een drukke dag voor je. Je moet met Franz niet alleen de gasten begroeten, maar het tot diep in de nacht uithouden omdat iedereen het opvat als een teken om te vertrekken als je je vroeger terugtrekt. Het feest zal minstens tot middernacht duren. Terwijl je rust kan Rosa op de meisjes passen.'

'Dat Rosa dat maar doet.' Irene hoorde zelf hoe kribbig ze klonk. 'Maar rusten ga ik in elk geval niet. Als jullie me nergens kunnen gebruiken, ga ik gewoon in de keuken helpen, daar waar ik ooit bij de familie Gerban ben begonnen.'

'Maar...' Irene negeerde de geschrokken uitdrukking op het gezicht van Pauline, gooide haar servet op de tafel en stond op. 'En nu ga ik me omkleden.'

Even later was ze in een versleten jurk uit de tijd dat ze als arbeidster in de fabriek had gewerkt, opgedoken in de keuken waar de twee kokkinnen en vier vrouwen van arbeiders druk aan het werk waren.

Nu snijdt ze vol verbeten woede de uien die ze heeft gepeld en merkt ze niet dat de andere vrouwen haar voortdurend heimelijke blikken toewerpen en elkaar vervolgens veelbetekenend aankijken.

Zo kan het echt niet verder, besluit Irene. De muren komen op me af en ik moet eindelijk weer eens iets zinvols kunnen doen.

Ze denkt weer na over de uitspraak van Minna bij haar bezoek van een paar weken geleden. Ik heb zelfs aan het graf van mijn moeder beloofd dat ik me voor de rechten van vrouwen zou inzetten. Maar hoe moet ik dat in hemelsnaam aanpakken, vraagt ze zich in stilte af.

Het station van Landau

Zaterdag 3 november 1877, rond de middag

'Het is toch niet te geloven! Die verdomde mist!' Radeloos en woedend ziet Franz de achterlichten van de stoomtrein in de novembermist verdwijnen. Naast hem zet de kuier hijgend de beide koffers neer.

'Hoe kom ik vandaag nog in Weissenburg? Weet u dat?'

De man trekt zijn schouders op. 'Helaas niet, mijnheer. Dat kunt u het beste aan de stationschef vragen.'

'Goed idee!' antwoordt Franz bits. 'Die zal ik eens vertellen waar het op staat!'

'Zal ik uw bagage terug dragen?' De man ziet er afgemat uit en veel te mager voor zijn zware beroep.

'Natuurlijk! Natuurlijk! En de fooi die ik heb beloofd, krijgt u ook! U kunt er immers niets aan doen dat de trein te vroeg is vertrokken.'

Er verschijnt een stralende glimlach op het gegroefde gezicht van de kuier. Hij is vast niet veel ouder dan veertig, maar lijkt jaren ouder. Kuiers worden beroerd betaald door hun werkgever, veelal de spoorwegmaatschappij, en zijn afhankelijk van de fooien van reizigers.

Franz beseft maar weer eens dat hij ondanks zijn handicap sociaal bevoorrecht is. Hij besluit de man het dubbele te geven van wat hij hem beloofd heeft, temeer omdat hij de zware koffer nu ook nog eens terug naar de stationshal moet slepen waar zich het kantoor van de chef bevindt.

'Wacht hier,' zegt hij tegen de man en stapt het kantoor binnen. Een ambtenaar in het uniform van de spoorwegmaatschappij staat op van achter zijn verveloze bureau.

'Wat kan ik voor u doen, mijnheer?'

'Bent u de stationschef?'

'Het spijt me, mijnheer de stationschef zit aan zijn middagmaal en mag niet worden gestoord.'

'Daarbinnen?' Franz wijst naar de gesloten deur achter de ambtenaar.

'Ja, maar... Hé, wat doet u? U mag daar niet komen!'

'Probeert u een oorlogsinvalide iets aan te doen?' De man, die Franz al bij de arm heeft gepakt, laat hem meteen los alsof hij zich aan Franz heeft gebrand.

Maar voordat Franz de kans krijgt de deur te openen, komt de stationschef al naar buiten, zonder pet en met zijn servet nog in de hand.

'Wat gebeurt hier?' snauwt hij zijn ondergeschikte en Franz toe.

'Wat hier gebeurt? Dat wil ik van u weten!' Franz doet niet onder voor de man. 'Gisteren was ik al het slachtoffer van de onbetrouwbaarheid van uw spoorwegen. Wegens een technisch mankement moest ik in Mainz overnachten. En vandaag had mijn trein bij Mannheim al enorme vertraging. En weet u waarom?' Franz wijst met de vinger van zijn vrije hand naar de beambte en steunt met de andere zwaar op zijn wandelstok. Bij zijn vruchteloze poging zijn aansluiting te halen, is zijn prothese verschoven zoals wel vaker gebeurt als hij te snel probeert te lopen.

'Hoe kan ik dat weten?' De arrogante beambte laat zich niet van zijn stuk brengen.

'Omdat u hier de leiding hebt!' Franz verheft zijn stem. 'En moet weten dat de trein naar Straatsburg moet wachten op de passagiers uit Mannheim die vertraging hebben omdat zij op hun beurt moesten wachten op een trein met vertraging uit Stuttgart.'

'En zo is het ook precies gegaan, mijnheer. Ik heb de machinist geïnstrueerd om pas vijf minuten na aankomst van de trein uit Mannheim te vertrekken. Dat is lang genoeg om van perron te wisselen.'

'Ja, voor iemand die gezond is en geen zware bagage bij zich heeft. U...' Franz zoekt naar een passend scheldwoord. 'Ongelooflijk stuk onbenul!' Hij trekt aan zijn linker broekspijp zodat zijn metalen prothese zichtbaar wordt.

Franz had die paar minuten dat de trein naar Straatsburg had gewacht, bijna volledig nodig gehad om met zijn zware bagage uit de trein te stappen. Tegen de tijd dat hij een kruier had gevonden en naar het perron van de vertrekkende trein was gehinkt, was het al te laat.

Ondanks de belediging ziet de stationschef er bezorgd uit. 'Dat spijt me verschrikkelijk, mijnheer!'

'Wanneer vertrekt de volgende trein met een stop in Weissenburg?' Er verschijnen rode vlekken op de wangen van de ambtenaar. 'Helaas pas om tien uur vanavond, de nachttrein naar Parijs.'

'Tien uur?' Nu brult Franz pas echt. 'Dat meent u niet!' Met die trein is hij pas kort voor middernacht thuis. Dan is het oogstfeest zo goed als voorbij.

Hij kijkt naar de grote klok aan de muur: tien voor één.

'Ik heb om drie uur een dringende afspraak in Schweighofen. Hoe kom ik weg uit Landau?'

'Het beste is een huurkoets te nemen. Dan bent u binnen drie uur daar.'

Franz haalt diep adem. 'Een huurkoets, zo, zo.' Eigenlijk is dat een goed idee. Op een andere manier komt hij nooit voor laat in de avond aan. Maar hij baalt ervan dat hij daar zelf niet aan heeft gedacht en reageert dat nu af op de stationschef. 'Stel dat ik een koetsier vind die bereid is dat lange stuk heen en terug te rijden, wie gaat die dure grap dan betalen? Ik heb tenslotte mijn treinkaartje al betaald.'

'De rit naar Weissenburg kunnen we u terugbetalen,' biedt de ambtenaar aan.

'Dat is niet eens een mark,' schat Franz. 'Met een koets naar Schweighofen kost me minstens tien keer zoveel.'

'Over hogere bedragen kan ik helaas niet beslissen.' De man maakt een kleine buiging. 'Het vergoeden van de rit per koets is een zaak voor mijn superieur in Mannheim. Daarvoor moet u een formele klacht indienen.'

'Dat zal ik zeker doen, reken maar.' De volgende woorden ontglippen hem voordat hij er erg in heeft. 'Uiteindelijk praat u nu met een toekomstige afgevaardigde van de Duitse Rijksdag.'

Als Franz de kuier twee mark, bijna een gemiddeld dagloon, heeft betaald en een kwartier later in een huurkoets zit, vraagt hij zich af wat hem bezield had.

Voor zijn vertrek uit Berlijn was hij bij het ontbijt Ernest Lauth weer tegen het lijf gelopen. De voormalige burgemeester had hem verteld dat hij de naam van Franz in zijn gesprek met Carl August Schneegans, de leider van de autonomisten, al als mogelijke kandidaat voor het district Hagenau-Weissenburg bij de verkiezingen van januari 1880 had laten vallen. Franz voelde zich gevleid, maar ook ontstemd over dit eigenmachtige optreden van Lauth. Uiteindelijk hadden ze afgesproken dat Lauth een ontmoeting tussen Franz en Schneegans zou regelen, als het kon in Straatsburg waar beiden vaak vertoefden. Een tijdstip had Franz bewust opengelaten.

Nu vraagt hij zich af waarom dit oorspronkelijk vage idee zo snel een aantrekkelijke optie voor hem is geworden. Ondanks alle problemen die het ongetwijfeld met zich mee zal brengen.

Het duurt nog twee jaar voor ik moet aantreden. Tegen die tijd is Hansi Krüger zeker klaar om het over te nemen van Kerner die dan in de wijnhandel kan stappen, denkt hij bij zichzelf.

Een veel lastigere vraag is hoe Irene op dit plan zal reageren. Als volksvertegenwoordiger zal hij nog vaker van huis en ver van zijn gezin zijn. Tijdens de hele reis naar Schweighofen kan hij hier geen redelijke oplossing voor verzinnen.

Het wijngoed bij Schweighofen

Zaterdag 3 november 1877, in de vroege namiddag

'Mijnheer zat helaas niet op de trein.' Verlegen draait de koetsier Peter zijn hoed in zijn handen.

Irene staart de jongeman vol ongeloof aan. 'Weet je het heel zeker?'

'Ik heb op het perron gewacht tot alle passagiers waren uitgestapt. Vervolgens heb ik nog in de hal en op het voorplein gekeken of mijnheer me niet toevallig over het hoofd had gezien en ben toen nog eens teruggelopen naar het perron. Ik heb hem nergens gezien. Gelukkig heeft de koetsier van een huurkoets het rijtuigje even in de gaten gehouden. Ik wilde het paard niet onbeheerd achterlaten, temeer omdat het op de heenweg onrustig was. Die koetsier dacht dat het wel eens met de hoefijzers te maken kan hebben, we moeten...'

'Dank je, Peter,' valt Pauline hem in de rede. 'Mijn zoon zat blijkbaar niet in de trein, daar valt helaas niets aan te veranderen. Ga nu maar en kijk nog eens goed naar het paard. Als het nodig is kun je meteen de hoefsmid vragen maandag te komen.'

'Typisch,' schiet het Irene door het hoofd. Onterecht neemt ze Pauline haar tussenkomst kwalijk. Met zaken die voor haar bijzaak zijn, houdt ze zich gewoon niet bezig. Echt de geboren vrouw des huizes.

Pauline lijkt aan te voelen dat iets Irene dwarszit. Zodra Peter de salon verlaten heeft, reageert ze, maar zoekt ze het in de verkeerde richting. 'Maak je maar geen zorgen, lieverd! Franz duikt zo wel op.'

Door die sussende woorden raakt Irene alleen nog maar geïrriteerder.

'Hoe dan? Voor zover ik weet was dat de laatste trein die vandaag in Weissenburg stopt.' Ze kent de dienstregeling inmiddels beter dan Franz omdat ze zich altijd zo op zijn terugkeer verheugt.

'O, wat vervelend!' Pauline denkt even na en recht dan haar rug. 'Wij tweeën zullen de gasten alleen moeten begroeten. Er zal wel een belangrijke reden zijn waarom Franz er niet was.'

'Wij zijn geen vervanging voor de landheer. De mensen zullen zijn afwezigheid niet waarderen.'

Pauline werpt een blik op de staande klok. Ze hebben nog een half uur voor ze zich moeten omkleden.

'Irene, wat is er vandaag toch met je aan de hand? Eerst dat gedoe aan de ontbijttafel, vervolgens verdwijn je voor meer dan drie uur in de keuken en nu ben je weer uit je humeur.'

'Wat zou er dan met me zijn? Alles is toch zoals het altijd is.'

Pauline pakt Irene bij de arm. 'Kom, we gaan even zitten en dan vertel jij me wat je dwarszit.'

Irene doet wat Pauline vraagt, maar niet van ganser harte. Ze heeft weinig zin om juist nu haar hart bij haar schoonmoeder uit te storten.

'Vertel!' Pauline kijkt Irene afwachtend aan.

'Ik voel me nutteloos. Nutteloos en overbodig!' barst ze uit. 'Ik ben gewoonweg niet geschikt voor het leven van een chique dame.'

Pauline lijkt aangedaan. Ze staat op het punt iets te zeggen, als een gebaar van Irene haar tegenhoudt.

'Je wilde het toch weten, luister dan ook. Ik heb mijn hele leven lang gewerkt, van kinds af aan, maar nooit iets echt geleerd. Bijvoorbeeld hoe je een groot huishouden leidt. Jij en mevrouw Burger kunnen dat veel beter.'

'Ik kan je alles leren wat je niet weet, Irene. Had ik eerder geweten dat ik je niet ontlast door de leiding van het huishouden over te nemen, maar je juist ergernis bezorg, had ik je al lang wegwijs gemaakt. Maar ik dacht dat je na jouw moeilijke leven, zeker in de periode dat je van Franz gescheiden was, blij was dat je niet meer hoefde te werken.'

'Ja en nee,' geeft Irene toe. 'Natuurlijk wil ik niet meer zo ploeteren zoals in de fabriek, maar helemaal niets doen ligt me ook niet.'

Pauline kijkt Irene onderzoekend aan. 'Wat zou je graag doen? Eerlijk gezegd kan ik me nauwelijks voorstellen dat je het huishouden zou willen leiden. Je bent meestal niet op je mondje gevallen als er iets is dat je niet bevalt en dat had je me anders al lang laten weten.'

Irene beantwoordt Paulines blik. 'Daar heb je gelijk in. Het zou me iets te doen geven, maar geen voldoening schenken. Ik wil ook Franz niet helpen met het runnen van zijn wijnfilialen of met het wijngoed. Dat spreekt me ook niet aan.'

'Weet je überhaupt wat je wel zou willen doen?'

'Vaag,' bekent Irene. 'Ik zou graag iets voor vrouwen doen.'

'Voor vrouwen?' Pauline begrijpt het niet direct. 'Wat bedoel je daarmee?'

'Ik heb je toch ooit verteld dat ik thuiswerksters heb geleerd hoe ze een naaimachine moeten bedienen. Dat was in Frankenthal. Op die manier konden ze een beter loon verdienen. Zoiets stel ik me voor.'

Pauline denkt na. 'We kunnen een tweede machine kopen,' stelt ze voor. 'Dan kun je de vrouwen van onze arbeiders leren naaien. En als ze dat kunnen, zetten we de machine ergens waar elke vrouw die kan gebruiken als dat nodig is. Bijvoorbeeld in het kamertje naast het kantoor van de rentmeester. Dat is een aangename, lichte ruimte die veel te mooi is om stoffige dossiers in te bewaren.'

Irene denkt na. Ze voelt er wel wat voor, maar ze maakt nog een tegenwerping.

'En als de vrouwen die het willen leren, straks allemaal kunnen naaien? Wat dan?'

'Dan kunnen we misschien de pastoor van Schweighofen en Sint-Ulrich in Altenstadt vragen of je met hun steun ook naaicursussen kan geven in hun parochie. Ik weet zeker dat Franz dat goed zal vinden. Hij weet dat je in...' Ze maakt de zin niet af omdat ze de juiste woorden niet vindt.

'Dat ik in zeer bescheiden omstandigheden ben opgegroeid. Dat wil je toch zeggen, niet?'

Pauline knikt. 'Hij trekt zich in elk geval weinig aan van de mening van anderen. Daarin lijken jullie op elkaar.'

Irene snapt wat Pauline bedoelt. Voor een vrouw van haar status nu past het niet zelf te naaien, laat staan het anderen te leren.

'Zou jij me steunen?' vraagt ze aan Pauline. 'Reken maar dat een paar vriendinnen van je het zullen afkeuren.'

Pauline trekt haar schouders op. 'Dat kan ik wel hebben. Het wordt tijd dat ze aan je wennen.'

Er gaat een steek door Irenes hart. Niet alleen Ottilie en Gregor Gerban laten niet na neer te kijken op haar vermeende lage afkomst, ook een aantal dames uit de kennissenkring van Pauline neemt nog steeds aanstoot aan haar huwelijk met Franz. Dat had ze meteen bij een eerste bezoekje met Pauline kort nu hun bruiloft gevoeld. Het was ook meteen de laatste keer.

De klok slaat het volle uur. 'Tijd om ons om te kleden,' maant Pauline. Traditiegetrouw verschijnen de vrouwen van het wijngoed bij het oogstfeest in de feestelijke klederdracht van de plattelandsvrouwen. 'De eerste gasten komen uiterlijk over een uur.'

Ze staat op. 'Slaap een nacht over mijn voorstel en als je het ziet zitten dan beginnen we er zo snel mogelijk aan.'

Irene knikt. Ze twijfelt of naaicursussen de oplossing zijn voor haar dilemma, maar het is een begin.

Het huis van Trude Ludwig in Lambrecht

November 1877

'Ik wil Emma spreken. Ze is en blijft nog altijd mijn vrouw.' Uitdagend zet Georg Schober zijn voet op de drempel om te voorkomen dat Trude Ludwig de deur voor zijn neus dichtslaat.

'U hebt uw geld toch gekregen. Emma slaapt. Ze had een onrustige nacht.'

'Kan me niets schelen!' Georg verheft zijn stem. Hij kijkt gemeen uit zijn bloeddoorlopen ogen. 'Ik moet met haar praten. Nu meteen!'

'Laat maar, Trude. Ik ben er al.'

Aarzelend zet de oude vrouw een stap achteruit in de gang en laat Emma passeren.

'Wanneer kom je nu eindelijk terug?' snauwt Georg zijn vrouw toe zonder haar te begroeten.

'Zodra je een woning en werk hebt gevonden, Georg. Dat hebben we al tig keer besproken.'

'Zing jij maar een toontje lager, kreng!' Georg heft dreigend zijn hand.

Trude doet een stap naar voren terwijl Emma achteruitdeinst. De vrouwen botsen bijna tegen elkaar op.

'Als je me durft te slaan, kun je fluiten naar je geld!' Emma's stem klinkt schril.

'Ik heb een zolderkamer gevonden waar je bij me in kan trekken. Ga je spullen maar pakken.'

'Waar dan?'

Georg geeft de naam van een straat in een van de armste en meest vervallen buurten van Lambrecht. Daar zitten vooral bedelaars, hoeren en nog erger gespuis.

'En heb je ook werk?'

'Dat komt nog wel. Wat die snol uit Schweighofen stuurt, is voorlopig genoeg om van te leven.'

'Irene betaalt geen cent meer als ik naar jou terugkeer. Zolang je geen werk hebt in elk geval,' voegt Emma er nog snel aan toe om haar man niet nog meer te ergeren.

Toch heft Georg zijn hand weer op. 'Je komt nu meteen met mij mee, wijf! Een man heeft tenslotte zijn behoeften. En jij hebt je echtelijke plichten te vervullen. Moet ik je daar nog aan herinneren?'

Nu komt Trude tussenbeide. 'Emma blijft bij mij. Wat wilt u? Nog meer geld? Ik geef u vijf mark uit mijn eigen portemonnee. Daarmee kunt u een paar keer naar de hoeren gaan. Keuze genoeg waar u nu woont.'

Even twijfelt Georg tussen koppig doorzetten en hebzucht. De hebzucht wint het.

'Tien mark!' Hij probeert te onderhandelen.

'Vijf mark of helemaal niets.' Trude houdt voet bij stuk. Wanneer Georg niet reageert, neemt ze het heft zelf in handen.

'Emma, haal dat geld. Je weet waar mijn portemonnee ligt.'

De jonge vrouw haast zich naar binnen.

Wat een ellende. Opnieuw wordt Trude overvallen door de inmiddels vertrouwde hulpeloosheid en het medelijden met de almaar onverdraaglijkere situatie van het gezin Schober.

Emma is nog maar een schim van haar vroegere zelf. Ze is graatmager, en door de angsten en daarmee gepaard gaande nachtmerries en slapeloosheid, is haar asblonde haar dun geworden en valt het met bosjes uit; overal op haar hoofd heeft ze kale plekken. Er staat een doffe blik in haar eens zo expressieve donkergrijze ogen; eronder liggen donkere wallen.

De ooit imposante Georg is getekend door zijn drankzucht. Zijn hoofd is opgezwollen en de neus met gesprongen adertjes zit als een rood gezwel midden op zijn verder bleke gelaat. Hij stinkt als een varken in een stal omdat hij noch zichzelf, noch zijn kleren wast.

Hun dochters, schuchtere wezens, zijn niet echt opgefleurd in het huis van Trude en lijden onder de verschrikkingen die ze in het verleden hebben doorstaan en de aanhoudende dreigementen van hun vader. De meisjes zijn inmiddels schoolplichtig en moeten dus elke dag het huis uit. Meer dan eens heeft Georg zijn dochters op weg naar school opgewacht, bedreigd en beroofd van hun boterhammen; hen slaan doet hij gelukkig niet. Daarom overwint Emma nu tweemaal per dag haar angst om Marie en Thea naar school te brengen en weer af te halen. Op die momenten doet ze ook de boodschappen.

Trude, die veel last heeft van jicht, kan nauwelijks nog lopen en kan haar dus niet vergezellen. Al twee keer heeft Georg Emma voordat ze boodschappen kon doen overvallen en haar geld afgepakt.

Ondanks die vreselijke situatie werken de meisjes hard en horen ze bij de besten van de klas. 'Omdat we later geld willen verdienen voor mama en een goede baan nodig hebben,' had de achtjarige Marie gezegd toen ze met haar laatste goede rapport thuiskwam.

Hoe heeft het zover kunnen komen? Het is om wanhopig van te worden, bedenkt Trude.

Zachte stappen achter haar rug kondigen de terugkeer van Emma aan. Trude reikt naar achteren, pakt de munten aan en drukt die in de smerige hand van Georg.

Als hij zich eindelijk uit de voeten maakt, sluit ze met een diepe zucht de deur. Voor vandaag is het gevaar weer even afgewend. Maar de meisjes die zich bang in de keuken hebben verscholen weten net zo goed als Emma en zij dat hun slechts een kort uitstel is vergund.

Het wijngoed bij Schweighofen

Zaterdag 3 november 1877, rond drie uur

Irene kijkt nog een laatste keer in de spiegel om te kijken of het witte mutsje dat bij de feestelijke klederdracht past, goed zit. Franz is zoals verwacht nog niet aangekomen en dus moet zij samen met Pauline de gasten begroeten.

Gelukkig klaart het buiten wat op. De mist die er al de hele dag heeft gehangen, is bijna helemaal verdwenen. Als ze het huis uit stapt, kijkt ze nog even onderzoekend naar de hemel: geen donkere wolk te bespeuren. Gelukkig maar want het varken en de ossenlende staan al een tijd buiten aan het spit te draaien. Alle beschikbare ruimte in de perserij en de andere bedrijfsgebouwen is vol gezet met tafels voor de gasten en het uitgebreide buffet, maar toch zullen er nog mensen in de grote, aan één kant open tent moeten zitten die enkele arbeiders die ochtend op de binnenplaats hebben opgezet. Vaten met brandende kolen zullen daar en in de nauwelijks te verwarmen schuur waar gedanst zal worden, de kilte van de novemberdag temperen.

Irene treft Pauline, ook gekleed in de boerinnendracht, in gesprek met mevrouw Burger en de twee kokkinnen in de wijnperserij. In tegenstelling tot buiten is het daar behaaglijk warm. Al dagen is de grote, met een ijzeren plaat potdicht afgesloten haard aan. Die gebruikt men maar een paar keer per jaar en gaat alleen aan als er geen rode most staat te gisten.

De vrouwen staan te kijken naar het grote buffet dat aan de muur tegenover de haard is opgesteld. Mevrouw Kramm uit Altenstadt en de kokkin van Schweighofen, mevrouw Grete, hebben zichzelf echt overtroffen. Sinds Allerheiligen hebben zij en hun helpers non-stop in de keuken gestaan.

De tafels buigen onder de last van schotels aardappel- en koolsalade, versgebakken brood naast boter en reuzel, verschillende soorten worst en kazen, plakken gebraad, gehaktballen en ingelegde haring. Later op de avond zal er nog varkens- en ossenvlees van het spit worden geserveerd.

Vooral voor de landarbeiders en dagloners die bij de oogst hebben geholpen is vlees iets zeldzaams. Als landsheer vindt Franz dat hij ervoor moet zorgen dat zijn mensen daar toch ten minste op deze dag hun buik van vol moeten kunnen eten.

Er is ook geen gebrek aan zoete lekkernijen. Griesmeelpap en allerlei puddingen worden in aardewerken schalen versierd met stukjes fruit en muntblaadjes aangeboden. Er zijn zelfs twee schotels met chocoladepudding waarvoor mevrouw Kramm een heel pond duur cacaopoeder, dat alleen in de kruidenierswinkel te verkrijgen is, heeft gebruikt.

Daarnaast staan allerlei soorten gebak met appels, peren, gekonfijte kersen en pruimen, kruidkoek, kaneelbroodjes en nog veel meer. De stijf opgeklopte slagroom wordt koel gehouden in ijswater.

'Een feest om trots op te zijn!' Blij draait Irene zich om als ze achter zich de stem van Minna hoort. 'Het wijngoed Gerban heeft weer niet op een cent gekeken.'

'Helaas ontbreekt de heer des huizes,' antwoordt Irene met een glimlach, maar toch ook een zweem van bitterheid in haar stem. Ze spreidt haar armen om haar vriendin te begroeten. 'Des te beter dat jullie er al zijn.'

Minna wijkt wat achteruit. 'Ik ben nog steeds verkouden. Je kunt beter nog wat afstand houden!'

'Ben je nu eindelijk al bij dokter Frey geweest?' Dat is de huisarts van de familie Gerban in Weissenburg. 'Zo niet, dan kun je vandaag misschien een afspraak maken voor zijn spreekuur. Hij is ook uitgenodigd.'

Minna schudt het hoofd. 'Ik drink braaf salie- en venkelthee. Dat helpt even goed en kost maar een paar pfennig.'

'Dat hebben we vandaag helaas niet voor je. Wel licht en donker bier en onze wijn, zoveel je maar wilt. En natuurlijk koffie, cider, druivensap en melk. Zal ik mevrouw Grete vragen wat thee voor je te zetten?'

'Dat is niet nodig. O, ik zie net dat mijn veter los zit.'

Minna bukt zich om de veters van haar korte laarsjes weer te strikken als ze door een hoestbui wordt overvallen. Ze blijft voorovergebogen staan, haalt een zakdoek uit haar rok en houdt die voor haar mond en neus.

'Tante Minna!' Precies op dat moment stormt Sophie de perserij binnen. Ook zij is prachtig uitgedost in de traditionele klederdracht. Voordat de vrouwen kunnen reageren slaat Sophia haar armpjes rond Minna's hals en probeert ze haar een kus op haar mond te geven.

Ontzet ziet Irene hoe Minna het kind met geweld van zich afduwt. Sophia landt op haar zitvlak en zet het op een huilen, eerder van schrik dan van pijn. Irene neemt haar dochter op de arm en probeert haar te troosten.

'Het... Het spijt me,' hijgt Minna, die nog steeds moet hoesten. 'Ik wilde de kleine geen pijn doen.'

Sophia drukt haar betraande gezichtje tegen de schouder van haar moeder. 'Heb je je bezeerd?' vraagt Irene bezorgd.

Sophia schudt het hoofd. Ze brabbelt iets onverstaanbaars.

Onhandig komt Minna dichterbij en probeert het meisje over haar haar te strijken en haar mutsje recht te zetten. 'Ga weg!' roept het kind nu duidelijk hoorbaar. 'Je houdt toch niet meer van mij!'

'Ik breng Sophia even naar binnen totdat ze wat gekalmeerd is.'

'Dat kan Rosa doen.' Pauline staat nu achter Irene. 'De pastoor van Altenstadt en de burgemeester van Schweighofen zijn net de oprijlaan opgedraaid. En daarachter zie ik Ottilie en Gregor in hun rijtuigje.'

Irene zet Sophia op de grond. Minna, haar hoestaanval eindelijk voorbij, gaat op haar hurken voor het meisje zitten. 'Het spijt me verschrikkelijk, Sophia. Ik wilde je geen pijn doen. Ik duwde je weg omdat ik niet in je gezichtje wilde hoesten. Ik wil je niet ziek maken. Vergeef je het me? Ik hou namelijk nog altijd heel veel van je.'

Sophia houdt op met snikken en kijkt Minna onderzoekend aan. Uiteindelijk steekt ze haar handje uit. 'Ga jij dan met mij mee naar binnen. Ik moet toch op het potje.'

Het valt Irene op dat Minna handschoenen uit haar tasje haalt en aantrekt voor ze de hand van het Sophia pakt. Hoofdschuddend kijkt ze hen beiden na. Minna doet raar. Wat zou dat te betekenen hebben?

Op dat moment valt haar oog op de zakdoek waarin Minna heeft gehoest en daarna haar neus heeft gesnoten. Die moet uit de zak van haar rok zijn gevallen waar ze die weer in had gestopt.

Voorzichtig pakt Irene het doekje en verstijft dan van schrik. Het witte stukje stof zit vol bloedvlekken.

Het wijngoed bij Schweighofen

3 november 1877, een uur later

Franz laat de huurkoets vijftig meter voor het landgoed stoppen en betaalt de koetsier. In plaats van de gevraagde tien drukt hij de man vijftien mark in de hand. De koetsier heeft de reis immers in de kortst mogelijke tijd van iets meer dan drie uur afgelegd.

De man tilt zijn pet op en bedankt hem uitbundig. Zijn aanbod de bagage nog naar het huis te brengen, slaat Franz af. Hij wil zijn familie verrassen. 'Ze de koffer hier maar achter de struiken. Ik laat hem straks wel ophalen.'

Hij wacht nog even terwijl de koetsier het rijtuig draait en gaat dan op weg. Het is bijna half vijf en het wordt al donker. De gasten zijn vast al lang aangekomen.

Hij komt inderdaad niemand tegen op het korte stuk en al van ver hoort hij het vrolijke geroezemoes van veel mensen. Op het moment dat hij de oprijlaan bereikt gaan de gaslampen aan die Franz twee jaar geleden op de binnenplaats, in het woonhuis en de belangrijkste bedrijfsgebouwen heeft laten installeren.

In het zachte schijnsel valt zijn oog meteen op Irene die met haar dochtertjes aan de hand met monsieur Payet, hun advocaat uit Weissenburg, staat te praten. Zijn hart gaat open. Wat is ze mooi in het kostuum dat ze heeft gemaakt voor Pauline, de meisjes en zichzelf.

Op een donkerrode rok draagt ze een geel schort, een zwart lijfje en een groen jasje. Een gele doek met franjes heeft ze voor haar borst gekruist en in haar nek vastgebonden, zodat alleen het kraagje van de witte blouse te zien is. De meisjes en zijn moeder Pauline die het borduurwerk op de mutsjes heeft gemaakt, dragen hetzelfde kostuum, maar dan in andere kleurencombinaties.

'Papa! Daar is papa!' Fränzel vliegt op hem af. Ook hij is gekleed als een boerenzoon in zondags pak met een lichte linnen broek, een bijpassend vest en jasje over een loszittend wit hemd en een vlot om de hals geslagen rode sjaal.

'Niet zo wild, jongen! Je duwt me bijna om!' Fränzel brengt hem inderdaad bijna uit balans als hij zich in zijn vaders uitgestrekte armen laat vallen. Ze omhelzen elkaar innig.

'Papa!' Nu heeft ook Sophia hem ontdekt en ze wurmt zich tussen hem en haar oudere broer in. Franz gaat voorzichtig op zijn hurken zitten en sluit hen beiden in zijn armen.

Hij voelt Irenes aanwezigheid en kijkt aarzelend, en toch wat bang op, maar ook haar blauwe ogen kijken hem liefdevol aan.

'Wat fijn dat je er toch nog bent!' Teder haalt ze haar hand door zijn haar. Hij drukt haar en Klara die ze op de arm heeft, een kuise kus op het voorhoofd. Het openbare kader waarin hun begroeting na zijn afwezigheid van meer dan drie weken plaatsvindt. Een deel van de gasten heeft hem nu ook in de gaten gekregen.

Franz geeft ook zijn moeder, die zich tot nu op de achtergrond heeft gehouden, een kus op de wang en schudt Nikolaus Kerner de hand. Hij vraagt de rentmeester om twee jongens zijn bagage te laten ophalen en naar binnen te brengen

Vervolgens wendt hij zich tot de gasten die op hem toe lopen. 'Ik ben net met een koets uit Landau gekomen en heet u allemaal hartelijk welkom op het oogstfeest. Na twee dagen onderweg te zijn geweest wil ik me echter eerst even opfrissen. Daarna kom ik iedereen van jullie persoonlijk begroeten.'

Twintig minuten later verschijnt Franz, nu ook in de traditionele feestdracht gekleed, met Irene aan de arm, weer tussen de gasten. In de beslotenheid van hun slaapkamer hebben ze toch even de gelegenheid genomen om elkaar innig te zoenen. Het liefst had Franz Irene meteen op het met hagelwit linnen gedekte hemelbed getrokken, maar dat zal moeten wachten.

Terwijl hij zich waste met koud water en de kleren aantrok die Irene voor hem had klaargelegd, heeft hij haar kort over de moeizame terugreis verteld. Over de succesvolle afronding van het contract met Blauberg & Zonen had hij al vanuit Berlijn per telegraaf bericht.

'Moet je daar nu vaker heen?'

'Hooguit twee keer per jaar, in de lente en in de herfst voor het uitgaansseizoen begint.' Bij het horen van haar bezorgde stem en met zijn plan zich verkiesbaar te stellen in het hoofd, speelde Franz' slechte geweten weer op. Hij troostte zich echter met de gedachte dat het nog niet voor meteen is. Nu wilde hij even genieten van zijn thuis, temeer omdat dit zijn laatste grote reis van het jaar was geweest.

'Ik ben zo blij dat je toch nog op tijd bent om de mensen hun bonus te geven.'

Irene reikt Franz de mand aan met de zakjes met munten en voorzien van een naamkaartje die alle helpers op het oogstfeest krijgen. 'Ik heb Kerner ook gevraagd om zakjes voor het keukenpersoneel. Die vrouwen hebben letterlijk dag en nacht gewerkt en de gasten smullen van het eten.'

Franz is het hier helemaal mee eens. Het betalen van het huispersoneel laat hij volledig over aan zijn vrouw. Met Irene aan zijn zijde begroet hij de talrijke gasten en maakt hij van de gelegenheid gebruik om de zakjes uit te delen aan het personeel van het wijngoed. 'Hartelijk dank voor uw harde werk dit jaar. Mede dankzij uw inzet hebben we ook dit jaar een prachtige oogst binnengehaald.'

Franz bedankt elke arbeider en arbeidster op dezelfde manier en natuurlijk zitten er verschillende bedragen in de zakjes. Nikolaus Kerner, de rentmeester, en Johann Hager, de keldermeester, krijgen beiden vijftig mark; Hansi Krüger en de voormannen vijfentwintig. Dezelfde som heeft Irene ook in de zakjes voor de kokkinnen laten stoppen. Hun ogen stralen van dankbaarheid; uiteindelijk bedraagt de premie toch een volledig maandloon.

Alle arbeiders van het wijngoed krijgen vijftien mark; hun vrouwen en zelfs de dagloners, wiens werk er nu weer op zit, tien mark. Met dit gulle gebaar en het enorme feest onderscheidt het wijngoed Gerban zich van alle andere domeinen in de Palts.

En de mensen waarderen het. Sinds hij meer dan vijf jaar geleden de leiding van het wijngoed heeft overgenomen, heeft niemand ontslag genomen om in Lambrecht, Pirmasens of Kaiserslautern in de fabriek te gaan werken. En de dagloners vechten om de postjes tijdens de oogst; Franz heeft nooit gebrek aan arbeidskrachten zoals de andere wijngoederen in de regio.

'En laten we nu maar aanvallen op het eten.' Tot nu toe hebben de gasten zich vooral tegoed gedaan aan de koude gerechten en het gebak. Nu verzamelen ze zich rond het spit met het heerlijk ruikende vlees. Mevrouw Grete sleept een grote pan jus aan. Mevrouw Kramm en haar helpers volgen haar op de voet met knoedels, gekookte aardappelen en diverse groenten. Twee staljongens brengen ook nog de enorme gietijzeren pan met de geurige goulashsoep waarvoor Irene die ochtend de uien en wortelen heeft gesneden.

Franz zit aan het hoofdeinde van de tafel met eregasten in de perserij en geniet van de hartige maaltijd. Een groot gevoel van dankbaarheid vervult hem als hij om zich heen naar de vrolijke gezichten kijkt. Hopelijk gaat straks alles goed met de ijswijn en wordt het weer een rijk oogstjaar. Het wijngoed groeit en bloeit en ook de wijnhandel floreert. Wat wil hij nog meer!

Hij krijgt een gewaagd idee. Waarom niet? Na al die tijd durf ik het wel aan, denkt hij bij zichzelf. Ik heb nooit graag gedanst en met die prothese heb ik het nooit geprobeerd, maar vanavond heb ik er zin in.

Om acht uur, als alle gasten hun buik vol hebben gegeten, geeft hij de muziekkapel die tot nu toe alleen maar zachte achtergrondmuziek heeft gespeeld, een teken. 'Tijd om naar de schuur te verkassen. Tijd voor het bal! En eerst wil ik een wals!'

De mensen staan vrolijk op en volgen Franz, opnieuw met Irene aan de arm. In de schuur wacht hij tot de muzikanten zich met hun instrumenten hebben geïnstalleerd. Hij buigt formeel voor de verblufte Irene en leidt haar naar de dansvloer. De kapel begint te spelen en Franz legt zijn rechterarm om haar middel, met zijn linkerhand pakt hij haar rechterhand. Samen openen ze het bal. In het begin gaat het meer slecht dan goed omdat zijn prothese hem hindert en af en toe struikelt hij en raakt hij uit de maat, maar het applaus dat losbarst en de muziek bijna overstemt, maakt alles goed.

Irene, die nooit heeft leren dansen, geeft zich volledig over aan zijn ritme en sluit zelfs haar ogen. Bij het zien van die innige, toegewijde uitdrukking op haar gezicht overvalt hem een gevoel dat hem volledig vervult: geluk! Zo voelt het om gelukkig te zijn. Ik ben de gelukkigste man ter wereld.

4

Lambrecht

December 1877

'Is mijn geld misschien minder waard dat dat van andere klanten?' Georg Schober kijkt de bordeelhoudster brutaal aan.

Zij is niet onder de indruk. 'De meisjes in dit huis zijn gezond; dat vind ik heel belangrijk. Schaamluis, vlooien of nog ander ongedierte willen we hier niet hebben. U laat zich wassen, dat kost u slechts een extra mark, of u vertrekt.'

Georg geeft toe. Nors volgt hij de gezette vrouw die een tot aan de hals gesloten zwarte jurk draagt. In tegenstelling tot de uitdagende meisjes en jonge vrouwen wier diensten ze verkoopt, ziet de hoerenmadam er heel gewoontjes uit. Als je haar op straat zou tegenkomen zou je denken dat ze een van de pijlers van de plaatselijke kerkgemeenschap is. Alleen de minachtende blik waarmee ze haar klanten opneemt, verraadt haar.

De vrouw opent de deur van een kamer. Een naar zeep ruikende damp slaat hem in het gezicht en maakt dat hij even niets meer ziet. Als zijn ogen gewend zijn aan het halfdonker ziet hij een rij houten badkuipen staan waarvan ongeveer de helft bezet is. In dunne linnen hemden geklede meisjes schrobben de ruggen of wassen het haar van een aantal gasten. In andere, slechts met doorzichtige gordijnen van elkaar gescheiden tobbes, stoeien de hoeren met hun klanten.

Georg weet niet wat hij ziet. Hij heeft al veel gehoord over dit etablissement, maar is er nog nooit geweest omdat het te duur voor hem is. Vandaag heeft hij echter geluk. Op straat heeft hij een beurs met vijftig mark gevonden en besloten eerst een bezoekje aan dit bordeel te brengen voor hij dat allemaal opzuipt.

'Hoeveel denkt u te spenderen?' De hoerenmadam kijkt laatdunkend naar zijn vuile, versleten plunje.

'Wat kost het?'

Een spottend lachje verwringt het vette gezicht van de vrouw tot een grimas. 'Minstens vijf mark. Voor een half uur zonder extra's. Plus een mark voor het baden.'

'Ik wil een hoer voor tien mark,' beslist Georg meteen. Hij wil het er vandaag eens goed van nemen. Dat hij sinds Emma hem heeft verlaten moet betalen voor iets wat hem als getrouwde man toekomt, kan hij maar niet verkroppen. Vooral omdat de goedkope hoeren, de enige die hij zich normaal kan veroorloven, passief de haastige daad ergens tegen de muur van een huis ondergaan en totaal geen moeite doen hem te prikkelen.

'Daarvoor krijg je een uur en een paar speciale diensten. Vooraf te betalen!' De madam steekt haar dikke hand uit. Korzelig betaalt Georg de elf mark. Met een blik op een stel dat zelfs met het gordijn open zonder gêne aan het copuleren is, voegt hij eraan toe: 'Maar ik wil een aparte kamer.'

Opnieuw lacht de bordeelhoudster spottend. 'Die kan u krijgen! Als u daar straks nog de puf voor hebt.'

Ze wijst op een vrij bad. 'Ga daar maar alvast in zitten, dan haal ik intussen uw badmeisje.'

Georg heeft zich nog maar net in het aangenaam warme water laten zakken wanneer iemand in het bad naast hem hem aanspreekt. 'Bent u niet Georg Schober?'

Verrast kijkt hij opzij en herkent Robert Sieber, die in de lakenfabriek Reuter, waar Georg ooit als wever heeft gewerkt, de ververij leidde en het later tot plaatsvervangend productieleider had geschopt. Sieber had geweigerd deel te nemen aan de grote staking van 1872 en was blijven werken. De fabriekseigenaar had hem daarvoor beloond met een voor een ongeschoolde arbeider ongebruikelijke promotie.

Georg zet een brede grijns op. 'Inderdaad. Kijk eens aan. Dat we elkaar nu hier weer treffen.'

'Je hebt blijkbaar weer wat geld. Heb je een nieuwe baan gevonden?'

Georgs grijns maakt plaats voor een verbeten uitdrukking. 'Niet dus,' leidt Sieber hieruit af. 'Dan wil ik wel eens weten hoe jij je dit hoerenkot kunt permitteren.'

Twee vrouwen, gekleed in doorzichtige hemden en niet ouder dan twintig jaar, komen aanlopen met twee houten emmers die ze aan een juk over hun schouders dragen.

'Maar dat komt straks wel. Weet je wat, ik nodig je uit voor een biertje straks. Geniet nu eerst maar van Anna,' zegt hij met een schunnige blik op de twee vrouwen. 'Ik had haar laatst ook en ze doet haar werk goed. Laat haar je piemel ook maar wassen. Je zult er geen spijt van krijgen.'

Anderhalf uur later staan de twee mannen aan de toog van het dranklokaal van het bordeel met voor hun neus een grote pul zwaar bier en een glas brandewijn. Sieber heeft zich aan zijn belofte gehouden en Georg uitgenodigd.

'En? Heb ik overdreven?'

Georg schudt het hoofd. 'Dat loeder wist wat ze deed,' minimaliseert hij het wat. Eigenlijk is hij er zich maar al te pijnlijk van bewust hoezeer hij van het hete bad en vooral de liefkozingen waarvoor hij flink wat geld had moeten neertellen, heeft genoten. In de eerste maanden van hun huwelijk waren Emma en hij vaak samen in bad geweest. En aangezien zijn vrouw nooit preuts was geweest had ze alles wat die hoeren elke dag emotieloos bij alle klanten doen, vrijwillig en lustig en alleen voor hem gedaan.

Hij walgt ervan dat hij zijn smerige kleren weer aan moest. Maar wie moet ze voor hem wassen? Het bordeelbezoek heeft zijn stemming geenszins verbeterd; hij heeft er nu zelfs ontzettend spijt van.

Het is alsof Robert Sieber zijn gedachten kan raden. 'En wat doet jouw vrouw dat je naar een bordeel drijft? Of was je gewoon op zoek naar een beetje afwisseling?'

Georg zucht diep. 'We wonen niet meer samen,' bekent hij.

'Wat bedoel je met "niet meer samenwonen"? Laat je dat wijf nu weer over je heen lopen?'

Georg herinnert zich dat Robert Sieber zich eerder al kritisch had uitgelaten toen Emma had geweigerd de staking op te geven en weer aan het werk te gaan in de fabriek. Hij had haar toen zo afgerost dat het koppige mens voor de eerste keer haar toevlucht had gezocht bij Trude Ludwig, waar ze nu ook weer zit.

'Het is allemaal de schuld van dat kreng Irene. Herinner jij je haar nog. Ze is met een chique vent met veel poen getrouwd. God mag weten wat zo iemand in haar ziet. Daarvoor was ze het liefje van die vakbondsleider, die Hartmann.'

Sieber knikt bedachtzaam. 'Die ken ik nog wel. Een opstandig mens. Maar vertel, wat heeft ze nu weer op haar kerfstok?'

Dat laat Georg zich geen twee keer zeggen, vooral omdat de alcohol niet alleen zijn tong losmaakt, maar ook zijn zelfmedelijden serieus versterkt. Robert Sieber luistert geduldig naar Georgs versie van de gebeurtenissen en geeft dan zijn ongezouten mening.

'Een vrouw moet in het gareel lopen en doen wat haar man zegt. Desnoods help je maar een handje. Haal Emma en je dochters naar je kamer. Dan heb je tenminste iemand die je kleren wast en verstelt, en voor je kookt. En dan hoef je je geld ook niet aan de hoeren uit te geven.'

'Maar volgens Emma stuurt Irene haar geen geld meer als ze terug bij mij komt wonen en ik nog geen baan heb.' Hij kijkt Sieber vragend aan. 'Kan jij bij Reuter niet wat voor me regelen?'

Hij is al te dronken om de verachtelijke blik rond de mond van Sieber op te merken. Als hij diens gedachten zou kunnen lezen, zou hij weten dat de man om de dooie dood geen goed woordje zal doen bij de baas voor een aan lagerwal geraakte dronkenlap. Maar hij heeft niets in de gaten.

Sieber slaat hem op de schouder. 'Je weet toch dat ze in de winter geen mensen aannemen, Georg. Misschien dat ik in het voorjaar iets voor je kan doen, maar breng intussen je zaakjes op orde! Kerstmis komt eraan. Familie hoort dan samen te zijn. En dat van Irene is volgens mij een loos dreigement. Als ze zoveel om je vrouw geeft, zal ze heus wel diep in de buidel tasten. Kom, we nemen er nog een.'

Georg wil niets liever. Flink wat glazen later valt het hem opeens op dat ze het alleen maar over hem hebben gehad.

'Wat doet jouw vrouw?' vraagt hij.

'Magda is vorig jaar aan de tering gestorven,' vertelt Sieber zonder enige emotie. 'Gelukkig heeft ze me niet met een paar koters opgescheept. Ik hoef voorlopig geen andere vrouw. Maar als ik het toch doe, zal mijn toekomstige mooi naar mijn pijpen dansen. Neem dat maar van me aan.'

Villa Stockhausen in Oggersheim

December 1877

'Heeft het je gesmaakt, liefste?'

Mathildes bord met de stevige erwtensoep is in tegenstelling tot dat van haar echtgenoot nog halfvol.

'Uitstekend, uitstekend, vrouwtje lief!' Herbert likt met smaak de lepel af. ‘Zulke gerechten at ik als kind vaak. Je weet dat mijn vader meester-kleermaker was voor hij de lakenfabriek opende. Hij heeft hard moeten werken om zijn rijkdom te vergaren. En tante Ilse, die de plaats van mijn moeder heeft ingenomen toen ze ons veel te vroeg was ontvallen, heeft er nog lang voor gezorgd dat er goede burgerlijke kost op tafel kwam.’

Mathilde glimlacht geforceerd en hoopt dat het niet al te veel opvalt. Haar man had haar pas na hun huwelijk opgebiecht dat hij van veel bescheidener komaf was dan zij, maar sindsdien blijft hij maar praten over zijn nederige afkomst en de grootse daden van zijn tante Ilse.

‘Pas toen mijn vader was overleden en tante Ilse me terzijde stond in de fabriek hebben we Herta als kokkin aangenomen. Voordien hadden we genoeg aan een dienstmeisje. Toen de villa eenmaal klaar was hadden we natuurlijk meer personeel nodig. Toch verlang ik vaak terug naar die eenvoudige levensstijl van mijn jeugd.’

‘Ik ben heel blij dat ik het je eindelijk naar de zin kan maken,’ antwoordt Mathilde, al betwijfelt ze het ten zeerste. In elk geval is ze sinds de verandering van het menu en de strenge controle op haar uitgaven weer afgevallen. De dingen die nu op tafel komen vindt ze vaak niet lekker en ’s middags naar een konditorei gaan is er ook niet meer bij.

Herbert streelt haar hand. ‘Ik wist wel dat je het zou leren, muisje van me. Tante Ilse heeft je vandaag zelfs geprezen. Ik denkt dat ze na nieuwjaar de leiding weer aan jou zal overdragen en alleen nog af en toe over je schouder zal meekijken.’

Opeens houdt hij zijn adem in. ‘Au!’ Hij grijpt met zijn hand naar zijn linkerschouder.

‘Wat is er, mijn schat? Weer die stekende pijn?’

‘Maak je maar geen zorgen, lieveling. Het is alweer over.’

‘Wil je nu je dessert of liever nog een portie erwtensoep?’

‘Mijn dessert. Wat is het?’

Mathilde belt het dienstmeisje dat de borden wegruimt.

‘Ingemaakte perziken en pruimencompote.’ Er gaat een huivering door Mathilde heen. Ze haat ingelegd fruit. ‘Alles voor jou alleen, schat. Ik heb genoeg gegeten.’

Herbert straalt over zijn hele gezicht.

Lambrecht

December 1877, de week voor kerst

Emma en haar dochtertjes Marie en Thea zijn bijna bij het huis van Trude. Zo opgewekt als vandaag heeft ze zich lang niet meer gevoeld. Vanochtend heeft ze voor kerst een heel gul cadeau van Irene gekregen. Het zal een mooi feest worden, het beste in tijden.

Trakteer jezelf op een lekker kerstgebraad, bij voorkeur een vette gans, had Irene geschreven. *Ik hoop dat jij en de meisjes niets tekortkomen voor het feest en die lieve Trude een heerlijke tijd heeft met jullie.*

In de enorme pakketten die twee bedienden die ochtend hebben gebracht zaten naast het buideltje met twintig mark aan munten ook stof om kleren van te maken, een mooie omslagdoek voor Trude en warme winterjassen voor Emma en de meisjes. Verder ook nog mutsen, sjaals, handschoenen en warme kousen. En niet te vergeten de koekjes en slagroomsoezen die mevrouw Grete, de kokkin van Schweighofen, heeft gemaakt. Er zat zelfs een kleine reep dure chocolade bij.

Met z'n drieën hebben ze net de kerstinkopen gedaan. Bij de slager hebben ze een gans besteld om de dag voor Kerstavond op te halen. In hun rugzakken dragen Emma en de meisjes de aardappelen, rode kool, boter, reuzel, rookworst en pittige kaas. Bij de kruidenier hebben ze een pond echte koffie en zelfs vanillestokjes gekocht voor Trudes kerstpudding.

Op nog geen tweehonderd meter van het huis van Trude verspert een haveloze figuur hen de weg. De ogen van Georg zijn bloeddoorlopen en hij stinkt naar goedkope foezel, tabaksrook en kleren die al weken niet meer zijn gewassen.

Met een spottende buiging trekt hij zijn versleten muts van zijn hoofd. Zijn haar staat stijf van het vuil en hangt in vettige slierten tot op zijn wangen.

'Ik wens jullie dames een fijne dag!' Zijn stem klinkt schor. 'Waar gaan jullie heen als ik vragen mag?'

Emma verstijft van schrik. Marie en Thea verstoppen zich achter haar rug. Eergisteren heeft Trude Georg nog het geld gegeven dat ze hem elke week tegen wil en dank toestoppen en van de maandelijkse toelage van Irene af halen.

Emma is zo bang dat haar geen onschuldig antwoord te binnen schiet en ze gewoon de waarheid zegt. 'We hebben wat kerstinkopen gedaan.'

Niet slim, zo blijkt uit de reactie van Georg. Hij stapt naar haar toe en voelt aan de propvolle tas op haar rug. Thea, de jongste van de meisjes, jammert en verbergt haar gezicht in Emma's rok.

Georg grijpt haar ruw bij de vlechtjes die onder haar muts uitsteken en trekt haar hoofd naar achteren. Het meisje gilt het uit.

'Is dat de manier om je vader te begroeten?'

Marie gaat voor Emma staan. 'Goedendag, vader. Ik wens je een gezegend kerstfeest.'

Georg grijnst en laat Thea los. 'Kijk. Neem maar een voorbeeld aan je zus!' snauwt hij naar haar.

'Ik wens je ook een gezegend feest.' Het kind is nauwelijks te verstaan.

'Dat zullen we allemaal samen hebben. Met al het lekkers dat jullie ongetwijfeld in die rugzakken hebben, zal jullie moeder een heerlijk kerstmaal voor ons klaarmaken.'

Hij pakt Marie bij de arm. 'Familie hoort bij elkaar. Kom dus maar mee.' Marie verzet zich, maar Georg trekt haar met geweld naast zich.

'Laat me los!' In tegenstelling tot Thea, laat Marie zich niet zo snel bang maken. 'Je doet me pijn!' Ze rukt zich los en doet drie stappen achteruit.

De dronken Georg wil achter haar aan, maar struikelt over zijn eigen voeten.

'Kom onmiddellijk hier, kreng! Het wordt tijd dat ik jullie koppige vrouwen mores leer.' Hij klopt zich op de borst. 'Ik ben jullie vader en ik eis respect!' Hij draait zich om naar Emma.

'En jouw man! En jullie moeten doen wat ík zeg! Volg me nu mee naar mijn huis.' Hij maakt weer aanstalten het meisje vast te pakken.

'Mama! Mama, help ons dan toch!' Het gehuil van Thea haalt Emma uit haar verstarring. Ze recht haar smalle rug. De mishandeling en bedreiging van haar dochters geven de doorslag. Ze raapt al haar moed samen en kijkt hem recht in de ogen.

'Je hebt geen werk en geen behoorlijke woning. Bovendien drink je meer dan ooit.' Ze probeert het bij de feiten te houden en hem niet te beledigen. Bovendien staan ze in een drukke straat. Hier zal hij het niet wagen haar opnieuw in elkaar te slaan. Ze haalt diep adem. 'Je bent al jaren je plichten als echtgenoot en vader niet meer nagekomen. Dat ontslaat mij en de meisjes van de onze. We komen niet meer terug, Georg. Vandaag niet en ook in de toekomst niet. Laat ons alsjeblieft voorgoed met rust!' Haar stem klinkt duidelijk en helder. De woorden voelen goed en juist en hadden al lang gezegd moeten zijn.

Georg antwoordt niet, maar staart haar ietwat bête aan met zijn rode ogen. Kennelijk sorteren haar woorden het juiste effect.

'Het ga je goed, Georg.' Ze draait zich om naar Thea en steekt haar hand uit. 'Kom, mijn schat. We gaan naar huis. Marie, loop jij maar voorop!'

De brutale klap treft haar volledig onverwacht vol in het gezicht, breekt haar linker kaak en kost haar twee tanden. In paniek probeert ze haar evenwicht te bewaren, maar dan landt de volgende vuistslag recht op haar neus. Half bewusteloos zakt ze op de grond, alleen de rugzak voorkomt dat ze met haar achterhoofd hard op de stoep belandt. In de verte hoort ze Marie en Thea schreeuwen. 'Help, help! Papa slaat onze mama! Help ons dan toch!' Nu schopt Georg haar over haar hele lichaam. Inwendig voelt ze iets scheuren. Met haar handen over haar hoofd draait ze zich op haar zij en probeert ze zich te beschermen, maar Georg blijft stampen.

Voordat ze het bewustzijn verliest, voelt ze hem aan de rugzak trekken. Bruut snaait hij die weg en trekt haar schouder bijna uit de kom. Dan wordt alles zwart om haar heen.

Het wijngoed bij Schweighofen

December 1877, drie dagen voor kerst

Fronsend leest Franz de krant die de laatste decreten van de rijkskanselarij in Berlijn uitvoerig, maar in voorzichtige bewoordingen en zonder waardeoordeel, bespreekt. De eigenlijke regeringsmacht voor Elzas-Lotharingen ligt bij de kanselarij. Vaak is het Berlijnse bestuur het niet eens met de in Straatsburg gevestigde *Oberpresident*, Eduard von Moeller. In dit geval blijkt de uitzondering evenwel de regel te bevestigen.

Op grond van de dictatuurparagraaf is er weer een katholieke krant verboden die zich kritisch heeft uitgelaten over de wetten van Bismarck die de invloed van de katholieke kerk in de Elzas en de rest van het Duitse keizerrijk inperken. Net als de meeste inwoners van de Neder-Elzas staat Franz eigenlijk kritisch tegenover de roomse kerk met haar verstarde structuren en verouderde opvattingen. Toch ergert het hem mateloos dat burgers in de Elzas nog minder dan mensen in de rest van het rijk de kans krijgen zich een eigen mening te vormen. Nergens wordt de persvrijheid op basis van deze dubieuze uitzonderingsparagraaf, die alleen voor Elzas-Lotharingen geldt, verder uitgehold dan hier.

Idem dito voor de in het hele rijk geldende 'kanselparagraaf'. Geestelijken van alle denominaties mogen op straffe van inhechtenisneming geen politieke uitspraken doen in preken of gebeden, op de kansel dus, maar ook hier treden ze in de Elzas al bij voorbaat harder op tegen overtredingen dan elders.

De krant kondigt in elk geval aan dat elke kerstviering waar de pastoor durft te verwijzen naar de gelijkstelling van Elzas-Lotharingen met de andere Duitse bondsstaten als een verboden politieke bijeenkomst zal worden beschouwd en onverbiddelijk zal worden stilgelegd.

Franz beseft maar al te goed dat de lange arm van de rijkskanselarij niet eens voor de nachtmis een uitzondering zal maken.

Hij piekert weer over zijn voornemen bij de volgende verkiezingen voor de Rijksdag als kandidaat van de autonomisten op te komen. Tegen Irene heeft hij nog met geen woord gerept over zijn plannen. Hij geniet te veel van de goede verstandhouding die ze na het oogstfeest en de daaropvolgende hartstochtelijke liefdesnacht weer hebben gevonden.

Liefdevol kijkt hij naar zijn vrouw die aan de grote eettafel samen met Pauline en de tweeling sterren van stro aan het maken is. Ze gaan de kerstbomen versieren voor de familie, het huishoudelijk personeel en het kerstfeest in perserij waar de kinderen van de arbeiders zoals altijd op de ochtend van 24 december cadeautjes krijgen. Fränzel is net met Hansi Krüger en twee arbeiders vertrokken om in een nabijgelegen bos dennen te kappen.

Franz zucht. Hij heeft nog steeds niet geantwoord op de brief van Ernest Lauth met het voorstel Carl August Schneegans, de leider van de autonomisten, in februari in Straatsburg te ontmoeten.

'Nee! Ik kan het niet!' De brul van Sophia doet Franz uit zijn gedachten opschrikken. In haar knuistjes houdt de driejarige twee verbogen rietjes.

'Kom, ik laat je nog eens zien hoe het moet.' Irene pakt een andere platgestreken halm. 'Je maakt voorzichtig een spleetje en daar kun je het andere rietje dan door steken.'

Geamuseerd volg Franz de volgende vruchteloze poging die meteen op een nieuwe woedeaanval uitdraait. Klara daarentegen gaat volledig in haar werk op. Voor haar ligt al een stapel perfect in elkaar geknutselde sterren. Ze mist dan misschien wel het temperament en zelfvertrouwen van haar zus, maar blinkt uit in alle dingen die zorgvuldig en fijntjes moeten gebeuren.

'Sophia!' Pauline roept haar kleindochter zacht tot de orde. 'Dat betaamt een net meisje niet.' Sophia trekt een uitdagende pruillip.

Pauline grijpt naar een vel glanspapier, waarvan er een heleboel klaarliggen om mee te knutselen. 'Misschien maak je hier liever sterren van. Kijk, zo doe je dat.'

Sophia knikt opgelucht. Net als Franz zich afvraagt of het haar nu wel gaat lukken, wordt er geklopt. Mevrouw Burger, de huisdame, komt binnen.

'Mijnheer Hager laat weten dat hij in de kleine wijnkelder op u wacht om de nieuwe rosé te proeven.'

'Hartelijk dank, mevrouw Burger. Ik kom eraan.'

Ietwat nerveus staat Franz op uit zijn comfortabele stoel. Hij weet inmiddels dat als hij zijn stomp daarbij zo min mogelijk belast, zijn handicap nauwelijks nog opvalt.

Irene kijkt verwachtingsvol op. Hij werpt haar en de anderen een kushand toe. 'Duimen maar dat de wijn goed is.'

Het wijngoed Gerban heeft zwaar ingezet op de rosé die ze van karrenvrachten portugieserdruiven hebben gemaakt.

'Het ziet ernaar uit dat het experiment kans van slagen heeft.' Franz walst de lichtroze vloeistof nog eens in zijn glas, ruikt eraan en neemt een slok. 'Hij smaakt fris en fruitig en doet me denken aan...' Hij komt er niet meteen op.

'Aardbeien?' helpt Hager hem een handje.

Franz glimlacht. 'Ja, u hebt gelijk. Aardbeien en nog iets. Het schiet me wel te binnen.'

'In elk geval is het een lichte tafelwijn die vooral in de zomer aftrek zal vinden,' stelt Hager vast. 'Zoals ik al vaker heb gezegd, denk ik dat vooral dames de wijn lekker zullen vinden en zullen verkiezen boven de zware rode wijnen.'

'We gaan deze alleen in flessen aanbieden. Dat verhoogt het exclusieve karakter ervan. Hoelang wil je hem nog laten rijpen?'

Hager neemt nog een slok en laat de wijn door zijn mond rollen. 'Niet al te lang meer. Ik proef elke dag. Eind januari op z'n laatst moet hij goed zijn.' Hij zet zijn glas neer. 'Maar we moeten nog flessen bijbestellen. We hebben er niet meer zoveel op voorraad.'

'Doet u meteen na Kerstmis al het nodige. Maar ik heb nog een vraag voor u. Net als de ijswijn is ook de rosé het resultaat van iets wat in het proces is misgelopen. Toen u mij in het najaar het idee voorlegde, vertelde u dat de te vroeg geperste most bij uw voormalige werkgever een wijn had opgeleverd die goed was ontvangen. Waarom is men die daar dan niet blijven produceren?'

Hager glimlacht. 'Niet elke wijnboer durft de risico's te nemen die u neemt. En daarom is ook bijna geen enkel ander wijngoed zo succesvol.'

Franz is blij met het compliment, maar haastige voetstappen op de trap verstoren het moment. Het is Rosa, de kamenier van Pauline en Irene. Ze heeft haar pantoffels nog aan en draagt geen jas of hoofddeksel ook al is het al sinds gisteren aan het sneeuwen. Er hangen trouwens nog wat sneeuwvlokjes in haar haar.

'Kom snel, mijnheer Gerban! Mevrouw uw echtgenote heeft een telegram ontvangen en is helemaal overstuur.'

Zo snel hij kan, hinkt Franz achter Rosa aan naar het woonhuis. Hij neemt niet de tijd om in de hal zijn laarzen uit te trekken, ook al zitten die onder de sneeuwblubber.

In de salon vindt hij Irene huilend in de armen van Pauline. De meisjes staan er beteuterd bij en proberen hun moeder met kinderlijke zinnetjes te troosten.

'Mama heeft een slechte brief gekregen,' legt Sophia uit. 'Tante Emma is ziek. Alles komt toch weer goed, papa? Dat zegt mama ook altijd als wij verdrietig zijn.'

Over het hoofd van Irene heen die onbedaarlijk tegen de schouder van Pauline ligt te snikken, maakt zijn moeder hem attent op een telegram dat tussen de strosterren ligt.

Kom alstublieft onmiddellijk – stop – Emma na aanval Georg zwaargewond – stop – dokter zegt dat ze gaat sterven – stop – Trude Ludwig

Irene tilt haar betraande gezicht op. 'Ik moet meteen naar Lambrecht.'

Franz knikt grimmig. 'Dat spreekt voor zich. Ik ga met je mee. Maar nu is het te laat. Er zijn waarschijnlijk geen treinen meer vanuit Weissenburg, en met de koets is het met deze sneeuwjacht te gevaarlijk. Bovendien zijn we er dan pas laat op de avond. We nemen morgen de eerste trein.'

Het huis van Trude Ludwig in Lambrecht

December 1877, de volgende dag

'Hoe gaat het met Emma?' Irene probeert de paniek die haar in de greep heeft sinds ze gisterenmiddag het telegram heeft gekregen, te bedwingen.

Ze heeft vannacht nauwelijks een oog dichtgedaan en is blij dat Franz, die haar troostend in zijn armen heeft gehouden, oneindig dankbaar dat hij onmiddellijk had gezegd met haar mee te gaan, hoewel, of misschien juist omdat hij Emma Schober nog niet persoonlijk heeft ontmoet. Ze was destijds niet naar hun huwelijk gekomen omdat Georg haar dat verboden had. Sinds ze met haar dochters weer bij Trude woont, heeft Irene haar zelf twee keer bezocht met de tweeling, maar Franz had toen door zijn werk geen tijd haar te vergezellen.

Het antwoord van Trude bevestigt Irenes grootste angst. 'Emma gaat dood.' De oude vrouw windt er geen doekjes om. 'Op dit moment slaapt ze. Marie en Thea zijn bij haar. Dokter Pöhler heeft haar een hoge dosis morfine gegeven, maar zegt dat hij helaas niet meer voor haar kan doen. De schoppen van Georg hebben inwendige verwondingen veroorzaakt die niet meer zullen genezen.'

'Hoe kon dit allemaal zo gebeuren?' vraagt Franz met schorre stem. Hij schraapt zijn keel.

'Emma en de meisje hadden boodschappen gedaan voor het kerstdiner. Ik had Georg twee dagen voordien al zijn weekgeld gegeven. Daarom had niemand van ons zo'n aanval verwacht. Vooral niet midden op straat!' Er gaat een huivering door de oude vrouw. 'Als Marie na lang zoeken niet die twee mannen had gevonden die te hulp zijn geschoten, had hij Emma wellicht ter plaatse doodgeslagen. Toen de mannen kwamen aanrennen probeerde hij net haar nieuwe jas van haar af te trekken.'

'Er zijn dus getuigen van de mishandeling?'

Trude schudt moedeloos het hoofd. 'Alleen de meisjes. Thea is totaal overstuur. Sinds die vreselijke gebeurtenis heeft ze nauwelijks nog een woord uitgebracht. En Marie was hulp gaan zoeken. Veel voorbijgangers zijn gewoon doorgelopen. Marie is teruggelopen naar de kruidenier die zijn hulp mee heeft gestuurd. Onderweg sloot zich nog een arbeider bij hen aan. Toen ze eindelijk bijna bij Emma aankwamen was de schemering al ingevallen en van op een afstand konden ze het gezicht van Georg niet duidelijk zien. Die heeft meteen de benen genomen toen de mannen de hoek om kwamen. Ze kunnen getuigen dat er een kerel over Emma heen gebogen stond, maar niet dat het haar man Georg Schober was. In elk geval hebben ze Emma hierheen gedragen.'

'De meisjes zijn nog jong. Geen enkele rechter zal hun getuigenis serieus nemen,' reageert Franz bedrukt terwijl bij Irene de tranen over haar wangen stromen. 'Maar we gaan wel aangifte doen, mijn liefste,' verzekert hij haar. 'Al denk ik niet dat het veel zal uithalen.'

Op dat moment horen ze zachte voetstappen op de trap. Marie komt binnen. 'Mama is wakker en heeft vreselijke dorst.' Ze ziet Irene en werpt zich in haar armen. 'Wat fijn dat je er bent!' Het meisje barst in tranen uit. Ze heeft duidelijk moeite gedaan zich sterk te houden. 'Toch? Alles komt nu toch weer goed?'

Over het hoofd van het huilende kind heen kijken Trude en Irene elkaar aan. Trude schudt zachtjes het hoofd. Ze heeft de meisjes de vreselijke waarheid kennelijk nog niet verteld.

'Wat zal ik Emma te drinken geven?' Irene maakt zich voorzichtig los van Marie.

'Van de dokter mag ze niets drinken. Vanwege de interne verwondingen. Ik mag haar ook niets te eten geven,' antwoordt Trude somber.

Een steek gaat Franz door de borst. Voor zijn geestesoog verschijnt een van de meest gruwelijke taferelen uit de voorbije oorlog. 'Dat is een buikwond, die man mag niets drinken,' hoort hij in gedachten een van de hospikken of artsen zeggen alsof die vlak naast hem staat.

'Waarom moet je Emma nog dorst laten lijden; ze haalt het toch niet.' Hij zegt dit zonder erbij na te denken. Marie slaakt een schelle kreet.

De situatie dreigt Irene boven het hoofd te groeien. Met een laatste krachtsinspanning vermant ze zich.

'We brengen je mama wat water,' beslist ze. 'Dat zal haar helpen.' Ze buigt zich naar Marie. 'En jij en Thea moeten nu heel flink zijn. De lieve God in de hemel wacht al op jullie mama. Binnenkort zal ze op een heel mooie plek wonen en jullie van daarboven beschermen.' Haar stem breekt.

Snel recht ze haar rug. Trude heeft al een aarden beker met water gevuld en roert er nog wat suiker doorheen. Vervolgens lopen ze allemaal de trap op. Emma ligt in de kamer die Irene tijdens haar verblijf in Lambrecht met Fränzel had gedeeld.

Ze onderdrukt een kreun als ze Emma ziet liggen. Achter haar houdt Franz zijn adem in. Het gezicht van Emma lijkt op een grotesk masker:

bont en blauw en zo opgezwollen dat je nauwelijks haar gelaatstrekken herkent. Het staat ook vreemd scheef.

Haar vriendin vertrekt haar mond in iets wat Irene pas na lang kijken herkent als een glimlach. Ze stamelt iets onverstaanbaars.

'Mama is heel blij dat je er bent.' Alleen haar rode ogen verraden dat Marie net nog hard heeft gehuild. Kennelijk heeft ze de afgelopen uren geleerd de geluiden die haar moeder met haar gebroken kaak moeizaam uitstoot te ontcijferen.

Irene buigt zich naar het bed toe en geeft Emma voorzichtig een kus op haar voorhoofd. Samen met Franz zet ze de van pijn jammerende Emma wat overeind en geeft ze haar een beetje suikerwater.

Emma verslikt zich en hoest fel. Er loopt wat bloed uit haar mond en ze ademt reutelend.

Ditmaal heeft een gebroken rib haar long doorboort, beseft Irene. Toen Georg Emma tijdens de staking ook zwaar had toegetakeld, was dat al de grootste vrees van dokter Pöhler geweest. En die is nu bewaarheid.

Emma maakt een zwak gebaar. Ook haar beide armen zijn ingezwachteld.

Irene brengt haar oor zo dicht mogelijk bij Emma's mond. Hoewel ze maar een paar flarden van woorden opvangt, begrijpt ze meteen wat Emma haar probeert te zeggen.

'Ga dood... de meisjes... voor hen zorgen.' Uitgeput zwijgt ze en sluit de ogen.

Irene knijpt zachtjes in Emma's hand. 'Ik beloof het je! Ik neem de meisjes mee naar Schweighofen. We zullen goed voor hen zorgen.'

Alsof dat het enige was dat haar nog in leven had gehouden, kreunt Emma opeens heftig. Ze hapt nog een paar keer hijgend naar lucht en sterft.

Haar ogen glinsteren zilverachtig, net zoals vroeger, als ze ergens blij om was.

Villa Stockhausen in Oggersheim

24 december 1877

'En nu, lieve tante en lief vrouwtje van me, gaan we naar de salon om ons kerstfeestje te vieren en onze cadeautjes uit te pakken.'

Herbert Stockhausen veegt zijn mond nog eens af met zijn servet, neemt een laatste slok van de ijswijn van het huis Gerban, een kerstgeschenk van Franz, en staat op.

Mathilde belt de bedienden die in de namiddag hun geschenk al hebben gekregen om de rest van de tafel af te ruimen. Na de afwas kunnen ze zich in de personeelsvertrekken terugtrekken met een warme eierpunch en eindelijk wat tijd voor zichzelf nemen.

Hoewel Mathilde nog steeds boos is op de kokkin omdat die haar heeft verklikt bij tante Ilse, moet ze toegeven dat Herta zichzelf overtroffen heeft met het kerstdiner. Na de heldere gevogeltebouillon met ragfijn gesneden groente heeft ze een knapperige, met appels en kastanjes gevulde gans geserveerd met aardappelknoedels en spruitjes met spek. Het dessert was een rabarberschuimtaart waarvan zelfs tante Ilse een tweede stuk heeft gegeten.

In de salon heeft Theobald de geurige kaarsen in de kerstboom al aangestoken en het zachte schijnsel weerspiegelt in de gouden en zilveren kerstballen.

Mathilde laat zich op de zachte, met groene, hier en daar al versleten stof overtrokken bank zakken. Die moet dringend opnieuw bekleed worden. Mathilde zucht stil. Haar moeder Pauline zou in Altenstadt het meubel al bij de eerste tekenen van sleet hebben laten overtrekken. Maar hier in de villa Stockhausen let men op de kleintjes en dat had Mathilde na het enorme verlovingsfeest nooit kunnen bevroeden. Hooguit leggen ze een paar door tante Ilse geborduurde kussens over de beschadigde stukken. Gelukkig had Ilse niets aan te merken op het kersmenu en haar man heeft elke gang zelfs uitdrukkelijk geprezen.

'Ik lees jullie het kerstverhaal uit het evangelie van Lucas voor.' Stockhausen zet zijn leesbril op. 'In die tijd kondigde…' begint hij op zalvende toon. Mathilde doet alsof ze geconcentreerd luistert, maar laat haar gedachten de vrije loop.

Zou Herbert haar cadeautjes leuk vinden? Ze heeft urenlang gepiekerd hoe ze onder de haviksblik van tante Ilse geld achterover zou kunnen drukken, maar er was haar niets te binnen geschoten.

Het idee haar broches te verpanden had ze net zo snel verworpen als haar ingeving geld te lenen van haar vriendin Ernestine, Franz' voormalige verloofde, toen die haar op de tweede zondag van de advent bezocht.

In beide gevallen zou ze Theobald als koetsier en haar kamenier als chaperonne moeten dulden om haar inkopen te kunnen doen. Ze wilde zich de schande besparen dat ze zouden weten dat ze naar het pandjeshuis moest. Riskeren dat ze de zeggenschap, die ze straks weer zal krijgen over het huishoudgeld, weer te verliezen met een poging daar iets van af te romen, wilde ze al helemaal niet en het geleende geld zou ze vroeg of laat toch moeten terugbetalen.

Ook al kan Ernestine het geld zeker missen, denkt Mathilde bitter bij zichzelf. Haar vriendin uit de school voor dochters van hogere komaf is bijna drie jaar geleden getrouwd met een vermogende arts met een hoge functie in dienst van de staat. Niemand vertelt haar hoeveel ze mag uitgeven aan het huishouden!

Mathilde betrapt zich er de laatste tijd steeds vaker op dat ze jaloers is op haar vriendin ook al is haar gezicht misvormd door een hazenlip. Dat ze twee gezonde kinderen heeft, een meisje en de langverwachte zoon van een half jaar, maakt ook dat Mathilde geregeld medelijden met zichzelf heeft. Het mismaakte gezicht van Ernestine houdt manlief kennelijk niet uit haar bed weg. Zelf is ze ook niet echt een schoonheid, maar ze mag er best wezen en haar eigen man…

Ze snuift onbewust en dat levert haar een geërgerde blik op van Herbert die net voorleest over de hemelse heerscharen. Deemoedig buigt Mathilde het hoofd en zoekt haar zakdoek waarin ze voor de schijn zachtjes haar neus snuit.

Over zakdoeken gesproken. Omdat ze het niet over haar hart kon krijgen haar schamele zakgeld aan geschenken uit te geven, had ze Ilse gevraagd fijn linnen voor haar mee te brengen uit het naaiatelier waar ze hoofdopzichtster is.

Huize Stockhausen heeft natuurlijk ook een moderne naaimachine, maar die kan Mathilde niet bedienen. Daarom had haar kamenier Hanne achttien zoekdoeken uit de stof geknipt en met de machine omgezoomd. Mathilde zelf had op twaalf daarvan Herberts initialen geborduurd, op de andere zes de initialen van Ilse. Omdat ze een gruwelijke hekel heeft aan handwerken tout court, was dat geen sinecure geweest.

Pas toen Herbert twee dagen geleden geheimzinnig liet doorschemeren dat hij een prachtig cadeau voor haar had, had Mathilde besloten de zachtgrijze zijden sjaal met een patroontje op te offeren voor twee halsdoeken zoals mannen die sinds kort dragen in plaats van de traditionele stijve dassen. Ook hier had Hanne haar geholpen bij het zomen. Herbert zou de stof in elk geval niet herkennen omdat ze die sjaal stiekem had gekocht en vooralsnog voor hem en Ilse verborgen had gehouden.

'En laten we dan nu zingen!' Met zijn ietwat onzuivere tenor zet Herbert 'Stille Nacht' in. Eerder krassend dan zingend valt Ilse in. Na 'Ik kom van God daar boven' en 'O hoe heerlijk' is tot Mathildes opluchting de viering voorbij.

Met een enthousiast kreetje, waarvan ze hoopt dat het niet te gemaakt klinkt, bekijkt ze bij het openen van de geschenken het door tante Ilse geborduurde avondtasje. Herberts tante tovert ook een glimlach tevoorschijn als ze de zakdoeken ziet.

Alleen Herbert reageert oprecht ontroerd als hij de cadeaus van Mathilde openmaakt, zeker als ze vertelt dat ze de geschenken zelf heeft gemaakt. 'Lief vrouwtje van me!' Hij kust haar kuis op de wang. 'Wat fijn dat je ter wille van je man plezier hebt gevonden in handwerken! Nu weet ik zeker dat ik het juiste geschenk voor je heb.' Vol verwachting en met een geheimzinnig lachje geeft hij haar een rechthoekig, met donkerrood fluweel overtrokken doosje. Mathilde opent het en is letterlijk sprakeloos.

Op de witzijden voering prijkt een ketting met in goud gevatte granaatstenen, bijpassende oorbellen en een armband van drie rijen.

'O, wat mooi!' De tranen schieten Mathilde in de ogen.

'Vind je het een mooie set? Mijn vader gaf dit aan mijn moeder op hun tiende huwelijksverjaardag, na zijn eerste echt succesvolle jaar met de lakenfabriek. Het jaar daarop overleed ze.' Zijn stem trilt een beetje en hij schraapt zijn keel.

'Ik wil dat dit sieraad van generatie op generatie wordt doorgegeven. Jij, mijn schat, zal het ooit aan je schoondochter geven, maar voor het zover is, zal het jou sieren.'

Mathilde slaat spontaan haar armen om de hals van Herbert en drukt zich niettegenstaande de misprijzende glimlach van tante Ilse stevig tegen hem aan.

'Wat een prachtig sieraad, lieveling! Ik zal het uitermate koesteren.'

Meer nog dan het onverwacht gulle cadeau, blijven zijn woorden nazinderen.

Ooit zal ik het doorgeven aan mijn schoondochter. Hij rekent dus nog op een zoon, denkt ze bij zichzelf, maar het liefst had ze luid gejuicht. Wie weet komt alles nog goed.

Het wijngoed bij Schweighofen

24 december 1877, laat op de avond

'De meisjes slapen vast. Rosa heeft hun een paar druppels valeriaan gegeven en een bed opgemaakt in hun kamer. Als ze een nachtmerrie hebben en wakker worden, is zij bij hen.'

'Heel hartelijk dank, Pauline. En ook aan Rosa!'

'Dat is toch normaal, mijn lieve Irene. Het is onze christenplicht om voor de meisjes te zorgen. Die arme kinderen hebben gruwelijke dingen meegemaakt. Moesten we ze dan in een weeshuis achterlaten?'

Een golf van genegenheid voor haar schoonmoeder overspoelt Irene.

'We kunnen het schrijfkamertje voor hen leegmaken,' stelt Franz voor. 'Als jullie het tenminste niet erg vinden jullie correspondentie in de salon af te werken. Daar is nog plaats voor de kleine secretaire. Dan zijn de meisjes bij ons in de woonvertrekken ondergebracht.'

Het wijngoed in Schweighofen heeft niet zoveel kamers als het landhuis in Altenstadt. Even schiet het Irene door het hoofd dat het toch een enorme verspilling is dat daar alleen Ottilie en Gregor Gerban en een paar bedienden wonen en de meeste kamers leegstaan. Maar geen haar op haar hoofd die eraan denkt Schweighofen voor Altenstadt in te ruilen. In Altenstadt is ze ongelukkig geweest, in Schweighofen voelt ze zich thuis.

Wat maakt het nu uit dat er buiten de salon en de kleine eetkamer nauwelijks representatieve ruimtes zijn op het wijngoed. Franz en Irene hebben hun intrek genomen in de voormalige slaapkamer met aanpalende garderobe van oom en tante Gerban, Fränzel de kamer van hun overleden zoon Fritz.

Voor Pauline hebben ze de voormalige privésalon van Ottilie in de toren van het wijngoed verbouwd tot slaapkamer. Na de geboorte van de tweeling heeft Pauline deze kamer verruild voor de voormalige grootste slaapkamer een verdieping lager zodat het gezin samen op de tweede verdieping kon blijven.

Voor de dochters van Emma hebben ze voorlopig alleen een dienstbodekamer op de zolder. Omdat Franz en Irene weinig inwonend personeel hebben en met de vrouwen van arbeiders werken die een eigen huisje in het dorp hebben, zijn daar nog twee kamers over.

Paule en Irene antwoorden eenstemmig dat ze de schrijfkamer niet nodig hebben.

'Goed, dat is dan geregeld. Meteen na de feestdagen laat ik de kamer voor de meisjes inrichten. Dan slapen we allemaal op dezelfde verdieping mochten ze 's nachts nog iets nodig hebben. Bovendien heeft de kamer ook een schelkoord dat met het dienstbodenverblijf is verbonden.'

'Jullie zijn dus vastbesloten hen hier te houden,' stelt Pauline tevreden vast.

'Natuurlijk,' bevestigt Franz. 'Na de vakantie moeten we hen ook meteen inschrijven op school.'

'Denk je dat ze dat dan al aankunnen, Franz?' Irene legt haar hand op de arm van haar man. 'Thea praat nauwelijks en zuigt voortdurend als een klein kind op haar duim. Afgelopen nacht heeft ze ook in bed geplast. Ik wil niet dat andere kinderen haar gaan pesten.'

Pauline stelt Irene gerust. 'Marie zal op haar zusje letten en Fränzel ook. Beiden kunnen het ons meteen vertellen als ze Thea zouden uitlachen, maar daar ben ik niet bang voor. Een groot aantal leerlingen zijn kinderen van onze arbeiders en die waren vandaag bij het uitdelen van de geschenken heel aardig tegen de meisjes. Je had hun immers verteld dat Marie en Thea een paar dagen geleden hun moeder zijn verloren.'

'Toch zullen ze tijd nodig hebben om de nare dingen die ze hebben meegemaakt te verwerken. Misschien is dat de taak waar je zo vurig naar hebt uitgekeken, Irene. Misschien geeft de zorg voor de kinderen van Emma samen met het opvoeden van onze kinderen je de voldoening waar je naar op zoek bent.' Franz kijkt Irene ernstig aan.

'En je kunt gewoon doorgaan met de naailessen,' valt Pauline hem bij. 'Ik neem ze op die momenten met plezier onder mijn hoede.'

Irene probeert de tegenstrijdige gevoelens die in haar woeden te verbergen. Enerzijds is ze Franz en Pauline ontzettend dankbaar dat ze geen seconde hebben getwijfeld om Marie en Thea in huis te nemen. Anderzijds is het vreselijke lot van Emma het beste bewijs dat het absoluut noodzakelijk is te vechten voor meer rechten voor de vrouw. Na enig wikken en wegen had Irene besloten werk te maken van het voorstel van Pauline om naailes te geven en zo een bezigheid voor zichzelf te creëren. Sinds november geeft ze een avond per week les, de ene week voor de vrouwen van het wijngoed, de week erna voor vrouwen uit Schweighofen. Ze vindt het leuk, maar zoals ze had gevreesd vullen de lessen de leegte die ze voelt niet echt op.

In de weken voor Kerstmis heeft ze al herhaaldelijk gespeeld met het idee Josef Hartmann te schrijven en te vragen welke andere activiteiten ze zou kunnen ontplooien ten bate van vrouwen. Een spreekuur voor vrouwen in nood, zoals destijds in Frankenthal? Schrijven voor een krant met een speciale rubriek voor vrouwen? Door het land reizen om arbeidsters toe te spreken en aan te moedigen zelf voor hun rechten op te komen?

Sinds in 1875 de twee arbeiderspartijen in Gotha gefuseerd zijn tot de Socialistische Arbeiderspartij of SAP, wordt er voortdurend geijverd om ook de rechten van vrouwen te versterken. Maar het zijn overwegend mannen zoals August Bebel, die zelfs voorstander is van kiesrecht voor vrouwen, die zich hiervoor inspannen omdat te weinig vrouwen de moed hebben voor zichzelf op te komen.

Irene heeft absoluut geen idee hoe Franz op deze plannen zal reageren. De fijne weken na zijn terugkeer uit Berlijn moeten hem toch alleszins duidelijk hebben gemaakt dat een hernieuwd contact met Josef Hartmann geen gevaar oplevert voor hun huwelijk.

Josef had haar laten gaan toen Franz haar na enkele jaren zoeken eindelijk had gevonden. Irene van haar kant had geen moment getwijfeld hem te verlaten voor Franz. Ze mist haar werk- en niet haar liefdesrelatie met Josef.

En daarom was ze een dag voor de onheilstijding uit Lambrecht aan een brief aan hem begonnen. Het is nog een kladversie die ze nog had willen bekijken en natuurlijk ook aan Franz had willen voorleggen.

De situatie is nu echter helemaal veranderd. Pauline is nog heel actief, maar ruim boven de vijftig en dus niet meer de jongste. Haar voortdurend voor langere tijd de zorg voor vijf kinderen toevertrouwen – onder wie twee mentaal zwaar getroffen meisjes wier moeder als het ware voor hun ogen is doodgeslagen – kan Irene, vindt ze zelf, niet maken. Vooral omdat ze Emma op haar sterfbed heeft beloofd voor haar dochters te zorgen. Die taak kan ze niet zomaar, zelfs niet gedeeltelijk, op haar schoonmoeder afwentelen.

'Irene? Irene, ik vroeg je iets.'

'Het spijt me, Pauline. Ik was even diep in gedachten.'

'Geen probleem, zo belangrijk is het ook niet. Ik wilde weten wat Marie en Thea nog nodig hebben aan kleding, maar daar kunnen we het morgen over hebben.' Pauline wrijft over de hand van Irene. 'Jij bent zelf nog zwaar aangeslagen door de gebeurtenissen. Tijd voor ons allemaal om naar bed te gaan, morgen is er nog een dag.'

Wanneer Franz iets later hun slaapkamer nog even verlaat om naar het toilet te gaan, pakt Irene de brief aan Josef Hartmann uit de lade van haar linnenkast waar ze die verborgen had. Na kort aarzelen scheurt ze het schrijven in snippers die ze in de nog smeulende kachel gooit.

Deel 2

Dadendrang

5

Het wijngoed bij Schweighofen

Februari 1878

'Het ziet ernaar uit dat hij inderdaad wegkomt met een eenvoudige waarschuwing.' Verslagen legt Irene de brief van Trude Ludwig neer, maar echt verrast is ze niet.

Meteen aan het begin van het nieuwe jaar was ze met Franz naar Lambrecht teruggekeerd om aangifte te doen tegen Georg Schober. Op het politiebureau had de stijve beambte die de aangifte had genoteerd haar onmiddellijk met de neus op de feiten gedrukt.

'Er ontstond op straat dus onenigheid tussen het echtpaar Schober over hun toekomstige woning?'

'Mijnheer Schober wilde dat zijn vrouw met de meisjes naar hem terugkeerde.'

'En?' De ambtenaar had Franz strak aangekeken. 'Hij had toch een woning? Daar is dus toch niets mis mee?'

'Emma vertelde dat het een troosteloos hok was zonder verwarming op de zolder van een bouwvallig huis. Het regende er zelfs binnen.'

De man had Irene zo mogelijk nog onvriendelijker aangekeken. 'Bent u er ooit geweest?' had hij streng gevraagd.

Irene had dit ontkend.

'Dat hebt u dus alleen van horen zeggen. Uw overleden vriendin kan dus ook met opzet haar verhaal hebben aangedikt.'

Op dit punt in het gesprek – in haar ogen eerder een verhoor – had Irene voor het eerst beseft dat haar poging Georg zijn gerechte straf niet te laten ontlopen, zinloos zou kunnen zijn.

'Wat heeft dat er nu mee te maken?' Franz had zich boos in het gesprek gemengd. 'Die vent sloeg zijn vrouw al jaren en heeft haar al een keer eerder bijna doodgeranseld.'

De ambtenaar zucht luid. 'Laten we even terugkeren naar de precieze feiten van die dag, de reden van uw aangifte. Wat is er volgens u gebeurd?'

'Georg Schober heeft zijn vrouw in het gezicht geslagen waarna ze op de grond is gevallen. Hij brak haar neus en kaak.'

'En daaraan is de vrouw overleden?'

Franz snoof. 'Volgens de arts die haar heeft behandeld en daar ook een verklaring van kan afleveren is ze gestorven aan de inwendige verwondingen die Schober heeft veroorzaakt door haar herhaaldelijk te trappen.'

'Is er een autopsie gevraagd?'

Dat was geen moment in het hoofd van Franz en Irene opgekomen.

'Natuurlijk niet!' Franz begint zijn geduld te verliezen.

'Emma Schober is kort voor Kerstmis overleden. We waren allang blij dat we haar begrafenis nog voor de jaarwisseling konden organiseren.'

Drie dagen na Kerstmis was Emma Schober in alle stilte op het kerkhof van Lambrecht begraven. Alleen Franz en Irene waren er die steenkoude dag met ijzige, door de wind voortgedreven sneeuwbuien bij. Zelfs Trude Ludwig moest vanwege haar verslechterende conditie verstek laten gaan. Toen ze na afloop naar het politiebureau gingen, was het al gesloten.

'Mevrouw Schober kan die inwendige letsels dus ook bij haar val hebben opgelopen?'

Ook die gedachte is niet bij Franz en Irene opgekomen. 'Dat denk ik niet,' had Irene nerveus geantwoord.

'Maar dat weet u niet zeker?' Verbijsterd doen Franz en Irene er het zwijgen toe.

'Zijn er getuigen die hebben gezien hoe Georg Schober zijn vrouw zou hebben geschopt?'

'Alleen zijn twee dochters.'

De ambtenaar bestudeert de aantekeningen die hij bij het begin van het gesprek heeft gemaakt. 'Op de leeftijd van net zeven en nog geen negen jaar oud? Verklaringen van minderjarigen zijn niet bruikbaar voor het gerecht, temeer daar u verklaart dat' – hij buigt zich nogmaals over zijn notities – 'dat het oudste meisje meteen is weggerend om hulp te zoeken.'

Het wordt Franz nu al te gortig. 'Daar blijft het bij, mijnheer de inspecteur. Wij dienen een aanklacht in tegen Georg Schober omdat hij zijn vrouw heeft doodgeslagen.'

Ook de ambtenaar heeft er kennelijk genoeg van. 'Goed.' Hij schrijft nog een paar zinnen en schuift het papier naar Franz toe.

'Hier tekenen!' Irene wordt niet eens om een handtekening gevraagd.

Hoe verder alles is verlopen weten ze alleen dankzij Trude Ludwig, of eerder via haar dienstmeisje, Wilma, dat Irene bij haar laatste bezoek in januari voor haar bejaarde vriendin heeft aangenomen. Trude heeft de jonge vrouw een paar dagen geleden naar de zitting gestuurd. Die was op zo'n korte termijn gepland dat Irene en Franz er niet meer bij hadden kunnen zijn.

Volgens de brief van Trude heeft de rechter Georg een waarschuwing gegeven voor het slaan van zijn vrouw en heeft Georg die feiten ook toegegeven, maar als verzachtende omstandigheden had hij aangevoerd dat Emma hem 'kwaadwillig verlaten' had en niet wilde ingaan op zijn verzoeningsvoorstel voor de kerst. Tot grote verontwaardiging van Irene heeft zijn drankverslaving zelfs in zijn voordeel gespeeld. Omdat hij dronken was, is hij niet-toerekeningsvatbaar verklaard. Alle andere zaken in de aangifte zijn afgewezen. Emma's dood blijft dus onbestraft.

Gestommel en kinderpraat kondigen de terugkeer van de meisjes en Fränzel uit het dorpsschooltje aan. Sinds het begin van het jaar volgen Marie en Thea de lessen. Een paar tellen later stormen ze met z'n drieën, hun neuzen rood van de vrieskou, de salon binnen waar Irene met de brief van Trude zit.

Ze forceert een glimlach en probeert er onbezorgd uit te zien. 'Zo, bengels! Hoe was het vandaag?'

'Ik was de beste bij het dictee,' vertelt Marie trots.

'En daarvoor was ik de beste in hoofdrekenen,' vult Fränzel aan.

Alleen Thea heeft niets bijzonders te melden. Om haar maakt Irene zich nog altijd grote zorgen. Het meisje plast gelukkig niet meer in haar bed, maar blijft zeer terughoudend en gesloten, en lacht bijna nooit.

'Voor morgen moeten we een gedicht uit ons hoofd leren,' zegt Fränzel. 'Het gaat over een jongetje dat door het ijs zakt en dan gered wordt. Maar ik ken het al,' voegt hij er fier aan toe. 'Oma heeft het me voorgelezen om me te waarschuwen voor bevroren vijvers.'

'Dan weet ik het goed gemaakt,' zegt Irene tegen haar wijsneuzige zoon. 'Jij kunt Thea helpen bij het leren en haar overhoren. Dan kan ze het morgen voordragen in de klas en ook een pluim verdienen.'

'Oké dan.' Fränzel is niet bijster enthousiast.

'En dan nu handen wassen. Het middageten wordt zo opgediend.' Irene klapt in haar handen. 'En roep meteen oma en de tweeling! Oma is in hun kamer met hen aan het spelen!'

Franz zit elke middag op het kantoor in Weissenburg en eet daar. De kinderen stormen naar buiten en Irene krijgt een krop in de keel. Ze leest nog een keer de laatste regels van Trudes brief.

Wilma vertelde me dat Georg heel netjes en zelfs berouwvol voor de rechter is verschenen. Hij was nuchter en zijn kleren waren armoedig, maar schoon. Op het laatst zei hij nog dat hij de dood van zijn vrouw zeer betreurt en het weer goed wil maken met zijn kinderen. Wat dat ook moge betekenen.

Ja, dacht Irene, wat dat ook moge betekenen.

Het huis van Minna in Schweigen

Februari 1878

'Kijk eens aan. Dus dit zijn je nieuwe dochters. Wat jammer dat ik net vandaag ziek te bed lig.'

Het gezicht van Minna is sterk vermagerd en er liggen donkere wallen onder haar ogen.

Irene had haar vriendin willen verrassen met haar bezoek en ook de kinderen hadden zich verheugd op het ritje met de landauer die Franz al een tijd terug van Altenstadt naar Schweighofen had gehaald. Mevrouw Grete heeft ook nog een versgebakken tulbandcake met rozijntjes en gedroogde stukjes pruim meegegeven, maar ontzet ziet Irene dat Minna zieker is dan ooit.

Natuurlijk had ze Minna op de avond van het oogstfeest in oktober apart genomen en aangesproken op de bebloede zakdoek. Minna had een bloedneus voorgewend en de kinderen van Irene hebben immers ook wel eens last van een bloedneus bij een verkoudheid. Haar aanbod om dokter Frey te vragen bij Minna langs te gaan, had haar vriendin die avond opnieuw afgeslagen. Nu heeft Irene enorm veel spijt dat ze toen niet meer had aangedrongen. En met de dood van Emma had ze Minna daarna niet meer gezien.

Gelukkig heeft Irene Rosa meegenomen. Zij heeft in de keuken pepermuntthee gezet voor bij de cake. Dat Minna zelf geen taart heeft gebakken is op zich al heel ongewoon. Irene besluit zich nu niet meer met een kluitje in het riet te laten sturen.

'Hoelang lig je al in bed?' vraagt ze streng.

Minna wendt haar blik af. 'Sinds Kerstmis af en toe. Gisteren voelde ik me beter en kon ik opstaan en het huishouden doen. Vandaag heb ik weer een slechtere dag. Misschien omdat ik gisteren de was heb gedaan en me te veel heb ingespannen. Het is een hardnekkige verkoudheid.' Ze hoest en houdt een zakdoek voor haar mond en neus.

De slaapkamer is niet verwarmd en Irene rilt ondanks dat ze haar warme bontjas nog aanheeft. Ze is dan ook blij als Rosa met twee dampende koppen in de deur verschijnt.

'Hier een kop hete thee. Dat zal jullie goed doen.' De voormalige verpleegster bekijkt Minna kritisch als ze met moeite overeind komt om de kop aan te nemen. Ze neemt een slok en moet meteen weer hoesten waardoor de beker in haar hand schudt en ze voor Irene kan ingrijpen een deel van de pepermuntthee op het dekbed morst.

'Dat klinkt niet goed, mevrouw Leiser.' Rosa neemt ongevraagd het woord. 'Hoelang hebt u al last van deze hoest?'

Met haar vrije hand maakt Minna een afwijzend gebaar. 'Een paar weken.' Ze komt weer langzaam op adem.

'Niet waar,' ontglipt het Irene. 'Je hoest al sinds de zomer, en het wordt almaar erger!'

'Bent u ook afgevallen?' Ook Rosa laat zich niet afschepen. Minna antwoordt eerst niet, maar knikt dan met tegenzin. Ze maakt aanstalten op te staan. 'Ik moet het beddengoed vervangen.'

'Blijf liggen, daar zorgen wij voor als je...'

'Geeft u soms bloederig slijm op?' Rosa gaat onverstoorbaar verder.

Minna schudt heftig nee.

Nu weet Irene zeker dat haar vriendin hen voorliegt. 'Ik geloof je niet, Minna! Op het oogstfeest heb ik een bebloede zakdoek van je gevonden. Je beweerde toen dat je een bloedneus had gehad vanwege je verkoudheid.'

Minna hoest weer. 'Dat is ook zo. Ik heb af en toe een bloedneus,' beweert ze hees voordat een volgende hoestbui haar overvalt.

Irene wil Minna's hand pakken die op de vochtige sprei ligt. Bijna panisch trekt haar vriendin haar hand terug.

'En je mijdt al maanden alle contact met de kinderen. Je geeft ze geen knuffel meer en ook geen kus. Ook ik krijg geen hand meer van je.' Opeens ziet Irene heel duidelijk wat ze voorheen niet had willen zien.

'Je bent heel ziek, Minna. En dat weet je,' zegt ze recht in haar gezicht. 'En je bent bang ons aan te steken.'

Minna barst in tranen uit. Irene buigt zich naar voren om haar armen troostend om haar heen te slaan, maar Rosa trekt haar hard bij de schouder naar achteren.

'U kunt beter afstand houden, mevrouw Gerban! Uw vriendin heeft waarschijnlijk tuberculose.'

Straatsburg

Februari 1878

'Aangename kennismaking, mijnheer Gerban. Mijnheer Lauth heeft u al in alle toonaarden geprezen.'

'En terecht, mijn beste, terecht,' bevestigt hun gastheer. Met koffie en cognac zitten ze in de rookkamer van de villa van Ernest Lauth, de voormalige burgemeester van Straatsburg en volksvertegenwoordiger.

Franz kijkt de mannen een beetje beduusd aan. 'Waaraan verdien ik deze eer?' Dat is hem vooralsnog helemaal niet duidelijk.

'U hebt het talent om pragmatisch te handelen. Denk maar aan het gebeuren voor het stadhuis van Straatsburg een paar jaar geleden.' In een paar woorden schetst Lauth die scène voor Carl August Schneegans, de charismatische leider van de autonomisten.

Franz had destijds voorkomen dat gemeenteraadsleden die onder de dictatuurparagraaf waren afgezet, probeerden hun rechten als gekozen volksvertegenwoordigers tegenover een tot de tanden toe bewapend peloton Pruisische soldaten te doen gelden. Dat zou anders hoogstwaarschijnlijk tot zinloos bloedvergieten of toch minstens tot aanhoudingen hebben geleid. Én de raadsladen hadden geen gezichtsverlies geleden. Onder hoongeroep en spottende leuzen die de burgers van Straatsburg tegen de Duitse bezetter richtten, konden ze dankzij Franz met opgegeven hoofd en als morele winnaar het strijdperk verlaten.

Schneegans kijkt geïnteresseerd naar Franz, die zich op zijn beurt een beeld van zijn tegenstander probeert te vormen. Schneegans is een veertiger en zijn dikke bos zwarte haar met een scheiding opzij en volle baard, die de onderkant van zijn gezicht volledig bedekt, vertonen het eerste grijs.

Niets ontgaat aan zijn waakzame blik en zijn hele houding straalt ondanks de sobere kleding daadkracht en vastberadenheid uit. Een man die weet wat hij wil.

Schneegans en Franz hebben trouwens iets gemeen: net zoals Franz oorspronkelijk van plan was geweest, had ook Schneegans na de annexatie van de Elzas voor het Franse staatsburgerschap geopteerd. En waar Franz zijn plannen doorkruist zag door de intriges van zijn overleden pleegvader, had Schneegans zijn vergevorderde voornemen gestaakt om in de Elzas te blijven en daar politiek te bedrijven voor zijn vaderland. Bij de laatste parlementsverkiezingen had hij met een grote meerderheid gewonnen in het kiesdistrict Saverne.

'Wat spreekt u verder nog aan mij aan?' vraagt Franz nu rechtstreeks aan Schneegans.

'Indien u onze ideeën steunt, spreken er een aantal dingen in uw voordeel. U bent als Duitser in de Elzas geboren, u hebt nooit de aandacht getrokken met radicale uitspraken tegen het keizerrijk en bent tegelijkertijd nauw verbonden met de Elzas als uw vaderland, als ik Ernest Lauth en zijn gewaardeerde opvolger Otto Back mag geloven.'

Kennelijk heeft Schneegans voor hun ontmoeting informatie ingewonnen over Franz en onder meer de huidige liberale burgemeester van Straatsburg benaderd. Dat Franz oorspronkelijk Frans ingezetene was, lijkt hij echter niet te weten.

'Daarnaast beweegt u zich nu als gerespecteerd zakenman door het hele rijk, maar blijft u de idealen van de Franse Revolutie trouw,' gaat Schneegans verder. 'Niemand zal denken dat u puur uit protest zetelt, het verwijt dat men de protestpartij maakt. Mijn excuses voor mijn openhartigheid, waarde mijnheer Lauth.'

Lauth wuift dit weg. 'We zouden hier vandaag niet zitten als ik nog steeds het optreden van mijn voormalige partij zou billijken.'

'Hoe hoog schat u de kans in uw plannen in Berlijn te kunnen realiseren?' wil Franz nu weten.

'Wel,' Schneegans zet een grote borst op, 'we hebben in Berlijn al ettelijke belangrijke ontmoetingen gehad en zijn zelfs al twee keer door rijkskanselier Bismarck ontvangen. Hij staat welwillend tegenover een autonome regering in Elzas-Lotharingen, gevestigd in Straatsburg en onafhankelijk van de rijkskanselarij optredend. Weliswaar blijft de keizer de hoogste autoriteit voor onder meer de invulling van de posten van het nieuwe bestuur in Straatsburg, maar tot op heden heeft Wilhelm I zich nooit bemoeid met concrete regeringszaken in Elzas-Lotharingen en die altijd aan rijkskanselier Bismarck en diens kabinet overgelaten. Ik zie niet in waarom dat opeens zou veranderen als de deelstaatregering in Straatsburg in plaats van in Berlijn zit? In elk geval zal Elzas-Lotharingen, wat rechten betreft, veel nauwer aansluiten bij de andere bondsstaten.'

'Maar helemaal gelijkgesteld zullen we dan nog altijd niet zijn.'

'Rome is ook niet op één dag gebouwd, mijnheer Gerban. Een autonome regering is in elk geval een eerste wezenlijke stap naar gelijkberechtiging.'

'En wat gebeurt er met de dictatuurparagraaf?'

'Hopelijk wordt die zo snel mogelijk afgeschaft.'

'Wat zouden in het kader van de volgende Rijksdagverkiezingen mijn taken en plichten zijn? U hebt net terecht opgemerkt dat ik een zakenman ben. Als dusdanig moet ik die uitgebreide verplichtingen op die van een kandidaat en achteraf op die van een afgevaardigde kunnen afstemmen.'

Voor het eerst betrekt het gezicht van Schneegans. 'Zo'n ambt vraagt persoonlijke offers van iedereen die er zich voor engageert.'

'Komt tijd, komt raad.' Lauth, die voelt dat de optimistische stemming dreigt om te slaan, komt tussenbeide. 'We weten dat uw zaken u ook vaak van huis wegvoeren. Uiteindelijk hebben wíj elkaar ook weer ontmoet in Berlijn. Wellicht kunt u uw aanwezigheid in de hoofdstad combineren met uw andere zakenreizen temeer daar u als volksvertegenwoordiger een gratis treinabonnement krijgt dat in het hele rijk geldig is.'

Franz begint steeds meer zin te krijgen in deze missie, maar maakt nog een laatste tegenwerping.

'Xaver Nessel, de huidige verkozene voor Hagenau-Weissenburg, heeft de verkiezingen met een verpletterende meerderheid gewonnen, waarom zou hij zonder slag of stoot zijn verkiesbare plek aan mij afstaan?'

'U weet toch wel dat Nessel eigenlijk niet meer wilde opkomen bij de verkiezingen en pas met tegenzin heeft geaccepteerd nadat hij had gewonnen.'

Franz knikt. Voor de parlementsverkiezingen geldt het in Pruisen en vele andere bondsstaten kiesstelsel op basis van drie inkomensgroepen niet. Elke man van vijfentwintig en ouder die niet afhankelijk is van een uitkering van de staat heeft een gelijke stem, onafhankelijk van zijn vermogen, en kan kiezen voor de kandidaat die hem het meest aanspreekt. Op basis van de nog altijd geldende Franse verkiezingswetten kun je daarom in de Elzas op een kandidaat stemmen die zich niet eens verkiesbaar heeft gesteld.

'Nessel heeft al aangekondigd na de volgende verkiezing zeker niet meer beschikbaar te zijn. Zelfs als hij wordt herkozen wil hij de zetel niet accepteren.' Schneegans neemt een slok van de uitstekende cognac. En dan komt de aap uit de mouw. 'En dat vinden wij prima zo.'

Dat verbaast Franz. 'Hoe moet ik dat interpreteren?'

'Nessel heeft een januskop. Hij heeft twee gezichten,' verduidelijkt Schneegans. 'Naar buiten toe stelt hij zich heel loyaal op, maar het gerucht gaat dat hij stiekem informatie uit de Elzas doorspeelt aan de rijkskanselarij. Aan een zekere Werner Kegelmann.'

Er loopt een rilling over de rug van Franz.

'Kent u Kegelmann misschien?' vraagt Schneegans achterdochtig.

'Nee, nee!' ontkent Franz spontaan. Dat is nu de tweede keer dat de naam van de man komt bovendrijven. Ook Ernest Lauth heeft het in oktober in Berlijn over hem gehad. En net als toen lijkt het Franz niet opportuun te onthullen welke heikele geschiedenis hem met dit twijfelachtige heerschap, dat hij nog niet heeft ontmoet, verbindt.

'Gelukkig maar,' zegt Lauth. 'De Kegelmann die ik ken, zal ongetwijfeld ook u proberen te beïnvloeden zodra u verkozen bent.'

Goed dat ik iets heb dat ik tegen die kerel kan gebruiken, denkt Franz bij zichzelf.

Het enige obstakel dat hij nog moet overwinnen, baart hem veel meer zorgen. Hij neemt ook een slok cognac.

'Welnu, mijne heren, zoals ik al heb aangegeven voel ik me vereerd door uw aanbod en zal ik het zorgvuldig overwegen. U hebt zeker ook al begrepen dat ik er niet afwijzend tegenover sta. Toch wil ik wat bedenktijd en beken u meteen dat ik zonder de instemming van mijn lieve vrouw niet beschikbaar ben.'

Franz negeert de geërgerde blikken van zijn gesprekspartners. Normaal hebben echtgenotes geen inspraak in dit soort beslissingen.

'Bovendien moet ik ervoor zorgen dat het geen negatieve gevolgen voor mijn bedrijf met zich zal meebrengen.' Nu knikken beide mannen vol begrip.

'En ten langen leste wil ik ter plekke een goed beeld krijgen van de Rijksdag. Binnen een paar maanden moet ik weer naar Berlijn voor een afspraak met mijn belangrijke klant Blauberg & Zonen. Van die gelegenheid wil ik gebruikmaken om een debat in het parlement bij te wonen.'

Schneegans knikt. 'Dat kan natuurlijk altijd als u zich bijtijds aanmeldt. De Kamerdebatten zijn openbaar.'

'En er is ook geen tijdsdruk,' voegt Lauth eraan toe. 'De volgende parlementsverkiezingen zijn pas over twee jaar. Volgens mij is het ruim voldoende als u zes maanden voordien uw kandidatuur stelt. Wat denkt u, waarde heer Schneegans?'

Schneegans kijkt weer zuur. 'Hoe eerder die beslissing valt, hoe beter. Uiterlijk zes maanden voor de verkiezingen móét u zich engageren, mijnheer Gerban. Maar laat het me alstublieft weten als u voor die tijd besluit het niet te doen.'

Het huis van Minna in Schweigen

Februari 1878, een paar uur later

'Er is geen twijfel mogelijk, mevrouw Leiser. U hebt tuberculose en wel in een vergevorderd stadium.' Dokter Frey, de huisarts van de familie Gerban, die Irene onmiddellijk heeft laten halen, zet zijn mondkapje af voordat hij zijn handschoenen uitdoet. Beide beschermingsmaterialen heeft hij uit voorzorg gebruikt en stopt hij nu voorzichtig in een papieren zakje dat hij speciaal voor dit doel heeft meegebracht.

Hij heeft Minna beluisterd, op haar borst en rug geklopt, in haar keel gekeken en de stapel bebloede zakdoeken bekeken die Minna beschaamd uit een linnen tas onder haar bed had gehaald.

'Welke behandeling raadt u aan?'

'Er bestaat geen geneesmiddel tegen de tering,' antwoordt de arts tot afgrijzen van Irene. 'Tenzij... maar dat is in dit geval waarschijnlijk geen optie.'

'Wat acht u uitgesloten?'

'In de Taunus, dicht bij Frankfurt, is er een sanatorium voor longlijders. Het is gevestigd in het plaatsje Falkenstein. Daar richt men luchtkuren in die wonderbaarlijke genezingsresultaten zouden opleveren. Maar het verblijf in het herstellingsoord is zeer duur en dus alleen weggelegd voor vermogende zieken, vooral omdat de behandeling maanden, zo niet jaren kan duren.'

'Schrijft u het sanatorium meteen om Minna als patiënt aan te melden!'

'Maar Irene!' protesteert Minna voordat ze weer een zware hoestbui krijgt. 'Dat kunnen wij ons niet veroorloven. Mijn Otto verdient goed als kuiper, maar wij zijn geen rijke mensen.'

'Maar wij wel,' antwoordt Irene kort. 'En ik sta voor de rest van mijn leven bij jou in het krijt.'

De tranen schieten Minna in de ogen.

'Moet u niet eerst overleggen met uw echtgenoot, mevrouw Gerban? U begrijpt, met alles wat erbij komt kijken. Ik moet een uitgebreid verslag opstellen met mijn bevindingen en ongetwijfeld een hoop formulieren invullen. Dat wil ik niet voor niets doen. Ook de consultatie van vandaag...'

'Mijn echtgenoot zit momenteel in Straatsburg. Stuur uw rekening maar naar het kantoor in Weissenburg, dokter Frey,' antwoordt Irene bits. 'En maakt u zich maar geen zorgen, mijn man zal zeker geen bezwaar hebben.'

De arts pakt zijn hogehoed en warme mantel en maakt een lichte buiging. 'Zoals u wenst, mevrouw Gerban.'

'Peter zal u met de landauer terug naar Weissenburg brengen. Wilt u de koetsier vragen mij achteraf hier op te halen?'

'Zeer zeker, mevrouw Gerban.'

'Wil je niet meerijden om voor de kinderen te zorgen? Peter kan je toch in Schweighofen afzetten.'

Irene schudt het hoofd. 'Nee, Minna. Ik blijf nog even bij jou. Pauline en Rosa kunnen de kinderen in bed stoppen.' De koetsier heeft de kleintjes onderweg naar dokter Frey al op het wijngoed afgezet. Rosa heeft beloofd alle kinderen voor het slapengaan in bad te doen en van kop tot teen af te schrobben.

'Niemand weet precies hoe je deze vreselijk ziekte oploopt. Wie weet wat de kinderen hier allemaal hebben aangeraakt. Hun kleren moeten ook worden gewassen.'

Irene had daarmee ingestemd en meteen nog een flinke aanmaning gekregen van Rosa. 'U kunt het beste uw handen met zuivere alcohol wassen. Zal ik, als u thuiskomt, ook voor u een bad klaarmaken?'

Haar stem en gezichtsuitdrukking hadden pure afkeer uitgedrukt over het feit dat Irene nog langer in het besmette huis wilde blijven.

'In het medicijnkastje staat spiritus,' zei Minna voordat Irene hier iets tegenin kon brengen. Ze wees op een wandkastje in een nis van de slaapkamer. Zonder een woord te zeggen pakte Rosa de alcohol en bevochtigde daarmee een zakdoek uit haar eigen tas. Die hield ze Irene, die haar boos aankeek, voor.

'Doe wat ze zegt!' hijgde Minna. 'Rosa heeft het beste met je voor.'

'Maar ze moet je niet behandelen alsof je lepra hebt,' berispte Irene de bediende indirect terwijl ze haar handen met het vochtige doekje schoonwreef.

Maar Rosa was niet op haar mondje gevallen. 'Ook lepralijders werden vroeger geïsoleerd en in voor gezonde mensen verboden wijken aan de rand van de stad ondergebracht. Ze waren zelfs verplicht met een bel hun komst aan te…'

'Dat volstaat, Rosa,' viel Irene de voormalige verpleegster in de rede. 'Vertrek nu maar. Des te sneller is dokter Frey hier.'

Pas als ze ook afscheid heeft genomen van de arts durft Irene de vraag te stellen die al sinds de vermoedelijke diagnose van Rosa op haar tong ligt. 'Heb je enig idee waar je dit hebt opgelopen? Je hoort toch altijd dat het een ziekte van arme en vieze mensen is. En dat zijn nu net twee dingen die niet op jou van toepassing zijn.'

'En toch ben ik ziek.' Minna gaat zachter praten. Het is niet duidelijk of ze zo een hoestbui wil voorkomen of Irene iets wil toevertrouwen dat alleen voor haar oren is bestemd. 'Herinner jij je Herta nog? Ze was keukenmeid en jouw voorgangster in Altenstadt. Ik heb je wel eens over haar verteld.'

Irene herinnert het zich vaag. 'Ze was zwanger en is meteen het huis uit gegooid. Bedoel je haar?'

Minna knikt. 'Ik ben Herta toevallig weer tegen het lijf gelopen. In Bergzabern. Ik was met Otto meegegaan die daar in de buurt een lading tonnen moest leveren. Zelf heb ik wat door de stad gewandeld. Dat was kort voor Kerstmis, niet vorig jaar, maar het jaar daarvoor. Daar sprak een verwaarloosde vrouw me opeens aan. Ik herkende Herta bijna niet meer.'

'Bedoel je dat het haar slecht is vergaan nadat ze landhuis heeft verlaten?'

'Meer dan slecht. Haar kind was, toen ik haar zag, al lang dood en het is nooit goed gekomen met Herta. Met de aantekening "onzedelijk gedrag" in haar diensboekje kon ze als dienstmeisje geen werk meer vinden. Ze kwam in de prostitutie terecht, werd door de politie opgepakt en in het plaatselijke werkhuis gestopt. Haar baby stierf in het weeshuis dat eraan verbonden was. Ze hadden het kind van haar weggenomen.'

Minna zwijgt en hoest opnieuw. Ze pakt de beker met de nu koude thee en laat zich niet helpen. 'Zal ik nieuwe zetten?' vraagt Irene.

Minna neemt dorstig een slok. 'Doe maar niet. Je kunt hier beter niets meer aanraken nu ik het zeker weet.'

'Je vermoedde het dus alleen maar?'

'Toen ik haar zag, hoestte Herta aan één stuk door. Ze was gevlucht uit het werkhuis en was in lompen gekleed. Haar handen waren helemaal bebloed. Ze vervulde me met weerzin, maar tegelijkertijd had ik ook ontzettend medelijden met haar. En dus nam ik haar in mijn armen. Ze klampte zich als een drenkeling aan me vast en zo moet ik het hebben opgelopen.'

Irene luistert ontzet. 'En hoe is het afgelopen?'

'Ik heb haar al het geld gegeven dat ik bij me had. Daar wilde ik eigenlijk kerstcadeaus mee kopen. Meer kon ik voor haar niet doen. Pas toen ik op de plek was waar ik met Otto had afgesproken, zag ik dat ik bloed op mijn gezicht had. En er zat ook bloed op mijn handen. Wellicht was het op dat moment al te laat.'

'Wanneer kreeg je de eerste symptomen?'

'Ik denk in het late voorjaar. Ik dacht in het begin dat ik gewoon verkouden was. Week na week hoopte ik dat ik wel zou opknappen, maar het werd alleen maar erger. Daarom vermeed ik eerst het lichamelijke contact met mijn en jouw kinderen, wat vooral Sophia me zeer kwalijk heeft genomen. Ik vond het altijd zo leuk met haar te knuffelen.' De tranen klinken door in Minna's stem.

'Sophia is nog te klein om jouw gedrag te kunnen begrijpen.' Ook de ogen van Irene beginnen te branden.

'Dat weet ik wel. Maar ondanks mijn voorzichtigheid tegenover anderen, gedroeg ik mezelf als een kleuter die de handen voor het gezicht houdt en denkt dat haar zo niets kan gebeuren. Ik heb het gewoonweg heel lang ontkend. Pas toen ik steeds vaker bloed begon op te hoesten, besefte ik dat ik binnenkort doodga.'

Ze gaat weer zachter praten. 'Otto en de jongens heb ik tot vandaag ook voorgelogen. Ik heb zelfs een keer ruziegemaakt met Otto omdat hij niet wilde geloven dat ik gewoon een onschuldige verkoudheid had. Om te bewijzen dat ik gezond was heb ik daarna op mij tanden gebeten en het huishouden gedaan ook al was ik ziek. Dat heeft de ziekte zeker verder in de hand gewerkt en daar moet ik nu voor boeten.'

Irene ademt diep in en verdringt haar tranen. 'Je gaat niet dood, Minna. Ik hoef Franz niet eens te vragen of hij je verblijf in dat kuuroord wil betalen. Wij hebben alles aan jou te danken. Dat weet hij net zo goed als ik.'

'Maar jullie hebben het geld dat ik jou geleend heb toch al lang terugbetaald. Veel meer zelfs dan wat ik je überhaupt had gegeven.'

Irene grijpt instinctief naar de hand van Minna en beseft pas op het allerlaatste moment dat dat niet kan. 'Je hebt me toen veel meer dan geld gegeven. Je hebt me voor mijn vader verborgen die me alsnog tot een abortus zou hebben gedwongen als hij me te pakken had gekregen. Otto riskeerde zelfs het wijngoed Gerban als grootste klant voor zijn vaten te verliezen. En reken maar dat dat zou zijn gebeurd als mijn vader had vernomen dat hij me had geholpen. Jij hebt me je winterjas en zondagse schoenen gegeven. En jullie hebben beiden al jullie spaarcenten voor mij opgeofferd.'

Opnieuw worden haar ogen vochtig. 'Fränzel was wellicht nooit geboren als jij me toen niet zo belangeloos had geholpen. We houden meer van deze jongen dan wat dan ook, vooral omdat ik waarschijnlijk geen kinderen meer zal krijgen. Fränzel blijft onze enige zoon en dat weet Franz net zo goed als ik. Daarom is het nu niet meer dan normaal dat we jou helpen. Een leven voor een leven. Zo hoort het gewoon.'

Op de terugweg naar Schweighofen denkt Irene na over het lot van de keukenmeid Herta. Ze begrijpt niet dat mevrouw Burger toen zo meedogenloos heeft kunnen handelen en dat meisje gewoon op straat heeft gezet. Met haar, Irene, had ze later wel medelijden gehad.

Maar Irene beseft dat toen Herta zwanger werd Pauline al zwaar verslaafd aan laudanum was en zich niet meer met de belangrijke zaken van het huishouden bemoeide. En mevrouw Burger heeft wellicht gewoon gedaan wat toen in de meeste huishoudens gebeurde. Ze wist niet beter en zou zelf zijn ontslagen als ze Herta in dienst had gehouden. Opnieuw voelt Irene de inmiddels welbekende innerlijke drang. Het is zo onrechtvaardig. Er moet iets gedaan worden voor de rechten van deze arme vrouwen. Anders gaan die misstanden nog vele tientallen jaren door. Als ze ooit verdwijnen!

Het wijngoed bij Schweighofen

Eind februari 1878

Irene legt haar boek neer als ze de wielen van een koets op het grind hoort knerpen. Ze werpt een blik op de klok. Het is nog vroeg in de middag. De tweeling doet een middagdutje, en Marie, Thea en Fränzel maken in hun kamer hun huiswerk. Wie zou dat zijn?

Vanochtend heeft Franz laten weten dat hij vandaag voor zaken in Landau moet zijn en het laat kan worden. Zou er iets zijn tussengekomen?

Ze loopt naar het raam. Nee, het is niet de landauer van de familie. Als Irene ziet wie er uit het sjofele rijtuig, duidelijk een huurkoets, stapt, slaat de schrik haar om het hart. Ze grijpt naar haar borst en ademt een paar keer diep in en uit om haar hartslag onder controle te krijgen. Dan gaat ze weer zitten op de bank in de salon en zorgt dat er niets van haar gezicht valt af te lezen.

Even later hoort ze stappen op de trap. Na een zacht klopje en zonder op toestemming te wachten komt mevrouw Burger binnen.

'Ene mijnheer Schober wil u spreken, mevrouw Gerban. Hij wordt vergezeld door een man die beweert een ambtenaar van de stad Lambrecht te zijn.'

Irene ademt nogmaals diep in. 'Laat mijn schoonmoeder eerst weten dat ik haar hier wil hebben. Ze is denk ik op haar kamer. Als ze even is gaan liggen, maak haar dan wakker. Daarna mag je de heren binnenlaten.'

Nauwelijks vijf minuten later verschijnt Pauline. Te oordelen naar de bezorgde uitdrukking op haar gezicht heeft mevrouw Burger haar al verteld wie hun gast is.

'Ik heb Rosa gevraagd de meisjes bezig te houden in hun kamer. Ik hoop dat ze niet doorhebben dat hun vader hier is.'

Irene knikt instemmend.

'Vervelend dat Franz net niet thuis is!' Pauline zegt precies wat Irene voelt. Kort overleggen de vrouwen of ze Kerner, de rentmeester, erbij zullen halen, maar besluiten dan dat niet te doen. Op het wijngoed zijn alleen mevrouw Burger en Rosa volledig op de hoogte van de omstandigheden rond de komst van Marie en Thea. De rest van het personeel denkt dat Emma's dochters verweesde, verre verwanten zijn die in Schweighofen een nieuw thuis hebben gevonden.

Even later klopt mevrouw Burger opnieuw aan een leidt de heren binnen. Irene staat op. 'Mijn excuses dat u even moest wachten. Kan ik u iets aanbieden. Koffie of een vruchtenbrandewijn?'

Bij haar aanbod kijkt ze Schober strak aan. De begerige blik in zijn ogen ontgaat haar niet, maar de ambtenaar, een stijf type in een wat versleten jacquet, neemt meteen het woord.

'Hartelijk dank! Dat is niet nodig. We hebben niet veel tijd omdat we vandaag nog naar Lambrecht terugrijden.'

Irene gaat naast Pauline zitten en geeft mevrouw Burger een teken om te blijven. 'Dan wil ik graag weten wat u hierheen voert en vooral met wie we te maken hebben.'

De ambtenaar maakt een kleine buiging. 'Mijn naam is Feudel, Balduin Feudel. Ik ben loco-directeur van de gemeentelijke armenzorg in Lambrecht. Mijnheer Georg Schober kent u.'

Irenes gelaat verstrakt en met een spaarzaam gebaar wijst ze naar de twee fauteuils tegenover de bank.

Feudel schraapt zijn keel en haalt een papier uit zijn versleten aktentas. 'Dit is een gerechtelijk besluit dat ter uitvoering aan ons bureau is toevertrouwd. Mijnheer Georg Schober heeft voor de rechtbank verklaard dat u zijn dochters Marie, acht jaar oud, en Dorothea, zeven jaar oud, uit Lambrecht hebt ontvoerd en hierheen gebracht.'

Pauline springt boos op. 'Hoe durft u! Ontvoerd! Die meisjes hebben het goed bij ons! Beter dan...'

'Staat u mij toe mijn betoog af te maken, waarde mevrouw...' Feudel verheft vragend zijn stem.

'Dit is Pauline Gerban, mijn schoonmoeder.' Irene stelt haar snel nog even voor.

'Dus ook niet verwant met de dochters van mijnheer Schober,' stelt Feudel nuchter vast. Hij schraapt nogmaals zijn keel. 'Mijnheer Schober heeft de rechtbank gevraagd zijn minderjarige dochters weer onder zijn hoede te mogen nemen. De bevoegde rechter heeft dat toegestaan. Vandaag zijn we hier om de kinderen mee te nemen en met hun vader te herenigen.'

Irene wist van begin af aan waar dit bezoek op zou uitdraaien, maar verliest toch haar zelfbeheersing. 'Dat gaat niet gebeuren, waarde heer Feudel,' zegt ze met het nodige sarcasme en wijst naar Schober. 'Die man daar heeft de moeder van de kinderen voor hun ogen doodgeslagen. Beide meisjes beginnen hier in Schweighofen net te herstellen van de angst die hij hun en hun moeder jarenlang heeft aangejaagd. Beiden hebben nog altijd nachtmerries en worden elke nacht huilend wakker. Het is onmenselijk hen aan zo'n verlopen sujet als Georg Schober over te dragen.'

Schober springt overeind. 'Hoe durf je, jij loeder,' begint hij, maar Feudel pakt hem bij de arm en houdt hem met een krachtig gebaar tegen.

'Kalm aan en houdt u aan onze afspraken!' snauwt hij Georg toe. 'En u, waarde mevrouw, verzoek ik eerbiedig op uw taal te letten! Ik kan u aanklagen voor laster en kwaadsprekerij, getuigen genoeg in deze kamer!'

Pauline opent haar mond al om hem van repliek te dienen en mevrouw Burger, die naast de deur staat, ademt hoorbaar in, maar Feudel is hen beiden voor.

'De rechtbank heeft mijnheer Georg Schober vrijgesproken van doodslag op zijn vrouw Emma. Dat het op straat tot een woordenwisseling is gekomen en hij zijn vrouw in het gezicht heeft geslagen waarna ze ongelukkig viel en fatale verwondingen opliep, betreurt mijnheer Schober ten zeerste. De rechtbank heeft hem daarvoor de aanzienlijke boete van vijftig mark opgelegd. Dat klopt toch, mijnheer Schober? Bevestigt u alstublieft ten overstaan van deze dames hoezeer uw gedrag u spijt.'

Georg kijkt alsof hij net in een citroen heeft gebeten, maar knikt nors. 'Ik heb er spijt van en wil het graag goedmaken met mijn kinderen,' dreunt hij de zin, die hij duidelijk uit het hoofd heeft geleerd, op.

'Bovendien heeft hij als vader niet alleen het morele, maar ook juridische recht,' benadrukt Feudel.

'Mijn schoondochter heeft me verteld dat mijnheer Schober werkloos is en bovendien aan de drank is verslaafd,' mengt Pauline zich nu in het gesprek. 'Hoe kan hij een voorbeeldige en liefdevolle vader voor zijn dochters zijn? Het was daarnaast ook de laatste wens van zijn stervende vrouw dat mijn zoon en schoondochter voor haar dochters zouden zorgen.'

Feudel kijkt haar onvriendelijk aan terwijl Georg zijn vuisten balt. 'Mijnheer Schober heeft plechtig verklaard de alcohol te zullen afzweren en een keurig leven te leiden. Hij beschikt over een passende eenkamerwoning; een ondergeschikte van mijn dienst heeft dat persoonlijk gecontroleerd. Daar is plaats genoeg voor een volwassene en twee kinderen. Er zijn gezinnen die met veel meer mensen in een vergelijkbare ruimte wonen. Mijnheer Schober is bovendien druk op zoek naar werk en heeft uitzicht op een baan.'

'En wie garandeert dat hij zijn eerste loon niet onmiddellijk weer naar de kroeg draagt en dat hij zijn vaderlijke plichten daadwerkelijk nakomt?' Zelden is Irene zo boos geweest.

'De gemeentelijke armenzorg zal het gezin natuurlijk in de gaten houden, mevrouw Gerban,' antwoordt Feudel stijfjes. 'Wij hebben mijnheer Schober al twee weken lang intensief gevolgd en keer op keer ondervraagd. Hij heeft ons ervan overtuigd dat hij het ernstig meent met zijn goede voornemens. Hij draagt zorg voor zijn uiterlijk, heeft al weken niet meer gedronken en heeft zelfs verschillende karaktergetuigen die voor hem instaan.'

'Karaktergetuigen? Wat voor dubieuze figuren zijn dat? Drinkebroers en hoeren?'

Pauline legt een hand op de arm van Irene om haar tot kalmte te manen. Feudel kijkt haar boos aan.

'Mevrouw Gerban, ik raad u nogmaals tot gematigdheid en verzoek u vooral de competentie van mijn dienst niet in twijfel te trekken. Dat grenst aan het beledigen van een ambtenaar in functie. Maar als teken van mijn goede wil geef ik u de naam van een van die getuigen: mijnheer Robert Sieber, plaatsvervangend productieleider in de prestigieuze lakenfabriek Reuter & Zoon.'

Irene was het liefst hardop gaan lachen, maar Pauline knijpt haar smekend in de arm en ze beseft dat ze zo niets voor Emma's dochters zal bereiken.

Ze bekijkt Georg Schober van kop tot teen. Hij lijkt inderdaad zijn gebruikelijke alcoholconsumptie te hebben opgegeven. Zijn gelaatstrekken zijn strakker, hij ziet er niet meer zo opgezwollen uit zoals Emma hem de laatste keer had beschreven. Zijn haar is netjes geknipt en hij draagt eenvoudige, maar propere kleren: een donker jasje, vest en broek, een blauwe halsdoek en een schoon overhemd.

Duidelijk tweedehandskleding, afkomstig van een opkoper. Maar daar had Irene toen ze in de fabriek werkte ook haar kleren moeten kopen omdat ze zich geen nieuwe dingen kon veroorloven. Veel arbeiders dragen nooit nieuwe kleren.

Ze doet nog een laatste poging. 'Wat gebeurt er als we weigeren de meisjes mee te geven?'

Feudel tuit zijn lippen. 'Dat kan u op een aanklacht wegens ontvoering komen te staan en een aanklacht wegens weerspannigheid aan de wet. De vader van de kinderen zou ook een schadevergoeding kunnen eisen. Het maakt echter niets uit. De meisjes moeten sowieso met ons mee. Als u dat weigert, brengen we de volgende keer politieagenten mee.' Feudel heeft de uitdagende blik van Irene perfect ingeschat. 'Dat is absoluut niet in het belang van de meisjes, dat wil ik u toch in overweging geven.'

Voordat Irene zich weer boos maakt, grijpt Pauline in. 'Ik wil mijn schoondochter graag onder vier ogen spreken. Mevrouw Burger, breng de heren even naar de kleine eetkamer.'

'Irene, het heeft geen zin je verder te verzetten. We moeten Marie en Thea laten gaan, hoe moeilijk we dat ook vinden. Zo niet, dan halen we ons allerlei problemen op de hals en valt er straks niets meer te redden. We wachten op Franz om te kijken wat we kunnen doen. Monsieur Payet zal zeker raad weten.'

Irene vecht tegen haar tranen. 'Ik heb Emma op haar sterfbed beloofd voor haar dochters te zorgen. Alleen zo kon ze vredig sterven.'

'En die belofte zal je houden! Alleen niet hier en nu! Onthoud, lieverd, dat de wijste toegeeft. Maak het ons en de meisjes niet nog moeilijker dan het al is. Als we ons verzetten en ze daadwerkelijk met de politie terugkomen zijn onze kansen om de meisjes terug te krijgen meteen verkeken. Zelfs als Schober hen niet bij zich kan houden, zal niemand ons nog als pleeggezin in aanmerking nemen.'

Irene schudt vertwijfeld het hoofd, maar moet toegeven dat Pauline gelijk heeft.

Haar schoonmoeder omhelst haar stevig. 'Kom, we gaan de meisjes voorbereiden op wat hun te wachten staat. We willen het voor hen niet nog moeilijker maken om ons te verlaten dan het wellicht al is.'

6

Het wijngoed bij Schweighofen

Maart 1878, ongeveer vier weken later

'En je hebt geen enkel spoor van de meisjes gevonden? Niets waar we uit op kunnen maken waar die schoft hen mee naartoe heeft gesleept?'

Franz schudt somber het hoofd. 'Monsieur Payet en ik zijn eerst naar het vervallen huis, het laatst bekende adres van Schober gegaan. De zolderkamer was al lang weer verhuurd. Daar kwamen we alleen te weten dat de huidige bewoners er al drie weken geleden zijn ingetrokken. Schober moet Lambrecht onmiddellijk na zijn bezoek aan Schweighofen hebben verlaten.'

Irene wringt zich de handen. 'We hebben het dus van meet af aan verkeerd aangepakt.'

'Dat konden we toch niet weten. Volgens monsieur Payet hadden we geen enkele kans de meisjes bij hun vader weg te halen zolang die zich goed gedroeg. Dat weet je toch. We konden alleen maar hopen dat Georg na een paar weken weer zou gaan zuipen en zijn baan alweer kwijt zou zijn of in de nabije toekomst zou verliezen. En er problemen zouden zijn met de opvoeding, de meisjes niet meer naar school zouden gaan of dat Georg hen zou slaan...'

Irene krimpt jammerend in elkaar. 'Nooit, nooit had ik met dit plan akkoord moeten gaan!'

Pauline mengt zich in het gesprek. 'Wat hebben jullie nog gedaan in Lambrecht nadat jullie hadden ontdekt dat hij daar niet meer woonde?'

'We hebben natuurlijk bij de gemeentelijke armenzorg aangeklopt. Zoals verwacht wilde Balduin Feudel ons geen enkele informatie geven over de verblijfplaats van de familie.'

Irene, die door de salon aan het ijsberen was, laat zich moedeloos in een stoel zakken. 'Had ik nu maar met je mee kunnen gaan,' verwijt ze zichzelf.

Franz fronst het voorhoofd. 'Zelfs als de tweeling geen maag-darmontsteking had opgelopen en jou niet had aangestoken, had je niet meer bereikt dan ik. We zijn zelfs naar de lakenfabriek van Reuter gegaan om die Sieber te spreken, maar werden niet eens binnengelaten.'

'De meisjes huilden zo verschrikkelijk toen die kerels hen meenamen.' Bij de herinnering aan die gebeurtenis komen de tranen. 'En ik heb hen met de hand op mijn hart beloofd ze niet uit het oog te verliezen en alles te doen om hen terug in Schweighofen te krijgen.'

In een troostend gebaar legt Pauline haar hand op de arm van Irene. 'En aan die belofte heb je je gehouden; althans voor zover dat mogelijk was. Die Schober wist natuurlijk dat wij het niet zouden opgeven en is daarom als een speer uit de stad vertrokken.'

'Precies,' huilt Irene. 'En juist daarom hadden we niet zo lang mogen wachten.'

'Volgens Payet was dat onze enige kans.' Franz staat op en hinkt heen en weer door de kamer. Zijn been doet duidelijk pijn. 'Wij hebben de wetten niet gemaakt, maar we moeten ons er wel naar schikken.'

'Nee, dat moeten we niet!' Irene droogt haar tranen en balt haar vuisten. 'Het is een hemeltergend onrecht hoe vrouwen in dit land worden behandeld! Ze werken harder dan om het even welke man omdat ze naast hun baan ook nog voor het huishouden en de kinderen moeten zorgen. Voor hun werk krijgen ze een hongerloon omdat de man als kostwinner geldt! Bah, laat me niet lachen!'

Ze windt zich almaar meer op. 'En als die almachtige echtgenoot zijn loon in de kroeg achterlaat, als hij vrouw en kinderen mishandelt, moeten ze dat deemoedig ondergaan!'

Ze staat op, beent door de kamer en gooit een pamflet op tafel. 'Zo schrijft een pastoor het hun in elk geval voor in dit waardeloze vod!'

Franz pakt het vlugschrift. '"Huiselijk geluk".' Hij leest de titel luidop, bladert het snel door en vertrekt spottend zijn mond. 'Hoe kom je aan dit knoeiwerk?'

'Ik kreeg het van de pastoor van Sint-Ulrich toen ik hem vroeg of ik ook in Altenstadt een naaicursus mocht organiseren. Hij wilde er zeker van zijn dat deze cursus in de gepaste christelijke geest zou plaatsvinden. Hij raadde me aan dit boekje te lezen en zou zijn beslissing laten afhangen van mijn ideeën hierover.'

'Dat is ronduit belachelijk!' reageert Pauline verontwaardigd. 'Hoe komt hij erbij dat die vrouwen daar nog iets anders zouden leren dan naaien?'

Irene bloost licht. 'Nou ja, ik lees de deelneemsters af en toe wel eens iets voor,' bekent ze. 'We hebben maar één naaimachine die ik meebreng en dus kan er telkens maar één vrouw oefenen. Om de tijd te verdrijven heb ik de andere vrouwen voorgelezen.'

'En waaruit heb je dan voorgelezen?'

'Uit het werk van ene August Bebel. Hij is lid van de Socialistische Arbeiderspartij...'

Franz valt haar in de rede. 'Daar heb ik wel eens van gehoord.'

'... en eist meer rechten voor werkende vrouwen.' Irene laat zich niet van haar stuk brengen. 'Als het aan hem ligt zouden we zelfs stemrecht moeten krijgen.'

Franz kijkt zijn vrouw deels geërgerd, deels geamuseerd aan. 'Me dunkt dat dat de derde stap voor de tweede is. Het zou al goed zijn dat alle mannen in het Duitse Rijk gelijk stemrecht krijgen. In veel deelstaten geldt nog altijd het kiesstelsel op basis van drie inkomensgroepen en wegen de stemmen van de rijken zwaarder door dan die van de lagere klassen. En wie geen of weinig belasting betaalt, mag al helemaal niet stemmen.'

'Wat maakt jou dat nu uit, mijn zoon? Dat geldt toch alleen voor de deelstaatverkiezingen, niet voor de Rijksdag. En de Elzas heeft toch geen eigen parlement. Of vergis ik me?' vraagt Pauline.

'Nee, dat klopt,' bevestigt Franz. Pauline en Irene kijken hem zwijgend aan. Ze voelen dat hij iets op zijn lever heeft.

Franz ademt even diep in. 'Daarom wil ik mij bij de volgende verkiezingen voor de Rijksdag kandidaat stellen voor de autonomisten. Om iets voor de Elzas te bereiken, maar ook om te ijveren voor meer gerechtigheid in het hele land.'

Irene is met stomheid geslagen. Pauline daarentegen stelt meteen de cruciale vraag. 'En hoe wil je een politiek mandaat combineren met het leiden van het wijngoed en de wijnhandel?'

'De volgende verkiezingen zijn pas in januari 1880. Tegen die tijd kan Hansi Krüger toch zeker al een deel van de taken van rentmeester Nikolaus Kerner overnemen. Hansi en Johann Hager kunnen het wijngoed leiden en Kerner kan bijspringen als er zich problemen voordoen.'

'En Kerner zelf neemt dan jouw functie in de wijnhandel over,' reageert Pauline vlijmscherp.

Franz knikt. 'Hij kan me vervangen als ik me aan mijn politieke taken moet wijden.' Hij kijkt Irene aan. 'Maar ik doe niets als jij het er niet mee eens bent.'

Irene bekomt weer enigszins van haar verrassing. 'Dan zal je nog vaker van huis weg zijn dan nu al het geval is!'

'Ik zal inderdaad geregeld naar Berlijn moeten, maar dat kan ik combineren met mijn zakenreizen en dan blijft mijn afwezigheid voorlopig overzichtelijk. Veel vaker dan nu zal ik niet weg zijn.'

De gedachten razen door Irenes hoofd. 'Laten we de situatie even samenvatten. Marie en Thea zijn weg en zullen niet zo snel, of misschien nooit meer, terugkomen. En een politiek mandaat sluit mij uit van jouw reizen en activiteiten. Voor zover ik weet mogen vrouwen immers geen lid van een partij zijn of aan bijeenkomsten deelnemen.'

Franz knikt zuur. 'Dat is helaas waar, liefste. Vooral hier in de Elzas zijn ze bijzonder streng. Elke samenkomst die wordt bijgewoond door niet-stemgerechtigden beschouwen ze hier als illegaal en kunnen ze meteen opheffen.'

'En wat zou je daar als parlementslid tegen doen?'

Franz haalt zijn schouders op. 'In eerste instantie kan ik daar helemaal niets aan veranderen. Centraal in het programma van de autonomisten staat dat het rijksland Elzas-Lotharingen gelijke of toch minstens vergelijkbare rechten moet krijgen als de andere deelstaten.'

'Deze partij zal zich dus niet inzetten voor de rechten van vrouwen?'

'Daar lijkt het jammer genoeg voorlopig op. Er gelden andere prioriteiten.'

'Andere prioriteiten,' antwoordt Irene sarcastisch. Ze recht haar rug. 'In dat geval wil ík me graag inzetten voor vrouwenrechten. Quid pro quo, is dat niet de Latijnse uitspraak die onze vader zo graag aanhaalde?'

'Hoe denk je dat te doen? Zelfs de SAP neemt geen vrouwen aan,' antwoordt Franz kribbig.

'Dat is zo, helaas. Nog niet.' Irene laat met opzet even een pauze vallen. 'Maar het is de enige partij met voorstanders van vrouwenrechten, ook al zijn die nog in de minderheid.'

'Ach, ja! Je hebt het weer over die Bebel.'

Irene kijkt Franz strak aan. 'Niet alleen over hem. Je vergeet dat Josef Hartmann me destijds heeft aangemoedigd voor de belangen van vrouwen op te komen. En daar heb ik ook dingen mee bereikt. Ik heb het ontslag van de naaisters in de lakenfabriek van je zwager Herbert Stockhausen ongedaan gemaakt en hield een spreekuur voor vrouwen in Frankenthal waar ik arbeidsters wierf voor de plaatselijke vakbond. Die afdeling zou ik gaan leiden. Dat moet je toch nog weten?'

Franz zucht. 'En wat heb je in gedachten?'

'Ik wil Josef Hartmann schrijven en vragen op welke manier ik me het beste voor de rechten van vrouwen kan inzetten. Hij woont nog altijd in Frankenthal.'

'Hoe weet je dat?' Franz' stem klinkt scherp.

Irene blijft kalm. 'Onlangs stond er iets over hem in de krant. Het had te maken met een dreigende staking van de metaalarbeiders daar.'

Franz ademt hoorbaar uit. 'En wie moet er dan in de tussentijd op de kinderen passen?'

Pauline komt tussenbeide. 'Dat kan ik doen. Mits Irene niet te vaak afwezig is.'

Irene schenkt haar schoonmoeder een dankbare glimlach. 'Ik beloof je dat ik zeker niet zo vaak onderweg zal zijn als Franz. Daarvoor zijn de kinderen me te dierbaar.'

Franz ergert zich aan deze sneer, maar besluit het te negeren. 'Schrijf dan naar die Hartmann en dan bespreken we je plannen,' stelt hij voor.

'Goed idee,' antwoordt Pauline. 'Laten we dat doen!'

Op de weg naar het station van Landau

Begin april 1878

'Hopelijk hebben jullie een redelijk aangename reis!' Irene pakt de hand van Minna, beiden dragen ze handschoenen.

'Nou, als deze trip niet comfortabel wordt, weet ik niet wat reizen überhaupt fijn kan maken.' Minna hoest en wendt daarbij haar gezicht af. 'Maar jullie hadden boven op alles wat jullie al hebben betaald niet ook nog eens deze uitgaven moeten doen.'

De vrouwen zitten in de gesloten landauer waarmee Peter, de koetsier, hen nu naar het station van Landau brengt. Vanuit dit knooppunt vertrekt er een rechtstreekse trein naar Frankfurt. Daar moeten Minna en haar man Otto, die haar begeleidt, nog overstappen op een trein naar Königstein, de stad waarvan Falkenstein met zijn sanatorium deel uitmaakt.

'Ik wil niet dat je daar zieker aankomt dan je al bent. Des te sneller zal je weer de oude zijn.' Irene spreekt Minna en vooral zichzelf moed in. Minna's toestand is de laatste tijd verder achteruitgegaan ondanks de verzachtende balsem waarmee ze op advies van de dokter elke dag haar borst insmeert.

In feite had ze vier weken geleden al moeten vertrekken, maar toen was ze te ziek geweest. Naast de tuberculose had ze nog een banale verkoudheid opgedaan en hoge koorts gekregen. Otto noch Minna weet dat Franz al vanaf de oorspronkelijk afgesproken datum betaalt voor haar verblijf. De kliniek is altijd vol en heeft een wachtlijst. Iemand anders zou haar plaats hebben ingenomen ook al had hij een flinke som betaald om haar opname te bespoedigen.

'Maar een treinkaartje eerste klas was toch niet nodig geweest,' wierp Minna tegen, niet wetende dat dat niets is in vergelijking met wat Franz al heeft betaald.

'We willen dat je comfortabel zit,' benadrukt Irene. 'En als je er bent, draag je zelf niets. Je huurt een kuier in zodat Otto je kan ondersteunen bij het lopen. Je weet dat dokter Frey elke inspanning ten strengste heeft verboden. In Königstein zal een equipage van de kliniek bij het station voor jullie klaarstaan.'

'Hoe kunnen we je dit ooit terugbetalen, Irene? Otto zal jaren nodig hebben om je de kosten voor het kuuroord te vergoeden.'

'Niet waar,' antwoordt Irene licht geïrriteerd. 'Want hij hoeft niets terug te betalen.' Ze heeft het hier al minstens twintig keer met Minna over gehad.

Er schiet haar iets te binnen. 'Maar zodra je helemaal genezen bent, kun je me misschien helpen met mijn bijeenkomsten voor vrouwen.'

'Graag! Heel graag zelfs!' Minna klinkt enthousiast. 'Wat ben je van plan?'

Irene aarzelt even om haar plannen uit de doeken te doen, maar Otto geniet op de bok naast de koetsier van de milde voorjaarszon, en dat geeft de vriendinnen de kans ongestoord te praten.

'Ik wil beginnen met maandelijkse bijeenkomsten in Landau en Herxheim en daar fabrieksarbeidsters en thuiswerksters voor uitnodigen. Ik wil hen bewust maken van hun situatie en aanmoedigen voor zichzelf op te komen. Misschien lukt het me ook de aanzet te geven tot regelmatige vergaderingen waar ik zelf niet bij aanwezig ben en vrouwen zich verder kunnen ontwikkelen, boeken en kranten kunnen lezen of les kunnen geven aan wie niet kan lezen of schrijven. Wat die vrouwengroepen precies gaan doen als ze eenmaal bestaan, weet ik nu ook nog niet. Ik wil hun dat niet voorschrijven. Belangrijk is dat ze zich engageren en een kas aanleggen voor noodsituaties.'

'En dat is het advies van Josef Hartmann, met wie je ooit samen was?'

Irene knikt. 'De groep arbeidsters die mijn opvolgster Irmgard Fischer heeft opgericht, bestaat nog en is groter dan ooit. Josef vindt dit een bemoedigend voorbeeld. Helaas zijn er nog te weinig vrouwen die dergelijke organisaties in het leven roepen.'

Minna tuit haar lippen. Het is duidelijk dat ze twijfelt, maar uiteindelijk stelt ze haar vraag toch. 'En wat vindt Franz ervan dat je weer contact hebt met Hartmann?'

Irene haalt haar schouders op. 'Hij vindt het niet echt leuk,' geeft ze toe. 'Maar dat is voor mij geen aanleiding om het contact weer te verbreken. Franz moet weten dat er geen enkele reden is om jaloers te zijn op Josef.'

Minna schudt het hoofd.

'Bovendien heeft Franz zijn eigen plannen,' gaat Irene koppig verder. 'Volgende maand gaat hij een paar weken naar Berlijn. Onder meer om een debat in de Rijksdag bij te wonen. Daarna wil hij beslissen of hij zich kandidaat stelt voor het district Hagenau-Weissenburg.'

'En hoe hoog schat je die kans in?'

Irene glimlacht een beetje bitter. 'Dat heeft hij al lang besloten, al weet hij het zelf nog niet. Hij heeft me niet zomaar gevraagd geen bijeenkomsten in de Elzas te organiseren.'

'Aha.' Minna begrijpt het. 'Dat is de reden waarom je niet in Weissenburg actief zult zijn. Ik vroeg het me al af.'

'Inderdaad, dat was een van zijn voorwaarden om met mijn plannen akkoord te gaan.'

'En heeft hij nog andere voorwaarden gesteld?'

'Eén, meer niet. Dat ik niet met Josef Hartmann in dezelfde herberg verblijf. Het liefst zou hij hebben dat we elkaar helemaal niet meer persoonlijk ontmoeten.'

'Aan je stem te horen vind je het eerste belachelijk en sluit je het laatste uit,' stelt Minna, altijd al een goede waarneemster, vast.

Irene antwoordt hier niet op. Minna zucht en verandert van onderwerp. 'En waarom ga je ook niet naar Lambrecht? Daar kennen ze je toch nog van vroeger. Daar zou je zeker meteen veel aanloop hebben.'

'Of juist niet. De fabriekseigenaren kennen me nog van de staking van 1872. Mijn meisjesnaam althans. Maar als ik wil inzetten op mijn naam, zal ik me bekend moeten maken. De arbeidsters zullen ongetwijfeld bedreigd worden met represailles als ze mijn bijeenkomsten bijwonen.'

'Bovendien...' Ze hapert even. 'Bovendien weten ze daar dat ik iets heb gehad met Josef Hartmann en nu met een rijke grootgrondbezitter en wijnhandelaar ben getrouwd. Dat maakt me niet echt geloofwaardig wat de zaak van de arbeidsters betreft.'

'Geldt dat ook niet voor andere plaatsen?'

Irene haalt nogmaals haar schouders op. 'Dat zou kunnen, maar waar ze me nog niet kennen kan ik in de eerste bijeenkomst mijn carrière en motieven uiteenzetten zonder dat ze vooroordelen tegen me koesteren. En als ik eenmaal succes heb, waag ik misschien ook mijn kans in Lambrecht.'

De koets rijdt Landau binnen. Ze zijn bijna bij het station.

'Maar schrijf me in elk geval hoe het je vergaat. Heb je al een datum voor je eerste bijeenkomst?'

'Die wil ik in mei houden, hier in Landau. Lene Krüger, een weduwe die op het landgoed werkt en wier zoon in de leer is bij de rentmeester, en twee andere vrouwen gaan me helpen met het ophangen van de affiches.

We bieden een opleiding aan. Daar hebben we geen vergunning voor nodig, vrouwen acht men toch niet in staat politieke activiteiten te ontplooien,' voegt ze er spottend aan toe.

'Ik maak vandaag van de gelegenheid gebruik om een geschikte herberg voor de bijeenkomsten te vinden waar we dan ook meteen kunnen overnachten. Duim voor me dat ik iets vind.'

'Daar heb ik alle vertrouwen in, Irene. Je hebt altijd al alles bereikt waar je je zinnen op had gezet.' Minna zucht diep en moet dat bekopen met een nieuwe hoestbui. Het duurt even voor ze weer op adem is. 'Was ik nou maar gezond, dan kon ik je helpen. Zeker omdat er nog een andere groep vrouwen is die me nauw aan het hart ligt. Enig idee welke vrouwen ik bedoel?'

Irene denkt even na. 'Nee, niet onmiddellijk. De meeste vrouwen werken in fabrieken of thuis, de boerinnen en landarbeidsters buiten beschouwing gelaten; voor hen is het wellicht te ver en te lastig om naar de stad te komen.'

Met een vreemde uitdrukking op haar gezicht kijkt Minna haar vriendin aan. 'Wat jij zegt, klopt volgens mij niet. De grootste groep werkt waar wij ooit zijn begonnen.'

Er gaat Irene een licht op. 'De dienstboden bedoel je?'

Minna knikt. 'Inderdaad. Denk eens terug aan jouw tijd in het landhuis van Altenstadt. Hoewel het daar veel beter was dan in veel andere huishoudens, hadden we nauwelijks vrije tijd en verdienden we weinig voor het vele werk dat we deden.'

'Maar dienstmeisjes hebben maar eens in de twee weken een middag vrij en moeten 's avonds weer op hun werkplek terug zijn. Hoe krijg ik hen op een van mijn bijeenkomsten?'

'Dat is het 'm nou net. Je slaat de nagel op de kop,' glimlacht Minna. 'Deze vrouwen hebben nog minder vrijheden en rechten dan arbeidsters. Daarom moeten we ook voor hen iets doen. Wat precies, dat kunnen we bespreken als ik terug ben.'

Irene beantwoordt Minna's glimlach. 'Dat doen we, lieve Minna.' Ze is blij dat Minna niet meer over doodgaan spreekt sinds de kuur gestalte heeft gekregen.

De koets stopt op het stationsplein. 'Maar nu moet je eerst weer beter worden. En schrijf me elke week hoe de behandeling verloopt.'

Het wijngoed bij Schweighofen

April 1878

Irene kijkt nog een laatste keer in de spiegel van haar commode in de kleine kleedkamer. Rosa heeft haar haar opgestoken en de spelden die nodig zijn om haar prachtige dikke haardos te bedwingen prikken in haar hoofdhuid. Vanavond zal ze het bezoek aan Altenstadt wellicht met zware hoofdpijn moeten bekopen.

Ook het korset dat Irene in het dagelijkse leven vermijdt, heeft Rosa zo strak geregen dat haar slanke taille goed tot zijn recht komt in de okerkleurige japon met donkerbruin fluwelen belegsel. Het is eigenlijk een winterjurk, maar het warme weer van de afgelopen dagen is omgeslagen en het is weer een stuk kouder. Er staat een felle wind die natte sneeuw over velden en wegen jaagt.

Er wordt zacht geklopt. Op haar 'binnen' komt Franz het kamertje in gelopen. Hij heeft zich in hun slaapkamer zonder hulp omgekleed. Sinds hij in Schweighofen woont, heeft hij geen kamerdienaar meer.

'Je ziet er prachtig uit, Irene.' Liefdevol loopt hij op haar af en kust haar op de mond. 'Zelfs deze onopvallende kleur staat je geweldig en benadrukt het contrast tussen je donkerblauwe ogen en je bruine haar.'

'En de rimpeltjes rond mijn ogen storen je niet?'

Franz strijkt teder met zijn vinger over de kraaienpootjes. 'We worden er allemaal niet jonger op. Maar onze persoonlijkheden rijpen, dat zie je ook aan ons gezicht.'

Hij schuift Irene wat van zich af om haar beter te kunnen bekijken. 'Nee, die rimpeltjes passen bij je. Vroeger was je knap. Nu ben je een schoonheid.'

Irene antwoordt Franz' intense blik. Hij nadert de dertig. Over nauwelijks een half jaar is het zover. Zijn trekken zijn die van een man in plaats van de jongen op wie Irene verliefd was geworden. Ook om zijn donkere ogen en volle lippen hebben zich rimpeltjes gevormd. Ze getuigen van de gruwelijkheden die hij in de oorlog heeft meegemaakt, van de slapeloze nachten die zijn verminking hem nog af en toe bezorgt en van de weliswaar succesvolle, maar vermoeiende strijd in de harde wereld van de wijnhandel.

Als ze al iets mist, dan zijn het zijn krullen. Hij draagt zijn haar al lange tijd zo kort dat het nauwelijks nog krult. Maar gelukkig heeft hij in tegenstelling tot veel leeftijdsgenoten geen baard en houdt hij zijn snor ook kort in plaats van die zoals veel ijdele dandy's met pommade tot belachelijke vormen te draaien.

En het is ook mooi dat Fränzel zijn krullen heeft geërfd. Irene woelt graag door de haardos van haar oudste net zoals ze toen ze jong en verliefd was bij Franz had gedaan.

'Moeten we echt naar Altenstadt?' fluistert ze verleidelijk. 'We kunnen ons hier toch veel beter vermaken. En dan ben ik ook meteen van dit vreselijke korset af.'

Franz tikt haar op het puntje van haar neus. 'Begrijp ik het goed, mevrouw Gerban, dat u op klaarlichte dag uw hartstocht wilt botvieren in plaats van uw familiale verplichtingen na te komen?' zegt hij plagend.

Ze knikt gespeeld ernstig. 'Dat klopt, waarde heer Gerban.'

Franz zucht. 'Geloof me, mijn liefste, ik zou mijn tijd ook veel beter kunnen besteden dan met dit vermaledijde bezoek aan Altenstadt. Zelfs zonder jouw verleidelijke aanbod. Maar Ottilie wordt zestig en heeft naast familie ook vrienden en bekenden uitgenodigd. Iedereen zal zich afvragen waarom wij er niet zijn.'

Gefrustreerd slaakt Irene een luide zucht. 'Dat moet dan maar. Ook al ben je niet eens familie.'

'Maar jij wel,' plaagt hij haar verder. 'En omdat Gregor en Ottilie daar nooit achter mogen komen, hebben we geen andere keuze dan te lachen als een boer met kiespijn en alle conventies in acht te nemen. Kom! Moeder staat vast al op ons te wachten.'

Huize Gerban in Altenstadt

April 1878, een uur later

'Weet je echt zeker dat deze wijn goed zal verkopen?' Sceptisch draait Gregor Gerban het glas rosé tussen zijn vingers en ruikt eraan. Vervolgens neemt hij voorzichtig een slokje.

'Te weinig body als je het mij vraagt. Een lichte tafelwijn, voor meer is deze niet te gebruiken.'

Franz probeert zijn ergernis te verbergen. 'Dat is precies wat een rosé moet zijn, oom Gregor. Geen zware rode wijn met veel body, zoals jij het zegt, maar een lichte tafelwijn, speciaal voor dames. Niet voor niets hebben we Ottilie een kistje voor haar verjaardag gegeven. Trouwens' – hij probeert Gregors volgende bezwaar voor te zijn – 'Blauberg in Berlijn heeft al een kwart van ons contingent besteld. De rosé moet dé noviteit voor het zomerseizoen in de hoofdstad worden.'

Gregor glimlacht zuur. 'Dan feliciteer ik je met je zakelijke instinct,' zegt hij voor de vorm. 'Maar laten we nu maar terug naar de feestzaal gaan.'

De mannen verlaten het halfronde balkon waar Gregor ondanks de aprilse kilte in het bijzijn van Franz zijn sigaar heeft opgerookt, en lopen door de al jaren in onbruik geraakte danszaal. Via die zaal komen ze in de grote eetkamer waar Ottilie haar verjaardag viert met een uitgebreide koffietafel. Geld voor een groot diner met veel gasten hebben ze niet, en personeel al evenmin. Franz en Gregor zijn dan ook de enige mannelijke gasten op het feest.

In de eetzaal zitten de dames in kleine groepjes aan tafels en stoelen die rond de grote tafel, die dienstdoet als buffet, staan opgesteld. Ottilie vindt dat gezelliger dan aanschuiven aan de grote tafel – goed voor vijftig mensen – waar de twintig invités zich wat verloren zouden voelen. En intussen is het iedereen nog eens extra opgevallen dat Ottilie en Gregor zich de grote partijen die hier vroeger werden gevierd, niet meer kunnen veroorloven, denkt Irene niet zonder leedvermaak bij zichzelf.

Tegen haar zin zit ze samen met Pauline dicht bij Ottilie. Hun tafel is de grootste en met zeven plaatsen voorbehouden voor de familie en beste vriendinnen. Op dit moment zijn er twee stoelen leeg omdat Gregor en Franz op het balkon staan. Hopelijk gaat Ottilie zo weer een rondje maken om met de dames aan de andere tafels te praten.

Niemann, de huisknecht, serveert de bezoekers naar wens stukken heerlijke taart en cake die mevrouw Kramm, de geweldige kokkin, heeft gebakken. Gitta en Heidi, de twee dienstmeisjes, schenken koffie en thee en gaan met bladen koude dranken langs de gasten.

Met vier dienstboden plus Riemer, de oude koetsier die ook voor de twee resterende paarden zorgt, beschikt het huishouden in Altenstadt met zijn twee bewoners eigenlijk over meer dan voldoende personeel. Franz had het echter niet over zijn hart kunnen krijgen de huisknecht Niemann, die al zo lang in dienst was, na de dood van zijn pleegvader te ontslaan of Ottilie op te dragen haar dienstmeisje, dat ze uit Schweighofen had meegebracht af te danken. Gelukkig dekken de inkomsten van het wijngoed tot dusverre deze extra kosten.

'En Mathilde heeft je gisteren per telegram laten weten dat ze toch niet komt?' vraagt Pauline net aan haar schoonzus Ottilie.

'Het gaat helaas niet goed met Herbert. Hij heeft de laatste tijd last van duizeligheid en hartkloppingen en moet het rustig aan doen. De reis zou te vermoeiend zijn geweest voor hem.' Ottilie zucht theatraal. 'Ik had me zo op de komst van Mathilde verheugd en had haar oude kamer al als logeerkamer voor haar laten inrichten; de voormalige van Franz had ik voor Herbert voorzien.' Met huilerige stem doet Ottilie het voorkomen alsof dit haar enorm veel en, zoals nu blijkt, vergeefse moeite heeft gekost.

Wat een komedie, denkt Irene bij zichzelf. Zij mist Franz' jongere zus voor geen meter. En ook de andere dames van dit gezelschap kunnen haar gestolen worden. Ze zegt zo min mogelijk om de aandacht niet op zichzelf te vestigen.

Tevergeefs, zoals blijkt. 'Hoe gaat het met u, lieve mevrouw Gerban?' De vrouw van de koopman Krämer richt nu het woord tot haar. Vanuit

Weissenburg drijft haar man een bloeiende handel in allerlei koloniale waren en heeft hij inmiddels winkels in elke grotere stad in de regio. 'Waar bent u tegenwoordig mee bezig?' Ze benadrukt het woord 'tegenwoordig' zo sterk dat het Irene niet kan ontgaan. 'Mist u uw voormalige activiteit niet?' gaat mevrouw Krämer onbeschaamd verder.

'Welke bezigheid bedoelt u?' Irene kijkt de ouwelijke vrouw recht in haar fletse grijze ogen. 'Die als dienstmeisje of als fabrieksarbeidster?' Ze heeft het al jaren geleden opgegeven zich aan dit hypocriete gezelschap aan te passen. Wat ze ook zei of deed, de toespelingen of zelfs hatelijke opmerkingen bleven komen.

'Nou ja... ik bedoel,' stottert mevrouw Krämer, duidelijk van haar à propos door dit onverbloemde antwoord.

'Wel, ik geef grif toe dat ik nauwelijks nog iets doe in het huishouden. Met uitzondering van onze slaapkamer maak ik zelf nergens meer schoon. Dat kost me elke dag maar een halfuur en eens in de twee weken twee uur om grondig te poetsen.'

'U dekt uw bed toch niet zelf op?' Een andere vriendin van Ottilie, de echtgenote van een hoge Pruisische ambtenaar in de prefectuur van Weissenburg, mengt zich in het gesprek.

Irene vertrekt spottend haar mond. 'Natuurlijk maak ik elke dag zelf ons bed op, mevrouw. En ik neem ook het stof af in de slaapkamer. Uiteindelijk was ik gewend om dertien uur in de fabriek te werken. Met de huishouding en de zorg voor mijn zoon kwam ik aan zestien uur per dag. Precies zoveel als toen ik hier als dienstmeisje werkte.'

De vrouw van de hoofdinspecteur bloost. 'Maar dat is nu toch helemaal niet meer nodig. U mag zich gelukkig prijzen uit deze ondergeschikte positie...' Ze beseft hoe tactloos dit klinkt en verbetert zichzelf snel. '... dat anderen dat nu van u overnemen.'

'Ik doe het ook niet omdat het moet, maar omdat ik het leuk vind.'

Irene ziet de verbouwereerde blikken die de dames uitwisselen en er valt een ongemakkelijke pauze.

Het dienstmeisje Gitta komt bij de tafel langs en biedt de vrouwen de rosé aan die Franz heeft meegebracht en inmiddels is gekoeld in ranke kristallen glazen. Nieuwsgierig tasten de dames toe. Het valt Irene op hoe angstig de dienstbode kijkt. Haar rechterwang is ook gelig verkleurd, alsof er eerder een blauwe plek heeft gezeten. Emma had ook vaak van die plekken, schiet het haar door het hoofd.

'O!' roept de koopmansvrouw verrukt. 'Deze wijn smaakt verrukkelijk. Dat verwacht je niet bij de bleke kleur.' Ze wendt zich tot Pauline. 'U bent vast heel trots op uw succesvolle zoon.'

'Dat ben ik zeker. Net zo trots als op mijn geweldige schoondochter en schitterende kleinzoon,' antwoordt Pauline gevat.

'Borduur je nog veel?' Ottilie stuurt het gesprek in een, in haar ogen, onschuldigere richting. 'Je hebt het Irene vast al geleerd.'

'Irene kan heel goed naaien. Op borduren is ze niet zo dol,' antwoordt Pauline naar waarheid

'Over naaien gesproken.' De vrouw van de hoofdinspecteur laat zich weer horen. 'Ik hoorde pas een vreemd verhaal. De pastoor van Sint-Ulrich was onlangs bij ons op bezoek en vertelde dat u, lieve mevrouw Gerban, een naaicursus voor eenvoudige boerinnen en kleine burgervrouwen uit Altenstadt wilt organiseren. Naar verluidt wil u die vrouwen daarna aanmoedigen zelf een naaimachine te kopen om het huishoudelijk werk te verlichten. Maar dat heb ik vast verkeerd begrepen,' zegt ze met een gemene blik in haar ogen.

'Helemaal niet, mevrouw,' antwoordt Irene koeltjes. 'De eerwaarde pastoor heeft me helaas nog geen toestemming gegeven. Hij is bang dat ik opruiende teksten ga voorlezen.'

'Wat zegt u nu?' Op Pauline na kijken alle dames geschokt. 'Over welke teksten heeft de pastoor het dan?'

'Kennen jullie August Bebel?'

De dames schudden het hoofd. 'Nee. Van die man heeft zeker niemand van ons ooit gehoord.' Ottilie antwoordt mede namens haar vriendinnen.

'Hij is lid van de Sociaaldemocratische Arbeiderspartij en eist meer rechten voor vrouwen. Ook kiesrecht.' Irene geniet van de ontzette gezichten.

'U... U neemt ons in de maling, mevrouw Gerban!'

'Geenszins, mevrouw Krämer. Wat is er dan zo raar aan de eisen van Bebel?'

Ottilie ademt diep in en recht haar knokige lichaam in volle lengte. 'Een vrouw hoort thuis,' zegt ze met verhitte stem. 'Niet in de openbaarheid en al zeker niet in de politiek. Echte dames laten dat over aan hun mannen, die trouwens veel beter zijn ingewijd in die materie. Een godvruchtige vrouw zal het niet in haar hoofd halen te gaan stemmen.'

'En waarom niet, Ottilie?' Irene krijgt het niet over haar lippen deze vrouw 'tante' te noemen hoewel ze dat, ook al weet ze het niet, wel is in de striktste zin van het woord. 'Wat heeft vroomheid met vrouwenrechten te maken? Maken wij vrouwen niet de helft van de mensheid uit? Werkt elke vrouw in de fabriek niet even hard als een man? En verzorgt ze daarnaast niet ook nog eens het huishouden en zijn kinderen? Of denk je gewoon dat jouws gelijken te dom zijn om mee te denken?'

Ottilie snakt verontwaardigd naar adem. Pauline grijpt in.

'Kom, kom,' sust ze. 'Leven en laten leven, dat heb ik altijd een goede stelregel gevonden. Leef je leven zoals jij het wilt, Ottilie! En laat Irene haar leven anders inrichten als dat haar beter bevalt.'

'Dat... Dat Franz zoiets toelaat!' Ottilie laat het er niet bij.

'Wat toelaat?'

'Wel, zulke opruiende meningen. Duidelijk beïnvloed door onze staatsvijanden waar volgens Gregor ook die socia... wel, die partij die Irene net heeft genoemd, bij hoort! En dan nog die schandelijke naaicursussen!'

'Helaas heb ik buiten naaien geen ander vak geleerd.' Irene kijkt haar koppig aan. 'Maar ik kan het zo goed dat ik het zelfs tot voorvrouw heb geschopt in het naaiatelier van Herbert Stockhausen. Daar heb ik veel arbeidsters met succes opgeleid.'

'Dat is al erg genoeg.' Ottilie neemt nu geen blad meer voor de mond. 'Het is al erg genoeg dat je je destijds zo moest vernederen om je brood te verdienen.'

'Vernederen? Wat is er vernederend aan eerlijk werk? Buiten het armzalige loon dat vrouwen verdienen!'

'Waarom hecht u zo'n belang aan die naaicursussen?' vraagt mevrouw Krämer.

'Ik wil helpen het leven van vrouwen gemakkelijker te maken. Ik moedig vrouwen ook aan geld bijeen te leggen, samen een machine te kopen. Als je er thuis niet meteen zes- tot achttien uur mee moet werken, helpt deze machine de eenvoudige huisvrouw de kleding van haar gezin te herstellen en netjes te houden. Vooral in families waar het inkomen laag ligt,' antwoordt Irene scherp.

'Maar lieve mevrouw Gerban! Windt u zich toch niet zo op! We zijn gewoon nieuwsgierig.' De vrouw van de hoofdinspecteur probeert de boel te sussen en zoekt om zich heen bevestiging.

'Het is bewonderenswaardig dat u nog wat wilt werken terwijl u van alle gemakken kunt genieten die u vroeger ontzegd werden. Misschien hebt u gewoon nog wat tijd nodig om ten volle de voordelen die uw stand met zich meebrengt te waarderen.'

Irene heeft er genoeg van en staat op. 'Excuseert u mij, dames. Ik wil even mijn handen wassen.'

Een moment aarzelt ze om door de danszaal naar het balkon te lopen om haar woede te koelen in de frisse buitenlucht. Het regent immers niet meer. Achter haar rug hoort ze de vrouwen opgetogen fluisteren, maar ze verstaat niet wat ze zeggen.

Ze is zich ervan bewust dat de blikken van alle aanwezigen, ook van die dames die niet bij hen aan tafel zitten maar wie de almaar luider klinkende woordenwisseling wellicht niet is ontgaan, op haar zijn gericht en daarom loopt Irene rechtstreeks naar de deur die op de trappenhal uitgeeft. Daar gaat ze naar een van de toiletten die zich aan het eind van elke gang achter de slaapkamers in de zijvleugels van het huis bevinden. Ze is zo in haar woedende gedachten verzonken dat ze bijna op het dienstmeisje Gitta botst die net de achtertrap vanuit de keuken komt opgerend.

'Verontschuldig mij, mevrouw!' Instinctief heft de jonge vrouw haar arm op alsof ze zich wil beschermen.

'Niet nodig!' antwoordt Irene. 'Vooral omdat ík bijna tegen jou aanliep.' Ze zwijgt plotsklaps als de gelige plek op het gezicht van Gitta haar weer opvalt. Ze verspert het meisje, dat geschrokken opkijkt, de weg.

'Ik wil je iets vragen, Gitta. Word je in dit huis geslagen?'

Gitta krimpt ineen en schudt dan in paniek het hoofd. 'Nee, mevrouw. Dat mag mevrouw in geen geval denken.'

Irene herinnert zich de stijve aanspreekvorm die ze als dienstmeisje in dit huis ooit ook had moeten gebruiken. Het was verboden de familieleden rechtstreeks aan te spreken. Aangezien Franz en zij veel minder formeel omgaan met de personeelsleden van het wijngoed, of het nu landarbeiders of dienstboden zijn, was ze deze ouderwetse aanspreekvormen bijna vergeten.

'En hoe kom je aan die blauwe plek op je wang?'

Gitta ontwijkt Irenes blik. 'Ik was onhandig en heb me gestoten. Maar die is nu bijna weg.'

'Waaraan heb jij je gestoten?'

'Een deur of een kast. Ik weet het niet meer precies.'

Irene kijkt Gitta onderzoekend aan. Het dienstmeisje liegt, dat is duidelijk. Voorzichtig legt ze haar hand op de arm van het kind dat onmiddellijk een pas achteruit zet.

'Luister goed naar wat ik zeg, Gitta. Ik denk dat je niet correct wordt behandeld. Als je ooit hulp nodig hebt, kom je naar Schweighofen en vraag je naar mij of Pauline Gerban, mocht ik er niet zijn,' voegt ze er met het oog op haar reisplannen nog aan toe.

7

Landau

22 mei 1878

Nerveus kijkt Irene voor de zoveelste keer op de oude wekker die ze heeft meegenomen naar haar eerste vrouwenbijeenkomst in herberg Zum silbernen Kreuz in Landau. Het is bijna half acht en nog steeds is er niemand terwijl de bijeenkomst binnen een paar minuten van start moet gaan.

Lene Krüger, die met Irene is meegekomen, zet nogmaals de rijen stoelen recht. Ook zij is zenuwachtig en mijdt Irenes blik. Ze beseft maar al te goed hoe teleurgesteld haar werkgeefster zal zijn als er niemand komt opdagen. Irene heeft dertig stoelen voorzien en rekent op ongeveer twintig vrouwen, dat zou ze al een behoorlijk succes vinden.

'Maar zelfs als er maar tien vrouwen komen, ben ik al tevreden,' heeft ze een uur geleden tegen Lene Krüger gezegd toen ze zich hun eenvoudige avondmaaltijd van Paltische worst en vers brood lieten smaken. Maar nu ziet het ernaar uit dat er buiten de waardin geen enkele vrouw op hun uitnodiging zal ingaan.

Nochtans was alles goed begonnen. De dag dat Irene Minna naar het station had gebracht was ze op het idee gekomen in de herberg, waar ze acht jaar geleden op haar vlucht uit Weissenburg had overnacht, te informeren naar ruimte. Ze had meteen geluk.

De voormalige barmeid en huidige waardin had de keurig geklede Irene niet herkend. Irene van haar kant wist meteen wie zij was. Ze sprak Greta Leyendecker, zoals ze inmiddels heet, aan en bracht haar in herinnering dat zij haar in contact had gebracht met haar tante, huishoudster in de nabijgelegen pastorie. Greta zelf was twee jaar geleden met de kastelein, inmiddels weduwnaar, getrouwd.

'O, jij bent de vrouw die die meedogenloze vrouw Färber kort voor Kerstmis op straat had gezet omdat je zwanger was,' herinnerde zich uiteindelijk ook mevrouw Leyendecker de toenmalige gebeurtenissen. Tot haar verdriet vernam Irene dat pastoor Hansberg de winter voordien overleden was en de tante van Greta inmiddels bij een pastoor in Edenkoben werkte.

'Ik had ze graag nog eens gezien en bedankt voor hun goede zorgen. Dat kerstfeest in de pastorie dat ik mocht bijwonen, was lang mijn enige lichtpuntje.'

Greta had Irene onderzoekend aangekeken. 'Maar die zware jaren heb je achter de rug, me dunkt. Wat brengt je nu hier?'

Irene had haar plannen aan de verbaasde, maar almaar meer geïnteresseerde waardin uitgelegd. 'U wilt een vrouwengroep oprichten die zich later misschien kan ontwikkelen tot een opleidingscentrum voor arbeidsters? Wat een bijzonder idee!'

'Denkt u dat dat kans van slagen heeft in Landau?'

Greta Leyendecker had het hoofd geschud. 'U weet dat we hier niet veel industrie hebben, alleen de borstelfabriek. Daarnaast zijn er nog een aantal manufacturen en natuurlijk werken veel vrouwen thuis voor de borstelfabriek of diverse tussenpersonen. Ze naaien onderhemden en linnengoed, rollen sigaren, beschilderen speelgoed en weet ik veel wat. Aan een vereniging voor arbeidsters heeft zeker nog niemand in Landau gedacht.'

'En hoe zit het met het garnizoen?' schiet het Irene opeens te binnen. 'Werken daar ook vrouwen?'

'Natuurlijk. En voor een hongerloon, kan ik u wel zeggen. Ze werken als wasvrouw, schoonmaakster en keukenhulp. Vaak van 's ochtends vroeg tot diep in de nacht.'

'Aan de borstelfabriek en de thuiswerksters heb ik gedacht, maar aan de vrouwen in het garnizoen niet. We moeten hen ook vermelden op onze affiches.'

'Dat was een van mijn volgende vragen. Op welke manier wilt u die vrouwen bereiken?'

'We willen aanplakbiljetten ophangen in de buurt van de borstelfabriek en in de stad. En daar komt het garnizoen nu ook bij.'

'Dan kan u maar beter toestemming vragen bij het stadsbestuur.'

'Waarom?' had Irene verbluft gevraagd. 'We willen de vrouwen alleen maar uitnodigen op een voorlichtingsavond. Het is geen politieke bijeenkomst. Dat is sowieso verboden voor ons vrouwen.'

'U kunt maar beter het zekere voor het onzekere nemen. Met een officiële stempel zullen overijverige gemeenteambtenaren uw affiches netjes laten hangen.'

Dat zag Irene ook in, al zou het haar voor de bijeenkomst zelf nog een extra bezoek aan Landau kosten.

'En waar ga je die bijeenkomst houden?' had Greta nieuwsgierig geïnformeerd.

Irene keek gedecideerd op. 'Als het mogelijk en betaalbaar is, graag in uw etablissement, mevrouw Leyendecker. Om die reden ben ik vandaag hier.'

'Ik moet dat eerst aan mijn man vragen, maar ik kan u de ruimte die we ter beschikking hebben misschien al laten zien.'

En de ruimte naast de gelagzaal bleek inderdaad uitermate geschikt voor de bijeenkomst die Irene plande. Ruim genoeg en er stond zowaar een klein podium. 'Hier treden soms rondtrekkende toneelspelers op,' had de kasteleinse uitgelegd.

De prijs die haar man vroeg voor de huur van de zaal, was wel even slikken. 'Twintig mark?' Irene had op maximaal de helft gerekend.

'Als waarborg. Dat vraag ik ook bij de toneelvoorstellingen. Als we als herberg genoeg verdienen, verlagen we de prijs naar tien mark. Die moet u sowieso betalen, ook als we meer dan tien mark omzet halen. Er kunnen in elk geval honderd mensen in de zaal als we alleen stoelen en geen tafels neerzetten.'

'Meer dan tien mark!' Irene herinnerde zich dat acht jaar geleden de prijs voor een overnachting in deze herberg al hoog was geweest. Zo'n omzet halen we nooit, denkt ze bij zichzelf.

Zelfs op de bijeenkomsten die Josef Hartmann voor en tijdens de staking in Lambrecht had gehouden, beperkten veel arbeiders zich tot een glas bier per avond. Een pul kostte toen ongeveer tien pfennig, een glas wijn dertig pfennig. En of de vrouwen die veel minder verdienen überhaupt genoeg geld hadden om iets te bestellen, was nog maar de vraag.

Snel had Irene een optelsom gemaakt in haar hoofd. Met de affiches die ze in Weissenburg wilde laten drukken, de kosten voor de treinreis voor haar en haar helpsters om de biljetten op te hangen, het vergoeden van hun inspanningen en de overnachting voor Lene en haarzelf na de bijeenkomst, kwam ze uit op minstens vijftig mark. Daar moest een arbeidster vier weken voor zwoegen, een thuiswerkster wellicht nog langer.

En nu ziet het ernaar uit dat alle voorbereidingen en uitgaven tevergeefs zijn geweest. En vanavond waren daar nog een paar mark bij gekomen omdat het stadsbestuur een vergoeding had geëist voor de vergunning.

De wijzer staat op kwart voor acht. Irene zakt de moed in de schoenen. Alleen al de gedachte aan de moeite die het hun heeft gekost om een week geleden de affiches op te hangen. De hele dag hadden ze in paren door Landau gelopen om alle honderd aankondigingen op te hangen. 's Avonds waren ze met de nachttrein naar Parijs pas tegen kwart voor elf weer in Weissenburg aangekomen.

En nu dit. Om kwart over acht geeft Irene het op. Ondanks haar teleurstelling beseft ze dat ze in elk geval nog een paar mark kunnen uitsparen. 'Als we vandaag nog naar Weissenburg terugrijden, ziet u dan af voor de kosten voor de overnachting?' vraagt ze aan de waardin. 'De trein vertrekt om tien uur. Normaal zouden we die niet meer hebben gehaald, maar nu...' Ze maakt haar zin niet af, ze krijgt het niet meer gezegd.

Greta knikt. In haar ogen staat medelijden te lezen. 'Ik had graag zo'n bijeenkomst meegemaakt. Mijn man zou de overnachting in rekening hebben gebracht, maar ik neem dat op me. En ook het avondeten. Mocht u voor uw vertrek nog een glas wijn of bier willen, dan is dat ook van het huis.'

Wijnhandelshuis Blauberg & Zonen in Berlijn

22 mei 1878

'Mag ik u vragen nog even te blijven, mijnheer Gerban.' Arnold Blauberg strijkt over zijn verzorgde snor. 'Ik verwacht een belangrijke klant die de wens te kennen heeft gegeven persoonlijk met u kennis te maken.'

Franz is verrast. 'En waarom, als ik vragen mag?'

Blauberg glimlacht fijntjes. 'Graaf von Sterenberg, zo heet de man, maakt deel uit van het corps diplomatique van de Oostenrijkse ambassade. Op hun nieuwjaarsreceptie hebben ze dit jaar uw wijnen geserveerd, onder meer ook de heerlijke ijswijn. Sindsdien behoren de ambassade en ook de graaf tot mijn beste klanten wat de producten van het wijngoed Gerban betreft.'

'Dat is geweldig,' bevestigt Franz. 'Natuurlijk blijf ik daar graag nog wat langer voor.'

Zelf weet hij niet goed wat hij van het verzoek van de graaf moet denken. Blauberg had hem enthousiast verteld dat hij de wijnen in het afgelopen winterseizoen, dat in Berlijn loopt van januari tot maart, had geleverd voor diverse bals en liefdadigheidsevenementen. De ijswijn van het topjaar was zelfs op het hofbal geserveerd. De Oostenrijkse ambassade onderscheidt zich dus niet echt van de andere prominente klanten van Blauberg.

Het komt Franz eigenlijk niet goed uit op de graaf te moeten wachten. Vanavond heeft hij een afspraak met Carl August Schneegans en een aantal andere volksvertegenwoordigers van de autonomisten. Morgen staat er een belangrijk debat op de agenda van het parlement.

Op 11 mei was er een aanslag op keizer Wilhelm verijdeld. De dader, Max Hödel, was een bekende socialist. Alhoewel hij al voor de moordpoging vanwege zijn radicale ideeën uit de SAP was gezet en de keizer gelukkig ongedeerd was gebleven, dreigt dit een ramp te worden voor de socialistische partij. Het gerucht gaat dat rijkskanselier Bismarck het gebeuren zal aangrijpen om wetgeving te eisen die de invloed van de socialisten aanzienlijk zal inperken.

Net als veel andere afgevaardigden vinden ook de autonomisten dat geen goed idee, hoewel alle partijen zich natuurlijk van de aanslag hebben gedistantieerd, met name het handjevol parlementsleden van de SAP, onder wie ook August Bebel over wie Irene het al vaker heeft gehad.

Franz is dus dubbel benieuwd naar het debat, het eerste dat hij zal bijwonen en dat meteen over zo'n interessant onderwerp. Hij is ook nieuwsgierig naar de figuur van August Bebel.

Vanavond willen de autonomisten hem inwijden in de procedures in de Rijksdag. Voor het gezamenlijke diner wil Franz graag nog een heet bad nemen en zich opfrissen. De laatste tijd heeft hij na een drukke dag vaak last van zijn rug. Dokter Frey, zijn huisarts, wijt dit aan zijn verminking die na jaren van ongelijke belasting door het ontbrekende been nu ook gevolgen heeft voor zijn ruggengraat. Warmte doet wonderen en verlicht de pijn.

Maar de firma Blauberg & Zonen is inmiddels goed op weg een van de belangrijkste en solvabelste klanten van de wijnhandel Gerban te worden. Nu de rosé van Franz ook hier in de smaak is gevallen, wordt het voor Franz zelfs moeilijker zijn andere trouwe klanten zoals altijd te voorzien van de door hen gewenste hoeveelheid wijn uit het bestaande assortiment en de nieuwigheden.

Hij weet nog niet hoe hij dit gaat oplossen. Enerzijds is het een aantrekkelijke gedachte niet meer zoveel steden in Duitsland te hoeven aandoen, anderzijds wil hij niet afhankelijk worden van een paar grote klanten of zich gedwongen zien zijn internationale activiteiten af te bouwen.

Franz probeert zijn tegenzin te verbergen, maar Blauberg heeft het toch in de gaten. 'Graaf von Sterenberg is lid van de Oostenrijkse hoge adel en behoort tot de kleine kring van mensen die aan het Weense hof worden ontvangen. Dat is niet voor elke Oostenrijkse edelman weggelegd. Daar heb je zestien hoogedele voorouders voor nodig. Nouveau riches die alleen de titel van baron hebben gekregen, zijn daar niet welkom.'

Franz begrijpt dat Blauberg via zijn relatie met Von Sterenberg toegang tot het Oostenrijkse keizerlijke hof wil krijgen. Als hem dat lukt zal dat Franz' dilemma alleen maar vergroten. Uitbreiden tegen elke prijs is nooit mijn ambitie geweest, denkt hij bij zichzelf. Maar nog voor Blauberg verder op het onderwerp kan ingaan, klinkt de klopper. Even later leidt Hermann Gehl, zijn partner, de gast het proeflokaal binnen.

Blauberg springt haastig op en begroet de graaf uitvoerig met een handdruk en een diepe buiging. Vervolgens wijst hij naar Franz die ook is opgestaan.

'Heer graaf, mag ik u mijnheer Franz Gerban uit Weissenburg in de Elzas voorstellen. Van zijn landerijen zijn die prachtige wijnen afkomstig die zo bij u in de smaak vielen.'

'Graaf Eberhard von Sterenberg. Aangenaam.' De graaf schudt Franz kort de hand. 'Ik begrijp het niet zo goed. Ik dacht dat u Paltswijnen verbouwde.'

'De klopt ook, hoogedele graaf. De hoofdzetel van de wijnhandel ligt in Weissenburg in de Elzas, het wijngoed van wijlen mijn vader ligt echter volledig in de zuidelijke Palts.'

'Hoe komt het dat u op verschillende locaties actief bent?' De graaf pakt de draad weer op nadat ze zijn gaan zitten en een assistent is verteld welke wijnen ze willen proeven. 'Minder dan tien jaar geleden lag er zelfs nog een grens tussen de twee gebieden.'

'Mijn moeder is Française en heeft de wijnhandel als het ware meegebracht in het huwelijk,' vereenvoudigt Franz de toedracht. 'Onze wijnen zijn daarentegen altijd afkomstig geweest van de wijngaarden in de Palts.'

'Heel interessant!' Er glijdt een uitdrukking over het gezicht van de graaf die Franz niet kan duiden.

'En uw vader is overleden?' Tot Franz' verbazing gaat hij in op een onderwerp dat hij geenszins heeft verwacht.

Hij knikt echter instemmend. 'Een paar jaar geleden al, heer graaf. Sindsdien sta ik aan het hoofd.'

'We hebben helaas pas driekwart jaar geleden contact gelegd.' Blauberg trekt het gesprek naar zich toe.

'Beter laat dan nooit.'

Franz gebruikt het gesprek van de groothandelaar en de graaf over het assortiment, waarvan natuurlijk niet alleen de wijnen van Gerban deel uitmaken, om Von Sterenberg verholen te bestuderen.

De graaf is een gedistingeerde verschijning die Franz eind vijftig schat. Zijn donkere haar is grijs geworden; alleen in zijn verzorgde snor boven de voor een man iets te volle lippen, is hier en daar nog wat zwart te zien. Het meest opvallende zijn de ijsblauwe ogen die niets lijken te missen. Zijn slanke, enigszins pezige lichaam doet vermoeden dat de graaf veel aan sport doet.

Een gepassioneerd ruiter, denkt Franz. Von Sterenberg draagt een uniform met decoraties die Franz – hij weet weinig van de Oostenrijkse militaire eenheden – niet precies kan identificeren. Waarschijnlijk behoren ze tot een cavalerie-onderdeel waarin de graaf in elk geval de rang van kolonel heeft bereikt.

'Helaas ben ik nog nooit in de regio geweest waar u vandaan komt.' Von Sterenberg wendt zich nu weer tot Franz. 'Maar naar verluidt zijn de Elzas én de Palts buitengewoon mooie streken.'

'Ja, zeker een reis waard,' mengt Blauberg zich weer in het gesprek. Er verschijnt kort een trek van ongenoegen op het gezicht van de graaf. De wijnhandelaar werkt hem duidelijk op de zenuwen.

'Mag ik vragen uit welk deel van Frankrijk waarde uw moeder afkomstig is?'

'Uit Straatsburg, de hoofdstad van de Elzas. Haar vader had daar een grote wijnhandel. Helaas is hij jong gestorven. Zijn hele vermogen verviel aan zijn enige dochter, die het in het huwelijk heeft ingebracht.'

Opnieuw ziet Franz die vreemde uitdrukking bij de graaf.

'Nu, dan zit de wijn u via beide ouders in het bloed. Geen wonder dat u zulke heerlijke producten maakt.'

Hij haalt zijn gouden zakhorloge tevoorschijn. Franz vangt een glimp op van de initialen die in het deksel zijn gegraveerd. 'E.F.' leest hij. Daaronder staat een wapenschild dat Franz niet meteen herkent en een naam die met een 'S' begint; Sterenberg, vermoedt Franz.

'Mag ik vragen uit welke regio u komt, heer graaf? Oostenrijk heeft tenslotte ook een hele reeks beroemde wijngaarden.'

Blauberg kijkt hem ontstemd aan, maar Franz negeert dit. Natuurlijk heeft de Berlijnse handelaar er geen belang bij de aandacht van de graaf op zijn eigen nationale wijnen te richten.

'Het stamgoed van mijn familie ligt in Stiermarken, maar daar verblijft mijn broer als majoraatsheer slechts een paar weken in de zomer. We wonen overwegend in ons stadspaleis in Wenen.'

Aha, een jongere zoon, denkt Franz bij zichzelf. Ook in Duitse adellijke families is het de gewoonte dat de oudste zoon het volledige familievermogen erft om te voorkomen dat de bezittingen in kleine delen uiteenvallen door voortdurende verdelingen van het erfgoed.

De andere zonen komen meestal in het leger of diplomatieke dienst terecht. Kennelijk heeft Von Sterenberg beide carrièrepaden bewandeld.

De graaf staat op en de drie andere mannen aan de tafel volgen zijn voorbeeld. Wanneer Franz zijn gewicht op zijn linkerbeen zet, glijdt de stomp gedeeltelijk uit de prothese. Hij struikelt en zijn gezicht is verwrongen van pijn.

'O, u bent gewond geraakt?' De graaf herkent Franz' invaliditeit onmiddellijk. 'In die vreselijke oorlog met de Fransen zeker waar Oostenrijk zich gelukkig niet in heeft gemengd.'

Franz knikt, maar doet er verder het zwijgen toe.

'Als jonge cavalerist ben ik ook in de strijd verwikkeld geraakt.' De graaf bevestigt hiermee het eerdere vermoeden van Franz. 'Meerdere malen ben ik gewond geraakt, gelukkig niet verminkt. De littekens zijn echter nog steeds zichtbaar.'

Bij het woord 'verminkt' gaat er een steek door de borst van Franz. Maar de man heeft wel gelijk en het wordt tijd dat ik eraan ga wennen, bedenkt hij.

De graaf neemt afscheid van Franz. 'Tot ziens. Ik wens u veel succes met uw wijnhandel. En als u nog eens in Berlijn bent, zien we elkaar wie weet nog eens.'

Hij geeft ook Blauberg een hand. 'Hartelijk dank voor het inwilligen van mijn verzoek. Het was heel interessant deze veelbelovende jongeman persoonlijk te leren kennen.'

'O ja!' Von Sterenberg is al bij de deur als hij zich omdraait. 'Nu vergeet ik nog bijna mijn bestelling.'

De geforceerde glimlach op het gezicht van Blauberg verdwijnt spoorslags. Ook zijn partner haalt zichtbaar opgelucht adem. 'Twintig flessen van die heerlijke spätburgunder die u me net hebt geserveerd. Af te leveren bij de ambassade. Dat is toch een wijn van Gerban?'

Blauberg maakt een buiging. 'Natuurlijk, heer graaf. Ik dank u hartelijk en hoop dat u ons spoedig weer met een bezoek zal vereren.'

'Dat doe ik zeker, goede vriend. Dat doe ik zeker,' bevestigt Von Sterenberg. Met een laatste blik op Franz verlaat hij het pand.

Het wijngoed bij Schweighofen

23 mei 1878, de volgende ochtend

'Je had nooit zo laat nog naar huis mogen reizen, Irene,' berispt Pauline haar schoondochter de volgende ochtend bij haar late ontbijt. 'Die paar marken voor de overnachting halen ook niets uit. En ik voel me niet prettig bij de gedachte dat jij zo laat op de avond nog als vrouw alleen met de trein onderweg was en in Weissenburg zelfs nog een huurkoets hebt moeten zoeken.'

'Ik was niet alleen. Lene Krüger was erbij en in Landau heeft de knecht van de herberg ons naar het station gebracht en hij is bij ons gebleven tot de trein vertrok.'

Pauline zucht hoorbaar. 'Alles goed en wel, Irene, maar Franz zou het zeker niet leuk hebben gevonden. Eet je ontbijt nu maar op voordat het koud wordt.'

Irene kijkt naar haar bord en probeert nog een paar happen naar binnen te spelen van de heerlijke omelet die de kokkin op verzoek van Pauline heeft klaargemaakt. Ze heeft nauwelijks geslapen en er liggen donkere kringen onder haar ogen.

'Wat zal Franz hiervan zeggen?' Eindelijk durft ze de vraag die haar al de hele tijd bezighoudt te uiten. 'Hij heeft me heel royaal het geld voor de bijeenkomst gegeven en nu blijkt het allemaal voor niets te zijn geweest.'

Pauline wuift dit weg. 'Maak je daar maar geen zorgen over. Voor zover ik weet gaan de zaken goed. Hij heeft niet voor niets weer een afspraak bij de wijngroothandel van Blauberg in Berlijn.'

Irene legt haar vork neer. Haar maag knijpt samen.

'Hij wil uitzoeken of hij zich kandidaat zal stellen voor een Rijksdagmandaat. Dat is de werkelijke reden van zijn reis.' Franz zal zijn doel bereiken, ik niet, denkt ze uitermate somber bij zichzelf.

'Ik denk eerder dat Franz twee vliegen in één klap wil slaan. De zaken en de politiek voeren hem naar de hoofdstad.' Pauline kent haar goed. 'En voor je gaat piekeren over Franz' politieke ambities terwijl jij alleen echtgenote en moeder mag zijn, kunnen we beter eens nadenken over de reden dat er niemand op je uitnodiging voor de bijeenkomst is ingegaan.'

Irene kijkt verbitterd op. 'Dat is toch duidelijk. Geen enkele vrouw die de hele dag aan het zwoegen is heeft 's avonds nog de puf om naar een voorlichtingsbijeenkomst te komen. Daar we het eigenlijke doel niet op de affiches konden vermelden omdat de bijeenkomst dan verboden zou worden, dachten de vrouwen wellicht dat ze op een saaie voordracht zouden worden getrakteerd. En daar hebben ze zeker geen zin in.' Hierover had ze vannacht liggen nadenken.

'Wat stond er precies op de affiches? Ik heb ze niet gezien omdat je meteen nadat je ze bij de drukker in Weissenburg had opgehaald naar Landau bent doorgereisd.'

'We hebben reclame gemaakt voor de opleiding van arbeidersvrouwen,' antwoordt Irene moe.

'Hoe precies? In welke bewoordingen?'

'"Aan alle werkende vrouwen in Landau! Als u zin en tijd hebt om u verder te ontwikkelen, nodigen wij u graag uit in herberg Zum silbernen Kreuz in de Königstrasse. De bijeenkomst vindt plaats op woensdagavond 22 mei, om half acht,"' reciteert Irene met tegenzin de tekst van de affiche die ze uit haar hoofd kent. '"Mevrouw Irene Gerban uit Weissenburg zal de bijeenkomst leiden en jullie vertrouwd maken met de diverse opleidingsmogelijkheden voor vrouwen. De toegang is gratis."'

Pauline tuit haar lippen en ademt dan diep in. 'Je hebt gelijk, dat is geen aanlokkelijk aanbod voor vrouwen die de hele dag op de been zijn en 's avonds doodop thuiskomen. Vooral omdat ze om half acht meestal nog lang niet klaar zijn met hun dagtaak.'

'Je bedoelt dat het saai en oninteressant klinkt?'

Pauline knikt. 'Ja, als ik heel eerlijk ben.'

'Hoe hadden we het volgens jou dan moeten formuleren?'

Pauline denkt na. 'Ik vraag me eerder af welke stimulans je kunt bieden opdat er überhaupt iemand verschijnt.'

'Een stimulans bieden? Wat bedoel je daarmee?'

'Je hebt me ooit verteld dat de shift van fabrieksarbeidsters vaak tot zeven uur 's avonds duurt. Dan hebben die vrouwen niet eens iets gegeten als het om half acht begint.'

Er gaat een lichtje branden bij Irene. 'Denk je dat een gratis maaltijd hen naar de herberg zou lokken?'

'Dat zou wel eens kunnen werken en het hoeft niets uitgebreids te zijn. Een stevige maaltijdsoep met spek of worst is al voldoende.'

Irene denkt luidop na. 'De waard vraagt in elk geval twintig mark voor de zaal. Tien mark scheldt hij ons vrij als de bijeenkomst hem een behoorlijke omzet oplevert. Ik kan hem aanbieden elke vrouw die naar de bijeenkomst komt op mijn kosten een bord soep te serveren. Het eten daar is heel lekker.'

Pauline reageert enthousiast. 'In plaats van de kastelein de hele som zomaar te geven, betaal je hem twintig pfennig voor elk bord soep. Of dertig pfennig voor mijn part als hij er lekkere worst bij doet. Voor die tien mark, die je nu moest betalen zonder dat er iets tegenover stond, kunnen zich dan minstens dertig vrouwen tegoed doen aan een voedzame maaltijd. Als je nu ook nog de tekst op de affiches wervender maakt, zal je niet meer voor een lege zaal staan.'

'Hoe kan ik de tekst interessanter maken?'

'Misschien kun je de vrouwen advies in plaats van een opleiding bieden. Hulp en uitwisseling van ideeën met gelijkgezinden. Iets in die zin!'

Irene denkt erover na. 'Ik maak meteen een nieuwe opzet. Wil jij er dan straks naar kijken?'

Pauline glimlacht. 'Onder één voorwaarde! Dat je eerst je ontbijt opeet.'

Een uur later klopt Irene aan de deur van Pauline. Met een blad papier in de hand stapt ze de kamer in waar Pauline in haar gemakkelijke stoel zit te borduren.

'Vooruit! Laat zien! Of beter nog. Lees maar voor!'

'"Arbeidsters van Landau! Dag na dag verzetten jullie ongelooflijk veel werk. Met veel uren handarbeid dragen jullie bij aan het levensonderhoud van jullie gezin en daarnaast zorgen jullie ook nog voor het huishouden en de kinderen! Tijd voor rust is er vrijwel nooit!

Daarom nodig ik jullie" – hier vul ik dan de datum nog in – "uit in herberg Zum silbernen Kreuz voor een stevige maaltijd op mijn kosten. Daar kunnen jullie met andere vrouwen die in dezelfde situatie zitten van gedachten wisselen en elkaar adviseren.

Mevrouw Irene Gerban uit Weissenburg, zelf ooit dienstbode en fabrieksarbeidster, verheugt zich op uw komst."'

'Geweldig!' Pauline klapt in haar handen. 'Echt geweldig! De tekst maakt mensen nieuwsgierig naar wie het zich kan veroorloven zo vrijgevig te zijn. Anderzijds verleid je hen met een voedzame maaltijd.'

'Zal ik de affiches zo laten drukken?'

'Misschien is de tekst wat te lang voor een affiche. Maar je zou voor het garnizoen en de borstelfabriek ook pamfletten kunnen uitdelen. De langere tekst leent zich daar perfect toe.'

'Dat maakt het wel allemaal nog duurder. De drukkosten zijn inmiddels gestegen en om die dingen uit te delen moeten we misschien nog een nacht in Landau logeren.'

'Mocht dat zo zijn, dan is dat niet erg. En als je nu eens vijftig in plaats van honderd affiches laat drukken en die aanvult met folders die je uitdeelt bij het uitgaan van de fabriek en het garnizoen? Dan kun je de trein van tien uur in Landau nog halen. Later dan gisteren zal het niet worden en de kosten zijn niet wezenlijk hoger!'

'Denk je dat Franz akkoord zal gaan met een tweede poging? En wat als ook die mislukt?' De moed zakt Irene opeens in de schoenen.

'Breek daar je hoofd maar niet over! Franz zit nog in Berlijn. We vragen het hem pas als je alle voorbereidingen hebt getroffen. Intussen geef ik je het geld voor de volgende bijeenkomst. Dat is jouw wens me zeker waard!'

'En Peter kan je de volgende keer met de landauer in Weissenburg ophalen als je weer zo laat aankomt,' voegt Pauline er nog aan toe.

Villa Stockhausen in Oggersheim

Mei 1878

'Ik moet toegeven dat ik je niet begrijp, lieve Herbert.' Tante Ilse kijkt haar neef over de gouden rand van haar bril kritisch aan. 'Op zijn zachtst gezegd verbaast het me dat jij je zo laat meeslepen door kletspraatjes van bedienden.'

Herberts bolle gezicht loopt rood aan. Hij wrijft over zijn linkerarm. 'Theobald werkt hier al meer dan vijftien jaar,' verdedigt hij zich. 'Als hij me zegt dat hij nog nooit zo weinig en zo karig te eten heeft gekregen, dan moet daar wel iets van waar zijn.'

'Maar je had je toch minstens eerst tot mij of Mathilde kunnen wenden voor je de twee dienstmeisjes en de kokkin ging bevragen.'

Mathilde verstopt haar glimlach achter haar hand. Ze had nooit verwacht dat Herberts gehate tante haar zou steunen.

'Je mag ook niet vergeten dat Mathilde als vrouw des huizes gezichtsverlies leidt door zulke acties. Hoe moet ze, jong als ze is, respect afdwingen bij het personeel als jij haar zo in de rug aanvalt,' gaat Ilse op dezelfde toon verder.

Het gezicht van Herbert wordt nu nog roder. 'Ho maar! Ik wil eerst weten of deze beschuldigingen steek houden.'

'Mathilde,' wendt hij zich streng tot zijn vrouw. 'Theobald en de vrouwelijke dienstboden beweren dat ze al bijna vier weken twee sneden droog brood en dunne havermoutpap voor ontbijt krijgen. Geen boter, geen jam, geen honing zoals vroeger. En daarbij alleen nog slappe koffie van cichorei.'

'Uitgezonderd op zondag,' verdedigt Mathilde zich. 'Dan mogen ze brood met pruimenjam of een andere confituur.'

Herbert snuift en negeert het antwoord van Mathilde. 'En 's avonds krijgen ze op werkdagen uitsluitend brood met kwark of reuzel. Geen worst, geen kaas, zelfs niet de meest goedkope soorten, of bloed- en leverworst terwijl ze daar vroeger meer dan genoeg van kregen. Als drank water of kruidenthee. Geen bier voor Theobald of cider voor de vrouwen. Dat is allemaal van het menu geschrapt.'

'Ik zie niet in wat daar mis mee is,' mengt tante Ilse zich weer in het gesprek. 'Dat eten eenvoudige mensen, niet alleen onze dienstboden. In andere huizen gaat het precies zo.'

Herbert negeert ook deze tegenwerping. 'En het vreemdst van al vind ik dat er voor het middagmaal blijkbaar elke week al maandenlang hetzelfde op het menu staat.' Hij pakt zijn lorgnon en een briefje.

'Maandag: erwtensoep. Dinsdag: gortepap. Woensdag: aardappelsoep. Donderdag: in de schil gekookte aardappelen met kwark. Vrijdag: linzensoep. Zaterdag: karnemelkpap. En alleen op zondag vlees of vis, dat wil zeggen: aardappelen, groenten en een zure haring of goedkope worst.'

Nu krijgt ook Mathilde een rood hoofd. 'Zo heb ik het op de school voor meisjes van hogere komaf in Landau geleerd. Dienstboden eten maaltijdsoep met alleen goedkope vis of gewoon vlees.'

'Soep zonder spek of worst? Met een enkele snede droog bruinbrood? En dat elke werkdag? Heb je dat op het internaat geleerd?'

'Als ze altijd hetzelfde eten kan ik de uitgaven voor het huishouden gemakkelijker bijhouden,' verduidelijkt Mathilde. Tante Ilse knikt instemmend.

'Mathilde is in dat opzicht veel beter geworden. Vorige maand heeft ze maar tachtig mark uitgegeven in plaats van de honderdvijftig die je haar geeft.'

Herbert haalt diep adem, zijn uitdrukking verzacht. 'Misschien heb je het wat te goed willen doen met het sparen, lieve Mathilde. Misschien zijn we wat te streng tegen je geweest.'

Tante Ilse fronst afkeurend het voorhoofd, maar zegt niets.

'Maar ik vind het heel belangrijk dat de dienstboden goed te eten krijgen. Ze werken hard, vaak nog harder dan mijn fabrieksarbeiders, en daarom heb ik het volgende besloten en al doorgegeven aan de kokkin: vanaf vandaag krijgen ze 's ochtends weer boter en jam of honing bij het ontbijt en zoveel brood als ze willen. En op zondag een zachtgekookt eitje. 's Avonds zoals voorheen twee soorten kaas of worst bij het brood. Op zondag zelfs drie.'

'Maar...' Tante Ilse valt hem in de rede.

'Laat me uitpraten, tante! 's Middags krijgen ze maximaal drie keer per week soep met brood waarvan iedereen zijn buik vol kan eten. Op normale werkdagen met spek of goedkope worst, op vrijdag met gerookte vis. Op de andere dagen eenvoudige andere maaltijden.'

'Wat versta je onder "eenvoudige andere maaltijden"?' vraagt Ilse bits.

Herbert wrijft weer over zijn arm. 'De kokkin heeft me verschillende, in mijn ogen redelijke suggesties gedaan: gebakken aardappelen met zult, gehaktbrood, knoedels, deegballetjes met speksaus en zo verder. Dat lijkt me niet belachelijk duur of pretentieus.'

'En op zondag? Wat moeten de bedienden dan op zondag eten?' vraagt Mathilde.

'Wat stel je voor, mijn liefste?'

Mathilde glimlacht en denkt even na. 'Een varkenskarbonade voor iedereen? Of ook eens een varkenspootje of buikspek? Ben je dan weer tevreden over me?'

Herbert beantwoordt haar glimlach. 'Zolang je alle uitgaven in het huishoudboekje zorgvuldig blijft controleren, mijn lieve schat, en er niet meer uitgegeven wordt dan honderdvijftig mark.'

'Dat beloof ik je,' femelt Mathilde.

'Maar daar ben ik het niet mee eens, Herbert.' Tante Ilse verheft haar stem. 'Ik heb mijn uiterste best gedaan Mathilde te leren zuinig de huishouding te voeren. En zoals je zelf hebt kunnen zien is me dat ook gelukt. Nu zullen de kosten weer snel exploderen. Neem dat maar van me aan.'

'Lieve tante, ik ben je heel dankbaar voor je inspanningen, maar soms ben je hier thuis en ook in het naaiatelier een beetje te streng.' Mathilde kan haar oren niet geloven. Nooit eerder heeft haar man zijn hooggewaardeerde tante in haar bijzijn bekritiseerd.

'Een volle maag studeert niet graag.' Ilse probeert er toch nog iets tegen in te brengen.

'Van studeren is hier geen sprake. De mensen moeten tevreden hun werk doen. Dat leidt in de fabriek en wellicht ook in het huishouden tot betere prestaties. Maar op een lege maag lukt dat niet.'

Ilse loopt nu ook rood aan. Ze bijt op haar lip, maar zegt niets.

Herbert wendt zich weer tot Mathilde. 'Hoeveel denk je dat het eten voor de dienstboden extra zal kosten?'

'Twintig, misschien dertig mark per maand, afhankelijk van hoe zuinig Herta inkoopt,' antwoordt ze zoetjes.

Herbert klopt op Mathildes hand. 'Dat moet jij dan maar in de gaten houden.'

Mathilde knikt. 'Mag ik nog één ding voorstellen, mijn liefste?'

'Maar natuurlijk, schat. Waar denk je nog aan?'

Gespeeld verlegen wringt Mathilde haar handen. Ze geniet met volle teugen van haar eerste triomf over tante Ilse.

'Ik laat elke zondag een taart bakken voor bij de thee. Een slagroomtaart of toch minstens een kwarktaart. Misschien kan Herta ook voor het personeel iets bakken? Niet te duur natuurlijk. Ik dacht aan een cake met appel of ingemaakt fruit. Wat denk jij? Dat kost maar een paar pfennig meer.'

Herbert straalt. 'Wat een slim vrouwtje heb ik toch! Dag na dag leert ze meer over hoe ze het me naar de zin kan maken zonder dat ik het haar speciaal hoef te vertellen.'

Hij geeft Mathilde een kuise kus op haar voorhoofd. 'Geef hun nog wat slagroom of een kop echte koffie als je tijdens de week tevreden over hen was. Dat zullen ze enorm waarderen.'

Hij haalt zijn zakhorloge tevoorschijn. 'O, maar nu moet ik me haasten wil ik stipt op tijd op kantoor zijn. Tante Ilse en ik moeten terug aan het werk. Fijne middag, lieve schat.'

'Dat zal wel lukken.' Mathilde strekt haar hals uit en geeft Herbert een kus op zijn wang. Herbert merkt niets van de valse blik die ze tante Ilse over zijn schouder toewerpt.

8

De Rijksdag in Berlijn

24 mei 1878

'Het resultaat van de stemming is als volgt: van de driehonderdennegen aanwezige leden hebben tweehonderdeenenvijftig leden tegen en zevenenvijftig voor gestemd,' verkondigt de voorzitter van de Rijksdag met welluidende stem.

Hoewel hij dit had verwacht, haalt Franz opgelucht adem. Gisteren heeft hij met de bezoekerspas die Carl August Schneegans hem had bezorgd het controversiële debat van op de publieke tribune gevolgd.

Een grote meerderheid heeft de 'Wet ter afwending van sociaaldemocratische ongeregeldheden' – een voorstel van de rijkskanselarij en met name van rijkskanselier Bismarck zelf – verworpen. Franz is blij, maar het debat van gisteren baart hem toch zorgen.

Want ook de afgevaardigden die zich strijdend met woorden tegen de wet uitspraken die de rechten van de SAP enorm zou hebben ingeperkt, trokken tegelijkertijd in bijna even harde bewoordingen van leer tegen de sociaaldemocratische idealen en basisprincipes.

Franz worstelt met gemengde gevoelens: enerzijds begrijpt hij heel goed waarom haar ervaringen in het verleden Irene aanzetten op te komen voor de rechten van arbeidsters. Het lot van Emma houdt hem ook nog altijd bezig, temeer omdat er nog steeds geen spoor is van de meisjes Schober.

Anderzijds kan zijn vrouw in zo'n vijandig politiek klimaat rekenen op afwijzing of zelfs uitsluiting door de leden van haar sociale klasse als ze openlijk voor haar socialistische ideeën uitkomt. Al helemaal als ze zich daarbij ook waagt aan 'politieke opruiing', zoals het uitdragen van de sociaaldemocratische idealen ook wel wordt genoemd. En, gezien de debatten van de dag voordien, zal dat zeker een weerslag hebben op zijn kansen als kandidaat van de Elzasser autonomisten. Om maar te zwijgen over het verwijt dat hij thuis onder de plak zit als hij Irene haar gang laat gaan.

Helaas heeft hij zich ook geen beeld kunnen vormen van de sociaaldemocraten in het parlement. 'We nemen niet deel aan de discussie, wel aan de stemming,' had hun woordvoerder, Wilhelm Liebknecht, meteen na de openingsrede waarin de minister het wetsvoorstel rechtvaardigde, verklaard. Bismarck zelf was ziek en dus niet aanwezig.

'We distantiëren ons ook uitdrukkelijk van de daad van deze op eigen houtje handelende gek,' had Liebknecht er nog aan toegevoegd zonder er een geheim van te maken hoe onwaardig hij dit debat naar aanleiding van de aanslag op keizer Wilhelm vond. Voor de SAP is dit duidelijk niet meer dan een voorwendsel om de groeiende politieke invloed op leden van de lagere sociale klassen een halt toe te roepen.

En dus kan Franz zich ook geen voorstelling maken van August Bebel die weliswaar aanwezig was, maar net als zijn partijgenoten – op een paar interrupties bij bijzonder provocerende uitspraken van de spreker na – niet actief had deelgenomen aan het debat. Naast zijn bezorgdheid over Irenes plannen, is er nog iets wat Franz bezighoudt: hij heeft veel geleerd over de werking van het parlement, of liever gezegd over het gebrek aan arbeidsethos van veel afgevaardigden.

Gisteren was het hem al opgevallen dat veel stoelen in de halfronde plenaire zaal leeg waren hoewel het toch om een belangrijk en opzienbarend onderwerp ging. En ondanks de hoofdelijke stemming waren er vandaag nog meer parlementsleden afwezig, vaak zonder geldige reden. Ook August Bebel is, zij het wel verontschuldigd, niet komen opdagen.

Franz had Carl August Schneegans al gevraagd naar dit fenomeen. 'Er is geen aanwezigheidsplicht in het parlement,' klaagde de man. 'En dat is meteen ook de reden waarom opnieuw geen enkele van de vijf leden van de protestpartij aan de zitting heeft deelgenomen.'

Maar de leider van de autonomisten ergert zich vooral aan Xaver Nessel, de afgevaardigde voor het kiesdistrict Hagenau-Weissenburg. 'Nessel is niet eens in Berlijn geweest. Hij heeft zijn verkiezing destijds aanvaard, maar geeft geen moer om zijn mandaat. Dus zelfs als u zich niet kandidaat zou stellen, gaan we niet meer met Nessel in zee.'

Het verbaast Franz ook dat veel afgevaardigden in hun argumentatie voor het verwerpen van het wetsvoorstel zich zo openlijk tegen de staatsmacht hadden uitgesproken. Het gaat hun blijkbaar helemaal niet om de sociaaldemocraten die enorme nadelen vrezen van de wet. Zij zien de pogingen van de regering om zich zo te kanten tegen de SAP louter als een falen om nalatigheden in het verleden recht te zetten. Franz kan zich alleen inleven in de redenering dat onderdrukking van de sociaaldemocratische ideeën met politiegeweld de aantrekkingskracht van de SAP eerder zal verhogen dan inperken en de partij zelfs ondergronds kan doen gaan.

Daarom lijkt de tegenstem van veel parlementsleden eerder een tactische zet dan een serieuze poging de SAP van betrokkenheid bij de aanslag vrij te pleiten. Dat stuit Franz tegen de borst.

Bijzonder beschamend vindt hij dat uitgerekend de afgevaardigden uit Elzas-Lotharingen vandaag een zielig figuur hebben geslagen. Naast de autonomist Nessel en de vijf leden van de protestpartij, waren nog eens twee autonomisten en drie afgevaardigden van de katholieken, ook goed voor vijf zetels in de Rijksdag, afwezig. Uiteindelijk hebben er dus vier van de vijftien afgevaardigden gestemd; tegen het wetsvoorstel, dat wel. Geen wonder dat we politiek niet serieus worden genomen, bedenkt Franz boos.

Hij laat zijn blik over de gaten in de gelederen van de parlementsleden dwalen. Schneegans heeft dit gisteren voorspeld. 'Het zou me niets verbazen als er morgen nog meer parlementsleden afwezig zijn. Sommigen zullen er eenvoudigweg op vertrouwen dat het voorstel zal worden verworpen, ook al stemmen ze zelf niet.'

En dat is precies wat er vandaag is gebeurd. Bijna een kwart van de afgevaardigden is niet komen opdagen. Franz' twijfels over de zin van een politiek mandaat zijn daardoor eerder gegroeid dan afgenomen, vooral omdat hij terdege beseft dat het niet goed zal zijn voor zijn huwelijk met Irene.

Het wijngoed bij Schweighofen

31 mei 1878

Lieve Irene,
Ik ben nu bijna twee maanden in Falkenstein en de kuur begint eindelijk aan te slaan. Dokter Dettweiler, de chef-arts, is zeer streng voor zijn patiënten en instrueert ook het verplegend personeel zo op te treden. Omdat het tot voor kort niet echt beter met me ging en ik veel heimwee had, neem ik nu pas de pen op, zeker omdat ik eindelijk iets goeds te melden heb.

In het begin vond ik vooral de urenlange sessies waarbij we in een spe-

ciaal daarvoor gebouwde zaal liggen die langs alle kanten open is, verschrikkelijk. De bedden zijn comfortabel en ik krijg dikke dekens, maar ik voelde me vaak ellendig, zeker omdat het in april nog zo koud was. Toch moest en moet ik daar elke dag tien uur liggen. Vaak had ik zin om te huilen of verveelde ik me vreselijk.

Saai vind ik het nog steeds. Het helpt natuurlijk ook niet dat ik de enige ben van bescheiden afkomst. Als de andere dames bij het middageten over hun garderobe of villa's praten, zwijg ik meestal. Ik heb me slechts eenmaal met het gesprek bemoeid omdat zo'n vreselijke oude vrouw afgaf op een dienstmeisje over wie ze niet tevreden was.

Ik heb maar niet verteld dat ik zelf ooit als dienstmeisje heb gewerkt want dan zouden ze helemaal niets meer tegen me zeggen. Ik heb daarentegen gedaan alsof ik zelf een dienstmeisje heb en die verwaande tante erop gewezen dat een slechte aantekening in haar bediendenboekje het leven van zo'n jong meisje volledig kan verpesten. Of ze naar me zal luisteren, weet ik niet. De meeste rijke patiënten hier kan ik niet uitstaan. En ik denk dat dat wederzijds is.

Maar ik klaag niet, hoor. Het eten is heel goed en er is vooral meer dan genoeg. 's Middags eten we vijf tot zes gangen. Zoveel at zelfs de familie in Altenstadt niet, tenzij bij een feestelijk diner. En ik moet vier keer per dag melk drinken ook al vind ik dat niet lekker. Maar de verpleegkundigen dulden geen protest.

Medicatie krijg ik niet en dat vond ik in het begin wel vreemd. Maar deze merkwaardige kuur slaat nu werkelijk aan. Ik heb nu al twee dagen geen bloed meer opgehoest. En tijdens mijn verblijf hier zijn al vijf patiënten gezond verklaard en vertrokken.

Een man is eruit gezet, rijk of niet. Wat dat betreft kent dokter Dettweiler geen genade. Die man overtrad geregeld het rookverbod en rookte stiekem dikke sigaren, maar erger was dat hij voortdurend op de vloer tufte. Dat is ten strengste verboden, we moeten in een zakdoek spugen. Ook om het personeel niet te besmetten, zegt de arts.

Maar genoeg over mij. Wat vreselijk dat je eerste bijeenkomst in Landau op een fiasco is uitgelopen, maar ik ben blij dat je het nog een keer wilt proberen. Net als Pauline Gerban denk ik dat de vrouwen eerder geneigd zijn te komen als ze iets gratis krijgen. Ik duim in elk geval voor je.

Als je ook iets voor dienstmeisjes zou willen doen, moet je het wel op een zondagmiddag organiseren. Je weet immers dat velen van hen om de twee weken op zondag een paar uren vrij hebben. In Altenstadt was dat niet zo omdat ze daar in het weekend altijd genoeg personeel hadden en wij onze vrije uren in de week moesten opnemen.

Maar wij hadden het dan ook niet slecht. Dienstmeisjes die alleen een heel huishouden moeten bestieren en vaak ook nog op kinderen moeten passen, hebben meestal alleen zondagmiddag vrij als de familie ergens op visite gaat. En voor hen moet er echt iets worden gedaan.

Er wordt geklopt aan de deur van de schrijfkamer die Pauline en Irene weer als dusdanig hebben ingericht na het vertrek van de meisjes Schober. Op hun 'ja' komt mevrouw Burger binnen. Ze kijkt heel ernstig.

'Buiten staat het dienstmeisje Gitta uit Altenstadt. Ze zegt dat ze zich tot u mocht wenden als het slecht met haar ging.'

Berlijn

1 juni 1878

'Ik waardeer het enorm dat u vandaag hebt deelgenomen aan onze vergadering met de ambtenaren van de rijkskanselarij en uw verblijf in Berlijn daarvoor hebt verlengd.' Schneegans kijkt Franz hartelijk aan met zijn donkere ogen. 'Jammer dat graaf Bismarck nog steeds ziek is en er niet bij kon zijn.'

Dat betreurt Franz zelf ook ten zeerste omdat dat immers de doorslag had gegeven om zijn terugreis nog even uit te stellen. De vergadering was al twee keer verschoven en had vandaag uiteindelijk zonder de rijkskanselier plaatsgevonden. 'Denkt u dat we vooruitgang hebben geboekt?' vraagt Franz, die zelf niet helemaal overtuigd is.

'Als ik minister Hofmann mag geloven, die zeker op gezag van zijn baas Bismarck spreekt, staat niets het zelfbestuur van de Elzas nog in de weg.' Schneegans is optimistischer dan Franz.

'Maar sowieso is het geen echt zelfbestuur omdat er aan het hoofd nog steeds een door de keizer benoemde figuur zal staan en geen gekozen vertegenwoordiger van het nog altijd niet bestaande deelstaatparlement,' betoogt Franz.

'Maar de regering van Elzas-Lotharingen zit dan wel in Straatsburg, niet meer in Berlijn,' antwoordt Schneegans. 'Dat is een groot verschil. En het speciaal daarvoor in het leven geroepen ministerie zal ook in Straatsburg zetelen. Bismarcks departement in de rijkskanselarij in Berlijn zal niet meer bevoegd zijn voor de zaken van onze deelstaat. Integendeel: de stadhouder ressorteert dan rechtstreeks onder de keizer, maar voor het dagelijkse bestuur niet meer de facto onder de rijkskanselarij zoals tot op heden het geval is. En de eeuwige strijd om de bevoegdheden tussen Berlijn en Straatsburg zal niet langer meer over de rug van de bevolking worden gevoerd.'

Eduard von Moeller, die sinds 1871 als president van het rijksland in Straatsburg resideert, en de rijkskanselarij in Berlijn liggen voortdurend overhoop over hun bevoegdheden in Elzas-Lotharingen. Niet in de laatste plaats omdat Bismarck en de oorspronkelijk door hem aangestelde Von Moeller elkaar niet kunnen uitstaan.

'Denkt u dat die ambtenaren die zich nu in Berlijn met onze zaken bezighouden blij zullen zijn als hun baan wordt opgeheven? Wie weet proberen ze het idee van zelfbestuur wel te ondermijnen.'

Schneegans trekt zijn schouders op. 'Dat interesseert me totaal niet.'

'Mij wel,' geeft Franz te kennen. 'Als die ondergeschikte ambtenaren ons tegenwerken kan dat onze ideeën in gevaar brengen.'

'Wat zouden ze kunnen doen?' merkt Schneegans minachtend op.

'O, een heleboel. Geruchten over ons verspreiden om ons in diskrediet te brengen. Uiteindelijk genieten veel parlementsleden uit Elzas-Lotharingen een barslechte reputatie. Er is de protestpartij, die zich nog altijd openlijk verzet tegen de annexatie en de keizer. Je hebt de katholieken die met maar één doel in de politiek zijn gestapt: de door Bismarck zo gehate machtspositie van de kerk te herstellen. Wie zal dan geloven dat wij autonomisten een uitzondering vormen, dat wij het keizerrijk trouw zijn en voor Elzas-Lotharingen alleen die rechten eisen die de andere bondsstaten genieten?'

Schneegans fronst zijn wenkbrauwen. Hij kijkt naar het plafond en prevelt, alsof hij in gedachten het lijstje met mogelijke tegenstanders afgaat.

'Werner Kegelmann,' zegt hij uiteindelijk. 'De enige die ik ervan verdenk ons schade te willen berokkenen is Werner Kegelmann. Hij heeft ook het meest te verliezen omdat hij zo impopulair is dat men hem wellicht voortijdig met pensioen stuurt als zijn functie verdwijnt. Hij staat echter wel op heel goede voet met afgevaardigden van de Centrumpartij en de Nationaal-Liberale Partij.' Dat zijn de grote in de Rijksdag vertegenwoordigde partijen, weet Franz. ‘Hun stemmen hebben we in elk geval nodig voor het goedkeuren van een wet over meer autonomie.’

Schneegans denkt nog even na. ‘Kegelmann,’ herhaalt hij. ‘We moeten vooral Kegelmann in de gaten houden.’

Een uur geleden heeft Franz de man aan wie hij zijn illegale Beierse staatsburgerschap dankt eindelijk in levenden lijve gezien. In zijn eerste gesprek met Ernest Lauth over zijn mogelijke kandidatuur had hij al gehoord dat Kegelmann zich van Weissenburg naar de rijkskanselarij had laten overplaatsen. En het zo voor zijn pleegvader onmogelijk gemaakt hem te vinden.

Werner Kegelmann is een oudere ambtenaar met een ruige baard die dringend getrimd moet worden. Uit de manier waarop hij Franz met zijn fletsblauwe ogen indringend had aangekeken, maakt Franz op dat de naam Gerban nog steeds een belletje doet rinkelen.

In een poging de Franse nationaliteit van Franz te verbergen, had zijn vader Wilhelm kort voor zijn meerderjarigheid in 1872 de toenmalige ambtenaar van de prefectuur van Weissenburg omgekocht om valse Beierse documenten voor Franz op te maken en alle bewijzen van zijn Franse staatsburgerschap te vernietigen. Dat viel niet meer terug te draaien toen Franz de Elzas had willen verlaten om zich in te kopen in de ijzerwarenfabriek van zijn toegewijde vriendin Marianne Serge in Saint-Quentin. Wilhelm had de zaak ongedaan willen maken, maar Kegelmann was onverwijld naar Berlijn verdwenen en niet meer bereikbaar voor vader Gerban.

Nu is Franz blij met dit feit, terwijl hij dat toen heel erg had gevonden. Als ik naar Saint-Quentin was vertrokken, had ik Irene nooit teruggevonden, denkt hij bij zichzelf. Toch roept Kegelmann een heftige weerzin bij hem op die niet terug te voeren is op deze ontmoeting, waar de man ijverig aantekeningen heeft gemaakt, maar nauwelijks aan het gesprek heeft bijgedragen.

Schneegans had Franz voorgesteld als mogelijke kandidaat van de autonomisten bij de volgende Rijksdagverkiezingen. Daarna had niemand zich nog vragen gesteld over zijn aanwezigheid bij deze bespreking. Maar zoals Franz onmiddellijk na de bijeenkomst al aan Schneegans heeft gezegd, gaan de mogelijke toegevingen van Berlijn hem niet ver genoeg. Hij twijfelt nu nog meer of zijn nuchtere kijk op de dingen wel volstaat voor een politiek mandaat.

Vooral ook omdat hij ervan uit mag gaan dat de situatie op het thuisfront in Schweighofen wegens zijn lange afwezigheid scheef zit. Zijn moeder, en niet Irene, heeft geantwoord op zijn telegram waarin hij had uitgelegd dat hij zijn verblijf nog voor een onbepaald aantal dagen wilde verlengen. Ook op de brief die Franz daarna aan Irene en zijn moeder had geschreven en waarin hij verslag had gedaan van zijn ervaringen in Berlijn, had alleen Pauline gereageerd. Het intrigeert hem dat ze daarbij vooral naar zijn ontmoeting met graaf Eberhard von Sterenberg, die Franz slechts terloops had vermeld, informeert.

Zelfs maman is niet ongevoelig voor de fascinatie die de hoge adel bij ons gewone mensen oproept. Er verschijnt een glimlach op zijn gezicht als hij terugdenkt aan de desbetreffende passage in haar brief.

Minder blij is hij met het korte schrijven van Nikolaus Kerner dat bij de brief was bijgevoegd. De rentmeester van het wijngoed meldde meerdere klachten van belangrijke klanten die kapotte flessen hadden ontvangen. Hij stelde voor naar een betere manier van verpakken te zoeken om dit euvel te verhelpen. Dat zou Franz meteen na zijn thuiskomst moeten oppakken.

Hij vraagt zich af of het hem zal lukken het wijngoed, de wijnhandel en een zetel in het parlement met elkaar te combineren. Gelukkig heeft hij nog een jaar om te beslissen.

In elk geval kan hij nu nog uitkijken naar een opwindend evenement. Omdat de treinverbindingen in het weekend beroerd zijn, reist hij pas maandag terug naar Weissenburg. Morgen, zondag, wil hij dan eindelijk eens de keizerlijke parade op de prachtige boulevard Unter den Linden bekijken. Tijdens zijn vorige bezoeken aan de hoofdstad heeft hij daar nooit de gelegenheid toe gehad.

Huize Gerban in Altenstadt

1 juni 1878

'Waaraan hebben we deze onverwachte eer te danken?'

Gregor Gerban doet niet eens moeite zijn sarcasme te verbergen.

'Het is een zaak tussen vrouwen, maar als je erbij wilt blijven, kan het geen kwaad. Integendeel, misschien is het zelfs goed.'

Irene ziet tot haar voldoening dat er iets van ongerustheid in de blik van Ottilie verschijnt. 'Gregor, mijn liefste. Laat ons maar alleen. Als Irene iets vertrouwelijks met me wil bespreken vindt ze dat onder vier ogen vast gemakkelijker.' Met opzet verdraait ze de woorden van Irene.

Zodra Gregor de kamer uit is, steekt Irene van wal. 'Het gaat om Gitta, het dienstmeisje dat je gisteren op staande voet hebt ontslagen. Je hebt zelfs het loon dat haar nog toekomt niet uitbetaald.'

'Daar zijn goede redenen voor en dat kun jij niet beoordelen.' Ottilie kiest voor de aanval als beste verdediging.

'Goed, ik luister,' antwoordt Irene koeltjes. Ze heeft dit voor haar bezoek uitvoerig met Pauline besproken en een strategie uitgewerkt, namelijk rustig blijven en zich niet uit haar tent laten lokken, wat Ottilie ook zegt of doet.

'Gitta was al vanaf het begin niets waard,' begint haar tante.

'Houd je aan de feiten. Gitta is al jaren bij jou in dienst. Vanwaar dat ontslag op staande voet?'

'Ze heeft een kopje van mijn kostbare theeservies gebroken. Daarom heb ik haar loon ook niet uitbetaald.'

'Wat is dat kopje dan wel waard?'

Ottilie trapt in de val van Irene. 'Dat kan ik nog niet zeggen. Het is van Meissen.'

Irene glimlacht sarcastisch. 'Voor zover ik weet is jouw servies namaak. Dat zegt de moeder van Franz. En zij kan het weten, jullie hebben lang genoeg samen in dit huis gewoond.'

Ottilie loopt rood aan. 'Ik ben in elk geval erg gehecht aan dat servies. En Gitta was weer eens niet voorzichtig. Je wilt niet weten hoe vaak ik haar al heb vermaand.'

'Ik hoorde van Gitta dat ze over een schoen is gestruikeld die je man onoplettend in de gang had laten staan; wellicht omdat je hem verboden had met vieze schoenen de salon binnen te komen. Op dat moment is de kop van het dienblad gegleden.'

'Ook dat was haar eigen schuld. Ik had haar gebeld om die schoenen weg te ruimen, maar daar heeft ze niet op gereageerd.'

Irene gaat hier voorlopig niet op in. Gitta heeft hier niets over gezegd en Irene vermoedt dat Ottilie zichzelf wil rechtvaardigen. Dat blijkt ook uit het feit dat ze nerveus met haar magere vingers zit te wriemelen.

'Hoe het ook zij, het is een ongelukje dat iedereen kan overkomen. Zeker geen reden om iemand stante pede te ontslaan en al zeker geen excuus om het meisje zo hard in het gezicht te slaan. Haar linker trommelvlies is gescheurd. Dat heeft dokter Frey, die ik erbij heb gehaald omdat ze bloedde uit haar oor, vastgesteld. Wat heb je daarop te zeggen?'

Ottilie wordt nu vuurrood. 'Dat was een onbedoeld ongelukje.'

'O, ik begrijp het. Jij mag je een ongelukje permitteren.' Spottend benadrukt Irene die woorden. 'Maar Gitta niet?'

'Het personeelsreglement laat uitdrukkelijk toe bedienden lichamelijk te straffen.'

'Dat reglement is totaal verouderd, als je doelt op die Pruisische voorschriften. Het stamt uit het begin van deze eeuw. Hier in Altenstadt golden er huisregels met straffen zoals een uitgaansverbod en in het ergste geval een inhouding op het loon. Maar in al de jaren dat ik in dit huis heb gewerkt is er nooit iemand geslagen, zelfs niet door je nicht Mathilde.'

'Zoals je terecht opmerkt, geldt dat voor de jaren dat jíj hier hebt gewerkt,' reageert Ottilie gevat. 'Die tijd is al lang voorbij.'

'Maar mijn man is hier in Altenstadt de heer des huizes en betaalt volgens mij naast jullie vergoeding ook de salarissen van het voltallige personeel.' Irene laat zich niet intimideren. 'Wil je dat ik deze zaak aan hem voorleg? Of wacht, misschien moet ik hem vragen of hij het ermee eens is dat er in dit huis lijfstraffen worden gegeven?'

Irene mag dan boos zijn omdat Franz nu al zo lang in Berlijn zit, ze weet echter zeker dat hij in dezen onvoorwaardelijk aan haar kant staat.

Die mening lijkt ook Ottilie te delen en ze krabbelt terug. 'Ik heb liever dat we dit in der minne regelen. Ik heb niets aan te merken op de andere bedienden en dan is deze vorm van straffen nu ook niet meer nodig.'

'Ik ben blij dat te horen, Ottilie. Rest nog de vraag wat er met Gitta moet gebeuren.'

'Wat kan mij dat nu schelen. Ze zoekt het zelf maar uit.'

Irene diept Gitta's bediendenboekje uit haar tas. 'Ik lees even voor wat hier staat: *Gitta is slordig, ongehoorzaam en voert haar taken niet naar behoren uit. Ze spreekt je ook brutaal tegen als je vraagt beter werk te leveren. Ze is niet geliefd bij de rest van het personeel omdat ze lui is en nooit wil helpen. Omdat haar onzorgvuldigheid al veel schade heeft veroorzaakt, wordt ze nu op staande voet ontslagen.* Irene kijkt Ottilie recht in de ogen. 'Wil je dit zo laten staan?'

Haar blik wordt weer onrustig en het rood op haar wangen verdiept zo mogelijk nog, maar Ottilie wijkt niet. 'Natuurlijk. Daar is geen woord van gelogen.'

'Je wilt er dus bewust voor zorgen dat Gitta nergens meer aan de slag kan en op de straat terechtkomt?'

Ottilie doet haar mond al open om Irene van repliek te dienen, maar de scherpe toon houdt haar tegen. Irene zelf laat een korte pauze vallen en gaat dan weer verder.

'Pauline en ik hebben uitvoerig met Gitta gesproken en haar ondervraagd over alles wat jij hebt geschreven. We hebben niets gevonden dat deze slechte referentie rechtvaardigt. Gitta beweert geliefd te zijn bij de rest van het personeel en zegt dat ze, behalve dat ene namaakkopje van Meissen, alleen nog een aardewerken bord van het servies van de bedienden heeft gebroken.' Bij het woord 'namaak' krimpt Ottilie ineen, merkt Irene vol leedvermaak. 'Gisteren was trouwens niet de eerste keer dat je haar hebt geslagen. Dat doe je blijkbaar vaker. Vooral als ze niet snel genoeg op jouw schellen reageerde. Daarnaast heb je haar vaak ook 's nachts uit dat beetje slaap dat je haar gunt, gebeld om je een glas water te brengen of iets anders onbenulligs voor je te doen.'

Irene kijkt even naar de aantekeningen die ze heeft meegebracht. 'Verder vertelde Gitta dat ze al drie maanden niet meer vrij heeft gehad en je meermaals een deel van haar loon hebt ingehouden; een keer zelfs de helft. Je hebt ook geregeld opdracht gegeven haar alleen water en brood als avondeten te geven, maar gelukkig heeft de kokkin, mevrouw Kramm, dat bevel met instemming van de rest van het personeel niet opgevolgd.'

Irene kijkt Ottilie boos aan. 'Moet ik nog verder gaan? Ik heb nog een paar verwijten aan jouw adres.'

'Dat zijn leugens! Niets dan leugens!' De stem van Ottilie klinkt schril. 'Van een leugenachtige meid die haar ontslag wil wreken en er niet voor terugdeinst mijn reputatie daarvoor te bezoedelen.'

'Jouw reputatie,' reageert Irene minachtend. 'Goed, je laat me geen keuze.'

Ze ademt diep in. Pauline had voorspeld dat Ottilie zo zou reageren. 'Dan moet ik de waarheid op een andere manier achterhalen.' Ze staat op en trekt aan het schelkoord. 'Ik laat alle bedienden afzonderlijk komen en vraag hen naar Gitta. Jouw aanwezigheid is daarbij natuurlijk niet gewenst. En dan zullen we zien of hun verklaringen bij die van jou of die van Gitta aansluiten.'

'Dat kun je niet maken!' stuift Ottilie verontwaardigd op. 'Dat recht heb je niet.'

'Mijn man betaalt dit hele huishouden. Ik heb, denk ik, het volste recht dat te doen.' Er wordt geklopt.

'Wacht!' Ottilie draait bij. 'Dit moeten we toch op een andere manier kunnen oplossen!'

Er wordt nogmaals geklopt en Irene opent de deur. Voor haar staat Niemann, de huisknecht, die een lichte buiging maakt.

'Waarde mevrouw heeft gebeld?'

'Neen,' antwoordt Irene met een ondeugende glimlach. 'Ik heb gebeld, Niemann, maar ik ben geen waarde mevrouw, gewoon mevrouw Gerban.'

'Heel goed.' Niemann buigt opnieuw. 'En u wenst?'

'Breng alle bedienden in de personeelsruimte bijeen en vraag mevrouw Kramm hun allemaal een kop echte koffie te serveren.' Achter haar rug hoort ze Ottilie snuiven, maar ze negeert dat. 'Ik kom naar beneden zodra ik hier klaar ben.'

'Zoals u wenst.' Met een uitgestreken gezicht buigt Niemann nog een derde keer. In de ruim dertig jaar dat hij in dienst is heeft hij geleerd elke emotie zorgvuldig te verbergen.

'Goed, wat wil je van mij?' vraagt Ottilie meteen nadat Niemann de deur achter zich heeft gesloten.

Irene gaat weer zitten en heft haar rechterhand op.

'Drie dingen wil ik van jou, Ottilie. Ten eerste,' ze steekt haar duim op, 'betaal je Gitta het achterstallige loon volledig uit. Ten tweede,' nu laat ze haar wijsvinger zien, 'betaal je haar een schadevergoeding van twintig mark voor die oorvijg en het honorarium van dokter Frey ten bedrage van tien mark.'

Ottilies gezicht drukt een en al verontwaardiging uit. Ze opent haar mond om te protesteren, maar Irene geeft haar geen kans. 'Laat mij uitpraten! Ten derde,' en nu steekt ze ook de middelvinger van haar rechterhand op, 'schrijf je een goede referentie voor Gitta. Dit leugenachtige knoeiwerk gooi ik na ons gesprek in het vuur.

Gitta zal op het politiebureau van Weissenburg verklaren dat ze haar bediendenboekje is verloren. Als jij dat bevestigt, krijgt ze een nieuw exemplaar waarin jij een nieuwe referentie schrijft die ik woord voor woord zal dicteren.' Ze haalt een blad papier uit haar tas. 'Dit hebben Pauline en ik samen met Gitta opgesteld.'

'Vergeet het maar. Dat doe ik niet. Daar kun je me niet toe dwingen. Ik weiger...'

Irene heeft genoeg gehoord en staat op. 'Dan ga ik nu de rest van het personeel bevragen. Als de verklaringen van Gitta kloppen, vraag ik Franz iedereen tijdelijk, totdat ze een nieuwe baan hebben gevonden, naar Schweighofen te halen. Hij betaalt ze nu toch al. En op het wijngoed is er genoeg werk te vinden voor die overgangsperiode. Jij en Gregor zullen het hier in Altenstadt dan zonder personeel moeten zien te redden.'

Ottilie hapt naar adem. En omdat ze verder niets zegt, loopt Irene naar de deur. Ze heeft de klink al in haar hand als Ottilie haar terugroept.

Diep in- en uitademend zit Irene uiteindelijk in de landauer op de terugweg naar het wijngoed. Ottilie zal doen wat ze heeft gevraagd, maar toch bekruipt Irene het onaangename gevoel dat Ottilie erop gebrand zal zijn zich te wreken voor deze vernedering.

Berlijn

Zondag 2 juni 1878

Kort na één uur komt Franz bij de Brandenburger Tor aan. Hij heeft heerlijk gegeten en na al die dagen in het gezelschap van Schneegans, Blauberg en anderen geniet hij ervan eindelijk weer eens alleen op stap te zijn en in alle rust de bezienswaardigheden langs de prachtige boulevard te bewonderen.

Nadat hij de quadriga op de poort van alle kanten heeft bekeken, steekt hij de vanwege de parade voor alle voertuigen afgesloten straat over om in het midden onder de dichtbegroeide lindebomen zijn wandeling voort te zetten. De schaduw onder de bomen, die de naam aan de boulevard hebben gegeven, bieden aangename verkoeling voor de hitte. Vanaf de rand van de allee heeft Franz een goed zicht op de met beelden, stucwerk en allerlei ornamenten versierde gebouwen aan weerszijden van de straat. De keizer zal van zijn stadspaleis de laan op rijden. Op zijn gemak hinkt Franz de colonne tegemoet.

Langzaamaan verzamelt een steeds groter wordende mensenmassa zich langs de straat in de hoop tijdens de zondagse parade een glimp van de keizer op te vangen. De zon straalt aan een azuurblauwe hemel met hier en daar wat schapenwolkjes.

Franz had nog verder willen lopen tot aan het ruiterstandbeeld van Frederik de Grote, maar er staan inmiddels zoveel mensen, dat er geen doorkomen meer aan is. En in de verte kondigt de almaar luider klinkende marsmuziek de stoet al aan.

Agenten in uniform en met punthelmen lopen heen en weer en houden de lieden die zich op de stoepen verdringen scherp in de gaten. Franz rekt zich uit om wat te kunnen zien, maar de cilinders en vederhoeden van de fraai uitgedoste mannen en vrouwen belemmeren hem het zicht. Hij gaat op de tenen van zijn goede voet staan en struikelt waarbij hij instinctief de man naast zich vastpakt.

'Neem me niet kwalijk, alstublieft!' mompelt hij verlegen. De beer van een kerel die boos wil reageren, houdt zich in als hij de wandelstok van Franz ziet.

'Moment!' zegt hij en met zijn ellebogen baant hij zich een weg door de menigte. 'Maak plaats, dan kan deze oorlogsheld ook iets zien!'

'Doet u dat nou niet, mijnheer.' Franz probeert de man tegen te houden, maar de mensen wijken al achteruit en laten hem passeren. Uiteindelijk staat hij op de tweede rij en heeft hij een mooi zicht op de weg.

Daar zijn de eerste ruiters, een garde-eenheid te oordelen naar de punthelmen met daarop de bekende ster met de zwarte keizerlijke adelaar. De mannen rijden in lichte draf en met de blik strak voor zich uit gericht voorbij. Achter hen marcheert een muziekkapel met muzikanten in prachtige, met gouden tressen versierde uniformen.

Er volgt een tweede garde-eenheid, maar in plaats van een piek dragen deze soldaten een bos paardenhaar op hun helmen die Franz doen denken aan de Beierse soldaten in de Frans-Duitse oorlog. Zijn maag krimpt ineen en hij verdringt snel de beelden van de veldslag die deze helmen bij hem oproepen en richt zijn blik op de open equipage van de keizer die nu in zicht komt

'Dat hij zich zo snel na die aanslag weer onbeschermd in het openbaar durft te vertonen,' merkt een jonge dame op die zo dicht bij Franz staat dat de met ruches versierde tournure van haar bronskleurige zijden jurk op een haar na zijn buik raakt. Franz trapt zelfs bijna op de zoom. 'Oei, voorzichtig,' vermaant hij zichzelf.

'Gelukkig was hij ongedeerd,' antwoordt een tweede, gezette dame, vermoedelijk haar moeder of tante. De vrouwen hebben het duidelijk over de mislukte aanslag van de loodgietersgezel Max Hödel op keizer Wilhelm op 11 mei, nu zo'n drie weken geleden. Het gebeuren had aanleiding gegeven tot de debatten die Franz in de Rijksdag had bijgewoond.

De jongedame leunt op de schouder van de oudere vrouw en gaat op haar tenen staan. Zij heeft een goed zicht op het keizerlijke rijtuig terwijl Franz het moet stellen met de goudkleurige struisvogelveren op haar hoed.

'De keizer is vandaag alleen,' meldt ze.

'Waarschijnlijk zit de schrik er nog goed in als je bedenkt dat de kogel ook zijn dochter had kunnen raken.'

Franz weet dat op 11 mei Louise, de groothertogin van Baden en enige dochter, naast Wilhelm had gezeten. Opeens weerklinkt er een luide knal en de mensen gillen. 'De keizer! Hij is geraakt! Hij bloedt! Hij schijnt gewond te zijn!' hoor je van alle kanten.

Het schot kwam blijkbaar uit een raam op de tweede verdieping van een huis schuin tegenover. Franz ziet een schaduw die iets langs vasthoudt, vermoedelijk het geweer waarmee het schot is afgevuurd, en wordt dan brutaal opzij geduwd. Zonder de consideratie die hij Franz voorheen heeft betoond, wurmt de stevige bonk zich langs hem heen en rent de straat over. Samen met een paar andere mannen verdwijnt hij in het pand.

Even later wordt er opnieuw geschoten. Eén keer, twee keer en nog een derde keer. De dames naast Frans slaan ontzet de hand voor hun mond. Terwijl hun ogen zijn gericht op het huis van waaruit is geschoten, vangt Franz een blik op van de met mensen omringde koets van de keizer. Een man in het parade-uniform van de keizerlijke garde die voor de koets had uit gereden, is ingestapt en buigt zich over de voorovergebogen oude man. Zijn helmbos verbergt het gezicht van de keizer waardoor Franz niet kan zien hoe zwaar de monarch gewond is geraakt.

Een paar vrouwen achter en naast Franz beginnen te huilen. 'O, mijn God! Onze keizer is eenentachtig jaar oud. Zo'n zware verwonding overleeft hij niet!' hoort Franz hen weeklagen.

Dan hoort hij een andere stem.

'Daar zitten die verdomde socialisten achter,' klinkt de zware basstem van een woedende man. 'Maar nu zullen ze hiervoor boeten, zo helpe ons God.'

Franz is bang dat de man gelijk zal krijgen.

9

Het kerkhof van Altenstadt

6 juni 1878

Irene gebruikt het korte moment van rust om aan het graf van haar moeder een innig schietgebedje te prevelen. Moeder, lieve mama, na mijn terugkeer heb ik op deze plek beloofd me voor de rechten van onderdrukte vrouwen in te zetten. Geef me je zegen opdat het morgen beter zal gaan dan bij mijn eerste poging.

Irene had alleen naar het kerkhof willen gaan zoals ze wel vaker doet, maar omdat de terugkomst van Franz vanwege de aanslag op de keizer nog eens was uitgesteld, zijn Pauline en de kinderen meegekomen. Straks willen ze met z'n allen Franz na zijn afwezigheid van drie weken op het station van Weissenburg opwachten.

Op dit moment vullen haar drie blagen onder toezicht van Pauline bij de put van het kerkhof de vaas voor het prachtige boeket van roze rozen die nu overal op het wijngoed bloeien. Van ver hoort ze een van de meisjes huilen en ziet ze het groepje naderen. Niet echt verrast ziet ze Sophia huilend met gespreide armen op zich afkomen. Haar lichtblauwe jurk is van voren helemaal nat.

Gelukkig draagt Irene zelf een eenvoudige, gebloemde katoenen jurk en is ze niet bang om het kletsnatte kind in haar armen te sluiten. 'Wat is er gebeurd, lieverd?'

'Fränzel,' snikt Sophia, 'het is allemaal de schuld van Fränzel. Ik mocht de vaas niet dragen en toen is die omgekiept en ben ik helemaal nat geworden.'

Inmiddels is ook de rest van het gezelschap aangekomen. Fränzel, die de aarden vaas met beiden handen vasthoudt, houdt zijn blik schuldbewust naar beneden gericht. Pauline kijkt tegelijkertijd boos en geamuseerd. Klara, die ze aan de hand houdt, zuigt zoals altijd als er ruzie is tussen broer en zus en zij er niets mee te maken heeft, op haar duim.

'De vaas was veel te zwaar voor Sophia,' verdedigt Fränzel zich nog voor hij bij Irene is.

'Maar dat is nog geen reden om die uit haar handen te rukken,' berispt Pauline hem. 'Het ging zo snel dat ik de kans niet had in te grijpen,' verontschuldigt ze zich bij Irene.

Ondanks alles moet Irene lachen. Fränzel en Sophia gaan qua karakter steeds meer op elkaar lijken en liggen daarom steeds vaker met elkaar in de clinch. En meestal geeft Sophia, die haar grote broer werkelijk in alles wil evenaren, de aanzet.

'Jij bent de oudste, Fränzel,' gaat Pauline verder. 'Ik verwacht dat je rekening houdt met je zusje.' Sophia heeft inmiddels haar moeder losgelaten en Pauline ziet de donkere vlekken op de jurk van Irene. 'Moet je nu kijken! Niet alleen je zus, maar ook je moeder is kletsnat. Wat moet je vader daar nu van denken als we hem zo begroeten!'

Irenes glimlacht bevriest op haar gezicht. 'Nou ja, hij is zo lang weggeweest, dan moet hij zich niet druk maken over een paar watervlekken.' Ze haalt het gouden horloge dat ze voor haar verjaardag van Franz heeft gekregen uit de zak van haar jurk. 'Bovendien komt hij pas over een uurtje aan. Tegen die tijd zijn onze kleren met deze hitte al lang weer droog.'

Pauline legt haar hand op de arm van Irene. 'Laat die boosheid nu toch varen, lieverd. Ik weet dat hij twee weken geleden al terug zou zijn, maar het waren toch belangrijke zakelijke aangelegenheden die hem in Berlijn hebben gehouden.'

'Hoge politiek, zal je bedoelen.' Na de aanslag had Franz per telegram laten weten dat hij in Berlijn wilde blijven totdat duidelijk was of de keizer het zou overleven en welke gevolgen de aanslag zou hebben. De kranten speculeerden immers dat de kroonprins, die de zwaargewonde keizer vervangt, en rijkskanselier Bismarck het parlement wilden ontbinden en nieuwe verkiezingen wilden uitschrijven.

'Hoe het ook zij, Irene. Franz verdient het niet zo onwelwillend ontvangen te worden, temeer omdat ook jij je eigen doelen najaagt.'

Irene gaat hier niet op in. 'Zet de vaas hier op de steen neer, Fränzel. En jullie, Sophia en Klara, mogen het boeket erin zetten. Maar pas op voor de doornen!'

Het wijngoed bij Schweighofen

6 juni 1878, twee uur later

'En de artsen denken dat de keizer het zal overleven?'

'Dat hoopt iedereen, maman. De man heeft een ijzeren gestel.'

'Een echte Duitse held,' zegt rentmeester Nikolaus Kerner met een voor hem ongewoon pathos. De rest van het personeel murmelt instemmend.

Aangezien Franz rechtstreeks getuige was van de aanslag op de keizer, die ook diep in de provincie de gemoederen bezighoudt, heeft Irene al het huispersoneel en de landarbeiders die in de buurt aan het werk waren uitgenodigd om naar zijn verhaal te komen luisteren. Alle plaatsen in de salon zijn bezet. Ze hebben zelfs nog extra stoelen moeten aanslepen.

Alleen de kinderen hebben ze ondanks hun protesten elders ondergebracht. Een om die reden al even ontevreden stalknecht moet hen op de binnenplaats in de gaten houden.

Franz is net klaar met zijn relaas over de afloop van het gebeuren. 'Beeld je eens in, de man die als eerste heeft geprobeerd de moordenaar te overmeesteren was dezelfde kerel die me eerder een goede plek aan de rand van de straat had bezorgd zodat ik iets van de parade zou kunnen zien.'

'Heb je het over die kastelein... hoe heet hij nu ook alweer?' vraagt keldermeester Johann Hager. 'Holtmeier?'

'Holtfeuer. Die Nobiling heeft ook op hem geschoten. Gelukkig overleeft hij het wel.'

'Ja, God zij dank!' klinkt het onder zijn toehoorders. Hoewel alle kranten in het Duitse Rijk bol hebben gestaan over de aanslag en de gevolgen, willen de mensen uit de mond van Franz horen hoe het is gegaan.

'Maar als de keizer niet eens het bewustzijn is verloren en een enigszins rustige nacht had na de aanslag, waarom is kroonprins Frederik dan tot plaatsvervanger benoemd?' vraagt de vrouw van de keldermeester.

Franz snuift zacht. 'In elk geval is er met een dubbelloops jachtgeweer op hem geschoten en is hij in zijn gezicht, hoofd, beide armen en rug door meer dan dertig hagelkorrels geraakt. Zijn punthelm heeft er heel wat opgevangen, maar toch was de keizer een tijdlang in levensgevaar.'

Ook dat weten de meesten. Toch zuchten ze luid.

'Maar het gevaar is nog niet geweken. De keizer is oud en dan is het moeilijk te voorspellen hoe zelfs onschuldige verwondingen zich kunnen ontwikkelen,' voegt Rosa, de kamenier, er gewichtig aan toe en laat zo nog maar eens vallen dat ze ooit verpleegster was.

Irene, die tot nu toe niets heeft gezegd, ziet hoe de huisdame, mevrouw Burger, even omhoogkijkt. Rosa's gewoonte om steeds weer opnieuw met haar medische kennis te pronken, begint iedereen in haar omgeving behoorlijk op de zenuwen te werken.

'En is het waar dat de dader daarna heeft geprobeerd zichzelf van het leven te beroven?' mengt nu ook de kokkin, mevrouw Grete, zich in het gesprek.

'Inderdaad. Eerst heeft hij met een pistool twee mannen die hem wilden vastgrijpen neergeschoten, daarna richtte hij het wapen op zichzelf.'

'Hopelijk overleeft hij het lang genoeg om voor de rechter te verschijnen,' zegt Kerner bars.

'Er wordt ook gezegd dat de dader niet goed bij zijn hoofd is,' aldus Pauline.

Iedereen kijkt haar verbijsterd aan. Ze klinkt zo mild, het lijkt wel of ze clementie betracht voor de schurk.

'Voor zover ik weet is hij ook gepromoveerd,' reageert de keldermeester prompt. 'Hij zou doctor in de filosofie zijn.'

Franz knikt.

'En waarom heeft hij dan zoiets vreselijks gedaan?' Mevrouw Burger schudt onthutst het hoofd.

Nu laat Hansi Krüger, die vooralsnog zwijgend heeft geluisterd, zich uit: 'In de krant stond dat hij het welzijn van de staat voor ogen had. En dat hij nauwe banden heeft met de sociaaldemocraten. Zijn dat geruchten of denkt u dat ook, mijnheer Franz?'

'Ik hoop van niet, Hansi, want dan...' Franz stopt halverwege zijn zin. Vervolgens staat hij op. 'Maar nu heb ik jullie alles verteld wat ik weet, lieve mensen, en wil ik even een paar vertrouwelijke woorden wisselen met mijn familie. Ga allemaal weer aan het werk en laat mij nog even ongestoord met mijn moeder en vrouw praten.'

'De kroonprins zal de Rijksdag vrijwel zeker ontbinden.' Ook dat is niet nieuw voor Pauline en Irene omdat daar in alle kranten druk over is gespeculeerd. Zij weten echter wel waarom Franz het niet in het bijzijn van het personeel had willen aanhalen.

'En Bismarck zal in de nieuw verkozen Rijksdag opnieuw proberen de sociaaldemocraten te pakken,' zegt Irene bitter. Tot nu toe heeft ze zich afzijdig gehouden. 'Dan is het misschien een voordeel als jij verkozen wordt, Franz. Dan kun jij tenminste al tegen die tweede poging stemmen.'

Franz probeert zijn gezicht in de plooi te houden. Morgen is er in Straatsburg een vergadering met de afgevaardigden van de autonomisten en zelfs een paar andere parlementsleden uit de Elzas om een solidariteitsverklaring voor de keizer op te stellen. Kort na de aanslag heeft Carl August Schneegans bij de besprekingen, waarvoor Franz nog twee dagen langer in Berlijn was gebleven, de politieke lijn duidelijk uitgezet.

'We kunnen het ons niet permitteren uit de gunst te raken bij de rijkskanselier, noch bij de Nationaal-Liberale Partij die nu al vaak openlijk tekeergaat tegen de sociaaldemocraten en hen er, wellicht ten onrechte maar wel met de grote trom, opnieuw van beschuldigt de aanstichters te zijn van de moordpoging. We zijn op beiden aangewezen als we meer vrijheden voor Elzas-Lotharingen willen krijgen. Als er opnieuw gestemd moet worden voor de socialistenwet, doen we er goed aan ons gedeisd te houden.'

Nu zegt Franz: 'Je bent me te snel af, liefste.' Irenes koele begroeting is hem niet ontgaan en hij is blij dat hij zo verstandig is geweest niet op de uitnodiging voor de bijeenkomst in Straatsburg, die natuurlijk ook aan hem was gericht, in te gaan. 'Als de kroonprins daadwerkelijk de Rijksdag ontbindt, zal ik me binnen een paar weken al kandidaat stellen voor de autonomisten in het kiesdistrict Hagenau-Weissenburg.'

'Dat vermoedde ik al,' antwoordt Irene. 'Maar inmiddels zijn we er wel aan gewend dat je er vaak niet bent.'

'Als ik het goed heb begrepen, mijn liefste, ben jij de volgende die er niet zal zijn.' Het klinkt scherper dan Franz heeft bedoeld. Op de terugweg van het station naar Schweighofen heeft Irene hem verteld over de bijeenkomst van morgen in Landau.

'Een kort dagje en misschien een nacht, maar geen vier weken,' bijt Irene terug.

'En hopelijk niet weer voor niets zoals de laatste keer!' De woorden zijn eruit voor hij het beseft. De aangename thuiskomst die hij zich had gewenst, mag hij nu wel vergeten. 'Maman heeft me dat in Berlijn laten weten,' legt hij uit als hij ziet dat Irene totaal van streek is.

'Maar ik heb je ook verteld dat we een heel goed plan hebben bedacht om de volgende bijeenkomst tot een succes te maken.' Pauline bloost licht. 'En ik mag hopen dat je je vrouw dat succes morgen gunt.'

'Natuurlijk, natuurlijk,' verzekert Franz snel, maar hij merkt zelf hoe weinig oprecht het klinkt. Carl August Schneegans zal op dit moment wellicht allesbehalve gecharmeerd zijn van de vrouw van een kandidaat van de autonomisten die sociaaldemocratische ideeën aanhangt en zich bovendien nog voor vrouwenrechten inzet.

Irene, die Franz door en door kent, ziet hoe weinig enthousiast hij is. Ze staat op. 'Maar nu moet ik naar de kinderen. Morgen moeten ze me al de hele dag missen.'

Ze snelt naar buiten en laat de deur luid in het slot vallen.

'Zie het als een teken dat Irene van je houdt en je gemist heeft,' verklaart Pauline het gedrag van haar schoondochter voordat Franz er zelf iets over kan zeggen.

'Ze was zo teleurgesteld en somber na die mislukte avond in Landau en had alleen een oude vrouw om haar te troosten en niet de sterke armen van haar echtgenoot,' voegt ze er bewust op lichte toon aan toe.

'Als het echt tot een nieuwe versie van de socialistenwet komt, en die komt er vrees ik, maman, zal Irene deze activiteiten sowieso moeten staken omdat die zeker op straffe verboden zullen zijn.'

'Vertel haar dat voorlopig maar niet, Franz. Ze is vastberadener dan ooit om voor de rechten van vrouwen te vechten. Intussen al niet meer alleen voor arbeidsters, maar ook voor dienstboden.'

'Hoe komt dat? Zo slecht had ze het toch niet in Altenstadt. In ieder geval een stuk beter dan in de fabriek.'

'Daar is een andere reden voor. Heb je gezien dat het dienstmeisje Gitta zich onder het huispersoneel bevond?'

Franz knikt. 'Ja, ik vroeg het me al af. Wat is er gebeurd?'

Kort schetst Pauline de gebeurtenissen in Altenstadt. Precies zoals zij en Irene hebben verwacht, is hij boos en keurt hij alles wat de vrouwen hebben ondernomen goed.

'Zeg dat dan tegen Irene!' Pauline legt haar hand op de arm van haar zoon. 'Dat zal ze fijn vinden en misschien tempert het haar boosheid jegens jou enigszins.'

'Goed idee, maman.' Franz wil al opstaan om haar een kus op de wang te geven en Irene te zoeken, wanneer zijn moeder hem met een gebaar tegenhoudt.

'Ik wil nog graag één ding over je reis naar Berlijn weten. Heb je nog even tijd voor me?'

'Natuurlijk, maman. Wat wil je weten?'

Franz verwacht van alles, behalve de vraag die Pauline hem nu stelt.

'Die graaf von Sterenberg die je bij je klant hebt ontmoet. Vertel eens, wat is dat voor iemand?'

Herberg Zum silbernen Kreuz in Landau

Vrijdag 7 juni 1878

Lang voordat Irene en Lene Krüger hun eigen eten op hebben, arriveren de eerste vrouwen in herberg Zum silbernen Kreuz.

'Er zijn al een dertigtal bezoekers,' fluistert Greta Leyendecker, de kasteleinse, Irene in het oor. 'Zullen we hun al de maaltijd serveren?'

'Alleen de drankjes,' besluit Irene. Elke vrouw kan kiezen tussen een glas bier of appelsap.

Om tien over zeven staat Greta opnieuw bij de tafel van Irene in de gelagzaal die zich langzaam met mannelijke gasten vult. 'De vijftig plaatsen die we hebben voorzien zijn allemaal al ingenomen. Zullen we nog extra tafels en banken plaatsen of zeggen dat de vergadering vol zit en vrouwen die nog komen wegsturen?'

'Geen sprake van. We zorgen gewoon voor meer plaatsen.' Irene schuift haar nog halfvolle bord van zich af. 'Ik ga de vrouwen persoonlijk begroeten. Kom, Lene,' spoort ze haar metgezel aan. 'Of wil je eerst je bord nog leegeten?' vraagt ze als ze Lene teleurgesteld naar de aardappelsalade en halve worst op haar bord ziet kijken. 'Dan ga ik alvast, en kom jij gewoon als je klaar bent.'

Als avondeten hebben ze precies hetzelfde gegeten als wat ze voor de vrouwen hebben voorzien. Het is op deze zomeravond te warm voor een maaltijdsoep en daarom heeft Irene voor een koud gerecht gekozen: eenvoudig, maar heel lekker. De worst is vers en knapperig en de aardappelsalade is aangemaakt met een kruidenroomsausje. 'Geheim van het huis,' heeft Greta met een knipoog geantwoord toen Irene naar het recept vroeg.

Overweldigd staat Irene nu bij de ingang van de zaal en ze laat haar blik over de menigte glijden. Vrouwen van alle leeftijden zitten op smalle banken aan eenvoudige houten tafels die je vaak in de tuinen van herbergen ziet. Het gaat van meisjes van nauwelijks vijftien tot oude vrouwen met gerimpelde gezichten. De meeste vrouwen schat Irene, zelf inmiddels zevenentwintig, tussen de twintig en de dertig jaar oud, van haar leeftijd dus. Die kun je niet jong en onervaren, maar ook niet te oud of gepokt en gemazeld noemen.

Veel vrouwen hebben hun kinderen meegebracht. Een jonge moeder geeft zelfs haar baby de borst onder een omslagdoek.

Irene gaat van tafel naar tafel en geeft elke vrouw een hand.

'Hartelijk welkom! Ik heet Irene. En jij?'

'Ilse.'

'Gerda.'

'Marlene.'

'Johanna.' Het duizelt Irene algauw van al die namen.

Voor half acht komen er nog twintig vrouwen binnen die gaan zitten aan de tafels die nog haastig zijn bijgeschoven. Greta komt met een gespannen blik aangelopen.

'Alle biertafels zijn op. En als we nog meer vrouwen toelaten, hebben we ook niet genoeg eten meer.'

'Zeg tegen de laatkomers dat er nog bijeenkomsten volgen,' zegt Irene met spijt in het hart tegen Greta. 'En dan mag je het eten opdienen.'

De barmeisjes van de herberg brengen grote manden met brood. De aardappelsalade en worst worden op borden geserveerd omdat Irene zeker wil zijn dat elke vrouw haar portie krijgt.

Terwijl de serveersters af en aan lopen, klimt Irene op het kleine podium. 'Ik heet jullie nogmaals allemaal van harte welkom.' Ze moet haar stem verheffen om boven het gekletter van het bestek uit te komen. Gelukkig verstommen de gesprekken onmiddellijk. Zeventig paar nieuwsgierige ogen richten zich op haar.

'Ik ben heel blij dat jullie in groten getale gekomen zijn. Om snel met elkaar in gesprek te komen, wil ik me eerst kort aan jullie voorstellen. Mijn naam is Irene Gerban, maar noem me alsjeblieft Irene, en laten we elkaar allemaal met de voornaam aanspreken. Ik heb lange tijd als dienstmeisje en in een lakenfabriek gewerkt en uiteindelijk ook als thuisarbeidster. Nu gaat het goed met me omdat ik getrouwd ben met een rijke wijnhandelaar, de zoon des huizes in het huishouden waar ik als dienstmeisje heb gewerkt. Waarom ik jullie vanavond heb uitgenodigd, vertel ik als jullie klaar zijn met eten. Laat het jullie smaken.'

Een kwartiertje later loopt Irene het podium weer op. 'Nu wil ik graag weten wie jullie zijn en wat jullie ertoe heeft gebracht om hier vanavond aanwezig te zijn.' Irene kijkt naar een oudere vrouw aan de eerste tafel met een smoezelig schort over een eenvoudige katoenen jurk. 'Wil jij misschien beginnen en vertellen hoe je heet en waar je werkt? Sta misschien even op, dan kan iedereen je goed zien.'

De vrouw vertrekt spottend haar mond terwijl ze gehoor geeft aan Irenes verzoek. 'Ik heet Lore en werk in de borstelfabriek. En vanavond ben ik hier omdat er iets te rapen valt. Ik heb lang niet meer zo'n lekkere worst gegeten.'

De zaal barst in lachen uit, maar Irene laat zich niet uit het veld slaan.

'Ik weet wat het is als je het je nauwelijks kan veroorloven iets lekkers te eten. Tast toe!'

Irene vangt de eerste verbaasde blikken op. Andere vrouwen steken hun hand op en staan op als Irene hun een teken geeft.

'Mijn naam is Rosel. Ik werk thuis als naaister en ben blij dat ik vanavond niet hoef te koken. Mijn man zit in de kroeg en mijn twee kinderen heb ik bij me.' Ze wijst naar de twee magere kinderen die links en rechts van haar zitten. 'Dank je wel dat ze mogen mee-eten.'

Even schiet het Irene door het hoofd dat de kosten van de bijeenkomst flink hoger zullen uitvallen dan gepland. Met het eten voor de kinderen erbij zijn het meer dan tachtig maaltijden van dertig pfennig. Dat alleen al wordt meer dan vijfentwintig mark. Daar komt nog de huur van tien mark bij en mijn en Lenes overnachting, rekent ze verder. In Schweighofen had Irene al besloten om alleen als er minder dan twintig vrouwen kwamen opdagen, dezelfde avond nog naar huis te rijden. Kwamen er meer dan werd het moeilijk om de trein van tien uur nog te halen.

Maar ze zet het geld snel uit haar hoofd. Ze is veel te blij met de enorme opkomst en meer dan ooit wil ze er alles aan doen om van de avond ook op het vlak van haar uiteindelijke doel een succes te maken. Met een brede glimlach geeft ze de volgende vrouw een teken.

'Elsbeth is mijn naam. Ik ben poetsvrouw in het garnizoen. En mijn jongen hier,' de vrouw met ingevallen wangen wijst naar een spichtig kereltje aan haar zijde, 'heeft nog nooit appelsap en worst bij dezelfde maaltijd gehad. Wel veel aardappelen, maar lang niet zo lekker als in deze salade.' Er wordt weer gelachen.

Nog meer vrouwen stellen zich voor. De meesten werken in de fabriek of het garnizoen of zijn thuisarbeidster. Er zijn ook wat ambachtsvrouwen en een winkelierster die met haar rugmand de dorpen in de Palts langsgaat.

Irene stelt de volgende vraag. 'Voor wie is vrijdag een betere dag dan woensdag om naar deze bijeenkomst te komen?'

Veel vrouwen steken hun hand op. 'Vrijdag is de week bijna voorbij.'

'Op vrijdag gaat mijn man ook naar de herberg.'

'Ik ga 's woensdags liever niet de deur uit omdat ik elke seconde slaap nodig heb om de rest van de week door te komen,' klinkt het langs alle kanten.

Irene en Lene kijken elkaar aan. Dit bevestigt hun vermoeden dat niet alleen het ontbreken van een gratis maaltijd, maar ook de keuze van de dag de oorzaak was dat er niemand was komen opdagen.

Nog geen half uur later zijn alle borden leeg en met brood zo keurig schoongeveegd dat het net is alsof ze al zijn afgewassen. In plaats van af te ruimen, laat Irene de broodmanden bijvullen en potjes reuzel aanrukken. Ook vraagt ze om kannen met fris water op de tafels te zetten.

'Voor brood en reuzel reken ik extra,' bromt de waard. Irene knikt alleen maar. Die paar extra centen zullen het verschil niet maken.

Ze ademt diep in. 'Lieve vriendinnen, velen van jullie hebben ruiterlijk toegegeven dat jullie hier vanavond zijn vanwege het eten.'

'En het bier,' onderbreekt iemand haar brutaal. Als het gelach weer is weggeëbd, gaat Irene verder. 'Dat verbaast me helemaal niet. Vele jaren van mijn leven zou ik ook kilometers hebben gelopen om eens een keertje goed te eten of een stuk worst te proeven. Ik ben opgegroeid in een weeshuis waar schraalhans keukenmeester was. En later, toen ik als nopster in een lakenfabriek in Lambrecht werkte, verdiende ik niet genoeg voor voedzame maaltijden.'

Het is muisstil in de zaal. 'Als dienstmeisje werkte ik in een huishouden waar het personeel genoeg te eten kreeg, maar waar het zestien uur per dag hard werken was. En ik weet dat veel dienstmeisjes evenveel of zelfs nog meer moeten werken dan ik destijds en alleen dunne soep en beschimmeld brood krijgen.'

'Dat klopt.' Het is voor Irene niet duidelijk uit welke richting die opmerking komt. 'Als dienstmeisje ging het nog beroerder met me dan nu.'

Irene steekt haar hand op. 'Wil je misschien even opstaan en ons je naam noemen? Dan weet iedereen wie je bent.'

Aan de achterste rij tafels waar de vrouwen zitten die het laatst waren binnengekomen, staat een lange en magere vrouw op in een verbleekte jurk die om haar lichaam slobbert. 'Ik heet Louise en kom uit Herxheim. Wij waren thuis met zes kinderen. Het weversloon van mijn ouders was bij lange na niet genoeg. Daarom moest ik op mijn dertiende het huis uit en hier in Landau als dienstmeisje aan de slag. Van mijn loon heb ik geen pfennig gezien; dat ging rechtstreeks naar mijn ouders. Het enige wat ik had was een bed vol luizen op een tussenverdieping boven de keukenhaard en als eten de schaarse resten van de maaltijden van de familie. Op mijn vijftiende hield ik dat voor bekeken en ben ik in de borstelfabriek gaan werken. Daar is het ook een en al ellende, maar toch nog altijd beter dan dat slavenbestaan in het huishouden.'

Irene knikt. 'Dank je, Louise. Wie heeft een soortgelijk verhaal?'

Meer vrouwen nemen het woord. Een van hen zit tot wel achttien uur per dag achter de naaimachine en heeft al maanden last van hevige buikpijn.

'Dat komt door al dat zitten. Mijn zus heeft precies hetzelfde.'

Andere vrouwen werken in het garnizoen. Ze hebben meestal geen enkele dag in de week vrij en moeten vaak tot laat op de avond en zelfs op zondag schoonmaken of in de keuken helpen. 'Als er hoog bezoek komt, bijvoorbeeld. Onlangs was er zo'n belangrijke vent van het oorlogsministerie in München te gast. Alles moest glimmen en blinken ook al vielen we van pure uitputting bijna dood neer.'

De fabrieksarbeidsters hebben het niet veel beter. 'Ik verdien een derde van het loon van mijn man. Hij en veel anderen zijn ontslagen om vrouwen te kunnen aannemen voor de nieuwe machines. Daarmee kan de fabrikant zijn winst flink opdrijven. Mijn man werkt nu als dagloner in de wijnbouw. Hij moet elke ochtend twee uur lopen naar zijn werk. Vaak komt hij 's avonds niet meer naar huis, maar blijft hij daar in een stal slapen.'

Zo gaat het nog een hele tijd verder. Alsof er een dam gebroken is, vragen steeds meer vrouwen het woord om hun ellendige verhaal te delen. Ten langen leste steekt Irene haar hand op.

'Ik begrijp jullie heel goed, maar staan jullie er ooit bij stil waar jullie die ellende aan te danken hebben?' Ze pauzeert even om op adem te komen. 'Dat komt omdat wij vrouwen alles zonder klagen accepteren en ons laten uitbuiten, zonder dat het in ons hoofd opkomt ons hiertegen te verzetten.'

Even is het stil. Dan beginnen de vrouwen verontwaardigd te fluisteren.

'Hoe moeten we ons dan verweren?'

'Dan verhongeren we toch allemaal.'

'Jij hebt mooi praten. Jij hebt elke dag genoeg.' Een paar stemmen klinken boven de massa uit.

Irene steekt haar hand weer op. 'Laat me dan even vertellen hoe mijn kameraden en ik konden voorkomen dat we werden ontslagen...' Ze last met opzet een pauze in. 'Omdat we elkaar steunden.'

Opnieuw wordt het muisstil in de zaal. 'Dat was vijf jaar geleden in een naaiatelier in Oggersheim. Halverwege de winter, in januari. Buiten was het ijzig koud. Op een ochtend kwam ik 's ochtends de fabriek binnen...' Irene vertelt hoe ze als voorvrouw het nakende ontslag van twee derde van het vrouwelijke personeel in het atelier van Herbert Stockhausen had kunnen afwenden. De vrouwen in de zaal hangen aan haar lippen.

'Ik spreek dus uit eigen ervaring,' besluit ze haar verhaal. 'Als wij, textielarbeidsters, ons toen in Oggersheim in ons lot hadden geschikt, waren de meesten van ons ontslagen. De anderen zouden hebben verder gewerkt voor een loon waar ze niet eens mee in hun basisonderhoud konden voorzien. En de eigenaar was eigenlijk niet eens onmenselijk of van kwade wil.' Irene vertelt er natuurlijk niet bij dat Stockhausen intussen deel uitmaakt van haar familie.

'Het kwam gewoon niet in zijn hoofd op. Ook al omdat geen enkele vrouw hem ooit had durven aanspreken. Hoe kan zo'n rijk man dan weten in welke benarde situatie wij leven? Hoe kan hij weten dat alleenstaande arbeidsters, ongehuwd of weduwe, dat maakt niet uit, met hun loon geen fatsoenlijk bestaan kunnen opbouwen? Hoe een gehuwde moeder ondanks het slavenwerk dat ze elke dag verricht honger moet lijden om haar kinderen voldoende te eten te geven?'

'Ik denk dat eigenaren en tussenpersonen maar al te goed weten dat we van ons werk niet kunnen leven!' Een kapotgewerkte vrouw met diepe rimpels in haar gezicht onderbreekt het betoog van Irene.

'Hoe heet je?' vraagt Irene vriendelijk. 'Ik had jullie toch gevraagd even je naam te zeggen als je het woord neemt.'

'Ik heet Maria en bind al twintig jaar borstels en bezems als huisarbeidster.'

'Nu, Maria. Ik weet natuurlijk niet of jouw tussenpersoon je te weinig betaalt, maar de lakenfabrikanten in Lambrecht waar ik als nopster werkte, wisten eenvoudigweg niet wat arbeiders van hun loon konden kopen. Voor de grote staking van 1872 vroeg een van de stakingsleiders hoeveel een zwartbrood kostte en de eigenaar noemde een bedrag dat uitkwam op slechts een derde van de broodprijs.'

'Wat wil je, dat eten ze nooit. Zij eten witbrood!' roept een andere vrouw die ondanks de hitte een hoofddoek draagt. 'Ik ben Marianne,' voegt ze er nog snel aan toe.

'Dat kan wel zijn, Marianne,' antwoordt Irene. 'Maar zolang wij vrouwen het woord niet vragen, hebben wij geen stem en worden we dus ook niet gehoord.'

'Maar wat je ons over Oggersheim hebt verteld, is een uitzondering. Het was een noodsituatie waarin je met iets slims op de proppen bent gekomen. En je hebt geluk gehad!' De vrouw, die zich als Helene heeft voorgesteld, gesticuleert opgewonden. 'Hoe moeten wij thuisarbeidsters ons weren? Wij staan gewoon machteloos als de tussenpersoon het stukloon nog maar eens verlaagt of het zoveelste excuus aangrijpt om ons niet te betalen voor de hemden waar we zoveel moeite in hebben gestoken. Omdat er een stofje op zit of een draadje in de zoom is losgekomen.'

'Juist daarom moeten we manieren vinden om ons tegen die situaties te wapenen. Ook in dat opzicht heb ik ervaring. Wie van jullie heeft een naaimachine op afbetaling gekocht?' Er gaan weer een paar handen omhoog.

'Dan weten jullie hoe oneerlijk dat systeem is. Betaal je de termijn van een paar groschen twee weken na elkaar niet, dan moeten jullie de machine teruggeven, ongeacht hoeveel je al hebt afbetaald. Ook de aanbetaling wordt ingehouden. Wij vrouwen hebben hiervoor naar een oplossing gezocht. Luister hoe we onszelf hebben geholpen!'

Nu doet Irene verslag van haar activiteiten in Frankenthal. Ze vertelt over het spreekuur dat ze in opdracht van de vakbond had opgezet en over het noodfonds waarin de thuisarbeidsters van Frankenthal vrijwillig kleine bijdragen stortten. 'Daarmee konden we indien nodig achterstallige aflossingen of artsen betalen of zelfs een periode zonder opdrachten overbruggen.'

Ten slotte vermeldt Irene de vrouwenafdeling van de vakbond die ze samen met kameraden heeft opgericht.

'Maar hier in Landau heb je geen arbeidersvereniging,' klinkt het uit de zaal.

'Dan wordt het tijd voor een vereniging voor arbeidsters. Wat houdt ons tegen?'

'Vrouwen mogen toch niet politiek actief zijn!'

'Wie heeft het over hoge politiek? Het gaat hier om solidariteit met elkaar als hardwerkende vrouwen.'

Irene ziet dat Lene Krüger haar een teken geeft en schrikt als ze zich omdraait naar de klok aan de muur. Het is al na tien uur. Kennelijk is het slagwerk kapot. Ze moet haar betoog afronden want ook morgen moeten de meesten van de aanwezige vrouwen weer werken. En als ze vannacht niet genoeg slaap krijgen, zullen ze misschien spijt krijgen van hun deelname.

'Er valt nog zoveel te vertellen en uit te wisselen, maar vandaag is daar geen tijd meer voor. Wie van jullie wil binnen een vier- à zestal weken nog eens een bijeenkomst zoals vandaag bijwonen?'

'Krijgen we dan weer een gratis maaltijd? Ik heet Anna!' roept een jonge vrouw in het midden van de zaal.

Irene bevestigt dit en meteen schieten bijna alle handen de hoogte in.

'Ik heet Lisbeth. Mag ik mijn vriendin meebrengen?'

Irene glimlacht. 'Natuurlijk, Lisbeth. Elke vrouw is van harte welkom.'

Ze ademt even diep in. 'En voor de volgende sessie heb ik al een plan. Toen ik jullie in mei voor het eerst hier in de herberg heb uitgenodigd, is er niemand komen opdagen. Wellicht omdat jullie dachten dat ik een saaie lezing zou geven. Maar de oorzaak van onze ellende is dat wij vrouwen te weinig onderwijs genieten. Op onze volgende bijeenkomst wil ik een paar voorstellen doen om daar iets aan te veranderen. Hoe meer we weten, des te meer we kunnen bereiken.'

De meeste vrouwen trekken een lang gezicht.

Irene speelt haar laatste troef uit. 'Er is zelfs een man die zich inzet voor vrouwenrechten. Hij zit in de Rijksdag in Berlijn.'

'Wie? Dat meen je niet! Wie is dat dan?' roepen de vrouwen door elkaar heen.

Irene wacht tot het weer wat rustiger is. 'Hij heet August Bebel en is sociaaldemocraat. Wie graag wil horen wat hij vindt van de rechten voor ons vrouwen is de volgende keer van harte welkom.'

Tevreden ziet ze dat de scepsis op vele gezichten plaatsmaakt voor nieuwsgierigheid

'Houd de affiches in de gaten!' roept Irene bij wijze van afscheid. 'Ik dank jullie nogmaals voor jullie komst en wens jullie een behouden thuiskomst.'

Bij het daverende applaus dat losbarst, schieten haar ogen vol tranen.

Ze stuurt haar moeder een stille boodschap. Zo moet het zijn, lieve moeder. Zo heb ik het me voorgesteld. Ik dank je uit de grond van mijn hart voor je steun.

Villa Stockhausen in Oggersheim

Begin juli 1878

Mathilde controleert voor de laatste keer de voor haar en Herbert gedekte tafel. Alles staat precies op de juiste plek, de gesteven linnen servetten zijn in de vorm van een bloem gevouwen. En er is geen vlekje te bespeuren op de fonkelende kristallen glazen die Mathilde ophoudt in het licht van de avondzon dat door het halfopen dubbele raam naar binnen valt.

Onder een zilveren cloche staat de worst- en kaasplank die Herbert voor het avondmaal wil, smakelijk opgemaakt met schijfjes radijs en in een waaiervorm gesneden augurken. Als kleine verrassing zijn er ook met mosterdcrème gevulde eieren en vanillepudding toe.

Ze checkt nog even of de boter vers gekoeld onder een glazen stolp staat en kijkt naar de klok aan de muur. Het is al vijf over half acht.

Herbert is een uur geleden al thuisgekomen, heeft zich opgefrist en heeft zich vervolgens teruggetrokken in de kleine huisbibliotheek om de krant te lezen. Hoewel ze geen gong luiden als er geen gasten zijn uitgenodigd, is Herbert normaal gezien zeer stipt. Ook al omdat hij inmiddels enorm uitkijkt naar de avondmaaltijd met Mathilde die altijd wel iets nieuws bedenkt om zijn voorkeur voor eenvoudige, maar toch delicate geneugten te vervullen.

Nu het huispersoneel weer genoeg te eten krijgt, besteedt de kokkin veel moeite aan het eten. En Theobald of het dienstmeisje Hanne dekt de tafel onberispelijk, vanavond ook weer.

Misschien is Herbert te zeer geboeid door de politieke gebeurtenissen om aan eten te denken, al betwijfelt ze dat. Zelf interesseert het haar helemaal niet, maar ze is volledig op de hoogte van wat er in Berlijn speelt omdat Herbert haar bij elke maaltijd ongevraagd bijpraat. Kroonprins Frederik heeft zoals verwacht op 11 juni de Rijksdag ontbonden. Op 30 juli worden er nieuwe verkiezingen gehouden.

En elke dag gaat Herbert tekeer tegen de socialisten, die nu ‘eindelijk buitenspel zullen worden gezet', zoals hij het uitdrukt. 'Ik begrijp niet dat dat anarchistisch tuig überhaupt aan de verkiezingen mag deelnemen,' herhaalt hij zodra hij de kans krijgt. Dat de keizer inmiddels van de moordaanslag is hersteld verandert niets aan zijn mening.

Mathilde verdraagt dit alles met een voor haar ongebruikelijke kalmte. De invloed van tante Ilse op haar echtgenoot is sinds het gesprek over het eten van de bedienden flink gedaald. Het 'oude kreng', zoals Mathilde haar noemt, heeft het nog twee keer gewaagd de kwestie aan te kaarten en twee keer heeft ze het deksel op de neus gekregen.

Het helpt natuurlijk ook dat Mathilde ondanks de hogere uitgaven voor levensmiddelen, rondkomt met het huishoudgeld en dat in juni met succes heeft bewezen. En dat zonder dat het personeel, zij of Herbert ook maar iets tekortkomen.

Nadat Herbert de kokkin Herta in mei had gevraagd naar goedkope, maar overvloedige en lekkere gerechten voor het personeel, was Mathilde op een soortgelijk idee gekomen.

Elke maandagochtend gaat ze samen met Herta zitten om het menu te bespreken voor het middag- en avondmaal met Herbert en is zo tot de conclusie gekomen dat er ook hier goedkopere en lekkere alternatieven zijn voor haar favoriete gerechten. En vanavond kijkt ze zelfs uit naar de gevulde eieren.

De klok slaat kwart voor acht. Mathilde zucht. Wat is er vandaag zo belangrijk in het nieuws dat Herbert zo laat is? Zeker omdat niets hem tegenhoudt na het eten verder te lezen. Hoewel Mathilde een hekel heeft aan elke vorm van handwerken, houdt ze hem nu elke avond in de salon of de bibliotheek gezelschap met haar onhandige borduurwerk. Ze trekt zich niet langer terug in haar slaapkamer om uitgebreid haar toilet te maken en zich voor te bereiden op zijn bezoek dat meestal niet doorgaat.

Er verschijnt een ondeugend lachje op haar gezicht. Haar nieuwe huishoudelijke deugden lijken zijn begeerte weer te hebben aangewakkerd. In elk geval heeft hij haar de afgelopen weken al driemaal opgezocht. En ook al kan hij de liefdesdaad niet volbrengen en faalt hij nog steeds op het cruciale moment, toch put Mathilde hier hoop uit. Het is toch zeker een veelbelovend begin na een lange periode van onthouding. En op een gegeven moment zal het wel lukken met de geslachtsdaad en uiteindelijk ook met de zwangerschap.

Ze zou de kokkin wel willen vragen of er geen voedingswaren zijn die de potentie van een man verhogen, maar tot op heden heeft ze het nog niet gedurfd.

De wijzer van de klok gaat onverbiddelijk richting acht uur. Nu wordt Mathilde toch wat onrustig. Ze weet dat Herbert voor het avondmaal niet in zijn lectuur wil worden gestoord, maar besluit toch even een kijkje te nemen, zij het alleen maar omdat ze niet wil dat de al gedekte spijzen er onappetijtelijk gaan uitzien of zelfs bederven. Het is buiten immers warm en noch de boter, noch de gevulde eieren kunnen lang ongekoeld op de tafel blijven staan.

Zachtjes steekt Mathilde de gang over en legt haar oor tegen de deur van de bibliotheek. Ze hoort helemaal niets. Voorzichtig duwt ze de klink naar beneden en gaat naar binnen. Herbert zit in zijn grote leunstoel met de krant op zijn schoot. Zijn hoofd rust op zijn borst.

Arme man, denkt Mathilde. Hij is in slaap gevallen. Hij werkt te veel.

Glimlachend loopt ze naar de zware fauteuil. 'Herbert!' fluistert ze. 'Herbert!' Ze schudt zachtjes aan zijn schouder. 'Wakker worden. Het eten staat klaar.'

Tot haar verbazing zakt zijn hoofd door het schudden nog verder naar voren en nu valt het Mathilde ook op hoe stil het is in de kamer. Meestal snurkt Herbert luid als hij slaapt. Nu hoort ze hem niet eens ademen.

De angst bekruipt Mathilde. 'Herbert! Wat is er met je?' Ze pakt zijn gezicht met beide handen vast en tilt het op. De halfgesloten ogen zijn gebroken en uit zijn mond loopt een draadje speeksel. Herbert Stockhausen is dood.

Deel 3

Geheimen

10

Het weversdorp in Herxheim

Begin september 1878

Irene haalt opgelucht adem als de landauer eindelijk het 'weversdorp' bereikt, het kluitje armetierige huisjes aan de rand van Herxheim in de zuidelijke Palts. Zoals verwacht is het een moeizame reis geweest langs slechte, grotendeels nog niet verharde wegen vol kuilen.

'Ik ben blij dat we er eindelijk zijn.' Lene Krüger ziet bleek om haar neus. Net als Irene is ze misselijk van het gehobbel en geschommel op de urenlange rit vanuit Schweighofen. Bovendien is het buiten drukkend warm en hangt er onweer in de lucht. Grijs en dreigend pakken de wolken zich samen aan de horizon. In de verte weerklinkt al af en toe een donderslag.

'En we hoeven vandaag ook niet meer terug,' zucht Lene terwijl ze haar verkrampte ledematen strekt nadat ze voor een gebouw met een verroest uithangbord uit de koets zijn gestapt.

Irene deelt de opluchting van Lene Krüger niet. Sceptisch bekijkt ze de gevel van het verwaarloosde huis waar vandaag de vergadering zal plaatsvinden en waar ze ook zullen overnachten.

De wevers in Herxheim zijn straatarm. Zelfs als Louise, het voormalige dienstmeisje dat inmiddels in de fabriek werkt, Irene vooraf niets had verteld over de erbarmelijke omstandigheden waarin ze was opgegroeid, zou de ellende haar onmiddellijk zijn opgevallen.

Magere kinderen in versleten kielen spelen blootsvoets op de stoffige, met zwerfvuil bezaaide straat. Twee schurftige honden scharrelen rond op zoek naar iets eetbaars. Er kakelen en kwaken een paar kippen en eenden, en een varken, al even mager als de kinderen, rolt in het vuil.

'Zal ik de manden uitladen, waarde mevrouw?' Peter, de koetsier, stapt op Irene af. Hij zit van kop tot teen onder het stof.

Irene knikt afwezig. 'Ja, doe maar! En noem me gewoon mevrouw Gerban in plaats van waarde mevrouw,' herhaalt ze werktuigelijk haar inmiddels versleten riedeltje.

'Goed dan, waarde mevrouw!'

Onwillekeurig moet Irene lachen. Die Peter, hij zal het nooit leren!

Terwijl de koetsier de etenswaren – droge worst, versgebakken brood, een vat zuurkool en een zak met appelen – naar binnen sjouwt, laat Irene haar blik over de huizen langs de dorpsstraat dwalen, eigenlijk niet meer dan hutten van verweerde, ruw bewerkte planken. De meeste hebben een rieten dak, hier en daar ziet Irene met mos bedekte dakpannen.

Een vrouw, die ondanks de hitte met een hoofddoek haar haar bijeenhoudt en een schort over een verbleekte katoenen jurk draagt, komt naar haar toe. Al van op een afstand ruikt Irene het zweet dat als een wolk om de vrouw hangt. Ze probeert haar gezicht in de plooi te houden terwijl Lene openlijk haar neus optrekt.

'Ik ben Hilde Kessler.' De vrouw steekt Irene een gerimpelde hand toe. Irene schudt haar de hand en voelt het eelt. 'En u moet mevrouw Gerban zijn.'

'Irene voor jou, Hilde.'

De mevrouw glimlacht even. 'Goed dan, Irene. Hartelijk welkom! Mijn zus Louise heeft veel over je verteld.'

Dat roept gemengde gevoelens bij Irene op. Ze is blij met het enorme succes van de twee andere bijeenkomsten die ze in de herberg Zum silbernen Kreuz heeft gehouden. Beide keren kwamen er zo'n honderd vrouwen en omdat het lekker weer was konden ze telkens uitwijken naar de tuin van de herberg en hoefden ze niemand weg te sturen. De laatkomers zaten in het gras omdat alle plaatsen aan de tafels bezet waren.

De kosten voor zo'n bijeenkomst bedragen inmiddels bijna honderd mark. Maar daar maakt Franz geen bezwaar tegen nu hij op 30 juli de verkiezingen voor het district Hagenau-Weissenburg heeft gewonnen van het Pruisische regiohoofd dat door de Straatsburgse president in de strijd was geworpen. Van nu af aan zal hij naast zijn normale zakenreizen voor de wijnhandel een à twee weken in Berlijn doorbrengen. Met het geld voor haar bijeenkomsten koopt hij als het ware absolutie voor zijn lange afwezigheid.

Bij de tweede bijeenkomst in Landau waren de geschriften van August Bebel over de rechten van vrouwen voor de toehoorders lang niet zo interessant gebleken als Irenes belevenissen tijdens de staking van de lakenarbeiders in Lambrecht in 1872. Irene had met gemengde gevoelens vastgesteld dat haar publiek nog niet openstond voor de abstracte theorie van de arbeidsleider. Iedereen had aandachtig geluisterd toen Irene het begrip pauperisme had uitgelegd dat vakbondsleiders gebruiken voor het gegeven dat hele families ook met keihard werken hooguit een schamel bestaan kunnen opbouwen. Maar zodra het ging om de vraag hoe men zich daartegen kan weren, spraken de ervaringen van Irene de arbeidsters veel meer aan dan de 'boekenwijsheden', zoals enkele vrouwen de citaten uit *Het kapitaal* van Karl Marx of uit Bebels *De vrouw en het socialisme* hadden genoemd. En dus had Irene toegegeven aan de druk en had ze de rest van de tijd in de tweede en de hele derde bijeenkomst verteld over hoe het in Lambrecht tot een staking was gekomen, hoe die was verlopen en afgelopen.

'En zou je vandaag opnieuw staken ondanks dat jullie toen niets hebben bereikt?' was de vraag van een van haar toehoorders.

Lang hoefde Irene niet na te denken. 'Absoluut. Alleen al om het totale gebrek aan empathie van de eigenaar, Benjamin Reuter! Hij trok zich nauwelijks iets aan van het vreselijke ongeluk van Gerti Gläser en dwong voorafgaand de kleine Anna meedogenloos onder de draaiende spinmachine om de stofvlokken weg te vegen. Dat heeft er uiteindelijk toe geleid dat de vlechten van Gerti in de self-actor vast kwamen te zitten.'

Uiteindelijk had dit ongeluk de aanleiding gevormd voor de staking in Lambrecht. Het haar van Gerti Gläser, dochter van de toenmalige voorvrouw Else Gläser, was met huid en al van haar hoofd gerukt toen ze de achtjarige Anna te hulp was geschoten die met haar jurk in de machine verstrikt was geraakt. Na de staking hadden moeder en dochter zich van het leven beroofd omdat Gerti het ongeval mentaal niet te boven kwam en een opname in het krankzinnigengesticht van Klingenmünster de enige andere uitweg was.

'Reuter en de andere fabrikanten in Lambrecht mogen dan wel werkloze textielarbeiders uit Bischwiller als stakingsbrekers tegen ons hebben uitgespeeld, toch hebben ze grote productieverliezen geleden en moesten ze ook de reiskosten voor de mensen uit Bischwiller ophoesten. Ter plaatse moesten ze onderdak regelen voor de arbeiders en genoegen nemen met de slechtere kwaliteit die deze in vergelijking met hun ervaren collega's uit Lambrecht afleverden,' had Irene aangevoerd. 'Wij hebben hun toen ook duidelijk gemaakt dat ze rekening moeten houden met ons en niet zomaar alles met ons kunnen doen.'

'En wat heeft jullie dat uiteindelijk opgeleverd?'

Irene glimlacht grimmig. 'Veel meer dan ik eerst dacht. Pas veel later heb ik gehoord dat het garnizoen van Landau de bestellingen bij de lakenfabriek Reuter met de helft heeft verminderd omdat het laken voor de uniformen zo slecht van kwaliteit was. Het heeft Reuter jaren gekost om de ondernemer uit Barmen, voor wie de intendant van het garnizoen had gekozen, weer uit de markt te dringen. En uit pure bezorgdheid dat het opnieuw tot een staking zou komen, heeft hij uiteindelijk uit eigen beweging de loonsverhoging goedgekeurd waarvoor we in eerste instantie staakten.'

Trude Ludwig, Irenes voormalige hospita in Lambrecht, wier overleden man ooit bij Reuter als productieleider had gewerkt, had na de staking de ontwikkelingen op de voet gevolgd en Irene daarvan per brief op de hoogte gehouden.

Na de derde bijeenkomst had Louise Kessler uit Herxheim Irene benaderd. 'In mijn geboortedorp heerst wat jij dat pauperdingens noemt of toch iets dergelijks in zijn puurste vorm. Daar krijgen de linnenwevers het almaar moeilijker. Ze zijn volledig afhankelijk van een groothandel die de lonen steeds verder omlaagdrukt. Hoewel de hele familie meewerkt, kunnen ze met het geld nauwelijks meer dan brood en aardappelen kopen en dan zelfs nog niet genoeg. Wil je daar ook eens komen spreken en de mensen aanmoedigen om terug te vechten?'

Aangezien Irene toch al van plan was geweest in Herxheim een bijeenkomst voor vrouwen te organiseren zegde ze meteen toe, ook al zouden hier ook de mannen voor worden uitgenodigd.

Nu ze hier eenmaal is, kijkt ze met een mengeling van opwinding en onbehagen uit naar de avond. Zou men haar, de echtgenote van een rijke wijnhandelaar, wel serieus nemen als je ziet hoe groot de armoede hier is? Of gebeurt het tegenovergestelde en ontvangen ze haar als brenger van hoop, als iemand die ervoor garant staat dat zelfs de wevers van Herxheim aan de ellende kunnen ontsnappen?

Even vraagt ze zich af hoe haar kamer voor de nacht eruit zal zien, maar meteen schaamt ze zich voor haar hoge eisen qua comfort.

'De bijeenkomst begint pas over twee uur,' zegt Hilde nu. 'Kom met me mee, dan kun je zelf zien hoe we hier leven.'

'Graag,' antwoordt Irene.

Ik kan wel een nacht zonder een zacht bed, stelt ze zichzelf gerust terwijl ze achter Hilde aan loopt.

Op weg van het station naar villa Stockhausen in Oggersheim

Begin september 1978, diezelfde dag

Franz geeft zijn reistas aan Theobald en stapt, de pijn verbijtend, met diens hulp in de koets van Stockhausen die Mathilde naar het station van Oggersheim heeft gestuurd. Na een inspannende reis heeft hij steeds vaker pijn, niet alleen aan de stomp, maar ook aan zijn rug.

En de trip naar Oggersheim was wel degelijk zwaar geweest. De oude Riemer had hem met het rijtuigje van Altenstadt naar het station van Weissenburg gebracht, maar de trein had vertraging en kwam zo laat aan in Kaiserslautern dat Franz met zijn prothese bijna moest rennen om zijn aansluiting niet te missen. Hij had het aan de opmerkzaamheid van de conducteur, die hij een teken had gegeven met zijn wandelstok, te danken dat hij de trein net niet had gemist. In Mannheim had hij dan weer een uur op de trein naar Oggersheim moeten wachten in een drukkend warme wachtzaal.

Met een zweem van wrok denkt hij aan Irene die vanochtend met de comfortabele landauer naar Herxheim is vertrokken, maar beseft dat de rit van Schweighofen naar Oggersheim met de koets nog veel zwaarder zou zijn geweest dan met de trein.

Bovendien is hij blij met de paar weken respijt die de dreigende socialistenwet hem nog met Irene zijn gegund. Tijdens zijn laatste trip naar Berlijn is duidelijk geworden dat er ditmaal wel een meerderheid zal zijn voor het wetsontwerp van Bismarck. Het feit dat Max Hödel, de aanslagpleger van 11 mei, inmiddels is terechtgesteld en Karl Eduard Nobiling, die van de door zichzelf toegebrachte verwonding zou zijn genezen, op het punt staat hetzelfde lot te ondergaan, verandert daar niets aan.

Op een vergadering van de afgevaardigden van de autonomisten heeft Carl August Schneegans openlijk toegegeven dat Nobiling, ondanks de verwarde socialistische uitspraken die hij voor de aanslag van 2 juni had geuit, geen aantoonbare banden had met de SAP.

'Toch trekken vooral de Nationaal-Liberalen de aandacht met hun inmiddels gloeiende enthousiasme voor "de wet tegen de voor de openbare veiligheid gevaarlijke aspiraties van de sociaaldemocratie". Wellicht om het aanzienlijke verlies aan kiezers die ze bij de laatste verkiezingen naar de conservatieve partijen zagen overlopen te verdoezelen. We moeten ons geen illusies maken: veel mensen beschuldigen de SAP toch minstens van medeplichtigheid bij de moordaanslag op de keizer. Reden te meer om deze partijen geenszins met ons stemgedrag tegen ons in het harnas te jagen.'

'Dat hebt u kort na de aanslag ook al gezegd, mijnheer Schneegans,' had Franz opgemerkt. 'En wat betekent dat precies voor ons?'

'Dat we met de wolven meehuilen en het wetsontwerp ook moeten goedkeuren.'

'Dat vertik ik.' De evenals Franz nieuw verkozen afgevaardigde Lorette had hier protest tegen aangetekend. 'Ik hang de huik niet naar de wind. Bismarck en de andere partijen zullen dit opportunisme interpreteren als zwakheid en blijven denken dat ze met ons Elzassers kunnen doen wat ze willen. Ik blijf liever gewoon weg bij de stemming.'

Schneegans had Lorette peinzend aangekeken. 'U hebt me op een idee gebracht. Wat als ik nu eens alleen naar de stemming ga en jullie allemaal wegblijven? Het wordt weer een hoofdelijke stemming. Ik stem tegen de wet en jullie stemmen vallen weg. Daarmee geven we me dunkt een duidelijk signaal aan de voorstanders van de socialistenwet.'

Uiteindelijk hebben ze dat afgesproken. Franz had zich als enige tegen deze procedure verzet omdat dergelijke manoeuvres hem zwaar tegen de borst stuiten, maar zich bij de beslissing van de meerderheid van zijn collega's neergelegd om zijn parlementaire werkzaamheden niet in tweedracht te hoeven aanvangen.

Hoe hij dit aan Irene moet uitleggen, weet hij nog niet. Als de wet wordt aangenomen zal zij al haar politieke activiteiten moeten staken omdat die duidelijk het sociaaldemocratisch gedachtegoed uitdragen.

Vooral daarom laat ik haar zo lang mogelijk haar gang gaan, redeneert hij bij zichzelf. Ik wil niet dat ze denkt dat ik haar in de weg sta. Ze zal zich moeten voegen naar de wet en hopelijk ziet ze dat ook in.

Maar als hij heel eerlijk is tegen zichzelf, is Franz zelf ook blij dat er een eind komt aan Irenes strijd voor vrouwenrechten. Vooralsnog correspondeert ze alleen maar met Josef Hartmann, maar het hernieuwde contact is Franz een doorn in het oog.

Hij zet de gedachte aan Irene van zich af. Gelukkig loopt op het wijngoed alles op rolletjes. Ze verpakken de flessen nu in dikke strohulzen die vervolgens nog altijd in gecapitonneerde kisten worden gelegd. Die methode heeft zijn nut al bewezen en de hogere kosten meer dan gerechtvaardigd. Franz is vooral blij dat het een idee was van Hansi Krüger om zo niet alleen verdere schade door gebroken flessen te voorkomen, maar ook om klachten die de reputatie van de firma Gerban kunnen schaden, te voorkomen.

Hansi doet het echt goed als tweede man. De algemene leiding van het wijngoed heeft Franz inmiddels toevertrouwd aan keldermeester Johann Hager. De voormalige rentmeester Kerner, die nu hoofdzakelijk in het handelshuis in Weissenburg werkt, woont nog in Schweighofen en kan hen bij onverwachte problemen in Franz' afwezigheid met raad en daad terzijde staan.

Franz heeft zich ook voorgenomen Kerner op zakenreizen te sturen zodra deze vertrouwd is met de wijnhandel en weet wie de klanten zijn en wat ze bestellen.

De koets draait de oprijlaan van de villa Stockhausen in. Franz' maag trekt samen en hij beseft dat hij met Irene, de socialistenwet en het wijngoed zijn gedachten had willen afleiden van de naar verwachting onaangename afspraak die hem te wachten staat in Oggersheim. Na een uitstel van een paar weken wordt vanavond het testament van Stockhausen geopend. Mathilde heeft Franz als haar nog enige mannelijke familielid gevraagd haar bijstand te verlenen.

Bijstand te verlenen. Op de met tranen overgoten begrafenis van haar man had Mathilde deze formulering al gebruikt om Franz' steun te vragen. Voor het eerst in hun conflictueuze relatie als broer en zus heeft hij echt medelijden met Mathilde. Ze was totaal kapot van de onverwachte dood van Herbert en had diepbedroefd het bed gehouden waardoor het voorlezen van het testament was uitgesteld tot vandaag.

En deze datum was er alleen gekomen omdat Stockhausens tante Ilse had gedreigd het dan maar zonder Mathilde te laten plaatsvinden.

Hun moeder Pauline, die Mathilde vaak in Oggersheim heeft bezocht, maakt zich grote zorgen om haar welzijn.

'Ik denk niet dat het de grote liefde is die de dood van Herbert zo moeilijk maakt voor Mathilde, maar eerder de gevoelloosheid van die tante die haar meer dan ooit als een ongewenste indringer behandelt. En het ontbreken van een huwelijksovereenkomst.'

‘Zijn ze zonder contract getrouwd?’ had Franz verbaasd gevraagd.

‘Ik denk dat Wilhelm al te ziek was of ook te geschokt door zijn verliezen op de beurs om dit nog in de juiste banen te leiden, wat hij met zijn verantwoordelijkheidsgevoel in andere tijden zeker zou hebben gedaan om de toekomst van Mathilde veilig te stellen. Als toen alles normaal was geweest, zou hij met Herbert hebben onderhandeld over het contract vooraleer de bruidsschat te betalen. Maar door de hoge verliezen was hij bang dat hij de bruidsschat nodig zou hebben voor het betalen van een vervallen wissel. Jij hebt het hem nog ernstig verweten dat hij dat geld niet had gebruikt om zijn schulden af te lossen, of vergis ik me?’

‘Nee, dat klopt,’ had Franz geantwoord.

‘En daarna is het huwelijkscontract op de achtergrond geraakt. De twee zijn een paar maanden na Wilhelms dood zoals afgesproken getrouwd, maar Herbert had waarschijnlijk geen zin in een contract omdat hij zo de onbeperkte zeggenschap hield over haar bruidsschat. En Mathilde zelf was na het meermaals verlengen van hun verlovingsperiode veel te ongeduldig om jou te vragen in haar vaders plaats met Herbert te onderhandelen. Temeer omdat ze bang was hem met die vraag te beledigen en hem mogelijk te verliezen. Daar heeft ze nu spijt van en ze maakt zich zorgen dat ze straks benadeeld zal worden, wat natuurlijk wel voor de hand ligt.’

De koets stopt. Theobald stapt van de bok af en opent het portier voor zijn passagier. Eenmaal uitgestapt dwaalt Franz’ blik af naar het pad naast het huis waar hij Irene vijf jaar geleden voor het eerst weer in zijn armen had gesloten.

Zijn maag speelt weer op. Het wordt een onaangename avond; dat weet hij opeens heel zeker wanneer hij over het grind naar de voordeur van de villa hinkt.

Het weversdorp in Herxheim

Begin september 1878, de late namiddag van dezelfde dag

Met een bedrukt gemoed loopt Irene achter Hilde Kessler voor de vierde keer de woning van een linnenweversgezin in. Hoewel ze in de tijd dat ze zelf in de fabriek werkte veel ellende heeft gezien en ook persoonlijk heeft meegemaakt, overtreft de situatie in Herxheim alles wat ze tot op heden heeft ervaren.

Ze bukt zich opnieuw onder de lage bovendorpel en betreedt de donkere, slechts door een klein, open venstergat verlichte kamer. Net als in de andere hutten neemt het enorme weefgetouw de ruimte bijna volledig in. Voor het getouw zit een vanwege de hitte slechts in een hemd en broek geklede man, duidelijk de man des huizes. Een meisje, dat Irene niet ouder schat dan zes jaar, draait aan een spoelrad om garen uit een knot op de weversspoel te wikkelen.

Achterin zit een magere vrouw op het enige bed met een strozak als matras en daaroverheen een ruw grijslinnen laken. Ze heeft haar jurk geopend en probeert een baby te voeden die duidelijk tevergeefs wat melk uit haar platte hangborst probeert te zuigen. Het kind blijft blèren en in het vertrek hangt een doordringende zweetgeur.

'Goedemiddag, Walter. Komen jullie vanavond ook naar de bijeenkomst in de herberg?' Met deze vraag begroet Hilde de wever.

Hij kijkt nauwelijks op van zijn werk. 'Dat weet ik nog niet, Hilde. Dat kost ons drie werkuren en ik zie met de beste wil van de wereld niet in wat we eraan hebben.'

'In elk geval krijgen jij en je vrouw worst met brood en zuurkool.' Hilde verleidt de man op dezelfde manier als de bewoners van de hutten die ze eerder hebben bezocht. 'Vertel, wanneer heb jij voor het laatst zoiets lekkers gegeten?'

Nu pas tilt de man zijn hoofd op en ziet hij Irene, die zich achter Hilde in het kleine vertrek heeft gepropt. Ondanks de duisternis ziet ze de begerigheid in zijn ogen opvlammen.

'Is dat echt waar?' Hij gelooft het niet. 'Een worst voor iedereen? Helemaal gratis?'

Irene neemt het woord. 'Dat heb ik geregeld. Iedereen die komt, krijgt een gratis maaltijd. Ook de kinderen!'

Walter knikt, maar blijft nors kijken. 'Goed, Lore en ik komen, maar we nemen al onze kinderen mee.'

'En graag ook bord, bestek en bekers!' zegt Hilde. 'Je weet dat ze in de herberg maar weinig serviesgoed hebben. Irene heeft het eten meegebracht en Johannes schenkt de drank op haar kosten.'

Weer voelt Irene zich ongemakkelijk. Ze staat in voor de kwaliteit van het eten, maar het was niet mogelijk geweest ook nog bier en appelsap mee te brengen. De bagageruimte van de landauer had sowieso al propvol gezeten.

Johannes, de kastelein die ze kort had begroet, was haar al even onaangenaam overgekomen als zijn etablissement. Hij zag er vies uit en rook naar oud zweet, zoals blijkbaar iedereen in het dorp. Ze hoopt van harte dat hij iets goeds op voorraad heeft. Anderzijds drinken de mensen hier altijd wat de waard te bieden heeft en Lene Krüger bekommert zich om het eten terwijl zij met Hilde onderweg is. Ze probeert zichzelf moed in te spreken, maar het onbehagen wil niet wijken.

Een jongen stapt de hut binnen. De bundel rijshout op zijn rug lijkt veel te zwaar voor zo'n schriel kereltje.

'Waar heb je zo lang gezeten?' blaft de vader naar zijn zoon. 'Waar is Jakob?'

'Die komt eraan, vader. We hebben op straat gedroogde koeienvlaaien gevonden en in het gras verstopt. Jakob is ze nu gaan halen. Ze zijn perfect om mee te koken.'

'Heel goed. Ga dan maar weer aan het werk.' Irene ontwaart een tweede spoelrad achter in het vertrek en het magere joch gaat zitten op een krukje met drie poten. Het spoelrad begint meteen te snorren.

'Heb je dat gehoord, Lore?' vraagt de wever zonder opkijken aan zijn vrouw. Zijn blik is op het de weversspoel gericht die onafgebroken tussen de ketting schiet. 'Vandaag hoef je niet te koken en we komen zeker twee dagen toe met de brandstof.'

De vrouw maakt een vaag geluid.

'Leg die kleine nu maar weer in bed en ga weer aan het werk. Je moet de afgewerkte baal nog nakijken en verbeteren. Ik wil niet dat de groothandelaar weer iets van het loon aftrekt als hij morgen komt. Daarna kun je Liese aflossen. Ze haspelt niet snel genoeg. Straks is het garen op. Zij kan dan in de tuin het onkruid wieden.'

De vrouw staat moeizaam op, legt de huilende baby op de strozak en gaat naar buiten. Als Hilde en Irene de hut na een korte groet verlaten zien ze dat Lore al gebogen zit over een tafel met een schuine houten plaat waarover het linnen is gespannen. Irene weet wat ze aan het doen is. Ook zij heeft ooit als nopster in de lakenfabriek Reuter aan een soortgelijke tafel weeffouten in de afgewerkte stof gezocht en verwijderd.

Een kleine jongen die met beide handen een zware houten emmer zeult, komt hun tegemoet. Zijn benen zijn krom zoals die van een professionele ruiter en zijn polsen zijn vreemd gezwollen.

Omdat Lore niet van haar werk opkijkt vraagt Irene het aan Hilde: 'Is dat Jakob?' Haar metgezel knikt alleen.

'Hoe oud is het joch?'
Hilde denkt even na. 'Vijf, of misschien vier. Ik weet het niet precies.'
Irene besluit dat ze iets moet doen.
'Weet jij waar ik hier in de buurt verse melk kan kopen? Ik was bang dat die onderweg zuur zou worden en heb er dus geen bij me.'
In werkelijkheid heeft Irene er niet aan gedacht, maar de vele uitgehongerde kinderen met de merkwaardig vervormde ledematen die ze nu in deze korte tijd in het weversdorp al heeft gezien, hebben haar diep aangegrepen. Dokter Frey, hun huisarts, zal haar later uitleggen dat deze kinderen aan 'de Engelse ziekte' lijden, een gebrek dat vooral bij ondervoede kinderen voorkomt. Nu reageert Irene instinctief.
'Alleen de herenboer achter het dorp heeft melkkoeien,' antwoordt Hilde. 'Maar de melk is voor ons onbetaalbaar. De boer vraagt twintig pfennig per liter en de mensen hier verdienen nauwelijks een mark per dag. Dat is amper genoeg voor een brood van drie pond, een beetje reuzel en een paar kilo aardappelen. Veel gezinnen verbouwen uien, wortelen en kool in hun tuintje. Meer hebben ze meestal niet te eten.'
'Een mark per dag?' Irene weet niet wat ze hoort. 'Voor het werk van het hele gezin?'
Hilde knikt alleen maar.
Irene maakt de som. In de nopperij verdiende ze een paar jaar geleden in elk geval drie gulden per week. Omgerekend is dat nu ongeveer vijf en een halve mark. Bijna net zoveel als wat hier een heel gezin verdient. En het leven was toen nog goedkoper, ook al kwam ze nauwelijks rond.
Een wever in de lakenfabriek kreeg destijds al acht tot tien gulden per week, nu zo'n veertien tot achttien mark.
Ze haalt haar portemonnee tevoorschijn en haalt er voor vijf mark munten uit. 'Hoeveel kinderen zijn er in het dorp?'
Hilde fronst haar wenkbrauwen en telt zwijgend op haar vingers. 'Ik denk tussen de veertig en vijftig. Er gaan er een paar dood en er worden ook nieuwe kinderen geboren, ik kan het daarom maar moeilijk bijhouden.'
'Stuur iemand naar de boer om zoveel melk te kopen voor dit bedrag.'
Hilde staart vol ongeloof naar de munten die Irene in haar hand duwt.
'Dat is bijna het volledige weekloon van een wever. Weet je het zeker?'
Irene knikt zwijgend. De brok in haar keel maakt dat ze geen woord kan uitbrengen.

Villa Stockhausen in Oggersheim

Begin september 1878, diezelfde avond

'Goed. Dan gaan we nu over tot het voorlezen van de laatste wilsbeschikking van onze dierbare Herbert Stockhausen.' Friedemann Wolf, de kale notaris en advocaat van de familie Stockhausen, zet zijn montuurloze bril op, schraapt uitvoerig zijn keel en opent met veel omhaal de grote envelop die hij uit zijn versleten aktentas heeft gehaald.

Ze zitten na het avondeten in de salon van de villa. De opstelling van de veelal versleten, met groene stof beklede stoelen geeft duidelijk aan dat hier twee partijen tegenover elkaar zitten.

Ilse Stockhausen heeft met twee neven van Herbert plaatsgenomen op een sofa met gebogen armleuningen en poten en zit erbij alsof ze een bezemsteel heeft ingeslikt. Twee mannen van middelbare leeftijd, even oud als de overledene, zitten links en rechts van haar en hebben zich ongegeneerd in de kussens laten zakken.

Franz heeft hen slechts één keer eerder gezien, namelijk op de bruiloft van Mathilde, maar niet gesproken. Hij weet alleen dat het de twee zonen zijn van de eveneens jong overleden oom van Herbert Stockhausen en dat ze in de tabakshandel zitten, een nieuwe, opbloeiende bedrijfstak in de Palts.

Tijdens het diner hebben ze verteld dat ze de oogst rechtstreeks van de boer opkopen en een groot aantal thuiswerkers de sigaren laten rollen. Die sigaren brengen ze vervolgens op de markt en dat levert een 'aanzienlijke winst' op, zoals een van de heren het noemde. Franz had meteen een hekel aan beide mannen en aan tante Ilse, die hem en Mathilde koel en uit de hoogte behandelt.

Daarom zit Franz nu naast zijn zuster op een van de twee oncomfortabele leunstoelen tegenover de bank, terwijl de notaris tussen beide partijen in aan het hoofd van de ovale salontafel op Herberts favoriete plek – een enorme, lichtjes doorgezakte fauteuil – heeft plaatsgenomen.

De man schraapt nog een laatste keer zijn keel en begint dan voor te lezen. *Dit is de laatste wilsbeschikking van Herbert Michael Stockhausen, lakenfabrikant te Oggersheim, opgemaakt op 20 april 1875 bij volle verstand en bewustzijn.*

Mathilde krimpt ineen. Het testament is minder dan een jaar na haar huwelijk met Stockhausen in mei 1874 opgesteld zonder dat zij hiervan op de hoogte was.

Wanneer mijn lieve vrouw Mathilde, née Gerban, mij overleeft en wij samen mannelijke nakomelingen hebben, benoem ik notaris Friedemann Wolf tot de lasthebber van alle roerende en onroerende goederen en dat tot mijn oudste zoon meerderjarig is. Mijn lieve echtgenote zal het voorafgaand en nadien aan niets ontbreken… De notaris blijft wauwelen, terwijl Franz maar met een half oor luistert.

Mathilde en Herbert hebben geen zonen. Wat dat betreft komen deze passages van het testament te vervallen net als Herberts bepalingen in het geval van dochters, de lange lijst van besluiten over het beheer van de fabriek en het naaiatelier en de talrijke legaten voor zijn familieleden.

Wanneer mijn echtgenote Mathilde me overleeft zonder dat ons huwelijk levende kinderen heeft voortgebracht, beschik ik over mijn nalatenschap aan haar in overeenstemming met de duur van onze echtverbintenis.

De notaris schraapt opnieuw zijn keel en kijkt op. 'Ik verwijs verder alleen naar de in dit geval correcte passage,' verduidelijkt hij. *Wanneer ik na een kinderloos huwelijk van hooguit vijf jaar overlijdt, schenk ik mijn echtgenote Mathilde voor de rest van haar leven of totdat ze hertrouwt een rente van tweehonderd mark per maand.*

Friedemann Wolf negeert Mathildes geschrokken gil en leest onbewogen verder. *Daarnaast geniet mijn echtgenote Mathilde levenslang of tot haar hertrouwen het recht het bijgebouw van mijn villa waar nu mijn tante Ilse Stockhausen woont, te betrekken. Voor het onderhoud mag ze een beroep doen op het personeel van het huishouden.*

Mathilde barst in een onbedaarlijk snikken uit. Hoewel Franz hevig ontdaan is over deze povere bepalingen ten gunste van Mathilde, sist hij haar toe dat ze zich moet vermannen.

Met onderdrukte woede richt hij zich tot de notaris: 'En wat gebeurt er met de rest van het vermogen van Stockhausen? En houd het alstublieft kort. U ziet zelf hoezeer mijn zus van streek raakt door de woordelijke weergave van deze beunhazerij.'

Friedemann Wolf beantwoordt verontwaardigd Franz' boze blik.

'De procedure vraagt…'

'De procedure kan me geen moer schelen,' valt Franz hem botweg in de rede. 'Mijn zus wordt hier op schandalige wijze onrecht aangedaan. Ik wil alles horen, maar zonder de bloemrijke formuleringen van de erflater.' Dat laatste woord spuugt hij er verachtend uit.

'Goed dan.' De notaris recht zijn rug. 'De villa met de hele inventaris gaat naar mevrouw Ilse Stockhausen. Net als alle liquide middelen en waardepapieren. De fabriek wordt vijf jaar lang in trust gehouden om de waarde heren Stockhausen,' hij maakt een lichte buiging in de richting van de neven, 'de gelegenheid te geven zich te bewijzen aan het hoofd van de lakenfabriek en het naaiatelier. Als ze in die periode de winst verhogen of op peil weten te houden, worden de fabriek en het naaiatelier in gelijke delen eigendom van de heren en mevrouw Ilse Stockhausen en zullen zij vanaf dan de jaarlijkse winst, na aftrek van alle in onderling overleg overeengekomen noodzakelijke investeringen, delen. Draaien de heren verlies dan zal de lasthebber het volledige bezit met uitzondering van de villa na vijf jaar verkopen. De opbrengst wordt ook dan onder de drie voornaamste erfgenamen verdeeld. Daarbij moeten ze ook een fonds oprichten waarvan de opbrengst de maandelijkse lijfrente van echtgenote Mathilde waarborgt.'

Franz ademt diep in terwijl Mathilde met haar zakdoek voor de mond blijft snikken. 'Hoeveel mark bedraagt het actuele vermogen van Stockhausen?'

De notaris tuit zijn lippen. 'Dat kan ik niet precies zeggen.' Hij krabbelt een paar cijfers op een stuk papier en telt ze op. 'Op basis van mijn kennis van vergelijkbare privé- en bedrijfspanden en de beschikbare liquide middelen kom ik ongeveer op anderhalf miljoen mark; misschien een paar tienduizenden marken meer of minder.'

'Anderhalf miljoen mark?' Franz gelooft zijn oren niet. 'En mijn zus Mathilde krijgt minder dan tweeënhalfduizend mark lijfrente per jaar?'

'U vergeet het recht om levenslang in het bijgebouw te wonen en gebruik te maken van de diensten van de huishouding,' brengt Ilse Stockhausen hiertegen in. Ze negeert het gebaar van de notaris die haar tot zwijgen wil manen. 'Tweehonderd mark per maand lijkt me geen onredelijk bedrag om als alleenstaande in je onderhoud te voorzien,' gaat ze op belerend toontje verder. 'De meeste gezinnen in onze Duitse staten moeten het met veel minder rooien.'

Hoewel Ilse Stockhausen daar een punt heeft, dient Franz haar van repliek. 'Mijn zuster heeft een bruidsschat van vijfentwintigduizend gulden in het huwelijk ingebracht. Omgerekend is dat vandaag bijna vijftigduizend mark.'

'Kom, kom, nu overdrijft u, mijnheer Gerban,' mengt de neef links van Ilse zich nu in het gesprek. 'Een gulden is hooguit een mark vijfenzeventig waard. Dat zou dus...' Hij rekent geluidloos met zijn lippen en gebruikt ook zijn vingers.

'Hoe het ook zij...' De notaris maakt van de gelegenheid gebruik om weer de leiding van het gesprek te nemen. 'Er is geen huwelijkscontract dat bepaalt hoe de bruidsschat moet worden gebruikt en daarom heeft de echtgenoot na het huwelijk het onbeperkte zeggenschap gekregen over die som.'

Franz knarsetandt van woede. 'Dat zullen we voorleggen aan de rechtbank.'

'Dat staat u vrij, mijnheer Gerban, als u denkt dat dat de huiselijke vrede hier in de villa ten goede komt!' De notaris kijkt Franz koeltjes aan.

'En bereidt u zich er dan meteen op voor dat wij de rechtbank zullen laten ophelderen waarom Mathilde niets heeft ontvangen uit de nalatenschap van haar vader Wilhelm,' sist Ilse Stockhausen venijnig. 'Dat heb ik altijd al uitermate vreemd gevonden.'

De gehaaide feeks, denkt Franz terwijl hij zijn gezicht in de plooi probeert te houden nu zij volkomen onverwacht een zwakke plek raakt. Natuurlijk had Wilhelm Gerban zijn dochter Mathilde in zijn testament bedacht, en zelfs met een aanzienlijk bedrag. Maar het feit dat het geld er bij zijn dood niet meer was en de wijnhandel op de rand van bankroet balanceerde, is slechts één kant van de medaille.

De andere en veel belangrijkere kant is dat Wilhelm door zijn wangedrag elke aanspraak op het door Pauline ingebrachte vermogen en vruchtgebruik had verspeeld, maar dat is een goed bewaard geheim. Tot op heden weet Mathilde niet dat Irene Wilhelms natuurlijke dochter is terwijl hij, Franz, het gevolg is van een slippertje van zijn moeder.

Hoe je het echter ook wendt of keert, Mathilde had in geen geval recht op een erfenis van haar biologische vader omdat die strikt genomen bij zijn dood niets meer had.

Maar in het licht van het dreigement van Ilse, en hij twijfelt er geen seconde aan dat ze het zal uitvoeren, kan Franz juridisch niets ondernemen tegen het testament van Stockhausen zonder het familiegeheim te onthullen. En ook aan het dreigende faillissement vijf jaar geleden door de mislukte beursspeculaties van Wilhelm kan beter geen ruchtbaarheid worden gegeven wil hij de reputatie van de wijnhandel niet schaden. Franz heeft dus geen andere keuze dan ordentelijk de aftocht te blazen.

'Ik zal juridisch advies inwinnen en dan kijken we verder.' Hij staat op uit zijn fauteuil. 'Voor vandaag hebben Mathilde en ik genoeg gehoord. Wij trekken ons nu op onze kamers terug.'

Hij geeft Mathilde, die ook is opgestaan, een arm. Het liefst zou hij meteen zijn intrek nemen in een herberg, maar hij krijgt het niet over zijn hart Mathilde vanavond alleen in dit vijandige huis achter te laten. Voor de deur geeft hij zijn zuster zijn eigen schone zakdoek waarin zij haar neus snuit. Ze geeft nog een laatste snik. 'We moeten dit echt aanvechten, Franz!' moedigt ze hem aan terwijl hij het plan al heeft laten varen.

'Ik leg de zaak voor aan monsieur Payet.' Dat is zijn eigen juridisch adviseur in Weissenburg die hem al uit vele precaire situaties heeft gered. Gelukkig kunnen vrouwen niet zonder de hulp van een man een proces aanspannen, bedenkt hij met een slecht geweten. Om te procederen hebben ze de toestemming nodig van hun echtgenoot of, in het geval ze weduwe zijn, van een naast, mannelijk familielid. Anders lopen ze het risico heel snel te worden afgewezen door de uitsluitend mannelijke rechters en juryleden.

'En hier wil ik ook niet blijven!' kondigt zijn zus aan. 'Ik wil terug naar Altenstadt. Dat was en is mijn thuis.'

Franz krimpt ineen. Dat probleem is niet zo gemakkelijk op te lossen als het afzien van een proces over een erfenis.

Met sombere voorgevoelens begeleidt Franz Mathilde naar haar slaapkamer. 'Ook daar besluiten we te zijner tijd over.' Voor de tweede maal die avond gaat hij de dreigende moeilijkheden uit de weg.

Het weversdorp in Herxheim

Begin september 1878, dezelfde nacht

Rusteloos draait Irene zich in de benauwde zolderkamer van de ene op de andere zijde. De drukkende hitte bezorgt haar steeds meer hoofdpijn.

Het onweer is die avond in volle kracht over het dorp getrokken en heeft de stoffige straten in modderpoelen veranderd, maar de afkoeling was van korte duur geweest. De muffe lucht op de zolder van de armoedige herberg is niet ververst omdat het raam niet open kan.

'Dat kunt u beter niet doen,' had de moeder van de kastelein gewaarschuwd toen Irene op de kamer meteen naar het raam was gelopen om het te openen. 'Er zitten horzels onder het dak en het stikt hier van de muggen.'

Haar onbehagen was omgeslagen in afschuw toen ze ontdekte dat er geen gewassen lakens op het bed lagen. De vrouw had het hoofd geschud toen ze haar hierop had aangesproken. 'Er hebben hooguit drie gasten voor u in geslapen. En ik heb nog maar één schoon laken, geen schone overtrekken. Ik heb er maar één voor elk bed. U moet het doen met wat u hebt.'

Vol afschuw had Irene het grove laken over de smerige strozak uitgespreid. Haar bezwete jurk had ze tot een kussen gevouwen. Gelukkig was het zo warm dat ze geen deken nodig had.

Toen ze nog een laatste keer door het met vliegenpoep bedekte, half dichtgemetselde raampje had gekeken, zag ze dat er in de hele straat nog licht in de hutten brandde. Blijkbaar waren de gezinnen na de onderbreking in de herberg weer aan het werk getogen.

Naast de wasteil met een vieze rand stond een kleine kan met lauw water. In plaats van zich daarmee te kunnen verfrissen zoals ze had gehoopt, maakte Irene haar zakdoek een beetje vochtig en depte dan haar gezicht zonder het water in de kom te gieten. De grijzige handdoek die er lag durfde ze ook niet te gebruiken. Ze had al snel de indruk dat ze net zo vies rook als de wevers van Herxheim.

Nu ligt ze in haar onderjurk op de strozak en probeert ze tot rust te komen. Aan de andere kant van de kamer ligt Lene Krüger zachtjes te snurken. Van jongs af gewend aan armoedige leefomstandigheden lijkt de onaangename omgeving haar, in tegenstelling tot Irene, niet te deren.

Irene dommelt bijna weg als haar maag begint te rommelen. Dat komt vast door de zure wijn, denkt ze. Ik had beter niets kunnen drinken, maar het was de hele dag zo heet geweest.

Het gekoelde, met vers water verdunde appelsap dat ze voor zichzelf en Lene uit Schweighofen had meegebracht was bij hun aankomst al op geweest. En haar vrees dat de drank in de herberg niet veel zaaks zou zijn, was bewaarheid. Naast verschaald bier en zure droesemwijn was er alleen lauwwarm water uit een emmer waar al een paar dode vliegen in dreven. Meer had deze sjofele kroeg niet te bieden.

Niet voor het eerst, noch voor het laatst had de oude kasteleinse niet-begrijpend het hoofd geschud toen Irene om cider of druivensap had gevraagd. Aangezien Irene geen bier lust en gruwde van het vieze water, had ze uiteindelijk tegen haar zin voor de droesemwijn gekozen.

Van de melk voor de kinderen wilde ze om andere redenen geen druppel drinken. De stralende ogen van de kleintjes die in een vies handje een worstje en in het andere een beker met verse melk vastklampten is Irenes enige compensatie voor de wellicht vergeefse inspanningen die ze zich op deze trip naar Herxheim heeft getroost.

Want zodra de volwassenen klaar waren met eten, was het onweer losgebarsten en had dat elke poging van Irene om het publiek toe te spreken tenietgedaan. Toen er na de bui niets meer te eten viel en ook de schaarse drank in de herberg op was, waren de bezoekers snel vertrokken.

Hilde stonden tranen in de ogen toen de gelagzaal om negen uur helemaal leeg was. Ze verontschuldigde zich bij Irene. 'De mensen hier hebben alle hoop opgegeven. Ze geloven niet dat u iets aan hun ellende kan veranderen. Het spijt me zo voor alle kosten die u nu voor niets hebt gemaakt. Als ik dat had geweten had ik mijn zus Louise nooit gevraagd of u ook eens naar Herxheim wilde komen.'

'Het geeft niets, Hilde,' stelde Irene haar gerust in een poging haar eigen teleurstelling te verbergen. 'In elk geval heb ik de mensen een voedzame maaltijd bezorgd. Als ik het goed heb begrepen eten ze nauwelijks twee keer per jaar worst of vlees.'

Hilde knikt. 'Veel gezinnen hebben zelfs dat niet. Hooguit wat ranzig spek of slachtafval dat elders zelfs de honden niet willen eten. Dat vormt dan de basis voor het kerst- of paasmaal.'

Er zoemt iets bij haar oor. Ondanks het gesloten raam zitten er blijkbaar toch muggen in de kamer. Nu weet ze zeker dat ze vannacht geen oog zal dichtdoen. Vooral omdat ze niets heeft om over haar bezwete lichaam te trekken.

Met een diepe zucht richt ze zich op en grijpt naar het petroleumlampje dat de kasteleinse naar haar kamer heeft gebracht. In een holte in de voet van de lamp vindt ze een doosje lucifers waarmee ze de lamp aansteekt, hopend dat ze Lene Krüger niet wakker maakt.

Ze heeft een boek van Friedrich Engels dat ze een tijd geleden heeft gekocht, meegebracht. Daarin beschrijft hij de levensomstandigheden van arbeidersgezinnen in het Engelse Manchester. Onderweg naar Herxheim heeft ze niet kunnen lezen door het geschommel van de koets. Nu slaat ze het eerste hoofdstuk open.

De eerste bladzijden vormen al een déjà-vu. Alsof de omstandigheden in Manchester model hebben gestaan voor Herxheim, leest Irene over gezinnen die vaak met acht of meer mensen in een door ongedierte geïnfesteerde, beschimmelde woning zonder water of sanitair wonen. Velen slapen zelfs op straat omdat de vader werkloos is geworden en zelfs het ellendige onderkomen waar de familie woonde niet meer kon betalen.

Stel je dus niet zo aan over één oncomfortabele nacht, roept ze zichzelf voor de tweede keer sinds haar aankomst tot de orde. Ze schrikt wel als ze leest dat de bevindingen van Engels al van dertig jaar geleden zijn. Zouden de omstandigheden daar inmiddels zijn verbeterd? Irene besluit meteen na haar terugkeer bij de boekhandel in Weissenburg te informeren of er ook recentere gegevens zijn over de levensomstandigheden van de textielarbeiders in Manchester.

En ik moet ook nog eens met Franz praten voordat hij weer naar Berlijn vertrekt, neemt ze zich voor. De autonomisten hebben weliswaar maar vijf afgevaardigden, maar elke stem die de onmenselijke leef- en werkomstandigheden zoals hier in Herxheim aan de kaak stelt en de socialisten steunt, telt. Hij moet zijn strijdmakkers ervan overtuigen dat er nog meer is om voor te vechten dan de rechten van Elzas-Lotharingen.

Een zacht schuren tegen de wand doet haar opkijken. In het halfdonker ziet ze een kleine schaduw. Ze pakt de lamp, houdt die op en slaakt een gil van afschuw. Een enorme kakkerlak beweegt zich langzaam in de richting van haar smoezelige bed.

Ze springt abrupt op van het bed met de lamp nog in haar hand. Pas later zal ze beseffen hoe het maar een haar had gescheeld of ze had de boel in brand gestoken. Ze rent naar het bed van Lene en schudt haar wakker. Slaapdronken opent de wasvrouw de ogen.

'Wat is er aan de hand, mevrouw Gerban?' mompelt ze. 'Kan u niet slapen van de hitte?' Alleen tijdens de bijeenkomsten spreekt Lene Irene met jij aan. Op het wijngoed wil Franz die vertrouwelijke omgang met de landarbeiders niet omdat hij vreest dat de arbeiders het respect voor Irene als vrouw des huizes zullen verliezen.

'Nee, nee! Er zitten hier kakkerlakken, enorme kakkerlakken! Alstublieft, doe iets!' Irene is bijna hysterisch. Al in het weeshuis was ze als de dood voor dit op zich ongevaarlijke insect.

'Die doen toch niemand kwaad,' antwoordt Lene dan ook zoals verwacht. Zij is dergelijke kamergenoten duidelijk gewend. 'Als u het licht weer uitdoet, verdwijnen ze sowieso. Ze komen alleen bij licht uit de spleten en voegen.'

Dit gezegd zijnde draait ze zich om en slaapt meteen weer in.

Ondanks de hitte in de kamer heeft Irene kippenvel. Even overweegt ze de raad van Lene te volgen, maar ziet dan nog twee van die gruwelijke beesten, beide zo groot als haar pink.

Hier kan ik in geen geval blijven, denkt ze bij zichzelf. Haar hart klopt in haar keel. Maar waar moet ik heen? De koets! Ik ga in de koets slapen. Hopelijk heeft Peter de deur niet gesloten. En wat dan nog, dan maak ik hem wakker. Hij slaapt in de stal naast het huis.

Haastig trekt ze haar bezwete jurk aan, grijpt de lamp en loopt de steile trap af naar de gelagzaal. De voordeur is gesloten. Ze is de wanhoop nabij, maar denkt dan aan de achterdeur. Gelukkig zit die alleen van binnen op slot en kan ze die dus openen.

Een aangenaam briesje begroet haar als ze de vieze binnenplaats op loopt. Met volle teugen geniet ze van de koelte, maar bedenkt dan dat het wel eens onaangenaam fris zou kunnen worden in de koets.

Het portier van de landauer is niet gesloten. Zonder een warme deken nestelt Irene zich in de zachte kussens en probeert een zo comfortabel mogelijke houding te vinden. Verwarde beelden van de afgelopen dag trekken echter onafgebroken aan haar geestesoog voorbij. Pas als de hemel aan de horizon wat lichter wordt valt ze van pure uitputting in slaap.

11

Het wijngoed bij Schweighofen

Medio oktober 1878

'Hoe denk je dat de stemming over de socialistenwet zal uitpakken, Franz?' Irene kijkt bezorgd op van de krant die ze aan het lezen is.

'Zeker weet niemand dat natuurlijk, liefste. Maar het ziet er niet goed uit voor de sociaaldemocratie,' antwoordt Franz oprecht.

Irene ademt diep in en probeert de paniek die ze voelt opkomen te onderdrukken. 'Maar hoe moet het dan verder met de arbeiders? De SAP is hun enige bondgenoot in de strijd tegen uitbuiting en armoede.' Ze ziet de verschrikkelijke taferelen die haar sinds het bezoek aan Herxheim niet loslaten weer voor zich.

Franz zwijgt somber en denkt na over een antwoord.

'Hier zitten de ondernemers achter!' Irene verwoordt zijn eigen vermoedens. 'Ze willen hun winst maximaliseren en in hun fabrieken doen en laten wat ze willen zonder dat hun arbeiders zich organiseren en een stok in het wiel steken.'

Franz spreekt Irene niet tegen, maar valt haar ook niet bij. Om de pijnlijke stilte te doorbreken staat hij op om zich nog een cognac in te schenken. Het is al laat op de avond, de kinderen slapen al lang en ook Pauline heeft zich al op haar kamer teruggetrokken.

'Steun je mijn bijeenkomsten nog financieel als de wet erdoor komt?' Irene gaat wat rechter zitten en zoekt de blik van Franz. 'Je weet toch dat ik op het punt sta in Landau een vereniging en opleidingscentrum voor arbeidsters te openen.' Ze dringt aan omdat Franz niet meteen antwoordt. 'We hebben het de vorige keer al over de mogelijke statuten gehad. En we willen ook een noodfonds oprichten. In Neustadt was de eerste bijeenkomst een groot succes en bovendien heb je me na mijn bezoek aan Herxheim beloofd je politiek voor humanere werk- en levensomstandigheden voor de laagste klassen in te zetten.'

Met een extra slok cognac probeert Franz tijd te winnen. Hij voelt de scherpe warmte van de drank door zijn keel lopen.

Dan kijkt ook hij Irene recht in de ogen. 'Als de wet van Bismarck wordt aangenomen, en daar ga ik van uit, zullen de autoriteiten bijeenkomsten zoals die in Landau en Neustadt wellicht niet meer toestaan. Ze zullen nog preciezer willen weten waar het precies om draait en jouw bijeenkomsten hebben duidelijk sociaaldemocratische aspiraties. Als je in strijd met de openbaarmakingsplicht handelt en het echte doel verzwijgt of de bijeenkomsten organiseert zonder officiële toestemming, pleeg je een strafbaar feit.' Hij gaat bewust niet in op de situatie in Herxheim.

Verontrust ziet hij de koppige blik verschijnen in de blauwe ogen van Irene. 'In het slechtste geval vlieg je de gevangenis in,' waarschuwt hij haar. 'Denk aan de kinderen! Die zijn daar niet tegen opgewassen.'

Irene krimpt ineen en wringt teleurgesteld de handen. 'Misschien gebeurt er nog een wonder.'

Ze kijkt weer op. 'In elk geval ga jij tegen dit onrechtvaardige gedrocht stemmen.' Vol vertrouwen kijkt ze hem aan en dat treft hem recht in het hart. 'Wie had ooit gedacht dat ik er trots op zou zijn dat jij in de Rijksdag zetelt.'

Het wijngoed bij Schweighofen

25 oktober 1978

'Goed dat u er weer bent, mijnheer Franz.'

Hij heeft nog maar net het portier geopend van het rijtuigje waarmee Peter hem van het station in Weissenburg heeft afgehaald, als Hansi Krüger op hem afkomt. Te oordelen aan zijn gezicht heeft hij geen goed nieuws.

'Helaas zullen we dit jaar behoorlijke verliezen moeten incasseren bij onze rode wijnen.' De jonge rentmeester valt meteen met de deur in huis zodra Franz is uitgestapt.

'Met onze rode wijnen? Hoe kan dat nu? We hebben toch een zonnige zomer gehad!'

'Nikolaus Kerner denkt dat precies dat de verklaring kan zijn. Veel stokken zijn aangetast door een schimmelziekte. "Echte meeldauw" noemen ze het. We dachten het probleem onder controle te krijgen door de aangetaste scheuten te snoeien en de bladeren weg te knippen, maar nu wordt pas duidelijk dat de stokken veel zwaarder zijn beschadigd.'

Franz fronst het voorhoofd. 'En waarom hoor ik dat nu pas?'

Hansi bloost licht. 'U was de hele zomer zo druk bezig, mijnheer Franz. Eerst met de verkiezingen en later met uw mandaat als afgevaardigde. We wilden u niet onnodig ongerust maken.' Hij ademt diep in. 'En we hebben het probleem onderschat, of beter gezegd, ik heb het onderschat.'

'Wat bedoel je?' Franz begint zijn geduld te verliezen. 'Heb ik niet expliciet gezegd dat ik onmiddellijk op de hoogte wil worden gebracht als er zich iets bijzonders voordoet?'

Hansi ziet nu knalrood. 'Dat klopt, mijnheer Franz,' mompelt hij. 'Het is allemaal mijn schuld. Ik heb ook de heren Hager en Kerner niet bijtijds ingelicht over de omvang van de besmetting.'

'En waarom niet?'

Hansi staat te wiebelen en antwoordt vooralsnog wat ontwijkend. 'Ze weten al vanaf het voorjaar van de meeldauw en ook aan u heb ik het toen verteld.'

Franz kijkt bedenkelijk; hij herinnert zich dit vaag. 'Ja, maar met de boodschap dat het niet erger zou zijn dan andere jaren. Schimmelziektes kun je nu eenmaal niet helemaal vermijden.'

'Dat klopt, mijnheer Franz. En tot hartje zomer vormde het ook niet zo'n bedreiging. We moesten weliswaar een aantal stokken helemaal terugsnoeien of zelfs uittrekken, maar ik dacht dat het zo wel zou goedkomen en heb wellicht niet genoeg aandacht besteed aan de plekken. De ziekte heeft zich pas in de hete weken in september, vlak voor de oogst, nog snel verspreid. Ik heb toen de percelen van de witte wijn te veel en die van de rode te weinig gecontroleerd.'

In principe is dat logisch omdat het wijngoed meer dan dubbel zoveel witte als rode wijnstokken heeft, maar Hansi heeft duidelijk last van een slecht geweten. De jonge rentmeester kijkt weer naar de grond en schuifelt met zijn voeten.

'Er zijn hoe dan ook veel stokken aangetast. Vooral de portugieser heeft eronder te lijden. En de spätburgunder, die beter bestand is tegen meeldauw, zal dit jaar geen topwijn opleveren. Zelfs als we de niet aangetaste druiven oogsten, zal de opbrengst veel lager zijn dan afgelopen jaar.

'Geweldig nieuws, ik hoor het al,' antwoordt Franz sarcastisch. Hij slikt de opmerking in dat Hansi zijn vertrouwen heeft beschaamd. Uiteindelijk heeft hij de jongen, ondanks zijn nog jonge leeftijd, op deze verantwoordelijke positie gezet. 'En wat denk je dat we moeten doen?' vraagt hij daarentegen.

'Als u dezelfde hoeveelheid rosé wilt produceren als afgelopen jaar, moeten we portugieserdruiven inkopen.' Franz draait zich om als hij de stem van Johann Hager hoort. Kennelijk heeft de keldermeester het gesprek tussen hem en Hansi gevolgd.

'Ik wou dat Hansi Krüger zelf zijn fout aan u zou toegeven,' verduidelijkt Hager het feit dat hij zich niet eerder in het gesprek heeft gemengd.

'U hebt de schimmelplaag dus eigenlijk ook onderschat?'

'Ik had in ieder geval geen idee van de omvang, mijnheer Gerban. De wijnkelder is mijn domein, niet de wijngaard. Hansi Krüger en ik hebben het werk met uw instemming bewust zo verdeeld.'

Franz zucht gelaten. Met tegenzin moet hij toegeven dat de keuze die hij na zijn verkiezing tot afgevaardigde deze zomer heeft gemaakt niet zo goed lijkt als gedacht. Hansi is jong en ambitieus en heeft zich willen bewijzen zonder de hulp van de oudere mannen, beseft hij. En dat is fout gelopen. Nikolaus is op het wijngoed blijkbaar niet zo gemakkelijk te vervangen als ik zou willen.

'Maar de slechte oogst hadden we niet kunnen voorkomen, ook niet als we vroeger hadden gezien hoe ernstig het probleem met de meeldauw dit jaar was. Dan hadden we de stokken in het voorjaar al zo sterk moeten terugsnoeien en daarna voortdurend met zwavel moeten besproeien dat ze nauwelijks meer zouden hebben opgebracht. Bovendien zou dat de smaak van de weinige druiven en dus de latere wijn hebben beïnvloed.' Tot grote verbazing van Franz voegt nu ook Nikolaus Kerner zich bij hen.

'Vooral omdat een te sterke snoeibeurt de ontwikkeling van de jonge spätburgunderstokken, die we na dat zware onweer van een paar jaar geleden hebben geplant, zou hebben vertraagd. Het is beter dit jaar de lage opbrengst te accepteren en te hopen dat de meeldauw volgend jaar minder schade zal aanrichten,' aldus de voormalige rentmeester van het wijngoed en huidige directeur van het wijnhandelshuis.

Er gaat Franz een licht op. 'Jullie hebben hier met z'n drieën op mij gewacht en Hansi Krüger vooruitgestuurd om zijn nalatigheid op te biechten?'

'Dat leek ons beter dan een strafpreek van ons,' bekent Johann Hager.

Franz slaakt een gefrustreerde zucht. 'Is er ook goed nieuws?'

'Zeker!' Hansi Krüger kijkt hem nu stralend aan. 'Zowel de riesling als de weissburgunder hebben het uitstekend gedaan. Enorme opbrengsten en een fantastisch mostgewicht. De Oechsletabel geeft bijna overal tussen de tachtig en negentig graden aan.'

'Zoveel?' Franz staat paf. 'Voor de hele oogst?'

'Ja. We hadden het daareven over de hete en droge zomer en die was net zo goed voor de meeldauw als voor de riesling en de weissburgunder.'

Franz haalt opgelucht adem. 'Het wordt dus toch geen verlieslatend wijnjaar?'

Hager en Kerner schudden lachend het hoofd. 'Het wordt geen topjaar, maar ook geen fiasco. De winst zal gewoon lager uitvallen.'

'En zelfs dat is nog onzeker,' valt Hager zijn zwager Kerner in de rede. 'U weet toch dat het dit jaar langs de Moezel en de Rijn veel slechter weer was dan bij ons. Dat zal ook effect hebben op het mostgewicht van de druiven in die gebieden. In elk geval zullen we voor onze witte wijnen flinke prijzen kunnen vragen. En al helemaal voor de ijswijn. Als het ook dit jaar lukt, wordt het met dit mostgewicht de beste ijswijn tot nu toe.'

Dat stelt Franz gerust. Toch richt hij zich nog even tot Hansi. 'En wat heb jij hieruit geleerd?'

'Dat hebben we al besproken, mijnheer Franz. Ik probeer in de toekomst de problemen niet meer alleen op te lossen, maar informeer iedereen zodra mij iets opvalt. Dan bekijken we samen of ik het alleen kan oplossen of hulp nodig heb. In elk geval breng ik geregeld verslag uit.'

Franz laat het even bezinken. 'Ik ga hiermee akkoord, maar ik vertrouw erop dat zoiets niet meer voorkomt, Hansi' voegt hij er dan nog uitdrukkelijk aan toe.

'Daar kunt u op rekenen, mijnheer Franz!'

'Morgenochtend gaan we bij elkaar zitten om de situatie uitvoerig te bespreken,' besluit Franz. 'Om negen uur, meteen na het ontbijt. Nu is het te laat voor mij.'

Pas als hij bijna bij de voordeur is, beseft hij dat niemand hem tegemoet is gekomen. Noch Irene, noch zijn moeder, noch de kinderen.

En dat is vreemd want Peter heeft zijn reistas al lang naar binnen gebracht en dus weet iedereen dat hij is aangekomen. Met een groeiend gevoel van onbehagen loopt hij naar binnen.

‘Papa! Papa!’ Franz is nog maar net binnen als Sophia en Fränzel met uitgestrekte armen op hem af komen rennen. Klara volgt iets voorzichtiger.

Franz vangt Sophia op en draait ondanks zijn prothese helemaal om zijn as. Ook Fränzel steekt zijn armen uit. ‘Jij bent helaas al te zwaar voor mij, lieverd.’ Franz strijkt zijn zoon over zijn verwarde krullenbol. ‘Die haren van je mogen wel weer eens worden geknipt.’

Fränzel trekt een pruillip. ‘Maar het doet altijd zo’n pijn als Rosa mijn haar knipt.’

‘Het doet nog veel meer pijn als je het moet kammen, als je dat ooit doet althans,’ glimlacht Franz.

Ook Klara is er nu en steekt haar armpjes uit. Franz zwiert haar net als Sophia een keertje in het rond.

‘En waar is mama?’

Fränzels gezicht betrekt. ‘Oma is bij haar. Het gaat niet goed met mama. Ze huilt al de hele dag.’

Het gevoel van onbehagen keert terug. ‘Ze wacht boven in de salon op je,’ antwoordt Fränzel op zijn onuitgesproken vraag.

Met lood in de schoenen loopt Franz de trap op. Het is Irene natuurlijk niet ontgaan dat de socialistenwet met een grote meerderheid is aangenomen in de Rijksdag. Maar waarom ontwijkt ze hem, vraagt hij zich af. Daar kan hij toch niets aan doen.

Dat Franz net als zijn drie collega’s van de autonomisten van de stemming op 19 oktober is weggebleven, kan ze niet weten. Of zou ze toch op de hoogte zijn? En hoe dan? Het hart van Franz bonst in zijn keel.

Aarzelend duwt hij de deur naar de salon open. Irene en zijn moeder zitten dicht naast elkaar op de bank; Pauline heeft haar arm om de schouders van Irene gelegd. Wanneer ze Franz ziet, staat ze op, loopt op hem af en drukt een vluchtige kus op zijn wang.

Zonder hem verder te begroeten, zegt ze: ‘En nu gaan jullie als twee volwassen mensen jullie meningsverschil bijleggen. Dat zijn jullie aan jullie kinderen verplicht.’

Ze verlaat de kamer en sluit de deur zacht achter zich. Franz hoort nog net hoe ze de kinderen tegenhoudt. ‘Vooruit, jullie drie! Vandaag eten we in de keuken. Als avondeten krijgen jullie pannenkoeken en chocolademelk. Daarna breng ik jullie naar bed en lees ik nog een verhaal voor. Mama en papa moeten iets bespreken.’

Franz wil Irene een kus geven, maar ze wendt haar hoofd af. Ze maakt ook geen aanstalten om hem te omhelzen zoals ze anders altijd doet.

Franz wordt boos. 'Leuke manier om me te verwelkomen, Irene. En vertel, wat moeten we uitpraten?' Hij laat zich tegenover haar in een van de fauteuils zakken.

Irene zegt niets, maar gooit een krant naar hem toe, een van de grotere bladen die in de hele regio rond Mannheim verschijnt.

Het resultaat van de stemming in de Rijksdag over de 'wet tegen de voor de openbare veiligheid gevaarlijke aspiraties van de sociaaldemocratie' leest hij met een frons.

'Wat is dit?' vraagt hij nors. 'Er was een meerderheid van tweehonderdtwintig tegen honderdnegenenveertig stemmen. De tegenstanders van de wet hadden, zoals ik had voorspeld, geen schijn van kans.'

Nu pas kijkt Irene op. Haar ogen zijn rood en gezwollen. 'En jij hoort bij de tegenstanders?'

'Natuurlijk!' De leugen rolt spontaan over zijn lippen en daar zal hij achteraf nog vaak spijt van hebben. 'Waar gaat al deze ophef over?' Hij neemt de vlucht naar voren.

'Dat vraag ik je nu. Lees het artikel maar eens goed. Vooral het stuk onderaan de pagina!'

Franz draait de krant om en verstijft. De namen van alle driehonderdzevenennegentig parlementsleden staan in alfabetische volgorde vermeld. Omdat het een hoofdelijke stemming was geweest, stond naast hun naam of ze voor of tegen hadden gestemd. Zijn blik gaat naar de letter 'G' en daar staat het zwart op wit.

Franz Gerban. Vertegenwoordiger van de Elzas-Lotharingse partij der autonomisten. Zonder verontschuldiging afwezig.

Franz voelt zijn gezicht heet worden.

'Je hebt me na de stemming getelegrafeerd dat je niets had kunnen doen.' Irene gooit nu ook een verfrommeld telegram op de tafel dat Franz haar inderdaad nog op de dag van de beslissende zitting heeft gestuurd. Nu vervloekt hij zijn ondoordachtheid.

'Je was niet eens aanwezig! Je laat ons hier wekenlang alleen en slaat dan deze belangrijke zitting over!'

Franz' blikt valt weer op de krant. 'Waar heb je deze krant vandaan? Die kun je hier nergens kopen.'

Irene kijkt hem strak aan en haar donkerblauwe ogen vernauwen zich. 'Josef Hartmann heeft me die bezorgd.'

Franz ontsteekt in woede. Pas veel later zal hij aan zichzelf toegeven dat hij daarmee zijn slechte geweten wilde verdoezelen.

'Josef Hartmann! Natuurlijk, wie anders! Wie anders zou er aan de basis liggen van de eerste ernstige ruzie in ons huwelijk?'

Irenes ogen fonkelen van boosheid. 'Praat niet zo minachtend over een oprecht man met een ruggengraat, iets wat ik van jou niet kan zeggen. Of staat die krant vol leugens misschien?'

Franz schudt met tegenzin het hoofd. 'Nee, het klopt. Ik ben om tactische reden bij de stemming weggebleven. Het gaat om het welzijn van Elzas-Lotharingen.'

'Het welzijn van Elzas-Lotharingen? Denk je dat Elzas-Lotharingen goed zal varen bij deze socialistenwet?'

'Nee... ja,' stamelt hij. 'Ja en nee, het kon niet anders. We hebben de stemmen van de voorstanders van deze wet nodig om onze eigen wet voor meer autonomie aangenomen te krijgen.'

'Jullie praten die afschuwelijke opruiers naar de mond om jullie eigen belangen te verdedigen?' roept Irene. 'En daarvoor verraad je zonder de minste scrupules onze gezamenlijke idealen? Of tellen die misschien niet meer voor jou?'

Franz ademt diep in. 'Ik heb me niet verkiesbaar gesteld om voor de socialisten op te komen. Anders had ik me wel voor hén kandidaat gesteld. Al die inspanningen die mijn mandaat met zich meebrengt en ook de nadelen die dat voor de wijnhandel heeft, neem ik voor lief om ervoor te zorgen dat mijn vaderland dezelfde rechten krijgt als alle andere deelstaten.'

'De nadelen die dat heeft voor de wijnhandel,' praat Irene hem na. 'De nadelen voor ons als familie spelen dus geen rol?'

Dit is het moment voor Franz om bij te draaien, om zich bij Irene te verontschuldigen, beterschap te beloven en te benadrukken hoe belangrijk zijn familie voor hem is. Maar in plaats daarvan kiest hij voor het slechtst denkbare antwoord.

'Onze familie! Wat een slap excuus! Je bent gewoon boos omdat je die bijeenkomsten van je niet meer kan organiseren en het gedaan is met je geheul met die Hartmann!' brult hij.

'Voor jou spreekt het dus vanzelf dat ík alles wat ík net heb opgebouwd opgeef vanwege deze afschuwelijke wet?'

'Natuurlijk verwacht ik dat van je!' schreeuwt Franz terug. 'Denk je dat ik het risico wil nemen dat al het werk van onze partij teniet wordt gedaan omdat de echtgenote van een van de parlementsleden van de autonomisten zich met socialistische activiteiten bezighoudt? Dat gaat niet gebeuren! Ik verbied het je!'

Als door een wesp gestoken springt Irene op. 'Dat zullen we nog wel eens zien!' Zonder nog een woord te zeggen loopt ze naar het schelkoord en trekt eraan. Niet veel later komt het dienstmeisje Gitta, dat nog steeds bij hen woont, binnen.

'U hebt gebeld, mevrouw Gerban?'

'Haal mevrouw Burger!'

'Irene, wat is dit voor gedoe?'

Ze negeert Franz volkomen.

De huisdame komt met een uitgestreken gezicht binnen, al moet de ruzie tussen de echtelieden in het hele huis te horen zijn geweest.

'Laat het avondeten van mijn man opdienen in de kleine eetkamer en vraag zijn moeder of ze hem gezelschap wil houden. Voor mij hoeft u niet dekken. Ik heb geen honger en trek me terug in mijn slaapkamer. Tijdens het avondeten mag u het veldbed dat Rosa gebruikt als ze bij de zieke kinderen slaapt, in de schrijfkamer opstellen. Mijn man slaapt vannacht daar.'

Voor Franz hier ook maar een woord tegen in kan brengen, snelt Irene naar buiten; zonder acht te slaan op mevrouw Burger slaat ze de deur met een knal achter zich dicht.

Het wijngoed bij Schweighofen

26 oktober 1878, de volgende ochtend

'Goedemorgen, lieverd! Heb je goed gesla–' De woorden blijven Pauline in de keel steken als ze het bleke, uitgeputte gezicht van Irene ziet.

Ze schenkt zelf een kop koffie in voor Irene en gebaart het dienstmeisje Gitta, dat het ontbijt serveert, hen alleen te laten.

'Jij hebt dus ook geen rust gevonden,' stelt ze onthutst vast. 'Franz heeft ook de hele nacht rondgelopen. Ik hoorde constant zijn zware voetstappen voor mijn deur, voor het laatst om vijf uur deze ochtend. Hij zal wel hevige pijn hebben gehad.'

'Ik wil je niet met een slecht geweten opzadelen,' voegt ze er nog gauw aan toe als Irene koppig opkijkt. 'Maar het stemt mij ook somber dat jullie gisterenavond zo vreselijk ruzie hebben gemaakt, vooral omdat het zo lang heeft geduurd voordat jullie elkaar hebben teruggevonden. Dat mag zo'n onbeduidend politiek meningsverschil toch niet kapotmaken. Jullie hebben kinderen samen!'

Irene glimlacht vermoeid. 'Ons huwelijk is nog niet op de klippen gelopen, Pauline. Daarvoor houd ik te veel van Franz en hij van mij. Maar een onrechtvaardige, onzinnige wet doorkruist nu de plannen die ik met zoveel passie, ontbering en teleurstellingen heb nagestreefd.'

'Daar kan Franz toch niets aan doen, lieverd. En hij heeft er ook niet actief voor gestemd.'

'Nee, maar hij was wel zo laf zich niet openlijk te onthouden,' antwoordt Irene bitter. 'Hij is gewoon van de stemming weggebleven en dat terwijl hij in mei, na de eerste mislukte poging om de wet goed te keuren, nog zo heeft uitgehaald naar die "luie gezellen uit Elzas-Lotharingen", want zo noemde hij de volksvertegenwoordigers die toen ook niet waren komen opdagen. Bovendien heeft hij nog geprobeerd me te misleiden met een leugenachtig telegram.'

'Hij wilde gewoon zijn gezicht redden tegenover jou.' Pauline probeert het gedrag van Franz wat te vergoelijken. 'Zeker omdat hij weet hoe belangrijk de sociaaldemocratische idealen voor jou zijn.'

'Daar zeg je wat,' antwoordt Irene bitter. 'Alleen voor míj zijn deze idealen nog belangrijk. Hij heeft ze schandelijk verraden.'

Pauline geeft het op en brengt het gesprek op een onschuldig onderwerp. 'Wil je niets eten? Dat roerei met bieslook is heerlijk.' Ze wijst op de afgedekte zilveren schaal. 'Straks is alles koud.'

Irene schudt het hoofd. 'Ik heb helemaal geen trek, Pauline.' Ze recht haar rug. 'Maar ik heb een besluit genomen. Hier in Schweighofen komen de muren op me af en ik wil een paar dagen weg om Minna in het sanatorium in Falkenstein te bezoeken.'

'Uitgerekend nu Franz twee weken thuis is?'

Irene haalt diep adem. 'Juist nu. Zo geef ik hem de kans zelf ook eens veel tijd met de kinderen door te brengen voordat hij weer naar Berlijn gaat. Uiteindelijk was hij, zogenaamd vanwege die vermaledijde stemming, niet eens op de vierde verjaardag van de tweeling. En de knuffelbeesten en het snoepgoed dat hij geregeld meebrengt maken hem nog geen goede vader.'

Pauline zucht.

'Bovendien zal hij genoeg werk hebben met de oogst,' gaat Irene verder voordat Pauline iets kan zeggen. 'Ik hoorde dat hij daar ook wat problemen moet oplossen.'

'En het oogstfeest dan? Dat staat gepland voor zaterdag over een week.'

'Dan ben ik al lang weer terug. Langer dan drie of vier dagen ben ik niet weg en ik neem Gitta mee. Dan hoeven jullie in vergelijking met vorig jaar niemand te missen bij de voorbereidingen van het feest.'

Pauline kijkt haar onderzoekend aan. 'We zullen jóú missen, Irene.'

Irene wuift dit weg. 'Tot op heden hebben mevrouw Burger en jij het prima gered zonder mij.'

Pauline bijt op haar lip. 'Franz zal dit niet licht opnemen,' denkt ze luidop. 'Ik weet zeker dat hij het vanochtend goed wil maken met jou.'

Irene trekt haar schouders op. 'We leggen het nog wel bij. Ik ben ook niet van plan om met ruzie te vertrekken. Maar ik heb behoefte aan de goede raad van een vriendin om zelf de dingen weer helder te krijgen. Bovendien ben ik nog niet bij Minna op bezoek geweest. Ze zit nu al meer dan een half jaar in de kliniek en tussen de regels lees ik hoe blij ze zou zijn me weer te zien.'

Pauline denkt na. 'Ik denk dat je gelijk hebt, Irene. We zitten weer precies op hetzelfde punt als vorig jaar bij het oogstfeest. Je mist een taak die je voldoening schenkt terwijl Franz vroeger dan verwacht zijn mandaat als parlementslid heeft opgepakt. Wil je niet overwegen weer te starten met de naaicursussen? De vrouwen die eraan hebben deelgenomen zijn nog altijd vol lof over je.'

Pauline verwacht niet dat Irene op dat voorstel zal ingaan omdat haar schoondochter de lessen al voor de eerste, mislukte bijeenkomst in Landau had gestaakt. Het verbaast haar dan ook ten zeerste dat Irenes ogen beginnen te schitteren.

'Dat is een uitstekend idee, lieve maman.' Zo noemt ze Pauline uit respect voor haar eigen overleden moeder zelden. 'Ik zal het uitvoerig met Minna bespreken.'

'Laat haar gaan, Franz,' sust Pauline een half uur later haar zoon. 'Een paar dagen afstand zal jullie beiden goed doen om tot rede te komen.'

'Maar ik heb me zo verheugd op die twee weken met haar en de kinderen.'

'Dat begrijp ik. Maar...' Haar stem stokt
'Ja?'
'Maar je had niet tegen haar mogen liegen. Integendeel. Je had beter van meet af aan open kaart met haar kunnen spelen.'
'Carl August Schneegans had ons verboden om ook maar met iemand over onze stemtactiek te praten.'
'Onzin,' reageert Pauline lichtelijk geïrriteerd. 'Je had Irene kunnen inlichten zonder risico's te lopen. Want heb je niet toegelaten dat ze al haar hoop op jou vestigde? Je hebt haar diep teleurgesteld.'
'Maar wat zou mijn ene stem hebben opgeleverd?'
'Bij de stemming niets. Dat zet geen zoden aan de dijk. Maar als je tegen de wet had gestemd, zou Irene het gevoel hebben gekregen dat je solidair met haar bent. Vooral omdat jíj je als eerste van jullie beiden hebt ingezet voor betere levensomstandigheden voor arbeiders. Indertijd heb je zelfs gedreigd met een staking van onze arbeiders tijdens de druivenoogst als Wilhelm niet zou investeren in de renovatie van de huisjes.'
Franz moet ondanks alles glimlachen. Op zijn zestiende was hij een echt heethoofd geweest. Hij zucht zacht. Dat is twaalf jaar én een oorlog geleden, bedenkt hij.
'Laat Irene dus zonder weer een scène te maken naar Minna in Falkenstein vertrekken. Je weet dat ze sowieso gaat, zelfs als jij je verzet.'
'En zeg nu niet dat twee vrouwen niet alleen mogen reizen.' Pauline is haar zoon, die op het punt stond dat te opperen, nog net voor.
'Maar dat kan toch ook niet,' reageert hij mat.
Pauline trekt haar wenkbrauwen op. 'Denk je nu echt dat je vrouw, die toen ze nog veel jonger was je zoon Fränzel alleen heeft verzorgd, tot zestien uur per dag in een fabriek heeft gewerkt en zich op eigen kracht heeft opgewerkt tot voorvrouw bij Stockhausen, niet...'
'Rustig maar, maman. Ik geef me over.' Franz heft zijn handen op.
'... niet in het gezelschap van een kamenier met de trein naar Falkenstein kan reizen?' Pauline laat zich niet afschepen. 'Geef haar voldoende geld voor een goed hotel en je hebt niets om je zorgen over te maken.'
Franz beseft dat zijn moeder gelijk heeft.
'Maar terwijl Irene haar spullen pakt, wil ik met je praten over iets wat me nog veel meer zorgen baart.'
'Mathilde,' kreunt Franz gelaten. Gisteren bij het avondmaal had zijn moeder al verteld dat ze een smekende brief van zijn zuster had gekregen,

maar vanwege de toch al gespannen sfeer was ze niet ingegaan op de inhoud ervan. Dat doet ze nu wel.

'We waren er al bang voor en het gaat inderdaad niet goed met Mathilde in Oggersheim.' Pauline houdt Franz een dichtbeschreven vel handgeschept papier voor. Nog voor hij een woord heeft gelezen ziet hij dat de blauwe inkt op een paar plaatsen is uitgelopen, alsof er tranen op het papier zijn gevallen.

Ik houd het hier in de villa nauwelijks meer uit, schrijft ze meteen na de aanhef van een paar woorden. *Tante Ilse maakt mijn leven tot een hel. Als ik de koets wil gebruiken om een keertje aan deze benauwende vier muren te ontsnappen, moet ik dat een week op voorhand vragen. En in de helft van de gevallen verbiedt ze het me om onbenullige redenen. Ik moet binnen de twee uur terug zijn en heb dus niet eens de tijd om na een paar inkopen, waarbij ik me sowieso niet veel kan veroorloven, nog een stuk taart te eten in een konditorei.*

Alleen kan ik als dame in de rouw de villa niet verlaten om een huurkoets naar de stad te nemen. Ik heb dat een keertje gedaan en de oude draak heeft me toen uitgescholden voor een respectloze en onfatsoenlijke vrouw.

Ik heb ook niets te zeggen over de inkopen voor mijn eigen huishouding. Ilse vertelt de kokkin Herta wat ze voor mij moet kopen zonder mij iets te vragen. Gisteren bracht de kokkin me gerookt spek en selderij. Ik heb een bloedhekel aan beide dingen, hoewel Herbert zoiets wel graag at.

Omdat Ilse altijd voor zichzelf heeft gekookt, verwacht ze dat nu ook van mij. Maar ik kan helemaal niet koken. Ik heb dat nooit geleerd. Meestal eet ik de dingen dus koud. Er zitten bijzonder veel vlekken op dit stuk van de brief.

Het dienstmeisje komt ook alleen maar als het haar past of als Ilse het haar toestaat. Gisteren heeft ze mijn bed pas om vijf uur 's middags opgemaakt. Terwijl ik Hanne altijd aan het eind van de voormiddag naar het huis, dat toen nog van Ilse was, heb gestuurd om te zorgen dat alles netjes en schoon was wanneer ze voor het middageten thuiskwam uit de fabriek.

Ik heb overwogen een eigen dienstmeisje te zoeken, maar mijn huis is zo klein dat ze alleen in de keuken kan slapen en de badkamer met me zou moeten delen. Om haar in de dienstvertrekken van de villa onder te brengen, moet ik Ilse weer om toestemming vragen. Ook hier zijn veel sporen van tranen te zien.

Maar het ergst was de scène die Ilse gisteren heeft geschopt. Ik liep haar toevallig tegen het lijf toen ik terugkwam van een van mijn zeldzame uitstapjes naar de stad. Ik was helemaal in het zwart gekleed zoals de gewoonte het voorschrijft, maar droeg ook het granaten sieraad dat Herbert me bij ons laatste kerstfeest heeft gegeven. Het woord 'kerstfeest' moest Franz raden omdat het bijna volledig onder een bleekblauwe vlek is verdwenen.

Ilse confronteerde me bij de deur van de villa. Theobald, de knecht die me gebracht had en het paard aftuigde, kon alles horen. Hoe ik het in mijn hoofd haalde om in de rouwtijd sieraden te dragen, gooide dit vreselijke oude mens me naar het hoofd. Ze beschuldigde me ervan helemaal niets om Herbert te hebben gegeven! Weer zo'n waterige vlek. *Bovendien was het een familie-erfstuk waar ik helemaal geen recht op had, onvruchtbaar als ik was. Dat zei ze écht, waar de koetsier bij stond. En dat lag helemaal niet aan mij.* Franz onderbreekt het lezen en beantwoordt de bezorgde blik van zijn moeder. 'Dat klinkt inderdaad allesbehalve goed. En Herbert is nog maar een paar maanden dood.'

'Ja, zo ervaar ik het ook. Ik denk dat we geen andere keuze hebben dan aan haar verzoek te voldoen.'

'Welk verzoek?' vraagt Franz, hoewel hij wel kan raden waarover het gaat.

'Lees verder!'

En dus wil ze het juweel terug hebben, ook al moet ze daarvoor naar de rechter stappen. Maar ze krijgt het niet! Ik hak nog liever mijn hand af.

Dat klinkt al meer als de Mathilde die Franz kent. Hij leest de laatste zinnen.

Ik verstop het sieraad nu altijd als het dienstmeisje komt. Ik acht Ilse in staat Hanne opdracht te geven het voor haar te stelen.

Al dit en nog veel meer dingen die Ilse me elke dag aandoet, maken dat ik hier niet meer kan blijven. Alsjeblieft, lieve moeder, heb medelijden met me en zorg dat Franz me terug naar Altenstadt laat komen. Ik heb mijn lijfrente en zal hem niet op kosten jagen. Dat beloof ik plechtig. En ik zal ook nooit laten merken dat ik zijn huwelijk met een vrouw van zo ver onder onze stand afkeur. Alsjeblieft, ik smeek je, doe er alles aan dat Franz me naar huis laat komen.

Tot de voorlaatste zin had Franz geen bezwaar gehad haar wens in te willigen, maar dit gaat te ver.

'Het spijt me verschrikkelijk, maar ik wil Mathilde niet meer in Altenstadt hebben. Ottilie en Gregor hangen me al als een molensteen om de nek. En Ottilie en Mathilde samen, dat gaat geheid fout. Ze zullen de hele dag op Irene en misschien ook op jou en mij afgeven. Ik ben al lang blij als ik de vrede in mijn eigen huis kan herstellen. Ik heb geen behoefte aan nog een constante bron van ruzie voor mijn deur.'

'Franz, wees nu…' Maar hij laat zijn moeder niet uitpraten.

'Eigen schuld, dikke bult. Ze moet zelf maar zien hoe ze uit de moeilijkheden komt.'

12

Het huis van Josef Hartmann in Frankenthal

26 oktober 1878, in de late namiddag

'Irene? Wat doe jij hier?' Josef Hartmann staart haar vol ongeloof aan. Het duurt even, maar dan verschijnt er een stralende glimlach op zijn gezicht. Spontaan loopt hij op haar af en sluit haar in zijn armen. Hoewel ze nog vertrouwd is met zijn geur, verstijft ze ongewild. Josef laat haar onmiddellijk los en de lach verdwijnt van zijn gezicht.

'Wat een geweldige verrassing! Kom binnen! Wat brengt jou hier vandaag? Ben je op doorreis en wilde je even gedag zeggen?'

'Nee.' Irene volgt Josef het huis in waar ze jaren geleden, voordat ze Franz terugvond, meerdere maanden met hem had samengewoond. 'Ik wilde je graag spreken. Mag ik mijn jas uitdoen?'

'Natuurlijk. Natuurlijk. Ik ben net thuis.'

Irene knoopt haar donkerbruine jas los en trekt de spelden los die de bijpassende, met fazantenveren versierde hoed op haar dikke, in een knot gedraaide haar vasthielden. Gitta komt haar pas over een uur ophalen.

Ze kijkt rond in de woonkeuken waar ze zelf zo vaak voor het geëmailleerde fornuis heeft gestaan. Josef vult een waterketel en zet die op de gietijzeren plaat. Dan opent hij het deurtje en gooit nog een blok op het vuur.

'Wil je koffie of thee?'

'Thee is prima. Wat heb je in huis?'

'Kruidenthee of een echte Engelse thee uit de kruidenierszaak,' antwoordt Josef trots.

'Kruidenthee dan graag.' Irene houdt niet van zwarte thee. 'Heb je pepermunt?'

Josef kijkt een beetje beteuterd. Hij dacht haar iets bijzonders te kunnen aanbieden met die thee van overzee. 'Pepermunt of kaasjeskruid,' antwoordt hij.

Irene kiest voor het laatste. Die thee heeft ze al lang niet meer gedronken.

Terwijl Josef het kaasjeskruid in een theezeef doet en er kokend water op giet, werpt Irene door de open deur een blik op de aanpalende kamer waar ooit haar naaimachine heeft gestaan. Nu domineert een enorm bureau de ruimte. Blijkbaar doet de ruimte tegenwoordig dienst als werkkamer voor Josef.

'Ben je alleen gekomen?' vraagt hij quasi terloops.

'Natuurlijk niet, mijn beste. Ik heb mijn kamenier Gitta bij me. Ze is nu met de huurkoets onderweg naar de herberg om een kamer voor ons te reserveren; dezelfde plek waar Franz en ik toen hebben overnacht,' voegt ze er achteloos aan toe en schaamt zich dan als ze ziet dat Josef ineenkrimpt.

'Het spijt me! Dat was tactloos van me!'

Josef overhandigt haar zwijgend een aarden beker met thee en wijst naar het schaaltje met suiker. Irene doet er een lepel van in de thee en omklemt het kopje met beide handen. Het is warm in het huis, maar ze rilt omdat ze samen met Gitta twee uur in het rijtuig heeft gewacht totdat Josef thuiskwam.

Uit zijn laatste brief wist ze dat hij in Frankenthal zou zijn. Nu de socialistenwet van kracht is, zijn alle bijeenkomsten van de SAP waar hij als spreker was uitgenodigd, afgelast. Bang dat men haar zou herkennen, wilde ze niet naar het kantoor van de arbeidersvereniging in Frankenthal gaan. En omdat ze Franz en Pauline heeft voorgelogen over het ware doel van haar reis – Franz zou het nooit hebben toegestaan – wil ze zo min mogelijk de aandacht trekken.

Josef gaat tegenover haar aan de glimmende keukentafel zitten. Irene weet dat hij alleen woont en een hulp zijn huis en was op orde houdt. Na haar vertrek is Josef geen nieuwe vaste relatie meer aangegaan. Ook dat bezorgt haar net als weleer een slecht geweten.

'Vertel, waaraan dank ik dit onverwachte plezier? Je had me toch geschreven dat je man ons recent hernieuwde contact eerder zou tolereren als wij elkaar, indien mogelijk, niet persoonlijk zouden treffen.'

Irene bloost licht. 'Hij weet niet dat ik hier ben. Franz denkt dat ik bij mijn zieke vriendin Minna in Falkenstein ben.'

'Aha!' Als enige reactie trekt Josef zijn wenkbrauwen op.

'In eerste instantie wilde Franz niet dat we in dezelfde herberg zouden overnachten. Maar dat was voor er een samenscholingsverbod voor de SAP werd uitgevaardigd en hij ervan uitging dat wij misschien af en toe samen zouden optreden. Ik kon het dus nu moeilijk aannemelijk maken dat ik je persoonlijk wilde ontmoeten omdat zulke activiteiten tegenwoordig illegaal zijn.'

'Aha!' herhaalt Josef. 'En daarom heb je me ook niet eerst geschreven.'

'Dat klopt. Ik wist uit je laatste brief dat je hier zou zijn.'

'En waarom ben je nu hier?' herhaalt hij zijn vraag met opgetrokken wenkbrauwen. 'Zoals je net al zei mogen we geen activiteiten voor de SAP meer uitvoeren. Onze kranten zijn verboden, bijeenkomsten worden niet meer toegestaan.' Hij klinkt bitter en neemt een slok thee. 'En dat ze het zeer serieus nemen, hebben we net pijnlijk ervaren. Een paar dagen geleden is Irmgard Fischer opgepakt.'

Irene schrikt. 'Irmgard? Omdat ze de plaatselijke arbeidstersvereniging leidt?' De weduwe en thuiswerkster heeft vijf jaar geleden Irene opgevolgd op het arbeidersbureau van Frankenthal.

Josef schudt het hoofd. 'Nee, ze klagen haar aan voor majesteitsschennis.'

'Majesteitsschennis?' Irene denkt eerst dat ze het verkeerd heeft begrepen, maar het sombere gezicht van Josef spreekt dat tegen. 'Wat zou ze hebben gezegd?'

'Woensdag stond de politie er om het kantoor te doorzoeken. Doortrapt als ze zijn kwamen ze in de vooravond, toen er nauwelijks nog iemand was. Irmgard had net spreekuur. Toen ze ook de kamer waar ze met een bezoekster zat wilden doorzoeken, verzette ze zich. Niet fysiek, maar verbaal.'

'Wat heeft ze dan gezegd?'

'Iets heel onhandigs, helaas.'

'Zijnde?'

Josef schraapt zijn keel. 'De agenten eisten in naam van de keizer dat Irmgard hun bevelen zou opvolgen. Daarop antwoordde ze dat de keizer bij de aanslag in juni door de treffer in zijn hoofd zijn verstand moet zijn verloren om zoiets onzinnigs te bevelen.'

'O nee!' Irene begrijpt meteen de implicaties van zo'n onvoorzichtige uitspraak. 'Dat was echt heel onverstandig!'

Josef knikt nors. 'Inderdaad. De politie heeft haar meteen meegenomen en naar verluidt hangt haar minstens een jaar gevangenisstraf boven het hoofd.'

'Een heel jaar? Vanwege één ondoordachte opmerking?'

'Een jaar, en dan komt ze nog goed weg. Omdat de aanslag de gemoederen nog steeds bezighoudt, kan het op een nog zwaardere straf uitdraaien. Het zal ervan afhangen hoe Irmgard zich voor de rechtbank gedraagt. Of ze zich berouwvol en nederig opstelt.'

'Wanneer komt ze voor?'

'Volgende maandag al. In alle grotere steden zijn snelrechtprocedures ingevoerd. Irmgard wordt in Ludwigshafen berecht.'

'Maan haar dan vooral omzichtig op te treden,' raadt Irene hem aan.

'Dat is al gebeurd.'

'Wat gebeurt er nu met de kinderen van Irmgard?'

'Twee gezinnen hebben zich over hen ontfermd. Het arbeidersfonds betaalt voor hun onderhoud. We konden de kinderen helaas niet samenhouden. Daar hebben die gezinnen geen plaats voor.'

'Heeft de huiszoeking iets belastends opgeleverd?'

Josef vertrekt minachtend zijn mond. 'Helemaal niets. We hadden alle belangrijke boeken en kranten al uit de leeszaal weggehaald.' Hij wijst naar zijn werkkamer. 'De meeste boeken liggen nu hier. En in de statuten van de vereniging staat dat het arbeidersfonds puur een noodfonds is en er wordt met geen woord gerept over vakbeweging of staking. Dat had ik me al voorgenomen na mijn gevangenschap van een jaar in de nasleep van de staking in Lambrecht en gelukkig maar. Ons geld is niet in beslag genomen zoals bij veel verenigingen in andere steden.'

'Slim van je,' prijst Irene hem. 'Hoe ging het hier de afgelopen jaren in Frankenthal?'

Ze luistert geboeid naar wat Josef Hartmann en Irmgard Fischer hebben opgebouwd. Educatieve avonden voor arbeiders waarbij voorgelezen wordt uit de werken van Marx, Engels, Bebel en andere arbeidersleiders. Avondcursussen voor analfabeten van beide geslachten. Het voortzetten van de naaicursussen voor thuiswerksters die Irene had opgezet. Wat Irene vooral interesseert is de woning die de vrouwenvereniging heeft gehuurd om onderdak te bieden aan vrouwen die door hun man worden mishandeld.

'De meesten gaan uiteindelijk weer terug naar hun man, maar in elk geval weerhoudt de blamage in combinatie met de donderpreek van Irmgard en mij én het dreigement hen niet langer te steunen in tijden van nood, veel arbeiders er in het begin van hun vrouwen nog te slaan. Helaas blijft dat meestal niet duren.'

Irene denkt aan het droeve lot van Emma en knikt. 'Maar het is goed dat die vrouwen in ieder geval noodopvang hebben en de mannen worden aangesproken op hun afschuwelijke gedrag.'

De klok in de kamer ernaast slaat zeven uur.

'O, hemel. Is het al zo laat? Gitta kan hier elk moment zijn met de huurkoets.'

Josef legt zijn hand op de hare. 'Je hebt me nog altijd niet verteld wat je hierheen heeft gevoerd.'

'Morgen, Josef! Morgen kom ik terug,' belooft Irene. 'Zodra het licht is kan ik komen. Ik vertrouw op Gitta, mijn meisje. Zij zal niets zeggen. Ze is me nog iets schuldig. Maar ik kan niet na het invallen van de duisternis alleen met jou in jouw huis zijn.'

Josefs ogen vernauwen zich. Hij trekt zijn hand terug en balt zijn vuist. Dan opent hij zijn hand weer en legt die plat op tafel. Hij ademt diep in, tilt zijn hoofd op en kijkt Irene recht in het gezicht.

'Je weet hoe blij ik ben je weer te zien.' Irene herkent meteen de hese toon. Zo had hij ook geklonken toen hij haar voor zich probeerde te winnen en zij nog niet zeker was van haar affectie voor hem. 'En daarom moet je ook weten dat ik nog steeds van je houd en geen enkele andere vrouw jouw plaats heeft ingenomen, Irene.'

Dodelijk verlegen ontwijkt ze de opmerking. 'Mag ik morgen weer langskomen? Ik wil met jou bekijken of en welke mogelijkheden er zijn om mijn activiteiten voor vrouwenrechten ondanks deze vreselijke wet voort te zetten. Past...' Ze denkt even na. '... elf uur jou?'

'Dat valt wel te regelen. Vooral omdat het morgen zondag is.' Een luid kloppen klinkt door het trappenhuis. 'Dat zal Gitta zijn.'

Haastig trekt Irene haar jas, hoed en handschoenen aan. De sluier van haar hoed trekt ze ver over haar gezicht. 'Ik wil niet dat je hospita me als mevrouw Hartmann herkent,' zegt ze totaal overbodig en ze voelt weer een steek in haar hart als Josefs gezicht pijnlijk vertrekt. In haar tijd in Frankenthal was ze als de vrouw van Josef door het leven gegaan.

Josef staat op en loopt met haar naar de deur. Om een omhelzing te voorkomen streelt Irene met haar gehandschoende hand over zijn wang en blaast ze hem een kus toe.

'Ik wens je een fijne avond en verheug me enorm op morgen.'

Dan rent ze de trap af naar de voordeur waar Gitta op haar staat te wachten.

Het wijngoed bij Schweighofen

28 oktober 1878

Met de tweeling aan de hand loopt Pauline over de binnenplaats van het wijndomein. Zoals altijd tijdens de oogst is het overal een drukte van belang. Vrouwen zitten in groepjes aan smalle houten tafels en halen de druiven van de trossen. Zware trekpaarden voeren karren aan met vaten most van de druiven van minder goede percelen die ter plaatse door de druivenmolen zijn gedraaid. Gelukkig is het bewolkte weer van de afgelopen dagen opgeklaard. Een bleke oktoberzon geeft weliswaar niet veel warmte maar hult het domein in een vriendelijke gloed.

Binnen een paar dagen zal de oogst, op de druiven voor de ijswijn na, binnen zijn.

'Oom Otto!' roept Sophia opeens. 'Daar is oom Otto!' Ze rukt zich los van Pauline en stormt de binnenplaats over. Even vreest Pauline dat het meisje onder het rijtuig zal terechtkomen en haar hart slaat een slag over.

Dan springt de man van Minna van zijn met vaten beladen kar en tilt Sophia op. 'Wat ben je toch een wildebras! Zo gedragen nette meisjes zich toch niet!' Hij kan zijn lach echter nauwelijks verbergen.

Intussen zijn ook Pauline en Klara bij de kar aangekomen.

'Ik zou je nu naar binnen moeten sturen omdat je zo onvoorzichtig bent, Sophia, in plaats van je de pasgeboren kittens in de stal te laten zien,' probeert Pauline haar kleindochter streng toe te spreken.

Sophia vertrekt haar lippen tot een charmant pruillipje en schudt haar donkere lokken die tot op haar schouders vallen en met een dun groen lint uit haar gezicht worden gehouden. In tegenstelling tot Klara die het liefst roze draagt, heeft Sophia een hekel aan die kleur.

'Ik ben gewoon blij dat oom Otto er is,' verdedigt de vierjarige zich. 'Omdat tante Minna al zo lang weg is.'

Pauline wil Sophia eraan herinneren dat haar moeder op dit moment bij Minna in de kliniek op bezoek is, maar steekt dan eerst uit beleefdheid haar hand uit naar Otto Leiser die zijn hoed afzet en haar hand schudt met de eerbied van eenvoudige lieden voor mensen van stand.

Hij wendt zich tot Sophia. 'Ja, we missen tante Minna allemaal heel erg en hopen dat ze snel weer thuis zal zijn.'

Op dat moment komt Fränzel aanlopen. 'Wat doen jullie hier?' vraagt hij aan zijn zusjes.

'Wij willen de nieuwe katjes bekijken. Wil jij ze ons laten zien?' antwoordt Klara.

'Ja hoor, natuurlijk. Is het goed, oma? Ik zal goed op hen passen.'

'Vooruit dan! Maar voor het middageten om klokslag twaalf uur wil ik jullie met gewassen handen weer binnen zien.'

Ze weet niet zeker of haar kleinkinderen dit nog hebben gehoord, want de drie rennen al richting de stallen.

'Hoe gaat het met uw vrouw, mijnheer Leiser?'

'Weer beter na een kleine terugval, schrijft ze. Ze moet nog elke dag van 's ochtends tot 's avonds in die open hal liggen. We hopen dat ze met kerst eindelijk weer thuis zal zijn. We missen haar echt enorm. Vooral de jongens.'

Pauline knikt, maar maakt zich innerlijk zorgen. Irene heeft haar voor haar vertrek iets heel anders verteld, namelijk dat Minna na een zware relaps nog maanden in de kliniek zal moeten blijven. Kennelijk houdt Minna dit achter voor haar familie, maar Pauline voelt zich niet geroepen Otto in te lichten.

'Het moet moeilijk voor jullie zijn om Minna zo lang te moeten missen. En de jongens zullen het daar inderdaad erg lastig mee hebben,' antwoordt ze in een poging het gesprek beleefd af te ronden. 'Ze is echt een voorbeeldige moeder.' In feite is Minna de tweede vrouw van Otto, de stiefmoeder van de jongens, maar door haar hartelijke omgang met hen is dat iets waar ze bijna nooit bij stilstaan.

'U hebt gelijk, mevrouw. We missen Minna enorm. Temeer omdat we haar nu al meer dan een half jaar niet meer hebben gezien.'

Dat begrijpt Pauline niet. 'Maar hebt u uw vrouw dan nog niet bezocht in Falkenstein?'

'Helaas niet, mevrouw Gerban. Het sanatorium verbiedt alle bezoek vanwege het besmettingsgevaar. Ik mocht zelfs niet met Minna mee naar binnen toen ik haar er in april naartoe heb gebracht.'

Pauline staat als aan de grond genageld. Secondelang kan ze geen woord uitbrengen. Met een kleine buiging zet Otto zijn versleten hoed weer op.

'En als u me dan nu wilt verontschuldigen, mevrouw. Ze hebben deze vaten dringend nodig.'

In het station van Frankenthal

30 oktober 1878

'Ik ben heel erg benieuwd hoe het nu verder gaat, Irene. Of en wat je gaat doen met de dingen die we hebben besproken.'

'Ik zal mijn best doen en hoop dat mijn schoonmoeder me blijft steunen zoals ze tot nu toe heeft gedaan. Ik kan alleen naar de verschillende steden reizen als Franz er niet is. Ons gezinsleven zou er anders te veel onder lijden. En dat betekent dat Pauline op de kinderen passen moet als ik weg ben. Ik hoop ook dat Franz akkoord gaat met mijn plannen en vooral gelooft dat ik alleen maar naaicursussen en informele gespreksgroepen wil organiseren. Ik wil mijn projecten namelijk niet opgeven en als Franz het er niet mee eens is, zal ik het op een of andere manier stiekem moeten doen.'

Die gedachte is haar zwaar te moede en het verdriet is hoorbaar in haar stem. Tot deze trip naar Frankenthal heeft ze, nadat ze elkaar vijf jaar geleden terug hebben gevonden, nooit iets voor Franz verzwegen, nooit tegen hem gelogen.

'Mijn deur staat altijd voor je open, Irene.' Josef kijkt haar indringend aan.

Irene knikt, maar ontwijkt zijn blik. Gisterenavond heeft ze Josef verteld over de vreselijke ruzie met Franz van een paar dagen geleden.

'Ik wil het weer helemaal goed maken met Franz en niet alleen omdat hij me mijn gang zal laten gaan. Ik hou nog steeds van hem, Josef,' voegt ze eraan toe nadat ze er zich snel van heeft vergewist dat Gitta niet meeluistert. Het dienstmeisje staat echter naast de koffers ongedurig in de verte te turen in de hoop de trein, die vertraging heeft, te zien verschijnen.

Josef knikt gelaten. 'Ik wens je nogmaals alle geluk in je huwelijk, Irene. Maar wat ga je doen als Franz het niet wil? Of als zij haar mond voorbijpraat over deze reis?' Hij gebaart met zijn hoofd in de richting van Gitta.

'Dat doet ze niet.' Daar twijfelt Irene niet aan. 'Ik ben van zins haar op de terugreis te vertellen dat ik haar vast in dienst wil nemen als dienstmeisje in Schweighofen. Dan kan ze me ook vergezellen op mijn kleine propagandareisjes. Lene Krüger, die dat tot nu toe heeft gedaan, zal wel begrijpen dat ik haar hulp niet nodig heb bij de organisatie van de naaicursussen, maar wel een kamenier bij me moet hebben als ik ergens blijf overnachten. Als ik de volgende keer Minna zogenaamd weer eens ga bezoeken en daarbij ook Lene meeneem, zou niemand dat begrijpen.'

'Dat wil je dus weer als voorwendsel gebruiken als je in februari naar Frankenthal komt voor de geheime bijeenkomst van de vakbondsleiders?' Er klinkt afkeuring maar ook hoop door in de stem van Josef.

'Inderdaad. Ik wil August Bebel zeker leren kennen. En Minna heeft geschreven dat ze nog minstens een half jaar in de kliniek moet blijven. Dat is heel verdrietig voor haar en vooral voor haar gezin. Minna heeft hun nog niet verteld dat Otto en de jongens kerst zonder haar zullen moeten vieren. Ze heeft haar terugval afgedaan als onschuldig opdat ze zich geen zorgen zouden maken. Alleen mij heeft ze verteld dat het een zware relaps was die de artsen niet konden verklaren.

En ze heeft me ook gevraagd dat alleen aan Franz, die betaalt voor haar verblijf, en Pauline te vertellen. Daaraan heb ik me gehouden. Dat zij het wisten kwam mij nu van pas als excuus voor mijn reis.'

Josef schudt bezorgd het hoofd. 'Dat bevalt me niks, Irene. Echtelieden horen niet tegen elkaar te liegen.'

Irene verdringt koppig haar schuldgevoel. 'Franz is ermee begonnen en als mijn echtgenoot kan hij mij alles verbieden wat ik van plan ben als hij weet dat ik in dat kader ook jou af en toe persoonlijk zal ontmoeten. Zover wil ik het niet laten komen.'

'Als je daar bang voor bent, staat het er met jullie huwelijk niet zo best voor,' voelt Josef zich geneigd te zeggen, maar hij doet het niet. De tijd zal leren of Irene op termijn gelukkig zal blijven met Franz. Of dat ze uiteindelijk toch zal inzien dat ze als voormalig dienstmeisje beter bij hem, de bastaardzoon van een huishoudster in een pastorie, past dan bij de rijke erfgenaam van een grootgrondbezitter.

Ook Josef weet niets van Irenes ware afkomst.

Het fluiten van de stoomlocomotief weerklinkt. Irene geeft Josef een zusterlijke afscheidskus op de wang en stapt met Gitta in de trein.

'Het is tijd om een en ander te bespreken, Gitta.' Ze hebben geluk, er zitten geen andere mensen in hun tweedeklascoupé.

'Je vraagt je natuurlijk af wat ik hier in Frankenthal doe. Vooral omdat ik je pas na ons vertrek uit Weissenburg heb verteld dat we niet naar Falkenstein zouden gaan.'

'U zei dat u een oude vriend wilde opzoeken, mevrouw Gerban, en dat er niets ongehoords zou plaatsvinden. Dat lijkt ook het geval te zijn. Meer hoef ik niet te weten.'

'Toch wel, lieve Gitta, toch wel. Heb je al gehoord van de nieuwe wet tegen de socialisten?'

'Vaag, mevrouw Gerban. Mevrouw Burger wil niet dat we in de dienstvertrekken over politiek praten.'

'Goed, dan schets ik je eerst de context!' Tot hun aankomst op het volgende station, Ludwigshafen, vertelt Irene Gitta over de onderliggende reden van haar bezoek aan Josef Hartmann. Het komt goed uit dat er ook nu niemand instapt. Dat geeft Irene tot Kaiserslautern, waar ze moeten overstappen, ruim de tijd voor de rest van haar verhaal.

'U wilt dus in het geheim verdergaan met wat u vanwege de nieuwe wet niet meer openlijk mag doen,' concludeert Gitta.

'In het geheim, maar vooral in het klein. Officieel bied ik op verschillende plaatsen naaicursussen aan. Ik leid arbeidsters op die hun vaardigheden dan weer aan andere vrouwen kunnen doorgeven. Zo zal ik het ook aan mijn man uitleggen. Jou heb ik nodig als betrouwbare reisgenote. Mijn huidige status maakt het voor mij onmogelijk om zoals vroeger alleen te reizen. Zo kan ik ook verantwoorden waarom ik jou als kamenier in dienst wil houden.'

Gitta straalt als de betekenis van de woorden van Irene tot haar doordringt. 'Dan hoef ik niet langer uit te kijken naar een nieuwe baan. U weet natuurlijk dat mijn zoektocht nog niets heeft opgeleverd.'

Irene, en ook Gitta, vermoeden dat Ottilie in de regio geruchten over haar voormalige dienstmeisje heeft verspreid en ze daarom, ondanks haar onberispelijke bediendenboekje, overal wordt afgewezen.

'Inderdaad.'

'Op welke plaatsen wilt u de bijeenkomsten organiseren?'

'We hebben voorlopig drie steden op het oog. Landau, waar ik zelf al goede contacten heb gelegd; Lambrecht, waar Josef Hartmann betrouwbare arbeidsters kent; en Frankenthal waar ik zelf in de vereniging heb gewerkt en men zich mij nog herinnert.'

Met pijn in het hart heeft Irene zich door Josef laten overtuigen dat haar recent gestarte activiteiten in Neustadt geen betrouwbare basis voor een verder engagement vormen.

'Maar thuis mag niemand weten dat ik naar Frankenthal ga. In plaats daarvan zal ik zeggen dat ik naar Oggersheim ga waar ik ook nog heb gewerkt.'

'Dan moet ik dus voor u blijven liegen,' aldus Gitta.

Irene voelt een steek in haar borst. 'Daar kan ik helaas niet omheen. Ik wil niet op mezelf aangewezen zijn en heb het contact nodig met Josef Hartmann en andere vakbondsleiders, aan wie hij mij bij gelegenheid zal voorstellen, om ideeën uit te wisselen, hulp te kunnen vragen bij problemen en meer te leren.'

Gitta laat alles even bezinken en knikt dan tot opluchting van Irene. 'U hebt mij in Altenstadt geholpen, nu help ik u,' belooft ze. 'Maar wat doet u dan op die bijeenkomsten als u geen naaicursussen aanbiedt?'

'Ik adviseer de lokale vrouwen over hoe ze elkaar kunnen steunen. Bijvoorbeeld door een fonds op te richten voor noodgevallen. Of hoe ze mensen die het niet geleerd hebben, kunnen leren lezen en schrijven. Hoe ze mishandelde vrouwen kunnen helpen. We geven advies over alles wat vrouwen helpt zichzelf te helpen. Ik wil hen ook aanmoedigen zelf nieuwe gespreksgroepen op te zetten. Zo kunnen we uit een kerngroep veel nieuwe groepen vormen. Alleen niet om volgens de officiële lezing naailessen te geven, maar om de ideeën van het socialisme te verspreiden. Voor een betere en rechtvaardigere wereld.'

Uit voorzorg vertelt ze Gitta niet dat ze op deze bijeenkomsten ook verboden boeken en kranten met de vrouwen wil lezen.

'En hoe vaak wilt u dat doen?'

Irene zucht. 'Dat hangt af van de reizen van mijn man naar Berlijn. Als hij thuis is wil ik ook thuis zijn. Landau en Lambrecht kan ik wel combineren met een enkele overnachting. Als alles loopt zoals ik het me voorstel zouden we dan op zaterdag naar Landau kunnen reizen, 's avonds daar de vrouwen ontmoeten en overnachten in herberg Zum silbernen Kreuz. Zondagochtend zouden we verder kunnen rijden naar Lambrecht om daar 's middags de bijeenkomst te organiseren. Zondagavond zijn we dan alweer terug in Schweighofen.'

'Maar waar zullen jullie elkaar dan ontmoeten? Je kunt het toch niet verborgen houden dat je geen naailessen geeft?'

Irene zucht en is verrast door de scherpzinnigheid van Gitta. Kennelijk heeft ze het meisje onderschat.

'In Lambrecht is dat geen probleem. Daar heb ik een goede vriendin die haar huis zeker ter beschikking zal stellen.' Hiermee doelt ze op Trude Ludwig, haar voormalige hospita.

'En in Landau vraag ik Louise Kessler waar we elkaar kunnen treffen.' Louise is de zus van Hilde, de weefster uit Herxheim. 'Of Greta Leyendecker, de waardin van Zum silbernen Kreuz,' peinst ze hardop. 'Een van hen zal wel iets weten.'

'En in Frankenthal?'

Irene zucht diep. 'Dat is de meest afgelegen en ingewikkeldste plaats,' geeft ze toe. 'Maar ook de belangrijkste. Gisteren heeft men een lokale arbeidsleidster wegens majesteitsschennis tot achttien maanden cel veroordeeld.' Kort schetst ze de omstandigheden die tot het proces tegen Irmgard Fischer hebben geleid.

'Daarom heeft men daar een vrouw nodig die alles wat al is opgebouwd voortzet. Josef Hartmann heeft dat aan mij gevraagd. Na de arrestatie van Irmgard durft niemand het daar van haar over te nemen. We zullen elkaar ontmoeten in de woonkeuken van Josef Hartmann en er bij wijze van dekmantel een naaimachine neerzetten. We moeten er rekening mee houden dat Frankenthal onder verscherpte belangstelling van de autoriteiten staat.'

Irene slikt de brok die zich in haar keel vormt weg. 'Maar zoals ik al zei mag thuis niemand weten dat ik naar Frankenthal ga. We overnachten in de herberg die je al kent want in een dag op en neer, dat redden we niet.'

Gitta knikt begrijpend. 'U wilt niet dat uw man iets hoort over mijnheer Hartmann.'

Irene krijgt het weer benauwd. 'Hij zou het misschien verkeerd begrijpen,' zegt ze zacht en zucht. 'En daarom zal ik, zoals ik al heb gezegd, voorwenden dat Oggersheim mijn reisdoel is. Dat ligt ver genoeg om te verantwoorden dat we daar moeten overnachten. En omdat ik daar ooit voorvrouw in een naaiatelier ben geweest zal niemand de keuze voor Oggersheim vreemd vinden.'

Josef Hartmann en zij hebben kort overwogen of ze ook daadwerkelijk in Oggersheim aan de slag zou gaan, maar hebben het idee verworpen omdat Irene dan te vaak van huis weg zou zijn.

'Naar Frankenthal, of officieel naar Oggersheim, reis ik dan het tweede weekend van de maand wanneer mijn man weg is. Zo kan ik in elke stad ongeveer eens in de maand een kleine bijeenkomst houden.'

Dat ze in februari volgend jaar voor langer dan een weekend naar Frankenthal wil voor een geheime bijeenkomst van SAP-kopstukken, vertelt ze Gitta nog niet. Die reis zal onder het mom van een volgend bezoek aan Falkenstein moeten plaatsvinden.

'Doet u dan ook iets voor ons dienstmeisjes, mevrouw Gerban?' vraagt Gitta opeens.

Irene moet even nadenken over een antwoord. 'Dat zou ik wel willen, maar ik weet niet hoe ik dat moet aanpakken.' Minna schiet haar te binnen.

'Misschien komen we op een idee als mijn vriendin Minna weer gezond thuis is,' houdt ze Gitta en zichzelf voor.

Het wijngoed bij Schweighofen

30 oktober 1878, een paar uur later

De schemering valt al in wanneer Irene en Gitta op het wijngoed aankomen. Het is duidelijk dat de winter langzaam nadert.

Het verbaast Irene daarom ook dat Pauline al een paar tellen nadat de koetsier het portier van het rijtuigje heeft geopend en alleen met een sjaal tegen de herfstkou om haar schouders, de binnenplaats op komt lopen. Normaal zit ze rond deze tijd met een handwerkje of een boek in de salon.

Haar glimlach bevriest als ze Paulines strenge gezicht ziet. 'Ik zat op je te wachten, Irene,' zegt haar schoonmoeder na een snelle begroeting. 'Gelukkig is Franz nog niet terug uit de wijngaard. Ik moet je dringend spreken voordat hij er is. Rosa let op de kinderen zodat wij tien minuten ongestoord kunnen praten.'

Met een gevoel van onbehagen volgt Irene Pauline naar de tweede verdieping van het huis en door de lange gang naar de schrijfkamer. Het veldbed waar Franz na zijn aankomst heeft overnacht is weggehaald.

Bruusk wijst Pauline op een fauteuil en Irene gaat op het randje zitten. Pauline draait het stoeltje van de secretaire om en neemt tegenover haar plaats.

'Ik ga niet om de hete brij heen draaien, Irene. Waar kom jij vandaan? In Falkenstein kun je niet geweest zijn want daar mag geen enkele patiënt bezoek ontvangen. Dat hoorde ik van Otto Leiser die zijn eigen vrouw Minna al sinds april niet meer heeft gezien.'

Irene voelt haar gezicht warm worden. Nog een leugen is geen goed idee, bedenkt ze. Daar heeft ze echt geen zin in en ze zou ook snel door de mand vallen omdat ze het niet met Gitta heeft doorgesproken.

Ze ademt diep in. 'Ik was in Frankenthal. Bij Josef Hartmann, maar er is niets onrechtmatigs gebeurd tussen ons. Gitta is mijn getuige.'

Geschrokken opent en sluit Pauline haar handen. 'En wat had je bij Josef Hartmann in Frankenthal te zoeken, als ik vragen mag?'

Irene had het liefst boos gereageerd op de sarcastische toon, maar in plaats daarvan voelt ze de tranen in haar ogen opwellen. 'Ik wilde Josef om raad vragen over hoe ik mijn strijd voor vrouwenrechten voort kan zetten ondanks die verdomde' – ze bijt op haar lip – 'deze vervloekte wet.'

'En daar had je vijf dagen voor nodig? Je bent zaterdag vertrokken. Vandaag is het woensdag.' Er klinkt puur verwijt door in haar woorden.

'Ik heb Josef zaterdagavond kort gesproken en vanochtend heb ik hem op het station gezien.'

'Dat zijn je reinste spitsvondigheden. Hoe zit het met die drie dagen en een avond? Wat hadden jullie zo lang te bespreken?'

'O, best veel,' antwoordt Irene nu toch bokkig. 'In elk geval hadden we elkaar vijf jaar niet meer gezien. En Josef Hartmann is inmiddels een van de bekendste vakbondsleiders in de Palts.'

Haar hart klopt in haar keel. Ze neemt even de tijd en vertelt dan verder. 'Maandag en dinsdag had Josef pas laat in de namiddag tijd voor me. Er heerst beroering onder alle arbeiders in Frankenthal en hij heeft zijn handen vol om verder onheil af te wenden.' Ze schetst kort het verhaal van Irmgard Fischer. 'En omdat ik elke dag bij het invallen van de duisternis naar de herberg ben teruggekeerd, konden we elkaar op die dagen maar kort spreken. Alleen zondag hebben we uitvoerig gepraat.'

De harde trekken op het gezicht van Pauline verzachten een beetje. 'Je hebt de regels van het fatsoen en welvoeglijkheid dus niet overschreden? Ik zal het Gitta vragen.'

Irene balt haar vuisten. 'Ga je gang. Ze zal het bevestigen. En ja, ik ben een paar keer alleen met Josef in zijn huis geweest, maar ik herhaal het nog een keer: tussen ons is niets onbetamelijks gebeurd.'

Of Franz de lange omhelzing waarmee Josef dinsdagavond afscheid had genomen van Irene ook zo zou opvatten, laat ze in het midden. Zelf weet zij natuurlijk het best dat ze louter vriendschappelijke gevoelens voor Josef koestert.

'Daarnaast heb ik nog een paar bekenden uit mijn tijd in Frankenthal ontmoet, vrouwen die toen naar mijn spreekuur kwamen.' Ook dat strookt met de waarheid.

'Zo, zo.' Pauline is nog niet overtuigd. 'En wat is nu het resultaat van dat overleg?' Ze benadrukt het laatste woord.

Ook al omdat ze is aangewezen op de hulp van Pauline, besluit Irene zo eerlijk mogelijk te antwoorden.

'Jij hebt me zelf op het idee gebracht de naaicursussen weer op te nemen, maar in de regio rond Schweighofen zie ik daar weinig heil in. De vrouwen zijn hier te weinig in politiek geïnteresseerd. Bovendien kunnen de meesten die überhaupt interesse hebben getoond, intussen naaien.'

'Hmm. Wat heeft politiek met die naaicursussen te maken?'

'Die opleidingen zijn een dekmantel. Ze vormen een excuus voor onze bijeenkomsten.' Irene speelt nu volledig open kaart.

'"Onze"? Over wie heb je het?'

'Ik wil gedreven, betrouwbare vrouwen leren hoe ze andere vrouwen het best kunnen helpen. Hen helpen zichzelf te helpen. En de onderwerpen zijn heel divers. Bijvoorbeeld hoe je opdringerige voormannen of slaapgasten van het lijf houdt.' Hiermee haalt ze een thema aan dat ze Gitta is vergeten te noemen. 'Hoe je de symptomen van gevaarlijke ziektes herkent. Hoe je schade aan de producten van thuiswerk door slechte woonomstandigheden vermijdt. Hoe vrouwen met jonge kinderen die overdag in de fabriek moeten gaan werken er toch voor kunnen zorgen dat hun kleintjes goed verzorgd worden. Hoe je een opvanghuis opzet voor vrouwen die door hun man worden mishandeld en ga zo maar door.' Irene vallen nieuwe en al besproken onderwerpen te binnen.

'Het moet de kern worden van een organisatie van arbeidsters in de stad in kwestie.' Ze windt zich op.

'Als vrouwen zich niet verenigen is er niemand die het voor hen opneemt. Elke kring zal uit zes tot acht arbeidsters bestaan die ik in staat acht onze gemeenschappelijke ideeën uit te dragen of in de praktijk om te zetten als dat nodig is.'

Paulines gelaatstrekken ontspannen zich nu volledig. Ze grijpt en streelt de hand van Irene. 'O, jij stijfkop! Jij laat je toch ook nooit uit het lood slaan.'

Irene beantwoordt schuchter de glimlach van Pauline. 'Betekent dit dat je me gaat helpen?'

‘Waarmee?’ Pauline trekt haar hand terug en kijkt weer ernstig.

‘Ik wil deze groepen in Landau, in Lambrecht en in Oggersheim opzetten.’ Irene blijft zo dicht mogelijk bij de waarheid zonder dat ze haar plannen daarmee in gevaar brengt. ‘Ongeveer eens in de maand terwijl Franz in Berlijn zit. Zou je bereid zijn dan op de kinderen te passen?’

Pauline neemt de tijd voor haar antwoord en staart door het raam naar de invallende duisternis. Beiden horen ze stemmen op de binnenplaats. Franz is op komst.

‘Alsjeblieft!’ smeekt Irene. ‘Alsjeblieft! Doe het voor ons huwelijk. Ik kan het niet verkroppen dat Franz als man kan doen wat hij wil om zijn belangen na te streven terwijl ik als zijn vrouw werkeloos en afhankelijk moet blijven. Dat is niet goed voor onze relatie en op termijn ook niet voor onze kinderen. Alsjeblieft, Pauline, help me met mijn plannen!’

Pauline kijkt Irene onderzoekend aan. ‘Ik heb twee voorwaarden, Irene. Of liever, drie.’

Irene maakt een gelaten gebaar met haar hand om aan te geven dat Pauline verder kan vertellen.

‘Ten eerste licht je Franz volledig in over je plannen, net zoals je nu bij mij hebt gedaan, maar hem zeg je dat je het met Minna hebt uitgedacht. En je belooft hem en mij dat er op deze bijeenkomsten niets illegaals gebeurt. Geen verboden boeken of geschriften, geen opruiende taal tegen het openbare gezag enzovoort.’

Met een bezwaard gemoed kiest Irene weer voor een leugen. ‘Dat beloof ik.’ Nog voor ze dit heeft uitgesproken krijgt ze het benauwd. Op dit eigenste moment heeft ze een kopie van een geheim pamflet van de SAP bij zich dat Josef Hartmann haar heeft gegeven en ze is bang dat Pauline Franz over haar reis naar Frankenthal zal vertellen als ze toegeeft dat ze die geschriften zal blijven gebruiken. Maar vooral voor haar groep in Frankenthal zijn ze onmisbaar.

‘Ten tweede, en dat vind ik nog veel belangrijker, is dat je niet meer naar Frankenthal reist om Hartmann te ontmoeten. Jullie mogen corresponderen om ideeën uit te wisselen, maar je ontmoet die man voorlopig niet meer. Op die voorwaarden zwijg ik over je zogenaamde reis naar Falkenstein en ik hoop dat Franz er niet op dezelfde manier achter komt dat je daar helemaal niet geweest kan zijn.’

Het hart van Irene gaat sneller slaan. Koste wat het kost wil ze haar activiteiten in Frankenthal weer opnemen. Anders gaat alles verloren wat zij voor haar hereniging met Franz had opgebouwd en de nu gevangen Irmgard Fischer had voortgezet.

'Maar er is niets tussen ons,' benadrukt ze nogmaals. 'Ik heb mijn man nog nooit bedrogen en zal dat ook nooit doen.'

Pas als ze ziet dat Pauline begint te blozen, beseft ze de dubbelzinnige bodem van haar opmerking. Franz is immers het gevolg van een faux pas van Pauline.

'Franz zal sowieso gekwetst zijn als hij van je geheime reis verneemt. Zeker omdat je zo'n scène hebt gemaakt over een futiliteit waarover hij niet de waarheid heeft verteld.'

'Dat was geen bagatel!' reageert Irene en ze verdringt de gedachte dat Franz haar haar eigen leugens ook zeer kwalijk zou kunnen nemen. 'Hij heeft onze idealen verraden. Hem laat je zonder de minste kritiek wegkomen met wat je mij verwijt!'

Pauline maakt zich inmiddels echt zorgen over de toekomst van de relatie tussen Irene en Franz. 'Jullie moeten elkaar respecteren zoals jullie zijn. Met al jullie fouten en tekortkomingen. Ik wil de harmonie in dit huis die ik in mijn eigen huwelijk nooit heb gekend, niet in gevaar brengen, Irene. Daarvoor houd ik te veel van jullie.' Ze slikt een droge snik weg. 'Beloof me daarom wat ik van je vraag en dan steun ik je zo goed ik kan.'

Irene staart naar de grond. Sinds haar tijd in het weeshuis van Spiers heeft ze nooit meer moeten liegen om een in haar ogen volledig gerechtvaardigde behoefte te vervullen. Toen had ze de kleingeestige nonnen voorgelogen dat ze te biecht ging in de nabijgelegen kerk om vervolgens een wandeling te maken. Nog steeds vormen de op deze manier gestolen momenten een paar van de zeldzame mooie herinneringen aan haar tijd in het weeshuis.

Ze kiest voor een compromis tussen waarheid en leugen en ademt diep in. 'Ik beloof je dit met één uitzondering. Ik ga niet meer naar Frankenthal, behalve voor een reis in februari. Daar kan ik kennismaken met August Bebel. Het is geen illegale bijeenkomst aangezien de Rijksdagleden van de SAP niet onder de wet vallen en hun mandaat volledig blijven uitoefenen.' Toch zeker op dit punt wil ze het bij de waarheid houden.

'Ik kan dan aanvoeren weer bij Minna op bezoek te gaan of Franz de waarheid vertellen. Vooral omdat zijn jaloezie belachelijk is en mij en Josef niet waardig! Maar als hij het me wil verbieden zal ik me openlijk tegen hem verzetten ook al heeft dat gevolgen voor ons huwelijk.'

'Denk nu toch eens aan jullie kinderen! Zijn die niet belangrijker dan jouw politieke activiteiten?'

Irene kijkt koppig op. 'Zijn de kinderen belangrijker dan het mandaat van Franz in de Rijksdag?'

Pauline zucht en zoals ze haar leven lang heeft gedaan in dergelijke situaties ontwijkt ze de vraag. 'Ik kan daar nu nog geen ja of nee op zeggen. Het is nog lang geen februari. We hebben het daarover als het zover is.' Ze kijkt Irene strak aan. 'Maar dat zou dan de enige keer zijn dat je Josef Hartmann weer ontmoet. Kun je me dat garanderen?'

Irene heeft het gevoel dat ze geen woord meer kan uitbrengen, maar ze ziet geen andere uitweg behalve opnieuw liegen. 'Ik beloof het je,' antwoordt ze gesmoord.

Pauline blijft haar aankijken met een sceptische blik. 'Ik wil je graag geloven, Irene. Beschaam mijn vertrouwen niet!'

Er schiet Irene opeens iets te binnen. 'En wat is de derde voorwaarde?'

De gelaatstrekken van Pauline ontspannen zich weer. 'Ik wil volgend jaar een keer met Franz naar Berlijn. Ik ben al mijn hele leven nieuwsgierig naar de hoofdstad en wil eindelijk van de gelegenheid gebruikmaken om die met mijn eigen ogen te zien.'

'Maar waarom stel je die reis als voorwaarde? Dat spreekt toch voor zich!'

Pauline onderdrukt een glimlach. 'Omdat je op dat moment zelf op de kinderen zal moeten passen en je bijeenkomsten een keer zal moeten uitstellen. Ik hoop dat dat goed is voor jou.'

'Natuurlijk vind ik dat goed.' Hier hoef ik niet om te liegen, denkt ze opgelucht bij zichzelf.

13

De ambassade van Oostenrijk in Berlijn

Januari 1879

'Excellentie, mag ik u de heren voorstellen aan wie we een paar van de beste wijnen van deze ontvangst te danken hebben?'

Graaf von Sterenberg maakt een buiging voor de Oostenrijkse ambassadeur in Berlijn en wijst naar wijnhandelaar Arnold Blauberg en Franz Gerban.

De diplomaat, een Hongaarse graaf met de onuitspreekbare naam Széchényi, schudt eerst Blauberg en vervolgens Franz de hand. Beiden maken een buiging voor de man wiens baard tot aan zijn borst reikt en het hemd onder zijn elegante avondkostuum voor de helft bedekt. Franz schat hem op midden tot eind vijftig, van dezelfde leeftijd als Von Sterenberg dus.

De ambassadeur heeft een duur kristallen glas met witte wijn vast. 'Dit is inderdaad een heel bijzondere wijn. Zelden heb ik buiten Hongarije, mijn vaderland, een betere wijn geproefd.'

Hij drinkt hen toe. Franz, die inmiddels over een geoefende neus beschikt, herkent de riesling van Gerban meteen aan de delicate perzikgeur.

'Het is ons een waar genoegen voor zo'n prachtig feest als vandaag de wijn te mogen leveren.' Blauberg buigt nog een keer. 'En als ik mijn gewaardeerde leverancier Gerban mag geloven, wordt dit een nog beter jaar voor de witte wijn.'

'Nog beter?' De ambassadeur kijkt hem ongelovig aan en wendt zich dan tot Franz. 'U bent dus voor zaken in het prachtige Berlijn?'

'Niet alleen daarvoor, excellentie. Ik vertegenwoordig ook de deelstaat Elzas-Lotharingen in de Duitse Rijksdag.'

'Kijk 'ns aan. U bent parlementslid. Bij welke partij hoort u?'

'De autonomisten.'

Széchényi trekt zijn borstelige wenkbrauwen op. 'U hoort bij de mannen die de afscheiding van de Elzas van het Duite Rijk willen?' Hij verwart de autonomisten met de protestpartij. 'Neem maar van mij, een Hongaarse diplomaat, aan dat te fel strijden voor autonomie alleen maar tweedracht zaait, jongeman. En ik spreek uit ervaring.' Hij zinspeelt wellicht op de decennialange pogingen van zijn vaderland om zich los te weken van Oostenrijk.

Franz weet niet meteen wat hij hierop moet antwoorden.

'Nu, in elk geval bent u niet zo'n anarchist.' De ambassadeur die bekendstaat als aartsconservatief doelt hier natuurlijk op de socialisten. 'Goed dat uw eerbiedwaardige keizer Wilhelm deze dubieuze sujetten een halt heeft toegeroepen. In mijn land missen we vooralsnog een even strenge aanpak.'

Een ambtenaar, ook in avondkleding, stapt op de Hongaar af. 'Excellentie, de Engelse gezant is net gearriveerd. Uwe excellentie wil hem zeker persoonlijk begroeten.'

Széchényi neem met een knikje afscheid. Ook Blauberg verontschuldigt zich. Blijkbaar heeft hij nog een andere solvabele klant onder de illustere gasten herkend.

Franz is opgelucht. Von Sterenberg heeft hem niet uitgenodigd als wijnleverancier, maar als volksvertegenwoordiger. Dat maakt hij toch op uit het feit dat de uitnodiging hem via zijn kantoor in de Rijksdag heeft bereikt. Blauberg was hij echter tegen het lijf gelopen toen hij de prachtige balzaal op de bel-etage van het Blücherpaleis aan de Pariser Platz was binnengestapt voor de nieuwjaarsreceptie van de Oostenrijkse ambassade.

De wijnhandelaar had Franz meteen aangeklampt om de ene na de andere klant die hij onder de gasten herkende te begroeten en te attenderen op de topwijnen van de familie Gerban. Pas toen Von Sterenberg erbij kwam staan en zich vooral met Franz bezighield, leek Blauberg allengs te accepteren dat hij Franz deze avond niet voor zijn verkooppraatjes kon gebruiken.

'Ik weet niet wie Arnold Blauberg heeft uitgenodigd. Ik in elk geval niet.' Graaf von Sterenberg lijkt Franz' wrevel aan te voelen. 'De man is heel capabel, maar soms toch ook een echte lastpak.' Hij knipoogt samenzweerderig naar Franz die grijnst: Von Sterenberg slaat de nagel op de kop.

'Ik hoop van harte dat we even van hem verlost zijn nu ik jullie beiden persoonlijk aan de ambassadeur heb voorgesteld. Dat moet de ontvangst voor Blauberg zeker de moeite waard hebben gemaakt.'

Franz' grijns wordt nog breder. Von Sterenberg verstaat zijn vak als diplomaat, prijst Franz de man bij zichzelf.

'Dan kunnen we nu even ongestoord met elkaar praten, mijnheer Gerban. Maar eerst...' De graaf wenkt een van de vele obers die zich door de zaal haasten. 'Neem een van deze heerlijke canapés! Ze doen zeker niet onder voor uw wijnen.'

Franz is zo opgewonden dat hij geen honger heeft, maar neemt een bordje met toastjes met zalm gegarneerd met mierikswortel en dille. Terwijl Von Sterenberg zijn glas even overneemt, neemt hij voorzichtig, om zijn hemd niet vies te maken, een hap.

'Heel lekker,' bevestigt hij.

'Kom! Loop even mee naar dat raam. Daar hebben we geen ongewenste toehoorders.'

Franz volgt de graaf en zet glas en bord op de marmeren vensterbank. Hij vraagt zich nog steeds af waarom Von Sterenberg hem heeft uitgenodigd. Er bevinden zich weliswaar nog meer afgevaardigden onder de gasten, het merendeel van hen leden van de conservatieve partijen. Verder zijn er ook hoge Pruisische diplomaten aanwezig, met als belangrijkste rijkskanselier Otto von Bismarck. Maar wat heeft hij hier eigenlijk te zoeken?

'U hebt me nieuwsgierig gemaakt, mijn vriend.' Weer heeft Von Sterenberg zijn gedachten geraden. 'U bent nog zeer jong, maar hebt toch al een bewogen leven achter de rug. Oorlogsinvalide, een van de meest succesvolle wijnproducenten van het Rijk en nu zelfs lid van de Rijksdag. Hoe oud bent u precies, als ik vragen mag?'

'Achtentwintig. In september word ik negenentwintig.'

De vreemde uitdrukking die Franz eerder heeft opgemerkt toen hij de graaf bij Blauberg voor het eerst had ontmoet, flitst weer over diens gezicht. Sindsdien heeft hij Von Sterenberg alleen nog van ver gezien in de restaurants of theaters die Franz 's avonds wel eens bezoekt. Maar daarbij is het nooit tot een gesprek gekomen.

De volgende vraag van de graaf biedt Franz een mogelijke verklaring voor die moeilijk te interpreteren uitdrukking.

'Achtentwintig pas? Dat kan toch niet? Ik dacht dat de minimumleeftijd voor parlementsleden dertig was.'

'Dat is normaal gezien ook zo, hoogedelgeborene...'

De graaf valt hem in de rede. 'In hemelsnaam. Niet zo formeel. Noem me gewoon mijnheer von Sterenberg.'

'Graag, mijnheer von Sterenberg.' Franz krijgt geen hoogte van deze Oostenrijkse edelman. 'Ze hebben dispensatie voor me gevraagd omdat ze geen andere kandidaat vonden die in mijn kiesdistrict voor de autonomisten wilde opkomen. Dat ik voor het vaderland een been ben verloren heeft wellicht geholpen. Dat maakt je automatisch tot een patriot.'

'En bent u een patriot?'

'Ik voel me verbonden met mijn geboortegrond, de Elzas. Ik heb meegedaan aan de verkiezingen louter in de hoop een bijdrage te leveren aan de politieke toestand daar.'

'Ik begrijp het.' De graaf gaat verder niet op dit antwoord in. 'Maar uw mandaat maakt dat u nu vaak weg bent van huis. U hebt toch een gezin?'

Franz knikt.

'Vertel me wat meer over uzelf! Hebt u kinderen? Waar komt uw vrouw vandaan?'

Franz verbaast zich over de nieuwsgierigheid van deze man die hij nauwelijks kent en voldoet met gemengde gevoelens aan het verzoek. Hij zwijgt over het verleden van Irene als dienstmeisje en arbeidster en verwijst naar haar als 'een vroeg wees geworden vrouw uit een goede familie'. Over zijn kinderen spreekt hij veel enthousiaster.

'Ze zijn mijn trots en mijn alles. Mag ik vragen of u zelf kinderen hebt?' Franz draait de rollen om.

Even verschijnt er een pijnlijke trek op het gezicht van de graaf. 'Jammer genoeg niet, of beter, niet meer. Mijn geslacht zal in mannelijke lijn met mij uitsterven.' Het verbaast Franz dat hij hier zo openhartig over praat en hij doet er het zwijgen toe. De graaf staart door het raam waarvoor ze staan naar buiten. Franz kijkt naar de verlichte Brandenburger Tor en wiebelt verlegen op zijn gezonde voet.

'Ik had drie zoontjes,' vertelt de graaf met zachte stem. 'Beide zonen van mijn oudste broer zijn gevallen in de Slag bij Königgrätz, maar met mijn jongens leek de opvolging verzekerd. Datzelfde jaar pakte de engel des doods echter ook mijn jongens van me af.'

Franz zwijgt onthutst. In de volksmond is de engel des doods een levensbedreigende kinderziekte die artsen kroep of difterie noemen. Het begint als een onschuldige verkoudheid, maar tast vervolgens de luchtwegen van de kinderen aan die uiteindelijk dreigen te stikken omdat hun keel opzwelt. Slechts enkelen overleven de ziekte.

'Een jaar later nam vriend Hein ook mijn echtgenote. Ze is de dood van de kinderen nooit te boven gekomen en stierf aan een gebroken hart.'

'Ik voel met u mee, mijnheer von Sterenberg.'

Franz probeert de ongemakkelijke stilte te doorbreken. 'En u en uw broer zijn nu de nog enige overlevende mannen in uw familie? Dat moet voor u allebei heel moeilijk zijn.'

De graaf knikt. 'Zeker als je bedenkt dat ik binnenkort alleen zal overblijven. Mijn broer is meer dan tien jaar ouder dan ik en al jaren ziek. Hij heeft al meerdere malen een beroerte gehad en het is een wonder dat hij nog leeft. Maar hij zit in een rolstoel en kan alleen nog heel onduidelijk praten. Gelukkig is zijn geest onaangetast gebleven. Toch zal ik binnen enkele maanden de diplomatieke dienst moeten verlaten en terugkeren naar ons stadspaleis in Wenen om me in te werken in de majoraatszaken.'

Franz weet maar vaag wat dat betekent en knikt daarom alleen maar.

Von Sterenberg heeft het echter in de gaten en legt het verder uit. 'Het adelsrecht in Oostenrijk lijkt sterk op het Pruisische. Om te vermijden dat erfgoed door voortdurende verdeling tot een onbeduidend iets wordt gereduceerd, erft alleen de oudste zoon. En hij erft álles: onroerende en roerende goederen, liquide middelen, juwelen, eigenlijk het hele onvervreemdbare familie-erfgoed, het zogeheten fideï-commis. De andere zonen en ongehuwde zussen, en heel soms ook verre verwanten, krijgen een toelage. In onze familie hebben we naast mezelf alleen nog twee tantes die op deze manier onderhouden moeten worden. Mijn twee zussen zijn goed getrouwd en mijn toelage mag je daarom gerust royaal noemen.'

Franz valt van de ene verbazing in de andere. Waarom wijdt deze gedistingeerde man hem in zijn familieaangelegenheden in?

'Na de dood van mijn broer word ik majoraatsheer van ons niet onaanzienlijke familiegoed. Hoewel ik niet uit financiële noodzaak in diplomatieke dienst ben gegaan, zal ik het toch missen. Ik sla die carrière in elk geval hoger aan dan mijn militaire loopbaan.'

Von Sterenberg zucht. 'Zonen die niet als oudste geboren zijn kiezen vaak in arren moede voor een van beide paden, om hun leven iets zinvols te geven. De meesten geven de voorkeur aan een militaire carrière. Zo verging het mij ook, maar na Solferino had ik er genoeg van.'

Oostenrijk had in 1859 deze beslissende veldslag tegen het met Frankrijk geallieerde koninkrijk Sardinië met dramatisch verlies aan mensenlevens verloren.

'Dat begrijp ik maar al te goed.' Franz neemt een slok van zijn inmiddels te warm geworden wijn. 'Ook ik prijs me gelukkig dat ik nooit meer de strijd in hoef.'

Even kijken beiden naar de verlichte quadriga op de Brandenburger Tor.

Von Sterenberg verandert weer van onderwerp. 'Uw vader is toch enkele jaren geleden gestorven, niet? Is uw moeder nog gezond en wel?'

'Dat is ze zeker, mijnheer von Sterenberg.'

'En heeft ze de dood van haar echtgenoot al verwerkt?'

Franz kijkt Von Sterenberg verontwaardigd aan. Wat gaat hem dat aan, flitst het door zijn hoofd.

'Mijn ouders hadden helaas niet zo'n gelukkig huwelijk,' hoort hij zichzelf tot zijn eigen verbazing antwoorden. Ben ik nou ook mijn gezonde verstand aan het verliezen, vraagt hij zich af.

'Het gaat dus goed met haar?' dringt de graaf aan.

'Ik denk zelfs beter dan in de vele jaren daarvoor,' antwoordt Franz opnieuw naar waarheid.

Von Sterenberg knikt en weer ligt die vreemde uitdrukking op zijn gezicht.

'Ook al ken ik haar niet, brengt u alstublieft mijn hartelijke groeten over aan uw moeder,' verzoekt de graaf een stomverbaasde Franz. 'En natuurlijk ook aan uw vrouw,' voegt hij er nog haastig aan toe.

'Helaas moet ik nu afscheid van u nemen. Ik moet me ook nog aan de andere gasten wijden. Ik dank u hartelijk voor dit verhelderende gesprek en wens u nog een aangename avond.'

Fronsend kijkt Franz Von Sterenberg na.

Pas op de terugweg naar zijn hotel valt hem iets te binnen. Het zweet breekt hem uit en hij trekt aan het raampje van de huurkoets dat klem zit. Wanneer het eindelijk opengaat ademt hij met diepe teugen de koele nachtlucht in.

'Je vader is een officier van de Oostenrijkse garde, Franz,' hoort hij zijn moeder nog zeggen in dat beladen gesprek over zijn ware afkomst jaren geleden. Maar ze noemde mijn vader Ferdinand en de graaf heet toch Eberhard, denkt hij bij zichzelf. Al zei ze ook dat Ferdi niet zijn echte naam was. En heeft ze niet elke keer toen ik terugkwam uit Berlijn naar Von Sterenberg geïnformeerd? Ik dacht dat ze gewoon nieuwsgierig was naar de adel, maar dat is eigenlijk helemaal niets voor maman. Typisch voor Mathilde, maar niet voor haar.

Tot het ochtendgloren ligt Franz in zijn bed te woelen. Ik zal haar de groeten overbrengen van de graaf en kijken hoe ze daarop reageert, besluit hij ten slotte. Dan zien we wel verder.

Met die gedachte zakt hij weg in een onrustige slaap.

Frankenthal

Eind februari 1879

'Ik ben buitengewoon blij kennis met u te maken.' Uit gewoonte buigt Irene bijna eerbiedig voor August Bebel, die haar beide handen grijpt.

'Het genoegen is geheel aan mijn kant, Irene. Ik mag u toch zo noemen en misschien kunnen we elkaar dan meteen tutoyeren?'

'Heel graag, mijnheer Bebel. Of liever, August,' fluistert Irene.

'Helaas ben ik alleen gekomen. Mijn dierbare collega's Liebknecht en Hasenclever waren niet beschikbaar.'

'Maar jij bent er, August. En dat is maar goed ook.' Josef Hartmann mengt zich in het gesprek. 'Ik geloof dat Irene vooral teleurgesteld zou zijn geweest als jij het niet had gehaald. Toch?' Hij richt zich nu tot Irene die blozend knikt.

Ze had zich de bekende vakbondsleider en socialist veel groter en gewichtiger voorgesteld. Bebel is eerder een vrij tengere verschijning met dik, donker achterovergekamd haar en een verzorgde baard en bakkebaarden. Ze weet ook dat hij, in tegenstelling tot Karl Marx of Friedrich Engels die nooit zelf met hun handen hebben gewerkt, van beroep draaier was en uit een bescheiden milieu komt.

Net als Josef Hartmann heeft hij enige tijd gevangengezeten. In 1872, nog lang voor de socialistenwet van kracht werd, waren hij en zijn kameraad Wilhelm Liebknecht al op een dubieus showproces en ondanks gebrek aan bewijs veroordeeld tot een jarenlange celstraf voor hoogverraad en majesteitsschennis.

'Ik wou dat er meer vrouwen waren met jouw lef,' prijst Bebel Irene wanneer ze aan de keukentafel van Josef hebben plaatsgenomen. 'Vertel eens wat je in jouw gespreksgroepen doet en al hebt bereikt.'

'We zitten nog maar in de beginfase,' antwoordt Irene bescheiden. 'In Lambrecht en in Landau kon ik de kameraden ervan overtuigen een noodfonds op te richten; in Frankenthal bestond dat al.'

'En hoe heb je dat voor elkaar gekregen?'

'In Lambrecht was het gemakkelijker dan in Landau. Daar herinneren de meeste mensen zich nog de grote staking van 1872 en de stakingskas die toen heeft geholpen om de honger en de ergste noden te lenigen.'

'En waarom was het moeilijker in Landau?'

'Helaas moest zich daar eerst een crisissituatie voordoen. Een van de grootste tussenhandelaren van linnengoed ging failliet. De thuiswerksters die voor hem werkten kregen geen opdrachten meer, maar ook geen loon voor de al afgewerkte stukken. Twee vrouwen bleven in gebreke met de afbetaling van hun naaimachine. Die zou zeker in beslag zijn genomen als het noodfonds hen niet had geholpen.'

'Maar ik had begrepen dat er geen kas was?'

Irene bloost licht. 'Ik gaf de vrouwen een renteloze lening van vijftig mark als basis op voorwaarde dat ze voortaan twee mark per maand in het fonds stortten en ook andere vrouwen overtuigden dat te doen.'

Bebel bekijkt Irene met een bewonderende blik. 'Je hebt dus eigen geld dat je voor dit doel mag gebruiken. Mag ik er dan van uitgaan dat je man goedkeurt wat je doet?'

'Hij geeft me honderd mark per maand naast de reiskosten voor de bijeenkomsten die ik om de vier weken organiseer.'

Het was niet eenvoudig geweest Franz over te halen mee te gaan in haar plannen die hij met het oog op de gespannen politieke situatie te gevaarlijk vond. Irene had alles uit de kast moeten halen en zelfs gedreigd de bijeenkomsten ook tegen zijn wil te organiseren. Hij was uiteindelijk overstag gegaan toen ze hem herinnerde aan de benarde levensomstandigheden van de wevers in Herxheim en zijn eigen initiatieven voor de arbeiders van het wijngoed Gerban in zijn jeugd.

In ruil daarvoor moest ze hem, net als voorheen ook Pauline, zoals verwacht beloven niets te doen wat in strijd was met de nieuwe wet en Josef Hartmann niet meer te ontmoeten. Met een bezwaard gemoed had ze dat gedaan, goed wetende dat ze beide voorwaarden zou schenden.

'Is je echtgenoot ook socialist?' vraagt Bebel nu. Irene ontkent.

'Hij is lid van de Rijksdag, August,' licht Josef toe. 'Je kent hem denk ik wel. Hij komt op voor de autonomisten en heet Franz Gerban.'

Bebel denkt even na en glimlacht dan zelfgenoegzaam. 'Ik heb hem persoonlijk nog niet ontmoet, maar met driehonderdzevenennegentig afgevaardigden is het ook wat te veel gevraagd iedereen te kennen. Vooral omdat de parlementsleden uit Elzas-Lotharingen niet vaak in de Rijksdag te vinden zijn. Vooral bij lastige stemmingen zijn ze vaak afwezig.'

Irene krijgt een kop als een biet. 'Ook mijn man was er niet bij toen het om de socialistenwet ging,' fluistert ze.

'Het is daarom bijna niet te geloven dat hij jou je gang laat gaan.'

'Franz is geen slechte man.' Irene voelt zich geroepen hem te verdedigen. 'Hij staat niet afwijzend tegenover de ideeën van de sociaaldemocraten en was ook geen voorstander van deze onrechtvaardige wet. Maar hij moest buigen voor de partijlijn van de autonomisten. Ze hebben de goedkeuring van Bismarck en de stemmen van de nationaal-liberale en conservatieve partijen nodig wanneer ze hun eigen wetsontwerp voor meer autonomie voor Elzas-Lotharingen met succes willen doordrukken.'

Ze laat ongenoemd dat Franz zijn optreden had verzwegen en het tot een heftige ruzie had geleid toen ze dat had ontdekt.

'Nu ja, zolang je man je niets in de weg legt en zelfs akkoord is dat wij elkaar hier ontmoeten, vind ik het goed,' probeert Bebel haar gerust te stellen.

Irene wordt zo mogelijk nog roder.

'Hij weet niets van deze ontmoeting,' bekent ze zachtjes.

Om verschillende redenen heeft ze het hier ontzettend moeilijk mee. In Schweighofen heeft ze opnieuw een bezoek aan de zieke Minna als excuus gebruikt en Pauline heeft haar plannen niet verraden. Helaas valt haar afwezigheid ditmaal samen met een periode dat Franz thuis is. Dat komt omdat ze geen invloed had gehad op de datum van de ontmoeting met August Bebel en die bovendien meerdere malen was verzet.

'Maar dat Irene hier is zonder dat haar wederhelft op de hoogte is, heeft niets met jou te maken, August.' Josef onderbreekt haar uitleg met het nodige sarcasme in zijn stem. 'Jou ontmoeten is niet strafbaar, maar Irene en ik waren een stel in de tijd dat ze nog een eenvoudige arbeidster was. En haar echtgenoot is een van die bezitterige types over wie jij blijft schrijven in je boeken over vrouwenrechten.'

Dat is tactloos, maar ook apert onjuist. Zelfs wanneer Franz zijn zin niet krijgt, is hij geen tiran. Irene werpt Josef een verwijtende blik toe die hij stoïcijns beantwoordt. Hij neemt het Franz kwalijk dat hij Irene uit jaloezie verboden heeft contact met hem te hebben ook al is daar tot zijn grote spijt absoluut geen reden toe.

August Bebel probeert de gênante scène tussen Josef en Irene af te sluiten. 'Hoe het ook zij. Misschien kunnen we in andere opzichten een coalitie vormen met de autonomisten. Bijna alle fabriekseigenaren lappen de nieuwe wetten die kinderarbeid beperken en moeders beschermen aan hun laars. Vooral in de Elzas is de situatie dramatisch. Daar zijn deze wetten niet eens van kracht.'

'Niet van kracht?' vraagt Irene ontzet. 'Hoe kan dat?'

Josef glimlacht cynisch. Bebel zucht hoorbaar.

'De notabelen, de Elzasser bourgeoisie zeg maar, zijn meesters in het bedingen van voor hen bijzonder gunstige economische en industriële voorwaarden. En daar komt bij dat in de fabrieken nog altijd de archaïsche Franse wetten gelden. Vooral kinderen zijn hier de dupe van. Geschat wordt dat meer dan vijftienduizend kinderen en jongeren onder de zestien, onder hen meer dan vijfenzestighonderd meisjes, zwaar worden uitgebuit. Het ergst is de situatie in de textielbranche waar kinderen onder de twaalf massaal worden ingezet.'

'Hoe weet je dat?'

'De kameraden in de Elzas zitten ook niet stil en hebben deze cijfers al in 1875 verzameld. De autonomisten moet de vriendjespolitiek van de rijke fabrieksbazen en het Pruisische bestuur toch ook een doorn in het oog zijn. De ene hand wast de andere, zoals je dat zo mooi zegt. Zolang fabrikanten hun winstmaximalisatie mogen nastreven, interesseren de politieke rechten in het rijksland het bestuur geen ene moer. De destijds door Pruisen aangestelde president Eduard von Moeller deed het dan toch nog iets beter.'

'Wat bedoel je hiermee?'

'Von Moeller heeft in 1875 tenminste nog geprobeerd een verbod op kinderarbeid onder de twaalf jaar door te voeren, zoals dat al lang geldt in het Duitse Rijk, maar de Straatsburgse Kamer van Koophandel en Industrie heeft dat tegengehouden om "competitieve redenen". Bedrijven zouden aan concurrentiekracht inboeten zonder kinderarbeid.' Bebel klinkt even cynisch als Josef Hartmann wanneer die over de grenzeloze hebzucht van ondernemers spreekt.

Irene is geschokt. 'Ik bespreek dit meteen na mijn terugkeer met Franz.

Hij walgt van kinderarbeid. Ooit stond hij op het punt zich in te kopen in een Franse ijzerwarenfabriek. Zijn eerste bekommernis toen was betere arbeidsomstandigheden voor de kinderen die er werkten, hoewel de situatie in die fabriek al veel beter was dan in de meeste andere. Wellicht weet hij niet hoe er in de Elzas met kinderarbeid wordt omgegaan.'

Bebel knikt. 'Dan moet je daar binnenkort zeker met hem over praten. Als Elzasser parlementslid kan hij misschien iets bij zijn landgenoten tot stand brengen. Zodra de storm rond de socialistenwet weer wat is geluwd, zal ik in de Rijksdag weer van me laten horen en eisen dat de bepalingen rond kinderarbeid worden gehandhaafd. Het zou fijn zijn als ik daarbij op de steun van uw man kan rekenen.'

'Wat dat betreft is de mensen uit Bischwiller, die destijds als stakingsbrekers naar Lambrecht zijn gekomen, uiteindelijk een beter lot beschoren dan hun achtergebleven kameraden,' merkt Hartmann spottend op. 'Die werken nu onder de progressievere uitbuitingswetten.'

Irene zet grote ogen op. 'Bischwiller heeft de meeste textielfabrieken,' verduidelijkt Josef voor ze iets kan vragen.

'Ik dacht dat de mensen op het randje van de hongerdood stonden nadat de fabrieksbazen voor de Franse nationaliteit hadden gekozen en hun bedrijven hadden gesloten.'

'Niet allemaal, Irene. Niet allemaal. En die verlaten productie-installaties zijn inmiddels al lang verkocht en weer in bedrijf. En de wetten die arbeiders moeten beschermen zijn in de Elzas veel lakser dan in het Duitse keizerrijk, zoals je net hebt gehoord.'

Irene begrijpt het niet. 'Waarom geldt de Duitse wetgeving daar niet?'

August Bebel trekt zijn schouders op. 'Dat probeerde ik net uit te leggen. De Pruisische regering hecht alleen belang aan wetten die haar voordeel op kunnen leveren. En knijpt een oogje dicht bij de andere, grotendeels sterk verouderde Franse bepalingen.'

'Verouderde voorschriften? Maar er is toch een revolutie geweest!'

Josef mengt zich weer in het gesprek. 'Dat is lang geleden, Irene. En intussen hebben ze ook ene Napoleon III gehad die dikke vriendjes was met de bourgeoisie. En dat voelen de kameraden in Bischwiller tot op de dag van vandaag.'

Bischwiller. De naam raakt een gevoelige snaar bij Irene, maar ze kan het niet plaatsen. Het gesprek over Bischwiller maakt iets bij haar los.

Nu heeft ze echter geen tijd daarover na te denken. Bebel heeft nog een paar vragen voor haar. 'Vertel mij eens waar je verder nog mee bezig bent in die groepen.'

'In Frankenthal staan we het verst omdat vrouwen zich hier al jaren organiseren. Steeds meer vrouwen beseffen dat zij even belangrijk zijn voor de arbeidersbeweging als mannen. Dat mannen en vrouwen zich alleen sámen met succes kunnen verdedigen. Uw geschriften zijn daarbij van onschatbare waarde.'

Bebel glimlacht gevleid. 'Dan heb ik zo nog een kleine verrassing voor u. Maar eerst wil ik nog meer weten over Landau en Lambrecht!'

'In Lambrecht hebben we het op dit moment over de opvang van jonge kinderen. Vaak worden huilende baby's met een in brandewijn gedrenkt zakje met suiker in slaap gebracht. Dat is heel schadelijk voor hun gezondheid. We zijn op zoek naar andere manieren om de vrouwen toch alvast 's nachts wat rust te geven, ook als hun kleintjes huilen. De steen der wijzen hebben we nog niet gevonden, maar een kameraad heeft op onze laatste bijeenkomst verteld dat veel vrouwen, die ze hierop heeft gewezen, inmiddels 's nachts liever wakker blijven dan hun kinderen te vergiftigen.'

'Heel interessant!' prijst Bebel haar opnieuw. 'En zeer nuttig! Ik geef dit door aan de andere vakbondsleidsters met wie ik binnenkort een ontmoeting heb.'

'En vertel ook hoe het zit in Landau!' dringt Josef bij Irene aan.

'Daar zijn we nog maar net opgestart. Momenteel gaat het daar vooral over hygiëne. Hoe je ondanks krappe levensomstandigheden de vaak enige kamer schoonhoudt. Hoe je kunt voorkomen dat de waren die je thuis vervaardigt vies worden. Wat je doet met vochtige muren en schimmel. Hoe vaak jij en je kinderen een bad moeten nemen, wat je doet tegen ongedierte enzovoort. We bespreken telkens nieuwe onderwerpen. En verzamelen daarbij ideeën die de vrouwen dan thuis kunnen uitproberen. Als een methode succesvol blijkt, proberen ze hun collega's te overtuigen.

In een van die gezinnen zijn de kinderen die vroeger voortdurend verkouden waren nu al weken gezond,' voegt Irene hier nog trots aan toe.

'Hoe hebben ze dat voor elkaar gekregen?' vraagt Bebel nieuwsgierig.

'De moeder maant de kinderen voortdurend hun handen te wassen als ze van buiten komen. Ze kookt nu elke week het ondergoed in plaats van vroeger één keer per maand. Bovendien dragen de kinderen nu warme sokken die mijn schoonmoeder heeft gebreid. Vroeger liepen ze ook 's winters met blote voeten in houten klompen.'

'Jouw schoonmoeder helpt ook mee? Een dame uit de rijke burgerij?'

Irene grijnst. 'Pauline handwerkt bijna continu. Ze heeft al genoeg geborduurd voor de twee volgende generaties. Zoveel tafellinnen en zakdoeken kun je van zijn leven niet verslijten. Ik heb haar daarom gevraagd iets nuttigs te breien. En kijk, ze doet het met veel enthousiasme.'

'Nog een laatste vraag: waarom verkoop je die gespreksgroepen als naaicursussen? Toch zeker in Lambrecht en Landau behandelen jullie volgens mij geen verboden onderwerpen.'

Jozef neemt het woord. 'Dat zal zo niet blijven. Naarmate de vrouwen beseffen dat ook zij iets kunnen teweegbrengen, des te politieker de discussies worden. Dat heb ik meegemaakt in de groep in Frankenthal. En daarom heeft Irene overal naaimachines ter beschikking. Alleen voor het geval iemand haar verklikt.'

Hij kijkt naar de klok. 'Maar laten we het gesprek hier afronden; we willen immers nog een paar gezinnen in Frankenthal bezoeken. Binnen drie uur is het donker en Irene moet voor die tijd in de herberg zijn. Ze is tenslotte een eerzame vrouw.'

Deze laatste ironische toespeling op Irenes deugdzaamheid komt hem op een bestraffende blik van Bebel te staan. 'Rustig, rustig aan, mijn beste. Ik wil Irene eerst nog een cadeau geven.' Hij diept een boek dat nog helemaal nieuw ruikt op uit zijn versleten leren tas. 'Vers van de pers,' glimlacht Bebel. 'De laatste herziene versie van *De vrouw en het socialisme*.'

Hij overhandigt het boek aan Irene. 'Hier! Je bent een van de eersten die het krijgt. Zorg er goed voor. En verberg het vooral goed voor de speurhonden van Bismarck. Net als de rest van mijn werken is het natuurlijk verboden.'

Het wijngoed bij Schweighofen

Eind februari 1879, de volgende dag

'Hoezo is Mathilde gisteren in Altenstadt aangekomen? Om Ottilie te bezoeken, of wat?' Franz is nog maar net voor het ontbijt beneden en hem bekruipt een slecht voorgevoel.

Het antwoord van Pauline bevestigt zijn ergste vrees. 'Nee. Ze wil blijven.'

'Wat?' Verbijsterd staart Franz zijn moeder aan. 'Zonder eerst mijn toestemming te vragen? Hoe haalt ze het in haar hoofd?'

Pauline trekt haar schouders op. 'Ze heeft je al een paar keer gevraagd naar huis te mogen komen en dat heb je tot nu toe geweigerd. En dus is ze gisteren gewoon op de trein gestapt en hierheen gekomen. Helemaal alleen, zonder gezelschap.'

'En hoe weet jij dat?'

'Ottilie heeft een bode gestuurd met een korte brief voor mij. Kennelijk is de aanhoudende strijd tussen Mathilde en Herberts tante Ilse gisterenochtend weer geëscaleerd en Mathilde heeft wat spullen ingepakt en is hierheen gekomen.'

'Weet je wat de aanleiding was voor de ruzie?'

Pauline knikt. 'Ilse Stockhausen heeft haar geweigerd op zondag gebruik te maken van het dienstmeisje. Ze vindt dat Mathilde wel een keer per week zelf haar bed kan opdekken.'

Franz glimlacht spottend. 'Maar dat is natuurlijk beneden de stand van de dame.'

Pauline werpt hem een bestraffende blik toe. 'Doe niet zo gemeen! Mathilde is altijd gewend geweest aan voldoende huispersoneel. Dit is je reinste intimidatie van Ilse Stockhausen! En ik geef Mathilde gelijk als ze zegt dat ze vreest dat het alleen maar erger zal worden.'

'Heb je haar dan al gesproken?'

'Nee. Maar dat heeft ze me geschreven. En verteld, toen ze hier met Kerstmis op bezoek was. Dat weet je toch! Ik heb het je verteld, maar jij voelde je blijkbaar niet aangesproken.'

Franz snuift. Mathilde had ook met Kerstmis in Altenstadt gelogeerd. Het wijngoed heeft geen logeerkamers meer sinds de keldermeester met zijn gezin de woning in het bijgebouw heeft betrokken waar Gregor en Ottilie Gerban vroeger af en toe gasten onderbrachten. De vormelijke namiddag die Pauline, Irene en hij op eerste Kerstdag uit louter beleefdheid in Altenstadt hadden doorgebracht vergeet hij liefst zo snel mogelijk.

Mathilde had zich beleefd gedragen in tegenstelling tot Ottilie, die maar hatelijkheden tegen Irene bleef spuien. Mede daarom had Franz opnieuw alle zinspelingen van Mathilde op een vertrek uit Oggersheim genegeerd. Hij gruwt van de gedachte aan Mathilde en Ottilie samen onder één dak. Ongetwijfeld zal het dan niet lang duren voor die twee iets bekokstoven om hem of Irene te treffen.

Aangezien ze Fränzel en de tweeling in Schweighofen hadden gelaten omdat Ottilie niet van kleine kinderen houdt, waren Irene en hij, zodra de regels van wellevendheid het toelieten, terug naar huis gereden. Alleen Pauline was in Altenstadt gebleven en was daar ook blijven overnachten. Toen haar man, Wilhelm, nog leefde, was de verhouding met haar dochter niet echt hartelijk geweest, maar nu heeft ze medelijden met Mathilde.

'Nou, wat wil je dat ik doe?' vraag Franz nors aan zijn moeder.

Pauline zucht. 'Je kunt Mathilde moeilijk bij haar haren uit Altenstadt wegslepen. Ze heeft haar oude kamer weer betrokken. Ik stel voor om na het ontbijt samen daarheen te rijden en te bespreken hoe het nu verder moet.'

Franz schuift zijn onaangeroerde bord van zich af. 'Dan kunnen we wat mij betreft meteen gaan. Ik heb geen trek meer.'

Huize Gerban in Altenstadt

Eind februari 1879, een uur later

Franz wacht tot Niemann, de huisknecht, de thee heeft geserveerd en de kamer verlaat. Pauline en hij zitten met Ottilie en Mathilde in de kleine salon. Gregor Gerban, de man van Ottilie, heeft dringende zaken voorgewend en is er dus niet bij. Iedereen weet dat hij als gepensioneerde weinig te doen heeft, maar hij verwacht duidelijk dat het geen leuk gesprek wordt.

Franz probeert zich te ontspannen. Op de heenweg heeft zijn moeder hem uitdrukkelijk verzocht zijn kalmte te bewaren en eerst naar Mathilde te luisteren. En daaraan wil hij zich houden.

Hij neemt een slok thee, te bitter naar zijn smaak, en zet zijn kop neer. 'Zo, ik luister. Hoe vinden jullie dat het verder moet?'

Ottilie neemt als eerste het woord. 'Ik wil dat Mathilde hier in Altenstadt blijft. Dit is haar thuis; hier is ze opgegroeid. In Oggersheim heeft ze zich nooit thuis gevoeld en na de tragische dood van haar man wordt ze als een melaatse behandeld.'

Mathilde snikt, maar Franz negeert haar voorlopig.

'Het huis is groot genoeg.' Ottilie maakt een weids gebaar. 'Zelfs met een gezin twee keer zo groot, zou je hier comfortabel kunnen wonen, Franz. Maar omdat jij de voorkeur aan Schweighofen geeft, worden de meeste vertrekken niet gebruikt. Mathilde kan haar voormalige kamer gebruiken. Bovendien is er genoeg personeel en zal het haar niet aan comfort ontbreken.'

Franz glimlacht, maar niet van harte. 'Tot nu toe dacht ik dat je liever niet met ons onder één dak woont, tante Ottilie. Wil je nu echt dat ik hier met Irene en de kinderen kom wonen? Wat wil je nu eigenlijk insinueren?'

'Insinueren?' Ottilie houdt zich van de domme. 'Ik insinueer helemaal niets. Ik zeg alleen dat Mathilde hartelijk welkom is in Altenstadt en er genoeg plaats en personeel is om ook voor haar te zorgen.'

'Personeel dat ik betaal en een huis dat van mij is en waarvoor jullie geen pfennig huur betalen,' wil Franz al zeggen als hij de blik van zijn moeder opvangt.

En dan verrast Mathilde hem. 'Als ik mag blijven, kan ik je maandelijks een vergoeding betalen voor mijn onderhoud. De helft van mijn lijfrente, of als dat niet volstaat...' Ze interpreteert het zwijgen van Franz als een weigering. '... driekwart van die tweehonderd mark.'

'Dan heb je maar vijftig mark per maand over,' reageert Ottilie verontwaardigd. 'Daar kun je niet eens je garderobe van betalen. Franz heeft echt genoeg geld om...'

'Ik denk niet dat Franz geld van je wil, Mathilde.' Pauline voorkomt op die manier dat Franz, in een reactie op de provocatie van Ottilie, instemt met het aanbod van Mathilde.

Wat ken je me toch goed, maman, denkt Franz bij zichzelf en hij verbijt een lach. Hij had inderdaad op het punt gestaan Mathildes voorstel te aanvaarden.

'Zo is het toch, Franz?' dringt Pauline aan.

'Het geld is het minste van mijn problemen. Als jij met je lijfrente je persoonlijke uitgaven kunt dekken en ik niets hoef aan te vullen, Mathilde, is het prima. Ik wil geen pfennig van je aannemen voor kost en inwoning. Waar ik bang voor ben is de goede verstandhouding binnen ons gezin als jij hier weer komt wonen.'

Met een mengeling van tevredenheid en verbazing ziet hij het gezicht van Ottilie vertrekken. Mathilde daarentegen slaat deemoedig haar blik neer en vouwt haar handen.

'Hoe durf je zo'n schaamteloze verdachtmaking te spuien!' krijst Ottilie, maar Mathilde legt haar met een gebaar het zwijgen op.

'Ik begrijp dat jij je zorgen maakt dat ik Irene nog altijd niet accepteer als jouw wettige echtgenote en dat ook nooit heb gedaan,' begint ze zachtjes. 'Maar sinds de dood van Herbert ben ik uit de droom geholpen en schaam ik me voor mijn gedrag. Ik weet nu wat het is om niet mee te tellen en verstoten te worden omdat je zogenaamd niet in de familie past.'

De mond van Ottilie valt open van verbazing. En ook Franz kan zijn oren niet geloven. Alleen Pauline lacht zachtjes in zichzelf.

'Ik mag er dus op vertrouwen dat je niets tegen mijn vrouw zal ondernemen? Geen kwaadaardige roddels zal verspreiden, geen nare opmerkingen tegen haar zal maken en haar niet zal beledigen vanwege haar eenvoudige komaf?' Hij kijkt Mathilde strak aan.

Ze ontwijkt zijn blik. 'Ik weet dat ik me vroeger heb misdragen, Franz. En ik bied jou en Irene hiervoor mijn excuses aan. Het zal niet meer gebeuren.'

Franz is niet overtuigd, maar een reactie lijkt hem nu niet gepast.

'Geef Mathilde een kans, Franz!' Weer raadt Pauline zijn gedachten.

'En als het fout loopt? Ik wil rust in mijn huis.'

'Dat wil ik ook, Franz.'

'En schop me er maar uit als ik me ergens schuldig aan maak,' stelt ze tot zijn niet-aflatende verbazing voor.

'En waar wil je dan heen? Naar Oggersheim kun je dan niet meer terug!'

'Dat kan nu ook al niet meer. Ilse Stockhausen wilde me gisteren tegenhouden toen ze de huurkoets zag die ik besteld had. Het ging haar wellicht meer om de familiejuwelen die ik van Herbert heb gekregen dan om mij en ze dreigde me de toegang tot het huis te ontzeggen als ik zou vertrekken.'

Franz zucht. Hij had dus van meet af aan geen keuze gehad. Mathilde mag dan het recht hebben om haar hele leven in Oggersheim te wonen, als het Ilse Stockhausen ernst is met dat dreigement, waar Franz ook maar geen seconde aan twijfelt, zal Mathilde dat voor de rechtbank moeten afdwingen.

'Goed dan! Laten we dan nu bespreken hoe het verder moet.'

Mathildes gelaatstrekken ontspannen zich tot een opgeluchte glimlach. 'Hartelijk dank, Franz! Je zult er geen spijt van krijgen.' Even maakt ze aanstalten om op te staan en hem te omhelzen, maar ze bedenkt zich en Franz herademt.

Ottilie is praktischer ingesteld. 'Gregor en ik gaan met Mathilde naar Oggersheim om haar persoonlijke spullen op te halen. Dat kan die feeks van een tante ons moeilijk verbieden. Wat valt er te grijnzen?'

Franz kan inderdaad zijn gezicht nauwelijks in de plooi houden bij het idee dat Ottilie en Ilse Stockhausen het tegen elkaar zullen opnemen. Die zijn uit hetzelfde hout gesneden. Twee vuurspuwende draken. Jammer dat ik niet even een vlieg kan zijn om dat mee te maken, denkt hij bij zichzelf.

'Ik grijns niet,' ontkent hij terwijl iedereen het in de gaten heeft. 'Ik ben alleen maar opgelucht dat jullie Mathilde zullen helpen. Ikzelf kan hier niet worden gemist, vooral omdat ik volgende week alweer naar Berlijn moet.'

'Meubels heb ik nauwelijks, Franz. Ik heb maar weinig stukken naar Oggersheim verhuisd. Alleen mijn kaptafel en een kleine secretaire. En met een beetje geluk krijg ik ook jullie huwelijksgeschenken, vooral dat mooie servies, terug. Dat heeft Ilse voorlopig nog in haar bezit. Ze beweert dat alle cadeaus na het huwelijk eigendom van de echtgenoot zijn geworden.'

'We zullen met klem eisen dat Ilse het vaatwerk teruggeeft!' kondigt Ottilie aan. 'Wat is levenslang woonrecht eigenlijk waard? Ook dat bedrag moeten we opeisen.'

Franz weet helaas beter. 'Er valt niets te eisen, tante Ottilie. Mathilde mag dan het recht hebben tot haar dood in de kleine woning bij villa Stockhausen te wonen, een uitbetaling is volgens het testament alleen mogelijk met wederzijdse toestemming. Ilse mag Mathilde niet betalen om van haar af te komen en Mathilde heeft geen recht op een schadevergoeding als ze vrijwillig vertrekt.'

'Dat zullen we nog wel eens zien!' Strijdvaardig zet Ottilie haar gebalde vuisten in haar zij. 'Dan stappen we naar de rechter!'

'Zet dat maar meteen uit je hoofd, tante! Als naaste mannelijke verwant moet ik Mathilde bijstaan voor de rechtbank als ze ook maar een schijn van kans wil maken iets te bereiken. Geen enkele rechter neemt Mathilde als vrouw alleen serieus. Maar ik heb geen tijd om jaren te procederen voor iets waar ik niet van weet of het iets zal opleveren!'

'Geen zin, zul je bedoelen!'

'Inderdaad! Tijd noch zin! Gaan jullie maar met z'n drieën naar Oggersheim en breng mee wat die draak van een Stockhausen vrijwillig afstaat. En verder wil ik hier geen woord meer aan vuil maken! De kosten voor het vervoer neem ik op me.'

Hij kijkt op zijn zakhorloge en hijst zich uit zijn stoel. 'We moeten gaan, maman! Ik heb nog een belangrijke bespreking met Nikolaus Kerner in Weissenburg en wil je eerst in Schweighofen afzetten!'

'Meende je dat nu werkelijk, Mathilde?'

De twee vrouwen kijken van achter de kanten gordijnen voor het raam van de kleine salon de landauer na.

'Wat bedoel je, tante Ottilie?'

'Nu ja, dat je Irene als lid van onze familie wilt accepteren en zelfs respecteren! Een voormalig dienstmeisje! Een fabrieksarbeidster! Een anarchiste!'

Mathilde glimlacht spottend. 'Mijn moeder had me aangeraden tactvol op te treden om Franz te overreden me hier in Altenstadt te laten wonen. Dat deed ze al met kerst en ik heb er lang over nagedacht. Blijkbaar was ik heel overtuigend!' Haar bleekblauwe ogen fonkelen gemeen.

Ottilie haalt opgelucht adem. 'Dat was je zeker, Mathilde! Er is een toneelspeelster aan je verloren gegaan.'

'Eerder een perfecte echtgenote, tante. Toen Herbert nog leefde moest ik vaak doen alsof.' Ondanks haar grove woorden, trilt haar stem licht.

Ottilie pakt haar hand. 'Dus dat met Irene was ook maar gespeeld!'

'Wat dan? Geen hatelijke opmerkingen of zelfs beledigingen uiten tegen Irene in het bijzijn van ongewenste getuigen? Ik wil Franz niet tegen me in het harnas jagen, zo dom ben ik niet, ondanks zijn vreselijke mesalliance.' Ze laat bewust een pauze vallen.

'Maar?'

'Wat niet weet, wat niet deert. We moeten alleen zorgen dat we niet betrapt worden!'

'Ik ben echt benieuwd hoe Irene zal reageren als ze morgen thuiskomt. Haar vertellen dat Mathilde weer in Altenstadt woont wordt niet gemakkelijk.'

'Ze hoeft Mathilde niet vaker te zien dan vroeger,' stelt Pauline haar zoon gerust. 'Alleen op belangrijke feestdagen of bij grote familiefeesten! Vaker hebben jullie Ottilie en Gregor ook niet bezocht of uitgenodigd, terwijl ze bijna om de hoek wonen. En ik weet zeker dat Mathilde zich zal gedragen tegenover Irene.'

'Heb je haar dat aangeraden?'

Pauline aarzelt kort, maar knikt ten slotte. 'Ook ik wil geen ruzie in de familie, Franz.'

'Nou, dan zien we wel hoe het loopt.'

De landauer stopt bij het einde van de oprit, bij de weg naar Weissenburg, om een door trekpaarden getrokken kar die onderweg is naar het Elzassische stadje te laten passeren. Franz kijkt ongedurig uit het raampje van de koets. 'Ik kom nog te laat...'

Hij maakt zijn zin niet af. 'Daar rijdt Otto Leiser! En zijn vrouw zit naast hem! Dat is Minna!'

Verbijsterd kijkt hij Pauline aan. 'Ik dacht dat Minna op z'n vroegst rond Pasen zou worden ontslagen. En Irene is nu bij haar in Falkenstein!'

Ook Pauline is geschokt. In eerste instantie beneemt de gedachte bedrogen te zijn Franz de adem. Dan borrelt de woede echter in hem op als kokend water in een geiser. 'Als Irene niet bij Minna in de kliniek is, waar is ze dan wel? Weet jij dat?'

Pauline probeert niet te laten merken dat ze op de hoogte is. 'Nee, Franz, dat weet ik niet,' liegt ze. 'Maar er zal vast wel een onschuldige reden voor zijn.'

Franz klopt al op de voorwand van de landauer.

'Peter moet hen meteen achterna! Ik wil weten wat dit te betekenen heeft.'

Pauline grijpt zijn arm en trekt Franz achteruit. 'Alsjeblieft, geen scène op de openbare weg! Vooral omdat je niet meer zal horen dan je tot nu toe weet. Namelijk dat Irene niet in de Taunus is terwijl Minna al uit de kliniek is ontslagen. Meer zal ze je ook niet kunnen vertellen!'

'Maar...'

Pauline legt haar gehandschoende hand op zijn arm. 'Houd je nu rustig en rijd met het rijtuigje naar Weissenburg nadat je me in Schweighofen hebt afgezet. Anders mis je je afspraak met Nikolaus Kerner nog! Ik laat me vanmiddag met de landauer naar Schweigen brengen om met Minna te praten. Als ze echt iets weet, zal ze dat sneller aan mij dan aan jou vertellen en zo baren we geen opzien!'

14

Het station van Weissenburg

Eind februari 1879, de volgende dag

'Minna! Wat een verrassing! Wat doe je hier?'

Pas als haar vriendin waarschuwend een vinger op haar mond legt, beseft Irene dat haar leugen over de reis wellicht is ontdekt.

Voorzichtig kijkt ze om zich heen, maar ze ziet niemand die ze kent. 'Heeft iemand je gezien?' fluistert ze angstig.

Minna knikt. 'Ja, helaas. Gisteren al! En het was uitgerekend jouw man.'

Irenes knieën beginnen te knikken. Het voelt alsof iemand haar keihard in haar maag heeft gestompt.

Minna loopt op haar af en omhelst haar stevig. 'Eindelijk kan ik dit weer veilig doen,' fluistert ze Irene, die inmiddels trilt als een espenblad, in het oor. 'En alles is nog niet verloren. Je schoonmoeder heeft me gestuurd.'

'Wat moet ik nu doen?' Irene heeft de opmerking van haar vriendin nauwelijks gehoord. Na een laatste stevige knuffel laat Minna Irene los en duwt ze haar met beide armen een stuk van zich af.

'Laten we in het restaurant hiertegenover iets eten. Franz en Kerner ontvangen op kantoor een aantal belangrijke klanten en hij zal niet voor het avondeten thuis zijn.'

'En Gitta dan? En de koetsier?' Pas nu ziet Irene Peter op discrete afstand achter Minna staan.

'Die nemen we mee en zetten hen aan een andere tafel. Zij begrijpen wel dat wij als vriendinnen die elkaar zo lang niet hebben gezien, veel te vertellen hebben.'

'Maar zal Peter ons niet verraden? Onbewust misschien? Hij moet Franz vanavond toch ophalen.'

Minna schudt lachend het hoofd. 'Pauline is slim en heeft aan alles gedacht. Ze heeft gedaan alsof ze vandaag zelf de landauer nodig had en

Franz gevraagd met het rijtuigje naar kantoor te gaan. Maar kom, we gaan naar de herberg. Peter kan je bagage inladen en ons dan volgen.'

Even later zit Minna achter een stevige schotel met leverknoedels en zuurkool, terwijl Irene lusteloos in haar kom met runderbouillon roert.

'Je moet iets eten,' dringt Minna aan.

'Ik krijg geen hap door mijn keel voor je me hebt verteld wat je met Pauline hebt besproken.'

Op weg naar de herberg heeft Mina verteld dat ze al twee dagen thuis is en Franz haar gisteren op een uitstapje met haar man naar Weissenburg heeft gezien. Vluchtig registreert Irene daarbij dat Mathilde weer haar intrek in Altenstadt heeft genomen, maar dat nieuwtje duwt ze weg. Ze heeft nu belangrijkere dingen aan haar hoofd.

'Oké, luister!' Minna stopt nog snel een hap zuurkool in haar mond, kauwt, slikt en vertelt dan verder. 'Als ik Pauline goed heb begrepen, weet ze dat je in Frankenthal was en daar ook Josef Hartmann zou ontmoeten.'

Irene bevestigt dit. 'Het was voor August Bebel. Ik wilde hem koste wat het kost ontmoeten!' Opeens heeft ze er genoeg van. 'Ik heb me lang genoeg verstopt voor iets waar ik recht op heb. En dat zal ik zo aan Franz vertellen ook!'

Tot haar verbazing is Minna het met haar eens. 'Dat is precies wat je moet doen, Irene. Pauline en ik vinden dat je alles moet opbiechten, op één uitzondering na!'

'En dat is?'

'Dat je beweert dat jullie elkaar in Oggersheim hebben ontmoet waar je heen bent gegaan voor een bijeenkomst met je vrouwengroep. Josef is daar tweemaal met Bebel op bezoek gekomen, een keertje tijdens je bijeenkomst om met de vrouwen te praten en later nog een keer. Jij verbleef met Gitta in dezelfde herberg waar je anders ook overnacht. Het tweede bezoek van Bebel en Hartmann heeft daar in de gelagzaal plaatsgevonden. De mannen waren na jullie ontmoeting de dag voordien naar Frankenthal teruggekeerd. Na de modernisering van dat spoor liggen beide steden slechts op een uur rijden met de trein van elkaar af. Zo zal Franz niet op het idee komen dat jullie elkaar in het huis van Josef hebben ontmoet. En je kunt ook heel overtuigend beweren dat een overnachting voor die twee in jouw chique herberg te duur zou zijn geweest. Vooral omdat het ook niet nodig was.'

Ze ziet de uitdrukking op Irenes gezicht en krijgt argwaan. 'Je verblijft in Oggersheim toch in een duur etablissement?'

Irene zit even in dubio of ze Minna alles zal opbiechten. Dat ze niets te zoeken heeft in Oggersheim, maar haar derde vrouwengroep in Frankenthal zit en ze elkaar geregeld ontmoeten in het huis van Josef. Ze besluit het niet te doen. Het is al riskant genoeg dat Gitta alles weet en misschien weer voor haar moet liegen als Franz het dienstmeisje zou bevragen. Haar vriendin Minna wil ze ook niet verder bij de zaak betrekken dan ze nu al is, ook al heeft ze dringend behoefte aan een vertrouwelinge op haar niveau.

Irene heeft ook geen idee hoe Franz tegen het gezin Leiser zal reageren als de hele waarheid ooit aan het licht komt. Ze moet er niet aan denken dat hij geen bestellingen voor vaten meer zou plaatsen bij Otto Leiser. Het wijngoed Gerban is al jaren hun grootste klant.

Ze balt haar vuisten en probeert de felle woede die in haar opborrelt te bedwingen. Deze hele poppenkast is puur het gevolg van de totaal ongegronde jaloezie van Franz! Omdat hij haar niet vertrouwt en gedreigd heeft de autoritaire echtgenoot te spelen als ze niet naar zijn pijpen danst. Precies daarom vertrouwt zij Franz ook niet meer!

Ze heeft immers niets voor hem te verbergen. Er is niets tussen Josef en haar. Meer nog, de jaloezie van Franz die ze natuurlijk niet voor Josef kan verbergen, lokt bij haar voormalige minnaar precies die reactie uit waar Franz zo bang voor is! Het schrikt hem niet af, maar moedigt hem juist aan opnieuw avances te maken. Want niet geheel ten onrechte heeft hij inmiddels grote twijfels over hoe hecht hun huwelijk nog is. Ze beseft dat ze dat kinderachtige gedoe van beide mannen spuugzat is.

Maar daarover wil ze later nadenken. Nu moet ze ervoor zorgen dat zijn boosheid Franz niet aanzet tot overhaaste beslissingen. Als echtgenoot kan hij haar alle activiteiten buitenshuis verbieden. Hij heeft daarvoor wettelijk het volste recht.

Daarom beantwoordt ze nu eerst de vraag van Minna. 'Ja, sinds een gruwelijke nacht in Herxheim veroorloof ik me zo'n onderkomen.' Ze schetst in een paar woorden haar wedervaren van afgelopen september.

Minna huivert. 'Ik ben ook als de dood voor kakkerlakken. Maar je had me moeten schrijven dat je die bezoeken aan mij wilde gebruiken als dekmantel voor je politieke plannetjes,' maant ze Irene terwijl haar lachje haar woorden logenstraft. 'Dan had ik je kunnen vertellen dat ik geen bezoek mocht ontvangen. Waarom denk je dat ik je nooit heb gevraagd naar Falkenstein te komen?'

Irene bloost. 'Ik dacht dat je je zou schamen als ik zou zien hoe ziek je was, vooral omdat je de ziekte lange tijd hebt ontkend. En ik wilde me niet opdringen.'

Minna snuift. 'Ja, met het ontkennen van de tuberculose was ik minstens even dom als jij nu.' Ze glimlacht schelms. 'Dan staan we quitte.'

'En ben je nu weer helemaal gezond? Ondanks die terugval in de herfst? We verwachtten jou allemaal op zijn vroegst rond Pasen terug thuis.'

'Ja, dat was eerst ook de bedoeling, maar ik herstelde net zo snel als dat ik in het najaar weer achteruit was gegaan. Dokter Dettweiler, de directeur van de kliniek, zou me nog steeds niet hebben ontslagen ware het niet dat hij mijn plek dringend nodig had voor een meisje van amper achttien dat anders zeker zou zijn doodgegaan. En daarom vroeg hij me of ik het risico wilde nemen naar huis te gaan ook al waren de symptomen nog geen twee maanden, maar slechts vier weken verdwenen. En natuurlijk heb ik meteen ja gezegd. Ik heb mijn man en vooral de jongens zo verschrikkelijk gemist.'

'En moet je jou nu zien!' Irene schenkt Minna een grote glimlach. 'We zijn allemaal blij dat je weer beter bent!' Minna beantwoordt verlegen Irenes lach.

'Eet nu toch eindelijk je soep op. Straks is hij helemaal koud.'

Irene werkt een lepel naar binnen en legt dan haar bestek neer. Ze krijgt geen hap door haar keel. Er valt nog zoveel te regelen.

'En Pauline heeft jou opgezocht om dit plan met je uit te denken? Dat had ik niet van haar verwacht.'

'Ik op het eerste gezicht ook niet. Aan de andere kant heeft Pauline Gerban haar man tientallen jaren van alles wijsgemaakt. Ik denk dat ze op dat talent is teruggevallen.'

'Waarom is ze niet zelf naar het station gekomen?'

'Dat was ze van plan toen ze gisteren bij mij was, maar ik heb haar omgepraat. Ik wilde je per se weer zien.'

'Wat hebben jullie gisteren nog meer besproken?'

'Pauline heeft me gevraagd niet te verraden dat je eerste bezoek aan mij ook nooit heeft plaatsgevonden. Dat was in oktober, als ik goed geïnformeerd ben, en dat heeft ze kennelijk zelf ontdekt.'

'Dat klopt. Daarna heb ik op haar advies tegen Franz beweerd dat ik alle plannen die ik samen met Josef had bedacht, met jou had uitgewerkt. Maar Pauline noch ik zijn van nature zulke grote leugenaars. Geloof me, alsjeblieft!'

Minna streelt over Irenes hand. 'Dat weet ik toch. Maar wat hadden jullie anders moeten doen? Voor ons vrouwen is het vaak moeilijk onze behoeften op de opvattingen van onze mannen af te stemmen daar zij het in geval van twijfel voor het zeggen hebben. Waarom zou dat met jouw man beter gaan dan met de rest van ons vrouwen?'

'Heb je dan ook geheimen voor Otto?' vraagt Irene verbluft.

'Niet te vergelijken met de jouwe,' zegt Minna glimlachend. 'Maar natuurlijk hoeft hij niet alles te weten wat ik doe. Op dit moment weet hij niet beter dan dat ik in het naburige dorp bij de naaister zit om mijn kleren te laten aanpassen. Met al dat eten in de kliniek ben ik immers weer aangekomen en ik heb hem ervan overtuigd dat mijn naaikunsten ditmaal niet volstaan om er in mijn oude garderobe weer aantrekkelijk uit te zien.'

'Ik kan je helpen met het vermaken.'

Minna straalt. 'Wat een geweldig idee. Dan heb je meteen een aanleiding om vaker op bezoek te komen. En daar verheug ik me nu al op!' Ze denkt even na. 'Tegen Otto zeg ik dat de oude Kuni niet thuis was. Hij is trouwens toch de hele dag weg om vaten te leveren en komt pas vanavond terug.

Maar lepel nu die soep naar binnen en laten we daarna Gitta op de hoogte brengen van wat we hebben afgesproken! Peter kan intussen nog een pijp roken voor de deur. Dan rijden we snel naar huis.'

Huize Gerban in Altenstadt

Eind februari 1879, dezelfde dag

Met brandende ogen staart Mathilde naar het plafond van haar kamer in Altenstadt. Nu Franz haar eindelijk heeft toegestaan te blijven, heeft ze haar doel bereikt, maar in plaats van opgelucht of dankbaar te zijn, overmant bittere ellende haar.

Ooit heeft ze in deze kamer haar meisjesdromen gekoesterd. Ze was het lievelingetje van haar vader geweest en had de plak gezwaaid over bijna het voltallige huispersoneel.

Ze had willen trouwen met een aardige officier, liefst iemand van adel die haar een titel zou kunnen schenken. Maar de enige kandidaat die daar ooit voor in aanmerking was gekomen, had Franz destijds weggejaagd.

De herinneringen komen weer boven. Baron von Wernitz heeft haar de rug toegekeerd en later gruwelijk voor schut gezet. Omdat hij Franz voor een landverrader hield. Een traan biggelt over haar wang. Maar uiteindelijk heeft mijn broer doorgezet en alles gekregen wat hij wilde, denkt ze bij zichzelf. Hij geneerde zich niet eens om met dat dienstmeisje te trouwen. Ik vraag me af of die zoon wel van hem is. Uiteindelijk hanteert het gewone volk een lagere moraal.

Zelf had ze een behoorlijk compromis moeten sluiten met Herbert Stockhausen. Hij was twee keer zo oud als zij en had haar van meet af aan betutteld, meer nog dan haar vader ooit had gedaan.

Dat had ze allemaal op de koop toe genomen om onder de pannen te zijn en een eigen gezin te hebben. En na haar huwelijk had ze gehoopt dat alles toch nog goed zou komen.

Vanochtend hebben Gregor, Ottilie en zij onderhandeld met dezelfde expediteur die in mei 1874, voor haar huwelijk met Herbert, haar spullen naar Oggersheim had gebracht. Hij gaat een kar sturen om de dingen die Ilse Stockhausen bereid is terug te geven, weer naar Altenstadt te brengen.

Het is dus allemaal tevergeefs geweest, concludeert Mathilde. Alles wat ze zich heeft laten welgevallen om Herbert als echtgenoot tevreden te stellen: ze heeft de zuinige huisvrouw gespeeld, zichzelf nauwelijks iets gegund, samen met hem zijn lievelingsgerechten gegeten ook al had ze er een hekel aan. En zich vooral verveeld in het saaie leven met hem zonder echter ooit te klagen.

Maar uiteindelijk heeft het niets uitgehaald. Hoewel ze zich als een hoer – het schaamrood stijgt nog steeds naar haar wangen als ze aan die momenten denkt – aan hem heeft aangeboden, heeft hij haar in de ruim vier jaar van hun huwelijk nauwelijks tien keer 'beslapen', zoals een priester het zalvend zou uitdrukken. Opwinding heeft ze daarbij niet gevoeld, eerder zorgvuldig verborgen afkeer.

Hij had de sleutel tot haar blijvende geluk kunnen zijn, bedenkt ze. Had ze Herbert een of twee zonen geschonken, dan zou ze nu niet zo goed als berooid zijn overgeleverd aan de genade van haar broer en die vrouw van hem met wie hij zich heeft gemesallieerd. Dat heeft het testament van Herbert wel duidelijk gemaakt. Een snik ontsnapt aan haar keel. Het leven heeft het niet goed met haar voor en is voor haar al bijna ten einde. Ze zal geen uitgedroogde oude vrijster worden, maar is het lot van een nog geen dertig jaar oude weduwe niet veel erger?

Ze is onbemiddeld en er zal zich geen huwelijkskandidaat meer aanbieden, toch niet iemand die bij haar past: jong, levenslustig en gul.

Als het al gebeurt, zal het een oude man zijn die naar mijn hand dingt omdat hij eerder een verzorgster dan een vrouw zoekt, denkt ze bij zichzelf. En die me voortdurend de wet zal voorschrijven, maar daar heb ik voor eens en voor altijd genoeg van.

Ze proeft de bittere gal in haar keel en draait zich op haar zij. Maar net als bij haar middagdutje doet ze ook nu geen oog dicht. Ze krijgt ook weer hoofdpijn.

Overmorgen gaat ze nog een laatste keer met Ottilie en Gregor naar Oggersheim om haar spullen op te halen. Eergisteren is ze hier moederziel alleen aangekomen, zonder kamenier, laat staan een mannelijke beschermer, maar daar heeft niemand zich aan gestoord. Om haar reputatie hoeft ze zich geen zorgen meer te maken! En haar onverschillige broer heeft er navenant ook met geen woord over gerept, hoewel dit tegen alle sociale conventies voor een dame van stand indruiste.

'Overmorgen komt er definitief een einde aan mijn oude leven,' fluistert ze met gesprongen lippen. Haar mond is droog, maar ze voelt zich te ellendig om het meisje te bellen of zelf de waterkan op haar nachttafeltje te pakken. 'En mijn nieuwe leven strekt zich als een eindeloze woestijn voor me uit.'

Ze balt haar vuisten. 'Maar hier zullen ze voor boeten! Boeten zullen ze, allemaal, zo helpe mij God. Mijn moeder die nooit iets om me heeft gegeven, mijn broer die me al zijn hele leven veracht en vooral dat dienstmeisje dat nu alles het hare noemt wat eigenlijk van mij had moeten zijn!'

Een geniepige glimlach vormt zich rond haar mond.

'Ik moet het alleen slim aanpakken. En dan zullen we wel zien!'

Het wijngoed bij Schweighofen

Eind februari 1879, dezelfde avond

'Slaapwel, jullie twee! Slaap lekker en droom zacht!' Irene kust de tweeling op de wang en verlaat zachtjes de kamer.

In de gang strekt ze haar rug en wapent ze zich voor de confrontatie die haar te wachten staat. Franz is amper een uur geleden thuisgekomen en heeft samen met Pauline gegeten. Irene, die nog steeds geen trek heeft, heeft intussen de kinderen naar bed gebracht en hun alle drie nog het sprookje van Assepoester voorgelezen. Voor de tweeling heeft ze nog slaapliedjes gezongen. Fränzel, die dat te kinderachtig vindt, heeft op zijn kamer nog wat met de trein gespeeld die hij voor Kerstmis heeft gekregen. Ze steekt even haar hoofd om de hoek van de deur en laat hem beloven niet later dan acht uur naar bed te gaan.

Nu kan ze niet meer om de discussie met Franz heen. Irene loopt de salon in waar Pauline naast Franz zit en kennelijk probeert op hem in te praten. In een onbewaakt moment heeft ze Irene op het hart gedrukt niet te verraden dat zij op de hoogte was van haar reis en ook aangekondigd in maart met Franz naar Berlijn te willen gaan. En haar schoonmoeder had er ook meteen een praktisch advies aan toegevoegd. 'Het is sowieso geen slecht idee je activiteiten een paar weken te onderbreken en gras over de zaak te laten groeien. Bovendien is eind maart het seizoen in Berlijn voorbij. Als ik nog een paar glamoureuze evenementen wil meemaken en wat hooggeplaatste mensen wil ontmoeten, moet ik in maart met Franz mee.'

'Je bedoelt die eigenaardige graaf die zo met Franz dweept?'

Pauline bloost licht. 'Onder anderen. Hij heeft Franz en mij, ook al ken ik hem nog niet, in zijn loge in de opera uitgenodigd. Dat wil ik niet missen.'

Ondanks de spanning schudt Irene haar hoofd. Wat deze Oostenrijkse edelman die Franz dit jaar elke keer dat hij in Berlijn was heeft ontmoet, bezielt om zo'n moeite te doen voor haar man, blijft haar een raadsel. Daarom heeft ze vaak maar met een half oor geluisterd als Franz zijn moeder over de ontmoetingen met Von Sterenberg vertelde en haar vele vragen beantwoordde.

'Heel goed,' had ze gezucht. 'Dat is wat mij betreft akkoord, zeker omdat ik je dit al had beloofd.'

Pauline kijkt op wanneer Irene binnenkomt. 'Ik laat jullie alleen om de dingen uit te praten en voor alles een goede oplossing te vinden.' Met deze aanmaning verlaat ze het vertrek.

Irene kijkt Franz aan. Verdriet, woede en vastberadenheid vechten om voorrang op zijn gezicht. Franz zou haar kunnen zeggen dat hij precies hetzelfde bij haar ziet.

Irene gaat zitten in de stoel tegenover Franz' plek op de bank. Verder van hem af kan niet.

'Wel, ik luister.' Franz verbreekt als eerste de stilte.

Irene ademt diep in. 'Laat me beginnen met wat me níét spijt. Ik heb er geen spijt van dat ik August Bebel persoonlijk heb ontmoet. Het is een heel bijzondere man met een ongekend respect voor vrouwen. Hij heeft me geprezen voor wat ik al heb bereikt en aangemoedigd mijn doelen verder na te streven.'

Ze zwijgt even om na te denken over haar volgende woorden, maar Franz is haar voor.

'Is er überhaupt iets wat je betreurt?'

'Het spijt me heel erg dat ik tegen je moest liegen om deze ontmoeting mogelijk te maken. Dat het in ons huwelijk zover is gekomen dat we elkaar niet meer vertrouwen.'

'Je hebt dus geen spijt van de leugen op zich, maar van het feit dat het noodzakelijk was?' Franz' stem klinkt scherp.

'Aangezien ik niets voor je te verbergen zou hebben als je zou toestaan dat ik af en toe Josef Hartmann ontmoet, spijt het me dat ik me moest beroepen op een leugen.'

'Je ontkent dus dat Josef je weer in zijn netten probeert te strikken?'

Irene tilt koppig haar hoofd op. 'Geenszins, maar dat ligt vooral aan jou.'

'Aan mij?' Franz is stomverbaasd.

'Ja, aan jou! Als jij me Josef had laten ontmoeten om mij bij mijn werk te steunen, zou hij nooit hebben gemerkt dat er spanningen tussen ons zijn. En zou hij nu ook niet hopen dat we uit elkaar groeien en ik op een dag naar hem zal terugkeren.'

Franz voelt de woede in zich opborrelen.

'Je geeft dus toe dat je met hem flirt?'

'Hij probeert met mij te flirten, ik niet met hem. Ik wijs hem geregeld af!'

'Geregeld? Hebben jullie elkaar dan al eerder in het geheim ontmoet?'

Irene beseft geschrokken dat ze zichzelf onbewust heeft verraden. In een vlaag van paniek schudt ze haar hoofd. 'Nee, die ontmoeting in Oggersheim was de eerste sinds je mij meer dan vijf jaar geleden in Frankenthal hebt opgehaald.'

Ze betreurt de leugen meteen. Kan ze niet beter meteen schoon schip maken?

Maar het woedende gezicht van Franz laat zien dat er voorlopig geen weg terug is.

'Ik geloof je niet!' snauwt hij.

Irene wordt nu ook boos. 'Dan niet! Maar leg mij eens uit waarom ik Josef boven jou zou verkiezen! Waarom je maar niet wilt aannemen dat ik van jóú hou en niemand anders! Zelfs toen ik jaren geleden met hem samen was, hield ik niet van hem. Ik respecteerde en waardeerde hem en voelde me geborgen bij hem, maar ik heb nooit van hem gehouden!'

'Je zweert dus dat je Josef alleen deze ene keer in Oggersheim hebt ontmoet?'

'Nee, het waren twee ontmoetingen op twee dagen,' antwoordt Irene koppig. 'We hadden veel met August Bebel te bespreken.'

Franz maakt een wegwerpgebaar met zijn hand. 'Hou op met muggenziften!' Hij balt zijn vuisten. 'Wat heb je nog meer op te biechten?'

'Ben je pastoor geworden misschien?'

Franz grijpt naar iets achter zijn rug en gooit het zwijgend op de tafel voor Irene. Geschrokken herkent Irene haar oude versie van het boek van Bebel, *De vrouw en het socialisme*, en een paar sociaaldemocratische pamfletten en kranten.

'Wat zijn dit?' Franz wijst beschuldigend naar de stapel.

'Je hebt in mijn spullen gesnuffeld!' Irene is het huilen nabij. 'Hoe durf je?'

'Dit zijn verboden documenten. Het bezit ervan is strafbaar. Wil je soms in de gevangenis belanden? Dan is de reputatie van onze wijnhandel en ook van mij persoonlijk als lid van de Rijksdag geruïneerd!'

Zwaar teleurgesteld haalt Irene totaal onredelijk uit. 'O, daar is het je om te doen! Het gaat niet om mij, niet om ons huwelijk, niet om wat ik nodig heb om gelukkig te zijn met jou! Je wilt als de onkreukbare Franz in Berlijn die rare graaf ontmoeten! In adellijke kringen ontvangen worden! Een voormalig dienstmeisje staat daarbij natuurlijk in de weg, zeker als ze zich ook nog eens inzet voor vrouwenrechten!' Zonder het te willen barst ze in tranen uit.

Tot haar verbazing reageert Franz anders dan verwacht. Hij hijst zich moeizaam recht, waarbij zijn prothese verschuift. Hij verdraait zijn linkerbeen en de pijn beneemt hem de adem. Niettegenstaande hinkt hij naar Irene toe, laat zich voor haar op zijn knieën zakken en grijpt haar handen.

'Waar zijn we toch mee bezig! We houden toch van elkaar. We hebben zo hard voor elkaar gevochten. Zoveel moeten doorstaan voor we elkaar weer hadden gevonden.' Nu stromen de tranen ook over zijn wangen. 'Dat kunnen we toch niet weggooien voor die nare politiek!'

'Het is niet die nare politiek,' antwoordt Irene zonder haar handen terug te trekken. 'Maar jouw stomme, nodeloze jaloezie!'

'Josef is een knappe man. En fysiek scheelt hem niets!'

'O, houd toch op met afgezaagde riedeltje! Josef was al knap en fysiek in orde toen ik hem zonder aarzelen voor jou heb laten staan!'

'Maar misschien staan jullie inmiddels intellectueel dichter bij elkaar dan wij!'

'Ja,' bevestigt Irene. 'Inderdaad. Josef en mannen zoals August Bebel strijden voor een eerlijk loon voor arbeiders, voor veiligheid op het werk, redelijke werktijden, tegen kinderarbeid en jij...' Haar stem stokt.

'Ik vecht alleen voor de rechten van mijn geboortegrond,' voegt Franz er bitter aan toe. 'Dat mensen niet willekeurig het land uit worden gezet, dat ze hun kranten weer mogen drukken, dat men ons Elzassers niet wegzet als "wackes", dat...'

Zijn pijn raakt Irene en ze legt haar hand op zijn mond.

'Laten we hiermee ophouden, Franz! Voor onszelf en onze kinderen. We strijden beiden voor een rechtvaardige zaak. Tegen onderdrukking en intolerantie! Het maakt niet uit dat het niet voor dezelfde zaak is!'

Opeens schiet haar iets te binnen. 'Maar het kan wel eens dezelfde worden! Wat weet je van de toestand in Bischwiller?'

'Wat bedoel je daarmee?'

Irene schetst kort wat August Bebel haar over de omstandigheden in de textielfabrieken daar heeft verteld. En opnieuw raakt dit een snaar en kan ze dat niet verklaren. Er is iets belangrijks dat met Bischwiller heeft te maken, maar ze kan er niet op komen.

Franz' bezorgde gezicht leidt haar af.

'En August Bebel wil met ons autonomisten een verbond aangaan om te eisen dat de Duitse wetten tegen kinderarbeid ook in de Elzas gelden?'

Irene knikt heftig. 'Dat klopt. En zeg nu niet dat je dat niet goedkeurt!'

'Toch wel Irene, dat doe ik wel. Zodra er een wet wordt aangenomen die Elzas-Lotharingen meer autonomie geeft, zal ik me daarvoor inzetten.'

Het sprankeltje hoop van Irene dat ze Franz snel voor de zaak in Bischwiller kon winnen, vervliegt. 'En wanneer zal het zover zijn?'

Franz trekt zijn schouders op. 'We doen wat we kunnen, Irene. Maar hoelang het nog zal duren met die wet, weet ik niet. Voor die tijd kan niemand van ons zich met de socialisten achter een zaak scharen omdat we dan de steun voor onze plannen verliezen in het parlement!'

'Maar laat mij dan toch minstens mijn eigen werk blijven doen! Jij vecht voor jouw zaak, ik voor de mijne!'

Franz worstelt met tegenstrijdige gevoelens. Aan de ene kant bewondert hij het doorzettingsvermogen van Irene, aan de andere kant is hij bang voor haar, en voor hen beiden als echtpaar.

'Ik stel twee voorwaarden, Irene!' Hij wijst op de verboden documenten.

'Je zorgt dat je niets illegaals in je bezit hebt of gebruikt op je bijeenkomsten!'

Irene denkt aan de nieuwe uitgave van het boek van Bebel. Franz heeft het niet in haar koffer gevonden, omdat ze het in haar handtas bewaart. Ze heeft het op de terugweg in de trein gelezen.

De tas heeft ze bij zich gehouden omdat er kleine verrassingen in zaten voor de kinderen die ze hun voor het slapen heeft gegeven. Daarna heeft ze de tas mee naar de salon genomen.

Even overweegt ze het boek aan Franz te overhandigen, maar hij vat haar aarzeling op als protest. Hij laat haar los, staat op, trekt zijn prothese recht en pakt de stapel op.

'Kijk, Irene, wat ik met deze papieren moet doen. Als gezinshoofd, als jouw echtgenoot die tenslotte ook voor jou en jouw daden verantwoordelijk is.' Hij hinkt naar de open haard en gooit het hele pakket in het vuur. De vonken springen ervan af en verschroeien het kleed dat ervoor ligt. Irene is met stomheid geslagen. Die kleine kiem van harmonie die net weer begon te ontluiken, heeft Franz met deze actie vertrapt.

Hij draait zich naar haar om. 'En Josef Hartmann ontmoet je niet meer! Ook al voel je voor hem niet wat je voor mij voelt, ik kan het niet verdragen. Dat moet je begrijpen! Daarvoor houd ik te veel van je.'

'Idioot!' wil Irene hem naar het hoofd slingeren. Maak mijn gevoelens voor jou dan niet kapot met die zinloze jaloezie!

Ze bijt echter op haar lip. August Bebels nieuwe boek mag ook niet in de vlammen verloren gaan en haar werk in de groep van Frankenthal is nog altijd bijzonder belangrijk voor haar. Daar worden nu de eerste plannen gesmeed om vrouwen actiever bij de politiek te betrekken. Die ontmoetingen vinden thuis bij Josef plaats, daar is geen alternatief voor. Ontmoetingen met hem zijn dus onvermijdelijk. En dus zal ze Franz weer moeten voorliegen.

Tranen wellen weer op in haar ogen door de teleurstelling en de pijn.

Ook dit begrijpt hij verkeerd, maar nu is het in haar voordeel.

'Je gaat dus akkoord met mijn voorwaarden?'

Ze ziet geen uitweg uit haar dilemma en knikt zwijgend. Op dit moment voelt ze zich verdrietig, hulpeloos en diep ontgoocheld door de man die ze boven alles dacht lief te hebben.

Koninklijke Opera in Berlijn

Maart 1879

Pauline probeert haar opwinding te verbergen als ze haar met zwarte kant afgezette paarse avondjurk optilt en uit de koets stapt voor de Koninklijke Opera Unter den Linden waar ze met Franz de uitvoering van *De toverfluit* van Mozart zal bijwonen. De struisvogelveer die bij haar jurk past en die Rosa in haar opgestoken haar heeft gestoken wipt op en neer. Franz volgt zijn moeder op de voet en weigert zoals gewoonlijk de helpende hand van de koetsier.

Ze laten de kaartjes zien die graaf von Sterenberg in de vooravond naar hun hotel heeft gestuurd. De controleur ziet dat ze in de loge van de graaf moeten zijn en wenkt een van de vele lakeien in livrei die hen de marmeren trap op leidt. Discreet klopt de man twee verdiepingen hoger op de met houtsnijwerk versierde deur van de loge. Als er niemand antwoordt, opent hij voorzichtig de deur en gluurt hij naar binnen.

'Kennelijk is zijne hoogedelgeborene nog niet aanwezig, maar de tafel is al wel gedekt met drankjes en glazen. Mag ik uw kaarten nog even zien?'

Wanneer de man zich er nog een tweede keer van heeft vergewist dat ze gasten van graaf von Sterenberg zijn, laat hij Pauline en Franz met een buiging binnen.

Pauline is nooit eerder in de koninklijke opera geweest, maar heeft niet echt oog voor de prachtige zaal met roodfluwelen stoelen, indrukwekkende plafondschilderingen, vergulde stucdecoraties en beelden aan weerszijden van de verschillende loges. Haar hart gaat almaar sneller slaan.

Twee dagen geleden zijn ze in Berlijn aangekomen. Gisteren heeft Franz de hele dag in de Rijksdag doorgebracht en tot haar grote teleurstelling had hij 's avonds verteld dat hij de uitnodiging van de graaf die hij op zijn kantoor had gevonden om samen te dineren, had afgeslagen omdat hij te moe was.

'Ik dacht dat je liever gewoon met mij zou willen eten, maman,' had hij verbaasd over haar onverholen misnoegen gezegd. 'We zijn beiden de hele dag in de weer geweest en ik ging ervan uit dat je na je rondrit door Berlijn ook moe zou zijn. Ons dan nog eens in de gepaste avondkleding te hijsen leek me zo'n gedoe. Zeker omdat we de graaf morgenavond toch al zien.'

'Een avondjurk moet ik ook aantrekken als ik alleen met jou in het restaurant van het hotel ga eten. En jij kan daar ook niet in een stoffig wandelpak verschijnen.'

Ze bond pas in toen ze zag dat Franz haar scherp aankeek. 'Hoe laat wil je eten? Ik wil Rosa nog vragen mijn haar te doen.' Haar kamenier heeft Pauline natuurlijk meegenomen naar Berlijn. Zo kan ze wanneer Franz moet werken, met Rosa als begeleidster de belangrijkste bezienswaardigheden en bekendste musea bezoeken. Een dame van stand gaat natuurlijk nooit alleen op pad.

'Is acht uur goed voor jou, maman? Ik wil eerst nog graag een heet bad nemen.'

'Natuurlijk, schat.' Pauline voelt zich wat schuldig. Ze weet hoeveel pijn Franz heeft na een zware dag en hoe verzachtend een warm bad werkt. De avond met Franz was daarna ook aangenaam en zorgeloos verlopen. Toch had ze 's nachts geen oog dichtgedaan.

Er wordt weer op de deur van de loge geklopt. Opnieuw opent de lakei in livrei de deur en maakt plaats voor graaf von Sterenberg. Hoewel ze voorbereid was op zijn komst, is Pauline als door de bliksem getroffen.

'Mag ik u mijn geliefde maman Pauline Gerban voorstellen, mijnheer von Sterenberg?'

Franz kijkt beiden onderzoekend aan als de graaf zich over Paulines gehandschoende rechterhand buigt en er een kus – en niet zomaar een vluchtige kus – op drukt. 'Het is me een waar genoegen u eindelijk te leren kennen.' De stem van de graaf klinkt hees terwijl de oogleden van Pauline nerveus trillen.

Het lijkt wel alsof ze elkaar kennen en dat voor mij proberen te verbergen, schiet het Franz door het hoofd. Zal ik dan toch gelijk krijgen? Maar de graaf heet toch Eberhard, of vergis ik me?

Een opvallende reeks van eigenaardigheden vergroot zijn argwaan. Nadat hij heeft geweigerd de lakei te bellen, knoeit de graaf bij het vullen van de glazen met de riesling van het huis Gerban die hij speciaal voor de loge heeft besteld. Ook de hand van zijn moeder trilt zo erg dat ze wat wijn op de zoom van haar jurk morst als ze het glas van hem aanneemt. Franz kan zich niet herinneren dat haar ooit zoiets is overkomen. Zelfs niet in de tijd dat ze aan laudanum was verslaafd.

Noch de graaf, noch Pauline eet van de heerlijke hapjes die Von Sterenberg als versnapering voor de pauze heeft besteld. Terwijl Franz in gedachten in een met gerookte forel belegde canapé bijt, ziet hij dat zijn moeder en de graaf elkaar voortdurend verholen blikken toewerpen als ze denken dat de ander niet kijkt. En wenden dan meteen het hoofd af als ze zich betrapt wanen.

In de pauze na de eerste akte van *De toverfluit* praten ze over oppervlakkige onderwerpen. Pauline vraagt naar de hofbals, de ontvangsten en concerten die dit seizoen in Berlijn hebben plaatsgevonden of er nog aankomen.

'En dan heb je nog het bal dat hertog Victor von Ratibor elk seizoen in zijn paleis in Berlijn geeft en waar de keizer en zijn gemalin Augusta hoogstpersoonlijk aanwezig zijn. Naast de hofbals vormt dit een van de sociale hoogtepunten van het seizoen,' legt de graaf Pauline uit.

'Maar zei u eerder niet dat dat bal al geweest is?' Pauline kan het niet goed volgen. De graaf heeft toch voor de voorstelling al over deze ontvangst gesproken die een paar dagen geleden heeft plaatsgevonden?

'Ja, natuurlijk! Hoe kon ik dat nu vergeten!' De graaf slaat beschaamd op zijn voorhoofd. 'Dat komt omdat de muziek van Mozart me zo fascineert. De aria van de "koningin van de nacht" was prachtig, vindt u niet?'

'Ja natuurlijk, fantastisch gewoon,' bevestigt Pauline. 'Maar welke rol vertolkt de vrouw die zo hoog zong?'

'Lieve maman, dat ís de koningin van de nacht.'

'Ach ja, natuurlijk. Wat stom van me!'

Franz' verbazing neemt almaar toe. Zijn moeder heeft hem wel verteld dat ze *De toverfluit* nog nooit heeft gezien, maar voor de komst van de graaf heeft ze in het programmaboekje zitten bladeren dat Franz in de foyer van de opera had gekocht. Dat ze de koningin van de nacht met haar uitbundig met sterren bezette hoofdsieraad en haar nachtblauwe gewaad niet heeft herkend, kan maar één ding betekenen: ze volgt het gebeuren op het podium maar half en is met haar gedachten elders.

De graaf haalt zijn gouden zakhorloge met de initialen E.F. en het wapen van de familie von Sterenberg tevoorschijn. Franz heeft het horloge voor het eerst gezien toen hij de graaf bij Blauberg had leren kennen.

Nu reageert hij impulsief en waagt een schot voor de boeg. 'Klopt het dat uw tweede naam Ferdinand is, heer graaf?'

'Dat klopt inderdaad, lieve vriend. Toen ik jong was had ik een hekel aan de naam Eberhard. Iedereen noemde me toen "Ferdi"!'

Het licht in de zaal gaat uit en de tweede akte begint. En ditmaal is het Franz die nauwelijks iets meekrijgt van de uitvoering. En hevige pijn voorwendt wanneer de graaf hem en zijn moeder achteraf voor een late maaltijd uitnodigt.

'Maar als u mijn gezelschap kunt missen, zal ik mijn moeder niet beletten nog met u te dineren.'

Ook Pauline slaat het voorstel af. 'Nee, nee. Ik heb helemaal geen honger en wil je niet alleen naar het hotel laten rijden als jij je niet lekker voelt. Dat begrijpt u toch wel, heer graaf?'

Von Sterenberg kijkt haar aan met die uitdrukking die Franz herkent van eerdere ontmoetingen. Nu meent hij er een mengeling van twijfel, spanning en nieuwsgierigheid in te herkennen.

'Natuurlijk begrijp ik dat, lieve mevrouw Gerban. Maar u mag het me niet kwalijk nemen dat ik dat ten zeerste betreur.' Hij buigt zich weer over Paulines hand en houdt die net iets te lang vast. Hij kijkt haar daarbij diep in de ogen.

In de duisternis van de koets die hen terug naar hun hotel brengt, houdt Franz het niet meer uit.

'Ik kan me niet van de indruk ontdoen, maman, dat jij en de graaf elkaar kennen,' flapt hij eruit. 'En ik denk ook dat ik weet waarvan. De graaf is mijn vader.'

Haar veelbetekenende zwijgen zegt genoeg.

DEEL 4

Rampspoed

15

Huize Gerban in Altenstadt

April 1879

'Geachte mevrouw, er is een dame die naar Pauline Gerban vraagt. Ze wacht beneden in de hal. Hier is haar kaartje.'

Fronsend bekijkt Ottilie het visitekaartje van duur papier met goud-druk dat Niemann haar op een zilveren blaadje aanreikt. '"Mevrouw Kunigunde Merseburg uit Potsdam",' leest ze voor aan Mathilde die nieuwsgierig op het kaartje probeert te kijken. 'Wie kan dat zijn en wat zou ze van me willen?'

Mathilde heeft totaal geen idee. 'Ik heb die naam nog nooit gehoord. Wat voor relatie beweert deze dame met mijn moeder te hebben?'

Niemann buigt lichtjes. 'Ze zegt een jeugdvriendin van waarde uw moeder te zijn uit haar tijd in Straatsburg en is nu voor de eerste keer in tientallen jaren weer eens in de Elzas, mejuf- mevrouw.'

Niemann, die Mathilde al van bij haar geboorte kent, heeft af en toe nog moeite haar aan te spreken in overeenstemming met haar nieuwe status als echtgenote en weduwe.

'Laten we mevrouw ontvangen,' stelt Mathilde voor aan haar tante. We zitten ons hier toch de hele dag dood te vervelen, wilde ze er bijna aan toevoegen, maar in plaats daarvan zegt ze: 'Mevrouw Merseburg lijkt niet te weten dat moeder al jaren in Schweighofen woont. En je weet maar nooit, misschien wordt het nog een interessant bezoek.'

Ze knipoogt samenzweerderig naar Ottilie. Pas als Niemann de salon heeft verlaten om de onbekende vrouw te halen, reageert Ottilie.

'Nou, van die mijnheer Kegelbaum, of hoe die man ook heet, hebben we anders niets meer gehoord.'

'Kegelmann heet hij. Maar hij heeft ons toch uitgelegd dat hij de informatie die wij hem hebben gegeven over Franz' voormalige Franse staatsburgerschap en vooral zijn deelname als vrijwilliger aan vijandelijke zijde eerst "met feiten moest staven", zoals hij het uitdrukte.'

Even krijgt Mathilde het wat benauwd.

'En dat is maar goed ook. We hebben hem immers met de hand op het hart laten beloven ons niet te verraden. Het ging de man uiteindelijk niet om het wijngoed, maar om Franz' politieke carrière. En Franz laat onmiddellijk alle toelagen schrappen als hij hoort van dit gesprek.'

Ottilies spitse gezicht vertrekt van nijd. 'Ja, daar zou ik niet van opkijken! Al is het ongehoord dat een voormalig landverrader nu ons Duitse volk in de Rijksdag vertegenwoordigt.'

Er wordt geklopt en Niemann opent de deur voor een elegante dame. Ze draagt een oudroze fluwelen jurk volgens de laatste Parijse mode en een bijpassende, met zijden strik versierde hoed.

'Goedemiddag, dames!' Ze begroet Ottilie en Mathilde met een vriendelijke lach. 'Het spijt me verschrikkelijk dat ik onaangekondigd bij u op de stoep sta en uw middagrust verstoor. Hartelijk dank dat u me toch wilt ontvangen!'

'Maar dat spreekt toch voor zich, mevrouw...' – Ottilie werpt snel een blik op het visitekaartje – 'mevrouw Merseburg.' Ze schudt de hand die de dame, als oudste van hen beiden, haar aanreikt, terwijl Mathilde jaloers haar donkergrijze rouwjurk van het vorige seizoen vergelijkt met de modieuze verschijning van hun gaste.

De dames gaan rond de salontafel zitten en Ottilie geeft Niemann opdracht thee en cake te brengen. 'Wat kunnen wij voor u doen?' Mathilde kan haar nieuwsgierigheid niet langer bedwingen hoewel haar tante Ottilie eerst het woord had moeten voeren.

'Helaas waarschijnlijk helemaal niets.' De onbekende dame blikt naar de staande klok. 'Ik heb maar weinig tijd daar mijn trein binnen twee uur uit Weissenburg vertrekt. Dat volstaat niet om mijn lieve oude vriendin Pauline nog te bezoeken op haar nieuwe adres.'

'Het wijngoed ligt hier maar twintig minuten vandaan.' Mathilde heeft meteen spijt van haar opmerking. 'Maar ik weet natuurlijk niet of u mijn lieve moeder daar zal vinden. Ze is misschien niet thuis.'

'Daarom heeft het jammer genoeg geen zin daarheen te rijden en mijn opwachting te maken,' antwoordt mevrouw Merseburg tot opluchting van Mathilde, die het had betreurd als de dame meteen weer afscheid zou nemen zonder eerst haar nieuwsgierigheid te bevredigen.

Ottilie mengt zich nu ook in het gesprek. 'U kent mijn lieve schoonzus dus al uit de tijd dat ze in Straatsburg woonde? Dat moet bijna veertig jaar geleden zijn.'

De dame knikt. 'Negendertig jaar om precies te zijn. Na het internaat trouwden we beiden toen we ongeveer twintig waren. Pauline bleef hier in de regio, terwijl ik mijn man naar Berlijn en later naar Potsdam ben gevolgd. We hebben elkaar nog een paar jaar geschreven, maar elkaar niet meer ontmoet en zijn elkaar uiteindelijk uit het oog verloren.'

'En wat brengt u dan zoveel jaren later weer hierheen?'

'De dood van een verre Straatsburgse verwant die me een klein legaat heeft nagelaten. We hadden elkaar ook al decennialang niet meer gezien en daarom draag ik geen rouwkleding.' Ze kijkt naar Mathildes donkere japon. 'Maar u hebt onlangs nog iemand verloren, denk ik,' zegt ze vol medeleven. Mathilde knikt en vertelt kort over haar weduwschap.

'Ja, die rouwtijd is waarlijk een zware last voor ons vrouwen. Mijn echtgenoot is vijftien jaar geleden al overleden.' Ze friemelt aan een gouden medaillon dat ze om haar hals draagt. 'Hij was mijn alles en ik draag nog steeds een haarlok van hem bij me.' Haar stemt trilt licht.

'Hoe gaat het met waarde uw moeder?' vraagt ze als ze zich zichtbaar heeft vermand.

Ottilie antwoordt in Mathildes plaats. 'Pauline is een paar jaar geleden ook weduwe geworden. Ze woont nu bij haar zoon op het wijngoed in Schweighofen.'

Het gesprek valt even stil wanneer Niemann de thee serveert. De vrouw slaat een stuk cake af en nipt slechts voorzichtig aan haar kopje.

'Ja, dat herinner ik me. Wijlen haar echtgenoot nam de wijnhandel van haar vader over.' Mevrouw Merseburg vat het gesprek weer aan. 'Haar zoon is vast goed getrouwd en zal inmiddels ook wel een groot gezin hebben.'

Ottilie tuit haar dunne lippen. 'Franz heeft drie kinderen. Maar om eerlijk te zijn, een goede partij is het niet.'

De dame zwijgt beleefd en wacht af of Ottilie hier verder over wil uitwijden.

'Hij is met een voormalig dienstmeisje getrouwd,' flapt Mathilde eruit. 'Een weeskind dat mijn vader grootmoedig in huis heeft genomen.'

'O! En liet uw vader zaliger dat gebeuren?'

Ottilie mengt zich nu ook weer in het gesprek. 'Hij kon er niets aan doen. Franz ging deze mesalliance pas na zijn dood aan.'

'En was waarde uw moeder het ermee eens?'

Mathilde noch Ottilie geeft antwoord.

'Nu ja, Pauline zou niet in Schweighofen wonen als ze het niet zou goedkeuren,' mompelt mevrouw Merseburg, alsof ze luidop nadenkt. Vervolgens stelt ze nog meer vragen over Irene, die gretig beantwoord worden.

Uiteindelijk slaakt ze een diepe zucht. 'Dan is het misschien maar goed dat ik mijn lieve vriendin niet heb getroffen. U moet weten dat ik een fervent tegenstander ben van het vermengen van klassen. Gelukkig zijn mijn beide kinderen binnen hun stand getrouwd.'

Het gesprek gaat na een korte gênante pauze over op onschuldigere onderwerpen en na precies een uur staat mevrouw Merseburg op.

'Ik dank u hartelijk voor uw gastvrijheid, mijne dames. Brengt u alstublieft mijn groeten over aan mijn lieve vriendin.' Haar stem stokt. 'Of zou het u iets uitmaken mijn bezoek voor haar te verzwijgen? U begrijpt dat met zo'n schoondochter ik me geen ongedwongen contact met Pauline kan voorstellen tenzij per brief...' Haar stem sterft weg.

Ottilie glimlacht gemeen. 'Natuurlijk voldoen wij graag aan uw verzoek, mevrouw Merseburg. Ook wij willen niet dat deze schandvlek op het tot voor kort smetteloze blazoen van onze familie breder bekend wordt. Daarom vragen wij u op onze beurt vertrouwelijk met deze pijnlijke informatie om te gaan.'

Met een paar vrijblijvende beleefdheidsformules nemen de dames afscheid.

Rijkskanselarij in Berlijn

Eind april 1879

Nerveus strijkt Franz door zijn haar terwijl hij in de antichambre van het kantoor van Werner Kegelmann in de rijkskanselarij zit te wachten. Het is niet de verrassende uitnodiging voor dit gesprek die zijn zenuwen parten speelt, wel de ontmoeting volgende week met graaf von Sterenberg, zijn vader, zoals hij inmiddels weet.

Na een lang gesprek met zijn moeder op de avond na hun bezoek aan de opera heeft Franz nog geen idee over hoe hij met deze precaire situatie moet omgaan. Hij is er zich van bewust dat de graaf geen contact met hem en later ook niet met Pauline zou hebben gezocht als hij niet geïnteresseerd was geweest in de ware herkomst van Franz. Toch liet zijn moeder er geen twijfel over bestaan dat de graaf hem niet als zoon zal erkennen, althans niet officieel. Daarvoor zijn de conventies van de Oostenrijkse hoge adel veel te star. Ze vertelde onder meer dat het hof niemand ontvangt die niet minstens zestien hoogedele voorouders in onafgebroken lijn kan voorleggen. Blauberg had ook al iets dergelijks gezegd voorafgaand aan de eerste ontmoeting van Franz met de graaf.

Franz had daarom in eerste instantie de raad van Pauline opgevolgd en gewacht tot de graaf zichzelf weer meldde. Tot Franz' teleurstelling had hij dat niet gedaan ook al had hij hen na *De toverfluit* nog uitgenodigd voor een souper.

Toen Franz na meerdere slapeloze nachten uiteindelijk had besloten zelf contact te zoeken met Von Sterenberg, al was het maar om schoon schip te maken, trof hij de graaf niet meer op de Oostenrijkse ambassade. Hij was voor zaken naar Wenen weggeroepen, meer kreeg hij niet te horen. En dus was hij onverrichter zake naar Schweighofen teruggekeerd.

Het aanbod van zijn moeder de graaf te schrijven, sloeg hij af. 'Wij hebben het geen van beiden nodig naar zijn gunst te dingen, maman,' had hij aangevoerd. 'Hij heeft net zoals jij zijn nieuwsgierigheid bevredigd en is nu aan zet als hij verder contact met ons wil.'

Die woorden hadden echter een onverwachte bitterheid bij hem opgeroepen. Met Wilhelm, die hij lang als zijn biologische vader had beschouwd, had hij zijn hele leven lang op gespannen voet geleefd. Achteraf bekeken werd het Franz pijnlijk duidelijk dat Wilhelm hem niet alleen zijn respect als vader, maar vooral zijn affectie had onthouden. Bovendien had hij met zijn intriges Franz' geluk met Irene bijna tenietgedaan en had hij er geen been in gezien zijn mentaal gezonde echtgenote Pauline voor altijd in een gekkenhuis op te sluiten om zijn egoïstische belangen na te streven. Dat kan Franz hem vijf jaar na zijn dood nog altijd niet vergeven.

'Ik kan het maar moeilijk verwerken dat mijn vermeende vader Wilhelm nooit echt van me heeft gehouden, ook al wist hij het grootste deel van mijn leven niet dat hij me niet had verwekt,' had hij uitgelegd aan Pauline. 'Een tweede afwijzing en dat van de persoon die werkelijk mijn vader is, trek ik niet.' Uiteindelijk had hij daarom beslist zelf geen contact meer te zoeken.

Daar had ook de verbijsterde reactie van Irene aan bijgedragen. Franz had het haar na enige aarzeling toch verteld. Ondanks de verzoening na hun laatste ruzie in februari is hun relatie nog broos. Ze gaan in het dagelijkse leven behoedzaam met elkaar om om nieuwe problemen te vermijden.

'Daar ik zelf geen liefdevolle vader heb gekend, gun ik het jou van harte,' had Irene met schorre stem geantwoord. 'Maar denk eens aan het schandaal dat het onthullen van je buitenechtelijke afkomst alleen al binnen de familie zal veroorzaken. Tot nu toe weten alleen Pauline en in beperkte mate ook onze loyale mevrouw Burger dat onze afkomst in duistere nevelen is gehuld. En stel dat de graaf je echt officieel als zoon wil erkennen, hoe moet het dan met mij? Ik kan me als voormalig, buitenechtelijk dienstmeisje nu al niet zonder hoon en hatelijkheden in jouw bourgeois wereldje bewegen. Wat heb ik dan op het Weense adellijke goed van de Von Sterenbergs te zoeken?'

Franz gaf haar gelijk en begreep eindelijk waarom Irene zich zo op haar gemak voelde in haar arbeiderskringen. Daar geeft niemand iets om haar afkomst. Integendeel, daar is ze een gerespecteerde en geachte vrouw. Dat moet ook een van haar beweegredenen zijn, geen bewuste misschien, om zich zo voor de socialistische zaak in te zetten.

Toch was Franz teleurgesteld geweest toen ook tijdens zijn volgende verblijf in Berlijn zijn vader geen teken van leven had gegeven. Om hem niet onverwacht tegen het lijf te lopen, vermeed Franz alle sociale evenementen en zat hij twee sombere weken bijna uitsluitend in zijn hotel als hij niets te doen had in de Rijksdag.

Nu wachtten hem bij zijn terugkeer meteen twee verrassingen op zijn kantoor: een bericht van zijn vader die hem uitnodigde voor een gesprek bij hem thuis na zijn terugkeer uit Oostenrijk de volgende week. De graaf gaf als verklaring voor zijn afwezigheid de toestand van zijn broer, die er na een nieuwe beroerte nog verder op achteruit was gegaan.

En de uitnodiging van Kegelmann voor dit gesprek in de rijkskanselarij, die meer weg heeft van een dagvaarding, beseft Franz wanneer hij op zijn zakhorloge kijkt. Hij staat hier al een half uur vruchteloos te wachten. Hij overweegt net om te vertrekken omdat hij zich dit niet wil laten welgevallen, wanneer de deur eindelijk opengaat en Kegelmann zijn kantoor uit komt om hem te begroeten.

'Wat verschaft mij de eer van uw verzoek om een gesprek?' Franz probeert niet eens een conciliante toon aan te slaan. Hij kijkt demonstratief naar het klokje op het enorme bureau waarachter de ambtenaar troont. Zo ging het ook met die arrogante directeur Dietrich toen ik hem voor het eerst in dat gekkenhuis in Klingenmünster trof, denkt hij bij zichzelf. De situatie is bijna identiek. 'Ik heb het druk en het wachten heeft me al veel te veel tijd gekost.'

Kegelmann, die zich bij zijn begroeting al niet had verontschuldigd, negeert deze opmerking. Met gefronste wenkbrauwen kijkt hij Franz aan en valt meteen met de deur in huis.

'Ik heb inlichtingen over u ingewonnen waarover ik u niet in onwetendheid wil laten.'

Franz probeert rustig te blijven, al klinkt Kegelmanns stem dreigend. 'Zijnde?' vraagt hij bars.

Kegelmann steekt zijn met inkt bevlekte rechterwijsvinger op. 'Ten eerste bent u geen Duitser van geboorte, maar een Fransman.'

Franz glimlacht spottend. 'Hoe deze verbazingwekkende verandering tot stand is gekomen, weet niemand beter dan u. Mijn vader heeft u flink betaald voor uw hulp bij het inwisselen van mijn nationaliteit.'

Inwendig vervloekt hij opnieuw de machinaties van zijn vader om documenten te laten vervalsen die van Franz een Beiers staatsburger maakten – zonder diens medeweten en nog voor zijn meerderjarigheid. In de eerste plaats om de wijnhandel voor schade te behoeden omdat de nieuwe bezetter nooit orders zou plaatsen bij een bedrijf met een Fransman als tweede man.

Kegelmann klemt even zijn lippen op elkaar, maar gaat ook nu niet in op de opmerking van Franz. 'Ik beschik over uw Franse geboorteakte.'

De smeerlap. Hij heeft dus niet alle documenten vernietigd zoals hij tegen mijn vader heeft beweerd, schiet het door het hoofd van Franz, maar hij houdt zijn gezicht in de plooi. 'Dat kan ook een door u vervalst document zijn. Uiteindelijk zat u destijds in Weissenburg aan de bron op de afdeling van de prefectuur die hiervoor verantwoordelijk was. Daar kunt u mij niet bang mee maken en al helemaal niet mee chanteren.' Het is duidelijk welk doel erachter deze uitnodiging van Kegelman schuilgaat.

'Ten tweede!' Nu steekt Kegelmann zijn rechtermiddelvinger op. 'Ten tweede hebt u als vrijwilliger aan Franse zijde gevochten en bent u daarbij uw been verloren.'

'Zelfs als dat waar zou zijn, hebt u geen bewijs.' Franz probeert krampachtig zijn kalmte te bewaren.

Kegelmann schuift over het bureau een papier naar hem toe. 'Eens kijken wat u hiervan zegt.'

Franz leest het document met groeiende afschuw. Het valse kreng, denkt hij knarsetandend. Het is de klacht van Ottilie die ze nog tijdens het leven van Wilhelm tegen Franz had ingediend en waar hij tot op heden nooit iets van had geweten. Zijn tante beschuldigt hem ervan illegaal voor het Franse leger te hebben gevochten en beweert zelfs dat hij persoonlijk haar zoon Fritz heeft doodgeschoten in de Slag bij Weissenburg voor kasteel Geisberg.

'Hoe komt u hieraan?'

Er verschijnt een sarcastisch lachje op het gezicht van Kegelmann. 'Zoals u zelf net aangaf, onderhoud ik nog altijd zeer goede relaties met de prefectuur van Weissenburg. De zaak is destijds niet onderzocht, maar de ambtenaar die alles op verzoek van wijlen uw vader heeft verdoezeld, en ook de dame van de klacht, leven beiden nog. Daar heb ik mezelf van overtuigd en ik kan hen te allen tijde als getuige laten oproepen.'

'Getuige waarvoor?'

'Dat u, volksvertegenwoordiger voor het rijksland Elzas-Lotharingen, als burger aan Franse zijde tegen Duitsers hebt gevochten, een vergrijp waar in de oorlog de doodstraf op stond en dat het Openbaar Ministerie nog steeds vervolgt en waar zware straffen op staan. En dat u niet bij een ongeval maar in het oorlogsgewoel uw been bent verloren. U bent dus een schaamteloze bedrieger en volgens onze Pruisische wetgeving zelfs een crimineel.'

Kegelmann laat bewust een pauze vallen en kijkt Franz strak aan. Bij gebrek aan een reactie gaat hij verder. 'Bovendien hebt u alleen op basis van het schijnbare patriotisme dat zou blijken uit uw oorlogsverwonding, toestemming gekregen om nog voor uw dertigste lid te worden van de Rijksdag. Elke aanklager kan met gemak aannemelijk maken dat u op slinkse wijze de Beierse nationaliteit hebt verworven om uw dubieuze verleden te verdoezelen.'

'En nu wilt u weer geld afpersen in ruil voor uw stilzwijgen?' vraagt Franz Kegelmann op de man af.

De ambtenaar schudt tot zijn verbazing het hoofd. 'Geenszins, mijn vriend.' Hij doet er verder het zwijgen toe.

'Wat wilt u dan wel?' Franz kan de spanning niet langer verdragen.

Er speelt een klein lachje rond de lippen onder de baard van Kegelmann.

'U weet dat noch de keizer, noch de kanselier een hoge dunk heeft van de afgevaardigden uit het rijksland, met uitzondering van de autonomisten waar u bij hoort. Maar als bekend wordt dat ze een crimineel en landverrader in hun rangen tellen zal dat tot zware reputatieschade leiden bij Bismarck en de meerderheid van de Rijksdag.'

Er gaat Franz een licht op. 'En alle inspanningen voor een wet die de Elzas meer autonomie moet geven tenietdoen. Een wet die uw doortrapte aanwezigheid in Berlijn overbodig maakt.' Hij maakt een minachtend gebaar.

Kegelmann snuift, maar verbijt een scherpe repliek en gaat onbewogen verder. 'Ik zie een officieuze en officiële oplossing. Officieus: u informeert uw partijleider Schneegans vertrouwelijk over die smerige vlek op uw blazoen en trekt het wetsvoorstel waar u momenteel aan werkt in. Zo vermijdt u een openlijk schandaal.'

'Of?'

'Ik breng de zaak naar buiten. Dat zal nationaal een storm van protest veroorzaken en wellicht tot veel nevenschade leiden en de reputatie van de vertegenwoordigers van Elzas-Lotharingen onherstelbare schade toebrengen. Ook de reputatie van uw wijnhandel zal niet ongeschonden blijven.'

De gedachten razen door Franz' hoofd. 'Buiten de aanklacht van een zwakzinnige, oude vrouw die de dood van haar verafgode zoon nooit heeft verwerkt, hebt u geen bewijs. Iedereen zal Ottilie als een hysterica afschrijven. Het staat nergens zwart op wit dat ik voor Frankrijk heb gevochten.'

Kegelmann ontbloot zijn geel verkleurde tanden. 'Maar er is ook niets wat bewijst dat u aan Duitse zijde uw been bent verloren. U staat op geen enkele rekruteringslijst van de troepen die in de Palts zijn ingezet. Er is geen enkel verslag van een opname in een Duits veldhospitaal.'

'Veel Duitse gewonden zijn door Fransen verpleegd,' probeert Franz nog een laatste tegenwerping te maken.

Ook nu blijft een reactie van Kegelmann uit. 'We kunnen talloze getuigen oproepen die onder ede en dreiging van zware straffen in geval van meineed, verklaringen zullen moeten afleggen over uw staatsburgerschap en uw deelname aan de oorlog: dienstboden, verwanten en in de eerste plaats uw moeder die zelf Française is als ik me niet vergis.'

Franz is ziedend. Natuurlijk heeft Pauline alleen een Elzas-Lotharings paspoort dat onomstotelijk haar voormalige nationaliteit bewijst. Dat zal de verdenking waarmee Kegelmann hem en de autonomisten in diskrediet wil brengen zeker kracht bijzetten.

Maar ik heb toch ook iets tegen Kegelmann achter de hand dat zijn reputatie volledig kan ruïneren en zelfs tot oneervol ontslag zonder pensioen kan leiden, bedenkt hij plots. Is hij zo brutaal dat te negeren of denkt hij dat ik dat document vooralsnog niet heb gevonden?

Toen hij Kegelmann vorig jaar voor het eerst in Berlijn had ontmoet had hij in de nalatenschap van zijn vader vluchtig gezocht naar de kwitantie voor vijfduizend gulden die Kegelmann had getekend in ruil voor de Beierse documenten. Hij had het papier niet onmiddellijk gevonden en het voorlopig opgegeven. Daarna was hij de zaak wat uit het oog verloren.

Maar hoe kan die schoft nu weten dat ik die kwitantie niet heb, vraagt hij zich meteen af. Buiten Wilhelm en ik weet niemand daar iets van. Wellicht rekent Kegelmann erop dat Wilhelm het document heeft vernietigd. Hij is destijds immers spoorloos uit Weissenburg verdwenen toen Wilhelm de zaak met de vervalsing ongedaan wilde maken. Daardoor was de bon niets meer waard. En dit gesprek is een test om te achterhalen of die kwitantie nog ergens is en ik me daarmee kan verweren, schiet het Franz plots te binnen. Ik kan er dus maar beter niets over zeggen. Hij zet het ondoorgrondelijke gezicht van een pokerspeler op en dat lijkt hem nog aardig te lukken. Demonstratief kijkt hij opnieuw naar de klok.

'Ik zal uw wensen in overweging nemen,' zegt hij uit de hoogte, 'en u tijdig van mijn besluit op de hoogte stellen.'

Even dreigt Kegelmann zijn zelfbeheersing te verliezen. Zijn gezicht loopt van woede rood aan, maar hij vermant zich.

'Doe dat, mijnheer Gerban.' Hij kijkt even naar de kalender aan de muur. 'Ik geef u tot 15 mei. Als u me tegen die tijd geen positief antwoord geeft over de informele oplossing, zal ik de dag nadien tijdens een vergadering over de autonomiewet onze rijkskanselier inlichten over wat ik over u te weten ben gekomen.'

Franz staat op. Zijn stomp brandt verschrikkelijk. Zoals steeds wanneer hij gespannen is, verkrampen zijn spieren omdat hij de prothese zelfs zittend te veel belast.

'U hoort nog van mij, Kegelmann.' Op deze weloverwogen onbeschofte manier draait hij zich om en hinkt hij zonder verdere plichtplegingen naar buiten.

Het huis van Trude Ludwig in Lambrecht

Eind april 1879

'Ons plan is dus echt geslaagd?' Irene klapt van blijdschap in haar handen.

Op de laatste bijeenkomst heeft Berta Steiner, een kordate vrouw van midden veertig die bij Trude inwoont en als tegenprestatie het huishouden voor haar doet, gemeld dat een van haar collega's in de lakenfabriek Reuter haar verlegen had verteld dat haar vijftienjarige dochter al weken door de plaatsvervangende productieleider werd lastiggevallen. Hij zou het buitengewoon knappe meisje voortdurend met een smoes naar een plek in de fabriek lokken waar verder geen mens komt.

'Daar heeft hij haar eerst alleen betast en geprobeerd haar met zijn stinkende bek te zoenen, maar de kerel wordt almaar opdringeriger. Gisteren heeft hij geprobeerd Julchen onder haar rok te betasten nadat hij eerder al haar borsten uit haar lijfje had getrokken.'

'Dat is Sieber ten voeten uit. Dat smerige zwijn!' had Trude Ludwig, die geregeld aan de bijeenkomsten deelneemt, Irene de woorden uit de mond genomen. Ook Trude kent deze ongelikte beer die het bij Reuter van verver tot plaatsvervangend productieleider heeft geschopt omdat hij als een van de weinige arbeiders in 1872 niet had gestaakt.

'Ja! Dat klopt,' had Berta bevestigd. 'Die duivel heeft al minstens twee echtgenotes op zijn geweten!'

'En ook veel baby's!' Irene herinnerde zich het vreselijke lot van de kleine Liesel, die ze ooit tevergeefs met haar eigen melk had proberen te voeden. 'Hij verbood zijn vrouwen de kinderen in de borstvoedingskamer te voeden omdat ze daarvoor onbetaald pauze moesten nemen. Zo zijn die kleintjes ellendig aan hun einde gekomen.'

'Dan wordt het hoog tijd deze vent een halt toe te roepen.' Erika is een van de vrouwen uit de gespreksgroep van Irene die op dat moment in de keuken van Trude Ludwig zat. Ze werkt weliswaar bij Marx, een andere textielfabrikant in Lambrecht, maar was even verontwaardigd als de andere vrouwen in de kring. 'Hebben jullie al iets tegen hem ondernomen?'

Berta had in een gebaar van hulpeloosheid haar handen gespreid.

'Alles wat we maar kunnen, maar veel is dat niet. Bärbel, de moeder van Julchen, werkt bij Reuter in de nopperij op de derde verdieping; het meisje twee verdiepingen lager bij de self-actoren. Ze kan haar moeder dus niet om hulp vragen als Sieber haar weer onder een voorwendsel sommeert.'

'Hebben jullie al geprobeerd met de schurk zelf te praten?' had ene Hilde gevraagd.

Berta had instemmend geknikt. 'Ik heb het samen met de moeder geprobeerd, maar de smeerlap ontkende alles. En toen we daarna naar Plotzer gingen dreigde die zelfs met ontslag als we vervelende geruchten bleven verspreiden over "een van zijn meest betrouwbare medewerkers", zo verwoordde hij het.'

'Die Plotzer is geen haar beter,' had Trude Ludwig laatdunkend gezegd. 'Mijn man had zoiets nooit geduld!' Haar overleden echtgenoot was Plotzers voorganger in de lakenfabriek Reuter geweest.

'Maar nu is de situatie uit de hand gelopen,' had Berta verteld.

'Sinds die gebeurtenis van gisteren is Julchen zo overstuur dat ze niet meer wil gaan werken. Maar Bärbel heeft haar loon nodig om met haar vier kinderen te overleven. Haar man is al jaren dood.'

Er was een onaangename stilte gevallen in Trudes gezellige woonkeuken waar de acht vrouwen rond de glanzende keukentafel zaten.

'En wanneer volgende week die inspecteur weer in de fabriek opduikt, zal hij zoals gewoonlijk weer niets horen of zien.' Berta had hulpeloos haar vuisten gebald.

Maar dat had Irene op een idee gebracht. 'Is dat nog steeds diezelfde kerel als toen ik daar werkte?'

'Weet ik niet. Hij heet Meise of zoiets.'

'Meisner? Een gezapige, oude man die Reuter om zijn vinger windt?'

Berta knikt. 'Ja, dat is hem.'

In Irenes hoofd begonnen zich de contouren van een plan te vormen.

'Luister goed. Ik denk dat we het als volgt moeten aanpakken.' Twee uur later was het complot gesmeed.

Nu is het ongeveer vier weken later en Irene vraagt Trudes huisgenoot nu vol leedvermaak: 'Kom op! Vertel hoe het gegaan is. Ik kan niet wachten om dat van jou te horen.'

Dat laat Berta zich geen twee keer zeggen. En ze vertelt het verhaal zo plastisch dat Irene en de andere toehoorders bijna het idee hebben er zelf bij te zijn geweest.

Lakenfabriek Reuter in Lambrecht

Begin april 1879, drie weken eerder

'Niet bang zijn, Julchen. Alles komt goed.' Berta streelt het trillende meisje over de wang.

'Maar dan ben ik helemaal alleen met die Sieber in zijn kantoor! Hij zal me zeker weer betasten of misschien nog iets ergers doen.'

'Als we voor eens en voor altijd van hem af willen, heb je geen andere keuze dan het nog een keertje te verdragen, liefje. Meer nog, hoe opdringeriger hij wordt, des te beter voor ons. We willen hem immers op heterdaad betrappen!'

Julchen krimpt ineen en slaat bang haar armen voor haar tere boezempje.

Berta probeert haar gerust te stellen. 'Hij zal niet tot het uiterste gaan. En anders moet je heel hard gillen. Hedwig blijft in de buurt terwijl ik Reuter en de inspecteur haal. Ze willen de rondleiding beginnen in de weverij. In geval van nood schiet Hedwig je te hulp!'

'Vooruit!' Ze geeft Julchen een duwtje in haar zij. 'Ga naar binnen en vraag Sieber of je vroeger naar huis mag omdat je vreselijke hoofdpijn hebt. Hij zal ongetwijfeld misbruik willen maken van de situatie omdat hij weet dat Plotzer met Reuter en Meisner de fabriek bezoekt. En laat hem desnoods je lijfje uittrekken. Daar is nog niemand van doodgegaan.'

De tranen schieten Julchen in de ogen. Ze is één brok ellende. En wanneer ze nog geen aanstalten maakt aan te kloppen, doet Berta het voor haar en voegt zich dan snel bij Hedwig in de donkere gang voor de deur van binnenuit wordt geopend.

'Aha, wat een leuke verrassing,' hoort ze Sieber nog net glibberig zeggen. 'Wat kom je hier doen? Wil je me zo graag even zien?'

'Ik... Ik wilde mijnheer Plotzer spreken,' stamelt Julchen.

'Die is ergens in de fabriek en komt voorlopig niet terug. Maar ik kan je intussen zeker helpen.' Sieber trekt het meisje bij de arm het kantoor in en sluit de deur.

'Wacht hier precies tien minuten!' fluistert Berta tegen Hedwig. 'Als ik dan nog niet terug ben, moet je zelf naar binnen gaan en Julchen helpen.'

Hedwig knikt dapper. De twee vrouwen beseffen maar al te goed dat Hedwig en misschien zelfs Julchen hun baan kunnen verliezen als het hun niet lukt Reuter en Meisner op tijd als getuige van Siebers wangedrag hier te krijgen.

Uit het kantoor klinkt een gedempte gil, gevolgd door een klap.

'Ik ga er meteen vandoor, anders komen we straks nog te laat.'

Berta rent de trap naar de weverij op. Daar heerst zoals altijd een oorverdovend lawaai.

'Help!' schreeuwt ze zo luid mogelijk. 'Mijnheer Plotzer, u moet ons komen helpen. Beneden gilt iemand als een mager varken. Er is vast een ongeluk gebeurd!'

'Wat voor een ongeluk?' Reuter, de fabrieksbaas, reageert meteen gealarmeerd.

'Het gegil komt uit het kantoor van de productieleider. We hebben geklopt, maar er doet niemand open en zomaar binnengaan durven we niet.'

'Lawaai uit uw kantoor?' Reuter draait zich vliegensvlug naar Plotzer om. 'Wat heeft dat te betekenen?'

De productieleider ziet zo wit als krijt. 'Ik ga meteen kijken wat er aan de hand is,' schreeuwt hij bijna om het lawaai van de weefgetouwen te overstemmen.

'Ja, doe dat! En kom dan onmiddellijk verslag uitbrengen!' Berta ziet alle hoop al vervliegen wanneer de inspecteur precies zo reageert als Irene heeft voorspeld.

Hij trekt Reuter al bij de arm richting trappenhuis. Als het lawaai minder wordt hoort ze zijn laatste zin. 'Als een baas met verantwoordelijkheidszin wilt u zich toch zelf vergewissen van wat er aan de hand is.'

Reuter ziet eruit alsof hij een bittere pil moet slikken, maar protesteert niet. Met Plotzer op sleeptouw rennen de mannen achter Berta aan die de leiding van het groepje heeft genomen. Ze blijft niet voor de deur staan, maar stormt zonder kloppen naar binnen. Het kantoor zelf is leeg, maar achter de deur naar de kamer ernaast die op een kier staat, horen ze een gesmoord gejammer. Resoluut trekt Berta de deur verder open.

'O!' Ze hoeft niet eens te veinzen als ze haar handen in afschuw voor haar mond slaat. Sieber staat met zijn billen bloot en een erectie achter Julchen, die hij over zijn bureau heeft geduwd. Met een zwart behaarde hand houdt hij het meisje vast en met de andere hand probeert hij zijn lid tussen haar dijen te proppen.

In één oogopslag beseft Reuter wat er gebeurt. 'Sieber!' brult hij. 'Laat dat meisje los! Onmiddellijk!'

Sieber verstijft. Op zijn net nog van wellust vertrokken gezicht verschijnt eerst een verblufte en vervolgens schuldbewuste uitdrukking. Haastig stopt hij zijn piemel in zijn broek en trekt hij Julchens gescheurde rok over haar naaktheid.

Meisner, de fabrieksinspecteur, kijkt vol afschuw naar het tafereel. Als Julchen haar van de klappen opgezwollen gezicht optilt, loopt hij naar haar toe.

'Meisje toch!' zegt hij op vaderlijke toon. 'Heeft deze man je geweld aangedaan?'

'Ze zal liegen! Ze heeft zichzelf aan mij aangeboden! Twintig pfennig vroeg ze ervoor!'

Nu stijgt de doorgaans zo stijve inspecteur boven zichzelf uit. 'En heeft ze je daarbij ook gevraagd haar te slaan?'

Hij wendt zich nu tot de fabriekseigenaar, die onmachtig van woede zijn gebalde vuisten opent en weer sluit. 'Mijnheer Reuter, u weet dat ik u altijd voor een man van eer heb gehouden en niets op uw fabriek had aan te merken. Maar dit voorval moet ik melden en in mijn verslag opnemen. Ik hoop dat u hier ook onmiddellijk het juiste gevolg aan zult geven.'

Meisners woorden sorteren effect. 'Eruit!' sist Reuter tussen zijn tanden. 'Naar buiten, verderfelijk sujet! U bent op staande voet ontslagen, Sieber! En ik zal ervoor zorgen dat u binnen een straal van tweehonderd kilometer geen werk meer vindt!'

'Plotzer!' snauwt hij vervolgens tegen zijn productieleider, die zo mogelijk nog bleker is geworden. 'Zorg ervoor dat die kerel stante pede verdwijnt en laat ook een arts komen om de verwondingen van het meisje te verzorgen. Het achterstallige loon van deze smeerlap geef je als schadevergoeding aan het meisje! Of wacht,' voegt hij er onder de verwijtende blik van Meisner nog aan toe. 'Ik verdubbel, nee, verdriedubbel die som nog!'

Nu is Berta aan de beurt. 'En u! U bent een volwassen vrouw! Men zou toch kunnen verwachten dat u onze minderjarige arbeidsters in de gaten houdt!'

In andere omstandigheden zou Berta van verontwaardiging geen woord hebben kunnen uitbrengen, maar met het oog op de zege die ze tegen een hoge prijs hebben behaald, maakt ze gewoon een lichte kniebuiging. 'Jazeker, mijnheer Reuter! En ik dank u ook hartelijk dat u Julchen zo snel te hulp bent gesneld.'

Meisner knikt tevreden, hoewel Berta niet weet of Reuter en Plotzer de dubbele bodem van haar opmerking hebben opgemerkt. Maar dat speelt totaal geen rol meer. Ze hebben over de hele linie gewonnen.

Het huis van Trude Ludwig in Lambrecht

Eind april 1879

'En Reuter heeft twee dagen later zowaar het voltallige personeel bijeengeroepen en elke man die zich schuldig maakt aan zelfs maar het lichtste vergrijp tegenover vrouwen gedreigd met ontslag op staande voet?'

Berta knikt. 'Inderdaad.'

'En hoe heeft Julchen het allemaal verwerkt?'

'Ze was nog een paar dagen erg aangeslagen, maar van het vele geld dat Reuter haar daadwerkelijk heeft gegeven, kon Bärbel zelfs een nieuw fornuis kopen. En inmiddels is Julchen weer heel opgeruimd.'

Irene is overdonderd. Zulke dingen zijn het echt waard om voor te vechten, denkt ze bij zichzelf.

Luidop zegt ze: 'Dit is het beste voorbeeld dat ook wij vrouwen iets kunnen bereiken als we ons organiseren en ons teweerstellen. Zelfs bij zo'n schoft als Reuter.'

16

Berlijn

Begin mei 1879, een week later

Het ergert Franz dat zijn hart zo snel slaat wanneer hij voor het Blücherpaleis uit de huurkoets stapt. Het gebouw aan de Pariser Platz huisvest niet alleen de Oostenrijkse ambassade maar ook een aantal appartementen voor de diplomaten die er werken.

Eigenlijk had hij al lang terug in Weissenburg moeten zijn om de kwitantie te zoeken waarmee hij Kegelmann kan uitschakelen, maar het vooruitzicht eindelijk helderheid te krijgen in de zaken met zijn biologische vader heeft hem in Berlijn gehouden.

De graaf heeft Franz geschreven dat hij pas vandaag, in de loop van de dag, uit Wenen was aangekomen. En er staan inderdaad nog een paar kloeke koffers in de gang achter de deur die een lakei in een ietwat ouderwets ogend livrei voor hem opent.

Franz heeft net zijn lichte jas aan de knecht gegeven als de graaf hem al met uitgestrekte armen tegemoetkomt. Hij grijpt Franz' handen en kijkt hem diep in de ogen.

'U weet het net zo goed als ik, Franz,' zegt hij na een korte begroeting in de hal. Dan beseft hij plots dat de knecht er nog staat en snel loodst hij Franz een soort rookkamer binnen. Het ruikt er in elk geval sterk naar tabaksrook en het crèmekleurige zijden behang met een patroon in de stof is vergeeld.

In plaats van Franz een plaats in een van de enorme, maar duidelijk comfortabele lederen fauteuils aan te bieden, blijft Von Sterenberg voor hem staan en grijpt hij opnieuw naar zijn handen. 'Dat is toch zo!' U weet het!'

Franz aarzelt. 'Wat moet ik weten, mijnheer von Sterenberg?'

'Laat de formaliteiten maar voor wat ze zijn, Franz! Als u er niet zelf op bent gekomen, moet uw moeder Pauline het u intussen hebben verteld. U bent mijn zoon.'

Franz heeft zich dit moment de afgelopen dagen en nachten wel honderd keer proberen in te beelden, maar nu het zover is, voelt hij vooralsnog – niets.

Enigszins geërgerd laat de graaf zijn handen los. 'Maar daar ben je precies niet echt blij mee,' stelt hij duidelijk teleurgesteld vast. Franz zwijgt en de graaf wijst naar een stoel en loopt naar een karretje met flessen drank. 'Mag ik u een cognac inschenken of misschien een echte Engelse sherry?'

'Nee, dank u.' Franz heeft zijn stem teruggevonden en beslist dat hij het hoofd helder moet houden. 'Liever een glas lichte witte wijn.'

De graaf glimlacht en trekt aan een schelkoord. 'Breng ons een karaf van die heerlijke riesling,' beveelt hij de knecht die binnenkomt. 'Hoe heet die nu ook alweer?'

'Sonnenberg,' brengt Franz hem de naam van een van hun topwijnen in herinnering.

De graaf pakt een bewerkt kistje uit donker gebeitst hout. 'Een sigaar? Het zijn echte havanna's.'

Franz schudt het hoofd. 'Ik rook niet.'

'O, geluksvogel,' zucht Von Sterenberg. Hij gebaart met zijn hand naar de vergeelde wanden. 'Mijn grootste ondeugd, zoals u ziet.'

Franz wacht zwijgend tot zijn vader de sigaar aansteekt en moet een hoestbui onderdrukken.

De knecht dient zich weer aan en schenkt de geurige wijn in twee kristallen roemers die met het familiewapen van de Von Sterenbergs zijn versierd.

'Ja, ik weet het,' zegt hij voor zijn vader het woord weer neemt. 'Ik ben geboren uit een andere relatie van mijn moeder.' De bittere smaak die de woorden hem geven, verrast hem. 'Ik vermoedde het al een tijdje, maar sinds ons bezoek aan de opera weet ik het zeker.'

De graaf kijkt hem aan met zijn ijsblauwe ogen die Franz vaag doen denken aan het staalgrijs van de ogen van zijn overleden pleegvader Wilhelm.

'Ik heb het lang niet geweten. Pauline en ik hadden afgesproken elkaar na onze ontmoeting in Bad Ischl niet meer te zien. Zij was getrouwd en ik stond op het punt me te verloven. En we hebben samen maar één liefdesnacht doorgebracht. Hoe had ik kunnen weten…' De graaf probeert een eventueel verwijt van Franz voor te zijn.

'Had het iets uitgemaakt als u het had geweten?' onderbreekt Franz hem.

'Nee,' geeft Von Sterenberg toe. 'De sociale status van Pauline maakte dat ik nooit met haar zou kunnen trouwen, zelfs niet als ze niet getrouwd zou zijn. En dan heb ik het nog niet eens over een huwelijk met een gescheiden vrouw. Destijds leefde mijn vader nog en hij had nog strengere opvattingen over de etiquette en wat wel of niet gepast was voor onze stand, dan onze eerbiedwaardige keizer Franz Joseph. Hij zou me zonder meer hebben onterfd en ervoor hebben gezorgd dat ik ook na zijn dood geen gulden aan apanage zou hebben gekregen.'

'En wat denkt uw oudere broer hiervan? Als hij überhaupt van mijn bestaan op de hoogte is.'

De graaf zucht hoorbaar. 'Ik heb het Maximilian verteld, maar pas toen duidelijk werd dat hij ook deze beroerte zou overleven. De man lijkt negen levens te hebben, net als een kat.' Klonk er nu iets van spijt in zijn stem door?

Ook Franz ademt nu diep in. Hij is bang voor het antwoord op zijn vraag, maar stelt hem toch. 'En wat zegt hij?'

De graaf trekt zijn schouders op. 'In de tijd dat zowel zijn als mijn zonen nog leefden, zou hij niet de minste interesse hebben getoond in de gevolgen van een jeugdzonde van zijn jongere broer. Nu ligt dat anders. We hebben geen van beiden mannelijke nakomelingen, of beter gezegd, helemaal geen erfgenamen. We zijn beiden kinderloos.'

'En dat betekent?' Franz' hart gaat weer sneller slaan.

Het antwoord van zijn vader brengt hem behoorlijk van zijn stuk.

'Hij stemt er onder bepaalde voorwaarden mee in dat ik u adopteer.'

'Wat zegt u nu?' Franz heeft met alles rekening gehouden, maar niet met dit snelle aanbod. Het bezorgt hem argwaan.

'U wilt mij adopteren om uw naam door te geven aan de volgende generatie? U kent me nauwelijks en uw broer kent mij totaal niet.'

'Daarom wil hij u ook graag ontmoeten voor hij sterft. Hij heeft me gevraagd u namens hem uit te nodigen in Wenen.'

Franz zegt niets. Zijn hart klopt in zijn keel.

De graaf interpreteert zijn zwijgen verkeerd. 'Of is de herinnering aan uw pleegvader u zo dierbaar dat niemand zijn plaats kan innemen?'

Franz snuift. 'Als u mijn moeder destijds in Bad Ischl ook maar een beetje hebt leren kennen, weet u dat ze doodongelukkig was in haar huwelijk. Ook ik kon mijn hele leven niet met de man van wie ik zelfs tot na zijn dood heb gedacht dat hij mijn vader was, overweg.'

Von Sterenberg knikt. 'Dan is deze plaats in uw leven nog vrij?' Zijn stem klinkt aarzelend.

'Welke plaats?'

'Die van een liefhebbende vader.'

Even weet Franz weer niet wat hij moet zeggen, maar valt dan uit. 'Hoe weet u nu of u van me zult houden?'

De ogen van de graaf glimmen vochtig. 'Omdat u precies bent zoals ik me mijn zonen ooit als volwassen mannen heb voorgesteld. Rechtvaardig, dapper, soms een beetje onstuimig, vastberaden als u iets nastreeft dat u na aan het hart ligt.'

'Hoe weet u dat?'

'Ik heb mij natuurlijk zelf een beeld gevormd, maar omdat ik zo graag een zoon wilde, heb ik ook inlichtingen over u ingewonnen om te vermijden dat mijn verlangen me blind zou maken.' De stem van de graaf krijgt nu iets smekends.

Ongewild raakt dit Franz. Verlangt hij zelf ook niet naar een vader zolang hij het zich kan herinneren?

'Ik heb een familie,' benadrukt hij.

Er glijdt een schaduw over het gezicht van zijn vader, maar hij trekt zijn gezicht snel weer in de plooi. 'Uw moeder is een geweldige vrouw. Ik waardeerde mijn vrouw Amalie enorm, maar Pauline was de liefde van mijn leven hoewel het maar drie weken duurde.' Zijn blik dwaalt af naar een plek in de verte waar Franz hem niet kan volgen.

Hij hervindt zijn evenwicht. 'Ook uw zoontje is van harte welkom bij mijn broer en bij mij. Hij stelt de mannelijke opvolging in de volgende generatie al veilig.' Zijn stem stokt.

Franz weet wat de graaf gaat zeggen voordat hij de woorden ook uitspreekt. 'Een obstakel is helaas uw huwelijk beneden uw stand. Uw vrouw was een dienstmeisje in uw huis, als ik goed ben geïnformeerd.'

'En wat dan nog? Bent u bang dat het u nadeel zal berokkenen?'

'Aan het hof zullen we sowieso niet meer ontvangen worden, ook niet als keizer Franz Joseph instemt met de adoptie. Dat speelt dus geen rol. Maar een voormalig dienstmeisje… U begrijpt…'

'Nee. Ik begrijp het helemaal niet. Irene is mijn vrouw. Ik heb jaren naar haar gezocht, maar dat kunt u niet weten.'

Tot zijn verbazing knikt de graaf. 'Toch, ik ben ervan op de hoogte.'

'Wie heeft u dat verteld? Mijn moeder?'

'Pauline heeft niets te maken met de informatie die ik heb gekregen. Laat haar hier alstublieft buiten!'

'Wie heeft het u dan verteld?' vraagt Franz boos.

'Dat doet niet ter zake, Franz. Uw vrouw is van dubieuze komaf, groeide op in een weeshuis en heeft eerst als dienstmeisje en daarna in een fabriek gewerkt. En bovendien heeft ze zich voor de invoering van de socialistenwet op een voor vrouwen onbetamelijke manier met politiek ingelaten. In Weense kringen zal ze nooit worden aanvaard, zelfs al zwijgt ze in alle talen over zichzelf. Daar heeft men een zesde zintuig voor mensen die niet bij onze stand passen.'

'Niet bij onze stand passen,' herhaalt Franz. Hij weet niet wat hij hierop moet antwoorden.

'Om de toekomst van uw zoon veilig te stellen zou u nog tijdens mijn leven een gepast huwelijk moeten sluiten. Ik zal mijn broer als majoraatsheer opvolgen en onze familie is puissant rijk. Daar u mij als majoraatsheer zal opvolgen zal u weliswaar geen jonkvrouwe Kinsky of Schwarzenberg kunnen huwen, maar een jongere dochter van goeden huize moet zeker te vinden zijn.'

'En hoe gaat het dan met mijn tweelingdochters?' Franz heeft nog altijd moeite de draagwijdte van het verzoek van zijn vader te overzien.

'Dochters horen bij hun moeder,' antwoordt Von Sterenberg kort.

Franz voelt een enorme woede in zich opkomen. Wat denkt die brutale man die hier tegenover hem zit en dikke wolken tabaksrook uitademt wel?

'Ik moet dus om uwentwille mijn familie ontwrichten?'

'U krijgt er een nieuwe familie voor in de plaats, Franz.' Nu lijkt de graaf van streek. Franz' reactie dringt maar langzaam tot hem door.

Franz zelf hijst zich uit zijn stoel en stoot daarbij zijn wijnglas om waarbij het voetje breekt. Geen van beide mannen schenkt er aandacht aan.

'Dan is het tijd om afscheid te nemen, mijnheer von Sterenberg.' Franz kiest bewust voor een formele toon. 'Uw aanbod is voor mij onaanvaardbaar.'

Ook de graaf staat nu op. 'Ik wilde je niet krenken, Franz. Alsjeblieft, je moet me geloven!' Hij kiest nu voor de vertrouwelijke aanspreekvorm.

'Kom dan terug op uw voorwaarden.'

De graaf buigt het hoofd. 'Dat kan ik niet, Franz. Dat zijn de voorwaarden van mijn broer en daar mag ik me niet tegen verzetten.'

'Zou u op hetzelfde hebben aangedrongen als u de vrije keuze had?' Franz weet hoe star de regels van het patriarchaat in adellijke families zijn.

Zijn sprankje hoop vervliegt bij het veelbetekenende zwijgen van de graaf. 'Vaarwel dan, vader. En dank u voor uw poging.' Franz loopt naar de deur en heeft de klink al in zijn hand als zijn vader nog iets tegen hem zegt

'Franz!' Zijn stem klinkt zo wanhopig dat Franz zich weer omdraait. 'Wil je me wel af en toe bezoeken?'

'Ik dacht dat u binnenkort Berlijn verlaat en terugkeert naar Wenen.'

'Er rijden ook treinen naar Wenen.'

De mannen kijken elkaar in de ogen en dat moment lijkt Franz een eeuwigheid te duren. Hij vermant zich.

'Ik kan u niets beloven dat ik niet kan nakomen, vader. Misschien kom ik ooit naar Wenen, misschien ook niet.'

Hij draait zich weer om om te vertrekken.

'Doe de groeten aan je moeder.'

'Dat zal ik zeker doen, vader. Maman zal even verdrietig zijn als ik, maar ze zal mijn beslissing begrijpen. Het ga u goed!'

'Laat mij je toch een keer omhelzen!'

De graaf sluit Franz stevig in zijn armen. Franz verstijft, maar geeft zich dan over aan het moment en beantwoordt de omhelzing. Het had zo mooi kunnen zijn, denkt hij bij zichzelf. Zijn woede maakt plaats voor een diepe droefheid. Maar het mag niet zijn. Een liefdevolle vader is mij in mijn leven helaas niet gegund.

Pas als hij in de huurkoets zit die hem voor een volgende slapeloze nacht naar zijn hotel brengt, beseft hij dat hij de graaf driemaal 'vader' heeft genoemd.

Het huis van Josef in Frankenthal

28 juni 1879

'O, je bent er al!'

Irene zit in het huis van Josef in de werkkamer die haar naaikamer was geweest en waar haar oude naaimachine weer in een hoek staat. Josef heeft die opgehaald uit het kantoor van de arbeidersvereniging. Bij een controle van het plaatselijke bestuur moet die als denkmantel dienen voor Irenes gespreksgroep die zich dan snel moet omvormen tot een naaiklas. Helaas moeten ze na de arrestatie en veroordeling van Irmgard Fischer wegens majesteitsschennis in Frankenthal meer rekening houden met officiële controles van de activiteiten van arbeiders dan in Lambrecht of Landau.

Toch heeft Irene gisteravond opnieuw August Bebel ontmoet in het huis van Josef, en ditmaal zelfs in het gezelschap van zijn kameraad Wilhelm Liebknecht. Beiden reizen het land rond en bezoeken vooral de steden waar de arbeiders nog in het geheim actief zijn.

Onder het genot van een goed glas rode wijn hebben ze uitgebreid de actuele situatie besproken. In de acht maanden sinds de socialistenwet van kracht is zijn ettelijke protagonisten van de arbeidersbeweging geëmigreerd, de meesten naar Londen waar ze zich rond de arbeidersleider Karl Marx hebben geschaard. De socialisten die in het Duitse Rijk zijn gebleven onderhouden geheime contacten in de hoofdstad van het Britse imperium.

'We zijn ook van plan in Zwitserland een illegale arbeiderskrant te laten drukken en die naar Duitsland te smokkelen. Het blad krijgt de naam *Der Sozialdemokrat*,' hoorde Irene. Ze heeft er echter alleen met een vriendelijk knikje kennis van genomen. Twee onvoorziene gebeurtenissen hebben de verbittering en teleurstelling na haar ruzie met Franz eind februari weer doen omslaan.

En het valt haar daarom nu nog moeilijker tegen hem te liegen over een deel van haar activiteiten. Een tijd geleden heeft ze al besloten om behalve het boek *De vrouw en het socialisme* met de persoonlijke opdracht van August Bebel dat haar dierbaar is geworden, geen verboden documenten meer te gebruiken in haar vrouwengroepen. Dat heeft haar geen moeite gekost. Bij de vraag van Liebknecht of ze mee wil helpen de nieuwe illegale krant te verspreiden, heeft ze zich daarom ook tot niets verplicht.

Ze wilde de vakbondsleider niet voor het hoofd stoten, maar de herwonnen harmonie in de relatie met Franz wil ze met zulke activiteiten niet op het spel zetten.

Toch heeft ze gisteren met volle teugen genoten van de ontmoeting en was ze tegen haar principes pas lang na middernacht met de oververmoeide Gitta naar de herberg teruggekeerd. Ook omdat ze al op de heenreis met spijt in het hart had beslist dat dit haar laatste bezoek aan Frankenthal zou zijn. Nieuwe ontmoetingen met Josef Hartmann of in heel het land bekende arbeidersleiders zullen er zolang de socialistenwet van kracht is niet meer volgen. De prijs die ze daarvoor moet betalen, namelijk Franz en Pauline opnieuw halve waarheden op de mouw spelden, is voor haar te hoog.

Nu kijkt ze verrast op van de lectuur die ze uit de kast van Josef heeft gepakt om de tijd tot de komst van de vrouwen over ongeveer een uur, te doden. Ze heeft een sleutel van zijn huis en is vandaag vroeger dan gewoonlijk aanwezig omdat in de herberg een grote familie luidruchtig aan het feesten was. In elk geval is Irene altijd tijdig aanwezig om haar bijeenkomst voor te bereiden. Kennelijk heeft hij erop gerekend dat dat ook nu het geval zou zijn.

'Ja, goed dat je er al bent. Ik wil absoluut met je praten voor je sessie van start gaat.' Josef praat met schorre stem, zoals altijd wanneer het om hun relatie gaat.

Irene krijgt een wee gevoel in haar maag. 'Waarover wil je het dan met mij hebben?' Ze probeert kalm te blijven.

Josef kijkt haar recht in de ogen. 'Dat weet je heel goed, Irene. Ik wil weten hoe het staat met jou en Franz. In elk geval ben je al een hele tijd niet meer hier geweest.'

Irene is sinds eind februari daadwerkelijk maar één keer in Frankenthal geweest en dat was medio april, nog voor ze wist welk offer Franz voor hun huwelijk bereid is te brengen en voor ze met haar werk in Lambrecht met het ontslag van Robert Sieber haar eerste grote succes had geboekt.

Beide zaken hebben het voor haar gemakkelijker gemaakt te beslissen vandaag een opvolgster te zoeken om de groep in Frankenthal te leiden. Franz verdient het echt niet nog langer bedrogen te worden. En als de geheime reizen naar Frankenthal opnieuw door stom toeval aan het licht zouden komen, brengt ze ook haar activiteiten met de groepen in Lambrecht en Landau, die nog afhankelijk zijn van haar steun, in gevaar. Haar voorkeur voor de groep in Frankenthal die in februari nog duidelijk was, is daardoor verlegd.

Irene trekt de hand terug die Josef bij zijn laatste woorden heeft gepakt en doet haar best hem aan te kijken en haar hoofd niet te laten zakken.

'Je weet toch hoe het zit met mijn huwelijk,' zegt ze zachtjes. 'Sinds april is er niets veranderd.' Ook toen al had Franz zich voorafgaand aan haar trip zo ingespannen voor hun relatie dat haar wrok jegens hem was weggeëbd. 'Eerder het tegenovergestelde,' voegt ze er nog aan toe.

'Jullie verzoening houdt dus stand?'

Irene ademt diep in. 'Het doet me pijn in het hart dat ik je moet kwetsen, Josef. Je bent voor mij een gewaardeerde kameraad en dierbare vriend, maar je weet waar het op staat. Mijn hart behoort aan Franz, nu meer dan ooit.'

De uitdrukking op het gezicht van Josef raakt Irene. Hij ziet eruit als een dodelijk gewond dier. 'Meer dan ooit,' herhaalt hij. 'Wat is er gebeurd?'

'Ten eerste heb ik Franz met iets heel belangrijks geholpen en daarvoor is hij mij ontzettend dankbaar. Mede daardoor heeft zijn partij een paar dagen geleden in de Rijksdag een meerderheid gevonden die de wet voor meer autonomie in Elzas-Lotharingen heeft goedgekeurd. Hij is van plan nu vaker thuis te zijn om zich om ons gezin en het wijngoed te bekommeren.'

'En hij weet dus ook dat je vandaag hier bent?' Doelbewust raakt hij haar zwakke plek.

Dat wekt ergernis op bij Irene. 'Natuurlijk niet,' antwoordt ze bits. 'En dat doet me ook enorm veel pijn.'

Ditmaal was haar innerlijke strijd bijzonder zwaar geweest, maar twee factoren hadden de doorslag gegeven en haar aangezet nog een laatste geheime trip naar Frankenthal te maken. Enerzijds het vooruitzicht August Bebel nog een keer te ontmoeten, anderzijds wilde ze haar werk voor de vrouwengroep mooi afronden en correct overdragen aan een opvolgster. Van dat laatste weet Josef nog niets.

'Waarom heb je het Franz niet verteld?' Hij blijft haar provoceren. 'Echtgenoten horen geen geheimen voor elkaar te hebben. Dat heb ik je al vaak gezegd.'

Irene ademt weer diep in en beantwoordt koppig de blik van Josef. 'Zo denk ik er nu ook over. Temeer omdat Franz een groot offer heeft gebracht voor mij en ons gezin. Daarom...'

'O, je bedoelt dat gedoe met die dubieuze graaf?' Jozef valt haar in de rede. Irene heeft hem hier in een brief over verteld.

'De dubieuze graaf, zoals jij de man noemt, is zijn biologische vader en dat heb ik je niet verteld om er de draak mee te steken. Ik had er niets over moeten zeggen.' De teleurstelling over Josefs onbeschofte gedrag roept ongewild tranen op.

Dat ontgaat Josef niet. 'Vergeef me, Irene!' Opnieuw grijpt hij haar hand die ze vanwege de ellende die ze in zijn ogen leest niet terugtrekt. 'Ik kan het gewoon niet meer verdragen je steeds weer te zien zonder de geringste hoop je ooit nog terug te kunnen winnen.'

'Daarom trek ik ook daar nu gevolgen uit.'

Josef trekt bleek weg. 'Wat bedoel je daarmee?'

'Lieve vriend.' Irene streelt met haar vrije hand zijn stoppelige wang. 'Ik ben vandaag voor het laatst in Frankenthal. Franz is de liefde van mijn leven. En ik ben die van hem. Zijn vader wil hem adopteren als zijn wettige zoon en opvolger, en na zijn dood een gigantisch vermogen nalaten. Zolang hij nog leeft zou hij aanvaarden dat hij door de buitenechtelijke afkomst van Franz niet meer welkom zou zijn aan het Habsburgse keizerlijke hof en in vele adellijke huizen.'

Ze ademt weer diep in en probeert het trillen in haar stem te bedwingen. 'Hij heeft zijn hele bestaan aan de voeten gelegd van Franz, die nooit een liefdevolle vader heeft gekend. De enige voorwaarde was...' Haar stem stokt.

'... dat hij van jou zou scheiden. Dat heb je me geschreven, maar ik hoopte...'

'Je hoopte dat Franz zich toch nog zou hebben bedacht.' Nu maakt Irene de zin van Josef af. 'De graaf heeft wel nog tweemaal geprobeerd hem over te halen. En heeft zelfs mijn schoonmoeder Pauline per brief om steun verzocht. Dat heeft ze geweigerd, net zoals Franz heeft geweigerd te scheiden.' Er biggelt een traan over haar wang die ze ongeduldig wegveegt. 'Daarom kom ik niet meer naar Frankenthal. Dat had ik al voor je reactie van net besloten, maar je gedrag sterkt me in die beslissing. Je lijkt maar niet te kunnen aanvaarden dat ik je niet meer dan mijn vriendschap te bieden heb. Ook daarom is het beter dat ik niet meer kom.'

'Irene! Vergeef een oude domoor zoals ik! Je hebt gelijk, ik had je beloofd me erbij neer te leggen dat ik je niet meer kan terugwinnen. In plaats daarvan ben ik toch weer ijdele hoop gaan koesteren.'

'Dat Franz zich toch nog van me afkeert?'

Josef knikt zwijgend.

'Dan zeg ik je nog een keer dat dat niet gaat gebeuren. We hebben eindelijk de verstandhouding in ons huwelijk hersteld. En ik ben heel blij dat Franz weer vaker thuis zal zijn, vooral omdat hij míj toch toestaat mijn gespreksgroepen te behouden. Op dit moment zit hij ook niet in Berlijn, maar in Schweighofen, en liet hij me toch vertrekken.'

Ze steekt haar hand op omdat de uitdrukking op zijn gezicht haar duidelijk maakt wat hij wil zeggen. 'Naar Oggersheim, denkt hij. Maar je hebt, zoals ik net al zei, gelijk. Echtgenoten horen geen geheimen voor elkaar te hebben. Daarom draag ik vanavond de leiding van de vrouwengroep in Frankenthal aan Gertrud over. Ik hoop dat ze daartoe bereid is, in elk geval tot Irmgard Fischer uit de gevangenis wordt ontslagen.'

Nog voor Josef iets kan zeggen, wordt er hard op de deur geklopt.

'Wie kan dat zijn?' Irene kijkt geïrriteerd op haar klokje. 'De bijeenkomst begint toch pas over een half uur.'

Ze horen Gitta naar de deur lopen. Meteen daarna klinkt haar gesmoorde kreet.

Zware laarzen stompen door de keuken richting de werkkamer waar Irene en Josef zitten. *Het communistisch manifest* van Karl Marx, waarin Irene had zitten lezen voor de komst van Josef, ligt nog op het tafeltje waaraan ze zitten.

Drie politieagenten in uniform en met punthelm komen de kamer binnen. 'Sta me toe me voor te stellen. Mijn naam is Hentges,' begroet de hoofdagent hen stijf. 'Ons is ter ore gekomen dat deze woning wordt gebruikt voor conspiratieve bijeenkomsten van socialisten.' Hij haalt een verfomfaaid papier uit zijn jas. 'Identificeert u zich alstublieft!'

Het wijngoed bij Schweighofen

28 juni 1879, dezelfde avond

'Slaapwel, jongen, droom zacht!' Liefdevol buigt Franz zich naar zijn zoontje toe en drukt een kus op zijn wang. 'Morgen is mama ook weer thuis!'

'Ik verheug me er al op,' mompelt Fränzel al half in slaap. 'Ik vind het leuk als jullie samen thuis zijn!'

Franz voelt een kleine steek. Ook hij vindt het fijn dat hij eindelijk weer genoeg tijd voor zijn kinderen heeft. Met de tweelingzusjes heeft hij in de late namiddag een poppenhuis in elkaar geknutseld en er goed op gelet Sophia, de onhandigste van beiden in dit soort dingen, niet te benadelen. En Fränzel en hij hebben nog een uur met de trein gespeeld nadat de meisjes al waren gaan slapen. Zelf heeft hij in de afgelopen maanden in Berlijn zijn familie voortdurend gemist. Nu beseft hij dat dat voor zijn kinderen niet anders was en dat maakt hem blij, maar roept ook schuldgevoelens op.

In de salon schenkt hij zich een glas cognac in en bewondert hij van op het balkon de zonsondergang. Pauline neemt met mevrouw Burger huishoudelijke zaken door en zal zich later bij hem voegen. Dit geeft hem alle tijd om over de voorbije weken na te denken.

Op 23 juni heeft de partij eindelijk haar doel bereikt. Met een duidelijke meerderheid heeft het parlement de wet goedgekeurd die de Elzas meer rechten en vrijheden biedt, al staat het rijksland nog lang niet op gelijke voet met de andere Duitse deelstaten.

'Maar het is een goed begin,' had Carl August Schneegans over de stemming gezegd. Nu speelt de kwestie of hij en andere autonomisten de hogere bestuursfuncties in het toekomstige ministerie voor Elzas-Lotharingen in Straatsburg, die hun al in het vooruitzicht zijn gesteld, zullen aanvaarden.

Franz heeft meteen duidelijk gemaakt dat hij totaal geen interesse heeft in zo'n functie. Zijn liefde voor zijn geboorteland gaat niet zo ver dat hij er zijn werk in de wijnhandel en vooral zijn familie permanent voor opzij wil schuiven. Anderen moeten nu maar de belangen van het rijksland behartigen. Hij heeft zijn deel gedaan, en zelfs meer dan zijn collega-vertegenwoordigers beseffen.

Het dreigement van Kegelmann had als het zwaard van Damocles boven zijn hoofd en het politieke doel van de autonomisten gehangen, toen hij kort na zijn bewogen verblijf in Berlijn in mei naar Schweighofen was teruggekeerd. En alsof de duivel ermee speelde kon hij eerst de kwitantie waarmee Kegelmann had bevestigd vijfduizend gulden te hebben ontvangen van wijlen zijn pleegvader Wilhelm voor het vernietigen van alle Franse identiteitsdocumenten van Franz en de afgifte van vervalste Beierse documenten, niet vinden.

Hij was begonnen in het zakelijke archief in het kantoor van Weissenburg. Toen hij de kwitantie niet kon vinden tussen de documenten van 1871 doorzocht hij systematisch alle documenten van de voorafgaande en latere jaren. Tevergeefs.

Ook in de kratten met de persoonlijke bezittingen van Wilhelm die in in Altenstadt worden bewaard, ving hij bot. Hij ging zelfs denken dat Ottilie de kisten had doorzocht en de kwitantie had meegenomen, maar bedacht toen dat ze het document al lang zou hebben gebruikt om hem te chanteren of publiekelijk schade te berokkenen en had de gedachte laten varen.

Badend in het zweet was hij op een nacht wakker geschrokken uit een nachtmerrie waarin Ottilie de kwitantie had gevonden en aan Kegelmann had overhandigd. Zou die schoft daarom zo zeker zijn van zijn zaak? De vele hoofdbrekens die hem dit hadden bezorgd, hadden niets opgeleverd. Hij vroeg zich ook af of Kegelmann de klacht van zijn tante in 1872 gewoon had gevonden tussen de papieren. Of zou hij haar persoonlijk in Altenstadt hebben opgezocht? Het was duidelijk dat hij op zijn minst in de prefectuur van Weissenburg was geweest. Hoe wist hij anders van die klacht? Maar had hij ook niet gezegd dat die dame die de klacht had ingediend nog leefde?

Niemann, die hij daar op een onbewaakt moment over had aangesproken, had hem verteld dat een onbekende heer zich 'ergens in het voorjaar' bij het landhuis had aangediend en ontvangen was. Kegelmann beantwoordde precies aan de beschrijving die Niemann gaf.

'Er is hier ook een dame uit Potsdam geweest,' had de knecht er nog totaal onverwacht aan toegevoegd. 'Een oude schoolvriendin van waarde uw moeder.'

Pauline kon zich echter geen vriendin herinneren die bij Niemanns beschrijving en later ook die van Mathilde en Ottilie paste toen zijn moeder hen hier bij een bezoek aan Altenstadt natuurlijk naar had gevraagd. Op dat moment had Franz daar niets van gemaakt en was hij het bij zijn zoektocht naar de kwitantie meteen vergeten.

Ten langen leste bracht Irene hem op het spoor van het verloren document. 'Waar bewaar je eigenlijk je persoonlijke herinneringen aan jouw... of eigenlijk mijn vader?' had ze op een avond die ze met een glas wijn op het balkon doorbrachten gevraagd.

'Bedoel je de cadeaus die ik van hem heb gekregen? Die manchetknopen bijvoorbeeld die hij me voor mijn eenentwintigste verjaardag heeft gegeven?'

De meeste geschenken van Wilhelm had hij na de onthulling van diens intriges waar zowel Irene alsook Pauline het slachtoffer van waren geworden, weggegeven. Maar de manchetknoppen waren bezet met stukjes diamant die zijn initialen vormden en dus onbruikbaar voor iemand anders. Ze zijn ook flink wat waard en hoewel het al jaren goed gaat met het bedrijf vormen ze met enkele andere waardevolle zaken van zijn vader een spaarpotje voor noodgevallen.

Franz sloeg zich op het voorhoofd. 'Irene, je bent een engel! Die kwitantie zou wel eens tussen Wilhelms brieven aan mij kunnen zitten die ik samen met de sieraden hier in Schweighofen bewaar, in dat ebbenhouten kistje achteraan in mijn kleerkast.'

Niet veel later werd Franz overspoeld door de verbijsterend pijnlijke herinneringen aan de man die hij zijn hele jeugd en kindertijd voor zijn vader had gehouden. Wilhelm had hem niet vaak geschreven en de brieven bevatten meer vermaningen dan bewijzen van zijn genegenheid. Toch had Franz het respectloos gevonden om de brieven na Wilhelms dood te vernietigen.

'Hij was nu eenmaal de enige vader die ik had,' legde hij uit aan Irene nadat hij Kegelmanns kwitantie tot zijn oneindige opluchting in het kistje had gevonden. 'En het heeft er alle schijn van dat er geen vervanger zal komen.' Hij slikte.

Irene had zich tegen hem aan gevlijd. 'Ik wou dat je echte vader dit offer niet van je zou verlangen!' Haar donkerblauwe ogen weerspiegelden haar liefde voor hem met een intensiteit die hij in de laatste gespannen maanden van hun huwelijk niet meer had gevoeld. De liefdesnacht die ze vervolgens samen hadden doorgebracht was de meest hartstochtelijke sinds lang.

Irene! Niet alleen de kinderen verlangen naar je, maar ik ook. Ik wou dat je op deze zwoele zomeravond hier bij me was, verzucht Franz terwijl hij zijn blik over het lieflijke landschap van het wijngoed laat dwalen.

Maar hoewel Franz met de gedachte speelt zijn aanwezigheid in Berlijn tot een minimum te beperken of sowieso zijn mandaat voortijdig neer te leggen, heeft Irene hem voorzichtig, maar onmiskenbaar duidelijk gemaakt dat ze haar strijd voor de rechten van vrouwen niet wil opgeven.

Om het onaangename gevoel dat deze gedachte bij hem oproept van zich af te zetten, dwingt Franz zichzelf weer terug te denken aan de scène die zich in mei in Berlijn had afgespeeld bij zijn laatste ontmoeting met Kegelmann in de rijkskanselarij. Franz was de dag nadat hij de kwitantie had gevonden regelrecht naar het kantoor van monsieur Payet getrokken. Zijn juridisch adviseur had een gewaarmerkte kopie van het document gemaakt en bewaart sindsdien het origineel op zijn kantoor.

'Ik kom verslag uitbrengen over mijn vorderingen, mijnheer Kegelmann.' Zo had Franz het gesprek aangevat bij zijn bezoek dat in tegenstelling tot hun eerste treffen op tijd begon. De triomfantelijke uitdrukking in Kegelmanns lichtblauwe ogen had eerst plaatsgemaakt voor verbazing en vervolgens voor verbijstering toen Franz de kwitantie over het bureau naar de man toe schoof.

'Hoe rijmt u het met uw eergevoel als ambtenaar dat u tijdens uw ambtstermijn in Weissenburg de documenten over mijn Franse nationaliteit hebt vervalst voor het niet onaanzienlijke bedrag van vijfduizend gulden?'

'U geeft uw misstappen dus toe?' Kegelmann doet nog een poging hier iets tegen in te brengen.

'Binnen deze vier muren beken ik dat mijn vader destijds buiten mijn weten om met u heeft onderhandeld om mijn Franse staatsburgerschap om te zetten in het Beierse. Zo wilde hij onder meer voorkomen dat ik bij mijn meerderjarigheid Fransman zou blijven, wat ik ook daadwerkelijk heb overwogen zoals u weet.'

'Er zijn talloze getuigen voor uw onvaderlandslievende gedrag. Een aantal van hen is zonder meer bereid verklaringen tegen u af te leggen.' Kegelmann bleef proberen hem weer iets op de mouw te spelden.

Franz waagt een schot voor de boeg en betaalt de ambtenaar met gelijke munt terug. 'Als u daarmee mijn tante Ottilie uit Altenstadt bedoelt, dan moet u weten dat ik haar al ter verantwoording heb geroepen.' Tevreden ziet hij Kegelmann nerveus met de ogen knipperen. 'Bij jullie gesprek heeft ze blijkbaar geen gewag gemaakt van het feit dat ze financieel volledig van mij afhankelijk is. Als ze tegen me getuigt, staat ze de volgende dag berooid op straat.' Franz' laatste zin was niet eens gelogen.

Terwijl Kegelmann nog naar woorden zocht, ging Franz verder. 'Ik geef u de keuze: uw voortijdige pensionering als impopulaire, maar eervolle ambtenaar van de rijkskanselarij en ongetwijfeld een mooi pensioen, of uw ontmaskering als een oplichter die zijn functie heeft misbruikt voor zelfverrijking.

Mijn advocaat, die het origineel van deze kwitantie bewaart, heeft me verzekerd dat u strafrechtelijk kunt worden vervolgd wanneer deze zaak in de openbaarheid komt. Vooral omdat dit niet uw enige faux pas lijkt te zijn.' Te oordelen naar de uitdrukking op het gezicht van de ambtenaar was dat opnieuw een schot in de roos. 'En zelfs als de zaak in de doofpot wordt gestopt, zal het u hoe dan ook uw recht op een pensioen kosten.'

Kegelmann had uiteindelijk bakzeil gehaald en de autonomisten hadden ver voor het einde van de huidige legislatuur in januari 1881, hun doel bereikt.

En Franz had nu dus gelukkig en tevreden kunnen zijn, ware het niet voor de kwestie van een adellijke vader. Slechts een paar dagen geleden heeft hij de graaf nogmaals ontmoet in Berlijn.

'Aan het eind van de maand verlaat ik de hoofdstad,' had zijn vader hem verteld. 'En ik vraag je nogmaals je afwijzing te heroverwegen.' Als vanzelfsprekend bleef hij Franz tutoyeren zoals hij dat ook al aan het einde van hun vorige gesprek had gedaan.

'Ik laat me niet van Irene scheiden. Daar is niets aan veranderd. Mijn moeder heeft u dat ook al laten weten.' Franz weet dat dat de graaf Pauline heeft geschreven.

De pijn stond in diens ogen te lezen. 'Dan kan ik voorlopig niets doen. Ik heb nog een keer tevergeefs geprobeerd mijn broer Maximilian op andere gedachten te brengen, maar hij houdt vast aan de eis dat je overeenkomstig je stand trouwt als hij je in de familie opneemt.'

'Ik heb in dat verband nog twee vragen voor u.' De graaf was ineengekrompen bij die formele aanspreking. 'Hoe weet u eigenlijk iets over de afkomst van mijn vrouw? En waarom zou ik als gescheiden man een welkome partij zijn voor een hoogedele freule in uw land?'

'Veel edelmannen zijn in hun jeugd mesalliances aangegaan en hebben die later ongedaan gemaakt. Enkelen zijn getrouwd met een actrice, een van hen zelfs met zijn kokkin. En ik heb je al gezegd dat je niet moet rekenen op de beste match, maar met ons fortuin en de veelheid aan vooral jongere dochters die men onder de pannen wil brengen, moet je de aantrekkingskracht van een gescheiden majoraatsheer zeker niet onderschatten.'

'Kreupel als ik ben?'

De graaf zuchtte. 'Oostenrijk heeft in de laatste decennia zo mogelijk nog meer oorlogen gevoerd dan de Pruisen. Menig officier heeft er verwondingen aan overgehouden.' Net als in Pruisen stammen veel officieren in het Habsburgse leger uit de adel. Burgers worden uit die rangen geweerd.

'En dan komen we terug bij de vraag over de afkomst van mijn vrouw.'

'Ik heb wat inlichtingen ingewonnen,' had zijn vader vaag geantwoord.

'Hoe en bij wie precies?' Franz dacht meteen aan de mysterieuze vrouw die een bezoek had gebracht als Altenstadt.

'Dat doet hier niet ter zake. Of bestrijdt u de juistheid van die informatie?'

Franz was even in de verleiding geweest de ware afkomst van Irene te onthullen. Maar wat had dat voor nut? Dat zou eenieders reputatie schaden. Hoe zou de graaf dát moeten uitleggen aan zijn broer? Dat Irene de buitenechtelijke dochter van mijn pleegvader en de zuster van zijn eigen schoonzus is? De vrucht van een verkrachting?

De graaf interpreteerde Franz' korte innerlijke strijd verkeerd. 'Twijfel je toch nog aan je beslissing?'

'Nee, vader!' Franz schudde heftig het hoofd en beet op zijn lip. 'Nee, mijnheer von Sterenberg. Mijn besluit staat vast.'

Nu moet hij alleen Ottilie en mogelijk ook Mathilde nog confronteren met hun slinkse gedrag. Franz weet zeker dat zowel Kegelmann als de contactpersoon van de graaf die twee in Altenstadt hebben gesproken.

Maar dat kan wachten tot Irene weer thuis is. Dat gesprek loopt niet weg.

Het huis van Josef in Frankenthal

28 juni 1879, dezelfde avond, even later

'En dan kom ik nu bij u, mevrouw.' De hoofdagent met de lange, tot onder zijn kin afhangende snor benadrukt minachtend het laatste woord. Hij controleert Irenes documenten nog een keer.

Ze zit aan de tafel in Josefs keuken; Gitta zit bibberend in een hoekje. 'U heet dus Irene Gerban en beweert de echtgenote te zijn van een lid van de Rijksdag?' Hij herhaalt de woorden waarmee Irene zich een half uur geleden heeft voorgesteld. Kennelijk gelooft hij er niets van.

Het hart van Irene klopt in haar keel. Ze probeert kalm te blijven. 'Dat klopt.'

'En hoe verklaart u uw aanwezigheid hier in de woning van een bekend subversief element dat daarvoor al veroordeeld is en nu opnieuw schuldig blijkt te zijn aan illegale activiteiten?'

De agenten hebben voor het verhoor van Irene de woning van Josef doorzocht en alle inmiddels verboden boeken en tijdschriften die hij uit het kantoor van de arbeidersvereniging had meegebracht gevonden en in de zijkamer op een stapel gelegd.

'Ik leer arbeidsters naaien met een machine.'

De agent vertrekt spottend zijn mond. 'U, de echtgenote van een volksvertegenwoordiger, geeft naailessen. En dat zo ver van huis? Dat klinkt me toch heel vreemd in de oren. Kunt u de toestemming van uw man voor deze activiteit voorleggen?'

Toestemming? Het is niet in Irenes hoofd opgekomen Franz zo'n document te laten opstellen. Ze weet weliswaar dat gehuwde vrouwen voor alle activiteiten buitenshuis de toestemming van hun echtgenoot nodig hebben, maar na zijn akkoord om de vrouwengroepen te mogen blijven leiden, had ze een dergelijk document overbodig geacht. Met afschuw beseft ze hoe ongeloofwaardig haar uitleg op de hoofdagent moet overkomen en hoe doorzichtig de dekmantel van een naaicursus is in het licht van haar huidige sociale status.

De agent, een oudere man met vermoedelijk tientallen jaren beroepservaring, heeft natuurlijk in de gaten hoe onzeker ze is. 'Ik geloof u niet, mevrouw Gerban,' zegt hij onomwonden. 'Of u bent hier in het huis van een alleenstaande man voor een ontuchtige relatie of voor een onbetamelijke subversieve activiteit. Of vanwege beide!'

'Ik word vergezeld door mijn kamenier!' Irene probeert toch minstens zijn eerste verdachtmaking met zwakke stem te ontkrachten.

De agent snuift en steekt zijn hand uit. 'Geef mij uw handtas!' In een reflex houdt Irene de tas krampachtig vast.

'Ik kan die ook met geweld van u afpakken,' dreigt de man. Gelaten overhandigt Irene hem haar tas.

Natuurlijk vindt de agent onmiddellijk het boek van Bebel. 'Aha! *De vrouw en het socialisme!* Nog een verboden boek!' stelt hij triomfantelijk vast. 'Is dit ook eigendom van uw min... van deze mijnheer Hartmann?'

'Ik heb haar dat boek geleend!' roept Josef uit zijn werkkamer. Hij heeft al meteen toegegeven dat alle verboden boeken, tijdschriften en pamfletten die men in zijn kast heeft gevonden zijn eigendom zijn. Op dit moment zit hij daar al als arrestant met zijn handen vastgebonden terwijl twee ondergeschikten het verdachte materiaal bundelen.

Gelukkig is er geen enkele vrouw op de afgesproken tijd bij het huis verschenen. Voor het huis van Josef staat duidelijk zichtbaar voor iedereen een gevangeniswagen met getraliede ramen. Kennelijk waren de agenten al voor de huiszoeking zeker van hun zaak geweest.

'Dat klopt.' Irene grijpt de strohalm die Josef haar onzelfzuchtig aanbiedt.

Ze weet dat hij niet meer te redden is en dat ook haar eigen lot aan een zijden draadje hangt. Als ze me aanhouden, komt alles uit. Franz zal alles te weten komen. Hoe zal hij reageren? Niet voor het eerst dit laatste uur dreigt de paniek haar te overvallen.

'O, ja?' De hoofdagent slaat het boek open.

'Voor mijn lieve kameraad Irene.' Luidop leest hij de opdracht die Bebel in februari in het boek heeft geschreven. 'Als erkenning voor haar onvermoeibare inzet voor de socialistische doelen en vrouwenrechten.'

Hij kijkt Irene strak aan met zijn priemende grijze ogen.

'Behoren naaicursussen voor arbeidsters ook tot de "socialistische doelen" van de verboden beweging?' De minachting druipt van zijn stem af. 'Ik wist niet eens dat de heren sociaaldemocraten zich met vrouwenrommel bezighielden.'

Irene kan geen woord uitbrengen. Ze zit als aan de grond genageld en de gevreesde woorden van de agent hoort ze van heel ver weg; het is alsof ze watten in haar oren heeft.

'Ik moet ook u aanhouden en mee naar het bureau nemen, mevrouw Gerban. En natuurlijk moeten we ook onmiddellijk uw man op de hoogte stellen. Zelfs als hij tegen alle verwachtingen in bevestigt dat hij akkoord ging met uw verblijf hier in Frankenthal, heeft hij zijn verplichting om toezicht te houden op onverantwoorde wijze verzuimd. Dat blijkt wel uit dat subversieve boekje dat u bij zich hebt. Ook als hij weet dat u hier bent, zal hij me dunkt niet weten wat u achter zijn rug aan het doen bent.'

Hij strijkt over zijn afhangende knevel. 'Daar verwed ik mijn snor op. En die, waarde mevrouw, is me zeer dierbaar!'

17

Politiebureau Frankenthal

30 juni 1879, twee dagen later

Franz stapt uit de huurkoets die hem van het station van Frankenthal naar het politiebureau van de stad heeft gebracht en balt zijn vuisten. Sinds de dag dat hij vernomen had dat hij bij de Slag van Bazeilles, bij Sedan, zijn linkerbeen was verloren, had hij zich niet meer zo ellendig gevoeld.

Vandaag staat zijn huwelijk op het spel, zijn vurige liefde voor Irene die hem kennelijk schaamteloos bedrogen heeft. De afgelopen slapeloze nacht heeft Franz meer dan eens gewenst dat hij ook zijn rechterbeen kon inruilen tegen de onbezorgde liefde voor Irene.

Zit in gevangenis Frankenthal – stop – zaterdagavond aangehouden – stop – kan misschien op borg vrijkomen – stop – vraag je dringend om hulp – stop – Irene. Steeds weer gonzen de woorden van het telegram dat zondagavond per koerier in Schweighofen was bezorgd als een zwerm insecten door zijn hoofd.

Dat moment was voorafgegaan door uren van wachten en onwetendheid.

Vol verwachting naar hun weerzien had hij zich zondag met de drie kinderen in de landauer naar Weissenburg laten rijden om Irene en haar kamenier Gitta bij het station op te halen. Maar ze zaten niet in de trein die rond één uur het station was binnengereden.

'Mama zal de trein gemist hebben en met de volgende komen.' Franz had zijn teleurgestelde kroost gerustgesteld en met suikerspinnen en rondjes op de draaimolen waren ze algauw weer hun vrolijke zelf. Ze joelden van plezier om de fratsen van een clown met een dikke rode neus in een bontgekleurd pak. Hoewel ze de kleine jaarmarkt met beide ouders zouden bezoeken, misten ze hun moeder maar sporadisch.

Franz' slechte gevoel tijdens de drie uur wachten tot de aankomst van de volgende trein sloeg om in diepe bezorgdheid toen Irene en Gitta ook niet op deze trein zaten. Hij was bang dat hun iets ernstigs was overkomen, maar probeerde voor de dreinende kinderen zijn kalmte te bewaren om hen ook niet ongerust te maken. Aangezien de laatste trein pas laat op de avond zou aankomen, was hij met de kinderen terug naar Schweighofen gereden waar zijn inmiddels ook zeer bezorgde moeder hen voortijdig naar bed had gebracht.

'Heb jij een verklaring voor de afwezigheid van Irene?' Franz hield zijn wijnglas dat hij al een paar keer had bijgevuld zo stevig vast dat de tere steel dreigde te breken. Er gleed een ondefinieerbare uitdrukking over het gezicht van Pauline, maar ze schudde het hoofd.

Hierdoor geattendeerd drong Franz aan. 'Maman, je vermoedt iets! Ik zie het aan je gezicht.'

'Ik weet niet meer dan jij, Franz. Irene wilde ditmaal haar gespreksgroepen in Lambrecht en Oggersheim combineren omdat ze er al lang niet meer was geweest. Landau had ze laten vallen om niet nog langer van huis te zijn nu jij in Schweighofen bent. Vrijdagavond had ze de ontmoeting in Lambrecht en zaterdagochtend wilde ze verder reizen naar Oggersheim en de bijeenkomst vroeg op de avond houden om dan zondagochtend huiswaarts te keren. Zo heeft ze het mij uitgelegd.'

Ze zaten al een het avondmaal, waarbij ze eerder wat in hun bord zaten te prikken dan dat ze iets aten, toen opeens mevrouw Burger binnenkwam. 'Een bode heeft net dit telegram gebracht, mijnheer Gerban. Het schijnt van uw vrouw te zijn.'

Franz scheurde het papier bijna doormidden toen hij het haastig opende. Als versteend las hij het bericht van Irene. Alle kracht vloeide uit zijn lichaam, zijn hand met het telegram viel op de tafel en stootte het wijnglas om.

Terwijl mevrouw Burger de schade probeerde te beperken en de rode wijn die over de tafel liep en over de rand op het tapijt druppelde met een servet op te vegen, griste Pauline het telegram uit de hand van Franz. Ook haar gezicht vertrok van ontzetting.

'Ze heeft het dus toch weer gedaan.' Langzaam waren de woorden van Pauline tot Franz doorgedrongen.

'Wat weer gedaan, maman?'

Pauline ademde hoorbaar in. 'Ik kan er alleen maar naar raden, Franz. Maar als Irene in Frankenthal is aangehouden moet ze daar weer een ontmoeting hebben gehad met August Bebel of andere socialisten. Kennelijk conspiratief en dus illegaal, of ze hebben verboden geschriften bij haar gevonden.'

'Zit ze in Frankenthal?' Franz had het gevoel dat de grond onder zijn voeten wegzonk. 'Bij Josef Hartmann? En dat niet voor het eerst?'

'Ze had me beloofd dat het niet meer zou gebeuren, Franz, en ik geloofde haar.'

Haar ogen vulden zich met tranen toen ze de woede in de ogen van haar zoon zag. Zonder verdere aansporing vertelde ze over Irenes bedrog in oktober vorig jaar toen ze voor het eerst had voorgewend de zieke Minna in de Taunus te bezoeken terwijl haar werkelijke doel Frankenthal was.

'Dit is dus minstens de derde keer dat Irene ons vertrouwen beschaamt en jou en mij over haar ware bestemming beliegt en bedriegt.' De keel van Franz voelde aan als schuurpapier. Hij greep de karaf rode wijn en nam er rechtstreeks een slok uit. Mevrouw Burger had de eetkamer al lang weer discreet verlaten met het gebroken glas.

'Was ze in februari ook in Frankenthal in plaats van in Oggersheim, zoals ze beweerde?'

Pauline knikte zwijgend.

'En wellicht ook alle andere keren dat ze heeft voorgewend ergens anders te zijn!' Het leek alsof zijn keel werd dichtgeknepen. 'Hoe heb ik me zo in haar kunnen vergissen?'

Pauline greep zijn hand. 'Ze heeft me gezworen dat er niets is gebeurd tussen haar en die Hartmann.'

Franz lachte spottend. 'En dat moet ik geloven? Geloof jij het?'

Pauline trok hulpeloos haar schouders op. 'Ik weet ook niet meer wat ik moet denken. Jullie moeten met elkaar praten, Franz. Misschien is er wel een onschuldige verklaring voor dit alles.'

'Een onschuldige verklaring!' herhaalde Franz. 'Die wil ik dan wel eens horen.'

Hij moest denken aan het laatste gesprek met de graaf.

'Als Irene me met Josef Hartmann heeft bedrogen, scheid ik van haar en neem ik het aanbod van mijn vader om mij als zijn zoon te erkennen aan.'

Nu loopt Franz de trap op van het troosteloze grijze gebouw waarin het politiebureau is gehuisvest. Ondanks de onnoemelijke pijn die hij die nacht heeft geleden, staat zijn besluit vast.

Irene schrikt als de sleutel in de deur van haar cel wordt omgedraaid. Voor haar staat haar onaangeroerde middagmaal. Ze hoopt en vreest tegelijkertijd dat Franz is gearriveerd en de bewaakster die speciaal voor haar uit de vrouwengevangenis van Ludwigshafen is gehaald, niet alleen haar bord komt afruimen.

Die ochtend was ze voorgeleid aan een rechter van instructie die een borg van duizend mark had geëist voor haar voorlopige vrijlating. Josef op zijn beurt zal morgen naar Ludwigshafen worden overgebracht om daar zijn proces af te wachten.

'Uw man is aangekomen.' De bewaakster met het strak in een knotje samengebonden grijze haar brengt Irene de door haar gewenste, maar ook gevreesde boodschap. Haar hart gaat als een bezetene tekeer.

De vrouw leidt Irene naar een kleine spreekkamer waar, net als in haar kleine cel, slechts het meest noodzakelijke meubilair staat en het licht alleen door een klein getralied venster naar binnen valt. Franz zit al aan de gehavende tafel op een van de twee stoelen waarvan de leuning pijnlijk in haar rug snijdt, merkt Irene zodra ze zelf tegenover Franz gaat zitten.

'U hebt een kwartier de tijd!' Met die woorden verlaat de bewaakster de ruimte en draait ze de deur achter zich op slot.

Irene, die de afgelopen nacht ook nauwelijks een oog heeft dichtgedaan, is aangedaan door Franz' ellendige verschijning. Er liggen diepe schaduwen onder zijn ogen en zijn lippen zijn gebarsten alsof hij er continu op heeft gebeten.

Ze wil hem deemoedig om vergeving vragen als zijn grove woorden haar de mond snoeren.

'Nu zit je dus in een gevangeniscel als een hoer of een tassendief,' opent Franz het gesprek zonder haar te begroeten. 'Of in het beste geval als de oplichtster die ze dachten dat je was. Niemand op dit politiebureau geloofde dat je de vrouw was van een vermogende wijnhandelaar die bovendien ook in de Rijksdag zetelt,' voegt hij er grimmig aan toe als hij haar niet-begrijpende blik opvangt. 'Dat hoorde ik van de agent die me net te woord heeft gestaan.'

Irenes gemoed verhardt nu ook. 'Goed dat je hier bent om dat op te helderen,' antwoordt ze snibbig.

Franz glimlacht cynisch. 'Wat moet ik anders doen! Mijn reputatie heb je in elk geval al om zeep geholpen!'

Hij gooit een krant op de tafel. 'Deze heb ik op het station van Frankenthal gekocht. Het is weliswaar een plaatselijk blad, maar de kranten zullen zich als wolven op het nieuws storten dat je mijn eer en die van de hele familie door het slijk hebt gehaald zodra bekend raakt dat je echt de vrouw van de wijnhandelaar bent zoals je aan de politie hebt verteld, en zelfs moet voorkomen.'

Irene grijpt naar de krant die kopt: 'Vakbondsleider in Frankenthal gearresteerd voor subversieve activiteiten'. Daaronder staan nog twee regels in een kleinere letter: 'Ook onbekende vrouw, van wie de identiteit nog moet worden geverifieerd, aangehouden.' Irene bijt op haar lip. 'Ik heb niets verkeerds gedaan.'

'Volgens jouw wereldbeeld misschien niet, maar in Duitsland hebben we wetten die goed en fout regelen.'

'En wat verwijt je me? Of de wet waar je naar verwijst?'

'Wat je precies deed op die vrouwenbijeenkomsten onder het mom van naaicursussen valt tot jouw en mijn geluk niet te bewijzen. Van Lambrecht en Landau weten ze hier niets en wie in Frankenthal aan deze vermeende cursussen deelnam zal niet te achterhalen zijn als jij noch Hartmann dat prijsgeeft. Maar dat ze dat verboden boek van Bebel in jouw handtas hebben gevonden kan niet meer ongedaan gemaakt worden. Het bewijst net zo goed als je contacten met verdacht geachte mensen zoals Josef Hartmann, August Bebel of Wilhelm Liebknecht, dat je sympathiseert met het socialistische gedachtegoed. Omdat de geheime politie Bebel en Liebknecht hardnekkig op de hielen zit, wisten ze van jullie ontmoeting op vrijdagavond in het huis van Hartmann.'

Irene voelt zich steeds meer in het nauw gedreven. 'Dat zijn legitiem verkozen parlementsleden, net zoals jij!'

'En dus zal vooral Hartmann boeten voor jullie subversieve ontmoeting. Hem hangt wellicht een jarenlange gevangenisstraf boven het hoofd voor al die verboden lectuur die hij thuis verzameld had.'

Irene trekt een pijnlijk gezicht. Woedend als hij is, interpreteert Franz het verkeerd.

'Ja, je vindt het natuurlijk erg dat je minnaar achter de tralies verdwijnt!'

Bitterheid over Franz' ongegronde jaloezie die aan de basis ligt van deze fatale situatie maakt zich van haar meester en verdringt elke behoefte zich met hem te verzoenen of hem zelfs maar om vergiffenis te vragen. 'Josef is mijn minnaar niet, maar hij heeft meer eergevoel dan jij!'

Opnieuw glimlacht Franz cynisch. 'Daar heb je gelijk in, liefste. Ik heb ten gunste van jou verklaard dat ik op de hoogte was van de naaicursus en je toestemming heb gegeven. In de ogen van de plaatselijke autoriteiten ben ik een onnozele dwaas. En dat kan ik nog verdragen, omdat het gewoon waar is.' Hij houdt zijn hand op om een reactie van Irene tegen te houden.

'Erger vond ik echter wat niet uitgesproken werd, maar in het zelfvoldane lachje van de hoofdagent die jou heeft aangehouden tot uiting kwam. "De kreupele hoorndrager", moet de man hebben gedacht toen hij met me sprak. Die kan natuurlijk niet op tegen die flinke socialist! En ik hoorde hem gewoon denken: wat is dat voor een parlement met zulke vertegenwoordigers? Anarchisten die zich sociaaldemocraten noemen en aanslagen plegen op onze keizer, en slappe figuren die niet eens hun vrouw onder de duim kunnen houden.'

Irene voelt dat er iets in haar loskomt. 'Je lijkt je vader wel, die niet eens je vader was, maar de verkrachter van mijn moeder.' In haar stem klinkt zelfs in haar eigen oren grenzeloze verachting door.

Franz loopt rood aan. 'Besef je eigenlijk wat er zou zijn gebeurd als je escapades twee weken geleden aan het licht gekomen zouden zijn?' brult hij. 'Dan was ik niet alleen compleet voor schut gezet, maar zou onze Elzaswet geheid gesneuveld zijn!'

'En net als je pleegvader heb je alleen je eigen belang voor ogen. Je lijkt ontzettend op hem, ook al zijn jullie niet eens familie! Ook Wilhelm bekommerde zich nooit om Pauline, hij zorgde alleen voor zichzelf!' Ben ik het echt die deze vreselijke dingen zegt, gaat het door Irene heen. Ze heeft het gevoel alsof ze zich buiten zichzelf bevindt.

'En hoe moet het met mijn belangen die ooit ook de jouwe waren? Tellen die niet meer in ons huwelijk?' hoort ze zich desondanks doorgaan.

'Welke belangen bedoel je? Jouw liefdesrelatie met Josef? Wel, ik vrees dat je dat ook een tijd zal moeten missen!'

De woede en teleurstelling om Franz' beschuldigingen brengen haar aan het huilen. 'Ik heb geen relatie met Josef,' herhaalt ze voor de zoveelste keer. 'Nooit sinds je me bijna zes jaar geleden in deze stad hebt gevonden. Vraag het aan Gitta! Ze was altijd bij me in Frankenthal.'

'Zodra we weer in Schweighofen zijn, vliegt ze eruit. Een ontrouwe dienstmeid die de schanddaden van haar meesteres verzwijgt, duld ik niet in mijn huis!'

Irene is ziedend. 'Dat kun je niet maken! Ík moet me verantwoorden, niet mijn kamenier!'

'Mijn besluit staat vast! Ik zal de borg van duizend mark voor je betalen zodat ik je morgen mee naar huis kan nemen, maar je zult nog een nacht hier moeten blijven. Morgen moet ik in Frankenthal eerst een bank zoeken die me een wissel kan uitschrijven. Ware het niet voor de kinderen dan liet ik je misschien gewoon hier!'

Er gaat een steek door haar hart. De kinderen! In de cel heeft ze voortdurend aan hen gedacht. Wat bezielt haar nu dat zij in deze ruzie met Franz niet meer aan hen heeft gedacht?

'Juist vanwege de kinderen wil ik dat je met Josef praat, Franz!' smeekt ze hem. Dat idee is vannacht bij haar opgekomen. 'Josef zal bevestigen dat er tussen ons niets is gebeurd dat jou reden tot jaloezie zou kunnen geven.' Ze hoopt van ganser harte dat Josef naar waarheid zal antwoorden.

Franz wijst haar voorstel echter meteen af en kwetst haar opnieuw diep. 'Dat zou jou wel goed uitkomen, Irene. Jullie hebben dat vast afgesproken voor het geval ik erachter zou komen.'

Hij maakt een minachtend gebaar met zijn hand. 'Maar me met de toestemming van de hoofdagent ook nog eens laten voorliegen door de man die me hoorns heeft opgezet, wil ik mezelf besparen. Anders kan ik nooit meer in de spiegel kijken zonder van mezelf te walgen.'

Het wijngoed bij Schweighofen

Begin juli 1879, twee dagen later

'Waarom heb je niet van de gelegenheid gebruikgemaakt met Josef Hartmann te praten? Uit de lucht gegrepen verdachtmakingen helpen jou en Irene echt niet verder,' verwijt Pauline hem. 'En denk ook eens aan jullie kinderen! De meisjes zijn in elk geval helemaal overstuur omdat jullie zo lelijk doen tegen elkaar!'

'Irene heeft jou en mij bijna een jaar lang belogen! Ze is nooit in Oggersheim geweest; ze zat in Frankenthal. Waarom zou ze ons zo bedriegen als het niet om een relatie met Josef Hartmann ging?'

Pauline schudt droef het hoofd. 'Ik heb uitgebreid met Irene gepraat en geloof haar. Er is niets gebeurd waar jij je zorgen over hoeft te maken. Sterker nog, Irene heeft zelfs opgebiecht dat ze bij Hartmann verwachtingen had gewekt, maar dat ze hem nooit heeft aangemoedigd. Vlak voor hun arrestatie heeft ze hem nog eens heel duidelijk gezegd dat ze voor haar huwelijk koos en beslist had niet meer naar Frankenthal te gaan.'

'Ja, ja. Maak dat een ander wijs...' antwoordt Franz cynisch.

Pauline zucht. 'Ik heb ook met Gitta gesproken die nu de zondebok is voor jullie problemen. Ook zij heeft bevestigd dat ze nooit iets verdachts heeft opgemerkt.'

'Was het meisje er dan altijd bij?'

'Nee, maar Gitta is vaak vroeger gekomen dan Irene haar verwachtte omdat ze zich in de tijd had vergist. En er was nooit sprake van een heimelijk liefdesuurtje dat ze daarmee verstoorde. De bijeenkomsten in Frankenthal waren werkelijk vooral gesprekssessies met de vrouwengroep. Gitta heeft de deelneemsters vaak gezien toen ze Irene afhaalde.'

'Ze kan zoveel beweren. Het is geen bewijs.'

'Franz, beheers je nu toch eens!' Pauline wordt boos. 'Ook jij hebt geen enkel bewijs om je verdachtmakingen te staven. Gitta zit helemaal in de put. Ik weet zeker dat ze de waarheid spreekt. Gelukkig heeft Minna Leiser haar in Schweigen opgevangen nadat jij haar het huis uit hebt gezet.'

Franz voelt een sprankje hoop opkomen, maar vraagt dan toch: 'Waarom ben je zo zeker dat er geen andere man achter het verhaal van Irene schuilgaat?'

'Om dezelfde reden dat ik weet dat jij niet in Berlijn hebt gezeten om de bordelen af te schuimen of een minnares te bezoeken.'

'Wat?' Franz staat met zijn mond vol tanden.

'Mannen zijn binnen het huwelijk vaker ontrouw dan vrouwen. Daar kan ik over meepraten. Vertel, wat bracht jóú naar Berlijn?'

'Mijn mandaat natuurlijk! De belangen van Elzas-Lotharingen! Wat anders?'

'Louter positieve motieven waarvoor jij je had geëngageerd?'

'Natuurlijk. Iets anders veronderstellen is totaal absurd!'

'En waarom zou het bij Irene anders zijn? Waarom zou ze de bijeenkomsten met die vrouwen in Lambrecht, Landau én Frankenthal ook niet om puur politieke redenen hebben georganiseerd? Die vermaledijde socialistenwet heeft haar nog eens extra duidelijk gemaakt hoe belangrijk het is zich voor de belangen van arbeiders in te zetten. Dat weet jij goed genoeg!'

Franz voelt zijn verzet afnemen. 'Maar ze was niet in Oggersheim,' voert hij nog zwak aan.

'Ja, omdat haar activiteiten in Frankenthal, die ze lang voor jullie elkaar weer hadden gevonden had uitgebouwd, veruit het meeste potentieel boden. En in gevaar werden gebracht omdat de vakbondsleidster voor een onbedachte opmerking tot achttien maanden cel was veroordeeld.'

Ze ademt diep in. 'En omdat jij van begin af aan wantrouwend tegenover Hartmann stond en dat terwijl Irene de man heeft verlaten op dezelfde dag dat jij haar zes jaar geleden in zijn woning hebt opgezocht. Schend je nu ook niet haar vertrouwen door haar zonder de minste aanleiding oneerlijke motieven voor haar engagement toe te dichten?'

Pauline windt zich ontzettend op. Zo heeft Franz haar zelden meegemaakt.

'Weet je wat ik denk? Als Irene je zou willen verlaten zou ze dat openlijk doen in plaats van je stiekem te bedriegen.'

'In dat geval zou ze de kinderen verliezen!'

'Die jij haar dan zou ontnemen?' Pauline kijkt Franz strak aan.

Haar zoon geeft voorlopig geen antwoord.

'Als jullie zoveel van jullie kinderen houden als jullie beweren, sluit dan weer vrede met elkaar! Sophia en Klara hebben me al minstens drie keer gevraagd waarom Irene naar de schrijfkamer is verhuisd en daar slaapt. En als je echt zeker wilt weten of Josef Hartmann tevergeefs hoop heeft gekoesterd, praat dan met hem! Rijd naar Ludwigshafen en zoek hem op in de gevangenis!'

'Dat kan ik pas doen als het proces voorbij is. Voor die tijd zou het te veel opzien baren!'

Pauline verliest haar geduld. 'Weet je wat jij en Irene gemeen hebben? Jullie zijn allebei zo koppig als een ezel!'

Dat gezegd zijnde staat ze op en laat Franz met zijn tegenstrijdige gevoelens alleen achter in de salon.

Het wijngoed bij Schweighofen

Juli 1879

'Het spijt me oprecht wat er allemaal is gebeurd.' Irene heeft geen moeite met deze woorden, omdat ze het echt meent. Ze zitten de avond na het proces in de salon.

'Ik geef toe dat het verkeerd van me was om jou en Pauline voor te liegen. Het spijt me zo verschrikkelijk want ik wilde eigenlijk alleen voorkomen dat jou en mij iets zou overkomen. Ik heb alleen gelogen om de vrede in ons huwelijk te bewaren. Maar al is de leugen nog zo snel, de waarheid achterhaalt haar wel, luidt het spreekwoord niet voor niets. Daar moet ik nu de tol voor betalen en ik vraag je me te vergeven.'

Irenes proces in Ludwigshafen is dankzij het briljante optreden van monsieur Payet, de advocaat van de familie Gerban, goed voor haar afgelopen. Op verzoek van Payet was de zaak al op voorhand losgekoppeld van de aanklacht tegen Josef Hartmann en vandaag wegens gering belang afgehandeld met een boete van vijfhonderd mark.

Dat is allemaal te danken aan de ontlastende verklaring van Josef Hartmann, die volgende week bij zijn eigen proces op een veel strengere straf mag rekenen. Hij heeft zelfs meineed gepleegd door een beëdigde verklaring te ondertekenen die monsieur Payet tijdens een bezoek aan de gevangenis van Ludwigshafen met hem heeft opgesteld.

Daarin verklaart Josef dat Irene inderdaad alleen maar naailessen heeft gegeven in zijn huis. Ze heeft daarbij geen politieke agitatie gevoerd, maar liet zich alleen inspireren door haar voornemen het zware leven van arbeidsters te verlichten door hun deze vaardigheid bij te brengen.

Hij heeft haar aan August Bebel en Wilhelm Liebknecht voorgesteld toen de heren toevallig op bezoek waren in een van de weekends dat de naaicursus werd gegeven. Irene kende de socialisten alleen van naam. Dat is een van de weinige zaken die de waarheid dicht benaderen, tenminste wat Wilhelm Liebknecht betreft.

Josef herroept in de verklaring zijn bewering dat hij Irene het boek van Bebel had geleend en claimt dat Bebel Irene een van zijn boeken had gegeven op zijn, Josefs, initiatief tijdens hun ontmoeting in juni. Hij had Bebel destijds gevraagd er die misleidende opdracht in te schrijven in de hoop Irene op termijn voor zijn politieke activiteiten te kunnen winnen. Bij deze laatste leugen kwam het voor Irene goed uit dat Bebel de opdracht in februari niet van een datum had voorzien. Josef Hartmann heeft Payet ook gewillig de namen gegeven van twee arbeidsters die niet bekend zijn bij de autoriteiten en aan de groepssessies van Irene hebben deelgenomen. Ook deze vrouwen hebben zonder aarzelen een valse eed afgelegd over wat er werkelijk in de woning van Josef gebeurde.

Gitta, die op verzoek van Irene bij de waarheid bleef omdat ze het dienstmeisje niet verder in haar ellende wilde meesleuren, had die verklaringen aangevuld. De getuigenis van Gitta bleef zeer vaag en kwam erop neer dat ze niets had gemerkt van enige politieke activiteiten van Irene en geen idee had wat er in het boek van Bebel stond. Aangezien Gitta nooit bij de bijeenkomsten aanwezig was geweest en de woning van Josef altijd voor aanvang van de bijeenkomsten had verlaten strookte haar verhaal met de feiten. Dat ze uit haar gesprekken met Irene meer wist kwam zo niet aan bod.

Franz had het veel meer moeite gekost om op één lijn te gaan zitten met Payet. 'Ik moet dus niet alleen verklaren die ik toestemming heb gegeven voor de naaicursussen, maar ook dat ik niet wist dat Irene en Josef Hartmann af en toe alleen in de woning waren?' had hij verontwaardigd gebriest.

Monsieur Payet had zoals gewoonlijk kalm gereageerd. 'Als u uw vrouw een gevangenisstraf wilt besparen en vooral wilt vermijden dat er in het hele land over haar proces wordt geschreven, moet u de rechter een ander motief aanreiken voor haar tripjes naar Frankenthal dan haar zucht naar opruiing in de geest van de verboden sociaaldemocratische beweging. Dat de naaicursussen slechts een voorwendsel waren voor iets anders, zal men, ondanks de verklaringen van het tegendeel, wel vermoeden. Bovendien maakt het de verklaringen van Josef Hartmann ten gunste van uw vrouw aannemelijker. De rechter zal terecht aannemen dat hij uw vrouw wil beschermen zonder zijn ware beweegredenen prijs te geven.'

'Van welke beweegredenen gaat u dan uit?'

Dat was het enige moment dat monsieur Payet een beetje van zijn à propos raakte. 'Nu ja...'

Irene, die bij het gesprek aanwezig was, kon het niet langer aanzien.

'De rechter zal precies denken wat jij dacht, Franz. Dat Josef en ik een geheime relatie hadden. Maar dat is niet zo. Josef offert zich heel onbaatzuchtig voor mij op omdat hij zijn straf toch niet kan ontlopen. Maar mij wil hij beschermen tegen de gevolgen van mijn politieke activiteiten.'

'Ook als je wat Hartmann betreft de waarheid spreekt, sta ik voor de hele wereld voor schut als de bedrogen echtgenoot!' had Franz gebruld toen ze na die bespreking op het kantoor van monsieur Payet weer in de landauer naar Schweighofen reden.

Hulpeloos had Irene haar schouders opgetrokken. 'Dat weet ik en dat betreur ik verschrikkelijk, Franz.' Ze wilde zijn hand pakken, maar die trok hij meteen terug. Hij bleef wrokken.

Maar de strategie van monsieur Payet heeft zijn vruchten afgeworpen. Vandaag hadden alleen hij en zijn cliënten Franz en Irene voor de rechter in Ludwigshafen, een strenge oude man met een stoffige pruik en een sjofele toga, gestaan. Als de informatie van Payet klopte kreeg de man, die in het verleden een aantal flagrante beoordelingsfouten had gemaakt, alleen kleine zaken toegewezen.

En na een kort verhoor van Irene was het proces uitgelopen op een morele les aan het adres van Franz. 'Deze zaak, mijnheer Gerban, bewijst eens te meer dat een wijze echtgenoot zijn vrouw voortdurend in de gaten moet houden. Vrouwen zijn slechts met beperkte geestesgaven begiftigd en kunnen de gevolgen van hun daden zonder hulp van een man niet overzien.'

Irene had woedend op haar lip gebeten, maar niets gezegd.

'Ook moet er streng worden toegezien op de deugdzaamheid van vooral jonge vrouwen.' De rechter werd iets explicieter. 'Ze vallen maar al te gemakkelijk voor de charmes van een windbuil zoals deze Josef Hartmann er ongetwijfeld een is.' Hij had Franz strak aangekeken over de rand van zijn smerige brillenglazen. 'Neemt u dat alstublieft ter harte!'

'Dat zal mijn cliënt zeker doen, edelachtbare. Ik dank u voor uw duidelijke woorden. Ze zullen hun uitwerking niet missen.' Monsieur Payet had het rood aangelopen gezicht van Franz goed ingeschat en vermeed zo een brutale uithaal.

'Dan laat ik genade voor recht gelden en houd ik het bij een geldboete van vijfhonderd mark voor het in bezit hebben van een verboden boek,' sloot de rechter zijn betoog af.

Na de formele uitspraak van het vonnis kon Franz zich zelfs nog de helft van de borg door de kassier van de rechtbank laten uitbetalen. Die som volstond net om het honorarium van Payet te betalen.

Hun hoop dat de pers geen aandacht zou hebben voor de zaak, bleek echter ijdel. Een jonge, puisterige man zat in de op twee oude vrouwen na lege zaal ijverig te noteren. 'Hopelijk gewoon een volontair,' had Payet tegen Franz en Irene gefluisterd. 'Hun artikelen worden meestal niet of summier afgedrukt.'

De treinreis naar Weissenburg was in doodse stilte verlopen. Na een paar vergeefse pogingen van Payet een onschuldige conversatie te voeren, was hij in een juridisch tijdschrift gedoken en had hij duidelijk opgelucht ademgehaald toen hij op het station afscheid kon nemen van de echtelieden.

Nu de dreiging van een gevangenisstraf is geweken, wordt Irene overmand door wroeging over wat ze Franz heeft aangedaan. Dezelfde avond probeert ze het uit te praten.

'Ik wil met jou samen weer de weg vinden in ons huwelijk,' benadrukt Irene, maar Franz reageert anders dan gehoopt. 'En wat ga je in de toekomst dan allemaal achterwege laten?'

'Ik beloof je op het leven van onze kinderen dat ik geen verboden geschriften meer ga lezen, laat staan gebruiken in mijn vrouwengroepen. En dat ik je altijd de waarheid zal vertellen over waar ik heen ga, wat ik daar doe en hoelang ik daar blijf.'

'Ik verwacht een niet mis te verstane belofte dat je je in de toekomst onthoudt van alle politieke activiteiten.'

Irene kijkt resoluut op. 'Dat beloof ik. Ik ga niet meer naar Frankenthal en ontmoet geen bekende of minder bekende socialisten meer. Ik zal geen politiek meer verweven in mijn vrouwengroepen. En ik zal geen nieuwe groepen in andere steden opzetten, maar naar Landau en Lambrecht blijf ik gaan totdat er iemand is die mijn rol kan overnemen. Daar help ik mensen zichzelf te helpen en mijn werk begint zijn vruchten af te werpen.'

Franz schudt het hoofd. 'Ik verbied het je!'

Irene ademt diep in. 'Ik ben bereid een pauze van drie of zelfs vier maanden in te bouwen totdat iedereen het proces vergeten is en zet mijn werk dan slechts voort totdat ik zeker ben dat de vrouwen zichzelf kunnen helpen als dat nodig is en een meldpunt voor andere vrouwen hebben opgezet.'

'Geen sprake van, heb ik gezegd. Je hebt mijn vertrouwen zo diep beschaamd dat ik je dit niet nog een keer kan toestaan.'

Irene bijt op haar lip. Toch probeert ze het nog een keer op vriendelijke toon. 'Lieve Franz! Denk alsjeblieft aan Robert Sieber die door ons toedoen bij Reuter is ontslagen omdat hij een meisje heeft gemolesteerd. Denk eens aan het noodfonds waarmee we al meerdere thuiswerksters in Landau hebben geholpen om hun naaimachine en dus hun mogelijkheid geld te verdienen te behouden toen ze achterop waren geraakt met hun afbetalingen. Wat is daar verwerpelijk aan? De vrouwen in Landau en Lambrecht staan op het punt om mijn initiatieven zelfstandig voort te zetten. Daar zijn nog maar een paar bijeenkomsten voor nodig!'

'Ik zeg nee en daarmee uit, Irene. En ook al ben ik inmiddels geneigd te geloven dat je bezieling je naar Frankenthal heeft geleid en niet een onzedelijk verlangen, dan nog wil ik na dit vernederende proces niet het geringste risico meer nemen.' Franz heeft niet in de gaten hoe neerbuigend hij klinkt. 'Als de pers je alsnog op het spoor komt en vermoedt dat jij je opruiing voortzet, zijn de gevolgen niet te overzien!'

Irene zet nu koppig de hakken in het zand. 'Welke gevolgen vrees je als ik arbeidsters leer hoe ze zich tegen opdringerige voormannen, slaapgasten of uitbuiters van naaimachinehandelaren moeten verdedigen?'

'Het woord alleen al: "uitbuiters"! Dat is een socialistische term!'

'Die je zelf ooit hebt gebruikt toen je voor de arbeiders van Schweighofen opkwam! Zestien was je toen! Wat is er sindsdien van je geworden?'

Franz ontwijkt een antwoord. 'Mijn eer is gekrenkt. Ik moest me in de rechtbank door een bejaarde sok laten vertellen dat ik je niet genoeg in de gaten heb gehouden omdat ik het te druk had met mijn mandaat en de wijnhandel. En mijn advocaat heeft de rechter verzekerd dat dat in de toekomst zal veranderen. En bij God, dat is precies wat er gaat gebeuren!'

'Franz!' Ze probeert het nog een keer op een vriendelijke manier. 'Ik stel een compromis voor. Laat me nog één keer naar Landau en Lambrecht gaan om mijn werk daar aan de vrouwen van mijn gespreksgroep over te dragen. Eén keer, meer niet! Niemand zal het merken. In Lambrecht ontmoeten we elkaar bij Trude Ludwig, in Landau bij Louise Kessler. Ik blijf ook niet overnachten en neem de strenge Rosa mee die op de bijeenkomst aanwezig kan zijn en je later verslag kan uitbrengen. Of je gaat gewoon zelf mee!'

Franz laat zich bijna overtuigen door de smekende blik in de blauwe ogen van Irene, maar dan fluistert een boze stem in zijn hoofd dat ze hem al zo vaak heeft belogen en dat dat niet ongestraft kan blijven.

In plaats van haar tegemoet te komen staat hij op en loopt naar het schelkoord. Wanneer Rosa, die de taken van Gitta weer heeft overgenomen, binnenkomt zegt hij tot schande van Irene: 'Ik deel u mee dat mijn vrouw het landgoed Schweighofen zonder mijn toestemming niet meer mag verlaten. Houdt u daaraan als ze u verzoekt haar ergens heen te begeleiden!'

Hij heeft meteen spijt van zijn harde woorden als hij ziet hoe vernederd Irene zich voelt en probeert haar te sussen. 'Het is voor je eigen bestwil, schat, omdat ik van je hou en wil vermijden dat jou en ons allen nog meer schade wordt berokkend.'

Irene staat zwijgend op een loopt de kamer uit. Ze slaat niet met de deur, maar trekt die voorzichtig achter zich dicht en dat raakt Franz veel harder dan om het even welke woedende uitval zou hebben gedaan.

Het wijngoed bij Schweighofen

Begin augustus 1879

'Span alsjeblieft de landauer in, Peter. Ik wil naar Weissenburg.'

De jonge koetsier staat verlegen op zijn voeten te wiebelen.

'Mag ik mevrouw vragen wat ze in Weissenburg gaat doen?'

Irene blijft perplex staan. Irene eist geen kruiperige onderdanigheid bij haar bedienden, maar dat een koetsier naar haar plannen informeert in plaats van haar verzoek op te volgen, vindt ze vreemd.

'Waarom vraag je me dat?'

Irenes verzoek is op zich onschuldig. Ze wil wat naaispullen halen en een nieuwe hoed bestellen. Dat heeft ze die ochtend bij het ontbijt aan Franz verteld en Rosa heeft ze gevraagd haar te begeleiden. De kamenier is nog binnen om haar uniform te ruilen voor een uitgaansjurk. Het is bijna half drie 's middags.

De relatie met Franz is nog steeds gespannen, maar sinds Klara een tijd geleden in tranen was uitgebarsten tijdens een heftige woordenwisseling tussen haar ouders, beheersen ze zich. Niettemin slaapt Irene nog steeds alleen in de schrijfkamer.

De koetsier blikt verlegen naar de grond. De potige jongen doet Irene denken aan Fränzel als die iets uitgevreten heeft. 'Het komt door waarde uw echtgenoot. Hij heeft me laten weten dat u zijn toestemming nodig hebt om naar Weissenburg te rijden.'

Irene weet niet waar ze het heeft.

'Wanneer heeft mijn man je dat opgedragen?' vraagt ze scherp.

De koetsier ontwijkt haar blik. 'Een paar weken geleden al, mevrouw!'

'Wanneer precies?'

'Toen ik de paarden uitspande nadat jullie uit Ludwigshafen teruggekeerd waren.'

Irene balt boos haar vuisten. Dat was dus nog voor ze een poging hadden gedaan alles uit te praten, schiet het door haar hoofd.

De afgelopen weken heeft ze geen gebruikgemaakt van de koetsier, maar was ze thuisgebleven en hooguit een keer gaan wandelen op het wijngoed toen de muren op haar afkwamen. Minna is een keertje op bezoek gekomen en had verdrietig geluisterd naar hoe het met Irenes huwelijk ging, maar ook zij had geen raad voor Irene gehad.

Nu komt Rosa de binnenplaats opgelopen. 'Mevrouw heeft de toestemming van haar man. Je mag de paarden inspannen.'

Maar Irene heeft er genoeg van. 'Nee, laat de paarden maar op stal. Ik heb er geen zin meer in.' Ze maakt rechtsomkeert en stormt het huis weer in.

'Hoe haalt die vent het in zijn hoofd? Dit pik ik niet meer,' scheldt ze luid voordat ze Pauline en de tweeling ziet die in de hal hun schoenen aan het aantrekken zijn.

Pauline begrijpt intuïtief hoe de vork in de steel zit.

'Rosa!' Ze wenkt de kamenier die Irene was gevolgd.

'Neem de meisjes mee naar buiten. Ze hebben wat frisse lucht nodig. Ze zien er wat bleekjes uit vandaag!'

Als ze maar niet ziek worden, denkt Irene even. Dan krijgt de woede weer de overhand en ze neemt een besluit

'Irene, wat is er gebeurd?' vraagt Pauline. 'Wil je er met me over praten?'

Maar Irene schudt gewoon het hoofd en rent de trap op.

Een half uur later sluipt ze met een kleine tas naar de dienstuitgang. Ze is gekleed in een eenvoudige jurk met daaronder de halfhoge, stevige laarzen waarmee ze meestal gaat wandelen op het landgoed.

Ze steekt net haar hand uit om de achterdeur te openen als ze achter zich de stem van Pauline hoort.

'Waar ga je heen, Irene? Alsjeblieft, doe nu niets overhaasts!' Irene had haar eerder een tweede keer afgepoeierd en zich teruggetrokken in de kleedkamer. Het duistere vermoeden van Pauline dat ze iets in haar schild voert, lijkt nu te worden bevestigd.

Irene voelt zich eerst betrapt, maar al snel steekt haar boosheid weer de kop op. 'Ik ga te voet naar het station en neem de trein naar Lambrecht, naar Trude Ludwig,' verklaart ze koppig met opgeheven hoofd.

Paulines hart klopt in haar keel. 'Zonder begeleiding? Je wilt zonder chaperonne vertrekken?'

Er verschijnt een minachtende trek rond de mond van Irene. 'Houd toch op, Pauline. Doe nu niet alsof dit de eerste keer is. Toen ik nog niet met je zoon was getrouwd was ik voortdurend alleen onderweg. In de derde klasse, op een houten bank, wat ik ook nu van plan ben om niet op te vallen. Hopelijk herkent niemand me.'

'Franz zal buiten zichzelf zijn,' waarschuwt Pauline.

Irene trekt haar schouders op. 'Laat hem maar razen! Mij maakt het niet meer uit. Als hij van ons huwelijk een gevangenis voor mij wil maken en zich net zo gaat gedragen als wijlen jouw man Wilhelm, speelt het ook geen rol meer. Of hij mij nu verlaat of ik hem, is slechts een kwestie van perspectief.'

'Irene! Denk aan de kinderen!'

'Denkt Franz aan de kinderen?' Paulines oproep raakt haar evenwel en ze probeert het te verstoppen, maar slaagt daar niet echt in.

'Ik ga naar mijn oude vriendin Trude. Berta, een van de leden van mijn vrouwengroep, woont bij haar in. Zij kan de anderen een laatste keer bijeenroepen zodat ik van iedereen afscheid kan nemen en we samen kunnen kijken hoe zij mijn werk kunnen overnemen. Morgenavond of uiterlijk overmorgen ben ik weer terug. En als Franz boos wordt, herinner er hem dan maar aan dat Josef in de gevangenis van Ludwigshafen zit,' voegt ze er sarcastisch aan toe. Als ze het vertwijfelde gezicht van Pauline ziet, verzachten haar gelaatstrekken een beetje. 'Franz verbiedt me zelfs deze laatste ontmoeting. Maar als ons huwelijk nog kans van slagen wil hebben, moet hij mij mijn vrijheid geven. Hoe sneller hij dat inziet, hoe beter. Bekommer jij je intussen om de kinderen, vooral de meisjes. Het doet mij vreselijk pijn dat zij zo lijden onder onze onmin.' Haar stem trilt. Ze onderdrukt een snik, draait zich om en vertrekt. Ze volgt het tuinpad zodat niemand op de binnenplaats haar ziet. Vrezend voor wat er komen gaat kijkt Pauline haar na.

Het wijngoed in Schweighofen

Begin augustus 1879, dezelfde avond

Lieve vader,

Er zijn al een paar maanden verstreken sinds ik uw genereuze aanbod mij als uw legitieme zoon te erkennen heb afgewezen. Destijds leek uw voorwaarde te scheiden van mijn echtgenote Irene onaanvaardbaar.

Helaas is daar inmiddels een kentering in gekomen. Irene heeft me schan-

dalig misleid en bijna een jaar lang belogen. Waarover doet hier niet ter zake, alleen dat ze blijft volhouden dat er geen andere man achter haar gedrag zat.

Toch is de vertrouwensbreuk zo groot dat onze ooit zo innige relatie onherstelbaar verbroken is.

Vanavond hoorde ik bij mijn thuiskomst van het kantoor in Weissenburg dat Irene nu ook de laatste kans die ik haar en ons huwelijk had gegeven, heeft verspeeld. Ze heeft ons huis buiten mijn weten en vooral zonder mijn toestemming verlaten, is te voet naar het station gelopen omdat de koetsier haar niet wilde brengen en bezoekt naar verluidt een vriendin in een andere stad. Zelfs als dit waar is, heeft ze met dit eigengereide optreden mijn wensen en zelfs mijn bevelen als haar echtgenoot genegeerd.

Zelfs mijn moeder kon haar niet tegenhouden. Irene heeft zich zonder chaperonne, moederziel alleen uit de voeten gemaakt alsof ze nog steeds het eenvoudige dienstmeisje van vroeger is en niet de echtgenote van een vooraanstaand man.

De maat is vol en het offer voor deze vrouw, die ik ooit met hart en ziel heb liefgehad, de familie die u me aanbiedt te laten schieten voor een onzekere toekomst met mijn gezin, is me te groot. Vooral ook omdat maman bedekt te kennen gaf dat ook Irene met de gedachte speelt mij te verlaten.

Daarom neem ik het initiatief en zal ik morgen mijn advocaat verzoeken de scheiding in gang te zetten.

Als uw aanbod nog geldt, kom ik daarna graag naar Wenen om uw broer Maximilian en, mocht het uitkomen, ook andere familieleden te ontmoeten. Als we tot een akkoord komen, en dat hoop ik van harte, zal ik natuurlijk naar Wenen verhuizen. Maman is bereid me te vergezellen als u het daarmee eens bent.

Ik heb echter nog een voorbehoud. Ik wil Irene na de scheiding haar huis niet afnemen. Zij moet met de kinderen in Schweighofen kunnen blijven. Mijn zoon Fränzel gaat in het najaar op internaat in Straatsburg, op dezelfde school waar ik mijn eindexamen heb gehaald. Ik heb nog familie in de stad die hij in het weekend kan bezoeken. En moeder en zoon hoeven op die manier niet ver te reizen om elkaar te zien.

Mijn dochters daarentegen zijn nog veel te jong om hun moeder te missen. Zoals u zelf al hebt aangegeven, moeten ze bij Irene blijven tot ze groot genoeg zijn om zelf te beslissen of ze hier in de Palts blijven of naar Wenen komen. De meisjes zijn heel verschillend van aard: Sophia nogal wild en ongezeglijk, Klara verlegen en gereserveerd. Maar ik weet nu al dat beiden ooit schoonheden zullen worden.

Natuurlijk wil ik mijn kinderen af en toe bezoeken. Voor het beheer van het wijngoed en de wijnhandel beschik ik gelukkig over uiterst bekwame mensen in wie ik het volste vertrouwen heb.

Nu wacht ik eerbiedig op uw antwoord en hoop dat het niet te laat is en uw aanbod nog geldt.

Met liefdevolle groeten, uw zoon Franz

Hij strooit net wat zand over de inkt als de deur zonder kloppen wordt opengetrokken. Pauline komt binnen; ze ziet lijkbleek.

'Het gaat heel slecht met de meisjes, Franz. Ze klagen over vreselijke keelpijn en gloeien van de koorts. Rosa vertelde me dat ze kort na het vertrek van Irene met hen is thuisgekomen en hen meteen in bed heeft gestopt. Maar de oliekompressen die ze heeft gemaakt helpen niet en de koorts blijft stijgen. Ze heeft het me pas nu gemeld omdat ik zo van streek was over de nieuwe crisis in jullie huwelijk.'

'Wat een puinhoop,' vloekt Franz. 'Uitgerekend nu Irene er niet is.'

'Dat is wellicht nog het minste van onze problemen, Franz.' Paulines stem klinkt dof. 'Rosa vermoedt dat het kroep is.'

'Wat zeg je nu?' Franz verstijft van schrik. 'We moeten meteen dokter Frey erbij halen.' Hij krijgt het bijna niet gezegd.

'Natuurlijk. Peter is al onderweg naar Weissenburg.'

18

Het huis van Trude Ludwig in Lambrecht

Begin augustus 1879, dezelfde dag 's avonds

'Vanavond is het te laat om de vrouwen bijeen te roepen, Irene,' zegt Berta, Trudes huurder die inmiddels het hele huishouden bestiert omdat de oude vrouw steeds meer last krijgt van haar gewrichtsreuma en jicht en nauwelijks nog kan bewegen. Haar werk in de fabriek heeft Berta inmiddels opgegeven, maar ze neemt nog steeds deel aan de gespreksgroepen.

'Ja, dat begrijp ik!' geeft Irene gelaten toe. Het is al na zevenen en ze is tijdens hun avondmaaltijd bij de vrouwen binnengevallen. Al in de trein heeft een onverklaarbare rusteloosheid van haar bezit genomen. 'Ik had alleen graag morgenochtend al terug willen gaan.'

Berta trekt haar schouders op. 'Zelfs als ik nu meteen vertrek heb ik nog een uur nodig om alle vrouwen te waarschuwen. Tegen de tijd dat ze dan van huis kunnen gaan, zal het algauw negen uur zijn. Te laat voor een bijeenkomst. Uiteindelijk moet iedereen, behalve ik, al om zes uur in de ochtend weer present zijn in de fabriek.'

'En dan moet iedereen nog op zo'n korte termijn kunnen komen,' voegt Trude er nog aan toe. 'Maar laat je groentesoep nu niet koud worden, Irene. Daarna wil ik graag onder vier ogen met je spreken.'

Berta heeft de hint begrepen en blijft na het eten spontaan in de keuken terwijl de twee andere vrouwen zich in de woonkamer van Trude terugtrekken. Daar staat in een alkoof, verborgen achter een gordijn, ook haar bed.

'Zo, vertel me nu eerst maar eens wat er in Schweighofen is gebeurd!' In een paar woorden beschrijft Irene de onmogelijke situatie. De oude vrouw knikt bedachtzaam. Voordat ze haar mening geeft, diept ze een krantenknipsel op uit een lade van de tafel waaraan de twee vrouwen met hun kruidenthee zitten.

'Ik begrijp de reactie van Franz eigenlijk wel.' Trude schuift Irene over de tafel de pagina toe. 'Lees dit maar eens!'

Irene krijgt het afwisselend warm en koud als ze ziet dat het een artikel over haar proces in Ludwigshafen is. Het zijn maar twee kolommen zonder illustraties onder de rubriek 'Interessant nieuws uit de samenleving', maar de kop, *Vrouw van parlementslid veroordeeld voor het bezit van een illegaal boek*, wekt natuurlijk interesse of baart misschien wel opzien. Irene wordt niet met naam en toenaam genoemd, maar iedereen die bekend is in de zuidelijke Palts, begrijpt natuurlijk wie er achter het zinnetje Irene G., *echtgenote van een vermogende wijnhandelaar in Weissenburg*, schuilgaat.

Ze bijt op haar lip. 'We hoopten dat de pers het niet zou oppikken.' Ze denkt aan de puisterige jongeman in de rechtszaal. 'Of dat er hooguit een klein, onopvallend bericht zou verschijnen.'

'Dat was eerst ook wel het geval, vermoed ik.' Trude wijst op de kleine letters onder het artikel. 'Overgenomen uit de *Pfälzischen Kurier* dd. 22 juli' staat er. Die krant verschijnt in Ludwigshafen. De *Lambrechter Zeitung* wordt pas een week later gedrukt.

Trude legt haar gerimpelde hand op die van Irene. 'Ik ben blij je weer te zien, lieverd, en ik bewonder je inzet voor de van hun rechten beroofde vrouwen.'

Irene kan al raden wat er gaat komen en krijgt gelijk.

'Maar dat dat tot een conflict met je man leidt en je nu ook nog eens tegen zijn uitdrukkelijke wens ingaat, kan ik niet goedkeuren. Franz is een fatsoenlijke echtgenoot en heeft je altijd respectvol behandeld, wat je van de meeste mannen echt niet kan zeggen. Denk maar aan Emma Schober! En dan hebben we het nog niets eens over de trieste lotgevallen van al die vrouwen die jullie in de gespreksgroep hebben besproken.'

Irene krijgt een brok in de keel, maar is nog niet klaar om toe te geven. 'Franz wil me in Schweighofen opsluiten!'

'Onzin,' werpt Trude ongewoon fel tegen. 'Geen enkele man zou accepteren wat jij hebt gedaan, hoe nobel je motieven ook mogen zijn. Ook mijn man zaliger met wie ik mijn hele gehuwde leven lang een goede verstandhouding heb gehad, zou zich dit nooit van mij laten welgevallen.'

Irene voelt zich in- en intriest. Komt daar die onrust vandaan? Is ze Franz met deze laatste escapade nu definitief kwijt?

'Wat raad je me aan?' Haar stem breekt en de tranen rollen over haar wangen.

'In godsnaam. Houd morgen je vrouwenkring en reis dan als het kan morgenavond nog terug naar huis. Ik zal Berta vragen of ze kan zorgen dat de vrouwen meteen na het werk hier bijeenkomen. Als je het kort houdt, niet langer dan een goed uur, haal je de avondtrein naar Weissenburg nog.'

'Maar dan sta ik als vrouw om middernacht helemaal alleen op het station. En dan is het nog maar de vraag of er nog een huurkoets te vinden is. Op de meeste van mijn reizen stapte er buiten ik en mijn begeleidster niemand op dat late uur uit in Weissenburg. De reizigers van de nachttrein zijn bijna allemaal op weg naar Parijs of toch minstens naar Straatsburg. Het maakt me niets uit om overdag anderhalf uur van Schweighofen naar het station te lopen; bovendien gaat het op de heenweg bergaf. Maar 's nachts?'

Huiverend denkt Irene terug aan haar vlucht uit Weissenburg voor de geboorte van Fränzel. Ze was toen een halve nacht onderweg geweest naar het huis van Minna in Schweigen.

Trude zucht. 'Goed dan. Maar dan neem je overmorgen de eerste trein. Die vertrekt al om zes uur.'

Het wijngoed bij Schweighofen

Begin augustus 1879, 's avonds laat

'Het is zonder twijfel kroep, mijnheer en mevrouw. De medische naam voor deze ziekte is difterie. Ik vind het verschrikkelijk dat ik geen beter nieuws voor u heb, maar de amandelen van beide meisjes vertonen de typische witgele aanslag.'

Het is al bijna middernacht en dokter Frey maakt een uitgeputte indruk. In antwoord op zijn knikje schenkt Franz hem nog een cognac in.

'En wat betekent dat precies?' vraagt Pauline bang.

'Ze noemen de ziekte niet voor niets de engel des doods. De meeste kinderen overleven het niet,' antwoordt dokter Frey somber. 'Goed dat u zuster Rosa in huis hebt. Er bestaat helaas geen geneesmiddel tegen deze gemene infectie, maar hoe vroeger men de behandeling start, des te groter zijn de overlevingskansen. Rosa moet de zorg voor de meisjes overnemen.

Ze moet hun keel geregeld spoelen met het kruidenaftreksel dat ik hier zal achterlaten. Voor de koorts beveel ik vochtige doeken om de kuiten aan.'

De arts wendt zich tot Rosa, die op de achtergrond op een krukje zit naast mevrouw Burger die ook is opgebleven. 'Zodra de blaffende hoest begint moet u bijzonder waakzaam zijn. Dan mag u de meisjes letterlijk geen minuut uit het oog verliezen. De hoest is vaak een voorbode van een crisis waarbij de keel helemaal opzwelt en de patiënt geen lucht meer krijgt. In dat geval moet u mij onmiddellijk waarschuwen. Het maakt niet uit hoe laat en of het dag of nacht is. Acht u zich daartoe in staat, Rosa?'

De voormalige verpleegster en huidige kamenier vormt een glimlach met haar pokdalige lippen. 'Natuurlijk, dokter.'

'En wat kan ú doen als de ziekte zo verergert?' Franz probeert de opkomende paniek te bedwingen.

Dokter Frey tuit zijn lippen. 'In het slechtste geval moet ik een sneetje in de luchtpijp maken om te voorkomen dat de kinderen stikken.'

'In hun keel snijden?' vragen Franz en Pauline in koor. Beiden klinken ontzet.

De arts haalt zijn schouders op. 'Als ik geen andere keuze heb, moet ik dat doen. Gelukkig kan een ervaren verpleegster me hier assisteren.' Rosa glimlacht weer gevleid waardoor haar door littekens gehavende gezicht zich tot een groteske grimas vertrekt.

Ze geniet hiervan, denkt Franz vol verbeten woede, maar hij is wel zo snugger niets te zeggen. Als verpleegster is Rosa een geschenk uit de hemel.

'En Fränzel? Hebt u echt geen sporen van een ontsteking bij hem ontdekt?'

'Gelukkig niet, mijnheer Gerban. Maar zeker weten we dat pas binnen een week. Soms breekt de ziekte sneller, soms trager uit. Maar u moet hem dringend uit Schweighofen weghalen.'

'Waar moet hij heen?'

Pauline legt haar hand op zijn arm. 'Ik breng Fränzel morgen naar Altenstadt. Daar zijn geen kinderen die mogelijk ook besmet zijn of die hij kan aansteken als hij het ook heeft opgelopen.' Ze heft haar hand op als Franz hierop wil reageren. 'En natuurlijk blijf ik dag en nacht bij hem.'

Franz knikt gelaten. 'We moeten er maar het beste van hopen.' Er valt hem nog iets te binnen. 'Waar kan de tweeling de infectie hebben opgelopen? Woedt de epidemie in Weissenburg?'

'Tot op heden ben ik daar nog geen gevallen tegengekomen, mijnheer Gerban,' antwoordt de arts.

'Ik heb een vermoeden. Mag ik het u voorleggen?' Ook in deze crisissituatie houdt de huisdame, mevrouw Burger, zich aan de vorm.

Franz draait zich bliksemsnel naar haar om. 'Zeg het maar als u iets denkt te weten. Wat en waar kan het zijn gebeurd?'

'Mevrouw Hager, de echtgenote van de keldermeester, heeft me vanochtend verteld dat haar dochter Amanda ziek is. Ze zei niets over kroep, maar leek heel bezorgd. Het nieuws kwam van de school voor meisjes van hogere komaf in Landau.' Dat is het internaat dat Mathilde voor haar huwelijk heeft bezocht.

Pauline knikt. 'Amanda heeft afgelopen weekend met de meisjes gespeeld. Ze hebben met z'n drieën het hondje uitgelaten dat Amanda voor haar verjaardag van haar ouders heeft gekregen. En daarna hebben ze samen het poppenhuis opnieuw ingericht.'

'Dat kan het toch niet zijn, maman,' antwoordt Franz. 'De dochter van Hager is toch al vijftien jaar.'

'Zestien om precies te zijn, Franz. Drie weken geleden is ze zestien geworden.'

'Maar kroep is toch een kinderziekte!'

Dokter Frey schraapt zijn keel. 'Daar vergist u zich, mijnheer Gerban. Ook volwassenen kunnen difterie krijgen, maar zij zijn normaal gezien sterker dan kleine kinderen en hebben meer weerstand tegen de ziekte.'

'Mevrouw Hager vertelde dat er meer meisjes ziek zijn in Landau.' Mevrouw Burger laat zich weer horen op de achtergrond.

'Dan kan ik in Altenstadt maar beter niet vertellen dat de ziekte ook volwassenen kan treffen,' zegt Pauline. 'Ottilie zal sowieso al niet genegen zijn ons een paar dagen te logeren te hebben.'

'Dat moet ze niet proberen! Het is mijn huis!' En ik heb toch nog een appeltje met haar te schillen, schiet het Franz door het hoofd. Hij ademt even diep in en schuift die gedachte opzij.

'Aangezien ik vannacht niets meer kan doen, wil ik nu graag vertrekken.' Dokter Frey staat op.

Rosa staat eveneens op. 'Ik los mevrouw Grete af. Zij is al sinds vanochtend vijf uur op.'

'Misschien moeten we Gitta terughalen,' stelt Pauline voor als Franz, die de arts heeft uitgelaten, de kamer weer binnenkomt. 'Ze logeert nog bij

Minna in Schweigen en zou ons goed kunnen helpen.'

'Doe wat je denkt dat er moet gebeuren, maman! Ik rijd morgen in elk geval naar Lambrecht om Irene op te halen. Ze vergeeft het me nooit als ik haar niets laat weten.'

Dan is deze ramp misschien nog ergens goed voor, bedenkt Pauline als ze zich zonder de hulp van Rosa klaarmaakt om te gaan slapen. En brengt dit de twee kemphanen weer bij elkaar.

Het huis van Trude Ludwig in Lambrecht

Begin augustus 1879, dezelfde nacht

Ze hapt vertwijfeld naar adem. Haar keel wordt dichtgeknepen. Rode kringen dansen voor haar ogen. 'Mama!' hoort ze plots. 'Mama! Kom naar huis. Wij gaan dood!'

Badend in het zweet schrikt Irene wakker. Ze heeft moeite met slikken en haar keel is gezwollen.

Langzaam komt ze weer op adem en het benauwde gevoel verdwijnt langzaam en maakt plaats voor een vreselijke angst.

Klara! Sophia! Het zijn de meisjes. Ze roepen me. Ze zijn ziek, beseft ze.

Irene zwaait haar benen over de rand van het bed en steekt met trillende vingers de olielamp op het nachtkastje aan. Het is nog maar half vijf!

Irene probeert zich te herinneren wanneer de eerste trein vertrekt. Zes uur zei Trude gisteren. Ik laat een briefje achter en vertrek meteen. Die trein mag ik niet missen. Er ontsnapt een snik aan haar keel. Er is thuis iets verschrikkelijks gebeurd!

Het wijngoed bij Schweighofen

Begin augustus 1879, de volgende avond

'Ik zo blij dat je thuis bent, Irene.' De stem van Franz klinkt schor. Als je niet was gekomen, zou ik je in Lambrecht hebben opgehaald.'

'En ik schaam me over alles wat ik jou en de kinderen heb aangedaan. Ik weet dat ik je vergeving niet heb verdiend, maar toch vraag ik het je uit naam van de kinderen.' Irene begint weer te huilen.

Die ochtend was ze nog net op tijd op het wijngoed aangekomen om afscheid te nemen van Fränzel die totaal van streek was en met Pauline naar Altenstadt vertrok. De rest van de dag heeft ze naast de bedjes van de tweeling gezeten en hen lepeltje voor lepeltje kippenbouillon gegeven, elk half uur hun koorts gemeten, de natte kompressen om hun kuiten vervangen, voorgelezen en gezongen en bovenal geprobeerd haar vreselijke angst voor hen te verbergen. Rosa, die overdag geslapen heeft, blijft vannacht bij hen.

Franz is om de zoveel tijd komen kijken totdat er aan het begin van de middag nieuws kwam uit Landau.

'Amanda is vanochtend vroeg overleden.' Lijkbleek bracht Franz de boodschap aan Irene over. 'Ik ga meteen Nikolaus Kerner in Weissenburg ophalen. Hij moet hier op het wijngoed Hager vervangen. Ze zijn volop bezig met het overhevelen van het beetje spätburgunder dat we het afgelopen jaar hebben geoogst. Mevrouw Burger staat mevrouw Hager bij omdat jij hier niet gemist kan worden.'

Irene had alleen ontzet geknikt. Voor het eerst in jaren begon ze te bidden. Ze gaat weliswaar elke zondag naar de mis in Schweighofen, maar na alles wat zij en haar geliefden de afgelopen jaren hebben meegemaakt, gelooft ze niet echt meer. In stilte had ze de hemel aangeroepen: Lieve God, als u bestaat, laat de meisjes leven. In ruil zweer ik een goede echtgenote te zijn, zoals uw priesters dat van mij verwachten; mijn man te gehoorzamen en de kinderen geen dag meer alleen te laten om me met onvrouwelijke activiteiten bezig te houden.

Nu zit Irene, uitgeput na de lange dag aan het bed van de kinderen, nog met Franz in de salon. 'En met Fränzel is alles nog goed?'

'Gelukkig wel.' Franz was vroeg in de avond naar Altenstadt gereden om het met eigen ogen te zien. 'Hij is heel verdrietig en bezorgd om zijn zusjes, maar zelf is hij nog helemaal gezond.'

Hij haalt een papier uit zijn zak. 'Deze brief heb ik eergisterenavond aan mijn Oostenrijkse vader geschreven. Ik beloof hem hierin van jou te scheiden. Kijk wat ik ermee doe.'

Omdat er vanwege het seizoen geen vuur in de haard brandt, steekt Franz een kaars aan en houdt hij het papier bij het vlammetje. De verkoolde resten laat hij in een kristallen asbak vallen.

'Dank je,' fluistert Irene toonloos. Haar stem gehoorzaamt haar niet meer.

'Waarom ik zo'n idioot ben geweest en pas door de ziekte van de meisjes besef dat jij en de kinderen het allerbelangrijkste voor me zijn, begrijp ik echt niet.'

'Zo is het ook voor mij,' bekent Irene. 'Vooral omdat ik voortdurend bezig was met het ongeluk van andere vrouwen en er niet bij stilstond hoe goed ik het heb.'

'En ik had je nooit zo in je vrijheid mogen beperken. Die belachelijke jaloezie van mij betreur ik nu ten zeerste. Zelfs als je een affaire met Josef Hartmann zou hebben gehad, was er niets wat mijn gedrag kon rechtvaardigen.'

'Ik heb geen relatie gehad met Josef, dat zweer ik nogmaals.' Irene negeert de opgestoken hand van Franz. 'Zodra dit alles voorbij is, wil ik dat je met Josef gaat praten. Niets mag ons huwelijk nog overschaduwen. En ik dank je omdat je Gitta hebt teruggehaald. Zij mag niet de dupe zijn van mijn leugens.'

'In de toekomst zal je die leugens niet meer nodig hebben, Irene,' belooft Franz. 'Waar je maar voor de rechten van vrouwen wilt opkomen, mag je dat doen zodra Sophia en Klara weer genezen zijn.'

Irene lacht door haar tranen heen. 'Ik dank je uit de grond van mijn hart voor je ruimdenkendheid, Franz. Maar het is niet meer nodig. Ik ga hooguit nog een keer naar Landau en Lambrecht om mijn werk over te dragen. Dan laat ik de tweeling nooit meer alleen, tenminste niet zolang ze nog klein zijn.'

'En ik beperk mijn activiteiten in Berlijn tot het hoogstnoodzakelijke. Misschien leg ik mijn mandaat wel neer. Niets is belangrijker dan jullie vieren en maman.'

'Je moet toch contact houden met je vader, Franz. Ook zijn kinderen zijn door difterie uit het leven weggerukt. Misschien wordt hij milder als hij na de dood van zijn broer majoraatsheer wordt en aanvaardt hij ons allemaal als familie.'

'Wie weet. De tijd zal het leren, maar ik verhuis in geen geval naar Wenen. Ik wil hier in de Palts bij jullie wonen.'

Er wordt hard geklopt en zonder een antwoord af te wachten rukt het dienstmeisje Gitta de deur open. 'Rosa vraagt u om zo snel mogelijk naar Klara te komen. Het gaat heel slecht met haar. Haar keel zwelt steeds verder op. We moeten dokter Frey er weer bij roepen.'

Op de weg naar Altenstadt

Begin september 1879, vier weken later

Franz viert de teugels van het oude paard als hij met het rijtuigje de weg naar Altenstadt inslaat om Fränzel en zijn moeder op te halen.

Dokter Frey heeft Franz en Irene verzekerd dat de tweeling het ergste achter de rug heeft en zij de ziekte in deze fase niet meer kunnen overdragen. Bovendien verlangen zij even erg naar hun grote broer als Irene naar haar zoon, die niet lang meer op het wijngoed zal zijn nu het einde van de vakantie nadert en hij straks op internaat gaat in Straatsburg.

Ook Fränzel kijkt ernaar uit weer naar huis te komen. In de eerste weken dat zijn zusters ziek waren heeft niemand het aangedurfd hem in Altenstadt te bezoeken. De toestand van met name Klara was te kritiek. Dokter Frey had twee keer een sneetje in haar keel moeten maken en telkens was de wond achteraf geïnfecteerd geraakt.

De sterkere Sophia was er ondanks de blaffende hoest beter van afgekomen. Terwijl Klara nog steeds deerniswekkend zwak is, hebben Irene en Rosa de grootste moeite om Sophia in de ziekenkamer te houden. Dokter Frey heeft nog zes weken bedrust voorgeschreven.

'Om te voorkomen dat er complicaties optreden,' aldus de arts. 'De ziekte tast soms de huid aan of de inwendige organen. Ze moeten helemaal uitzieken voor ze weer uit bed mogen.' Ondanks de constante smeekbeden van Sophia duldt dokter Frey in dezen geen tegenspraak.

Natuurlijk volgen Franz en Irene en de rest van het huishouden dokter Freys voorschriften tot op de letter op. De wroeging die Franz en Irene hadden gevoeld op de dag dat ze hoorden dat hun dochters doodziek waren, was niet van korte duur. De aanvankelijke eendracht die was ontstaan uit de angst voor de meisjes heeft inmiddels tot een volledige verzoening geleid en Irene is al geruime tijd weer naar hun gezamenlijke slaapkamer verhuisd. En hoewel ze de liefde nog niet hebben bedreven omdat Irene voortdurend klaar wil staan om naar de meisjes te snellen, geniet Franz met volle teugen van haar nabijheid. Ze slapen dicht tegen elkaar aan en de ongewilde onthouding doet zijn verlangen met de dag toenemen.

Maar toen hij een paar dagen geleden eindelijk probeerde haar hartstochtelijk te omhelzen en haar nachtjapon wilde uittrekken, duwde ze hem van zich af.

'Wat houdt je tegen? De meisjes hebben geen koorts meer en slapen vast. Bovendien is Rosa bij hen.' Franz deed geen moeite zijn teleurstelling te verbergen. 'Ik hou van je, Irene, en wil je eindelijk weer helemaal voelen.'

Ze streelde zijn wang. 'Het gaat niet om de kinderen, Franz. Om hen maak ik me vannacht geen zorgen, maar ik heb je gevraagd met Josef te praten. Je weet dat ze hem tot een jaar gevangenisstraf hebben veroordeeld. Nu zit hij net als na de staking moederziel alleen in Ludwigshafen achter de tralies.'

'Wil je hem bezoeken?' Franz heeft het gevoel dat zijn keel wordt dichtgeknepen. Toch stelde hij dit voor, al was het maar om Irene te bewijzen dat hij haar weer volledig vertrouwt.

Tot zijn verbazing weigert ze dat. 'Jíj moet Josef bezoeken. En van man tot man met hem praten zodat er echt niets meer tussen ons staat.'

Eergisteren heeft Franz het bezoek afgelegd. Hij verheugt zich enorm op het weerzien met Fränzel en zijn moeder, maar rekt de trip naar Altenstadt omdat hij besloten heeft vandaag eindelijk de confrontatie met Ottilie, die al lang plaats had moeten vinden, aan te gaan. Hij laat de oude Elsa rustig stappen. Lang zal ze niet meer meegaan. Zodra haar opvolgster haar veulen heeft geworpen, en dat kan nu elk moment gebeuren, mag zij na twintig jaar trouwe dienst tot aan haar dood van een welverdiende rust genieten.

Om niet aan het ophanden zijnde gesprek met Ottilie te moeten denken, haalt Franz de herinnering aan de gevangenis in Ludwigshafen nog eens boven.

'Wat een verrassing! Wat brengt u hier?' Franz kon niet weten dat Hartmann hem begroette op bijna identieke manier als toen Irene voor de eerste maal terug naar Frankenthal was gekomen. Alleen kijkt hij nu niet blij verrast, maar wantrouwig.

'Mijn eigen eer, de eer van mijn vrouw Irene en de uwe,' had Franz geantwoord. Josef had hem niet-begrijpend aangekeken.

'Het lijkt erop dat ik u en mijn vrouw onrecht heb aangedaan door jullie van overspel te verdenken.' Het kost Franz de grootste moeite, maar het moest worden gezegd.

Josef glimlachte cynisch. 'Uw vrouw ja, mij in geen geval.'

'Wat bedoelt u daarmee?'

'Geloof me gerust, mijnheer Gerban, ik had Irene graag teruggewonnen, maar ze weigerde stug u ontrouw te zijn of u te verlaten. Ik maakte niet de minste kans, zelfs niet toen u zich als een razende idioot gedroeg.'

Franz was aangedaan. Het eerlijke antwoord van Josef overtuigde hem meer dan enige bewering van zijn onschuld, hoe gepassioneerd ook gegeven, ooit had kunnen doen.

'Me dunkt dat ik me dan bij u moet verontschuldigen.'

'Niet bij mij. Ik heb u al gezegd dat ik Irene zonder de minste scrupules van u zou hebben afgepakt. Bij uw vrouw, die u totaal onterecht hebt beschuldigd, moet u zich verontschuldigen.'

Daar hij verder niets te zeggen had gehad, was Franz na een kwartier weer vertrokken. Op de terugweg naar Weissenburg kwelde hem de wroeging over zijn lompe gedrag. Half verborgen achter een enorme bos rozen, blauwe irissen en witte lelies, de bloemen van hun huwelijksfeest, had Franz zich bij zijn aankomst in Schweighofen op zijn gezonde knie laten zakken en Irene om vergiffenis gevraagd. Ook beloofde hij haar nogmaals dat ze haar activiteiten als vrouwenrechtenactiviste te allen tijde weer zou mogen oppakken zolang ze zich maar aan de wet hield. Toen ze in tranen was uitgebarsten had hij haar in de armen genomen en de mooiste liefdesnacht die hij zich kon herinneren met haar doorgebracht.

Hij nadert de oprit van het huis in Altenstadt. Nu moet ik alleen nog Ottilie en wellicht ook Mathilde op hun nummer zetten en laten we hopen dat dan eindelijk de rust weer terugkeert in huis, denkt hij bij zichzelf.

Het wijngoed bij Schweighofen

Begin september 1879, dezelfde dag

'Kijk, Sophia! De stalknecht leidt de drachtige merrie over de binnenplaats. Haar kleintje kan nu elke dag komen.'

'O!' Sophia drukt haar neus tegen het raam om op de binnenplaats te kunnen kijken. 'Hoe heet de merrie?'

Irene denkt even na. 'Gerda, geloof ik.'

Sophia rekt zich uit om nog een laatste glimp van het paard op te vangen. 'Mag het raam open, mama?'

Irene schudt het hoofd. 'Nee, Sophia. De dokter heeft tocht verboden. We verluchten de kamer maar twee keer per dag, 's ochtends en 's avonds wanneer jij en Klara onder dikke dekens in bed liggen. Dat weet je toch!'

'De dokter is stom!' moppert Sophia.

Half boos, half lachend steekt Irene dreigend haar vinger op. 'Zulke stoute dingen zeg je niet! Jullie zijn heel, heel ziek geweest en die stomme dokter, zoals jij hem noemt, heeft jullie weer beter gemaakt. Schaam je!'

'Maar als ik dan toch weer beter ben, waarom mag ik dan niet opstaan?' Sophia is niet op haar achterhoofd gevallen. 'Ik wil het veulen zien als het geboren is.'

'Dat mag je ook, lieverd, maar nu moet je nog twee weken binnen blijven! Dan ben jij weer helemaal gezond en is het veulen nog altijd klein en schattig.'

Sophia trekt een pruilmondje. 'Straks is de zomer voorbij. De man van tante Minna heeft al veel vaten gebracht.' Sophia is natuurlijk opgegroeid op het wijngoed en ondanks dat ze nog geen vijf jaar oud is, herkent ze de dingen die erop wijzen dat binnen een paar weken de druivenoogst begint.

Irene zucht. Ik had strenger moeten zijn en haar ook overdag in bed moeten houden, bedenkt ze en betreurt het dat ze heeft toegegeven aan het eindeloze gezeur en Sophia heeft toegestaan elke dag even met haar kamerjas aan op te staan. Wat verschillen die twee toch van elkaar. Qua karakter lijken ze steeds minder op elkaar.

Haar blik dwaalt af naar Klara die door de difterie veel meer gesloopt is dan haar zusje. Ze ligt vredig te slapen. Dat doet ze eigenlijk de hele dag.

Opeens is er commotie op het erf. 'Haal de stalmeester!' hoort Irene Johann Hager, de keldermeester, roepen. 'Gerda begin te werpen!'

Huize Gerban in Altenstadt

Begin september 1879, op hetzelfde moment

'Jij komt ons zeker bedanken voor de goede zorgen die we aan je zoon Fränzel hebben verleend,' neemt Ottilie brutaal de vlucht naar voren nadat Franz Mathilde en haar om een gesprek in de bibliotheek heeft verzocht. Haar nerveuze blik verraadt echter dat ze uitermate ongerust is.

Mathilde op haar beurt plukt nerveus aan haar rok. Sinds ze weer in Altenstadt woont, laat ze zich gaan en eet ze weer net zoveel als in haar jeugd. Het scheelt niet veel meer. Straks is ze weer net zo vet als in de tijd met luitenant von Wernitz, denkt Franz oneerbiedig. De Pruis had Mathilde ooit bijna ten huwelijk gevraagd, maar na een aanvaring met Franz zijn aanzoek ingetrokken. Toen Mathilde hem desondanks achterna was blijven zitten had Von Wernitz haar publiekelijk vernederd met haar vormeloze figuur.

Die blamage had haar geleerd dat haar 'dochter-van-goeden-huize-status' op zich geen echtgenoot zou opleveren en met een ijzeren discipline was ze zoveel afgevallen dat ze er bij haar huwelijk met Herbert Stockhausen bijna aantrekkelijk had uitgezien. Maar sinds ook haar korte echtverbintenis op een fiasco is uitgelopen, heeft ze als weduwe zonder enig vooruitzicht op hertrouwen blijkbaar alle teugels weer laten vieren.

'Dat Fränzel en maman hier hebben gelogeerd zou eigenlijk doodnormaal moeten zijn,' antwoordt Franz koeltjes. 'Uiteindelijk betaal ik hier alles in Altenstadt. En voor zover ik weet heeft vooral maman voor Fränzel gezorgd.'

Op Ottilies bleke wangen verschijnen weer de typische rode vlekken zoals altijd wanneer ze zich opwindt.

'Als je er zo over denkt...' Ze maakt de zin niet af en gaat dan geveinsd kalm verder. 'Wat is er verder zo dringend? Ik moet met de kokkin nog het menu voor volgende week bespreken.'

'Kennen jullie een man die Werner Kegelmann heet?' Franz valt met de deur in huis.

Mathilde krimpt ineen, Ottilie klemt krampachtig haar handen in elkaar.

'Kegelmann? Werner Kegelmann?' Ze wendt zich tot Mathilde. 'Kun jij je een man met die naam herinneren?'

Mathilde zwijgt voorzichtigheidshalve. Franz' woede richt zich daarom eerst op zijn tante.

'Doe niet zo schijnheilig, Ottilie! Ik heb al maanden geleden van hem zelf vernomen dat hij hier op bezoek is geweest.' Hij verzwijgt dat hij dit eigenlijk van Niemann, de huisknecht, heeft gehoord.

'Maar hij had ons toch beloofd...' Geschrokken slaat Mathilde haar hand voor haar mond.

'Dat zijn bezoek geheim zou blijven.' Het sarcasme druipt van Franz' stem af. 'Tja, die kerel is in zijn eigen val gelopen.' Verdere details geeft Franz niet prijs. 'En daarbij merkte hij terloops op dat jij, Ottilie, mij toen mijn vader nog leefde hebt aangegeven. Als lid van het Franse vrijwilligerskorps, wat min of meer waar is en me vandaag nog veel schade kan berokkenen, en als moordenaar van je zoon Fritz, wat een gemene leugen is.'

'Dat beweer jij!' De stem van Ottilie klinkt schril. 'Hoe kon je anders weten waar het lichaam van Fritz lag?'

'Ik was er getuige van dat Fritz werd neergeschoten toen hij roekeloos probeerde zijn belachelijke regimentsvaan te redden. Ikzelf heb de Fransman die verantwoordelijk was neergeslagen en werd daarvoor opgesloten. Dat had míj het leven kunnen kosten als de Fransen de Slag om de Geisberg bij Weissenburg niet hadden verloren.'

Voordat Ottilie en Franz hun ruzie kunnen vervolgen, komt Mathilde tussenbeide. 'Heb jij Franz echt aangegeven, tante? Dan wist die Kegelmann eigenlijk al alles wat hij aan ons heeft gevraagd. Ik dacht dat het om Franz' politieke engagement ging en niet om het feit dat jij hem van moord had beschuldigd.' Ze klinkt verontwaardigd.

Franz kan niet inschatten of Mathilde de waarheid spreekt of met een tactische manoeuvre uit de vuurlinie wil blijven.

'Wat voor bewijzen heb je voor wat je hier beweert?' kijft Ottilie.

'Kegelmann heeft me in Berlijn de aangifte laten zien. Die had hij uit het politiearchief in de prefectuur van Weissenburg.'

'Dat is zeven jaar geleden, Franz,' verdedigt Ottilie zich nu. 'Destijds was ik nog blind van verdriet.'

Blind ben je ongetwijfeld nog steeds, denkt Franz bij zichzelf. Blind en hatelijk, of liever rancuneus.

'Ik zou jullie beiden op straat moeten zetten, waar ik ook mee heb gedreigd voor het geval jullie nog meer intriges zouden beramen.'

Mathilde begint te huilen. 'Maar ik wist toch helemaal niets van die aangifte!' Ze probeert zichzelf weer vrij te pleiten.

Franz gaat er niet op in. 'Dan wil ik nu kijken of je me op een ander vlak wel de waarheid zegt, Mathilde. En wee je gebeente als ik je op nog een leugen betrap!'

Hij kijkt haar strak aan. 'Is hier ook een dame uit Potsdam geweest die jou en Ottilie over Irene heeft uitgevraagd?'

Mathilde trekt bleek weg. 'Je bedoelt mama's oude schoolvriendin?'

Franz knikt.

'Ja, in april is hier een dame geweest, maar ze heeft alleen naar mama gevraagd.' Franz weet zeker dat zijn zuster ondanks zijn dreigement liegt. Zo had ze ook gekeken toen ze vroeger als kind iets op haar kerfstok had gehad.

'Jullie hebben het dus niet over Irene gehad?' checkt hij nog eens.

'Alleen dat je getrouwd bent en drie kinderen hebt.'

'En verder niets?'

Ottilie springt overeind uit haar stoel en loopt naar een krantenrek. Ze rommelt er wat in en komt uiteindelijk met een pagina terug die ze voor Franz op de tafel gooit.

'Geloof je nu echt dat iemand van ons er belang bij heeft zo'n schande aan een buitenstaander toe te geven?' Verbouwereerd bekijkt Franz het met rode inkt omcirkelde artikel over het proces van Irene in Ludwigshafen, precies hetzelfde verhaal dat Trude Irene in Lambrecht had laten lezen. Kennelijk heeft het alle kranten in de Palts gehaald. Irene had er vanwege de ziekte van de meisjes slechts terloops iets over gezegd en hij was het dan ook meteen vergeten.

'Toen die dame uit Potsdam hier was, bestond dit artikel nog niet!'

'Natuurlijk niet,' sist Ottilie. 'De socialistische activiteiten van jouw echtgenote,' ze benadrukt minachtend het woord, 'maken onze familie nog meer te schande dan haar twijfelachtige afkomst en haar verleden als dienstmeisje in dit huis. Denk je dat Mathilde of ik zin hebben met die dubieuze veren te pronken? Het is al erg genoeg dat iedereen in Weissenburg en de zuidelijke Palts weet met wie je bent getrouwd.'

Franz zal later niet meer kunnen zeggen waarom hij op dat moment zo zeker was dat dat het moment van de waarheid was.

'Werkelijk, Ottilie,' begint hij spottend. 'Jij twijfelt dus aan Irenes afkomst. Waar denk je dat ze vandaan komt?'

'Uit de goot natuurlijk,' snauwt Ottilie. 'Haar moeder was wellicht een straathoer die haar op de stoep voor het weeshuis heeft achtergelaten.'

Franz leunt achterover. Hij begint zelfs plezier te krijgen in het gesprek. 'O nee, lieve tante. U vergist zich. Irene had een moeder van goeden huize en een vermogend man als vader.'

'Dan was haar moeder gewoon zo'n lichtzinnig dienstmeisje dat met de heer des huizes in bed kruipt.'

'Ik zeg toch net dat haar moeder van goeden huize was. Je kent haar zelfs!'

'Ik zou Irenes moeder moeten kennen? Hoe kom je op zo'n onz–' Ottilie zwijgt halverwege het woord en slaat beide handen voor haar mond. Mathilde kijkt niet-begrijpend van haar broer naar haar tante.

'Begint het te dagen, Ottilie? Irene is de dochter van je zus Sophia, dat wil zeggen, je biologische nicht!'

Ottilie grijpt naar haar borst. 'Maar, maar...' stamelt ze. 'Dan zijn jullie halfbroer en -zus! Dan ben jij met je eigen zuster getrouwd!'

'Waar hebben jullie het over?' Inmiddels is ook Mathilde in alle staten. 'Is papa Irenes vader? Dat is toch volslagen belachelijk!'

'Heb jij je nooit afgevraagd waarom Wilhelm Irene in huis heeft gehaald? Moest hij nu echt naar het weeshuis in Spiers om een keukenmeid te vinden?'

Mathilde staart hem vol afschuw aan. 'Je bent dus met volledige kennis van zaken met je eigen zuster getrouwd en hebt drie kinderen bij haar verwekt? Dat is incest!'

'En een zwaar strafbaar feit!' krijst Ottilie.

'En dan nog, lieve tante, zou het je niets opleveren wanneer men mij en Irene hiervoor voor de rechtbank daagt. Jij zult je dan zeker niet meer in het openbaar kunnen vertonen en al je zogenaamde vriendinnen zullen je mijden als de pest.'

'En toch, toch...' Ottilie hapt naar adem. 'Dat is ongehoord!'

'Laat me het u uitleggen, lieve tante. Natuurlijk is Irene biologisch niet met mij verwant. Met jou wel, Ottilie, en ook met jou, Mathilde. Maar niet met mij.'

Met stomheid geslagen staren de vrouwen Franz aan. Mathilde hervindt als eerste haar stem. 'Dan is papa... was papa helemaal niet... jouw vader?'

'Je zegt het, Mathilde.'

'Maar... wie dan wel?'

'Dat gaat jullie niets aan.' Een bekende misschien van de dame uit Potsdam, wil hij al zeggen, maar hij houdt zich nog net in. De triomf dat ze hem op die manier schade hebben berokkend, gunt hij hun niet.

Hij staat op. 'Begin maar al te tobben over hoe jullie toekomst eruit gaat zien,' zegt hij niet zonder leedvermaak. 'Als de tweeling al genezen zou zijn, had ik jullie deze week nog de deur gewezen. Maar nu heb ik belangrijker dingen te doen dan over jullie toekomstige verblijfplaats na te denken. Zodra ik een beslissing heb genomen hoe het verder met jullie moet, laat ik het jullie weten.'

Dit gezegd hebbende draait hij zich om en loopt hij de bibliotheek uit. Ottilie en Mathilde blijven verlamd van schrik achter.

Het wijngoed bij Schweighofen

Begin september 1879, de volgende nacht

Op haar tenen sluipt Sophia langs Rosa, die zacht op haar veldbed ligt te snurken. Sinds het beter gaat met het meisje waakt ze niet meer de hele nacht naast hun bed.

Net als ze haar kamerjas en pantoffels wil pakken opent de voormalige verpleegster heel even haar ogen. Sophia blijft stokstijf staan, maar gelukkig wordt Rosa niet wakker. Maar haar pantoffels en kamerjas uit de kast vlak bij haar bed halen, durft Sophia niet meer. Ze moet er niet aan denken dat Rosa haar blootsvoets in nachtjapon zou betrappen. Zoals gewoonlijk heeft ze de meisjes voor het slapengaan nog ten strengste verboden uit bed te komen.

'Hier is het belletje dat ik elke avond op jullie nachtkastje zet. Als je een plasje moet doen, bel je. Dan word ik meteen wakker en zet ik je op het potje.' Elke avond herhaalt Rosa deze riedel.

Bovendien ben ik al lang genezen, denkt Sophia koppig. Fränzel heeft het veulen al mogen zien toen hij vanmiddag thuiskwam. Haar grote broer had de meisjes er enthousiast over verteld.

'Het is een kleine hengst, pikzwart, net als zijn vader. Alleen op zijn voorhoofd heeft hij een kleine witte bles. En hij staat al wankel op zijn beentjes om te drinken.'

'Ik wil morgen ook naar de stal, mama, alsjeblieft, alsjeblieft, een minutje maar!' heeft Sophia Irene gesmeekt toen ze na het avondeten de meisjes nog een verhaaltje kwam voorlezen. Maar in tegenstelling tot andere vergelijkbare situaties waarbij ze had toegegeven, had Irene nu voet bij stuk gehouden.

'Geen sprake van, Sophia. En houd nu op met zeuren anders krijg je nog een week huisarrest boven de twee weken die je nog op je kamer moet blijven.'

Beroofd van alle hoop het veulen met toestemming van haar moeder en Rosa te kunnen bekijken, had er zich een idee gevormd in het hoofdje van Sophia. Nu iedereen slaapt, sluipt ze stiekem naar buiten. Ik wil maar heel even het veulen zien. In een wip ben ik weer terug. En niemand die het merkt, denkt ze bij zichzelf.

De stenen tegels van de trap naar de hal voelen ijskoud aan onder haar blote voeten wanneer Sophia de gang voor de kinderkamer die met tapijt is bedekt verlaat. In de koude, tochtige hal bevriest ze. Ze aarzelt even voor de zware voordeur, geschrokken van haar eigen roekeloosheid. Dan trekt ze vastberaden de klink omlaag. Ik ben meteen weer terug en dan kruip ik snel onder mijn deken, spreekt ze zichzelf moed in.

Ze duwt uit alle macht tegen de zware eikenhouten deur en slaagt erin die te openen op een kier die net groot genoeg is om zich naar buiten te wurmen.

Er staat een frisse wind. De dag is warm geweest, maar midden in de nacht is het veel kouder dan verwacht. De kiezels van de binnenplaats snijden in haar voetzolen en plots lijkt Sophia's idee niet meer zo slim en avontuurlijk.

Halverwege keert ze om. Mama heeft gelijk, denkt ze. Dat veulen kan ik binnen een paar dagen wel bekijken. Ze glipt de trap naar de voordeur op en wil de deur openduwen, maar dat lukt niet. De deur is in het slot gevallen.

Ze is nog te klein om goed bij de koperen klopper te kunnen, ze raakt het ding maar net met haar vingertoppen. Niemand hoort het kloppen of zwakke roepen. Uit angst voor een fikse straf als ze iedereen wakker maakt, durft ze niet te schreeuwen.

En het ongeluk voltrekt zich.

Het schemert al als een stalknecht Sophia rond vijf uur door en door koud bevroren in een nis naast de voordeur vindt en alarm slaat. Als dokter Frey uit Weissenburg aankomt, gloeit het meisje al van de koorts. Niet veel later verliest ze het bewustzijn.

'De situatie is zeer ernstig,' legt de huisarts uit aan de bange ouders. 'Sophia is nog te zwak om zo'n ernstige terugval te kunnen doorstaan.'

'Maar ze hoest niet en haar keel is niet gezwollen!' Irene vecht tegen de opkomende paniek.

Sceptisch schudt de arts het hoofd. 'Soms raken de inwendige organen ontstoken door difterie. Dat was ook de reden voor die strenge bedrust van zes weken. Het gevaarlijkst is het als het hart ook is aangetast.'

'En is dat het geval?' vraagt Franz angstig.

'Haar pols is onregelmatig en veel te snel. Ik kan het helaas niet uitsluiten.'

'God geve dat deze beker aan ons voorbijgaat,' bidt Pauline.

Maar haar smeekbede vindt geen genade in Gods oren. Twee dagen later sterft Sophia zonder weer bij bewustzijn te zijn gekomen.

DEEL 5

Zware beslissingen

19

Bad Schwalbach
April 1884

'Klara, eet dan toch minstens je broodje met jam op!'

Irene zit met haar inmiddels negen en een half jaar oude dochter in het restaurant van het Grand Hotel in Bad Schwalbach, een kuuroord in de deelstaat Hessen en het beste hotel hier ter plaatse. In de eetzaal hangen glazen kroonluchters aan het met stucwerk versierde plafond. De muren zijn bekleed met lichtroze zijde met een discreet patroon en er zijn landschappen in dure lijsten opgehangen. Fijne damasten lakens liggen over de tafels met gebogen poten.

Het uitgebreide ontbijt dat de ober in een witte pandjesjas heeft opgediend bestaat uit zachtgekookte eieren, een mandje met witbrood, rozijnenbroodjes en croissants, verschillende soorten jam en honing en een smakelijk opgemaakte fruitsalade.

'Laat het me meteen weten als u verder nog iets wenst, mevrouw!' had de ober met een buiging gezegd. 'Ham, worst, kaas, gebakken eieren, een klein teken en ik breng het u meteen.'

Nu ziet het er echter weer naar uit dat moeder noch dochter zelfs wat al op tafel staat, nauwelijks zal aanraken. Irene knabbelt lusteloos aan haar met boter en honing besmeerde croissant en drinkt in plaats daarvan al haar derde kop thee. Wanneer Klara, die nog steeds veel te mager en te klein is voor haar leeftijd, weer een half uur op een stukje brood zit te kauwen, vergaat Irene de zin om te eten. Ook de warme chocolademelk is vermoedelijk alweer koud. Klara schudt koppig het hoofd. 'Ik heb geen honger meer, mama. Mag ik opstaan? Ik wil graag naar de goudvissen in de vijver kijken.' Het hotel beschikt natuurlijk over een weelderig park waar alles in het midden van het voorjaar groeit en bloeit.

Gelaten geeft Irene toe. In elk geval is Klara dan buiten in de frisse lucht.

'Maar trek je wollen jas aan, schat! En niet te dicht bij het water, anders val je er nog in!'

Klara's saffierblauwe ogen, die ze van Irene heeft, stralen opeens van plezier. Haar spitse gezichtje ziet er op die momenten niet langer onopvallend, maar mooi uit. 'Dank je, lieve mama.' Ze pakt het broodmandje en schudt wat kruimels in haar hand. 'Ik breng de vissen wat te eten.'

Met een brok in haar keel kijkt Irene haar na. Hoe zou Sophia er vandaag uitzien, vraagt ze zich voor de zoveelste keer af. Bijna vijf jaar na de dood van haar tweede dochter knaagt het verdriet nog altijd even sterk. Na de eerste, bijna ondraaglijke pijn is het gevoel in de loop der jaren haar constante metgezel geworden; dof en niet meer zo kwellend als de eerste maanden, maar altijd, op zijn minst onderhuids aanwezig. 's Ochtends is haar dode kind het eerste waar ze aan denkt, 's avonds het laatste.

In de dagen na de dood van Sophia had ze zichzelf voortdurend zelfverwijten gemaakt. 'Waarom ben ik niet met haar naar het veulen gaan kijken?' huilde ze constant in Franz' of Paulines armen. 'Als ik niet zo streng was geweest en haar een warme jas en dikke kousen had aangedaan zou ze nu nog leven.'

Pauline had geprobeerd haar te troosten. 'Je kon toch niet weten dat ze zoiets zou bedenken en hebt je precies aan de voorschriften van dokter Frey gehouden omdat je zoveel van Sophia houdt en niet wilde dat ze weer ziek zou worden.'

'Maar ze had zo'n eigen willetje. Ik had moeten weten dat ze iets onbezonnens zou doen.'

'Hoe kun je dat nu weten van een kind van nog geen vijf, een meisje bovendien?' had Pauline geantwoord in de geest van de heersende opvattingen over goed opgevoede kinderen.

Omdat ik als klein meisje in het weeshuis ook zo was, had Irene willen zeggen. Ik overtrad ook voortdurend de regels. Stond 's nachts op om naar de volle maan te kijken, at stiekem een bij het avondeten gespaarde broodkorst in bed. Ooit heb ik zelfs een roos geplukt in de tuin om in mijn haar te steken.

En waar de lieve zuster Agnes in het weeshuis van Heidelberg, waar Irene was geboren en haar kinderjaren had doorgebracht, het had gelaten bij milde vermaningen als ze werd betrapt, ging het er in Spiers, waar Irene op haar twaalfde was terechtgekomen, heel anders aan toe. Tot op de dag van vandaag herinnert ze zich haar pijnlijke rug nadat de 'diefstal van de roos' zoals de strenge moeder-overste, zuster Ignatia, het had genoemd, met tien stokslagen was bestraft.

Daar in Spiers had Irene al vroeg op drastische wijze geleerd hoe onrechtvaardig de wereld is en dat 'gelijk hebben' niet automatisch 'gelijk krijgen' betekent. In plaats van net zoals Franz in zijn jonge jaren de rebel uit te hangen en keer op keer haar hoofd hard te stoten, had Irene geleerd zich aan te passen en zich nooit openlijk te verzetten als ze wist dat het geen zin had, tenzij ze ten onrechte werd beschuldigd. En helaas gebeurde dat maar al te vaak.

Maar het hield haar niet tegen koppig en geduldig haar doel na te streven. En die vaardigheid had haar geholpen de pesterijen van Mathilde in haar tijd als dienstmeisje in het huis van de familie Gerban en later de harde jaren in de fabriek te overleven.

Maar ik had moeten weten dat Sophia die eigenschap om iets stiekem te doen als het openlijk niet mogelijk was, van mij had, net als het koppig volharden in die plannen, bleef ze zichzelf maar verwijten.

Tegenover anderen die zich verwijten maakten over de dood van het meisje, was ze echter altijd vol consideratie geweest. Toen ze Fränzel snikkend op de zolder had gevonden waar hij was weggekropen, ontdekte ze tot haar schrik dat haar toen achtjarige zoon zichzelf ook schuldig achtte aan de dood van Sophia. 'Ik had haar nooit over dat pasgeboren veulen mogen vertellen,' verweet hij zichzelf. 'Als ze er niets van had geweten, was ze nu niet dood.'

Moeizaam en met vereende krachten was het Irene, Franz en Pauline uiteindelijk gelukt Fränzel hierover gerust te stellen. Maar maanden later had hij 's nachts nog steeds nachtmerries. Hij ging ook pas een jaar later dan gepland naar het lyceum in Straatsburg.

Irene was ook geschokt door de reactie van de kamenier en voormalige verpleegster Rosa. Daags na de begrafenis van Sophia, die nu bij de muur van het kerkhof in Altenstadt naast haar gelijknamige grootmoeder rust, stond ze met haar schaarse bezittingen in een kleine koffer voor Pauline. 'Ik kom afscheid van u nemen, mevrouw,' zei ze. 'Na mijn falen in de nacht dat Sophia buiten is geglipt, wilt u mij natuurlijk niet meer in uw huis hebben. Daarom wil ik het u besparen mij die boodschap te geven en vertrek ik liever meteen.'

'Maar waar wilt u dan heen?' had Pauline verbijsterd gevraagd.

Rosa had het hoofd laten zakken en haar schouders opgehaald. 'Ik weet het niet, mevrouw. Voor de fabriek ben ik te oud en als dienstmeisje of verpleegster te zwaar verminkt door de pokputten. Als u zo vriendelijk wilt zijn mij mijn loon nog te betalen, heb ik toch een paar dagen om uit te zoeken wat ik ga doen.'

In plaats van iets te zeggen had Pauline Rosa stevig in de armen genomen. Irene kwam er juist aan toen Pauline de heftig snikkende vrouw ondanks haar eigen verdriet probeerde te troosten.

'Wie had ooit gedacht dat Rosa zo gevoelig was?' vroeg Pauline bij het avondeten toen ook Franz en Irene de kamenier hadden verzekerd dat ze haar de dood van Sophia niet verweten en er niet aan dachten haar te ontslaan. 'Toen ik haar leerde kennen in Klingenmünster, leek ze me keihard en kende ze maar één ding: haar taken op de letter uitvoeren.'

'Dat laatste geldt nog steeds,' zei Franz. 'Anders zou ze zich niet zo schuldig voelen over de dood van Sophia. Maar dat ze gevoelloos is, zoals ik ook altijd heb gedacht, is dus duidelijk niet juist.'

Door het grote raam dat uitkijkt op het park ziet Irene hoe Klara haar kruimels in het water gooit en juichend in haar handen klapt als de vissen er blijkbaar naar happen. Ze wenkt de ober om af te ruimen en bestelt nog een kannetje koffie.

Door hun verdriet om Sophia was het Franz en haar in het begin bijna ontgaan hoezeer ook Klara onder de dood van haar zusje leed. Gelukkig had Pauline het op tijd ontdekt. Op een dag kwam ze met een ernstig gezicht de salon binnen waar het echtpaar met de handen in elkaar gestrengeld, verenigd in stil verdriet op de bank zat.

'Klara heeft me net gevraagd of jullie liever hadden gehad dat zij in plaats van Sophia was gestorven. Ze heeft waarschijnlijk het gevoel dat jullie meer van haar zusje hielden dan van haar.'

Irene had ontzet haar handen voor haar mond geslagen. 'In hemelsnaam, hoe komt ze daarbij?'

'Ga eens even eerlijk bij jezelf te rade!' spoort Pauline Franz en Irene aan. 'Heeft Klara gelijk?'

Aangedaan knikt Franz als eerste. 'Ik heb dit nooit bewust gedacht, maman,' de tranen springen in zijn ogen. 'Maar als Onze-Lieve-Heer me de keuze had gegeven had ik voor Sophia gekozen. Misschien voelt Klara dat.'

Irene was die dag nog niet klaar geweest om dat ook toe te geven en ontkende onthutst dat ze een voorliefde voor een van beide zusjes zou hebben gehad. Maar nu, bijna vijf moeizame jaren na de dood van Sophia, moet ze diep van binnen bekennen dat de ziekelijke en schuchtere Klara voortdurend een zware last voor haar is en ze vaak verlangt naar het onbekommerde en onverschrokkene van Sophia.

In gedachten ziet ze al hoe de volgende uren zullen verlopen. 'Mama, ik wil dit vieze water niet drinken,' zal Klara zeuren wanneer ze zoals elke ochtend de geneeskrachtige bron opzoeken die van Bad Schwalbach een bijzonder geliefd kuuroord maakt.

En Irene zal proberen haar te overtuigen. 'Maar precies daarom zijn we hier. Kijk, ik drink er toch ook van.'

Klara zal met tegenzin het water doorslikken om Irene dan meteen voor de volgende uitdaging te plaatsen.

'En nu gaan we wandelen in het prachtige park.'

'Wandelen is saai,' zal Klara mopperen.

'Er is een ijscoman.'

'Ik mag geen ijs eten.'

Zo of toch ongeveer zo gaat het dan verder, dag in, dag uit, week na week, tot ze weer naar Schweighofen terugkeren.

En binnen een paar weken of maanden begint de hele kermis weer van voren af aan. Klara is nog steeds heel zwak en veel te mager. Irene hoort de oude huisarts Frey het in haar hoofd al zeggen. Ze moet nu eens eindelijk op krachten komen. Als het geneeskrachtige water van Bad Schwalbach niet heeft geholpen, stel ik een kuur voor in...

Waar dan ook, voert Irene in stilte oneerbiedig aan haar gedachten toe terwijl ze zichzelf nog een vijfde kop koffie inschenkt en de ober die speciaal hiervoor komt aansnellen negeert. Klara en zij hebben al een hele resem kuuroorden aangedaan: Bad Bertrich, Wiesbaden, Bad Dürkheim, Bad Kreuznach, somt Irene er een aantal in haar hoofd op. Ze hebben liters heilzaam water gedronken, de zilte lucht van de zoutmijn ingeademd, badkuren gevolgd, wandelingen gemaakt, kuurartsen geraadpleegd enzovoort enzovoort. Niets helpt echt. Klara blijft zwak, ziekelijk en korzelig.

In elk seizoen ligt ze wel eens meerdere weken in bed. Verkoudheden en diarree zijn aan de orde van de dag. Op een dag had ze een roodachtige huiduitslag gekregen en waren Franz en Irene bang geweest dat Klara na de levensbedreigende difterie ook de niet minder gevaarlijke mazelen had opgelopen.

Uit angst dat schoolkameraadjes haar zullen aansteken durven ze Klara niet naar de openbare basisschool te sturen en hebben ze een privéleraar ingehuurd. Gelukkig heeft Klara plezier in de lessen. Ze leert enthousiast Frans en kwebbelt tot Irenes trots, maar vaak ook niet geringe afgunst, al vlot in deze taal die Irene nauwelijks begrijpt, met Franz en Pauline.

Een schokkende gedachte overvalt haar. Houd ik niet genoeg van Klara omdat die eeuwige zorg om haar zoveel van me vergt?

Ze denkt hierover na en schudt dan heftig haar hoofd tot verwondering van de corpulente kuurgast aan de tafel naast haar die al een tijd het juiste moment afwacht om haar aan te spreken.

Nee, het is geen gebrek aan liefde. Klara ligt haar net zo na aan het hart als Fränzel. Het is eerder het monotone leven waartoe de ziekte van Klara en de dood van Sophia haar hebben veroordeeld. Of waar ik me zelf toe heb veroordeeld, verbetert ze zichzelf in gedachten.

Franz heeft haar vaak, ook na het overlijden van Sophia, aangespoord haar activiteiten met de vrouwengroepen weer op te pakken. Zelf heeft ze dat altijd beslist afgewezen. Enerzijds uit wroeging voor de tijd die ze daarmee heeft verspild in plaats van die in haar korte leventje met Sophia door te brengen, anderzijds vanwege haar schuldgevoel na het heengaan van haar dochter.

Maar destijds kon Franz noch zij bevroeden hoelang de genezing van Klara zou aanslepen. En dat dit met zoveel verblijven in kuuroorden gepaard zou gaan, waar Irene inmiddels een gloeiende hekel aan heeft. Ze moet daar voortdurend avances van alleenstaande mannen, die duidelijk uit zijn op een avontuurtje, afslaan. Nu zit er ook weer een naast haar schunnig te loeren. En daarnaast staat ook het geaffecteerde gedrag van de zogeheten voorname kringen haar flink tegen.

Ze neemt al lang niet meer deel aan de sociale evenementen 's avonds, ook al is Klara bij Rosa of Gitta, die haar om beurten naar een kuuroord begeleiden, in goede handen. Ze heeft geen zin om het Gerbanfortuin te vergokken aan de speeltafels in de casino's, noch om met de dames van haar huidige sociale klasse te praten over de problemen met hun personeel of de laatste mode. Ze moet denken aan de verhalen van Minna uit de longkliniek. Ook haar vriendin stond dat gedoe met haar medepatiënten ontzettend tegen.

Franz daarentegen heeft zich na zijn mandaat in de Rijksdag nu alweer drie jaar geleden weer helemaal op de wijnhandel en het wijngoed gestort.

Kort voor haar vertrek heeft Irene gehoord dat hij een aantal percelen met nieuwe stokken uit Frankrijk wil beplanten om nog betere wijn te krijgen. Hij heeft zijn bezigheid en ik voel me weer net zo nutteloos als jaren geleden, bedenkt ze enigszins bitter. Gelukkig kan ze volgende week de bijeenkomst van dienstmeisjes bij Minna thuis bijwonen, de enige activiteit in haar strijd voor vrouwenrechten die ze zich na Sophia's dood heeft toegestaan.

'Mama, het gaat zo regenen!' Irene is zo in gedachten verzonken dat ze niet heeft gezien dat Klara weer terug is uit de tuin. 'Moeten we dan gaan wandelen?' Irene onderdrukt een zucht. 'Toch zeker naar de bron, liefje.' Ze negeert het pruilmondje van haar dochter. 'En dan zien we wel of we daarna nog naar het park gaan.'

Het wijngoed bij Schweighofen

April 1884

'U vindt dus dat we het eens met de Franse pinot noir moeten proberen?'

Nikolaus Kerner, die opnieuw voltijds rentmeester op het wijngoed is sinds Franz drie jaar geleden zijn politieke activiteiten heeft gestaakt en de leiding van de wijnhandel weer heeft overgenomen, knikt.

'De percelen die in 1878 waren aangetast door de meeldauw hebben zich helaas nooit goed hersteld, mijnheer Gerban, en zijn nog steeds heel gevoelig voor de schimmelziekte. We hoeven natuurlijk niet alle kavels tegelijkertijd te herbeplanten, maar ik zou toch willen beginnen met vijf van de acht als u dat goed vindt. Met wat geluk dragen de nieuwe stokken binnen drie jaar al vrucht. Tegen dan kunnen we ook de andere wijngaarden vernieuwen.'

Franz wendt zich tot Hansi Krüger, Kerners plaatsvervanger. Hij is inmiddels bijna dertig, getrouwd en vader van twee kleine kinderen. Van zijn royale salaris heeft hij met toestemming van Franz een mooi huisje gebouwd aan de rand van het arbeidersdorp. Zijn moeder die sinds de Slag bij Sedan weduwe is, en zijn jongste, nog ongehuwde broer Berti wonen bij hem in. Hansi helpt Franz sinds kort ook in de wijnhandel en verdeelt zijn tijd tussen die twee taken.

'Wat denk jij, Hansi?' Franz heeft Hansi op zijn vijfentwintigste verjaardag aangeboden hem met u aan te spreken, maar dat heeft de jongeman afgewezen. 'U kent me nu al zo lang, mijnheer Franz. Die aanspreking moeten we niet meer veranderen.'

Verbaasd ziet Franz dat Hansi sceptisch kijkt. Bij de meeste belangrijke beslissingen zijn Kerner en hij het altijd eens. 'Ik zie dat je bedenkingen hebt. Vooruit, laat horen!'

'Het klopt inderdaad dat de Franse stokken beter bestand zijn tegen meeldauw. De Fransen hebben ze als vervanger voor de Europese stokken gekocht in Noord-Amerika, waar de spätburgunder of pinot noir zoals zij het noemen zich na zijn introductie vanuit Europa kennelijk anders heeft ontwikkeld dan de Europese soorten waar hij van afstamt. De heringevoerde Noord-Amerikaanse soorten zijn alweer een paar decennia inheems in Europa en naar verluidt resistent tegen de schimmel. De vakbladen hebben dit uitvoerig beschreven. Er zou echter een nieuwe ziekte zijn in Frankrijk, veroorzaakt door ongedierte dat het wortelstelsel van de stokken totaal kapotmaakt.'

'Druifluis bedoelt u?'

Hansi laat zich door de rentmeester wel met u aanspreken. Hij knikt bevestigend.

Kerner vertrekt een beetje zuur zijn mond. 'De teler waar ik de planten wil kopen werkt in een regio waar dit insect tot dusverre niet is gesignaleerd. De luis heeft zich vooral in Zuid-Frankrijk verspreid. Ik heb het over stokken uit de omgeving van de stad Dijon in de Bourgogne. Daar komt de burgunder oorspronkelijk ook vandaan, zoals de naam al doet vermoeden.'

'Ik stel daarom voor eerst een ietwat afgelegen perceel opnieuw te beplanten en te kijken hoe alles zich ontwikkelt.'

Franz wil al akkoord gaan met het idee van Hansi wanneer Kerner zijn hand opsteekt. 'Om zeker te zijn, hebben we daar drie volle jaren voor nodig. En dat zou betekenen dat we tien jaar verder zijn eer alle spätburgunderkavels opnieuw aangeplant zijn. Ik schat het risico niet zo groot in. Zoals ik al zei geniet de Franse teler een uitstekende reputatie. Bovendien loont een enkele wijngaard nauwelijks de moeite om er een kwaliteitswijn van te maken. De opbrengst is dan veel te laag en mengen kunnen we de soorten beter niet zolang we niet weten hoe de wijn van de druiven van de nieuwe stokken smaakt.'

Dat geeft voor Franz de doorslag. 'Dan doen we het zoals u het voorstelt, mijnheer Kerner. Zorgt u voor de aankoop van de stokken en jij, Hansi, zorgt dat de bodem wordt voorbereid. Tegen eind mei moet de heraanplant een feit zijn.'

Bad Schwalbach

April 1884, een paar dagen later

Met de norse Klara op sleeptouw loopt Irene langs de met bloeiende narcissen en tulpen in alle mogelijke kleuren beplante borders van het kuurpark. Het is een paar dagen winderig en onaangenaam fris geweest, maar vandaag staat er een mild voorjaarszonnetje aan de hemel en heeft Irene in tegenstelling tot de afgelopen dagen aangedrongen op een wandeling door het park. Ze probeert haar slechtgehumeurde dochter op te vrolijken.

'Kijk, Klara! Kijk hoe kunstig de tuinmannen de bloemen hier hebben aangeplant. De rode tulpen contrasteren prachtig met de gele narcissen. En in dit bed zijn roze tulpen en witte narcissen naast elkaar gezet. Dat moet ik aan oma vertellen als we weer thuis zijn. Misschien wil ze wel een paar van dit soort arrangementen in onze tuin in Schweighofen maken.'

Pauline was in haar laatste jaren in Klingenmünster – voordien was ze nauwelijks in planten geïnteresseerd geweest – met tuinieren begonnen en nu verzorgt ze eigenhandig de kleine siertuin van het wijngoed.

Irene weet zeker dat Pauline genoten zou hebben van de wandeling langs deze bloeiende pracht, maar Irenes goede bedoelingen missen hun doel bij Klara. 'Wanneer gaan we nu eindelijk weer naar huis?' moppert ze na een vluchtige blik op de borders.

Irene probeert haar ongenoegen te verbergen. 'Overmorgen, lieve schat,' antwoordt ze geduldig.

'Is oma dan ook weer thuis?'

Irene denkt even na. 'Nee, die komt op z'n vroegst pas binnen twee weken uit Wenen terug.'

'Wat doet ze daar eigenlijk?'

'Ze is op bezoek bij een oude jeugdvriend.' Verder wil Irene op dit moment niet op de vraag van Klara ingaan. Voor haar is het een onaangenaam onderwerp.

Gelukkig leidt wat commotie een paar meter verder op het mooi onderhouden kiezelpad de aandacht van Klara af. Een agent en de dikke man die

Irene al een paar keer met lonkende blikken avances heeft gemaakt, staan heftig te gebaren en te praten met een derde persoon die achter hun brede ruggen schuilgaat. Het gehuil van een klein kind maakt Irene meteen duidelijk wat er aan de hand is. De agent heeft een armoedig geklede, afgetobde vrouw, die Irene al eerder heeft ontmoet, bij de arm gepakt. Meestal verbergt de vrouw zich achter de bloeiende struiken om dan uit het niets tevoorschijn te komen en wandelaars om een aalmoes te vragen. Uiteraard durft ze dit alleen bij vrouwen met kinderen zonder mannelijke begeleider. Irene heeft al een paar keer een munt in haar magere hand gedrukt.

Ze draait zich om naar Gitta, die eveneens volop genietend van de bloemenpracht een beetje achter hen aan loopt. 'Let even op Klara!'

Haar dochter trekt een teleurgesteld gezicht, maar Irene is onverbiddelijk. 'Het kindje van die mevrouw heeft een erge huidziekte en ik wel absoluut niet dat hij jou besmet,' legt ze uit. Ze vermoedt dat het kind schurft heeft.

Snel loopt ze op het groepje af. De vrouw huilt hartverscheurend. 'Goedemorgen. Wat is hier aan de hand, heren?' vraagt ze bruusk.

De agent draait zich verbaasd om terwijl de corpulente heer zijn hogehoed afneemt en een buiging maakt. 'Sta me toe dat ik me eindelijk aan u voorstel, mevrouw. Mijn naam is Seger, Hartmut Seger, lakenfabrikant uit Barmen an der Wupper.'

Natuurlijk kan die arme kerel niet weten dat er geen enkel beroep is waar Irene een grotere hekel aan heeft.

Ze negeert de man daarom volledig en richt zich tot de agent. 'Wat heeft deze vrouw misdaan?'

De wetsdienaar tikt bij wijze van begroeting tegen zijn pet en antwoordt vervolgens stijf alsof hij met een meerdere spreekt. 'Staat u me toe, waarde mevrouw. Bedelen is in het kuurpark ten strengste verboden. Deze vrouw hier,' hij maakt een minachtend gebaar in haar richting, 'is al meermaals gewaarschuwd. Tevergeefs! Mijnheer,' nu maakt hij een buiging naar de lakenfabrikant, 'heeft haar opnieuw aangegeven en dus moet ik haar in hechtenis nemen.'

De arme vrouw snikt nu zo mogelijk nog luider.

Irene loopt rood aan en reageert impulsief, zonder na te denken. 'Geen sprake van. Deze vrouw lijdt honger en heeft een klein kind. Wat moet ze anders doen dan bedelen als niemand haar werk geeft?' Ze rommelt al in haar handtas op zoek naar haar portemonnee.

De mannen staren Irene verbouwereerd aan. De fabrikant probeert het als eerste. 'Maar mevrouw, we hebben toch de bijstand en armenzorg. Waarom moet deze vrouw fatsoenlijke mensen lastigvallen? Ik heb al gemerkt dat u zich een paar keer genoodzaakt zag haar iets toe te stoppen.'

Als een furie draait Irene zich naar de man om. 'Als iemand mij de laatste dagen heeft lastiggevallen, dan bent u het wel, mijnheer. En of u uw geld op een fatsoenlijke manier verdient of door de brutale uitbuiting van uw arbeiders is nog maar de vraag.' Alle bitterheid over haar ellendige jaren in de lakenfabrieken van Lambrecht en Oggersheim spuugt ze nu in het gezicht van de verbijsterde fabrikant. De mond van Hartmut Seger valt verbluft open.

'Maar mevrouw! Wat bezielt u...'

Irene gunt hem geen blik meer waardig en richt zich weer tot de agent, maar nu op iets vriendelijkere toon. 'Mijn naam is Irene Gerban. Ik ben de echtgenote van de eigenaar van de bekende wijnhandel Gerban in Weissenburg en ben hier samen met mijn dochter voor een kuur. Wat moet ik doen om deze vrouw vrij te kopen?'

De politieman kijkt verward. 'Als u mijnheer hier kan overtuigen zijn klacht in te trekken, kan ik haar nog een keertje laten gaan, vooral omdat u kennelijk niet het gevoel hebt lastiggevallen te zijn, mevrouw.'

'Dat klopt, wachtmeester.' Hoewel Irene aan de insignes op zijn uniform heeft gezien dat hij een gewone agent zonder rang is, kiest ze bewust voor deze aanspreking. 'Ik verzoek u deze vrouw te laten gaan. Ik zal met haar praten en haar aanraden het kuurpark in de toekomst te mijden.'

De agent kijkt nu naar de fabrikant. 'Gaat u hiermee akkoord, waarde heer?' Seger knikt zwijgend. Hij staat nog steeds met zijn mond vol tanden.

'Goed dan, mevrouw. Maar dit is de laatste keer dat die vrouw ermee wegkomt.'

'Hartelijk dank, wachtmeester.'

'Kom mee, lieverd.' Irene wendt zich tot de vrouw die haar, nog steeds snikkend, volgt. 'Ik breng u naar buiten. Gitta, jij wacht hier met Klara tot ik terug ben.'

Pas als ze naast de vrouw naar de uitgang van het park loopt, valt Irene de penetrante zweetgeur op. De stank van ongewassen kleren, het gebrek aan zeep en brandhout om waswater te verwarmen. De stank van onbeschrijflijke ellende. De wevers in Herxheim hadden ook zo geroken.

Irene weet dat ze buiten wat geld geven niets voor de arme vrouw kan doen en informeert daarom niet naar haar situatie. Haar verwaarloosde uiterlijk, haar magerte, de schurft van het jongetje dat ze nu op de arm draagt, spreken voor zich. De vrouw zelf, wellicht veel te verlegen, maakt ook geen aanstalten iets te zeggen.

Voor het kuurpark pakt Irene haar beursje en schudt alle munten in haar hand. Tot haar ergernis komt ze niet verder dan een paar pfennig en een stuk van vijf mark. Lang zal het de nood van de vrouw niet kunnen lenigen.

Als ze haar de munten geeft, pakt en kust de vrouw haar gehandschoende hand. 'God zegene u voor uw goedheid, mevrouw.' Irene krijgt een brok in haar keel en nog voor ze een paar woorden ter afscheid kan zeggen, haast de bedelaarster zich weg.

Op de korte terugweg voelt Irene sterker dan ooit sinds de dood van Sophia hoe nutteloos haar leven nu is. De mensen, vooral de vrouwen, hebben het nog even slecht als toen ik in de fabriek werkte. Ze leven in onbeschrijflijke armoede en hebben niemand die voor betere levensomstandigheden vecht.

Haar blik valt op een vrouw en haar zoon die door een verpleegster in een rolstoel wordt voortgeduwd. Irene heeft haar al eens gesproken in het kuurhotel. De jongen heeft door difterie een hersenontsteking opgelopen en is nu voor de rest van zijn leven verstandelijk en lichamelijk gehandicapt. Ze begroet de dame met een glimlach en haast zich langs haar heen. Haar innerlijke strijd laait weer op. Moet ik niet dankbaar zijn dat het, ondanks haar zwakke gestel, goed gaat met Klara? Dat ze slim is en zal uitgroeien tot een mooie jonge vrouw? Wil ik haar weer in de steek laten om me om anderen te bekommeren? Om me zelfzuchtig in te spannen voor mijn eigen doelen?

Haar innerlijke conflict neemt nog toe als ze weer bijna bij Klara is en haar voor het eerst die dag ziet lachen. Het meisje bukt zich om een grijs katje dat langs haar been strijkt te aaien.

Gelukkig draagt ze handschoenen. Gitta moet die maar meteen uitwassen als ze weer in het hotel zijn. Meteen bekruipt Irene weer de zorg om Klara's gezondheid.

De rest van de wandeling zegt ze weinig, innerlijk verscheurd en niet meer wetend hoe haar leven er verder uit moet zien.

Het wijngoed bij Schweighofen

April 1884

Mijn lieve Franz,
Hartelijke groeten aan jou, Irene en de kinderen en ons hele huishouden.

Ik beleef weer een heerlijke tijd hier in Wenen. Graaf Ferdinand heeft me vandaag vergezeld op een rit met de koets door het Prater waar alles nu lenteachtig groeit en bloeit. Ik was vooral betoverd door de prachtige roze bloesems van de Japanse kersenbomen. Ik speel met de gedachte zo'n boompje in Schweighofen te planten, ons klimaat is er zacht genoeg voor.

Vanavond gaan we naar een blijspel in het Burgtheater. Daar spelen ze De gebroken kruik *van Heinrich von Kleist. Ik kijk er echt naar uit. Misschien woont ook keizer Franz Joseph de voorstelling bij als zijn vele officiële verplichtingen dat toelaten. Zijn echtgenote Elisabeth is helaas weer eens op reis. Haar zal ik weer niet zien, maar kroonprinses Stephanie misschien wel.*

Franz legt de brief even met een glimlach opzij. 'Maman is blijkbaar volledig in de ban van de hoge adel,' mompelt hij voor zich uit. Zijn moeder is helemaal opgebloeid sinds ze geregeld haar grote jeugdliefde opzoekt. Ze ziet er veel jonger en kwieker uit dan de drieënzestig jaar die ze bijna is.

Ook jouw vader doet je de hartelijke groeten. Pauline gaat over op het deel van de brief dat doelt op zijn inmiddels zich al jaren voortslepende dilemma. *Hij verlangt ernaar je weer te zien en wil graag meer rechtstreeks contact dan een incidentele brief. Hij wil ook eindelijk kennismaken met zijn kleinkinderen en natuurlijk ook met hun moeder.*

Pauline drukt zich wijselijk heel discreet uit over dit delicate punt. Na de dood van zijn broer Maximilian drie jaar geleden heeft zijn vader meerdere malen aangegeven dat hij niet langer aandringt op een scheiding om Franz te adopteren, maar Irene heeft tot op heden botweg geweigerd de graaf te ontmoeten.

'Het is al erg genoeg dat je Ottilie en Mathilde over mijn afkomst hebt ingelicht en ze sindsdien poeslief doen alsof ze me als lid van de familie accepteren. Deze hypocrisie stuit me nog veel meer tegen de borst dan de minachting waarmee ze vroeger vaak openlijk te koop liepen. Ik heb niet nog eens een schoonvader nodig die me alleen maar ter wille van jou gedoogt.'

Sinds hun huwelijkscrisis, die ze vooral door de ziekte van de tweeling en de dood van Sophia hebben overwonnen, is ze in zulke zaken niet meer bereid tot compromissen. 'Ik wil nooit meer buigen of gedwongen zijn te liegen,' had ze op een dag verklaard.

Ook in andere situaties verdedigt ze nu in tegenstelling tot vroeger vaak openlijk haar standpunt, ook als ze anderen daarmee voor het hoofd stoot. Ottilie en Mathilde heeft ze onomwonden duidelijk gemaakt dat ze geen contact meer met hen wil en sindsdien is ze ook niet meer in Altenstadt geweest.

In elk geval had dit Franz verlost van de uiterst onaangename beslissing over het lot van de beide vrouwen. Na de dood van Sophia had hij sowieso lange tijd niet aan hen gedacht.

Net toen hij weer was gaan nadenken of hij hen wegens hun gekonkel uit Altenstadt moest zetten, had men zijn oom Gregor op een ochtend dood in zijn bed gevonden. Volgens dokter Frey was hij in zijn slaap aan een hartaanval overleden.

Doorslaggevend voor zijn besluit de vrouwen in Altenstadt te laten blijven wonen, was evenwel de weigering van Irene hen te bezoeken of in Schweighofen te ontvangen en daarmee weer toe te geven aan de gebruikelijke familiale druk voor de buitenwereld de schijn op te houden. Na de begrafenis van Gregor was ze niet meegegaan naar Altenstadt voor het begrafenismaal. Nu Irene hen eenvoudigweg negeert, kunnen Ottilie en Mathilde haar niets meer maken en daarmee de rust in de familie verstoren.

Hoewel ze hun nieuwsgierigheid niet onder stoelen of banken steken, weten de twee vrouwen tot op heden niets van Franz' adellijke vader. Hun constante pogingen om bij Pauline of hem los te peuteren wie zijn vader is, hebben vooralsnog niets opgeleverd.

Dat wil hij ook zo houden en voor Franz is dat reden genoeg om het contact met zijn Oostenrijkse vader te beperken en Irenes weigering met hem mee naar Wenen te reizen, te aanvaarden. Het zou in Altenstadt wellicht niet onopgemerkt blijven als hij daar vaker heen zou reizen, en al helemaal niet als hij dat met zijn hele gezin zou doen. Bovendien is het allerminst zeker dat Irene en zijn vader met elkaar overweg zullen kunnen en het ooit tot een adoptie zal komen.

Hij hoopt dan ook van harte dat die roddelzieke vrouwen de reizen van Pauline al niet met zijn afkomst in verband brengen. Met zijn moeder heeft hij afgesproken haar ware bestemming te verzwijgen en gewoon voor te wenden dat ze gaat kuren.

Bezwaard door al die geheimen en dilemma's wijdt Franz zich aan de rest van de brief. Die bevat niets noemenswaardig meer buiten de vermelding wanneer ze precies in Weissenburg zal aankomen en verdere groeten. Maar de onuitgesproken wens van zijn moeder haar echte familie eindelijk verenigd te zien spat als het ware van het papier.

Een wijnstokkwekerij in de buurt van Dijon

Eind april 1884

'Vader, ik heb verschrikkelijk nieuws.' Nerveus verfrommelt de zoon van de wijnstokkenteler de muts die hij heeft afgezet.

'Bij een aantal stekken van de pinot noir die we willen leveren heb ik bladeren gezien met de vreemde zwarte vlekken die vaak de voorbode zijn van door druifluis aangetaste planten.'

Zijn vader trekt bleek weg. 'Weet je het zeker?'

De zoon knikt. 'Wat moeten we doen? Overmorgen komt die monsieur Kerner van het Paltische wijngoed de planten afhalen. Het is onze grootste bestelling dit jaar.'

'Die we natuurlijk keurig zullen afhandelen,' besluit zijn vader impulsief. 'Temeer omdat we niet eens weten waar die vlekken vandaan komen.'

'Maar wat als de planten daadwerkelijk door fylloxera zijn aangetast? We kunnen onze deuren wel sluiten als ze in de sector ontdekken dat we besmette wijnstokken hebben verkocht.'

'En onze reputatie is ook om zeep als we de stekken nu niet leveren, jongen. Hoe zouden we dat moeten uitleggen? Voor zover ik weet zijn de oude wijnstokken op het Paltische wijngoed al gerooid. De percelen liggen braak en je mag er zeker van zijn dat de eigenaar daar geen genoegen mee zal nemen. We hebben dus geen andere keuze dan te leveren en er het beste van te hopen.'

'Het beste?'

'Ja, dat het gewoon een schimmelziekte of een andere onschuldige besmetting is.' De vader wordt boos. 'Beeld je eens in dat je vermoedens straks ongegrond blijken te zijn! Ondanks dat zal onze naam geassocieerd blijven met zieke stokken en geen hond zal nog een bestelling bij ons plaatsen. Haal alle opvallende planten er dus uit. Ook op de andere velden als je ze daar nog vindt. En doe het alleen! Heb je hierover al iets tegen de arbeiders gezegd?'

De zoon schudt het hoofd.

'Goed zo, Étienne. We hebben het geld trouwens hard nodig, dat weet je. Binnen veertien dagen vervalt de wissel. Hoe moeten we die vereffenen als we deze opdracht verliezen? De bank zal niet aarzelen om beslag te leggen op ons huis.'

De zoon blijft aan zijn muts pulken.

'Het loopt allemaal wel los, Étienne!' De vader stelt hem gerust en onderdrukt tegelijkertijd zijn eigen angst. 'Tot op heden hebben we hier in de regio nog geen druifluis gehad.

En als die rotluis ons inderdaad te pakken heeft gekregen, zijn we volgend jaar sowieso geruïneerd,' voegt hij er laconiek aan toe. 'En dan hebben we elke cent nodig die we nu nog kunnen verdienen.'

20

Het huis van Minna in Schweigen

Een zondagmiddag in maart 1885

'Wat fijn dat je toch nog kon komen, Irene!' Minna omhelst haar vriendin hartelijk. Vervolgens zet ze een stap achteruit en kijkt haar bezorgd aan.

'Voel je je echt weer beter?'

'Gelukkig wel,' glimlacht Irene. 'Die bronchitis had me flink te pakken. Ik heb zeker drie weken in bed gelegen en voor het eerst in mijn leven ervaren hoe aangenaam en tegelijkertijd vervelend het is om een gediplomeerd verpleegster in huis te hebben.' Ze heeft het natuurlijk over Rosa, die haar toegewijd, maar zeer streng heeft verzorgd.

'En hoe gaat het met Klara?'

Irenes glimlach wordt groter. 'Die is tot eenieders verbazing niet ernstig ziek geweest. Eerst moest Franz het bed houden en hij heeft gevloekt als een ketter omdat hij geen kijkje kon nemen bij de spätburgunderpercelen die vorig jaar opnieuw aangeplant zijn. Alsof Nikolaus Kerner en Hansi Krüger niet ervaren genoeg zijn om te zien dat de jonge stokken zich fantastisch hebben ontwikkeld. Ze zitten vol knoppen, heeft Franz me laten weten toen hij ze eindelijk kon gaan bekijken, maar toen lag ik al met koorts in bed. Mijn neus zat zo dicht dat ik ondanks alle middeltjes van Rosa op sommige momenten alleen door mijn mond kon ademen.'

Ze knipoogt naar Minna. 'En voor het eerst sinds die grote ruzie van een paar jaar geleden hebben we weer apart geslapen. Natuurlijk heb ik me grote zorgen om Klara gemaakt. Ze mocht de kamer niet binnenkomen en ook onze badkamer niet gebruiken, maar moest naar het toilet van de bedienden.'

Ze moet weer lachen. 'Daarover heeft ze flink gezeurd omdat ze elke keer via de achtertrap naar de kelder of de zolder moest. Maar dat was niet slecht voor haar.' Irene grijnst nu breed. 'Nu weet ze tenminste hoe bevoorrecht ze is als dochter des huizes. En, zoals ik al zei, is ze niet ziek geworden behalve een lichte verkoudheid dan. Dokter Frey denkt dat de vele kuren eindelijk hebben gewerkt.'

'Maar dat geloof jij niet?' De fijnzinnige Minna herkent het scepticisme in haar stem.

'Precies weet ik het natuurlijk niet, maar ik denk eerder dat Klara sterker is geworden omdat ze zoveel plezier heeft in haar lessen. En daar hoort ook de "lichamelijke opvoeding" bij zoals haar lerares, mejuffrouw Adelhardt, het noemt. Ze gaat elke dag, ongeacht het weer en zelfs als het regent dat het giet, met Klara naar buiten. In het begin maakte ik me wel zorgen, maar mejuffrouw Adelhardt heeft haar wil doorgedreven. En omdat ze de wandelingen ook gebruikt om haar over de natuur te leren, beleeft Klara er, in tegenstelling tot in die kuuroorden, veel plezier aan. Ze wil nu zelfs leren paardrijden.'

'Dat is geweldig, Irene,' antwoordt Minna hartelijk. 'Dan kun je eindelijk weer een eigen leven gaan leiden.'

'We zullen wel zien.' Toch speelt Irene al sinds de scène met de bedelares in het park van Bad Schwalbach met de gedachte Franz te vragen zijn belofte na te komen en haar weer toestemming te geven om zich in te zetten voor de rechten van werkende vrouwen.

De afgelopen jaren was dat, ondanks dat het beter ging met Klara, niet mogelijk geweest. Om in contact te komen met de bestaande vrouwengroepen heeft ze Josef Hartmann nodig en die wordt pas volgende maand vrijgelaten nadat hij als recidivist nog eens tot drie jaar cel was veroordeeld.

De aanleiding was spectaculair geweest en had hem de bewondering van sociaaldemocraten in het hele rijk opgeleverd: omdat de autoriteiten de festiviteiten ter ere van het vijftigjarig jubileum van het Hambacher Fest eind mei 1882 hadden verboden, hadden hij en een paar kameraden in de nacht van 29 mei geprobeerd de rode vlag van de SAP boven de streng bewaakte kasteelruïne te hijsen. Josef werd als enige gepakt en weigerde zijn ontsnapte kompanen te verraden. Mede daarom gebruikten de autoriteiten hem om een rigoureus voorbeeld te stellen.

Sinds de grandioze verkiezingsuitslag in januari 1884 waarmee de sociaaldemocraten een dubbel aantal zetels in het parlement hebben behaald, is de situatie voor hen in het hele rijk verbeterd. Begin dit jaar is zelfs het vergaderingsverbod opgeheven, en niet alleen Irene ruikt nu haar kans haar politieke ambities waar te maken. Toen ze ziek in bed lag heeft ze tijd genoeg gehad om na te denken over hoe het nu verder moet, al heeft ze nog niets beslist.

'Waarover gaat het vandaag?' Ze brengt het gesprek op het onderwerp van de huidige bijeenkomst.

Minna's gezicht betrekt. 'Ik heb sinds een paar dagen twee vrouwen uit Weissenburg in huis. Ze zijn op staande voet ontslagen en vertellen vandaag over hun wedervaren bij de families waarvoor ze werkten. Daarna kijken we wat we voor hen kunnen doen.'

Minna stelt al sinds ze de zondagse bijeenkomsten voor dienstmeisjes in haar huis in Schweigen organiseert een zolderkamer beschikbaar voor vrouwen die ontslagen zijn. Irene betaalt de kosten zolang de dienstmeisjes nog geen nieuwe betrekking hebben gevonden.

'Er is nu ook een kokkin bij. Ze wordt ervan beschuldigd voedsel uit de voorraadkast te hebben ontvreemd. Misschien ken je haar werkgeefster wel. Ottilie Gerban was vaak bij haar te gast.'

'Wie is dat dan?'

'De vrouw is met een belangrijke koopman gehuwd.'

'Toch niet die burgertante die de naam van het beroep van haar man draagt?' Irene herinnert zich de vervelende woordenwisseling die ze op Ottilies zestigste verjaardag met de verwaande vrouw heeft gehad.

Minna grijnst. 'Ja, die. Kom mee naar de zitkamer. Iedereen is er al. Franziska zal zelf vertellen wat ze heeft meegemaakt.'

Even later zit Irene achter een dampende kop koffie aan Minna's immer glanzende tafel te genieten van een lekker stuk boterkoek. Ze laat haar blik dwalen over de acht mensen die zich rond de tafel hebben geschaard.

Onder hen bevindt zich Gitta, die haar hierheen heeft begeleid, maar ook het dienstmeisje Heidi uit Altenstadt, een vriendin van Gitta. Heidi neemt al enige tijd op haar tweewekelijkse vrije zondagmiddag aan de bijeenkomsten deel. Toen Ottilie dat had ontdekt had ze het haar eerst boos verboden, maar het dan op verzoek van Irene – Franz had de boodschap met de nodige nadruk overgebracht – schoorvoetend toegestaan. Ook de kokkin Franziska had al een paar keer deelgenomen, maar een paar maanden geleden besloten het niet meer te doen omdat de bijeenkomsten een doorn in het oog van haar meesteres waren.

'Vertel ons nu eens wat er met je is gebeurd, Franziska,' stelt Minna voor aan de vrouw van een jaar of vijftig. Voor een kokkin was ze altijd al mager geweest, maar nu is ze echt vel over been, bedenkt Irene.

De vrouw wrijft over haar ogen waaronder zich donkere schaduwen aftekenen. 'De laatste maanden werd mevrouw steeds gieriger. Ze droeg de sleutel van de voorraadkamer bij zich en bezorgde me de ingrediënten voor de maaltijden tot op de gram afgewogen. Voor haar en mijnheer kookten we nog altijd heel copieus, maar ons eten werd steeds kariger en bestond uiteindelijk overwegend uit droog brood, dunne soep en de paar restjes van hun maaltijden.'

Ze wrijft weer over haar ogen. 'De zaak in koloniale waren van haar echtgenoot verkoopt prachtige luxeartikelen, maar met het karige loon kunnen we ons daar nauwelijks iets van veroorloven.'

'Jullie leden dus honger?' Irene voert de vrouw onopvallend terug naar het onderwerp. Het gebrek aan eten is de meest voorkomende klacht op deze bijeenkomsten.

Franziska knikt en snikt. 'Uiteindelijk gaven de knecht – de eerste huisknecht is al lang ontslagen – het dienstmeisje Ännchen en ik nagenoeg ons volledige loon uit aan eten. Daarbij werden ons elk jaar meer taken toegewezen en is ons werk almaar zwaarder geworden. De knecht moest de tuin onderhouden, koetsieren, de paarden verzorgen en de stal uitmesten en geregeld ook helpen met het uitladen van de goederen in de zaak. Vaak moest hij ook de boodschappen bezorgen. Het meisje en ik moesten al het huishoudelijke werk opknappen, inclusief de was en het verstelwerk, en het bezoek ontvangen. Overdag hadden we nauwelijks een kwartier middagpauze en we werkten vaak van vijf uur 's ochtends tot tien uur 's avonds.'

'En dat met zo weinig eten?' Hoewel Irene al wel het een en ander heeft gehoord op deze bijeenkomsten, is ze geschokt. De handelaar in koloniale waren is een van de rijkste inwoners van Weissenburg.

'Wacht, je hebt nog niet alles gehoord,' zegt Minna. 'Vertel verder, Franziska!'

'De laatste maanden moest ik na het zware werk overdag ook bijna elke nacht mijn bed uit. Mijnheer kreeg midden in de nacht honger of wilde een kop koffie of thee. We hadden er al een gewoonte van gemaakt alles klaar te zetten wat we eventueel nodig zouden hebben. Natuurlijk onder het toeziend oog van mevrouw.'

'Maar waarom moest jij alleen opstaan?' vraagt Klärchen die als meisje voor alles voor een gezin in de lage burgerij werkt.

'Ännchen slaapt in het hangkamertje boven de haard. Maar de bel klinkt bij mij in het kamertje naast de keuken en maakt dus alleen mij wakker. Ik raakte uitgeput door die half slapeloze nachten, vooral omdat ik niet meer van de jongste ben. En toen...' Haar stem stokt en ze begint te huilen.

'Toen vergat mevrouw op een avond de voorraadkamer af te sluiten,' vertelt Minna verder. 'Franziska moest die nacht weer koffie maken voor mijnheer en zag dat de deur van de voorraadkamer op een kier stond. Hongerig schonk ze zich een beker melk in en at ze een stuk oudbakken witbrood in de veronderstelling dat haar bazin het niet zou merken.'

'Maar dat was buiten de waard gerekend! Vertel jij nu de rest, Franziska!'

'Ze zag het de volgende ochtend meteen omdat ze dat brood als ontbijt in warme melk wilde brokkelen. En toen merkte ze ook dat ik van de melk had gedronken. Nog geen uur later ontsloeg ze me op staande voet zonder me mijn loon voor de resterende twee weken uit te betalen. En met dit bediendenboekje kom ik nergens nog aan de bak. Hier staat zwart op wit dat ik een dievegge ben. Ik heb veertien jaar lang in dat huis gewerkt zonder me ooit ergens schuldig aan te maken.'

Gitta, die naast de snikkende kokkin zit, wrijft troostend over haar rug. Irenes hart is bij de laatste woorden echter sneller gaan slaan.

'Dit is duidelijk een zaak voor monsieur Payet,' verklaart ze. De advocaat heeft Irene en haar beschermelingen al eerder in soortgelijke zaken geadviseerd. 'De werkgever van Franziska heeft volledig verzaakt aan zijn plichten. Noch het ontslag op staande voet, noch het inhouden van het loon is correct. Misschien moeten we ditmaal een klacht indienen.'

'Natuurlijk moet je de raad van Payet inwinnen, Irene,' antwoordt Minna. 'Maar voor Franziska's toekomst is het beter om de gebruikelijke weg te bewandelen.'

'Zoals bij mij destijds,' glimlacht Gitta. 'Je zult zien, Franziska, dat het werkt.'

'Hoe gaat dat dan in zijn werk?'

'Allereerst gebeurt er iets onhandigs: je verliest je bediendenboekje,' legt Gitta uit. 'Dat meld je bij de prefectuur in Weissenburg. Intussen praat mevrouw Gerban met jouw mevrouw om ervoor te zorgen dat ze je voor je nieuwe boekje een goede referentie meegeeft. En als ze dat weigert, dreigt mevrouw Gerban ermee met monsieur Payet terug te keren. Tot op heden bleek dat altijd voldoende om de dames en heren op andere gedachten te brengen. Nietwaar, mevrouw Gerban?'

Irene knikt. Deze methode heeft ze de laatste jaren al een paar keer met succes toegepast.

'En hoe moet het nu met Ännchen?' Dat vraagt Ilse, een vrouw die ook als kokkin werkt. 'Die zit daar nu helemaal alleen met die oude geilaard.' Kennelijk weet zij meer over wat er zich in het huishouden van de koopman afspeelt dan Franziska tot nu toe met de groep heeft gedeeld.

Irene spitst de oren. 'Is er nog een andere reden waarom je het dienstmeisje 's nachts niet naar de slaapkamer van mijnheer liet gaan?'

Franziska bloost en antwoordt aarzelend. 'Eerst zouden we elkaar 's nachts afwisselen.' Ze slaat haar ogen neer. 'Zo zou toch minstens één van ons beiden een goede nachtrust hebben. Ik zou daarvoor zelfs het hangkamertje voor lief hebben genomen. Maar die oude vent probeerde Ännchen te bepotelen. En toen ze zich verzette sloeg hij haar in het gezicht en zei hij dat ze zich niet zo moest aanstellen. Ze kon ternauwernood wegkomen. Daarna heb ik het 's nachts van haar overgenomen.'

Irene zucht diep. 'Dan moeten we Ännchen ook uit dat huishouden weg krijgen. Wat denk jij, Minna?'

'Absoluut! Maar hoe krijgen we dat voor elkaar?'

'Ik heb een idee.' Heidi neemt het woord. 'Jij kunt aanbellen, Minna. Het meisje zal in elk geval opendoen en dan kun je zeggen dat je gehoord hebt hoe slecht het met haar gaat en haar aanbieden ook bij jou in te trekken.'

Minna knikt langzaam. 'Dat kan ik binnenkort proberen, Heidi. Maar ik kan Ännchen niet dwingen haar post te verlaten. Dat moet ze zelf beslissen.'

Alle dienstboden rond de tafel weten dat hun lotgenoten de pesterijen van hun werkgevers vaak dulden uit angst op straat te eindigen.

'O, Ännchen zal wel de juiste beslissing nemen!' bevestigt Franziska Heidi's voorstel.

'Dat wordt krap in die kleine kamer met jullie drieën!' zegt Minna met een knipoog.

'O, dat maakt ons niets uit. En Ännchen ook niet,' antwoordt de kokkin die de schertsende toon niet heeft gehoord. 'Erger dan het nu is, kan het niet worden.'

Ook de andere jonge vrouw die is ontslagen en tot nu toe geen woord heeft gezegd, knikt.

'En dan komen we nu bij jou. Hoe is het jou vergaan?' vraagt Irene haar.
Het volgende half uur luisteren de vrouwen geschokt naar het volgende trieste verhaal dat sprekend op alle andere getuigenissen lijkt.

Het wijngoed bij Schweighofen

Eind mei 1885

'Mijnheer Dick! Kom gauw! Ik moet u wat laten zien.'

Fronsend volgt de eerste voorman die al jaren op het wijndomein Gerban werkt de jonge arbeider naar het midden van een rij stokken op een spätburgunderperceel dat vorig jaar opnieuw is aangeplant. Herrmann, die dit jaar de basisschool heeft afgemaakt en nog maar net als arbeider op het domein is begonnen, doet graag gewichtig.

'Deze stok lijkt ziek te zijn!' Herrmann wijst naar een jonge plant waarvan de bladeren slap hangen. 'Het lijkt wel alsof die niet genoeg water krijgt.'

Clemens Dick kijkt bedenkelijk. Er is in het voorjaar veel regen gevallen en de bodem is vochtig genoeg. 'Heb je dit bij nog meer planten gezien?'

Herrmann knikt. 'Ja, in deze drie rijen lijken er nog meer stokken last van te hebben.' Hij wijst tot aan het einde van de kavel.

Clemens Dick zucht. Het gebeurt wel eens vaker dat telers ook matige planten leveren. Ze komen meestal van hetzelfde kweekveld en worden in een partij geleverd waardoor ze dan meestal in dezelfde rijen worden geplant. Het afgelopen jaar is hem echter niets bijzonders opgevallen.

Hij overweegt even Kerner, de rentmeester, of Hansi Krüger in te lichten, maar besluit het niet te doen. Kerner wil hij niet lastigvallen met zulke onbenulligheden en Hansi Krüger benijdt hij om zijn promotie tot plaatsvervangend rentmeester. Dick had ooit zelf op die functie geaasd en daarom gaat hij Krüger zo ver mogelijk uit de weg. Die gast neemt zich in zijn ogen veel te serieus en ziet er geen been in hem, een man van bijna twintig jaar ouder, instructies en opdrachten te geven.

Voorzichtigheidshalve vraagt hij het nog een keer. 'Om hoeveel stokken gaat het in totaal?'

'Een tiental, mijnheer Dick.'

'Tien maar? En daar maak jij zo'n ophef over, Herrmann, en verstoor je mijn rondgang? Geef de stokken voor mijn part water als de bodem daar werkelijk te droog is en houd dan een paar dagen in de gaten of de planten zich herstellen. Doen ze dat niet, dan trek je ze eruit. Er gaat altijd wat verloren als je vijf nieuwe percelen tegelijk beplant.'

Gefrustreerd door de barse toon van zijn baas knikt Herrmann, die eigenlijk een compliment had verwacht voor zijn oplettendheid. Even overweegt hij Dick nog te wijzen op de zwarte bobbels die hij aan de onderzijde van de bladeren van een paar andere stokken op dit perceel heeft ontdekt. Maar hij laat het zo omdat hij geen zin heeft in nog een uitbrander.

Dick mag hem duidelijk niet. Anders had hij hem niet de ongelooflijk saaie taak van het verzorgen van twee van deze nieuwe aanplantingen gegeven, maar hem net als de andere arbeiders ingezet op de kavels waarvan ze in de herfst een rijke oogst verwachten.

Herrmann heeft nu al zijn bekomst van het dag in, dag uit wieden tussen de jonge wijnstokken, de grond losmaken, de tere loten vastmaken en overbodige ranken te snoeien. En dat moet hij nog de rest van de zomer doen terwijl de verzengende hitte die je in juli mag verwachten en die hij nu zal moeten doorstaan zonder de weldoende schaduw van volwassen wijnstokken, nog niet is ingetreden.

Gelukkig heeft men hem de twee spätburgunderpercelen in de buurt van het landhuis toevertrouwd, anders had hij elke dag nog eens de lange wandeling heen en terug naar Schweigen moeten maken.

Meeldauw kan het niet zijn, dat is wit en poederig, bedenkt hij als hij zijn dagelijkse inspectie van de jonge planten hervat. Deze schimmelinfectie moet hij meteen melden, heeft Kerner hem persoonlijk opgedragen. De nieuwe Bourgondische wijnstokken zouden uiteindelijk resistent moeten zijn, anders hadden ze nooit de oude, steeds weer door meeldauw aangetaste kavels gerooid.

Over zwarte bobbels is niet gesproken. Ik knip die bladeren gewoon af, besluit hij. Als het echt een ziekte is besmetten de aangetaste bladeren niet de rest van de plant en het zijn er maar een paar.

Op de route van Weissenburg naar Schweighofen

Juni 1885

'En nu maar hopen dat Franziska en Ännchen het naar hun zin hebben in Falkenstein, al heb ik daar alle vertrouwen in.' Tevreden leunt Minna achterover in de kussens van de landauer van de familie Gerban en vouwt haar handen over haar met de jaren behoorlijk dik geworden buik.

'Dat Vrouwe Fortuna die twee snel weer in de steek zal laten nadat ze hen net haar gunst heeft betoond, lijkt me weinig waarschijnlijk,' gaat Irene op dezelfde luchtige toon verder.

Samen hebben ze net de kokkin en het dienstmeisje van mijnheer en mevrouw Krämer naar de trein in Weissenburg gebracht. Het stel kan dankzij Minna aan de slag in het sanatorium. Minna is tijdens haar verblijf daar bevriend geraakt met de huisdame die verantwoordelijk is voor het niet-medische personeel. Dankzij deze connectie heeft ze daar al een paar dienstboden kunnen onderbrengen.

En kijk! Ook ditmaal stond het geluk aan hun zijde: in de keuken van het sanatorium hadden ze dringend een bekwame kracht nodig en een van de artsen was op zoek naar een nieuw dienstmeisje.

'Zo zie je maar, Irene, dat een beetje vriendelijkheid altijd loont,' zegt Minna trots. Tijdens haar verblijf in Falkenstein was zij een van de weinige patiënten geweest die de huisdame met respect hadden behandeld, terwijl de rijke, verwende dames haar vaak uit de hoogte bejegenden. Vooral als hun weer eens iets niet aanstond.

'En hun bediendenboekjes zijn onberispelijk,' jubelt Irene. Deze keer was het niet eens nodig geweest het verlies bij de prefectuur van Weissenburg aan te geven. Integendeel: in Franziska's boekje staat nu onder de beschuldiging van diefstal de formele verontschuldiging van de vrouw van de koopman. Zij geeft toe zich te hebben vergist en de kokkin vals te hebben beschuldigd. Omdat het op straffe verboden is de genummerde bladen uit het boekje te verwijderen, was dat de enige mogelijkheid om Franziska te rehabiliteren. In het boekje van Ännchen stond niet eens een aantekening die doorgehaald moest worden.

Minna had zich een paar dagen na de bijeenkomst in maart aan de voordeur van huize Krämer gemeld. Als echtgenote van een gerespecteerd ambachtsman kon ze dat. En inderdaad, Ännchen had opengedaan en was al meteen bij de suggestie van Minna dat het haar misschien slecht ging in dat huishouden, in tranen uitgebarsten. Het toeval wilde dat mijnheer noch mevrouw thuis was en de jonge vrouw had meteen de kans gegrepen om haar schaarse bezittingen en haar bediendenboekje in te pakken en Minna naar Schweigen te volgen.

De volgende dag bracht Irene een bezoek aan de vrouw van de koopman. 'Ik kom hier om de zaak van de kokkin Franziska en het dienstmeisje Ännchen te bespreken.' Ze was meteen ter zake gekomen toen ze in de salon zat met een kop thee die mevrouw Krämer bij gebrek aan vrouwelijke dienstboden zelf had gezet.

'Ik heb monsieur Payet al om advies gevraagd,' had ze voorgewend, hoewel ze alleen in uiterste nood naar deze maatregel zou grijpen. 'Het dienstmeisje Ännchen Wellner zal uw man beschuldigen van poging tot verkrachting en een schadevergoeding eisen tenzij wij hier vandaag een discrete schikking kunnen treffen.'

Irene heeft nog steeds leedvermaak als ze terugdenkt aan het verbijsterde gezicht van de vrouw. 'U weet toch waarover ik het heb?' was ze onbewogen verdergegaan. 'Omdat het meisje zo hard gilde, kwamen zowel u als de knecht geschrokken aanlopen en betrapten uw éérbiedwaardige eega,' die laatste woorden had ze spottend benadrukt, 'quasi in flagranti, als ik het goed heb begrepen.' Irene herhaalde hiermee wat Ännchen haar en Minna nog de avond van haar aankomst in Schweigen had verteld.

'Dat kind liegt.' Mevrouw Krämer doet nog een doorzichtige poging haar man te verdedigen.

'Welnu, monsieur Payet zal de klaagster vertegenwoordigen. Als u of uw echtgenoot een plausibele verklaring heeft voor het feit dat het achttienjarige, nog maagdelijke meisje met ontbloot bovenlijf en na middernacht op het bed van uw echtgenoot lag terwijl hij zijn zaakje... zijn nachthemd uittrok, laat u dat dan aan de edelachtbare weten.'

Mevrouw Krämer zag knalrood. Ze hapte naar adem en zocht naar woorden.

'En zelfs als u en uw echtgenoot meineed plegen, zal de knecht dat zeker niet doen, vooral niet omdat ik hem in het geval het tot een proces komt meteen een baan op ons wijngoed zal aanbieden.'

De vrouw van de koopman kon nog altijd geen woord uitbrengen.

'Maar zelfs als men de dienstboden in de rechtszaal ondanks de uitstekende reputatie van Payet niet zou geloven, bedenk dan eens wat voor een schandaal...' Irene had haar zin niet afgemaakt en haar gesprekspartner veelzeggend aangekeken.

'Wat verwacht u dan?' had mevrouw Krämer uiteindelijk volledig van de kaart schor gevraagd.

En nu hebben de voormalige dienstboden weer een onberispelijk getuigschrift. En hoewel Irene de vrouw van de koopman in dezen had verzekerd het stilzwijgen in acht te nemen, moet toch iemand de plaatselijke arbeidsbemiddelaarster een tip hebben gegeven want voor zover Irene en Minna weten, hebben mijnheer en mevrouw Krämer tot op heden geen vast personeel en zijn ze aangewezen op de diensten van een hulp in de huishouding en de plaatselijke wasserij. Zelfs de knecht heeft een goed heenkomen gezocht en is bij een vervoerder in de stad in dienst gegaan.

Ondanks dit succes voelt Irene zich vreemd rusteloos. En die onrust wordt met de dag sterker.

'Maar Minna en jij, jullie doen toch fantastisch werk!' had Pauline verbaasd uitgeroepen toen Irene haar op een dag tijdens een wandeling in vertrouwen had genomen.

'Voor individuele vrouwen misschien, maar uiteindelijk blijft het lapwerk. Die bediendenboekjes zouden ze moeten afschaffen opdat ze niet meer voortdurend misbruikt worden als chantagemiddel. Maar dat vergt grotere inspanningen die uiteindelijk ook in het beleid en de wetgeving hun neerslag moeten vinden. En op alle andere terreinen waar wij vrouwen geen rechten hebben.'

Pauline had gezucht. 'Praat er dan toch eindelijk met Franz over en beslis!' had ze aangedrongen.

Maar hoewel Josef Hartmann alweer een paar weken op vrije voeten is, heeft Irene nog geen beslissing kunnen nemen. Ze beseft dat de kleinschalige inspanningen in haar voormalige vrouwengroepen inmiddels ook niet meer volstaan voor haar. Onlangs heeft ze gelezen dat een zekere Gertrud Guillaume-Schack overal in het land verenigingen voor arbeidsters heeft opgericht en ook opkomt voor de rechten van thuiswerksters en dienstmeisjes en zelfs prostituees.

De landauer mindert vaart. Afwezig kijkt Irene uit het raampje. Langs de kant van de weg strompelt een verwaarloosd meisje. De zolen van haar slechte schoenen zijn losgeraakt en haar haar, waarvan de kleur nauwelijks herkenbaar is door het stof dat er zich in heeft vastgezet, hangt in verwarde slierten op haar rug. Haar kleren zijn versleten en vies.

Het meisje hoort de koets en tot Irenes verbazing steekt het meisje haar arm uit alsof ze de koets wil doen stoppen. Haar wangen zijn ingevallen en zitten onder het vuil. Ze komt Irene vaag bekend voor.

Peter, de koetsier, rijdt natuurlijk door en zet de paarden weer aan tot een lichte draf zodra ze het meisje zijn gepasseerd. Als door de bliksem getroffen beukt Irene met beide vuisten op de wand van de koets om Peter aan te geven dat hij meteen moet stoppen. Onder Minna's verbijsterde blik rukt ze het portier al open nog voor de koets stilstaat en rent ze de weg op.

'Het is Marie!' Ze weet het heel zeker. 'Marie Schober! Emma's oudste dochter!'

Het wijngoed bij Schweighofen

Juni 1885, dezelfde avond

'Zo Marie, wil je ons allemaal nog een keer vertellen wat je in Bischwiller hebt meegemaakt en waarom je bent gevlucht?'

Het jonge meisje knikt. Tot dusverre weet Irene slechts uit een paar onsamenhangende opmerkingen hoe het de nu zestienjarige Marie is vergaan in de zeven jaren nadat Georg Schober midden in de nacht Lambrecht met zijn dochters had verlaten.

Toen Irene Marie op de weg in haar armen had willen nemen, was het meisje met opgeheven handen achteruitgeweken. 'Houdt u afstand van mij, mevrouw Gerban! Ik zit vol ongedierte.'

Maries versleten kleren krioelden inderdaad van de luizen toen Irene haar na het ritje op de bok aan Rosa toevertrouwde voor een bad. Een vlo sprong op haar over toen ze de spullen met haar vingertoppen pakte om ze in het vuur te gooien. Omdat ze de haard in de keuken wegens het vreselijke gekrioel niet konden gebruiken, moest een stalknecht een vuur aanleggen op de binnenplaats.

Rosa daarentegen was in haar element. Met een grimmig gezicht had ze Marie in de badkuip van kop tot teen schoongeboend en haar haar had ze gewassen met een vies ruikend goedje om de luizen te doden. Het dienstmeisje Gitta had vervolgens de vervilte slierten haar, die met de beste wil van de wereld niet meer uit te kammen waren, afgeknipt

Toen Marie de hele procedure achter de rug had en van schone kleren was voorzien, verslond ze gretig alles wat de kokkin, mevrouw Grete, haar in de personeelskeuken voorschotelde en viel dan van pure uitputting met haar hoofd op tafel in slaap. Peter, de koetsier, moest haar naar een van de lege dienstbodevertrekken op de zolder dragen waar Marie had geslapen tot Franz van kantoor thuiskwam.

Irene heeft hem bij het avondeten op de hoogte gebracht van de komst van Marie en het meisje dat nog diep in slaap was gewekt, en nu zitten ze allemaal samen in de salon. Om niet nog meer tijd te verliezen heeft mevrouw Grete op verzoek van Irene een bord met belegde boterhammen gemaakt waarvan Marie tijdens haar verslag telkens een grote hap neemt.

'Jullie vader heeft jullie dus mee naar Bischwiller gesleept... ik bedoel natuurlijk gebracht,' verbetert Irene, totaal van slag door de erbarmelijke toestand van Marie, zichzelf. Ze verwijt zich al de hele tijd dat ze er niet eerder aan heeft gedacht dat Georg Schober na zijn verdwijning uit Lambrecht daarnaartoe kon zijn gegaan.

In Bischwiller staan niet alleen verschillende lakenfabrieken, zoals Irene al geruime tijd weet. Maar Georg Schober wist dat natuurlijk ook sinds de staking in 1872 omdat de lakenfabrikanten in Lambrecht toen werkloze textielarbeiders uit Bischwiller als stakingsbrekers hadden geronseld.

Dat kinderen in de Elzas legaal mogen werken, zelfs als ze jonger dan twaalf zijn, weet Irene van August Bebel en Josef Hartmann. In de gesprekken met beide vakbondsleiders was er telkens een belletje gaan rinkelen toen Bischwiller ter sprake kwam, maar ze had nooit een direct verband gelegd met de verdwijning van het gezin Schober.

'Je hoeft geen rekening meer te houden met de schoft die mijn vader was, Irene,' antwoordt Marie bitter. Sinds de thuiskomst in Schweighofen spreken ze elkaar weer met jij aan. 'Hij heeft de dood van mijn moeder op zijn geweten en is zelf al een paar jaar dood.'

'Is je vader dood?' mengt Franz zich in het gesprek. 'Hoe is dat gegaan?'

Marie haalt haar schouders op; de minachting is nog op haar gezicht te lezen.

'Hij is in een dronken caféruzie verzeild geraakt en daarbij om het leven gekomen. De armenzorg heeft ons toen naar het plaatselijke weeshuis verwezen dat geleid wordt door een gierig echtpaar.'

'Maar lief kind, waarom heb je niet meteen na de dood van je vader met ons contact gezocht?' vraagt Pauline geschokt.

Maries ogen worden vochtig. Nu ze gewassen is valt het Irene op hoe sterk ze op haar moeder Emma lijkt. Marie heeft haar grijze ogen geërfd en het asblonde haar dat na de knipbeurt nog maar tot aan haar kin reikt. Het kapsel staat haar echter wel goed.

'Ik heb het vaak geprobeerd, maar niemand wilde naar me luisteren. De ambtenaren van de armenzorg geloofden wellicht niet dat een vermogende wijnhandelaar zich met twee weeskinderen zou laten opzadelen. En toen ik vertelde dat Emma en Irene vriendinnen waren heeft de opvangmoeder me zelfs met de roede geslagen omdat ze dacht dat ik loog.'

Er biggelt een traan over haar uitgemergelde gezicht. Iedereen rond de tafel is zwaar aangedaan.

'En ik kon jullie niet schrijven omdat ik geen cent had terwijl ik meteen na onze aankomst in Bischwiller in de fabriek moest gaan werken. Eerst ging mijn hele loon naar mijn vader en later naar het weeshuis. Ik heb eens opgevangen dat het werd verrekend met het geld dat de armenzorg voor ons onderhoud aan het echtpaar betaalde. Ik kon dus niet eens een postzegel kopen ook al zou ik papier en een pen hebben gehad.'

'Zijn jullie, Thea en jij, na de dood van jullie vader in de lakenfabriek blijven werken?'

'Thea daarna maar heel kort. Ze was altijd al veel zwakker dan ik en kon het zware werk niet aan. We stonden op dezelfde spinafdeling en ik heb haar zo lang mogelijk geholpen, maar toen kwam er een nieuwe voorvrouw die Thea genadeloos afjakkerde totdat ze op een dag eenvoudigweg in elkaar is gezakt. Dat was kort nadat we in het weeshuis waren aangekomen. Daar moest ze dan zestien uur per dag kantklossen, totdat ze een paar dagen geleden opnieuw is ingestort. Vooral omdat ze vaak niet genoeg eten kreeg. De rantsoenen in het weeshuis zijn sowieso karig, maar als je je dagelijkse hoeveelheid niet haalt, krijg je ook geen avondeten meer.'

'En dus besloot je te vluchten vanwege Thea?'

Marie knikt. 'Ik ben een paar dagen geleden na het werk niet meer naar het weeshuis teruggekeerd. De eerste nacht heb ik in een schuur aan de rand van Bischwiller doorgebracht. Daarna ben ik zo snel mogelijk gaan lopen. Een vriendelijke boerin heeft me de weg gewezen en me zelfs wat te eten gegeven. En een voorman heeft me een eindje meegenomen. De rest heb ik te voet afgelegd.'

'Hoelang was je al onderweg toen ik je vond?'

Marie denkt even na. 'Tweeënhalve dag.'

'En je zegt dat Thea in het weeshuis in elkaar is gezakt?' vraagt Pauline nog eens.

'Ja!' Weer springen de tranen Marie in de ogen. 'Ik ben bang dat ze doodgaat.'

'Waaraan kan ze in hemelsnaam doodgaan?'

'Ik weet het niet precies, mijnheer Gerban. Maar de dag voor het gebeurde hoorde ik de keukenhulp zeggen dat in het weeshuis de mazelen waren uitgebroken.'

Gemeentelijk weeshuis Bischwiller

Juni 1885, twee dagen later

'Wat denkt u, dokter Wagner. Is Thea ernstig ziek? Heeft ze de mazelen?'

De gedistingeerde man in een stijve, voor de tijd van het jaar veel te warme jas, strijkt peinzend over zijn grijze sik. Ze staan met z'n drieën rond de strozak van Thea in het weeshuis. Sinds gisterenavond is haar toestand nog verder achteruitgegaan.

Dokter Frey, de huisarts van de familie Gerban, heeft deze arts aanbevolen omdat hij zelf, ondanks herhaaldelijk aandringen van Irene, zijn praktijk in Weissenburg niet voor een paar dagen kon sluiten om met hen mee te gaan.

Franz en Irene hebben geen tijd verloren laten gaan en zijn meteen de ochtend na de komst van Marie met de landauer vertrokken om Thea naar Schweighofen te halen. Maar dat blijkt lang niet zo eenvoudig als ze zich hebben voorgesteld.

De beheerder van het plaatselijke weeshuis, een corpulente, onaangename man met een vettig, half kaal hoofd, had hen vanwege het late uur eerst zelfs niet binnen willen laten.

'Het is al na achten,' had hij tegen Franz en Irene in zijn schaars gemeubileerde, kale kantoor gezegd. 'Kom morgenochtend maar terug en liefst met een goedkeuring van de gemeentelijke armenzorg. Uiteindelijk is het meisje aan mijn zorgen toevertrouwd en ben ik verantwoordelijk voor haar welzijn.' Hij klopte zelfingenomen op zijn dikke borst. 'Zonder toestemming van de armenzorg kan iedereen aankloppen en aanspraken maken.'

Irene had de weerzinwekkende vent het liefst met beide handen in het vette gezicht gekrabd en had haar vuisten zo hard gebald dat haar vingernagels in haar vlees sneden. Franz daarentegen, gestaald door talloze lastige handelstransacties, had zijn kalmte bewaard en zwijgend zijn beurs tevoorschijn gehaald.

'Hoeveel?' had hij koeltjes geïnformeerd.

Hoewel er meteen een begerige blik in de waterige ogen van de beheerder was verschenen, hield de man zich eerst nog van de domme.

'Wat bedoelt mijnheer?'

'Hoeveel kost het me om Thea te kunnen zien?'

Voor het schandalige bedrag van tien mark, het equivalent van een maand kostgeld voor een weeskind zoals ze de volgende dag bij de gemeentedienst hoorden, had de vieze man hen uiteindelijk door zijn niet minder vieze vrouw naar het raamloze, benauwde vertrek gebracht waar vier zieke meisjes waren ondergebracht.

Irene hield van afschuw haar adem in toen ze in het zwakke schijnsel van de petroleumlamp Thea's bed naderde. Ze had Marie nauwelijks herkend, maar dat dit uitgemergelde wezen dat naar adem snakte en gloeide van de koorts, Maries jongere zusje was, had ze in haar ergste nachtmerries niet kunnen vermoeden.

Het meisje lag zonder deken op een smerige strozak die een doordringende urinegeur verspreidde. IJlend van de koorts had ze in haar bed geplast. Er kroop ook ongedierte over haar lichaam zoals Irene zelfs bij het zwakke licht kon zien. Thea was niet aanspreekbaar en reageerde niet op woorden of aanrakingen waar Irene zich ondanks haar walging toch toe dwong.

Voor nog eens vijf mark zorgde de vrouw van de beheerder voor een verse strozak en een schoon laken. Meer konden ze die avond niet doen voor het zieke kind.

De volgende ochtend zaten ze, doodmoe omdat ze geen oog dicht hadden gedaan in hun dure hotelkamer, tegenover een onverschillige ambtenaar van de armenzorg. Hij luisterde onbewogen naar hun klachten over de situatie in het gemeentelijke weeshuis, maar maakte geen bezwaar tegen Franz' verzoek Thea nog dezelfde dag op te halen en na haar genezing mee naar Schweighofen te nemen.

'U moet dit formulier voor me invullen en ondertekenen.' De ambtenaar schoof een papier over zijn aftandse bureau naar Franz. 'Hierin verklaart u goed en juist voor Thea Schober te zullen zorgen en geen financiele claims te zullen indienen bij de gemeente Bischwiller. Dan kunt u haar meenemen mits u de beheerder nog een maand kostgeld als afkoopsom betaalt.'

De ambtenaar repte met geen woord over Marie, maar toch had Irene woedend het kantoor verlaten. 'Werkelijk iedereen kan hier met de meest onsmakelijke bedoelingen binnenlopen en een meisje meenemen!' foeterde ze.

Pas veel later zal ze van Gertrud Guillaume-Schack horen hoe dicht ze bij de waarheid zat met haar laatste opmerkingen omdat hoerenmadammen blijkbaar op deze manier gebruikmaken van de weeshuizen.

Nu ziet Irene hoe de arts met zijn grijze baard aan Thea's bed het hoofd schudt.

'Ik kan u niet beloven dat dat meisje het zal halen.'

'Maar ze heeft toch geen mazelen!' Irene vecht tegen de wanhoop. 'Ik heb geen uitslag gezien toen ik haar vanochtend voor uw komst heb gewassen.' Ze had continu gerild van afschuw over de verwaarloosde toestand van Thea, maar dapper op haar tanden gebeten. Niet voor het eerst heeft ze spijt dat ze Rosa thuis bij Marie heeft gelaten. De ervaren verpleegster had ze hier in Bischwiller veel beter kunnen gebruiken.

De arts glimlacht strak. 'De uitslag verschijnt pas in een later stadium van de ziekte, maar ik vrees dat de ziekte haar longen al heeft aangetast. Ze ademt reutelend en zwaar.'

'En wat betekent dat voor het verdere verloop?' vraagt Franz terwijl Irene nog naar woorden zoekt.

'Verzwakte patiënten overleven deze complicatie meestal niet,' antwoordt hij nuchter. 'Maar ik moet de patiënte eerst grondig onderzoeken voor ik me aan een voorspelling waag. Hier op deze vreselijke plek kan ik dat niet.'

21

Op de terugweg van Bischwiller naar Schweighofen

Juni 1885, vier dagen later

'Ik had me toen ik lid was van de Rijksdag met de situatie in Bischwiller moeten bezighouden! Had ik nu maar naar jou geluisterd en er met August Bebel over gesproken!'

Franz onderbreekt met zijn zelfverwijt de beklemmende stilte die sinds hun vertrek met de landauer tussen hem en Irene hangt.

Gisteren hebben ze Thea op een klein kerkhof in de schaduw van een oude kerk begraven. In ieder geval was het niet het armenkerkhof waar Georg Schober in een massagraf lag. De oude en vriendelijke pastoor die de uitvaart had geleid, had nog voor Franz hem een jaarlijkse donatie had beloofd voor dit doel, voorgesteld om het graf te verzorgen. Buiten hen was er niemand anders bij de begrafenis aanwezig, noch de beheerder, noch een vertegenwoordiger van de gemeentelijke armenzorg.

Ze hadden Thea meteen na het bezoek van de arts naar hun hotel gebracht en haar alle zorg geboden die de geneesheer had aanbevolen, maar het meisje was gestorven zonder weer bij bewustzijn te komen.

'Zodra Marie een beetje is opgeknapt breng ik haar hierheen om afscheid te nemen van haar zus.' De ogen van Irene vullen zich weer met tranen. 'Thea was haar enige, nog levende familielid.'

Franz aait haar hand. Ook hij huilt bijna. 'Wíj worden Maries familie. Samen met Klara kan ze aan de lessen van mejuffrouw Adelhardt deelnemen en als ze ooit trouwt zal ik haar een mooie bruidsschat geven.'

'Ja. Dat is het minste wat we kunnen doen.' Beiden vervallen weer in zwijgen en kijken uit het raampje van de koets naar het Elzasser landschap dat op deze junidag weelderig groen voorbijglijdt. Irene ziet weer de schrijnende scène voor zich die zich had afgespeeld toen ze Thea uit het weeshuis meenamen. Franz had twee opgeschoten knapen die op de binnenplaats rondhingen gewenkt en gevraagd of ze de brancard naar de landauer wilden dragen. Toen hij de jongens elk vijftig pfennig in de hand wilde drukken had een van de jongens, die Irene zo'n veertien jaar oud schatte, zijn vieze muts afgenomen. 'Hebt u geen werk voor me, mijnheer?' vroeg hij nederig. 'Ik doe alles en heb niet veel eten nodig. Een slaapplaats in een stal is voldoende.' Terwijl Franz nog onthutst naar een antwoord had gezocht, stak de jongen smekend zijn handen op. 'Hier is het heel slecht, moet u weten!'

Hoewel Franz in plaats van vijftig pfennig voor elk van hen twee mark uit zijn beurs viste was de teleurstelling op het gezicht van de jongen af te lezen toen hij het verzoek voorzichtig afwees. Dit tafereel had Irene ook achtervolgd in de onrustige dutjes tussen de periodes van waken door die zij en Franz elkaar hadden afgewisseld. Wat een onbeschrijflijke ellende, is het enige dat ze kan zeggen.

En nu, op de weg van Bischwiller naar Schweighofen, neemt ze de beslissing die ze zo lang voor zich uit heeft geschoven. Ze tilt haar hoofd op en wrijft kordaat haar tranen weg. 'Ik wil je iets vragen, Franz. Stel dat je destijds voor de situatie in Bischwiller met de sociaaldemocraten had samengewerkt. Wat zou je dan hebben ondernomen?'

Franz denkt even na. 'Ik zou op zijn minst hebben geëist dat er dezelfde wetten voor kinder- en vrouwenarbeid zouden gelden als in de rest van het Duitse keizerrijk. En dat weeskinderen beter zouden worden opgevangen als ik toen al van deze kwalijke omstandigheden had geweten.'

'Je zou dus hebben aangedrongen op fundamentele veranderingen en niet op het verhelpen van individuele gevallen?'

Franz heeft wel een vermoeden waar Irene heen wil, maar knikt gewoon.

'Dan wil ik je vragen je belofte in te lossen en het me mogelijk te maken mijn politieke activiteiten weer op te nemen. Ik wil meer doen dan alleen maar een paar vrouwengroepen leiden.'

'En wat wil je precies gaan doen?'

'Het vergaderverbod is opgeheven. Overal in het land worden arbeidersverenigingen opgericht. Daar wil ik aan meewerken.'

'En hoe wil je dat aanpakken?'

Irene haalt diep adem. 'Dat moet ik aan iemand vragen die de juiste contacten heeft.' Haar stem stokt

'Josef Hartmann bijvoorbeeld,' vult Franz haar zin aan.

Irene knikt en kijkt hem onderzoekend aan, maar ditmaal ziet ze geen jaloezie of wrok. Peinzend strijkt Franz over zijn donkere haren die hij kort draagt en zoals gewoonlijk met pommade gladstrijkt. Irene verlangt weer naar de wilde lokken uit zijn jonge jaren waar ze vaak doorheen had gewoeld.

'Ik wil ditmaal precies weten wat je doet,' begint hij en nog voor Irene hem gerust kan stellen voegt hij eraan toe: 'Wat denk je ervan om Josef Hartmann in Schweighofen uit te nodigen? Dan kan hij mij en jou uitleggen wat volgens hem de juiste aanpak is en dan kunnen we samen beslissen over de beste benadering.'

Irene is zo opgelucht dat ze zelfs even haar verdriet om Thea vergeet. Ze buigt zich naar voren en drukt een innige kus op zijn mond.

'Dat is een geweldig idee, Franz. Ik schrijf Josef meteen na onze thuiskomst. In ieder geval wil niet te vaak van huis zijn,' belooft ze ongevraagd. 'Ook al gaat het nu beter met Klara, ik wil haar en Marie niet de hele tijd alleen laten.'

Mainz

Eind september 1885

Het hart van Irene klopt in haar keel als ze achter het gordijn dat de achterwand vormt van het podium in het verenigingslokaal op haar optreden wacht. Vandaag zal ze haar eerste toespraak houden. De 'Vereniging van Arbeidsters' in Mainz is net als vele andere in het Duitse Rijk ongeveer twee jaar geleden opgericht als een satelliet van de Berlijnse moedervereniging. Voor de jaarvergadering van vandaag heeft men Gertrud Guillaume-Schack als spreker uitgenodigd en zij heeft op haar beurt Irene meegebracht.

De elegante, donkerharige vrouw glimlacht naar haar voor ze het podium betreedt en een oorverdovend applaus krijgt. Irene opent en sluit haar zweterige handen en probeert haar plankenkoorts te overwinnen door terug te denken aan de afgelopen bewogen weken.

Twee weken nadat Franz en zij uit Bischwiller waren teruggekeerd had ze Josef Hartmann begroet op het station van Weissenburg. Hij is sterk vermagerd in de gevangenis, maar zijn vechtlust is nog niet gebroken.

'Je hebt een goed moment uitgekozen om je engagement weer op te pakken, Irene,' bevestigt Josef onderweg naar Schweighofen. 'Na het verkiezingssucces vorig jaar hebben de socialisten meer vrijheid gekregen en daar maken ze intensief gebruik van. Vooral de vrouwenbeweging groeit snel.'

Dat is voor een groot deel te danken aan de vrouw die nu voor het doek begint te spreken. Gertrud Guillaume-Schack is een bijzondere dame met een voor haar tijd nog veel ongebruikelijkere levensloop. Gravin Schack is van adellijke afkomst en trouwde op twintigjarige leeftijd tegen het advies van haar familie in met de broer van een bekende Zwitserse anarchist en volgde hem naar Parijs. Een paar maanden later liet ze zich van hem scheiden zonder zich ook maar iets aan te trekken van het levensgrote stigma dat op deze burgerlijke staat rustte. In plaats daarvan zette ze zich net als haar grote Britse voorbeeld, Josephine Butler, in voor de meest marginaal geachte groep vrouwen: de prostituees.

In 1880 richtte ze in deze context haar eerste vereniging op die deel uitmaakte van de door Butler geïnspireerde International Abolitionist Federation. Net als Butler in Groot-Brittannië stelde Guillaume-Schack in Duitsland de bekrompen seksuele dubbele moraal van de hogere klassen aan de kaak waarvan ook Sophia, de moeder van Irene, ooit slachtoffer was geweest, zij het niet als betaalde prostituee, maar als seksueel onschuldige jongere.

Hoewel ze Franz, die bang is voor de reputatie van de wijnhandel, tijdens de ontmoeting met Josef Hartmann heeft beloofd zich niet persoonlijk in te zetten voor prostituees, raakt het engagement van Guillaume-Schack Irene sterk. Nog voor hun eerste treffen bewonderde ze Gertrud oprecht om haar onverschrokkenheid.

Ze kreeg nog meer sympathie voor de vrouw door Josefs verhalen over haar inzet voor de eveneens door de vrouwenrechtenbeweging verwaarloosde groep van de dienstboden. Aan de Hackescher Markt bij het station van Berlijn openden Gertrud en een kameraad al in 1882 een herberg voor de vele jonge vrouwen die dagelijks van het platteland naar de hoofdstad reisden om er als dienstmeisje werk te zoeken. In de herberg vonden ze niet alleen een eerste veilig onderkomen, maar kregen ze ook waardevolle raad en steun.

In het hele land spoort Guillaume-Schack, die inmiddels dichter bij het socialistische gedachtegoed is komen te staan, arbeidsters aan zich te organiseren in verenigingen; daarvan zijn er tot op heden zestien met succes opgericht. Ook plant ze de heruitgave van de eerste krant voor arbeidsters die ze *Die Staatsbürgerin* wil noemen.

Met de toestemming van Franz kon Josef meteen na zijn bezoek in Schweighofen Irene met Gertrud in contact brengen. Twee weken geleden hebben de vrouwen elkaar voor het eerst persoonlijk ontmoet in Offenbach am Main. Op straat zou niemand hebben vermoed dat de conservatief, in donkere kleuren geklede vrouw met het strak achterovergekamde haar met een middenscheiding, streed tegen alle bourgeois conventies. Gertrud nadert haar veertigste verjaardag en is dus zes jaar ouder dan Irene.

'En wat beweegt jou voor de belangen van rechteloze vrouwen op te komen?' had ze Irene binnen de minuut met de nodige scepsis gevraagd. Franz had Irene naar Offenbach gebracht, maar was niet bij de ontmoeting aanwezig en had van de gelegenheid gebruikgemaakt om een lokale wijngroothandel te bezoeken.

Op advies van Josef had Irene zich zorgvuldig voorbereid op het gesprek. 'Gertrud zal wantrouwig staan tegenover een vrouw uit jouw sociale klasse die socialistische ideeën aanhangt. Ze zou je voor een dweepster kunnen houden die niet weet waarmee ze zich inlaat omdat ze als telg van de gegoede burgerij nooit echt met het arbeidersleven in aanraking is gekomen.'

Irene was dus niet overrompeld, maar had haar antwoord klaar en reageerde snedig. 'Mij bewegen het droeve lot van mijn moeder en mijn persoonlijke ervaringen als dienstmeisje en fabrieksarbeidster.' Zoals gehoopt was Gertruds interesse hiermee gewekt.

Het gesprek kwam daarna snel op gang, vooral door Bebels boek, *De vrouw en het socialisme*, dat Gertrud bijna volledig uit haar hoofd kende.

Maar Gertrud had toch nog een kleine test voor Irene in petto.

'Ben je bestand tegen publieke smaad en hoon?' Ze wierp een krant op de tafel in de hal van het hotel waar de vrouwen zich na het sluiten van het restaurant hadden teruggetrokken. Het was al lang na middernacht en Franz, die intussen terug was van zijn zakenbezoek, lag te dommelen in een leunstoel.

Met haar thee, die koud was geworden, las Irene het spotdicht dat een artikel over een optreden van Gertrud op een vrouwenbijeenkomst inleidde. 'Modern slaapliedje', luidde de titel.

Oogjes toe en lekker slapen, schavuiten;
moederlief is weer aan 't betogen buiten.
Oogjes toe, kinders. Blijf maar goed gezond;
moedertje houdt een rede, vadertje zijn mond.

Het zweet breekt Irene uit als ze de reactie van Franz probeert in te schatten als hij zo'n spotvers zou lezen over een van haar optredens, maar dan krijgt haar vechtlust weer de overhand.

'Ik heb in mijn leven al ergere dingen meegemaakt dan de hatelijkheden van een paar walgelijke veelschrijvers,' had ze geantwoord.

'Goed zo. Berichten over onze vrouwenbijeenkomsten zijn sowieso eerder uitzondering dan regel. Veel grote kranten nemen ons niet serieus, net zomin als politici en zelfs veel van onze eigen mannelijke collega's. Wij vrouwen hebben nog een lange weg te gaan.'

Sindsdien zijn Gertrud en zij bevriend geraakt. Al in Offenbach had Gertrud voorgesteld Irene voor te dragen als spreker op de jaarlijkse bijeenkomst van de arbeidstersvereniging in Mainz. 'Dat is weliswaar geen verbond dat op mijn initiatief is opgericht, maar ze zullen mijn voorstellen zeker volgen.'

Dagenlang had Irene aan haar toespraak gesleuteld. De generale repetitie voor het voltallige vrouwelijke personeel van Schweighofen had meteen het hele scala aan mogelijke reacties opgeleverd. Een sympathieke Pauline, een enthousiaste Minna, een als altijd gereserveerde mevrouw Burger en een afkeurende Rosa die haar pokdalige voorhoofd fronste, gaven haar een idee over welke reacties ze mocht verwachten, maar bijval had de boventoon gevoerd. 'U doet het geweldig, mevrouw Gerban,' zei Gitta, die haar weer op haar reizen zou begeleiden.

Ook Marie en Klara hadden samen met hun lerares, mejuffrouw Adelhardt, de generale repetitie bijgewoond. Marie volgde Irenes toespraak met glinsterende, Klara met wijd opengesperde ogen. De reacties van de meisjes verschilden natuurlijk afhankelijk van hun ervaringen.

'Ik wist helemaal niet dat zoveel vrouwen het zo slecht hebben,' had Klara opgemerkt.

Marie daarentegen was Irene om de hals gevallen. 'Ik weet dat je het ook over mijn moeder hebt in je toespraak,' had ze met verstikte stem gefluisterd. 'Ik weet zeker dat ze, waar ze nu ook is, goedkeurt wat je doet.' Voor het eerst na de dood van Thea, had Marie weer geglimlacht, zij het door haar tranen heen. 'Laat me alsjeblieft helpen zodra er iets is dat ik kan doen!'

Ook mejuffrouw Adelhardt bood Irene tot haar verbazing haar steun aan.

Franz, de enige mannelijke toehoorder, was ook trots op haar. 'Zelfs in het parlement heb ik niemand zou overtuigend horen praten als jij. Het is jammer dat vrouwen daar geen zetel of stem hebben.'

Nog zo'n onrechtvaardigheid, schoot het Irene op dat moment door het hoofd. Maar ze kan niet voor alles tegelijkertijd op de barricade staan. Om het stemrecht voor vrouwen waar Bebel al lang voor pleit, zal ze zich bekommeren zodra de ergste misstanden aan banden zijn gelegd.

Er klinkt weer luid applaus aan de andere kant van het gordijn. Als in trance hoort Irene de aankondiging van Gertrud. 'Nu wil ik u graag voorstellen aan een fascinerende vrouw die u zal toespreken. Haar naam is Irene Gerban. Laat u niet misleiden door haar elegante verschijning. Ondanks de struisvogelveren op haar hoed is ze een van ons.'

Het wijngoed bij Schweighofen

Eind september 1885, op hetzelfde moment

'Laat me alstublieft als drager helpen bij de oogst, mijnheer Dick,' smeekt de jonge Herrmann zijn voorman.

'De nieuwe spätburgunderpercelen doen het fantastisch, maar de jonge stokken dragen nog geen vrucht. Op dit moment heb ik daar dus niets zinvols te doen.' Herrmann hoopt natuurlijk vooral op het betere loon dat hij tijdens de oogst kan verdienen.

Clemens Dick strijkt over zijn ruige baard. Hij kan iedereen goed gebruiken bij de druivenpluk die binnen een paar dagen begint. Een oudgediende heeft net zijn been gebroken en zal pas volgend jaar weer aan de slag kunnen. Een andere klaagt over hevige rugpijn en dokter Frey heeft aangeraden hem een paar weken geen zware lasten te laten dragen. En omdat het weer een goed wijnjaar is, zal het moeilijk zijn nog extra hulp te vinden voor de oogst.

Bovendien gedijen de spätburgunderstokken in Schweigen en ook op de door Herrmann verzorgde wijngaarden prachtig. Dat heeft Dick gisteren nog zelf gecontroleerd. Natuurlijk kan de voorman niet weten dat de jongen al maanden de bladeren met de bulten aan de onderkant alleen van de eerste vijftien stokken van een rij had verwijderd zodat de aangetaste stokken niet meteen opvallen. Vooral omdat Dick niet verder de wijngaard in pleegt te gaan.

Maar zelfs als Dick het had geweten zou hij het wellicht met de aanpak van Herrmann eens zijn geweest. Want kennelijk beschadigt wat zich daar op de bladeren vormt de stokken niet. Het zijn krachtige stokken, dicht bebladerd ondanks de nog jonge leeftijd. Volgend jaar zullen ze al vruchten dragen.

Dick heeft ook geen idee dat Herrmann al het hele jaar door verdorde stokken heeft uitgetrokken. Hij heeft zelfs een paar stokken uit de bovenste, niet in het oog springende rijen van de wijngaard verplaatst naar het onderste derde van het perceel omdat hij daar, op een plek die wel goed zichtbaar is voor iedereen, een paar planten moest weghalen. Waarom het niets uithaalde om de verdord uitziende stokken water te geven, was de jongen een raadsel. Maar omdat het maar om een paar wijnstokken ging, dacht hij er al snel niet meer aan.

Herrmann weet op zijn beurt dan weer niet dat Dick van Hansi Krüger strikte instructies heeft gekregen de kwaliteit van alle wijnstokken in de nieuw beplante spätburgunderpercelen minstens om de veertien dagen te inspecteren. Dick vindt dat overbodig en heeft het niet gedaan, maar gewoon om de twee weken verslag uitgebracht bij Krüger over de perfecte conditie van de wijngaarden.

En zo voltrekt het langzaam voortschrijdende onheil zich dag na dag.

'Goed, dan rooster ik je in als drager, maar alleen omdat je de wijngaarden tot op heden zo onberispelijk in orde hebt gehouden,' keurt Dick het verzoek van Herrmann goed.

Mainz

Eind september 1885

Zodra Irene achter het gordijn vandaan komt, maakt de plankenkoorts meteen plaats voor een enorme vreugde, bijna een gevoel van triomf. Eindelijk heeft ze haar doel bereikt!

In de zaal zitten zeker driehonderd vrouwen en ze zijn niet zoals de arbeidsters van Landau gekomen voor een gratis maaltijd, maar puur uit politieke interesse. Er zitten zelfs een paar mannen tussen die nu verwachtingsvol naar Irene opkijken.

'Mijn lieve zusters en broeders. Het verheugt me enorm dat ik hier vandaag voor jullie mag spreken. Zoals Gertrud al heeft verteld maak ik nu deel uit van de gegoede burgerij, of de bourgeoisie, zoals men het in Frankrijk noemt, maar dat heb ik uitsluitend te danken aan mijn dierbare echtgenoot. Hij schonk me zijn hart toen ik nog een eenvoudig dienstmeisje was in zijn ouderlijk huis.'

Kort schetst Irene haar loopbaan tot op de dag van vandaag.

'Maar omdat ik zoals velen onder jullie een aantal jaren heb gezwoegd in de nopperij van een lakenfabriek, achter de naaimachine in een naaiatelier en uiteindelijk als thuiswerkster, weet ik maar al te goed hoe onrechtvaardig wij vrouwen worden behandeld.'

Ze haalt diep adem en vervolgt dan haar verhaal met een provocerendere uitspraak. 'Maar zijn wij vrouwen zelf niet medeschuldig aan onze ellende?'

Er wordt verbaasd, maar ook verontwaardigd gereageerd in de zaal. Irene wacht tot het rumoer weer wat is verstomd.

'Laat me u deze stelling verklaren! Toen de self-actoren en mechanische weefgetouwen de spinnewielen en handweefgetouwen vervingen, werd dat toegejuicht als een enorme technische vooruitgang. Maar wie profiteert daar tot op heden van? Alleen de fabriekseigenaren!

Door de machines zijn veel activiteiten die vroeger het exclusieve domein waren van ervaren mannen en vrouwen, overbodig geworden. Op het eerste gezicht zijn deze taken tegenwoordig veel eenvoudiger uit te voeren. Maar is ons werk nu echt eenvoudiger of minder zwaar geworden? Volstrekt niet!

Nu bepalen de machines onze werkdag in de fabriek. Pauzes zijn niet langer mogelijk wanneer we ze nodig hebben, maar wanneer de fabrieksregels ze toestaan. We kunnen ons werk ook niet neerleggen als we uitgeput zijn, maar pas als onze verplichte uren erop zitten. En dan hebben we het vaak over dertien uur en soms zelfs nog langer!

Ik beweer niet dat het lot van de thuiswerksters minder zwaar is dan dat van fabrieksarbeidsters, maar ook dat is een gevolg van de mechanisering. Wie vandaag de dag met thuiswerk zijn brood wil verdienen zoals de linnenwevers in Herxheim, heeft ook geen andere keuze meer dan van 's ochtends vroeg tot 's avonds laat te zwoegen. Handenarbeid wordt namelijk nog veel slechter betaald dan het werken in de fabriek! Terwijl die op elk moment door machines kan worden vervangen!'

Irene beseft plots dat ze al van haar script is afgeweken, maar dat maakt niet uit. De woorden rollen uit haar mond.

'Ik kom terug op mijn provocerende stelling: wij vrouwen zijn medeschuldig aan onze tegenspoed! Wij verzetten ons niet als onze beter betaalde mannen ontslagen worden omdat fabriekseigenaren ons vrouwen dan hun werk kunnen laten doen en dat natuurlijk voor slechts de helft van het loon dat onze mannen verdienden of zelfs nog minder. En als de uitbuiter ons vrouwen dan nog te duur vindt, nemen ze onze kinderen in dienst. Ook dat laten we niet alleen gewoon toe, sommigen onder ons verdedigen het zelfs uit pure noodzaak!

Ik heb in Lambrecht meegemaakt dat een uitgehongerde vrouw haar dochter van nog geen acht aan een fabrieksbaas aanbood waar het meisje vervolgens de levensgevaarlijke opdracht kreeg te vegen onder de draaiende self-actoren. Een arbeidster kwam bij een vreselijk ongeluk om het leven toen ze het kind in nood probeerde te redden.'

Irenes stem trilt. Nog altijd raakt haar het gruwelijke lot van de zestienjarige Gerti die in een poging de kleine Anna te helpen met haar haar in de spinmachine verstrikt was geraakt en gescalpeerd was. Omdat ze dit ongeluk niet te boven kwam hadden zij en haar moeder zich uiteindelijk van het leven beroofd.

'En wat doen wij vrouwen als de bazen ons zonder rekening te houden met onze vele verplichtingen als huisvrouw en moeder ook nog bevelen overuren te presteren? We gehoorzamen terwijl we ons geen raad meer weten omdat we naast ons werk ook nog voor ons gezin moeten zorgen. Veel vrouwen gaan kort na de bevalling weer aan het werk terwijl ze wettelijk drie weken vrij mogen nemen, zij het onbetaald.

En waarom doen wij vrouwen dat? Waarom heb ik destijds ook deze onmenselijke werkomstandigheden aanvaard? Simpelweg uit angst op te gaan in het leger werkloze mannen en vrouwen die dagelijks voor de fabriekspoorten rondhangen in de hoop de hel van de honger te kunnen verruilen voor de hel van de fabriek.'

Ze zwijgt even om op adem te komen. In de zaal is het muisstil. De toehoorders hangen aan haar lippen.

'Want ruilen we niet gewoon de ene hel voor de andere? Hebben we genoeg eten voor onze kinderen met dat karige loon dat de bazen ons geven en dat ze naar believen kunnen verlagen? Om hun winsten te maximaliseren, hun dikke lijven te blijven vetmesten, hun rijkdom te vergroten ten koste van ons! Ongeacht de continu stijgende voedingsprijzen, ongeacht het feit dat velen van ons in beschimmelde, onverwarmde huizen wonen, gesloopt door de teringhoest, en hulpeloos moeten toekijken hoe onze jonge kinderen sterven als vliegen? Omdat moeders zelfs die ene mark om de goedkoopste arts aan hun ziekbed te roepen niet kunnen missen!' Irene laat haar blik door de zaal dwalen. Er klinkt hier en daar al applaus, maar ze steekt haar hand op. 'Ik ben nog niet aan het einde van mijn toespraak, zusters.' De mannen in de zaal is ze al helemaal vergeten. Ze spreekt alleen nog tot haar vroegere lotgenoten.

'Maar we zijn met velen, mijn geliefde zusters! Heel veel zelfs! En we zijn sterker dan de meesten denken. Hoe zouden we ons anders staande houden? Zonder de troost van de alcohol waarin veel mannen wegvluchten. En daarom moeten we teruggrijpen naar die kracht!'

Ze laat weer een pauze vallen en opnieuw heft ze haar hand op om de eerste bravo-roepers het zwijgen op te leggen. 'Wat kunnen we dus doen? Jullie die al voor onze zaak gewonnen zijn, ga onvermoeibaar op pad en overtuig uw ongelukkige en nog onwetende zusters ook voor rechtvaardigere werk- en levensomstandigheden te strijden! Leer hun lezen en schrijven, of leer het eerst zelf als je het nog niet onder de knie hebt. Onderwijs is de sleutel naar meer vrijheid! Organiseer kleine bijeenkomsten met jullie zusters zoals wij hier op grote schaal doen! Sluit je aan bij het Centraal Ziekte- en Overlijdensfonds voor Vrouwen en Meisjes zodat je in geval van nood hulp krijgt, en overtuig je nog onwetende vriendinnen! Vecht samen tegen corrupte voormannen en productieleiders zoals wij dat ooit met succes in Lambrecht hebben gedaan!'

In een paar woorden vertelt ze het voorval met Robert Sieber, die op heterdaad betrapt werd bij het aanranden van een jong meisje en op staande voet was ontslagen.

'Verdoof jullie baby's niet meer met in brandewijn gedrenkte suiker. Richt zelf een borstvoedingskamer in en wissel elkaar af met de zorg voor jullie kleintjes. En besef dat onze mannen hun strijd tegen die uitbuiting nooit zonder ons kunnen winnen, ook al weten veel mannen dat nog niet. Alleen solidariteit tussen arbeiders en arbeidsters maakt ons sterk. Wijze mannen zoals August Bebel hebben dat al lang geleden ingezien!'

Irene strekt instinctief haar rechterarm en maakt een vuist. 'Laat ons zo samen werken aan een betere toekomst voor onze kinderen! Ik roep jullie hier en nu op, kameraden! Put uit jullie kracht en jullie zullen zien hoe sterk jullie zijn!'

Uitgeput zwijgt ze. Haar toespraak is ten einde. Nog voor ze haar publiek kan bedanken barst er een oorverdovend applaus los. De menigte klapt, joelt en stampt enthousiast op de houten vloer. Ondanks het lawaai is het net alsof Irene een stem in haar oor hoort zeggen: 'Goed gedaan, dochter! Ik ben ontzettend trots op je!'

Een konditorei in Weissenburg

Begin maart 1886

Misnoegd stapt Mathilde in Weissenburg het etablissement aan het centrale marktplein, de voormalige Place de la République, binnen. Het ligt in de buurt van haar kleermaakster, madame Marat, met wie Mathilde net een onaangenaam gesprek heeft gevoerd.

'Het spijt me verschrikkelijk, mevrouw Stockhausen, maar deze zomergarderobe is met de beste wil van de wereld niet meer uit te leggen. Daarvoor zijn de stoffen te delicaat. Ze zouden meteen uitscheuren. Het kan helaas niet meer.'

De kleermaakster heeft de afgelopen jaren gemerkt dat haar eens zo rijke klant nog slechts over een klein budget beschikt en stelt daarom niet eens voor nieuwe jurken te maken. Onverrichter zake moest Mathilde daarom het atelier weer verlaten.

Vervelend is vooral dat ze haar kamenier Heidi en de bejaarde koetsier die haar met het rijtuigje naar Weissenburg heeft gebracht, heeft opgedragen haar pas over meer dan een uur op te halen in de veronderstelling dat ze die tijd nodig zou hebben om te passen. Maar met haar sinds het afgelopen zomerseizoen weer flink toegenomen omvang had madame Marat maar een kwartiertje nodig gehad om een vernietigend oordeel te vellen. Als ze niet wilde dat er weer ergens een jurk openscheurde zoals bij het ongelukkige treffen met de Pruisische luitenant jaren geleden, zat er voor haar niets anders op dan weer te vermageren.

Natuurlijk had Mathilde in het atelier op haar bedienden kunnen wachten en zou ze zelfs warme drankjes en taartjes hebben gekregen, maar daar is ze te trots voor. Gelukkig heeft ze wat geld bij zich en heeft ze besloten dit uur in haar favoriete konditorei te doden tot men haar en haar zomerjurken bij madame Marat afhaalt.

Snel werpt ze een blik op de klanten die aan marmeren tafeltjes van hun gebak genieten. Haar bescheiden inkomen maakt dat ze nauwelijks nog contact heeft met oude kennissen in Weissenburg, relaties die voor haar huwelijk met Stockhausen ook al niet hecht waren.

Gelukkig zit er niemand die ze kent. Met gebogen hoofd kruipt ze in een onopvallend hoekje achter traliewerk met weelderig bloeiende klimopachtige planten die haar grotendeels aan het zicht onttrekken.

De serveerster brengt haar net een kannetje thee en een slagroomgebakje dat ze zich ondanks haar goede voornemens nog een keertje als troost wil gunnen, als ze door de plantenwand heen hoort dat er mensen aan het tafeltje daarachter plaatsnemen. Stoelen verschuiven en een stok of paraplu valt luid kletterend op de tegelvloer.

Dan hoort Mathilde opeens twee wel heel bekende stemmen.

‘Wat lief van je, Franz, dat je me bij het station hebt afgehaald en nu je middagpauze met mij wilt delen,’ zegt Pauline.

‘Maar dat heb je me toch speciaal gevraagd in je laatste brief uit Wenen,’ antwoordt Franz verbaasd.

Pauline knikt. ‘Zeker, maar ik wist nog niet of het je zou lukken of dat de trein op tijd zou aankomen.

Is de wijn van de laatste oogst geworden wat je ervan had verwacht?’ snijdt ze eerst zomaar een onderwerp aan. ‘Je wilde toch beginnen met overhevelen toen ik in Wenen zat? Over de oogst in het najaar was je ook heel tevreden.’

‘Inderdaad,’ bevestigt Franz. ‘Zoals je weet hebben we weer veel spätburgunderdruiven moeten inkopen om toch minstens onze belangrijkste klanten te kunnen beleveren. En de cuvee lijkt een succes te zijn. De witte wijnen zijn ook goed geworden. En vanaf dit jaar zal het met de rode wijn ook weer beter gaan. De nieuwe spätburgunderstokken hebben zich de afgelopen zomer prachtig ontwikkeld.’

Hij kijkt zijn moeder onderzoekend aan. ‘Maar dat is toch niet de reden waarom je me nog voor je terugkeer naar Schweighofen absoluut wilde spreken.’

Pauline plukt nerveus aan haar haar. De serveerster neemt hun bestellingen op, maar ook daarna lijkt Pauline de juiste woorden nog niet te hebben gevonden.

'Laat maar horen,' spoort Franz haar uiteindelijk aan. 'Slecht nieuws hoor ik liefst meteen, dat weet je.'

'Eigenlijk is het niet eens slecht nieuws, Franz, maar het kan wel tot complicaties leiden.'

Het ongeduld staat op Franz' gezicht te lezen. 'Stelt graaf von Sterenberg weer eisen waaraan ik niet kan voldoen?' vraagt hij nors.

Het gezicht van Pauline verstrakt. 'Ik zou het op prijs stellen als je niet zo afstandelijk over je vader zou praten, Franz. Ferdi wil je maar al te graag met open armen in zijn familie opnemen.'

'Je weet dat Irene bang is dat hij haar vanwege haar dubieuze achtergrond nooit als schoondochter zal respecteren, maar alleen zal dulden. En ik deel die opvatting. Laten we dus alles gewoon laten zoals het is.'

'Dat kan ik je helaas niet meer beloven, Franz.'

'En waarom niet?'

'Omdat je vader me ten huwelijk heeft gevraagd.'

'Wat zeg je nu?' Franz gelooft zijn oren niet. 'Wil graaf von Sterenberg met je trouwen?'

Paulines donkere ogen flitsen boos. 'Praat eens wat zachter, zoon. De hele zaak hoeft dit niet te horen!' Ze ademt diep in. 'Waarom verrast dit je zo, lieverd? Je weet toch hoe ongelukkig mijn huwelijk met Wilhelm was. Ferdinand von Sterenberg was en is de liefde van mijn leven. Is me dan voor mijn laatste jaren niet een beetje geluk vergunt?' De tranen schieten in haar ogen.

'Maar... Ik denk... Hoe moet...' stamelt Franz.

'Heb je het aanzoek van de graaf al aanvaard?' Het duurt even voor hij zijn evenwicht hervindt.

Pauline schudt droef het hoofd. 'Ik heb om bedenktijd gevraagd tot mijn volgende bezoek. Wanneer dat zal zijn, kan ik niet zeggen. Dat hangt van jou af.'

'Hoezo van mij?'

'Je vader wil ook met jou over het huwelijk spreken en natuurlijk ook over de adoptie. Ik vrees dat zijn geduld opraakt.'

'Waarom denk je dat?' vraagt Franz hoewel het hem niet echt verrast. Sinds de dood van diens oudere broer Maximilian heeft Pauline zijn vader meerdere malen per jaar bezocht. Franz is twee keer met haar meegegaan, maar heeft altijd afwijkend op het adoptie-aanbod van Von Sterenberg gereageerd. Met zijn huwelijksaanzoek probeert de graaf nu ongetwijfeld twee vliegen in één klap te slaan: trouwen met de vrouw van zijn leven en daarmee de adoptie van zijn zoon afdwingen.

Het antwoord van Pauline bevestigt zijn vermoeden. 'Ferdi was niet bepaald blij toen ik niet meteen ja zei. Hij is het continue uitstel beu en voelt zich eerder een lastige smekeling die naar mijn en jouw gunsten dingt, in plaats van de rijkste majoraatsheer in Oostenrijk-Hongarije die naar zijn familie verlangt.'

Franz laat dit even op zich inwerken. 'En wat heeft hij precies in gedachten?' vraagt hij uiteindelijk.

'Hij is niet alleen bereid Irene voor lief te nemen, maar wil haar expliciet in de familie verwelkomen.'

'Ondanks haar onbekende afkomst?'

Pauline tilt weer koppig haar hoofd op. 'Ik heb Ferdinand over haar afkomst ingelicht. Waarom zou ik dat niet doen? Jij hebt het jaren geleden al aan Ottilie en Mathilde verteld, waarom zou je eigen vader het niet mogen weten. Hij is nauwer met je verwant dan die twee.'

'Niets aan te doen!' Franz ademt diep in. 'Dat is dan al geregeld, al had ik liever gehad dat je dat aan mij had overgelaten. Maar als ik me niet vergis zit er nog een addertje onder het gras. En dat is?'

Opnieuw prutst Pauline nerveus aan haar haar. 'De Weense samenleving is zeer conservatief,' begint ze aarzelend. 'En natuurlijk enorm gekant tegen recalcitrant geachte arbeiders. In dat opzicht verschilt je vader niet van de rest van de adel en hogere middenklasse.'

'Aha!' Franz vermoedt waar Pauline heen wil, maar laat niets blijken. 'Dat arbeiders in het Habsburgse Rijk er nog veel slechter aan toe zijn dan in het Duitse, speelt blijkbaar geen rol.'

'Dat weet men in deze adellijke kringen waarschijnlijk niet eens. Jouw vader heeft daar in elk geval geen idee van.'

'Dat is jammer, want de hogere middenklasse, die niets liever wil dan een adellijke titel, en de hogere politieke echelons hebben lak aan de ellende van de arbeiders. Dat zal in Oostenrijk niet anders zijn dan hier te lande. En het gerucht gaat dat ook keizer Franz Joseph en conservatieve politieke krachten in Habsburgerland aansturen op een socialistenwet en Bismarcks acties tegen de arbeiders willen kopiëren.'

Pauline knikt bevestigend.

'En dus verwacht mijn vader dat Irene haar engagement voor vrouwenrechten dat ze net weer heeft opgepakt, opgeeft.' Franz kijkt zijn moeder strak aan.

Haar bedrukte gezicht bevestigt het al, maar toch verrast haar antwoord hem. 'Daar weet hij nog niets van, maar ik vermoed dat hij dat zal eisen als hij het hoort.'

'Maman, Irene zal hier op geen enkele manier toe bereid zijn. We hebben samen besloten dat ze weer politiek actief mag zijn. En zolang ze zich daarbij aan de wet houdt, zal ik haar geen strobreed in de weg leggen. Ik ben niet van zins mijn huwelijk nogmaals op het spel te zetten.'

En ook nu reageert zijn moeder anders dan verwacht. 'En ik ben op mijn beurt niet bereid de rest van mijn leven mijn wensen en behoeften opzij te zetten,' verklaart ze beslist.

Even staren ze beiden in stilte naar het tafelkleed en roeren ze in hun koffie die de serveerster intussen heeft gebracht. Dan glimlacht Pauline Franz bemoedigend toe.

'We moeten ergens een compromis vinden. Wat als Irene in de toekomst niet meer in de openbaarheid treedt met haar getrouwde naam, maar onder haar meisjesnaam Irene Weber? En de wijnhandel Gerban misschien helemaal uit haar verhaal schrapt? Want als een of andere klant zich bewust wordt van Irenes activiteiten, zal dat het bedrijf niet ten goede komen.'

Pauline slaat de nagel op de kop. Een paar korte berichten in de plaatselijke pers over Irenes toespraken op bijeenkomsten en haar betrokkenheid bij de oprichting van een vereniging voor arbeidsters in Worms, baren Franz af en toe zorgen, al schuift hij dat meestal snel terzijde.

'Het zou goed zijn dat je vader vooralsnog niets hoort van de activiteiten van Irene. In ieder geval niet voor we zijn getrouwd. Daarna zien we wel.'

Franz, die beseft dat er wel eens een groter probleem voor alle betrokkenen zou kunnen ontstaan, heeft op dit moment het gevoel dat het boven zijn hoofd groeit. Hij haalt zijn zakhorloge tevoorschijn, neemt nog een slok van de inmiddels koude koffie en vertrekt zijn mond.

'We moeten maar eens terug naar kantoor, maman. Peter komt je daar om twee uur ophalen. Laten we hopen dat de koetsier die we hebben ingehuurd, je bagage daar netjes heeft afgezet.' Hij wenkt de serveerster.

'Wil je over mijn verzoek nadenken en er met Irene over praten?' De smekende blik in de ogen van zijn moeder vertedert Franz. 'Het is mijn vurigste wens met Ferdi te trouwen.'

'Dat doe ik zeker, maman. Ik weet nog niet wanneer en waar. Ik wil eerst goed nadenken over hoe ik dit ga aanpakken en daar dan het juiste moment voor vinden.'

Nog lang nadat Franz en haar moeder uit het café zijn vertrokken, zit Mathilde als versteend achter haar onaangeroerde slagroomgebakje en koude thee. Eindelijk weet ze waar haar moeder altijd heen reist. Dat ze een kuur volgde of een oude schoolvriendin bezocht, geloofde Mathilde al lang niet meer.

De gedachten razen door haar hoofd. Franz is dus de zoon van een graaf. Ene Ferdinand von Sterenberg. Die met mijn moeder wil trouwen. Om ook gravin te worden. Ze zullen naar Wenen verhuizen en daar in nog grotere welvaart leven dan nu al het geval is. Wellicht in een kasteel. En Irene, dat buitenechtelijke dienstmeisje, zal edelvrouw worden.

Woede, pijn, verbittering en teleurstelling over haar verprutste leven wellen in haar op. En uiteindelijk krijgt één gedachte de overhand en neemt die bezit van haar: niemand, maar dan ook helemaal niemand denkt aan mij. Zij hebben niet eens een woord aan mij vuil gemaakt.

Huize Gerban in Altenstadt

Begin maart 1886, twee uur later

'Nu, dat wil ik nog eens zien!' Ottilie, die eerst verbijsterd en dan steeds verbitterder naar Mathildes verslag heeft geluisterd, springt overeind van haar stoel en ijsbeert door de kleine salon. Uiteindelijk loopt ze naar de secretaire en haalt er een map uit.

Mathilde weet wat daarin zit. Het zijn Ottilies krantenknipsels over Irenes politieke activiteiten. Het artikel over haar proces in Ludwigshafen zit er ook tussen, net als twee ronduit boosaardige verslagen over haar publieke optredens en activiteiten. Het zijn maar kleine bijdragen. De pers besteedt nog steeds nauwelijks aandacht aan de vrouwenbeweging.

Vooral Mathilde had het slim aangepakt en Pauline handig uitgehoord over Irene als ze elkaar in Altenstadt of Schweighofen zagen. Ze veinsde daarbij verdriet over het feit dat haar halfzuster alle contact met haar meed. Omdat Mathilde van Pauline alleen naar Schweighofen mocht komen als Irene er niet was, ontdekte ze dat Irene op reis ging in het kader van de politieke activiteiten die ze had hervat. Pauline vond het niet nodig dat te verzwijgen daar Irene er zelf geen geheim van maakte. En natuurlijk had Mathilde nadien alles altijd meteen doorverteld aan Ottilie.

En Ottilie had kosten noch moeite gespaard om Irene op de voet te volgen. Ze schreef naar de redacties van de lokale kranten in de plaatsen waar Irene optrad en vroeg hen om kopieën van de kranten die in de week na de manifestaties verschenen. De contactadressen van de kranten haalde ze bij de redactie van haar eigen krant in Weissenburg.

En haar inspanningen worden beloond. Niet altijd, maar tot op heden heeft Ottilie twee keer gevonden wat ze zocht: een artikel uit de *Wormser Zeitung* over de oprichting van een vereniging voor arbeidsters waar Irene aan heeft meegewerkt, en een verslag uit Koblenz over een toespraak van Irene op een bijeenkomst.

Beide artikelen dreven de spot met die 'tegennatuurlijke vrouwen' die zich aanmatigden mannen te evenaren. Ottilie was van plan geweest de artikelen als het zo uitkwam Franz onder zijn neus te duwen, maar nu heeft ze een idee over hoe ze die nog beter kan gebruiken.

Ze loopt terug naar de secretaire en rommelt er nog eens in. In een laatje vindt ze eindelijk wat ze zoekt. Triomfantelijk steekt ze het in de lucht.

'Of het gaat werken, weet ik natuurlijk niet, Mathilde. Het is een schot in het duister, maar wie niet waagt, niet wint. En met een beetje geluk kunnen we hiermee flink roet in het eten gooien.'

22

Stadspaleis Sterenberg in Wenen

Mei 1886

Franz overhandigt de lakei in livrei die de deur van het prachtige stadspaleis van zijn vader opent, zijn visitekaartje dat hun nauwe verwantschap natuurlijk niet verraadt. Hij heeft de graaf per telegram op de hoogte gebracht van zijn bezoek en het lijkt erop dat hij wordt verwacht. Een tweede bediende leidt Franz meteen naar een kleine ontvangstkamer die met kostbare barokke meubels is ingericht.

Hij gaat zitten in een met gouddraad doorweven brokaat beklede stoel waarvan de met dezelfde stof overtrokken armleuningen en gedraaide pootjes verguld zijn. Maar ondanks alle pracht en praal zit het meubel niet lekker.

Franz' stomp doet sinds lang weer pijn en dat getuigt van zijn innerlijke onrust. Hij slaat het aanbod van de bediende voor een 'Weense koffie' af, temeer omdat hij maar niet kan onthouden dat een *kapuziner* een koffie met weinig melk is, een *grosser brauner* een dubbele mokka met slagroom, en een *melange* een koffie met veel melk. In plaats daarvan vraagt hij een glas water.

Omdat de huurkoets die Franz van zijn hotel waar hij de vorige avond heeft overnacht de rit naar het paleis veel sneller heeft afgelegd dan verwacht, verbaast het hem niet dat de bediende aankondigt dat de graaf nog maar net zijn ontbijt opheeft en nog met zijn ochtendtoilet bezig is. Zijn vader lijkt geen vroege vogel te zijn. Een klein, naar Franz' smaak te overdadig versierd, zacht tikkend tafelklokje geeft aan dat het al kwart over tien is.

Op zijn verzoek is Pauline in Schweighofen gebleven. Zelf logeert ze al geruime tijd in het stadspaleis van de graaf als ze in Wenen is, maar dat is voor Franz te intiem als accommodatie nu hij zijn vader pas sinds maanden weer ontmoet, en hij vindt het ongepast zelf in een hotel te overnachten terwijl Pauline in het stadspaleis verblijft.

De echte reden is echter dat hij niets aan zijn hoofd wil hebben om straks, na het gesprek met de graaf, onafhankelijk van de wensen van zijn moeder te kunnen beslissen hoe het verder moet. Het is al een heel gedoe geweest om de wensen van Pauline en Irene met elkaar te verenigen.

Zijn eerste poging om Irene over te halen discreter te zijn bij haar optredens in het openbaar, was vrij ontmoedigend geweest.

'In onze kringen kent men mij als Irene Gerban,' had ze geantwoord toen hij haar vroeg haar meisjesnaam 'Weber' te gebruiken. 'Hoe moet ik mijn vrouwelijke kameraden uitleggen dat ik me vanaf nu alleen nog incognito kan vertonen?' Het argument dat het de wijnhandel zou kunnen schaden als ze de naam 'Gerban' bij haar politieke activiteiten zou gebruiken, had haar wel overtuigd zijn beroep niet meer te vermelden als ze zich voorstelt. 'Ik zeg gewoon dat ik de vrouw van een rijke koopman ben. Of het genoeg zal zijn om de wijnhandel niet met mij in verband te brengen, kan ik niet garanderen omdat de meeste arbeidsters al weten wat je doet.'

Tot zijn verbazing was het probleem dat ze ook af en toe zou schrijven voor *Die Staatsbürgerin*, het blad dat sinds januari 1886 weer wordt uitgegeven, nog het snelst opgelost. Hier is zelfs Gertrud Guillaume-Schack als uitgever niet actief in beeld aangezien het weekblad niet alleen 'het orgaan voor de belangen van arbeidsters', maar ook het in het hele land verspreide informatieblad van het Centraal Ziekte- en Overlijdensfonds voor Vrouwen en Meisjes is. Alle artikelen daarin werden geanonimiseerd.

'En als ik echt mijn initialen vermeld, zal ik "Anna Klein" gebruiken, de schuilnaam waaronder ik in het naaiatelier van Stockhausen heb gewerkt. Niemand zal achter de letters A.K. Irene Gerban vermoeden.'

Bovendien is het heel onwaarschijnlijk dat Irene zich veel met het blad zal bezighouden. Hoewel de huislerares in Schweighofen, mejuffrouw Adelhardt, haar artikelen redigeert, blijkt Irene verrassend onzeker over haar schrijftalent.

Hoe gemakkelijk ze het vindt om in het openbaar te spreken, des te moeilijker het schrijven haar valt. 'Ik heb sinds mijn schooltijd in het weeshuis geen opstel meer geschreven. En dat was twintig jaar geleden, al was ik wel de beste van de klas in spelling en stijl,' had ze nerveus opgebiecht voor ze haar eerste hoofdartikel naar Gertrud stuurde.

Dat ging bovendien over een explosief onderwerp: Irene gebruikte het tragische voorbeeld van haar vriendin Emma Schober om de drankzucht van veel arbeiders en de vreselijke gevolgen voor hun gezinnen aan de kaak te stellen. Natuurlijk zonder Emma's naam te vermelden en met de goedkeuring van haar dochter Marie, die in tranen was uitgebarsten toen ze de tekst had gelezen, maar Irene had aangemoedigd het te publiceren.

Ook in een paar volgende gesprekken waaraan soms ook Pauline deelnam, hadden hij en Irene geen echte doorbraak bereikt over het verzoenen van Paulines wens met de graaf te trouwen, zijn vaders verlangen Franz te adopteren en Irenes voornemen haar politieke activiteiten voort te zetten.

Totdat de schikgodinnen die het lot weven of Fortuna, de geluksgodin, afhankelijk van het standpunt van de betrokkenen, uiteindelijk tussenbeide kwamen en de hele zaak een verrassende wending gaven.

Op een dag in april had Franz Irene huilend in de schrijfkamer gevonden, nadat Marie Schober hem had verteld dat het niet goed met haar ging. Omdat ze geen woord kon uitbrengen, pakte hij voorzichtig de brief, waarin de regels al half waren uitgewist door haar tranen, uit haar verkrampte vuist en las die.

Het schrijven was van Gertrud Guillaume-Schack. Met weinig woorden liet ze Irene weten dat twee verenigingen die vorig jaar op haar initiatief waren opgericht inmiddels door de staat waren verboden en opgeheven.

Het zijn twee van de drie Berlijnse verenigingen waar ik kortgeleden op een bijeenkomst heb gesproken. Ik vermoed daarom een verband tussen mijn, dat moet ik toegeven, behoorlijk strijdlustige toespraak en de verboden die kort daarop volgden.

Derhalve heb ik besloten alle geplande publieke optredens voorlopig af te lassen. Vandaar dat ik je nu laat weten dat ik onze ontmoeting en jouw toespraak van 16 april in Frankfurt helaas moet afzeggen.

Ik hou je op de hoogte van verdere ontwikkelingen.

Met hartelijke groeten, Gertrud

Franz voelde zich schuldig over zijn opluchting terwijl hij Irene troostend in zijn armen hield. In elk geval was een van de belangrijkste wensen van zijn moeder vanzelf in vervulling gegaan: Irene zou voorlopig geen publieke toespraken meer houden.

Natuurlijk bleef deze, voor Pauline gelukkige wending, niet onopgemerkt. Ze had meteen de kans gegrepen om Franz over te halen dit bezoek aan Wenen te brengen om nog een keer met zijn vader over de voorwaarden voor zijn adoptie te praten.

Die ontmoeting had Franz op het laatste moment bijna afgezegd. De reden was een zorgwekkend bericht van Hansi Krüger over de nieuw aangeplante spätburgunderstokken twee dagen voor zijn vertrek naar Wenen.

'Helaas ontwikkelen de jonge stokken zich totaal anders dan we eerder verwachtten, mijnheer Franz. In plaats van krachtig uit te lopen zien veel bladeren er ziekelijk uit. De planten lijken verdord, alsof ze te weinig water hebben gekregen. Maar dat kan gewoonweg niet. In april heeft het bijna elke dag overvloedig geregend.'

Bezorgd had Franz zelf poolshoogte genomen. De twee betreffende wijngaarden had de eerste voorman Clemens Dick toevertrouwd aan de zorg van de jonge, nieuwe arbeider Herrmann. Beiden beweerden bij hoog en bij laag dat ze het voorbije jaar niets ongewoons hadden opgemerkt, maar volgens zowel Franz als Hansi Krüger keken zij opvallend schuldbewust.

'Zoek dit tot op de bodem uit terwijl ik in Wenen ben, Hansi,' instrueerde Franz zijn jonge rentmeester uiteindelijk. 'Er klopt iets niet en laat het me onmiddellijk weten als je iets in die zin ontdekt.'

Franz hoort nu voetstappen op de gang. Hij zet zijn verontrustende gedachten opzij en concentreert zich op het gesprek met zijn vader.

Het wijngoed bij Schweighofen

Mei 1886, op hetzelfde moment

'Wat is dit, Herrmann?'

Hansi Krüger houdt de jonge arbeider beschuldigend een paar afgescheurde bladeren voor met de merkwaardige zwarte bobbels die Herrmann al eerder dit jaar waren opgevallen. Ze zijn afkomstig van het rieslingperceel naast de wijngaard met de spätburgunder.

De bedremmelde blik van Herrmann zegt Hansi genoeg.

'Dit heb je dus al eerder gezien,' reageert hij messcherp. 'Wanneer en waar heb je deze beschadigingen voor het eerst gezien?'

'Vorig jaar rond deze tijd in de twee spätburgunderpercelen,' antwoordt

Herrmann schuchter. 'Maar het ging maar om een paar stokken en die ontwikkelden zich desondanks nog heel goed. U hebt toch zelf gezien dat de wijngaarden er welig bij stonden, mijnheer Krüger,' gaat hij nu wanhopig in de aanval.

'En wat hebt u daarvan gezegd, Dick?' Hansi wendt zich nu tot de voorman die bleek wegtrekt.

'Daar wist ik niets van, mijnheer Krüger.' Clemens Dick staat onzeker met zijn muts in zijn grote handen te draaien. Als Krügers oneerbiedige manier van praten hem al is opgevallen, doet dat op dit moment niets ter zake.

'Die zwarte bulten hebt u dus nog nooit gezien?' De stem van Hansi gaat een halve octaaf omhoog. 'Ik heb u toch opgedragen om de nieuwe planten haarscherp in de gaten te houden!'

'Maar die jonge gast heeft me hier niets van gezegd! Ik sla je verrot, Herrmann!' De schok slaat om in woede.

Hansi negeert die laatste opmerking. 'U is dus ook niets opgevallen, Dick?'

Als hij geen antwoord krijgt van de voorman, draait Hansi zich weer om naar Herrmann. 'Waarom heb je je superieur hier niets over gezegd?'

'Hij wil nooit iets met me te maken hebben!' verdedigt Herrmann zich nu met felle stem en wellicht ook in reactie op de dreiging van een pak slaag. 'Hij luisterde niet eens toen ik hem vertelde over de verdorde stokken!'

'Hoezo verdorde wijnstokken?' Het wordt steeds erger. Hansi's ontzetting groeit.

'Ja, vorig jaar waren er al een paar stokken die eruitzagen zoals de meeste nu op deze spätburgunderkavel. De voorman heeft me opgedragen ze uit te trekken als water geven niet hielp. Dat heb ik dan ook gedaan.'

Hansi beseft welk onheil er op het wijngoed afkomt. Hij ademt een paar keer diep in en uit om zijn kalmte niet te verliezen en ontspant zijn gebalde vuisten.

'Ik ga ervan uit dat je die bewuste stokken hebt bekeken, Dick.' Hij kijkt de voorman strak aan.

Diens bleke gezicht loopt nu rood aan, maar hij doet er het zwijgen toe.

'Dat heb je dus ook niet gedaan,' stelt Hansi vast. 'Hoeveel stokken heb je in de loop van het jaar uitgetrokken, Herrmann?'

De jongen haalt zijn schouders. 'Niet meer dan dertig of veertig!'

'Dertig of veertig?' Nu verliest Hansi Krüger toch zijn zelfbeheersing. 'Je hebt dertig of veertig verdorde wijnstokken uitgetrokken zonder dat te signaleren? Uit de twee wijngaarden die aan jou waren toevertrouwd?' brult hij tegen Herrmann.

'Nee, alleen op dit perceel hier naast de riesling. En het ging altijd om dezelfde vijf rijen. Meneer Dick,' Herrmann wijst met zijn vieze wijsvinger naar de voorman, 'heeft me gezegd dat dat heel normaal was. Dat elke teler ook matige planten leverde. En omdat ze uit hetzelfde kweekveld komen, staan ze ook vaak in dezelfde rijen.'

'En hoe zit het met de andere wijngaard?'

Herrmann staat verlegen te schuifelen. 'Daar stonden geen verdorde stokken, alleen planten met die zwarte bobbels aan de onderzijde van de bladeren.'

Hansi ademt nog een keer diep in. 'Dit gaat voor jullie beiden zware gevolgen hebben,' zegt hij als hij met veel moeite zijn stem onder controle heeft gekregen. Hij denkt aan het maandblad van de wijnindustrie dat vanochtend was aangekomen. Het omslag was ditmaal rechtuit spectaculair en kondigde de laatste onderzoeksresultaten aan van een wetenschapper van de Friedrich-Wilhelm-Universität in Berlijn.

Rijk geïllustreerd. Met echte foto's, herinnert Hansi zich een van de koppen. Hij knijpt de afgescheurde wijnbladeren in zijn knuisten helemaal plat.

'Ik ga nu terug naar kantoor om me te beraden. Jullie verwacht ik op de binnenplaats of in de personeelsruimte. En moge God jullie bijstaan als ik het bij het rechte eind heb.'

Stadspaleis Sterenberg in Wenen

Mei 1886, op hetzelfde moment

'Wat fijn je eindelijk terug te zien, Franz!' Met uitgestrekte armen loopt graaf von Sterenberg op zijn zoon af die lauw op de omhelzing reageert. De graaf voelt zijn terughoudendheid en laat hem meteen los.

'Kom ik te dichtbij met dit gebaar?' vraagt hij onomwonden. 'Je bent mijn enige, nog levende nakomeling en bovendien het kind van de vrouw die ik met hart en ziel liefheb. Ik heb je al een eeuwigheid niet meer gezien!'

Franz bijt op zijn lip en laat zich weer in zijn fauteuil zakken.

'Zal ik je nog iets laten brengen?' Zijn vader steekt zijn hand al uit naar het schelkoord.

Franz slaat dit af. 'Dank u, vader. Ik heb alles wat ik nodig heb.'

'Dan kun je jezelf gelukkig prijzen,' antwoordt de graaf cryptisch nadat hij in de stoel tegenover Franz is gaan zitten. 'Ik mis vooral mijn familie. Ik heb een zoon bij de vrouw van mijn leven die ook van mij houdt en daarbij nog twee kleinkinderen. En toch ben ik eenzaam.'

Zijn stem klinkt droef, maar Franz maakt van zijn hart een steen. 'Ik heb zelf twee kinderen met de vrouw van wie ik houd, vader. En kan uw wens niet in vervulling laten gaan als Irene niet welkom is.'

'Jouw vrouw ís welkom, Franz, ook al ken ik haar nog niet. Ze moet een geweldig iemand zijn. Je moeder heeft me aan één stuk door over haar verteld. Ik hoef me dus ook geen zorgen te maken dat ze het kind van een prostituee of een dronkaard is. En alle moeilijkheden die ons nog te wachten staan, kunnen we samen overwinnen als zij het wil.'

'En wat moet Irene daar volgens u nog voor doen? Of beter gezegd: laten?'

De graaf zucht. 'Laat me de situatie een beetje verduidelijken, Franz. Ik ken de opperhofmeester heel goed. Dat is de invloedrijkste man aan het keizerlijke hof die toezicht houdt op de machtigste hofhouding. De keizer volgt meestal zijn advies op. Daar de opperhofmeester me nog iets schuldig is, heb ik hem in vertrouwen genomen en hem verteld over mijn verlangen jou te adopteren. Zonder evenwel je naam te noemen, dat spreekt voor zich.'

Hij zwijgt even en strijkt over zijn snor.

'Mijn vriend denkt dat het niet gemakkelijk wordt daarvoor toestemming te krijgen van keizer Franz Joseph. Mijn huwelijk met je moeder vergemakkelijkt de zaken enigszins, maar niet veel. De keizer is erg gehecht aan oude tradities en die laten niet eens toe dat burgers die hij hoogstpersoonlijk in de adelstand heeft verheven, aan het hof worden ontvangen. Ook mensen die zich veel verdienstelijker voor Oostenrijk-Hongarije hebben gemaakt dan ik.'

'En dus zit een ontvangst aan het hof er in de toekomst voor u niet meer in,' concludeert Franz. 'Dat wist ik al. Mij persoonlijk en vooral mijn vrouw Irene deert dat geenszins.'

De ijsblauwe ogen van de graaf kijken somber. 'Ja, op de sociale ladder waar ik door mijn geboorte als graaf na de keizer, de aartshertogen en prinsen op de vierde rang sta, zal ik meerdere niveaus zakken tot het niveau van de recent in de adelstand verheven magnaten en misschien zelfs nog lager. Want ook zij kijken inmiddels neer op mensen die niet met een gouden lepel in de mond geboren zijn. En hoewel de ouders van je vrouw eerbare mensen waren, kleeft de smet van buitenechtelijkheid aan haar afkomst. Voor de Weense samenleving moet Irene daarom de wees blijven die ze ooit was. Voor de ware omstandigheden van haar geboorte zouden mensen hun neus ophalen.'

'En precies daar is mijn vrouw bang voor, vader! Dat mensen hun neus voor haar ophalen.'

De graaf steekt zijn hand op. 'Niet als Irene de harten van de mensen weet te winnen en daaraan kan het vermogen dat je ooit zal erven bijdragen. Heb je ooit al van Nathaniel baron von Rothschild gehoord?'

Franz schudt het hoofd. 'Nee, die naam zegt me niets.'

'Rothschild is van burgerlijke afkomst en bovendien ook Jood. Hier in Wenen geeft men niet hoog op van Joden. Toch is Nathaniel tot baron geadeld en wordt hij nu overal ontvangen. En dat komt omdat hij nooit verwaand doet, een onopvallend en bescheiden leven leidt en zijn enorme fortuin altijd gebruikt om goed te doen. Zo heeft hij de vriendschap verworven van een van de invloedrijkste vrouwen aan het hof, prinses Pauline von Metternich. Op al haar liefdadigheidsevenementen duikt hij op als beschermheer.'

'En wat heeft dat met Irene te maken?' Franz kijkt zijn vader niet-begrijpend aan.

'Welnu. Je moeder heeft Irene beschreven als bescheiden en wars van elke vorm van hoogmoed. Geld zal er meer dan genoeg zijn na je adoptie. Dat is, net als bij Rothschild, een goed uitgangspunt. Alleen haar manier van weldoen moet ze veranderen.'

Franz begrijpt er almaar minder van. 'En wat bedoelt u daarmee?'

De graaf diept een envelop op uit de binnenzak van zijn jasje. Franz vangt een glimp op van de poststempel. De brief is in Potsdam gepost.

'Kijk zelf maar!' Graaf Ferdinand reikt Franz de envelop aan en er vallen drie gekreukte krantenknipsels uit. Als Franz ziet waarover die gaan, bloost hij tot in zijn haarwortels.

'Hoe komt u hieraan, vader?'

'Dat doet hier totaal niet ter zake, Franz. Vertel me gewoon of het klopt dat je vrouw al een keer voor illegale, socialistische activiteiten voor de rechtbank is verschenen.'

Franz' hart gaat als een bezetene tekeer. 'Ze raakte buiten haar schuld om verzeild op een bijeenkomst van Duitse sociaaldemocraten. Men ontdekte een verboden boek in haar handtas. Het was allemaal onschuldig. Irene kwam ervan af met een kleine geldboete.'

Ferdinand kijkt zijn zoon met een ondoorgrondelijke blik aan.

'Wat die prulschrijver hier heeft neergepend, klopt? Dat een dwaze vrouw zich deze ellende op de hals heeft gehaald omdat haar man haar liet betijen?' Zijn toon verraadt zijn scepsis.

Franz slaat zijn ogen neer en zwijgt.

'Als jouw vrouw zo dom en zo gemakkelijk te manipuleren is als hier staat, wat let je dan haar met betrekking tot onze adoptieplannen voor een voldongen feit te stellen?'

Franz blijft zwijgen. De gedachten razen door zijn hoofd. Ottilie en Mathilde. Die twee jaloerse tangen hebben contact gehouden met die zogenaamde vriendin van maman uit Potsdam en ons nu weer geblameerd.

'Laat ons niet om de hete brij heen draaien, zoon.' Ferdinand maakt een eind aan de stilte en reikt hem nog een knipsel aan. 'Hier, lees dit ook maar! Hier staat je vrouw niet alleen met naam en toenaam vermeld, maar wellicht is dit ook een beschrijving van haar ware persoonlijkheid. Ik betwijfel niet dat ze het beste voorheeft met haar activiteiten, maar me dunkt dat ze de verkeerde middelen kiest.'

De graaf wijst naar het artikel uit de *Wormser Zeitung*, over een toespraak van Irene voor de plaatselijke arbeidstersvereniging die ze mede heeft opgericht. Franz ziet het artikel voor het eerst. Het begint met een spotdicht dat het schaamrood naar zijn wangen jaagt.

'Denk nu eens na, zoon, welke uitwerking dergelijke berichten op buitenstaanders kunnen hebben en hoezeer ze ons allemaal kunnen beschadigen als ze in verkeerde handen terechtkomen. Jij wordt al in de eerste regels belachelijk gemaakt als pantoffelheld. En denk ook eens aan Blauberg, de wijngroothandel waar we elkaar voor het eerst hebben ontmoet, hofleverancier van het Duitse hof. Alleen al om zijn eigen reputatie te vrijwaren zou hij elke zakelijke relatie met jou meteen moeten beëindigen. Beeld je dit eens in: de man van een socialiste als zijn belangrijkste leverancier.'

'Irene heeft me beloofd niet meer onder de naam "Gerban"' op te treden,' verweert Franz zich met zwakke stem.

Zijn vader veegt zijn opmerking meteen van tafel. 'Als zelfs ik hier in Wenen weet krijg van de activiteiten van je vrouw in het verre Rijnland, hoelang zal ze dat dan verborgen kunnen houden in het Duitse Rijk? Als ik je adopteer sta je hier in Wenen weken- en wellicht maandenlang in het middelpunt van de belangstelling van de adellijke kringen. Verwaand als ze zijn, is het de meest roddelzieke bende die je je maar kunt inbeelden. Irene als socialiste wordt hét onderwerp van gesprek op hun eindeloze koffiekransjes. Vooral omdat er hier ook een soort socialistenwet zit aan te komen, vergelijkbaar met die van jullie in Duitsland. Het is een kwestie van een paar weken voor het parlement het wetsvoorstel aanneemt.'

Franz herinnert zich hier iets in de krant over te hebben gelezen. Hij grijpt naar een laatste strohalm. 'Ook bij ons wordt de socialistenwet na het stakingsdecreet van de Pruisische minister van Binnenlandse Zaken, Robert van Puttkamer, alweer enige weken strenger gehandhaafd. De eerste, recent opgerichte verenigingen van arbeidsters zijn alweer opgeheven. Irene zal daarom voorlopig niet meer in het openbaar spreken, niet in de laatste plaats omdat vooral die verenigingen zijn verboden waar de laatste tijd spreeksters zijn geweest die dicht bij de sociaaldemocraten staan.'

De graaf knikt welwillend. 'Dat is een goed begin, Franz. Breng je vrouw gauw weer tot rede. Wanneer ik je geadopteerd heb kan ze zoveel liefdadigheidsevenementen voor de armen organiseren als ze maar wil. Dat is trouwens heel erg in de mode bij de adellijke dames. Tijdens het seizoen worden we ermee overstelpt. Elke zichzelf respecterende barones, gravin of prinses nodigt je hiervoor uit. Op die manier halen ze duizenden guldens op voor ziekenhuizen voor de armen, weeshuizen, gaarkeukens en nog veel meer. Dan kan jouw vrouw zich met mijn geld zoveel en zo vaak uitleven als ze maar wil. Dat beloof ik.'

'En wat verlangt u daarvoor in ruil?' wil Franz nu heel precies weten.

'Jouw vrouw staakt elk contact met en elke activiteit voor de socialisten, in elk geval die zaken die opschudding kunnen veroorzaken. Anders krijg ik van de keizer nooit toestemming met je moeder te trouwen, laat staan om jou te adopteren.'

Franz worstelt met tegenstrijdige gevoelens. Enerzijds wil hij het late geluk van zijn ouders niet in de weg staan of zijn eigen zakelijke belangen in gevaar brengen met de activiteiten van Irene. Anderzijds is hij bang voor een nieuwe huwelijkscrisis die wel eens op een scheiding zou kunnen uitlopen.

Want Irene zal nooit bereid zijn zich in die mate te schikken. Dat ze ooit een volwaardig lid van de Weense aristocratie zal worden, kan hij zich met geen mogelijkheid inbeelden.

Een hotel in Wenen

Mei 1886, dezelfde dag, een paar uur later

Er wordt discreet op zijn hotelkamerdeur geklopt. Franz schrikt nors op uit zijn gedachten. Hij ligt half aangekleed en zonder beenprothese op zijn bed nog steeds te piekeren over het gesprek met zijn vader. Hij heeft nog een paar uur voor hij voor het avondmaal weer in paleis Sterenberg wordt verwacht.

Het gesprek van die ochtend is net als alle eerdere ontmoetingen zonder concrete afspraken geëindigd. Franz heeft beloofd met Irene over de voorstellen van zijn vader te praten. Zijn vader op zijn beurt heeft aangekondigd Pauline bij haar volgende bezoek aan Wenen, dat in juni is gepland, te vragen zijn aanzoek te aanvaarden en dan zo snel mogelijk met haar te trouwen.

'We zijn allebei de zestig al voorbij, mijn zoon, en daarom kun je niet van je moeder of mij verlangen oneindig lang te wachten voor we eindelijk voor God en de mensen een echtpaar kunnen vormen.'

Franz had dat op zich laten inwerken, maar kon er niets tegen inbrengen, hoewel hij zich nog steeds niet met de gedachte kan verzoenen.

'In elk geval zal, in de veronderstelling dat je vrouw zich naar mijn wensen voegt, een huwelijk met je moeder het gemakkelijker maken dispensatie te krijgen voor je adoptie. Maar het keizerlijke hof bewandelt kronkelige, lange en ingewikkelde paden. Als we niet nog meer tijd willen verliezen, moet ik in elk geval de komende weken een aanvang maken met de onderhandelingen over toestemming voor het huwelijk.'

Er wordt nog eens geklopt. Met beide handen drukt Franz zich op van het bed en hinkt moeizaam naar de deur. Hij heeft geen ochtendjas aan en opent de deur daarom slechts op een kier. Voor hem staat een piccolo in het uniform van het hotel. Op een zilveren blaadje ligt een telegram.

Als Franz door de kier gluurt, maakt de jongen een buiging. 'Dit telegram is zonet voor mijnheer bezorgd.'

Franz schrikt danig. Hij valt bijna en kan nog net met zijn vrije hand de deurpost vastpakken. De piccolo kijkt geschrokken.

'Kom ik ongelegen voor mijnheer?' Hij maakt al aanstalten te vertrekken.

'Nee, geef me het telegram.' Franz laat de deurpost los en steekt zijn hand uit. De piccolo overhandigt hem de depêche met zijn witgehandschoende hand. Voordat hij de deur dichtslaat, ziet Franz nog de teleurgestelde uitdrukking op het gezicht van de jongen. Die verwachtte natuurlijk een fooi.

Franz hinkt terug naar zijn bed. Hij scheurt het telegram open en de inhoud overtreft zijn ergste verwachtingen.

Minstens twee spätburgunder- en één rieslingperceel besmet met druifluis – stop – wacht op uw instructies – stop – groeten – stop – Hansi Krüger.

Het wijngoed bij Schweighofen

Medio juni 1886

'Ik vrees dat een groot deel van uw wijngaard niet meer te redden is, mijnheer Gerban.' De geleerde wetenschapper van de Friedrich-Wilhelms-Universität in Berlijn krabt aan zijn nagenoeg kale schedel.

Franz verwachtte slecht nieuws, maar toch komt de boodschap nog aan als een mokerslag. Hij voelt zijn goede knie verslappen en zoekt instinctief naar houvast. Hansi Krüger staat meteen naast hem.

'Steun maar op mijn schouder, mijnheer Franz!'

Franz ademt een paar keer diep in en uit. De duizeligheid die hem in zijn greep had, verdwijnt. 'Dank je, het gaat wel weer, Hansi.'

'Waarom hebt u het over een groot deel van de wijngaard?' vraagt Nikolaus Kerner met hese stem. De rentmeester ziet er na een paar bijna slapeloze nachten tien jaar ouder uit. Franz weet dat hij urenlang in alle beschikbare boeken en vakbladen naar informatie over druifluis heeft gezocht.

Franz weet ook dat Kerner zichzelf de rampspoed op het wijngoed aanwrijft. Op zijn aanbeveling en tegen het advies van Hansi Krüger in heeft het domein twee jaar geleden de jonge stokken in de Bourgogne gekocht. Inmiddels heeft de fylloxera ook dit wereldberoemde wijngebied bijna volledig verwoest. Op zijn reis naar de kwekerij waar hij de planten heeft gekocht, heeft Kerner vernomen dat de teler in het voorjaar failliet is gegaan en dat een woedende menigte wijnboeren uit de omgeving daarvoor bijna zijn huis in brand had gestoken omdat men hem verantwoordelijk hield voor de uitbraak van druifluis in de regio die blijkbaar op zijn boerderij was begonnen.

Doctor Melchior, de schrijver van het artikel dat Hansi had gelezen voor een nieuwe inspectie van de wijngaarden en zijn telegram naar Wenen, wendt zich tot de rentmeester. In zijn lichtbruine ogen meent Franz een zweem van medelijden te herkennen.

'Zoals ik heb uiteengezet in mijn laatste verslag waaraan ik de uitnodiging voor de prachtige zuidelijke Palts te danken heb,' hij maakt een lichte buiging naar Franz, 'zijn de twee spätburgunderpercelen waar we deze wijnstokken hebben uitgetrokken, volledig aangetast. Kijk!' Hij wijst naar de wortels die met een gelige laklaag lijken te zijn bedekt. 'De druifluizen zitten hier zo dicht op elkaar dat de individuele diertjes nauwelijks te herkennen zijn. Ik ga ervan uit dat ze de winter in de grond, dus diep onder de wortels hebben overleefd en zich daarbij ook volop hebben voortgeplant.'

'Maar hoe komt het dat ook de naburige percelen zijn besmet?' Kerner blijft hardnekkig doorvragen. Uit zijn stem klinkt vertwijfeling.

'We weten nog niet alles over de voortplanting van de *Daktulosphaira vitifoliae*,' doceert Melchior met gebruik van de wetenschappelijke naam. 'Maar het staat zo goed als vast dat de insecten zich op verschillende manieren vermeerderen. Er is een gevleugelde variant die haar eitjes op de wijnbladeren legt en gallen, uitwassen, vormt zoals we de bulten in vaktermen noemen. Aangezien ik in de omliggende wijngaarden stokken hebben ontdekt met zulke uitwassen, moeten jullie deze ook volledig rooien omdat een deel van de vleugelloze druifluizen hun eieren ook in het hout van de stokken legt. Als die eitjes uitkomen, migreren de beestjes meteen ondergronds en vallen ze het jaar nadien de wortels aan.'

'Naast de rechtse spätburgunderkavel ligt onze beste rieslingwijngaard.' Franz weet zich geen raad. Hoewel hij het antwoord al vermoedt, klampt hij zich nog vast aan een strohalm. 'Misschien is riesling als witte wijndruif niet zo gevoelig voor fylloxera als de rode soorten.'

Melchior kijkt nu ook hem vol medelijden aan. 'Dat geldt misschien voor andere ziektes zoals meeldauw die vooral de rode soorten aantasten. Riesling is daar veel beter tegen bestand, maar druifluis maakt geen onderscheid tussen de rassen die in Europa worden gekweekt en treft alle wijnstokken in gelijke mate.'

'En dus moeten we niet alleen de riesling, maar ook de grauburgunder links rooien,' stelt Hansi Krüger somber vast.

'En als u echt geen risico wilt nemen ook de beide wijngaarden daarnaast en boven en onder het spätburgunderperceel. Daar heb ik weliswaar geen besmette planten gezien, maar dat wil niets zeggen. De druifluis produceert tot twaalf generaties per jaar. En deze gallen hier zijn minstens vier tot zes weken oud.' Melchior wijst op de rieslingstok met de aangetaste bladeren. 'De gevleugelde variant kan dus al lang schade hebben aangericht die nog niet zichtbaar is. De diertjes zelf zijn met het blote oog nauwelijks te zien, laat staan hun eitjes direct nadat ze zijn gelegd.'

'In godsnaam, hou op met dit walgelijke ongedierte "diertjes" te noemen.' Franz springt uit zijn vel. 'Die wijngaarden die we nu moeten vernietigen behoren tot de oudste van dit wijngoed. Daar heb ik als jonge gast nog bij de oogst geholpen.' Zijn stem beeft.

De in eerste instantie beledigde uitdrukking op het gezicht van de wetenschapper verzacht als hij de machteloosheid achter Franz' woede-uitbarsting herkent.

'Of u mijn advies opvolgt, mijnheer Gerban, dat is geheel aan u. Ik voel me echter wel verplicht mijn expertise na inmiddels meer dan tien jaar onderzoek naar deze plaag te uwer beschikking te stellen. Uiteindelijk hebt u me daarvoor speciaal uit Berlijn gehaald en betaalt u me een goed honorarium. U hebt dus recht op het beste advies dat ik u kan geven.'

Uw honorarium van vijfhonderd mark is nog het minste van mijn problemen, schiet het Franz door het hoofd. De sanering van de wijngaarden gaat me honderdduizenden marken kosten en daar bovenop nog eens het omzetverlies en grote klanten die zullen weglopen omdat we niet kunnen leveren.

Luidop vraag hij: 'Wat doen we met de drie andere nieuw aangeplante spätburgunderpercelen? Ze liggen niet hier bij het domein, maar bij Schweigen. Raadt u mij aan ook die kavels te rooien?'

Weer krabt Melchior aan zijn door de junizon al licht verbrande schedel. Om voor Franz onbekende redenen draagt hij geen hoed.

'Als ik heel eerlijk ben: ja, mijnheer Gerban,' luidt zijn vernietigende antwoord. 'Ik heb weliswaar geen spoor van ongedierte ontdekt in deze wijngaarden en dus zijn in elk geval de naburige wijngaarden niet aangetast, maar de jonge stokken komen van de besmette kwekerij. Ondanks al ons onderzoek weten we nog te weinig over de druifluis om u te kunnen garanderen dat deze planten de kiem van de plaag niet in zich dragen.'

Hij schraapt zijn keel. 'Veel van deze dier... dit ongedierte is uiteindelijk toch kilometers ver van de plek waar het voor het eerst is vastgesteld, opgedoken, al is er geen spoor van bladgallen of schade aan de wortels tussen de plekken van de eerste en de nieuwe besmetting. Ik hoop van harte dat dit op uw wijngoed niet nog eens gebeurt.'

Weer heeft Franz het gevoel dat de bodem onder hem wordt weggeslagen.

'Nu al is meer dan de helft van ons areaal aangetast. Het domein zal in de onbeduidendheid wegzinken,' zegt hij machteloos. 'Qua rode wijn komen we er nooit bovenop als we nu weer helemaal van voren af aan moeten beginnen met de spätburgunder.'

Nu lijkt het alsof Melchior Franz troostend in zijn armen zou willen nemen. Kerner wordt bij deze uitspraak zelfs groen in het gezicht.

Alleen Hansi Krüger houdt het hoofd koel. 'Hoe kunnen we ervoor zorgen dat de druifluis volledig uit de bodem verdwijnt als we alle stokken rooien en samen met de palen waaraan ze zijn opgebonden verbranden? U zei toch net dat de druifluis zich meters diep ingraaft. Kan die daar overleven en jonge aanplant weer vernietigen?'

Melchior knikt goedkeurend. 'U hebt mijn artikelen zeer grondig gelezen, mijnheer Krüger. Er zijn twee manieren om ervoor te zorgen dat de plaag niet weer uitbreekt.'

'Voor ons wijngoed vormt alleen de behandeling met zwavelkoolstof een optie,' mengt Kerner zich nu in het gesprek, mede om te laten zien dat hij de afgelopen nachten ook onderzoek heeft gedaan. 'Al het andere is te duur.'

De wetenschapper schudt het hoofd en krabt nog maar eens aan zijn schedel. 'Ik begrijp dat naast de kosten die u toch moet maken u andere grote onkosten probeert te vermijden, maar de methode de luizen met zwavelkoolstof te doden heeft een groot nadeel. De chemicaliën vernietigen ook alle andere levende organismen boven en onder de grond die nodig zijn voor een gezonde bodem. Regenwormen, mierenkolonies, mestkevers...'

'Wat is het duurdere alternatief?' valt Franz hem in de rede. Even probeert hij de ingewikkelde uitleg van de wetenschapper te volgen, maar schudt dan somber het hoofd.

'Mijn rentmeester heeft gelijk. Die procedure kunnen we ons absoluut niet veroorloven. Het zal me sowieso al veel moeite kosten om het geld bij elkaar te krijgen om de wijngaarden met de goedkopere methode te saneren en opnieuw te beplanten. Zelfs als ik al mijn reserves aanspreek en mijn hele hebben en houden tot het uiterste verhypothekeer.'

Melchior steekt zijn hand op. 'Ik wil nog één ding aangeven, mijnheer Gerban. Ik ken geen enkel wijngoed dat na de behandeling met zwavelkoolstof nog kwaliteitswijnen heeft voortgebracht. Dat is een sterk gif. Het stinkt niet alleen als de pest, maar beïnvloedt ook de smaak en het rijpen van de druiven, en dus ongetwijfeld ook de latere wijn.'

Franz staart hem woordeloos aan. Zijn hoofd is leeg. Hij kan niet meer helder nadenken.

Melchior spreidt zijn armen in een gebaar van hulpeloosheid. 'Maar u bent de wijnexpert. Ik heb alleen expertise op het vlak van wijnziektes. Het is uiteindelijk aan u om te beslissen.'

Dan verschijnt er echt een brede lach op zijn gezicht.

'Maar laten we een proef doen, mijnheer Gerban. Ik heb een idee.'

Het wijngoed bij Schweighofen

Medio juni 1886, dezelfde avond

'Kalm nu maar, lieve zoon van me. Laat ons eens kijken welke opties we hebben.'

Franz tilt zijn betraande gezicht op van de schoot van zijn moeder. Samen zitten ze in de salon op de sofa. Pauline kan zich niet herinneren wanneer Franz voor het laatst in haar armen heeft gehuild. Hij moet nog heel klein geweest zijn.

'We moeten je vader om hulp vragen, Franz,' zegt Pauline krachtdadig. 'Hij zal niet weigeren. Het vermogen waar hij nu vrij over kan beschikken loopt in de miljoenen guldens. Zelfs als hij je de vijf- of zeshonderdduizend mark geeft die jij nu nodig hebt, hoeft hij niets te missen.'

'Maar wat dan met Irene?' antwoordt Franz met enige schroom.

'Ook Irene zal je in deze noodsituatie waar je zelf geen debet aan hebt niet in de steek laten. Natuurlijk zal ze overmorgen vol plannen en ideeën van haar ontmoeting met Gertrud Guillaume-Schack terugkomen. Misschien zal ze haar activiteiten weer ondergronds uitoefenen nu steeds meer verenigingen van arbeidsters ontbonden worden en zelfs de krant van Gertrud verboden is. Maar ze zal wel bijdraaien als ze ziet hoe jij hieronder lijdt.'

'Hoe kun je daar nu zo zeker van zijn?'

'Alleen al door het feit dat ze eigenlijk niet meer naar de bijeenkomst met Gertrud en de andere vakbondsleidsters wilde gaan toen ze hoorde dat doctor Melchior juist nu met zijn rapport zou komen. Ik moest haar echt dwingen.'

Franz knikt. 'Ja, ik vroeg me al af waarom je zo aandrong op haar vertrek. Maar ik veronderstel dat daar een plan achter zit.'

'Inderdaad, Franz. Ik wilde eerst rustig met jou bespreken hoe we de dreigende crisis het hoofd kunnen bieden. Dat Melchior met zo'n vernietigend oordeel zou komen had ik echter totaal niet verwacht, wel dat het slecht zou kunnen zijn en dat we voor een oplossing je vader in Wenen nodig hebben.'

'En wat vind je dat ik moet doen?'

'Wanneer de test van Melchior uitpakt zoals hij heeft voorspeld, moet je het zo aanpakken.'

Franz luistert almaar gefascineerder naar zijn moeder.

'Je bent een heel wijze vrouw, maman.' Hij kust Pauline teder op haar wang. 'En jij denkt dat het echt zal werken?'

Pauline knikt nadrukkelijk. 'Ik ben er rotsvast van overtuigd. Irene is dol op de rozen in de wijngaarden.'

De wijngaarden van Schweighofen

Juni 1886, twee dagen later

'Ik vind het zo erg dat je deze ellende moet meemaken.' Irene vlijt haar hoofd voorzichtig tegen zijn schouder aan, ze wil hem niet uit zijn evenwicht brengen. Ze profiteren van de mooie avond om een kleine wandeling te maken langs de vlak bij het landgoed liggende wijngaarden. Franz heeft Irene verteld over de omvang van de schade en toegegeven dat ze vooralsnog geen oplossing hebben gevonden, zonder evenwel iets te zeggen over de nog mogelijke uitweg.

'Maar we komen hier samen wel doorheen, zoals ons altijd is gelukt met alles wat we tot nu toe hebben meegemaakt. En als we krap komen te zitten, weet je dat ik zuiniger kan leven.'

Terwijl Franz nog nadenkt over zijn antwoord, gaat ze al verder.

'Ogenschijnlijk hebben we nu allebei vreselijke pech. Alle nieuw opgerichte verenigingen van arbeidsters zullen wellicht worden verboden. Althans, dat denkt Gertrud.' Ze zucht diep en probeert Franz haar kommer niet te laten zien. Ze wil hem niet ook nog eens met haar zorgen opzadelen.

'En wat betekent dat voor je politieke activiteiten?'

Het antwoord van Irene doet Franz' hart sneller slaan. Zou het dan zo eenvoudig zijn?

'Voorlopig zetten we ons alleen nog in voor het Centraal Ziekte- en Overlijdensfonds voor Vrouwen en Meisjes. Dat kan Bismarck niet verbieden zonder zijn eigen inspanningen te dwarsbomen. Hoe zou hij kunnen verantwoorden dat hij een ziekte- en ongevallenverzekering voor arbeiders heeft ingevoerd, maar hetzelfde fonds voor vrouwen met meer dan honderd filialen verbiedt?'

Ze trapt een keitje weg met de punt van haar schoen.

'Daarom zal ik me tijdelijk aan liefdadigheid wijden,' zegt ze niet zonder het nodige sarcasme. 'Zorgen dat er nieuwe filialen komen en dit noodfonds in nog meer steden beschikbaar is. Zieke arbeidsters adviseren hoe ze het geld uit het fonds het best kunnen gebruiken voor hun gezondheid of hoe ze überhaupt kunnen voorkomen dat zij en hun kinderen ondanks de slechtste levensomstandigheden continu ziek zijn. Eigenlijk alles wat ik destijds in Landau en Lambrecht met mijn vrouwengroepen heb gedaan. En Minna's dienstmeisjeskring weer meer ondersteunen. Ook daar helpen we vrouwen in nood.'

Franz voelt een sprankeltje hoop in zich opkomen, maar gelooft er nog niet echt in. 'Maar ik meen te horen dat dit werk je geen voldoening zal schenken?'

'Het is natuurlijk niet zo bevredigend als praten voor massa's arbeidsters, maar volgens Gertrud moeten we geduld hebben. Otto von Bismarck is lang niet meer zo geliefd als weleer. Niet iedereen is het eens met zijn beleid. En keizer Wilhelm is oud. Als hij overlijdt, zullen we zien wat er gebeurt. In elk geval heeft zijn kleinzoon Wilhelm het niet zo op Bismarck begrepen.'

'En waar hoop je op?'

'Elk jaar moet het parlement beslissen of de socialistenwet nog van kracht blijft. En het aantal socialisten groeit bij elke verkiezing. Gertrud en ook de rest van ons vrouwen denken sowieso dat Bismarck zijn sociale wetgeving' – ze benadrukt spottend het woord – 'alleen heeft doorgeduwd om iets tegenover de aspiraties van de sociaaldemocraten te stellen. Niet omdat hij oprecht begaan is met het welzijn van de arbeiders, maar om de SAP met haar eigen wapens te verslaan. Daar zal hij echter op termijn niet in slagen.'

Ze zucht weer. 'En dus moeten we geduld hebben.'

Ze naderen het cruciale punt naast het pad onder de wijngaarden. Franz merkt het aan de steeds sterker wordende zwavelgeur. Ook Irene snuift geïrriteerd.

'Wat stinkt hier zo verschrikkelijk?'

Opeens ziet ze de verwelkte struik en blijft als aan de grond genageld staan. 'O nee! Wat is er met deze rozen gebeurd?'

Ontzet staart ze naar de struiken met roze bloemen die de wijngaard omzomen.

'Dat zijn mijn lievelingsbloemen!' Ze krijgt zelfs tranen in haar ogen. 'Ik was zo blij met het boeket dat je me vandaag hebt gegeven.'

'Die komen uit een ander deel van de wijngaard.' Hij wijst naar de rozenstruik waarvan de bladeren en bloemen slap hangen en verwelkt zijn, maar voor hij nog iets kan zeggen, valt Irene hem in de rede en geeft ze hem onbewust de juiste aanzet.

'Heeft deze gruwelijke plaag ook de rozen aangetast?'

'De druifluis bedoel je? Nee, deze struik is behandeld met het middel dat doctor Melchior heeft aanbevolen en hier meteen heeft toegepast. Het is heel giftig en heet zwavelkoolstof.'

Irene is boos. 'Maar dat gif vernietigt de planten in plaats van ze gezond te houden. Er moet toch een andere manier zijn!'

Franz wendt zich naar Irene en legt zijn wandelstok tegen de verdorde rozenstruik. Met beide handen pakt hij haar handen en hij kijkt haar diep in de ogen.

'Er is inderdaad nog een andere methode. Die is veilig en zal op termijn onze welvaart herstellen, maar die is nog relatief nieuw en daarom erg duur, zij het wel voldoende getest.'

Hij haalt diep adem en kijkt Irene aan. Hij ziet angst voor wat hij gaat zeggen, maar hij heeft geen keuze.

'Alleen kan ik dat niet financieren, Irene. Zelfs als we het allemaal heel zuinig aan zouden doen, zelfs als ik ons hele bezit met schulden zou belasten; zelfs als ik onze arbeiders op een paar mannen na ontsla.' Zoals gehoopt krimpt Irene bij dit laatste in elkaar.

'Dat kun je niet doen, Franz! Die landarbeiders wonen vaak al drie of zelfs vier generaties lang op het landgoed. Dit is hun thuis!'

Hij knikt ernstig. 'Dat klopt, Irene. Dat kan en wil ik absoluut niet doen. En dus is er maar één iemand die ik om hulp kan vragen en die me ook zal helpen als we allebei zijn wensen inwilligen.'

Irene wordt lijkbleek. 'Je bedoelt je vader in Wenen,' fluistert ze.

Deel 6

Familiebanden

23

Paleis Sterenberg in Wenen
November 1886

De knecht die de graaf ongevraagd had gestuurd om Frans te helpen zich voor de gala-avond te kleden, heeft de kamer nog maar net verlaten als er weer wordt geklopt.

'Binnen!' roept Franz ongeduldig. Hij heeft nog ruim een uur voor ze moeten vertrekken naar paleis Hirschstein waar de recent in de adelstand verheven barones een liefdadigheidsevenement organiseert, en dat wil hij aanwenden om nog eens na te denken over de recente gebeurtenissen. Er is zoveel gebeurd, en vanavond staat er ook veel op het spel.

Tot zijn verbazing komt zijn moeder binnen. Ook zij is al feestelijk uitgedost. Opnieuw valt het Franz op dat de inmiddels vijfenzestigjarige Pauline er met de dag jonger lijkt uit te zien ondanks dat haar donkerbruine, bijna zwarte lokken in de loop der jaren zilvergrijs zijn geworden. Pauline bezit nog steeds haar slanke figuur en ziet er veel minder matrone-achtig uit dan vrouwen van wel twintig jaar jonger. En ze kleedt zich ook nog altijd bijzonder smaakvol. Vandaag draagt ze een wijnrode satijnen japon die aan de mouwen, de halslijn en de zoom is afgezet met zwart kant. In haar vakkundig opgestoken haar zitten een zwarte en een rode struisvogelveer.

Ook Pauline heeft de graaf in zijn paleis voorzien van een uitsluitend daarvoor aangestelde kamenier omdat Rosa, die de familie Gerban nu naar Wenen vergezelt als chaperonne en bediende, met Irene in een hotel logeert. De voormalige verpleegster zou ook niet in staat zijn geweest Paulines kunstige avondkapsel te verzorgen. Dat vraagt om de vaardigheden van een kamenier met jarenlange ervaring in adellijke kringen, zoals deze Albertine.

Franz' oog valt echter meteen op een prachtige, hem onbekende robijnen halsketting met bijpassende oorringen. De juwelen passen zo perfect bij de avondjurk dat het geen toeval kan zijn.

Paulines stralende donkere ogen doen Franz vermoeden wat haar zo gelukkig maakt nog voor ze het vertelt. 'Toen jij nog onderweg was, hoorde ik dat de keizer dispensatie heeft verleend voor ons huwelijk, Franz,' flapt ze eruit zodra hij haar met de gebruikelijk kus op de wang heeft begroet. 'Dit sieraad heb ik van je vader als verlovingsgeschenk gekregen! Ik mocht het uitzoeken uit de familiejuwelen. Als alles goed gaat kunnen we onze verloving nog deze week bekendmaken en voor het einde van het winterseizoen trouwen! En op het moment van het huwelijk zal ook niets jouw adoptie in de weg staan!'

Franz ademt diep in. Precies zoals je het zegt, maman: als alles goed gaat, dan wel, denkt hij bij zichzelf. Maar hij kan het niet over zijn hart krijgen het geluk van zijn moeder te verstoren.

In plaats daarvan zegt hij voorkomend: 'Van harte gefeliciteerd, maman! Maar denk je dat jullie zo'n enorm feest als jullie huwelijk nog voor het eind van het winterseizoen kunnen organiseren?'

Pauline knikt resoluut. 'Dat kunnen we zeker, Franz.' In haar ogen ligt weer de strijdlustige uitdrukking die Franz al eerder is opgevallen als het om haar huwelijk met de graaf gaat. 'En het komt net goed uit dat het seizoen tot eind februari loopt. We willen in de week voor carnaval trouwen, het liefst op 14 februari, de dag van de heilige Valentijn, de beschermheilige van de geliefden. We verwachten geen gasten uit de hoge adel, tenzij ze familie zijn van de graaf, maar op dat moment is de hele high society in Wenen. Al is het maar voor het bal in de Hofoper, dat drie dagen later op Vette Donderdag wordt gehouden, het hoogtepunt van het seizoen!'

'Ik ben heel blij voor je, maman,' antwoordt Franz hartelijk. 'En op de keper beschouwd komt die trouwdatum mij ook heel goed uit. De herbeplanting van de wijngaarden gebeurt pas in het late voorjaar, wanneer we ons geen zorgen meer hoeven te maken over vorstschade.'

'Nu moeten alleen Ferdinand en Irene elkaar nog vinden!' Er glijdt een schaduw over het gezicht van Pauline. De eerste ontmoeting tussen beiden gisterenavond voorspelt niet veel goeds. 'Heb je Irene vanmiddag nog kunnen spreken?'

Franz schudt het hoofd. 'Helaas niet, maman. Ze was nog niet terug van haar bezoek aan de arbeiderswijken. En zoals je weet, was ze vanochtend al weg toen ik haar in het hotel opzocht. Ik heb een bericht achtergelaten met het dringende verzoek zich vanavond in te houden.'

Pauline zucht. 'Ik hoop dat het iets uithaalt.' Dan verschijnt er weer een glimlach op haar gezicht. 'In elk geval zal je vader nu niet meer terugkomen op de lening die hij je voor het wijngoed heeft gegeven. Al denk ik dat hij dat sowieso niet zou doen, zelfs niet als Irene zich niet goed gedraagt, omdat hij zoveel van je houdt. Maar met ons ophanden zijnde huwelijk zal hij zeker niets doen dat mij ongelukkig maakt.'

Vooral omdat het hem niet tot eer zou strekken als de Weense beau monde zou horen van het faillissement van de zoon van zijn wederhelft, denkt Franz oneerbiedig. Ook al weet nog niemand dat hij mijn vader is.

'Drink je nog een glas wijn met ons in de salon terwijl we wachten op de koets, Franz?'

'Liever niet, maman. Ik zou graag nog even alleen zijn.' Met een laatste bezorgde blik verlaat zijn moeder de kamer. Franz' stomp doet pijn. Hij leunt voorzichtig achterover in zijn leunstoel om zijn pak niet te kreuken en legt dan na een korte aarzeling beide benen op de tweede stoel van de zithoek in zijn ruime slaapkamer die zelfs een eigen badkamer heeft. Gelukkig zijn deze stoelen een stuk comfortabeler dan die in de ontvangstkamer.

Hij denkt terug aan de afgelopen maanden en krijgt het benauwd als hij aan Irene denkt. Vanavond maakt ze voor het eerst haar opwachting in de Weense hogere kringen. En dat op de dag dat ze met de plaatselijke vakbondsleidster de sloppenwijken van de stad is ingetrokken. Als dat maar goed gaat.

Vooralsnog is alles na de vreselijke ramp die de druifluis op het wijndomein Gerban had aangericht, goed verlopen. Zijn vader heeft hem inderdaad geholpen en ook Irene was tot compromissen bereid geweest, zij het in bescheiden mate.

Paleis Sterenberg in Wenen

Juli 1886, een paar maanden eerder

'Natuurlijk help ik je, mijn zoon,' verzekert graaf Ferdinand hem nog voor hij de ware omvang van de catastrofe heeft geschetst. 'Maar leg me eerst eens uit wat die nieuwe methode in de wijnbouw inhoudt!'

'Dat is niet zo heel gemakkelijk uit te leggen, vader. Ik hoop dat ik niet al te veel als een vakidioot overkom!'

De graaf schudt welwillend het hoofd. 'Integendeel! Als liefhebber van goede wijn, en dan vooral die van het huis Gerban, interesseert het me oprecht hoe we dit ongedierte kunnen bestrijden zonder de wijngaarden met chemicaliën te vergiftigen.'

Franz begint het uit te leggen. 'Toen de eerste ziekte, de meeldauw, halverwege deze eeuw uit Noord-Amerika werd geïmporteerd en een groot deel van de Europese wijngaarden aantastte, besloten veel wijnboeren stokken uit dat continent te bestellen omdat die inmiddels immuun waren voor de schimmelziekte. In tegenstelling tot de druifluis, doodt meeldauw de planten niet, maar veroorzaakt de ziekte wel ernstige schade, vooral aan de druiven.

De Amerikaanse wijnstokken deden het al snel heel goed in de Europese wijngebieden, met name in Frankrijk. En dus was het voor de wijnboeren een raadsel waarom hun stokken toch opeens doodgingen. Wellicht pas jaren nadat het ongedierte, wederom uit Noord-Amerika, in Europa was geïmporteerd ontdekte men dat de druifluis de oorzaak was van de immense schade. Alleen bleek er niets tegen te helpen. In het begin heeft men het zelfs met urine geprobeerd. Men dacht dat met name de urine van Roma een effectief bestrijdingsmiddel was.'

'Wat? Dat is ronduit absurd!' Franz' vader grijnst breed.

'Zwavelkoolstof, dat uiteindelijk heil bleek te brengen en waarmee de meeste domeinen tegenwoordig een uitbraak in hun wijngaarden proberen te bestrijden, beschadigt op de lange termijn de bodem echter onherstelbaar,' gaat Franz verder. 'Een rozenstruik die ik met een hoge dosis gif liet behandelen, was een paar dagen later al kapot.'

'En wat is nu dat "enten van een entrijs" waar je het al meerdere keren over hebt gehad? Ik ken het enten uit de fruitteelt op mijn landgoederen. Je splijt de stam van een appelboom, steekt er een scheut van een andere, edelere soort in en lijmt dit stuk dicht met hars. Als het lukt, groeien de delen aan elkaar en draagt de boom al snel de vruchten van het nobelere ras, maar wordt hij wel gevoed met de voedingsstoffen uit het wortelstelsel van de stam.'

'Het principe is hetzelfde in de wijnbouw,' bevestigt Franz. 'Interessant is dat het ongedierte en de ziektes die onze Europese stokken vernietigen, geen ernstige schade veroorzaken bij de planten in hun land van herkomst.

De weerzinwekkende druifluis blijkt de wortels van de Amerikaanse stokken niet te appreciëren, maar de wortels van de inmiddels bij ons inheemse stokken, hoewel ze oorspronkelijk ook uit Noord-Amerika afkomstig zijn, dus wel. Daarom worden de nobele variëteiten op de Amerikaanse stokken geënt.'

'Maar waarom vervang je de aangetaste planten dan niet gewoon door die Amerikaanse stokken?'

'Dat heeft men geprobeerd, maar ten eerste kan de wijn van de Noord-Amerikaanse stokken niet op tegen de kwaliteit van onze Europese rassen. Ten tweede heeft de fylloxera, als een monster uit de mythologie, twee verschijningsvormen.'

'Twee verschijningsvormen?' Ferdinand fronst zijn voorhoofd. 'Zoiets heb ik nog nooit gehoord!'

Franz glimlacht. 'Ik heb het de Berlijnse wetenschapper die de uitbraak heeft bevestigd, ook meerdere malen moeten vragen voor ik het min of meer begreep. Het zit zo: de niet-gevleugelde variant tast de wortels van de wijnstok aan en vernietigt op die manier de planten. De gevleugelde variant heeft het op de bladeren gemunt en legt daar zijn eitjes, waaruit gevleugelde én niet-gevleugelde luizen komen, maar beschadigt de Europese stokken niet. Daarom vermoedden we eerst ook niets. Onze spätburgunder stond er, ondanks die eitjes die de druifluis aan de onderzijde van de bladeren had gelegd, het tweede jaar prachtig bij.'

Franz legt verder uit dat de druifluis wel de bladeren van de Noord-Amerikaanse stokken zou aantasten en de planten zwaar zou beschadigen. 'En zo kwam men op het idee te enten. Het wortelstelsel van de Amerikaanse stok is grotendeels resistent tegen de ondergrondse druifluis, terwijl de bladeren van de geënte Europese stokken dan weer resistent zijn tegen de gevleugelde variant.'

'En zo trotseren de gecombineerde stokken het ongedierte,' concludeert de graaf.

Franz knikt. 'En dragen ze dankzij de entrijzen de druiven waarvan de Europese wijnen worden gemaakt.'

'Je kunt met de geënte stokken dus een vergelijkbare kwaliteit wijn produceren als met de door de druifluis vernietigde stokken?'

'Precies, vader. Alleen deze methode garandeert me dat ik ook in de toekomst de topwijnen kan maken waarvoor we gekend zijn.'

'Dan geef ik je het geld met plezier, lieve Franz. Maar wel op één voorwaarde!'

Franz begrijpt zijn vader eerst verkeerd. De moed zakt hem in de schoenen. 'Ik heb al met Irene gesproken, vader. Ze zal niet meer spreken in het openbaar en niet meer voor socialistische kranten schrijven. Tenminste, zolang de socialistenwet in Duitsland van kracht is. Tot meer concessies is ze niet bereid.'

De graaf fronst zijn wenkbrauwen. 'Hoe zit het met mijn aanbod om mijn geld te besteden aan liefdadigheid voor de klassen waarmee ze zo begaan is?'

'Dat laat Irene voorlopig in het midden. Ze zegt niet ja en niet nee. Ze wil in elk geval contact houden met de vakbondsleidsters, werken voor het Duitse Centraal Ziekte- en Overlijdensfonds voor Vrouwen en Meisjes en net als vroeger vrouwengroepen leiden en zelfhulp aanmoedigen.'

De graaf zucht. 'Me dunkt dat je vrouw een echte stijfkop is. Ik denk dat we er niet omheen kunnen eerst een duidelijk beeld van elkaar te vormen.'

'Irene wil me aan het eind van het najaar voor het begin van het seizoen naar Wenen vergezellen. Vroeger kan ik zelf toch niet komen. Tijdens de oogst wil ik aanwezig zijn op het wijngoed. Ik vraag je daarom om uw begrip vader, maar...' Zijn stem stokt en het zweet breekt hem uit.

'Maar wat?'

'Ik kan niet zo lang met de aankoop van de geënte stokken wachten. Doctor Melchior, de wetenschapper van de Berlijnse Friedrich-Wilhelms-Universität, heeft beloofd me in contact te brengen met de belangrijkste teler van deze stokken en er persoonlijk voor te zorgen dat ik voorrang krijg bij de leveringen. Maar als we dit grote aantal stokken van de verschillende variëteiten die we nodig hebben volgend voorjaar al willen hebben, moeten ze nu al met het kweken beginnen. En men vraagt een vooraf betaling. Bovendien moeten we de wijngaarden voorbereiden en de verliezen deze herfst compenseren. Dat geld heb ik niet.'

De graaf bekijkt Franz met een ondoorgrondelijke uitdrukking op zijn gezicht. 'Dan is het maar goed dat ik de lening niet laat afhangen van de vraag of je vrouw zich wil voegen naar de sociale geplogenheden in Wenen.'

Franz kijkt verrast op. 'Welke voorwaarde verbindt u er dan wel aan, vader?'

De graaf strijkt over zijn snor. 'Wel, eigenlijk heb ik twee voorwaarden.' Hij laat bewust een pauze vallen.

Als hij Franz hiermee op de pijnbank wil leggen, heeft hij zijn doel bereikt. Zijn hart gaat als een bezetene tekeer.

'Zeg me dan alstublieft wat u van me verwacht,' smeekt hij. 'Als ik daaraan kan voldoen, zal ik niet aarzelen.'

'De eerste voorwaarde is dat ik, nu ik het verzoek om met jouw moeder te mogen trouwen, al in gang heb gezet, ik jouw toestemming krijg om dispensatie te vragen voor je adoptie. Het feit dat je echt mijn zoon bent kan daarbij geheim blijven. Omdat ik geen kinderen meer heb en we al op een leeftijd zijn dat we als echtpaar geen kinderen meer kunnen voortbrengen, zal het kantoor van de opperhofmeester daar geen vragen bij stellen.'

'Onder die conditie ga ik graag akkoord.' Franz is opgelucht. Want als de hele zaak uiteindelijk nog mislukt omdat Irene en mijn vader het niet met elkaar kunnen vinden, blijft, als hij onze bloedverwantschap verzwijgt, hem toch zeker de publieke schande bespaard door zijn eigen zoon te zijn afgewezen.

De zweem van droefheid die nu over het markante gezicht van de graaf glijdt, verraadt dat hij Franz' gedachten heeft geraden.

Verlegen vraagt hij: 'En uw tweede voorwaarde, vader?'

'Dat je me eindelijk tutoyeert, zoon, zoals het hoort voor naaste familieleden die de stijve tradities aan het keizerlijke hof niet kopiëren.'

Paleis Sterenberg in Wenen

November 1886

De klok van een nabijgelegen kerk wekt Franz uit de korte sluimer waarin hij in de leunstoel is weggegleden in afwachting van het liefdadigheidsgebeuren. De vorige, onrustige nacht laat zich voelen.

Aangezien hij tot kort voor hun aankomst op het centraal station van Wenen had gehoopt Irene toch te overtuigen even met hem en Pauline naar paleis Sterenberg te komen, had hij zijn vader niet verteld dat zij er de voorkeur aan gaf met Rosa in een hotel te logeren. Uit voorzorg had Franz telegrafisch een suite gereserveerd in hetzelfde hotel waar hij ooit zelf pleegde te overnachten, maar Irenes koppigheid ergerde hem.

'Ik overnacht niet op een plek waar ik misschien wel getolereerd word, maar niet welkom ben,' bleef ze maar herhalen. Franz vermoedde dat ze nog een andere reden had om in een hotel te logeren.

Al een paar weken voor hun vertrek had ze per brief contact gezocht met ene Lea Walberger, wier naam en adres ze van Gertrud Guillaume-Schack had gekregen. Lea is een soort officieuze Weense vakbondsleidster. Sinds ook in Oostenrijk op 3 juni verordeningen en speciale besluiten van kracht zijn geworden die inhoudelijk, zij het in neutralere termen geformuleerd, lijken op de Duitse socialistenwet, en men sociaaldemocraten zelfs van de vreselijkste misdaden zoals roofovervallen beticht, kunnen de aanhangers van die beweging alleen nog in het geheim werken.

Irene wilde Lea meteen de eerste dag van haar verblijf al ontmoeten in een klein koffiehuis om haar te leren kennen en naar de levensomstandigheden van de Weense arbeidersklasse te informeren. Daar haar doen en laten in paleis Sterenberg onvermijdelijk zou worden gevolgd en ze niet ongezien en zonder uitleg zou kunnen vertrekken, wilde ze met haar verblijf in een hotel haar bewegingsvrijheid veiligstellen.

De graaf was natuurlijk teleurgesteld geweest, maar had zich onthouden van kritische opmerkingen. Belangrijk was daarom de avond waar Irene en zijn vader elkaar bij een intiem familiediner voor het eerst persoonlijk zouden ontmoeten. Franz heeft genoeg mensenkennis om te weten hoe belangrijk die eerste indruk voor beiden zou zijn.

Maar de problemen waren nog voor haar komst al begonnen. Irene was namelijk een half uur te laat. Niet alleen Franz vond dit uitermate onbeleefd tegenover de graaf, maar ook de doorgaans zachtaardige Pauline was verontwaardigd.

Toch hield de graaf zich aan de vorm. '*Enchanté*, lieve dochter,' begroette hij Irene met een vluchtige handkus. 'Ik ben ontzettend blij je eindelijk te leren kennen. Ik heb al zoveel over je gehoord.' En Irene zag er daadwerkelijk schitterend uit. Haar donkerblauwe avondjurk beklemtoonde haar saffierkleurige ogen en met haar kapsel had Rosa zich als kamenier werkelijk overtroffen. Ze had Irenes dikke bruine haar met een krulijzer tot pijpenkrullen gedraaid en samengebonden met blauwfluwelen linten. En alles had nog goed kunnen komen ware het niet dat de verontschuldiging van Irene voor haar late aankomst meteen nog meer deining had veroorzaakt.

'Neemt u me niet kwalijk, geachte heer von Sterenberg.' Met deze stijve begroeting wees ze meteen de welwillende toon van haar schoonvader die haar net met het vertrouwelijke 'dochter' had verwelkomd, af. Maar nog schofferender voor de graaf was de reden waarom ze zo laat was.

'Zoals u weet, hoogedelgeborene, kom ik op voor vrouwenrechten,' zei ze formeel, maar onverbloemd en zonder het minste respect voor de actuele politieke situatie in Oostenrijk, laat staan de opvattingen van haar gastheer. 'In dat verband heb ik vandaag een heel interessante man leren kennen. Zijn naam is dokter Viktor Adler. Hij is arts en wil de krant *Gleichheit* heruitgeven en daarin maatschappijkritische verslagen publiceren. De eerste editie zal de erbarmelijke levensomstandigheden van de Weense steenbakkers behandelen.'

Woede en bezorgdheid over de slechte indruk die Irene hier bij zijn vader maakte, deden Franz' hart als bezeten slaan. Terwijl de graaf duidelijk naar een beleefd antwoord zocht, nam hij het, met een stem die hij nauwelijks onder controle had, van hem over. 'Toch hadden wij het allemaal op prijs gesteld, liefste, als je dit ongetwijfeld zeer interessante onderwerp op een ander tijdstip met dokter Adler had besproken. We wachten hier al geruime tijd op je.'

'Dat spijt me verschrikkelijk,' herhaalde Irene met op haar gezicht de koppige uitdrukking die Franz sinds ze schoorvoetend heeft toegezegd hem naar Wenen te vergezellen, heeft leren vrezen.

'Maar in het gesprek kwam naar voren dat mijnheer Adler ook August Bebel en Wilhelm Liebknecht persoonlijk kent. Die beiden zijn jou toch ook bekend uit jouw tijd in de Rijksdag.

En deze interessante gespreksstof maakte dat ik eenvoudigweg de tijd uit het oog ben verloren,' voegt ze er tot ontzetting van Franz en Pauline aan toe.

Voor de deur van de met kostbaar meubilair ingerichte salon sloeg een gong. 'We moeten ons aan tafel begeven.' De graaf deed een poging de pijnlijke situatie te overbruggen. 'Kom je, liefste?' Hij reikte Pauline zijn arm.

Pas later hoorde Irene dat Franz' vader oorspronkelijk van plan was geweest háár naar de tafel te begeleiden.

Maar de avond die zo ongelukkig was begonnen, was nog niet voorbij. Al bij de soep, een krachtige wildconsomé, begon Irene over de ellendige levensomstandigheden van de steenbakkers. 'Dokter Adler vertelde me dat deze, voornamelijk uit de Tsjechische gebieden afkomstige mensen, tot vijftien uur per dag en zeven dagen per week moeten werken. Ik moest meteen denken aan de ellende van de wevers in Herxheim. En ze worden betaald volgens het zogeheten truckstelsel.' Ze keek uitdagend om zich heen. 'Weet u misschien wat dat betekent, heer graaf? Helaas had ik geen tijd meer om het zelf nog uit te zoeken.'

Ferdinand von Sterenberg had Irene aangekeken met een ijzige blik.

'Het trucksysteem is vorig jaar bij wet verboden in Oostenrijk. Het zou me ten zeerste verbazen dat het in de steenfabrieken nog in voege is. In het Habsburgse Rijk worden wetsovertreders ter verantwoording geroepen.'

Toen de volgende gang, heerlijk sappige forelfilet, was geserveerd vroeg Irene ondanks Paulines smekende blik verder. 'Maar hoe werkt dat truckstelsel dan, mijnheer von Sterenberg?'

De graaf fronste zijn wenkbrauwen. 'In plaats van loon kregen de arbeiders blikken munten die ze alleen in winkels die aan hun werkplek waren verbonden konden inruilen voor goederen.'

'Aha!' Er was een sarcastische glimlach op het gezicht van Irene verschenen. 'Ik kende de term niet, maar met uw uitleg weet ik precies wat het betekent. Nog een manier van de fabrieksbazen om hun winsten te maximaliseren ten koste van de uitgebuite arbeiders. En weet u wel zeker dat de Oostenrijkse fabrikanten zich aan de wet houden? In het Duitse keizerrijk heb ik honderden malen meegemaakt dat dat niet zo was en nog steeds niet is.'

Bij dit nieuwe affront hadden Franz en Pauline doodstil naar hun nauwelijks aangeraakte borden gestaard. Verrassend genoeg had de graaf de situatie zelf gered.

'Ik zie dat u erg begaan bent met het lot van de arme bevolking, Irene. En liefdadigheid van allerlei aard is mensen uit onze laag van de samenleving zeker niet vreemd, zoals u hopelijk morgenavond zal zien op het inzamelingsgala van barones von Hirschstein. Maar laten we vanavond wat luchtigere onderwerpen aansnijden. Ik wil jullie graag meenemen naar de opera. Daar wordt een operette opgevoerd van onze geliefde Weense componist Johann Strauss. Het stuk heet *Die Fledermaus*. Daar hebt u vast al van gehoord, niet, lieve Irene?'

Met een lichte blos moest Irene ontkennend antwoorden. Zowel Franz als Pauline weet maar al te goed dat Irene geen interesse noch veel gelegenheid heeft gehad zich in de kunsten te verdiepen. Wat eerst toeval leek, bleek voor moeder en zoon al snel een koekje van eigen deeg van de graaf voor zijn opstandige schoondochter. Hij bleef Irene maar naar haar mening vragen over opera, schilderijen of klassieke literatuur. En steeds weer moest Irene toegeven dat ze er nog nooit van had gehoord of er zich nog niet in had verdiept.

Tevergeefs probeerde Pauline Irene te helpen en wierp ze haar toekomstige echtgenoot waarschuwende blikken toe. En zo gebeurde het onvermijdelijke. Bij het dessert dreigde de situatie te escaleren.

'Nee, ik heb *Faust* van Goethe nog niet gelezen, doorluchtige.' Bij het dessert, een heerlijk romige charlotte, koos Irene uiteindelijk voor de aanval. 'Daar heb ik de gelegenheid nog niet toe gehad. Ik had als dienstmeisje in Altenstadt weliswaar jullie toestemming,' ze kijkt naar Pauline en Franz, 'maar meer dan een paar minuten per dag had ik niet om te lezen. Daarom koos ik liever wat lichtere werken, zoals *De sprookjes van Hauff*, die jij, lieve echtgenoot van me, had aangeraden. En sinds mijn tijd als fabrieksarbeidster houd ik me vooral bezig met de werken van Karl Marx, Friedrich Engels en August Bebel. Kent u het boek *De vrouw en het socialisme* van deze laatste, doorluchtige?'

Op dat moment had Pauline demonstratief naar haar hoofd gegrepen. 'Ik vrees dat ik een migraine-aanval voel opkomen,' meldde ze. Franz en Irene wisten allebei dat ze sinds ze het laudanum is ontwend geen hoofdpijn meer heeft gehad.

De graaf sprong echter meteen op, wat ongetwijfeld haar bedoeling was. 'Dan moeten we maar een eind maken aan het eten. Ik begeleid je naar je kamer, liefste. Albertine kan je misschien nog wat masseren. Dat doet wonderen bij deze pijn.'

Noch Franz noch Irene kon inschatten of de graaf Paulines manoeuvre om aan de ondraaglijke sfeer te ontsnappen doorhad of zich oprecht zorgen over haar maakte.

'Wat bezielt je in hemelsnaam!' siste Franz naar Irene toen beiden net de deur uit waren, maar omdat er meteen een bediende in livrei verscheen om af te ruimen, bleef Irene Franz het antwoord schuldig.

'Ik ben ook moe en wil nu terug naar het hotel, Franz.' Ze negeerde zijn boosheid gewoon. 'Wil je alstublieft het rijtuig laten komen?'

Omdat ze voortdurend bedienden om zich heen hadden, kregen ze de kans niet meer het die avond uit te praten. Zonder een woord van verontschuldiging aan Franz of aan de graaf nam Irene een paar minuten later koel en formeel afscheid.

Ook Franz trok zich met een knoop in zijn maag in zijn kamer terug en kende een rusteloze nacht.

Bij het ontbijt had zijn vader met geen woord gerept over het gedrag van Irene en sprak hij alleen de hoop uit dat het liefdadigheidsfeest van die avond haar zou bevallen. Franz zelf had twee vergeefse pogingen gedaan haar vandaag persoonlijk te spreken en uiteindelijk een bericht achtergelaten.

Alsjeblieft, zet mijn ouders vanavond niet voor schut, had hij haar nadrukkelijk gevraagd. Dat heeft mijn moeder, noch mijn vader verdiend.

Nu hoopt hij oprecht dat zijn verzoek effect zal hebben.

Er klopt weer iemand aan. Franz haalt zijn benen van de stoel voor hij antwoordt. De kamerdienaar komt binnen.

'De equipage staat klaar,' meldt hij met een buiging. 'Wil mijnheer mij volgen.'

Met een vervelend gevoel in zijn maag en een laatste onderzoekende blik in de spiegel verlaat Franz de kamer.

Hij weet niet dat ook Irene de halve nacht heeft liggen huilen in haar hotelbed.

Wenen, onderweg naar paleis Hirschstein

November 1886, op hetzelfde moment

Irene glijdt onrustig van links naar rechts op de gepolsterde zitting van de equipage. Hoewel Franz' vader Ferdinand haar met een luxueuze koets heeft laten ophalen bij het hotel, is ze bang haar nieuwe avondjurk uit donkergroene moiré te verkreukelen. Bovendien heeft Rosa haar zo hard ingesnoerd dat ze nauwelijks nog kan ademen. Maar de ware reden voor haar onrust is het evenement in paleis Hirschstein.

Het geladen souper van gisterenavond was een familiegelegenheid geweest, maar vanavond worden Irene en Franz bij een deel van de Weense high society geïntroduceerd. Zelfs Ferdinands familie weet niet welke relatie Franz en Irene met hem hebben.

Er zal op dit liefdadigheidsgala een zeer illuster gezelschap aanwezig zijn, heeft Franz, die haar tevergeefs in het hotel had gezocht, haar in een briefje laten weten. Ze is de hele dag met Lea Walberger in de volksbuurten aan de rand van Wenen op stap geweest. *De organisatie is in handen van de echtgenote van een recent geadelde industrieel en er zullen ook leden van de hoge adel aanwezig zijn. We moeten allebei absoluut een goede indruk achterlaten, al is het maar voor mijn ouders.* Hij had het bericht afgesloten met de waarschuwing beiden niet in verlegenheid te brengen.

Irene voelt zichzelf voor schut gezet als ze aan de voorbije avond denkt, al moet ze toegeven dat ze in haar angst door de graaf te worden afgewezen, in het begin haar doel voorbijgeschoten was. Natuurlijk had ze de ontmoeting met dokter Adler op tijd verlaten. Haar late aankomst was uitsluitend te wijten aan haar getalm in het hotel. Daar aangekomen had Rosa in eerste instantie niets goed kunnen doen. Ze veranderde tweemaal van jurk tot ze uiteindelijk voor de blauwe japon koos. En dan duurde het nog een uur voor Irene tevreden was over haar kapsel.

En dat allemaal om een goede indruk te maken die ze meteen met haar eerste zin had verpest, had ze die nacht beseft.

Anderzijds had de graaf niet voor haar ondergedaan. Waar zij hem met haar vragen en uitspraken over de arbeidersklasse had geschoffeerd, had hij haar subtiel voor schut gezet met zijn eindeloze reeks vragen over kunst en geschiedenis: als het dienstmeisje met een minimale opleiding dat ze ooit is geweest, als de eenvoudige arbeidster die met haar handen had gezwoegd als een paard zonder tijd of geld voor luxegenoegens zoals operette of tentoonstellingen.

Je weet dat mijn vader je alle kansen wil geven een liefdadigheidsevenement zoals dat van vanavond voor de armen te organiseren. Sla die uitgestoken hand niet nog een keer af, luidde het postscriptum.

Als de graaf die hand daadwerkelijk uitsteekt, denkt Irene nu, en haar blik valt op een helder verlicht gebouw waar ze net voorbijrijden. 'Dat lijkt wel een Griekse tempel,' zegt ze spontaan.

Rosa, tegenover haar, glimlacht. 'Dat is het nieuwe Weense parlement. We rijden nu over de Ringstrasse, de mooiste straat van Wenen.'

'Ik ben vandaag de hele promenade afgelopen terwijl u weg was,' gaat de kamenier verder. 'Het ene gebouw is nog mooier dan het andere.'

Protsiger, zul je bedoelen. Irene houdt de sarcastische opmerking voor zich.

Het beeld van de vieze, grijze, vijf verdiepingen tellende huurkazernes waar ze het grootste gedeelte van de dag heeft doorgebracht, duikt voor haar oog op.

De equipage komt tot stilstand omdat zich voor een groot gebouw een kleine file heeft gevormd. Irene hoort de koetsier in het Weens vloeken, wat ze eerder afleidt uit de toon dan uit zijn woorden die ze nauwelijks kan verstaan. De omgangstaal van de gewone mensen in Wenen heeft niets gemeen met het Paltische dialect.

De onverwachte stop geeft Irene wel de kans het parlementsgebouw beter te bekijken. Aanstellerig, is het woord dat haar te binnen schiet. Ze zou graag ooit eens met Franz de historische plaatsen in Griekenland en Italië bezoeken, maar een gebouw in de stijl van de klassieke oudheid op Oostenrijke bodem lijkt haar misplaatst.

Acht zuilen waarvan de kapitelen met bloemen zijn versierd ondersteunen het dak van de entreehal. Korinthische zuilen, zou Franz het type pilaren hebben genoemd. Het dak wordt gekroond met een driehoekig fronton met beeldhouwwerken. Ook rond het gebouw en langs weerszijden van de hellingbanen staan beelden op sokkels. Irene weet niet wat ze voorstellen, maar neemt zich voor het aan Franz te vragen.

Eindelijk rijdt de koets verder en er komt nog een verlicht, druk versierd bouwwerk in zicht dat qua stijl totaal niet bij het parlementsgebouw past. Met de boogramen en spitse torens doet het Irene aan een kerk denken.

'Dat is het nieuwe stadhuis,' zegt Rosa ongevraagd met trotse stem. Het bevalt haar kennelijk meer te weten dan haar meesteres.

'Aha.' Irene antwoordt bits. Ze ziet weer de stinkende, duistere binnenplaatsen en slecht verlichte trappenhuizen voor zich waar ze Lea Walberger vandaag was gevolgd.

Hoeveel goede en gezonde woningen voor arme mensen had men voor al dat geld dat deze pracht en praal heeft gekost, kunnen bouwen, denkt ze bij zichzelf.

Opeens wordt ze weer misselijk zoals eerder vandaag toen ze deze holen van menselijke ellende was binnengegaan. Ze zet het raampje van de koets op een kier en ademt de frisse avondlucht met diepe teugen in.

'Voelt u zich niet goed, geachte mevrouw?' Rosa bekijkt Irene met de bezorgde blik van een voormalige verpleegster.

'Het gaat wel. U hebt me een beetje te strak ingesnoerd, Rosa. En bovendien wil ik dat je me gewoon mevrouw Gerban noemt in plaats van geachte mevrouw. Dat heb ik je al honderd keer gezegd.'

Rosa tuit beledigd haar lippen. 'De voorname dames van de Weense elite zijn trots op hun slanke tailles. Daar moet u niet voor onderdoen, gea– mevrouw Gerban.'

Irene zucht, maar antwoordt niet. Het korset dat ze sinds haar huwelijk met Franz dagelijks aan moet was en blijft een onaangenaam iets. Ze heeft al vaak verlangd naar de armoedige, maar comfortabele jurken die ze als arbeidster had gedragen. Daarom naait ze nog al haar eenvoudige jurken zelf en laat ze die ruim vallen rond haar middel zodat de constructie van baleinen en stijf linnen haar nog genoeg ruimte biedt om te ademen. Vooral omdat ze dan een korset draagt dat ze zelf vooraan met haken en ogen kan sluiten.

Maar voor sociale aangelegenheden moet ze zich strak laten insnoeren om in de jurken naar de laatste mode te passen. Madame Marat, de naaister in Weissenburg, heeft speciaal voor de reis naar Wenen een aantal van deze japonnen voor haar gemaakt.

Niet toevallig draagt ze vanavond de jurk die Franz het best bij haar gezicht vindt staan. De fijn gedessineerde donkergroene zijde past precies bij haar teint en benadrukt het donkerblauw van haar ogen. Het diepe decolleté dat tot aan haar door het korset omhoog geduwde borsten loopt is net als de in een korte sleep eindigende zoom afgezet met zwart kant. Onder de korte, eveneens met een kanten boordje afgezette pofmouwen draagt ze crèmekleurige handschoenen die tot boven haar ellebogen reiken.

Groene en zwarte struisvogelveren in haar elegante kapsel en de smaragden ketting die ze van Pauline als huwelijksgeschenk heeft gekregen, vervolledigen het geheel.

'Ze zullen je ongetwijfeld aanzien voor een echte gravin,' had Rosa zonder enige vorm van jaloezie gedweept toen Albertine, de Oostenrijkse kamenier van Pauline, klaar was met haar werk. Hoewel zij het haar van Irene de avond voordien ook mooi had gedaan, kon Rosa niet op tegen het vakmanschap van Albertine. Irene had het compliment met gemengde gevoelens aanvaard. De twee werelden waarin ze zich vandaag beweegt verschillen té veel van elkaar.

De equipage houdt opnieuw halt. Pas als de koetsier in livrei van de bok springt en het portier openhoudt voor Irene, beseft ze dat ze bij hun bestemming zijn aangekomen. Verbaasd kijkt ze naar het met witte steen beklede en stucwerk overladen, helder verlichte gebouw, versierd met standbeelden op het dak en voorzien van een door zuilen omgeven entree. In vergelijking met het paleis Sterenberg van Franz' vader is het landgoed in Schweighofen maar een armzalig optrekje en het herenhuis in Altenstadt eenvoudig en sober, maar dit paleis, net gebouwd door een schathemelrijke, recent tot baron verheven fabrikant, overtreft het paleis Sterenberg verreweg.

Waarschijnlijk gebouwd over de rug van zijn arbeiders die de fabrikant een hongerloon betaalt waarmee ze zich geen gepaste woonruimte of nauwelijks een warme maaltijd per dag kunnen veroorloven. Irene voelt de misselijkheid weer opkomen en haar poging diep in te ademen stokt weer door het strak ingesnoerde korset.

Rosa trekt de zwartkanten sluier waaronder ze haar pokdalige gezicht in het openbaar verbergt, recht en stapt na Irene uit de koets.

'Wilt u mijnheer Gerban, landeigenaar en wijnhandelaar uit Beieren aan de Rijn, melden dat zijn echtgenote Irene is aangekomen,' zegt ze stijf tegen een van de in livrei gehulde portiers, die zich meteen met een buiging naar binnen begeeft. De tweede buigt ook voor Irene en wijst de dames de weg naar de hal waar een dienstmeisje de mantel van Irene aanneemt en haar zegt op een met brokaat beklede bank met vergulde poten plaats te nemen.

Terwijl Irene op Franz wacht wordt ze in de overdadige weelde van de hal overweldigd door de beelden van de armetierige huizen waar ze vandaag uren heeft doorgebracht.

24

Wenen, tiende district

November 1886, dezelfde dag, 's ochtends

'Ik neem je vandaag mee naar het tiende district,' zegt Lea Walberger, een kordate vrouw van in de veertig, gekleed in een eenvoudige donkergrijze wollen jurk met dito mantel, in haar Weense tongval wanneer Irene stipt om negen uur met een huurkoets bij het opgegeven adres aankomt. Daar het officiële kantoor van de vakbond inmiddels is gesloten, ontmoeten mensen elkaar op verschillende locaties in Wenen. Ditmaal is dat de achterkamer van een schoenmaker.

Lea wijst op een goed gevulde mand. 'Ik heb eten en kolen ingepakt, allemaal giften. We bezoeken gezinnen die werkloos zijn of ziek en daardoor in nood verkeren.'

Irene knikt bedrukt. Ze denkt te weten welke situaties en indrukken ze mag verwachten, maar de ellende die ze hier vindt zal haar ergste angsten overtreffen. Zelfs de beelden uit Herxheim zijn mild in vergelijking met wat ze hier zal zien.

Verbaasd merkt ze dat de huurkoets voor een huis met een normaal ogende gevel stopt. 'In het voorhuis wonen de rijken,' legt Lea Walberger uit als ze een smalle, muf ruikende gang in loopt. 'We gaan langs de binnenplaatsen. Eerst naar het gezin Bruckner. Zij wonen aan de vierde binnenplaats op de bovenste verdieping van de huurkazerne.'

Huiverend volgt Irene Lea Walberger. Aan de eerste binnenplaats heeft een hoefsmid een kleine werkplaats. Het ruikt er naar paardenmest en roet. Het aambeeld waarop het roodgloeiende ijzer wordt bewerkt staat onder een vervallen en scheefgezakt planken dak. Vonken springen langs alle kanten uit het open schuurtje.

'Loop zo dicht mogelijk langs de muur. Ik wil niet dat er gaten in je jurk worden gebrand,' instrueert Lea die angstvallig met de zware mand langs de werkplaats sluipt. Ontzet ziet Irene achteraan op de binnenplaats in lompen geklede kinderen die ondanks de herfstkou op blote voeten spelen. De jongste is wellicht net drie. Irene wil vragen of de mensen zich met die werkplaats geen zorgen maken over hun kinderen of het aperte brandgevaar, maar krijgt de kans niet omdat Lea er flink de pas in zet. Ze stopt zelfs niet als een paar kinderen met uitgestoken handjes smekend op haar afrennen. 'Anderen hebben het harder nodig!' roept ze over haar schouder naar Irene.

Hoe verder ze door de wirwar van binnenplaatsen lopen, des te donkerder het wordt. Ook de stank neemt gestaag toe. Op de laatste binnenplaats stinkt het naar verrotting en uitwerpselen. Overal ligt afval.

In het smalle trappenhuis probeert Irene zo oppervlakkig mogelijk te ademen omdat de stank hier nog wordt versterkt met de lucht van ranzig vet, verzuurde melk en slecht trekkende schoorstenen. Ze struikelt een paar keer in het zwakke licht van een paar walmende petroleumlampen en glijdt bijna uit over een paar rotte aardappelschillen die iemand op de trap heeft laten vallen en laten liggen. Op de bovenste verdieping klopt Lea op een deur die ooit grijs moet zijn geweest maar waarvan de verf nu bijna volledig afgebladderd is. Een zwakke stem antwoordt en Lea doet de deur open.

De vrouwen staan meteen in de woonkeuken, een halletje is er niet.

De indeling van het huis herkent Irene van haar eigen onderkomen toen ze als arbeidster werkte, maar toch schrikt ze als ze de ijskoude kamer binnenkomt. Omdat de gebouwen aan de voorkant hoger zijn dan dit laatste aan de vierde binnenplaats dringt er ondanks de fletse ochtendzon nauwelijks licht door het enige, kapotte, met papier dichtgeplakte raam. Rond een met een olielampje verlichte tafel van ruwe planken zitten vier meisjes en een jongen. Het jongste kind schat Irene op ongeveer zes; het oudste, een meisje, op hooguit twaalf. Op de tafel staat een grote kist met knopen die de kinderen op kartonnen stroken naaien; een typisch product van huisarbeid dat Irene ook uit Duitsland kent.

'Tante Lea!' De kinderen springen op en hun gezichten stralen. 'Heb je iets te eten voor ons? Nu hebben we alleen maar zure kwark en zwartbrood.' Geschokt kijkt Irene naar hun ingevallen wangen en magere lichamen.

Lea aait hen over hun bol. 'Geduld, zo meteen komt er iets warms. Ik moet eerst het vuur aanmaken.' De kinderen joelen tot een reutelende stem achter in de kamer hen onderbreekt. 'Ssst. Stil zijn! Straks maken jullie de slaapgast nog wakker.'

Nu pas ziet Irene het smalle bed tegen de muur achter de deur. Een uitgemergelde vrouw, die onder een doek vol gaten een zuigeling tegen de borst houdt, richt zich op een elleboog op. Naast haar, onder de dunne viltdeken, ontwaart Irene nog een hoofdje. De ogen van het kind, ze kan niet zien of het een jongen of een meisje is, staren groot uit het kleine gezicht. Het zuigt op zijn duim.

Lea loopt naar het bed. 'Dag, Elisa! Hoe gaat het vandaag met je?'

De uitgeteerde vrouw wil antwoorden, maar krijgt dan een hoestbui die haar hele lichaam doet schudden. De zuigeling, die kennelijk sliep, wordt wakker en zet het op een krijsen.

'Ssst! Ssst!' Ze probeert het kind te sussen. Een dun straaltje bloed loopt uit haar mond over haar kin.

Net als bij Minna destijds, denkt Irene. Ze heeft tuberculose. Maar deze verzwakte moeder zal de ziekte niet overleven, beseft ze.

'Ssst!' Elisa wiegt de baby, maar die houdt niet op met huilen.

Er wordt hard op de muur achter het bed geklopt. 'Kan het nu eens eindelijk wat stiller!' brult een mannenstem. Wanhopig drukt Elisa haar hand op de mond van het kind en smoort zijn zachte kreten.

'Als Wastl opzegt, verhongeren we allemaal nog voor de kerst,' hoort Irene haar fluisteren. Ook de kinderen aan de tafel zijn nu doodstil en hervatten met gebogen hoofden hun werk.

'Ik steek het vuur aan en maak dan een lekkere pan soep met reepjes ei!' Kwiek geeft Lea Irene die nog vol afgrijzen naar de ellende staat te kijken opdracht het fornuis aan te steken met de kolen die ze hebben meegebracht. 'Of kun je dat niet?'

'Toch wel,' mompelt Irene. 'Ik weet hoe het moet.' Terwijl ze de kolen langzaam aanblaast hoort ze Lea zachtjes tegen Elisa praten.

'Waar is Toni?'

Een nieuwe hoestbui overvalt Elisa voor ze reutelend antwoordt: 'Hij heeft beloofd naar werk te zoeken, maar wellicht zit hij in de kroeg en zuipt hij het beetje loon van de kinderen op.' De vrouw begint te huilen.

'Gisteren heeft de tussenpersoon ons een paar munten betaald. Die heeft hij meegenomen, zogezegd om eten te kopen, maar hij zal wel weer met lege handen thuiskomen straks.'

Ze haalt een zakje onder de matras vandaan.

'Dit is alles wat ik nog heb. Dat krijg ik van Wastl. Voor Mizzi, als ze hem een plezier doet.'

Irene staakt geschrokken haar bewegingen. Met wijd opengesperde ogen staart ze naar de zieke vrouw op het bed. Lea kijkt op.

'Geef de kinderen al een appel tegen de ergste honger en zet dan wat water op! Is dat er?'

Elisa schudt het hoofd.

'Werkt de kraan op de tweede verdieping nog?' Elisa knikt.

'Haal dan water, Irene. Mizzi, loop even mee en wijs Irene de weg. En vul dan meteen ook de waskom.' Ze duwt Irene een schaal in de hand waarvan het email op veel plaatsen is losgekomen.

Het oudste meisje staat van de tafel op. Heb ik dat goed begrepen? Moet dit halfwassen kind de slaapgast van dienst zijn, vraagt Irene zich in stilte af.

Het is heen en terug een stuk lopen en Irene overweegt het aan het meisje te vragen. Uiteindelijk beslist ze het straks met Lea te bespreken en gooit ze het over een andere boeg.

'Moet je niet naar school?' vraagt ze aan het meisje. Irene weet dat er al meer dan tien jaar een achtjarige schoolplicht geldt in Oostenrijk.

Mizzi kijkt Irene bang aan. 'Ja, eigenlijk wel. En mijn broertjes en zusjes, behalve de allerkleinsten, ook. Maar we moeten geld verdienen omdat mama zo ziek is en voortdurend hoest en bloed spuugt. Maar als de schoolinspectie het ontdekt, worden de ouders gestraft.'

Paleis Hirschstein in Wenen

November 1886, dezelfde avond

'Daar ben je, mijn liefste.' Een vertrouwde stem onderbreekt Irenes overpeinzingen. Ze kijkt op. Keurig gekleed in een onberispelijke rokjas en een spierwit overhemd met plooien en een witte das glimlacht Franz uitzonderlijk verlegen naar haar. 'En ik moet toegeven dat je er vanavond nog betoverender uitziet dan gisterenavond.'

Hij steekt zijn arm naar haar uit. 'Heb je mijn briefje gevonden?' Hij houdt zijn ogen strak op de treden gericht terwijl ze de brede, marmeren draaitrap naar de bel-etage oplopen.

'Ja, Franz. Ik heb het gelezen en het gaat mij aan het hart, niettemin...'

'Er is nog een dringendere reden waarom ik je vanavond vraag de grootste terughoudendheid te betrachten,' onderbreekt Franz haar. 'Mijn ouders hebben dispensatie gekregen voor hun huwelijk. Maman is dolgelukkig. Ze willen in februari al trouwen.'

'O!' Meer krijgt Irene voorlopig niet gezegd. Ze wist dat Pauline en graaf Ferdinand ooit zouden beslissen, maar dat het zo snel zou gaan had ze niet verwacht.

'Hoe was je dag?' onderbreekt Franz de pijnlijke stilte.

'Verschrikkelijk!' antwoordt Irene eerlijk. 'Zoveel ellende heb ik nog nooit op één dag gezien.'

Franz knijpt in haar arm. 'Vertel het me later, Irene. Maar doe me een plezier en zwijg hier vanavond over.'

Irene zegt niets.

'Alsjeblieft, ik smeek het je. Bederf dit gelukkige moment voor mijn ouders niet! En vergeet niet dat dit een liefdadigheidsgala is. Het gaat om een nieuw ziekenhuis voor de armen dat met het ingezamelde geld zal worden opgericht.'

Voordat Irene kan antwoorden betreden ze de luxueus ingerichte en feestelijk versierde ontvangstzaal. Als het ware verblind door het contrast met de krotwoningen die ze vandaag heeft bezocht, blijft Irene staan. Werktuigelijk beantwoordt ze de begroeting van de vrouw des huizes, de corpulente, in nachtblauwe zijde gehulde, nieuwbakken barones von Hirschstein, die aan de zijde van haar niet minder dikke echtgenoot de gasten begroet.

Dan kijkt Irene eens goed om zich heen. De zaal is zeker meer dan vijftien meter breed en tien meter lang. De witgeschilderde muren zijn van boven tot onder versierd met verguld stucwerk, net als het prachtige plafond waar in het midden ook een groot, kleurrijk fresco prijkt. De gelijkenis met de beelden van het Weense parlement doen Irene vermoeden dat het om een scène uit de Griekse mythologie gaat. Maar daar weet ze net zo weinig van als van de werken van Goethe en Schiller waar graaf Ferdinand gisteren naar had gevraagd.

Ze ontdekt net de ouders van Franz in een hoek van de zaal die geanimeerd in gesprek zijn met een elegante dame, wanneer de gong voor het avondmaal luidt. Lakeien in livrei en met ouderwetse, gepoederde pruiken op hun hoofd openen de met verguld houtsnijwerk versierde dubbele deuren naar de eetzaal.

Qua pracht en praal doet deze ruimte niet onder voor de ontvangstzaal. De met prachtige pièces de milieu overladen tafel met witdamasten tafelkleed is met kostbaar servies, kristallen glazen en glanzend zilveren bestek gedekt. Irene ziet dat geen enkel bord hetzelfde is. De geschilderde bloemen en vlinders hebben dezelfde kleuren, maar elk bord is uniek.

Tijdens het zevengangendiner waarbij Franz haar tafelheer is, registreert Irene nauwelijks wat ze eet en laat ze haar bord in de regel afruimen zonder er meer dan een hapje van te hebben gegeten. Op Franz' poging een ongedwongen conversatie te voeren reageert ze met korte woorden en ze merkt niet eens dat niemand om hen heen een gesprek met hen probeert aan te knopen.

Uiteindelijk maakt barones von Hirschstein een einde aan de maaltijd. De gasten begeven zich naar een derde grote zaal aan het einde van de bel-etage waar een podium is opgesteld. Op verzoek van de barones laat haar eerste huisknecht een belletje rinkelen om de aandacht van het publiek te vragen.

'Zeer geachte dames en heren. Het doet me een enorm plezier dat u vanavond in groten getale naar ons nieuwe huis bent gekomen om uw welwillende belangstelling en gulle giften aan een goed doel te schenken. Ik heet in het bijzonder hare genade, prinses Pauline von Metternich welkom die ermee heeft ingestemd beschermvrouwe van dit evenement te zijn.' Een oudere dame in een kostbare paarsfluwelen japon, in wie Irene de vrouw herkent met wie de ouders van Franz bij hun aankomst in gesprek waren geweest, staat op en zwaait bij het applaus dat losbarst minzaam naar alle kanten.

'Dat is de grootste schutsvrouw van Wenen,' fluistert iemand achter haar Irene opeens in het oor. Het is Pauline, haar schoonmoeder. Irene draait haar hoofd om. Pauline ziet er inderdaad dolgelukkig uit en glimlacht hartelijk naar haar. Tot nu toe was er geen gelegenheid geweest elkaar te begroeten omdat bij het souper Pauline, met graaf Ferdinand als tafelheer, ver van Franz en Irene af had gezeten. Kennelijk kent iedereen in Wenen de graaf, terwijl Franz en Irene twee volslagen onbekenden zijn die barones von Hirschstein ongetwijfeld voor verre verwanten van Ferdinand houdt die toevallig op bezoek zijn in Wenen.

Ondanks haar sombere stemming dwingt Irene zichzelf tot een glimlach. 'Van harte gefeliciteerd,' fluistert ze Pauline in het oor.

'Franz heeft het je dus al verteld,' concludeert Pauline ook met gedempte stem.

Irene knikt.

'Waar is mijn va- de graaf nu?' corrigeert Franz zichzelf.

'Hij speelt mee in een van de tableaux vivants,' antwoordt Pauline.

Irene kijkt haar niet-begrijpend aan en Pauline legt het uit. 'Levende beelden zijn dat. Vandaag brengen ze scènes uit de Griekse heldensagen. Ferdinand beeldt in een tafereel de oppergod Zeus uit.'

Die oude Grieken blijven me de hele avond achtervolgen, denkt Irene cynisch bij zichzelf.

'En waarin zit dan het liefdadigheidselement van deze avond?' vraagt ze halfluid.

Pauline glimlacht opnieuw. 'Elke mannelijke gast betaalt dertig gulden entree en kan dat naar believen aanvullen. Franz heeft honderd, Ferdinand zelfs driehonderd gulden gedoneerd,' verklaart ze een weinig trots.

Ze wijst met haar kin naar een oudere heer met bakkebaarden en een baard. 'Dat is Nathaniel baron von Rothschild, de grootste mecenas van Wenen. Hij begeleidt Pauline von Metternich naar alle liefdadigheidsevenementen. Het gerucht gaat dat hij vanavond niet minder dan vijfhonderd gulden, misschien nog wel meer, zal schenken.'

'En dat ingezamelde geld wordt gebruikt voor een ziekenhuis voor de armen?' vraagt Irene.

'Inderdaad,' antwoordt een stralende Pauline. 'Het nieuwe hospitaal zal dertig bedden tellen om de allerarmsten te helpen die zich geen medische behandeling kunnen veroorloven.'

'Neemt men daar ook mensen met tuberculose op?'

Pauline kijkt verrast op. 'Ik meen van wel, lieverd. Waarom vraag je dat?'

'Wel, ik heb vandaag een huurkazerne in het tiende district bezocht,' legt Irene fluisterend uit zodat niemand in haar omgeving hoort wat ze zegt. 'Daar heb ik niet minder dan vijf mensen, mannen en vrouwen, van diverse leeftijden aangetroffen die aan de ziekte lijken te lijden. Lea Walberger, de Weense vakbondsleidster die ik vandaag heb vergezeld, vertelde dat er vele duizenden zieke arbeiders zijn. Dertig bedden lijkt me dan een beetje een druppel op een gloeiende plaat.'

'Maar het is beter dan niets,' onderbreekt Franz Irene abrupt. 'Ik verzoek je nogmaals deze bedenkingen vanavond voor je te houden.'

Opnieuw klinkt de bel. 'Bovendien gaat het nu beginnen. Laten we gaan zitten.'

Met Irene en Pauline op sleeptouw loopt Franz naar de rijen met rood fluweel beklede stoelen die voor het podium staan opgesteld. Irene komt, met Franz links van haar, naast twee oudere dames in zwarte, hooggesloten zijden japonnen – te oordelen naar hun kleding waarschijnlijk weduwen – terecht die haar na een korte begroeting geen blik meer waardig keuren.

'Wellicht zullen jullie als burgers in het begin niet veel aandacht krijgen,' herinnert Irene zich de opmerking van haar schoonvader Ferdinand van gisterenavond. 'De Weense samenleving is zo gesloten als een oester tegenover vreemdelingen, en al helemaal als je niet eens een lage adellijke titel hebt.'

Na de vreselijke toestanden in de huurkazernes laat het Irene in elk geval totaal koud of de verwaande aristocratie aandacht voor hen heeft of niet. Het blauwfluwelen gordijn gaat open en op de zachte muziek van een kleine muziekkapel verschijnt het eerste 'levende beeld', bestaande uit zes personen, twee mannen en vier vrouwen. In een van de mannen herkent Irene graaf Ferdinand.

'Duidelijk een scène op de Olympus,' hoort Irene Franz naast zich mompelen. 'Zeus met de bliksemschicht in de hand en Poseidon, de god van de zee met zijn drietand.'

Onwillekeurig kijkt Irene toch geïnteresseerd naar de kostbare gewaden van de vrouwen. 'En welke godinnen stellen zij voor?' Ze negeert de misnoegde blikken van de weduwen.

'Jonkvrouw Auersperg is duidelijk Pallas Athene, de godin van de wijsheid en de oorlog. Haar herken je aan de helm en haar met zilverdraad geborduurde gewaad dat van een afstandje op een harnas lijkt.'

'De vrouw met de boog in haar hand moet Artemis, de godin van de jacht zijn,' vervolgt Franz. 'Ik denk dat het een van de freules Kinsky is. De vrouw naast haar zie ik vandaag voor het eerst. Zij verbeeldt Hera, de heerseres van de Olympus en de echtgenote van Zeus.'

Ook deze, duidelijk al wat oudere vrouw draagt een prachtig gewaad van lichtgekleurde zijde met gouden borduursel.

'De laatste godin is natuurlijk Aphrodite, de beschermvrouwe van de liefde.' Franz knipoogt steels naar Pauline. 'Haar japon is ongetwijfeld de mooiste van allemaal. Zij wordt uitgebeeld door een van de jonkvrouwen Liechtenstein.'

Hou zou het gewone leven van deze freules eruitzien, vraagt Irene zich af. Zijn ze met al die rijkdom echt veel gelukkiger dan gewone mensen? En hoe zou ik geworden zijn als ik niet de buitenechtelijke, maar gewoon de dochter van een vrouw van goeden huize was geweest? Zou ik dan ook zo hebben meegeleefd met de armen of zou ik onverschillig tegenover hen hebben gestaan? Hebben deze jonge vrouwen echt serieuze bedoelingen met dit evenement?

Gefascineerd, maar tegelijkertijd ook sceptisch bekijkt Irene het levende beeld in de verwachting dat de figuren in beweging zullen komen en een scène op de Olympus zullen spelen, maar er gebeurt helemaal niets. De acteurs blijven vrijwel roerloos staan in hun uitgangspositie totdat het gordijn na een paar minuten weer dichtgaat. Irene vraagt zich wat die jonge vrouwen na de voorstelling met hun excentrieke gewaden zullen doen en hoort dan de weduwen toevallig het antwoord op haar vraag fluisteren.

'Ik vraag me af wat freule Liechtenstein met al dat kostbare Brussels kant gaat doen,' fluistert haar ene buurvrouw tegen de andere. 'Die japon moet zeker tweehonderd gulden hebben gekost en ze kan het alleen vanavond voor dit ene levende beeld dragen.'

Nieuwsgierig luistert Irene naar de rest van het gesprek. 'Het gerucht gaat dat de freule aan het eind van het seizoen gaat trouwen. Misschien kan ze toch een deel van het kant voor haar trouwjurk gebruiken,' fezelt de tweede weduwe.

'Dat denk ik niet,' riposteert de eerste. 'Een lid van het geslacht Liechtenstein draagt op haar huwelijksdag heus niets tweedehands. Maar wat is tweehonderd gulden nu voor die Liechtensteiners. Daar draaien ze hun hand niet voor om. En de jonkvrouwe maakt vanavond nog haar opwachting in een ander tableau. Daar zal ze beslist een al even duur gewaad dragen.'

Irenes fascinatie slaat om in woede. Automatisch begint ze te rekenen. Als ik ervan uitga dat die jurken van de andere dames elk honderd gulden hebben gekost, dan heeft alleen al de verkleedpartij van de vrouwen bij dit tableau vijfhonderd gulden gekost.

Op basis van die schatting komt Irene na de tien levende beelden die in totaal worden getoond en waarbij een aantal dames, maar geen van hun kostuums, meerdere keren te zien zijn, uit op een bedrag van bijna drieduizend gulden. En het getuigt van bittere ironie dat de gastvrouw van de avond, barones von Hirschstein, met een van trots opgezwollen borst aan het einde van de avond de opbrengst bekendmaakt.

'Ik ben bijzonder blij u te mogen meedelen dat we in totaal duizend zevenhonderd gulden hebben ingezameld voor ons goede doel. Ik dank u van ganser harte voor uw vrijgevigheid en hoop dat u plezier hebt beleefd aan uw verblijf in onze bescheiden woning.'

'Onze bescheiden woning'. Op de terugweg naar het hotel waar Irene hoofdpijn aangeeft als reden voor haar zwijgzaamheid tegenover Franz die haar begeleidt, vervolgen de contrastrijke beelden van de dag haar weer.

Aan de ene kant het met ornamenten overladen paleis, het overdadige meubilair, de dure japonnen van de dames, de weelderigste spijzen en elk miniem stukje van het met de hand beschilderde serviesgoed dat meer waard is dan het weekloon van een arbeider.

En daartegenover de beschimmelde kelderwoningen waar het naar vuilnis en verrotting ruikt; de eenkamerwoningen waar gezinnen met soms wel tien leden huizen; de tochtige, ijskoude woonkeuken van de aan tbc lijdende en doodzieke Elisa. Lea heeft bevestigd dat Mizzi's moeder werkelijk geen andere keuze heeft dan haar twaalfjarige dochter naar het bed van de slaapgast te sturen voor die paar kreuzer die ze absoluut nodig hebben om niet allemaal te verhongeren.

Lea heeft er wel bij gezegd dat de slaapgast Elisa heeft beloofd de maagdelijkheid van haar dochter te zullen respecteren. Mizzi heeft op haar beurt Elisa beloofd het op een gillen te zetten als de man zijn woord zou breken. Toch is Irene nog altijd geschokt en walgt ze van deze toestanden.

De stank van de donkere binnenplaatsen die ze was overgestoken, de smalle trappen die ze met Lea had beklommen en de aanblik van de armetierige inrichtingen met een paar wormstekige meubels en meestal maar één bed dat ze met tot wel vier personen moeten delen en overdag nog onderverhuren, achtervolgen haar tot in het hotel waar ze weer de hele nacht ligt te woelen.

Het ergste zijn de beelden van de hongerige kinderen met de ingevallen wangen, de door de Engelse ziekte kromme ledematen en de opgezette buiken die ze vandaag heeft gezien. En dan het contrast: het geluk in hun grote ogen als ze hun een appel of wat brood uit de mand had gegeven.

Drieduizend gulden, minstens drieduizend gulden, voor waardeloze prullen om een toekomstige verloofde te imponeren of met de rijkdom van de familie te pronken, piekert ze. Voor hoeveel kinderen zou men daarvan niet hoeveel dagen van het jaar een warme maaltijd kunnen bereiden waaraan ze hun buikje vol kunnen eten?

En dat dan nog onder het mom van liefdadigheid. Het is om wanhopig van te worden.

Hoe kan ik ooit deel worden van zo'n hypocriete samenleving? Dreig ik Franz, die niets liever zou willen, hiermee een tweede keer te verliezen? Onherroepelijk te verliezen ditmaal?

Pas tegen het ochtendgloren sluimert ze onrustig in.

Het wijngoed in Schweighofen

Februari 1887, drie dagen voor het vertrek naar Wenen

'Zo, jij wordt dus straks een echte graaf, Fränzel.' Marie Schober formuleert dit niet als vraag, maar als feit. De twee zitten op de zolderverdieping van het wijngoed naast elkaar op een kist waarover Fränzel een oude deken heeft uitgespreid. Hij wrijft wat ongemakkelijk met zijn voeten in het stof op de vloer van de ruimte die hij na de dood van Sophia heeft ontdekt en die nu zijn toevluchtsoord is geworden. Marie Schober is vandaag met hem naar boven gekomen, zoals ze ook tijdens zijn laatste schoolvakantie een paar keer had gedaan.

Het stof dwarrelt op en Marie moet meermaals niezen. Fränzel geeft haar zijn zakdoek die ze dankbaar aanneemt. Even komt hij in de verleiding een arm om haar heen te slaan, maar hij houdt zich in. De zestienjarige vertrouwt de gevoelens nog niet die tussen hem en de twee jaar oudere Marie zijn gegroeid. In plaats daarvan trekt hij de ruwe paardendeken waar ze op zitten en waarvan ze de uiteinden op de ijskoude zolder om hun benen hebben gewikkeld nog strakker om hen heen.

'Ik heb het niet koud,' zegt Marie. Net als Fränzel draagt ze een dikke winterjas, muts, sjaal en handschoenen. 'Jij wordt dus ooit graaf,' herhaalt ze. 'En in Oostenrijk nog wel.'

Fränzel hoort de bezorgdheid die erachter schuilgaat. 'Dat is allemaal nog niet zeker, Marie. We gaan nu eerst naar die bruiloft en dan zie we wel verder.'

'Maar ik dacht dat die adoptie al rond was,' antwoordt Marie. 'Je ouders hadden het hier toch over bij het ontbijt.'

‘Als ik het goed heb begrepen heeft de keizer toestemming verleend. Op voorwaarde dat mijn nieuwe grootvader in de toekomst elk contact met het hof vermijdt en mijn vader de titel “graaf von Sterenberg” pas na zijn vaders dood aanneemt.’

‘Voorlopig krijg je dus geen titel?’

Fränzel trekt zijn schouders op. ‘Dat weet ik niet en het interesseert me ook niet! Ik ga in elk geval niet in Wenen wonen, maar blijf hier in de Palts.’

‘O!’ Marie klinkt opgelucht. ‘En hoe willen je ouders het doen?’

‘Mijn moeder wil hooguit een paar weken per jaar in Wenen doorbrengen. Mijn vader wellicht een paar maanden. Maar pas wanneer hij zeker weet dat op het wijngoed alles weer zijn gewone gang gaat en die nieuwe beplanting goed gedijt. Mijn grootmoeder verhuist natuurlijk naar Wenen en zal slechts af en toe nog naar Schweighofen komen.’

Marie zwijgt en denkt na over wat ze net heeft vernomen.

‘Ik denkt niet dat ik ooit een goed edelman zal worden,’ gaat Fränzel ongevraagd verder. ‘Ik wil na mijn eindexamen natuurwetenschappen studeren en misschien op een dag het wijngoed overnemen. Bovendien irriteert het me mateloos dat je niet mee naar Wenen mag. Je hoort toch bij de familie!’

‘Ik ben niet alleen een burgermeisje, maar ook nog eens het weeskind van arme arbeiders, met een moeder die is doodgeslagen en een vader die zich in het graf gezopen heeft. In de ogen van de hooggeplaatste personen ben ik dus eerder een schandvlek dan een freule of hoe ze die jonge adellijke meisjes ook noemen.’

Fränzel hoort de bitterheid in de stem van Marie. Hij legt daarom nu toch zijn arm om haar heen en trekt haar zacht tegen zich aan. ‘Waarschijnlijk heb je het bij het rechte eind, Marie, en zal men op dat feest daadwerkelijk op je neerkijken. Dat is ook de vrees van mijn moeder. Met zo’n verwaande kliek wil ik niets te maken hebben!’

Marie drukt spontaan een kus op de wang van Fränzel.

‘Je bent lief!’ Ze straalt wanneer hij zijn hoofd draait en haar aankijkt. Zoals altijd wanneer ze gelukkig is, glinsteren haar grijze ogen als zilver. Irene zou haar zoon kunnen vertellen dat dat bij Maries moeder Emma ook zo was geweest.

‘Maar als je terugkomt vertel je me alles wat je in Wenen hebt meegemaakt tot in de kleinte details. Beloofd?’

'Beloofd!' bevestigt hij. Haar rode mond trekt hem op magische wijze aan. Ze ruikt naar het viooltjesparfum dat zijn moeder haar met Kerstmis heeft gegeven.

'Beloofd, mijn schat!' mompelt hij. Dan vinden hun lippen elkaar voor een eerste, nog kuise kus.

Het huis van Minna in Schweigen

Februari 1887, op hetzelfde moment

'Ik zie dat je nog moeite hebt met de hele situatie.' Minna kijkt Irene aan met een mengeling van geamuseerdheid en bezorgdheid. 'Veel vrouwen zouden hun rechterhand afhakken als ze in ruil daarvoor gravin konden worden.'

Irene haalt haar schouders op. 'Tja, dan ben ik vast niet zoals andere vrouwen. Maar dat verandert niets aan de zaak. Zoals het ernaar uitziet heb ik geen andere keuze. Tegen Franz, Pauline en de graaf kan ik niet op.'

'Maar je hoeft niet eens naar Wenen te verhuizen. Wat is er dan zo erg aan? Zeker nu de graaf je elke maand het enorme bedrag van duizend gulden geeft om de armen te helpen.'

'Nu ja, daarmee heeft hij me echt omgekocht!'

Minna port Irene in haar zij. 'Het is bij jou ook nooit goed, Irene!' berispt ze haar vriendin met een begrijpend lachje. 'Denk toch eens terug aan de tijd dat we in Altenstadt de vloeren schrobden en met de plumeau zwaaiden. Had je dit ooit kunnen dromen? Me dunkt dat je huidige leven er heel wat beter uitziet.'

Ongewild moet Irene toch lachen. 'Je praat zoals Lea Walberger in Wenen.'

'En wat heeft die ongetwijfeld wijze vrouw tegen je gezegd?'

'Toen ik haar vertelde over het aanbod van mijn toekomstige schoonvader om haar elke maand vijfhonderd gulden te geven voor de armen en zieken in Wenen, was ze zielsblij. "Wat geweldig, Irene," zei ze. "Daarvan kan ik een arts voor Elisa betalen en ervoor zorgen dat ze de slaapgast die haar dochter Mizzi misbruikt eruit kan gooien. En ontelbare andere steunmaatregelen financieren."'

'En? Heeft ze dat kunnen waarmaken?'

Irene knikt schoorvoetend. 'Elisa is in een goed ziekenhuis opgenomen, niet zo luxueus als jouw sanatorium in Falkenstein, maar ze knapt langzaam weer op. En de slaapgast is echt vertrokken. Lea betaalt de verhuurder elke maand de huur vooruit en heeft de wormstekige meubels vervangen. En de kinderen van Elisa gaan regelmatig naar school!'

Minna spreidt haar handen in een vragend gebaar. 'Maar wat wil je dan nog meer, Irene? Ook ik heb met de honderd gulden die je me elke maand geeft al zoveel goeds kunnen doen voor de dienstmeisjes. Dat is uiteindelijk bijna tweehonderd mark. Ik overweeg zelfs de regelmatige deelneemsters van de groepssessies bij het Centraal Ziekte- en Overlijdensfonds voor Vrouwen en Meisjes aan te melden en hun bijdragen te betalen met de donatie van je schoonvader. Dat fonds is bedoeld voor vrouwen tussen veertien en vijfenveertig jaar oud uit alle beroepsklassen en dat is precies de leeftijdsgroep van de meeste dienstboden!'

'Ja, ja! Het is al goed! Ik leg me bij mijn lot neer! Maar nu moet je niet meer op me inpraten! Dat doen al meer dan genoeg mensen sinds die dag in Wenen!'

Ze denkt terug aan de scène die zich de dag na het liefdadigheidsfeest in de salon van paleis Sterenberg heeft afgespeeld.

'En, wat vond u van het feest gisteren, mijn dochter?' begroette graaf Ferdinand haar meteen de volgende avond bij het souper.

Vanwege Franz' smeekbeden zich met zijn vader te verzoenen, wikte Irene zorgvuldig haar woorden. Haar man had haar afgehaald bij het hotel en haar de hele rit naar het paleis aan het hoofd gezeurd.

'Ik vind het mooi dat er zo'n hoog bedrag is opgehaald voor de bouw van een ziekenhuis voor de armen, graaf Ferdinand,' antwoordde ze uiteindelijk. Ook over de manier waarop ze haar schoonvader zou aanspreken had ze zorgvuldig nagedacht. 'Vader' vond ze op dit moment nog te intiem, maar ze wilde de graaf niet nog eens bruuskeren. Deze aanspreekvorm leek haar een goed compromis.

Ze zocht nog naar haar volgende woorden toen Ferdinand al vroeg: 'Maar?'

Irene keek koppig op. 'Anderzijds had het bedrag nog veel hoger kunnen zijn als die freules geen honderden guldens hadden uitgegeven aan de kleren voor de levende beelden.'

'En wat heb jij daarmee te maken, Irene? Zolang hun vaders doneren voor het goede doel?' De graaf had goedkeurend geknikt bij Paulines tussenkomst.

'Het is de ellende die ik gisteren in de voorsteden heb gezien,' barstte Irene uit. 'Wat voor zin heeft één ziekenhuis als je maar dertig van de duizenden doodzieke mensen kunt behandelen?'

'Zou het dan beter zijn als die dertig bedden er niet komen?' drong Pauline aan. Intussen hield Franz' vader Irene scherp in de gaten. Hij zag de tranen in haar ogen.

'Als die ellende u zo raakt, Irene, wil ik u een voorstel doen. Ik geef u voor uw liefdadigheidswerk in het Rijk en ook die vrouw die u gisteren heeft meegenomen naar de Weense armen elk vijfhonderd gulden per maand ten behoeve van het algemeen nut, zonder dat ik hoef te weten waaraan het geld uiteindelijk wordt besteed. Gewoon als teken van mijn vertrouwen en medeleven.'

Irene had verrast opgekeken.

'De enige voorwaarde is dat u zich keurig gedraagt. Ten minste tot we zijn getrouwd en de adoptie van Franz rond is,' had de graaf er nog aan toegevoegd. 'En ook daarna verwacht ik dat u zich aan de in Duitsland en het Habsburgse Rijk geldende wetten houdt. Kan u zich daarin vinden?'

Irene was te overdonderd geweest om meteen te kunnen antwoorden.

'Ik wil niet alleen met mijn toekomstige echtgenote en mijn eigen zoon, maar ook met u als schoondochter eer behalen, Irene. U zag er gisteren schitterend uit en hebt veel opzien gebaard. Zelfs prinses von Metternich informeerde naar u.'

'Wat verstaat u onder "keurig gedragen"?' Voor ze hiermee instemde wilde Irene dat precies weten.

'Geen publieke optredens voor de socialistische zaak zolang die verboden hier en ook in Duitsland nog van kracht zijn, geen artikelen in socialistische kranten, met of zonder pseudoniem.'

Irene boog het hoofd. 'Daar had ik me al toe verplicht. Wat verwacht u nog meer van me?'

'Keurige conversaties op de sociale evenementen hier in Wenen, vooral op ons huwelijk. Geen vermelding van uw politieke opvattingen tegenover niet-ingewijde derden.'

Ik moet dus toenadering zoeken en deze hypocriete bende vleien, interpreteerde Irene de wens van de graaf. Luidop had ze geantwoord: 'Misschien ben ik wel niet op de hoogte van de onderwerpen voor een keurige conversatie, zoals u dat zo graag noemt.'

De graaf had begrijpend geglimlacht. 'Als u mij die eer wilt bewijzen, nodig ik u in de toekomst graag vaker uit voor de opera, operette of tentoonstellingen van bekende beeldhouwers en schilders zodat u zich met meer vertrouwen op dit glibberige terrein kunt bewegen. Mijn bibliotheek staat ook volledig te uwer beschikking.'

'Of dat volstaat om u niet te schande te maken, weet ik niet.' Met de onverholen afstandelijkheid van veel gasten van het liefdadigheidsevenement die haar niet was ontgaan in het achterhoofd blijft Irene sceptisch. 'Vooral omdat ik niet kan inschatten of er überhaupt iemand uit uw kringen met mij een gesprek wil voeren,' voegde ze er dienovereenkomstig nog aan toe.

'Daarom zou ik er graag nog een nacht over slapen voordat ik me hiertoe verbind, graaf Ferdinand, en ik wil uw aanbod van een maandelijkse financiële bijdrage ook met Lea Walberger bespreken.' Ze wist niet zeker of de vakbondsleidster het geld van een edelman überhaupt zou willen aannemen. Stiekem hoopte ze dat Lea de donatie boos zou afwijzen en haar zo zou besparen zich in allerlei bochten te moeten wringen om aan Ferdinands voorwaarden te voldoen.

Maar Lea had net zo duidelijk gereageerd als Minna vandaag. 'Hoe kom je daarbij! Een gegeven paard kijk je niet in de bek,' had ze in haar Weense dialect geantwoord op de vraag van Irene of ze het niet erg vond waar het geld vandaan kwam. 'En als er andere tijden aanbreken, kijken we verder. Intussen moeten de mensen nog steeds te eten hebben.'

'Trek nu niet zo'n gezicht als een oorwurm,' haalt Minna Irene uit haar overpeinzingen. 'En vertel me nu eens eindelijk wat je zo dwarszit!'

'Het zijn die ellendige socialistenwetten,' barst Irene uit. 'Gemaakt door de machthebbers op basis van drieste leugens over de sociaaldemocraten en er alleen op gericht de arbeiders klein te houden en te onderdrukken. Niemand weet hoelang ze nog van kracht blijven. En wij moeten ons voegen. Zelfs een trotste vrouw als Gertrud Guillaume-Schack kon hier niets tegen uitrichten. Haar arbeiderskrant werd verboden en zijzelf werd het land uitgezet. Ze woont momenteel in Londen. Niemand weet of ze ooit nog naar Duitsland zal terugkeren.'

Minna ademt hoorbaar uit. 'Ik begrijp dat het lot van Gertrud naar wie je zo opkijkt, je sterk aangrijpt, maar bekijk het ook eens van deze kant: jou kan niemand nu nog het land uit zetten of pesten zolang je niet openlijk de wet overtreedt. Laat staan dat iemand je nog iets kan maken als je eenmaal gravin bent.'

'Gertrud was ook een gravin!'

Minna schudt ongeduldig het hoofd. 'Ze heeft zich zowel door haar huwelijk met de broer van een anarchist als door haar scheiding en politieke acties zelf buitenspel gezet. En raakte daardoor niet alleen haar titel kwijt, maar moest het ook afleggen tegen de staat. Reden te meer om te waarderen wat je hebt en wijs en voorzichtig te blijven.'

'En in ruil daarvoor moet ik mijn mond houden en me aanpassen!' Irene geeft haar verzet nog niet op.

'Nee! In ruil voor het geld van je schoonvader hebben veel mensen te eten en zullen ze weer gezond worden,' antwoordt Minna onverbiddelijk.

Irene geeft het op. Niemand lijkt haar bezwaren te begrijpen. Zelfs haar liefste en oudste vriendin niet.

'Ik zou het veel begrijpelijker vinden als jij je druk zou maken over Mathilde!' Minna probeert het handig over een andere boeg te gooien. En het lukt haar nog ook.

'Nog zoiets wat men van mij vraagt,' moppert Irene. 'Dat onmogelijke mens weer dulden!'

'Het is de dochter van Pauline,' voert Minna aan. 'Hoe moet ze anders uitleggen dat ze Mathilde niet voor haar eigen huwelijk uitnodigt? En officieel is ze nog altijd Franz' zuster. En als ik je goed heb begrepen moet dat ook zo blijven.'

Irene knikt. 'Inderdaad. Franz, Pauline noch de graaf willen in Wenen mijn buitenechtelijke geboorte bekendmaken en ook niet wie Franz' biologische vader is.'

'Maar goed ook, dat brengt alleen maar nadelen met zich mee. Maar zal Mathilde haar mond houden?'

'Aangezien ze veel verwacht van haar verwantschap met de graaf, zeker. Vooral ook omdat het haar duur zal komen te staan als ze haar mond niet houdt. In dat geval verliest ze haar woning in Altenstadt en hoeft ze niet te rekenen op nog een cent boven op haar lijfrente van Pauline, de graaf of Franz.'

'En hoe zit het met Ottilie?'

'Zelfs Ottilie zal zich schikken ook al is ze niet uitgenodigd voor het huwelijk. Gelukkig waren Franz, Pauline en ik het daar snel over eens. Een vrouw die ons allemaal haar hele leven alleen maar ellende heeft bezorgd, wil Pauline er op haar grote dag niet bij hebben. Naar aanleiding van deze beslissing hebben Franz en Pauline een ernstig woordje met Ottilie gewisseld. Temeer omdat Franz Ottilie ervan verdenkt zijn vader anoniem informatie te hebben toegespeeld over mij en mijn politieke activiteiten. Zij ontkent het en de graaf zwijgt erover. Franz kan het dus niet bewijzen, maar zijn geduld met Ottilie is op.'

'En natuurlijk ergert ze zich groen en blauw dat ze niet mee naar Wenen mag!' voegt Irene er nog aan toe.

'En dat gun ik haar van ganser harte,' meesmuilt Minna. 'En nu wil ik ook bij jou eindelijk een vrolijk gezicht zien.' Ze snuift. 'Mmm! Ruik je het? De appeltaart is blijkbaar klaar. Warm uit de oven is die het lekkerst!'

Het wijngoed bij Schweighofen

Februari 1887, op hetzelfde moment

'Maak je toch niet zo druk om Irene, maman!' Franz klopt op de hand van zijn moeder. 'Ze zal jullie feest echt niet bederven!'

'Dat hoop ik echt! Vooral voor zichzelf en voor jou, Franz! Ik zal Ferdinand niet nog eens kunnen kalmeren als ze zich weer onbehoorlijk gedraagt.'

'Maar waarom zou ze dat doen? Ze wil toch ook dat jij gelukkig bent. En ze weet wat we allemaal aan mijn vader te danken hebben. Zonder zijn geld was het wijngoed bankroet! Bovendien geeft hij haar het equivalent van tweeduizend mark per maand voor arme arbeiders.'

'Smeergeld noemt ze het,' antwoordt Pauline bedrukt. 'Sinds ze weet dat haar grote voorbeeld, die madame Guillaume-Schack, niet meer naar Duitsland zal terugkeren is ze ronduit verbitterd.'

Franz onderdrukt een zucht en probeert niet alleen zijn moeder, maar ook zichzelf gerust te stellen. 'Ze heeft me gisteren nog beloofd dat ze zich zal inhouden. Op dit moment is ze bij Minna, die haar hopelijk ook eens flink de mantel zal uitvegen.'

Hij ademt hoorbaar uit. 'Wat zit haar toch zo hoog? Begrijp jij het, maman? Ze heeft toch alles wat ze zich maar wensen kan.'

Pauline schudt het hoofd. 'Alles, buiten de taak die ze zichzelf heeft toebedeeld, Franz! Ik weet nog hoe ze na haar eerste toespraak voor de arbeidsters in Mainz thuiskwam. Stralend en zo vol energie, zo kende ik haar niet. “Eindelijk kan ik iets in gang zetten,” vertelde ze me toen. “Eindelijk word ik serieus genomen!”’

‘Maar ik heb Irene toch altijd serieus genomen.’ Franz begrijpt het niet.

‘Ik denk dat een man dat niet kan begrijpen. Jij haalt al altijd het beste uit je leven, Franz. Je kon in je jeugd al dingen in beweging brengen! Denk maar aan de staking van de landarbeiders waarmee je dreigde om Wilhelm en Gregor te overtuigen eindelijk die armzalige woningen van de arbeiders te renoveren. Je bent een succesvol zakenman en hebt zelfs in de Rijksdag gezeteld. Irene daarentegen heeft lang moeten vechten om te overleven en later altijd in de illegaliteit gewerkt. Nu stond ze voor het eerst in het middelpunt van de publieke belangstelling en genoot ze daar met volle teugen van.’

Franz schudt hulpeloos het hoofd. ‘Ik snap het nog altijd niet, maman. Als gravin zal Irene toch voortdurend in de belangstelling staan. En ze kan zoveel goeds doen met het geld van mijn vader.’

‘Dat is het nu net!’ Pauline glimlacht pijnlijk. ‘Met het geld van je vader! Niet op eigen kracht! Ook al is ze nu rijk en hoeft ze zich geen zorgen te maken te verhongeren, toch is ze weer in de traditionele rol van de vrouw teruggeworpen. Onopvallend achter de man staan, hooguit mooi zijn aan zijn zijde. Ik denk dat dat het lot is waar ze bang voor is. Dat ze nooit meer iets op eigen kracht zal kunnen bewerkstelligen!’

‘Maar jij was toch ook tevreden met zo’n leven?’

‘O nee, mijn zoon. Daar vergis jij je danig!’ Franz verbaast zich over de felle toon van zijn moeder. ‘De ontevredenheid met mijn lot heb ik met laudanum verdronken. Ben je dat al vergeten?’

Voor Franz ontzet kan reageren wordt de deur van de salon opengerukt. Klara stormt binnen en straalt over haar hele gezicht. Ze draagt een lichtblauwe zijden jurk met een smalle taille en een rok afgezet met ivoorkleurig kant en het staat haar prachtig.

‘Tadaaa! Vinden jullie me mooi?’ Het dertienjarige meisje draait rondjes met uitgestrekte armen. ‘Mijn eerste volwassen jurk. Met zelfs een tournure en een kleine sleep!’ Ze draait zich met haar rug naar Franz en Pauline die zo de strik boven de tournure en de met kant afgezette sleep kunnen bewonderen. ‘Dit ga ik dragen op de bruiloft. De bode van madame Marat heeft de jurk gebracht en Gitta heeft me geholpen met aankleden.’

Ze stort zich op Franz en Pauline en geeft hun beiden een dikke zoen op de wangen. ‘Mijn nieuwe grootvader zal het ook prachtig vinden! Of wat denken jullie?' De volwassenen hebben Klara en Fränzel vooralsnog in het ongewisse gelaten over de precieze verwantschap.

'De graaf zal in de wolken zijn met zo'n wondermooie kleindochter,' antwoordt Franz, en hij meent het oprecht.

25

Wenen, de kapel in paleis Sterenberg

14 februari 1887

Het kleine orgel speelt de *Bruiloftsmars* uit het door Felix Mendelssohn Bartholdy georkestreerde *Midzomernachtsdroom* van Shakespeare, wanneer Ferdinand na de huwelijksceremonie met een stralende Pauline door het middenpad van de kleine slotkapel schrijdt.

Irene kent inmiddels de componist en de dichter van wie ze als dienstmeisje in Altenstadt al een paar toneelstukken had gelezen. Niet alleen de culturele evenementen waar de graaf haar na haar uitbarsting daadwerkelijk voor had uitgenodigd, maar ook haar eigen gretigheid – een gevolg van haar angst door de illustere trouwgasten als 'ongeschoold' te worden weggezet – hebben haar er de afgelopen weken toe aangezet heel veel te lezen. Franz en Pauline brachten het ene na het andere boek uit de bibliotheken van Altenstadt en Wenen mee naar Schweighofen.

Pauline werpt haar en Klara die beiden op de tweede rij aan de vrouwenkant van de kapel zitten, een kushand toe. Zowel Pauline als madame Marat hebben zichzelf overtroffen met de bruidsjurk die de naaister volgens de strikte instructies van de bruid heeft gemaakt.

De ivoorkleurige zijde glinstert in de gloed van de vele kaarsen en de voorkant van de mouwen, het midden en de onderrand van het bovenlijfje evenals als de zoom van de rok zijn versierd met goudborduursel. De japon heeft geen decolleté, maar is tot aan de hals gesloten en eindigt in een zogeheten molensteenkraag die de grote mode was in de tijd van de dichter. Pauline had de onvermijdelijke tekenen van haar ouderdom niet beter kunnen camoufleren.

Een afneembare sleep die een meter lang achter haar over de glanzende vloer van de kapel schuift en een fijne bruidssluier vervolledigen haar verschijning. Ze draagt ook een gouden ketting van vijf rijen, een huwelijksgeschenk van Ferdinand.

De graaf kijkt op zijn beurt Klara stralend aan. In tegenstelling tot Fränzel, die zich nog steeds afstandelijk gedraagt tegenover de echtgenoot van Pauline – vooral omdat hij geen idee heeft dat die niet alleen zijn aangetrouwde grootvader is, maar ook de biologische vader van zijn eigen vader – kunnen Klara en Ferdinand het van meet af aan geweldig met elkaar vinden. 'Mijn schitterende kleine freule!' noemt Ferdinand Klara vaak. Franz en Irene heeft hij twee dagen voor het huwelijk verteld dat hij het meisje zo'n mooie bruidsschat wil geven dat ze zelfs in de aristocratische kringen die zich distantiëren van recent in de adelstand verheven burgers, probleemloos een goede echtgenoot zal vinden.

Ook Mathilde doet haar uiterste best om een goede indruk te maken op de graaf en de rest van de familie. Tegen Irene heeft ze op de lange treinreis waarvoor Franz een volledig eersteklascompartiment voor hen allen had geboekt, geen enkele stekelige opmerking gemaakt. Zelfs niet toen Irene al haar pogingen om een oppervlakkig gesprek te voeren, afblokte.

Waar ze nog voor haar terugkeer naar Altenstadt haar flink toegenomen lichaamsomvang al had gereduceerd, leek ze sinds de uitnodiging voor het huwelijk zichzelf te hebben uitgehongerd. Haar zachtgroene satijnen jurk waarvoor Franz haar een behoorlijke toelage heeft gegeven, past mooi bij haar gezicht.

Alles had vandaag voor Irene gemakkelijker kunnen zijn dan ze had gevreesd, maar dat is buiten de aanwezigheid van de twee grafelijke zussen gerekend die ook Franz nu voor het eerst ontmoet.

Adelaide von Windisch-Grätz was getrouwd in een zijlijn van een van de belangrijkste adellijke families van Oostenrijk en is inmiddels weduwe. Ze is drie jaar ouder dan haar broer Ferdinand en pronkt in tegenstelling tot Pauline met haar rimpelige boezem die ontoereikend bedekt is met een opzichtige ketting van drie rijen parels. Haar zilvergrijze jurk uit zware zijde moet een fortuin hebben gekost, maar maakt haar huid nog bleker, vooral ook omdat haar eveneens met parels versierde haar al sneeuwwit is.

Aangezien ze weliswaar uit de hoogte, maar beleefd doet, zou Irene geen argwaan hebben gehad, ware het niet dat ze vlak voor de ceremonie in het damestoilet toevallig een onaangename conversatie had opgevangen.

'Maar goed dat mijn lieve Robert, God hebbe zijn ziel, niet weet dat zijn zwager vandaag trouwt met de weduwe van een wijnhandelaar uit een vergeten hoek van het Duitse keizerrijk. Als hij niet al was overleden zou deze schande voor het eerbare huis Windisch-Grätz hem wellicht fataal zijn geworden.'

'Je hebt gelijk, lieve,' had haar vier jaar jongere zuster Elisabeth gezucht, die sléchts met een graaf von Trapp, en niet zoals haar zus met een prins, is getrouwd. 'Als Ferdi een jong ding in bed had gehaald om zijn oude knoken te verwarmen, zou dat nog te begrijpen zijn geweest met alle gekheid die oude mannen zich nu eenmaal in hun hoofd halen. Maar zo'n oude tante? Ik begrijp het ook niet.'

Op dat moment had Irene de deur naar het toilet, die ze al open had gedaan, zachtjes dichtgetrokken en zich ongemerkt uit de voeten gemaakt. Het afgeluisterde gesprek bleef echter door haar hoofd spoken tijdens de ceremonie en bezorgde haar een onaangenaam gevoel in haar maag.

Gelukkig worden de meeste gasten pas bij de receptie verwacht, denkt ze opgelucht bij zichzelf. De slotkapel is te klein voor meer dan de familie en beste vrienden van de graaf. Als ik maar niet bij deze taarten kom te zitten, hoopt ze. Maar als Ferdinand zijn zussen ook maar een beetje kent, zal hij er wel voor zorgen dat we elkaar vanavond niet te vaak tegenkomen.

Dat lukt allemaal aardig tijdens het galadiner waar de graaf zijn vele gasten op heeft onthaald, maar later leidt een aaneenschakeling van ongelukkige omstandigheden ertoe dat Irene bij de dames in kwestie terechtkomt in de salon waar de vrouwen zich na het avondmaal terugtrekken met koffie en koekjes terwijl de heren in de rookkamer dikke sigaren opsteken en oude cognac drinken. En uitgerekend Mathilde is de aanstichtster!

De dames zitten in groepjes aan kleine tafels. Anders dan bij het diner zijn hier geen vaste plaatsen. Zodra Mathilde ziet dat er aan het tafeltje van de zussen van de graaf nog twee stoelen vrij zijn stevent ze eropaf: 'Mag ik bij u aanschuiven, dames?'

Immuun voor hun vijandige blikken hoort ze alleen het geaffecteerde 'Ga uw gang, liefje!' van de oudste zus Adelaide. Precies op dat moment komt Irene de salon binnen. Ze is wat later omdat ze Klara, die zo moe was dat bij het dessert haar ogen waren dichtgevallen, naar haar kamer heeft gebracht en onder de hoede van Rosa heeft achtergelaten. 'Irene!' roept Mathilde zo luid dat ze het wel moet horen. 'Lieve zus, komt toch bij ons zitten!'

Irene aarzelt en kijkt of er elders een plekje vrij is, maar overal draaien de vrouwen meteen hun hoofd weg als hun blik die van Irene ontmoet. Ze is dus blijkbaar nergens welkom en uitgerekend aan de tafel van Pauline is geen plaats meer. Ongemakkelijk gaat ze naast Mathilde zitten.

De ober staart haar wezenloos aan als Irene een koffie verkeerd bestelt. 'Bij ons heet dat een *melange*!' schoolmeestert Adelaide en wendt zich dan tot de lakei. '*Melange* met veel slagroom voor de dame!' Ze gebruikt hiervoor het Oostenrijkse woord.

'U houdt toch van slagroom?' vraagt ze Irene pas als de ober al met een buiging twee stappen achteruit heeft gezet.

Irene houdt helemaal niet van room in haar koffie, maar doorziet de manoeuvre van prinses von Windisch-Grätz. Het is een test om te kijken of ze de term wel kent. Ze overweegt nog even om een conciliant antwoord te geven, maar besluit dan de *fürstin* met haar aanmatigende gedrag te confronteren.

'Eigenlijk heb ik een hekel aan room in mijn koffie,' antwoordt ze eerlijk. 'Maar omdat u zo vriendelijk was niet eerst naar mijn wensen te informeren...' Ze maakt haar zin niet af.

Adelaide reageert hier anders op dan verwacht. 'Ober!' Haar zware stem galmt door de salon. 'Een ober wil ik!'

Meteen stormen van drie kanten lakeien op haar af. 'Deze dame hier wil een *melange* zonder slagroom,' zegt ze zo luid dat de vrouwen aan de dichtstbijzijnde tafels het wel moeten horen. Voordat Irene nog iets kan zeggen is de ober alweer verdwenen.

Het volgende kwartier heerst er een pijnlijke stilte tussen Mathilde en Irene. De overige dames betrekken hen niet in hun gesprek en Mathilde en Irene hebben niets om over te praten. Irene vraagt zich wanhopig af hoe ze zich onopvallend uit de voeten kan maken als ze een zin van een van de andere dames opvangt

'Dit jaar moesten de gendarmes weer een demonstratie van het gepeupel uiteenjagen! Hebt u daarvan gehoord?'

Adelaide buigt zich geïnteresseerd naar voren. 'Nee, lieve Linda. Waar ging het nu weer om?'

'Ach, weet ik veel,' antwoordt Linda neerbuigend. 'Het is toch altijd iets met dat ontevreden volk. Gisteren waren het de prijzen die te hard waren gestegen, vandaag willen ze een kortere werkdag en morgen hebben ze weer iets anders om over te zeuren.'

'Een kortere werkdag?' vraagt de vierde dame, Adele heet ze. 'Wat moet ik daaronder verstaan?'

'Moet u nagaan. Dat luie gespuis wil nog maar tien uur per dag werken en dreigt met staken als ze hun zin niet krijgen. Ze willen niets doen om gedaan te krijgen niets te hoeven doen!'

'Ongehoord!' Elisabeth, de jongere zuster van de graaf, wendt zich nu uitgerekend tot Irene. 'Wat vindt u daarvan, mijn beste? U hebt toch ook arbeiders in dienst op uw wijngoed?'

Irene haalt diep adem. Pas later zal ze inzien dat een oppervlakkig antwoord haar de kans had gegeven het gesprek niet te laten escaleren, maar in plaats daarvan laat ze zich tot een reactie verleiden.

'Welllll,' ze rekt het woord, 'onze landarbeiders hoeven niet te demonstreren of te staken. Ze worden fatsoenlijk betaald, hebben warme huizen zonder schimmel op de muren en een eigen pleehuis.' Ze negeert het ontzette 'O!' bij dit onsmakelijke detail en gaat verder. 'Ze hoeven niet te verhongeren of te bevriezen en zijn na tien uur meestal klaar met werken, zoals de Weense arbeiders nu eisen. Alleen tijdens de oogst kan het zijn dat ze langer moeten werken, maar dan worden die overuren natuurlijk vergoed!'

Ze moet lachen om de geschokte gezichten van de dames.

'Maar onze arbeiders hier in Wenen hebben het toch ook niet echt slecht,' zegt gravin Linda.

'Hoe weet u dat? Hebt u de miserabele woningen in de buitenwijken al eens bezocht?' vraagt Irene op provocerende toon.

'Natuurlijk niet!' zegt Linda verontwaardigd. 'U toch evenmin!'

Irene gaat rechterop zitten. 'Daar vergist u zich, mijn beste. Ik ben er geweest om me een beeld te vormen'

'Maar waarom zou u dat doen, lieve dame?' Van alle kanten komen verbijsterde reacties.

'Om mezelf ervan te overtuigen hoe arm deze mensen zijn. Uiteindelijk zal mijn schoonmoeder in de toekomst ook liefdadigheidsevenementen organiseren!' Irene weet zich op dit moment nog omzichtig te redden.

'Ik vind het allemaal maar niets,' flapt Adelaide eruit. 'Met die liefdadigheidsmanie steun je alleen maar de luieriken en verlopen figuren. Geen enkele zichzelf respecterende arbeider wil afhankelijk zijn van aalmoezen om zijn gezin te voeden of een bescheiden, maar schoon huis te onderhouden.

Als het al een fatsoenlijk man is natuurlijk,' voegt ze er nog minachtend aan toe.

Irenes hart gaat als een razende tekeer. 'Wat verstaat u precies onder "fatsoenlijk", *fürstin* von Windisch-Grätz?'

'Nu dan, veel leden van deze lagere klassen zijn verslaafd aan alcohol. Ook hun moraal laat veel te wensen over. Ik heb me laten vertellen dat die liederlijkheid zo ver gaat dat men vreemde, ongehuwde gasten in zijn eigen bed laat slapen. Überhaupt lijkt men in deze kringen te paren als konijnen...'

'Adelaide!' Geschokt onderbreekt Elisabeth haar zus, al laat die zich hierdoor niet tegenhouden.

'Hoe komen ze anders aan die schare kinderen die ze zogezegd niet meer te eten kunnen geven? Als deze mensen niet zo verloederd waren, zouden ze deze problemen niet hebben.'

Irene balt haar vuisten. 'Ik stel vast dat we anders denken over "fatsoen", of beter gezegd "onfatsoen", uwe hoogheid,' antwoordt ze met verstikte stem. 'Voor mij is iemand die in de alcohol vlucht omdat hij zijn ellende niet meer kan verdragen, niet onfatsoenlijk.' Boos als ze is ontkent ze nu haar eigen opvatting hierover. 'Onfatsoenlijk is ook geen enkele zonder boterbriefje verlaten moeder of weduwe wier man bij een ongeval om het leven is gekomen en die in haar eentje zestien tot achttien uur thuis achter de naaimachine zit om haar kinderen groot te kunnen brengen. Onfatsoenlijk zijn voor mij de fabriekseigenaren die kinderen voor een paar kreuzer onder draaiende machines jagen om daar schoon te maken. Die hun arbeiders in giftige walmen laten zwoegen totdat ze bloed ophoesten. Die naar believen de lonen verlagen of hun personeel met blikken munten betalen waarmee ze alleen in de winkel van de fabriek slechte waren tegen woekerprijzen kunnen kopen.'

Alle vrouwen, Mathilde incluis, staren Irene met grote ogen en van verbazing opengevallen monden aan.

'Onfatsoenlijk noem ik ook mensen die hun dikke lijven met het zweet van de behoeftigen vetmesten, of dat nu in fabrieken in de stad is of op uitgestrekte landerijen zoals de uwe.'

Adelaide vermant zich als eerste en kijkt Irene strak aan.

'Me dunkt, liefje, dat u in de leugenachtige propaganda van dit gespuis bent getrapt. Het siert u dat u zich voor de schijnbare armen en rechtelozen inzet, maar uw argumenten getuigen niet van veel verstand.'

'Dus u denkt dat u het aan uzelf te danken hebt?' antwoordt Irene bits. 'En dat alleen maar op basis van uw hóge geboorte?' De laatste woorden benadrukt ze spottend.

De uitdrukking op het gezicht van de prinses wordt ijzig. 'O, zeker. Daar ben ik van overtuigd, mijn beste. En ik dank de Here God elke dag dat het zuivere bloed van mijn voorouders niet met dat van laaggeborenen wordt verdund. Gelukkig zijn mijn broer en zijn nieuwe vrouw daar al te oud voor.'

Irene hoort hoe Mathilde haar adem inhoudt. Zelf wordt ze nu pas echt woedend.

'Misschien bent u inmiddels te oud, uw genade, om nog helder te denken. U denkt klaarblijkelijk dat alleen het feit dat u uit een oud, maar vaak door huwelijken tussen naaste familieleden, incest heet dat, beschadigd geslacht stamt en in een ander, al even verwaand en misschien ook niet zo'n gezond geslacht bent getrouwd, u het recht geeft zich boven anderen te verheffen. U die nog nooit met die mooie handen van u hebt gewerkt, denkt dus beter te zijn dan mensen die elke dag moeten worstelen om te overleven? U die zelf nooit een kind op de wereld heeft gezet,' Irene weet dat de prinses kinderloos is, 'kijkt neer op vrouwen die elke dag het bovenmenselijke doen om hun kroost een betere toekomst te bieden. U, die...'

'Genoeg!' De prinses verheft haar stem nu zo luid dat de dames aan de omringende tafels opkijken. 'Die brutaliteit duld ik niet! U klinkt als een van die ellendige socialistische vrouwen, die onnatuurlijke manwijven, die verachtelijke herrieschoppers zoals die Viktor Adler of, erger nog, dat verfoeilijke sujet van een August Beber of hoe de man ook mag heten, achternalopen. Laaggeborenen die uit afgunst over hun ondergeschikte positie Gods orde in twijfel trekken. U bent een schande voor mijn familie waar u gelukkig niet bij hoort. Maak dat u wegkomt!'

In de hele ruimte is het inmiddels muisstil geworden. Vanuit haar ooghoeken ziet Irene Pauline opstaan uit haar stoel. Ze haast zich naar de tafel van de prinses.

'Alstublieft, lieve schoonzus! Kalmeer!' Pauline heft welwillend haar handen. 'Wat heeft mijn schoondochter dan tegen u gezegd? Het berust vast op een misverstand. Ze bedoelt er niets kwaads mee!'

De prinses kijkt Pauline ziedend aan. 'U had haar beter moeten opvoeden, liefste!' blaast ze. 'En haar tijdig die onzin moeten afleren! Ze gedraagt zich nog erger dan een buitenechtelijke dienstmeid uit een weeshuis!'

De prinses raakt hiermee precies de zwakke plek van Irene, die rood aanloopt en opspringt. Impulsief pakt ze haar inmiddels koude *melange* en kletst de lichtbruine vloeistof recht in het gezicht van de prinses. Daarna blijft ze geschrokken over haar eigen daden als versteend staan.

Op de gil van de *fürstin*, bij wie het koffiemengel over de hele voorkant van haar dure zijden jurk naar beneden stroomt, en het bevel van haar zuster Elisabeth snellen twee lakeien toe.

'Haal haar weg!' krijst Adelaide. Mak laat Irene zich de salon uit leiden.

Paleis Sterenberg in Wenen

15 februari 1887, de volgende ochtend

'Ik had moeten weten dat je vrouw niet te vertrouwen is, Franz,' schuimbekt de graaf. 'Nu blijft dit schandaal voor altijd aan ons huwelijksfeest kleven.'

Franz probeert hem te sussen. 'Irene huilt zich op haar kamer de ogen uit het hoofd. Ze heeft zo verschrikkelijk veel spijt dat ze zich zo heeft laten gaan.'

'En dat mag ook wel, Franz.' De graaf blijft onverbiddelijk. 'Al onze plannen stellen nu niets meer voor. Zelfs ons huwelijk zou in gevaar zijn geweest als dit voorval zich een dag eerder had afgespeeld, Pauline.' Ferdinand wendt zich nu tot zijn kersverse bruid.

'Maar dat is niet gebeurd, Ferdinand,' antwoordt Pauline zachtjes. Net als alle aanwezigen die vannacht geen oog hebben dichtgedaan ziet ze er bleek en afgetobd uit.

'Gelukkig niet! Het zou niet de eerste keer zijn dat de keizer zijn toestemming voor een huwelijk weer intrekt.'

'Het gaat dus om de adoptie,' concludeert Franz bedrukt.

'Natuurlijk gaat het daarom, mijn zoon. Ik had me voorgenomen die morgen tijdens een klein familiediner aan te kondigen. De keizer heeft immers dispensatie verleend. Maar nu mag je erop rekenen dat mijn zus Adelaide flink stennis zal maken om te voorkomen dat "deze persoon", zoals ze Irene noemt, ook nog echt tot de familie gaat behoren. Mijn zusters maken er nu al geen geheim van dat ze mijn huwelijk afkeuren en hopen dat het spook verdreven zal zijn zodra je moeder en ik onder de grond liggen. Ook al zou het geslacht van de graven von Sterenberg daarmee uitsterven.'

'En jij denkt dat als je mij nu adopteert en Irene als mijn vrouw lid wordt van de familie...'

'... Adelaide persoonlijk naar de keizer zal lopen om dat ongedaan te maken,' neemt Ferdinand Franz de woorden uit de mond.

'Kan de keizer dat doen?'

Ferdinand kijkt Franz strak aan door zijn lorgnon. 'In dit land kan de keizer alles!'

Pauline legt haar hand op de arm van Ferdinand. 'Wat moeten we nu doen?'

'Alleen Franz kan iets doen,' antwoordt de graaf met harde stem. 'Van haar scheiden zoals ik al van meet af aan heb voorgesteld.'

Franz staat zo abrupt op uit zijn stoel dat er een felle pijnscheut door zijn stomp schiet.

'Geen sprake van, vader. Irene heeft zich gisterenavond misdragen, dat geef ik grif toe en zij ook. Maar uw zuster heeft haar ook diep beledigd.'

'Dat mag dan wel zo zijn, mijn zoon. Adelaide is altijd al verwaand en impulsief geweest, maar zij is een Windisch-Grätz. Haar woord weegt bij onze keizer zwaarder dan het mijne.'

'Ik verlaat Irene in geen geval,' herhaalt Franz stellig.

'Dan kan ik jou onmogelijk adopteren!'

De mannen staan nu recht tegenover elkaar en staren elkaar aan zonder een spier te vertrekken.

Pauline staat ook op en legt haar handen op hun arm.

'Laat ons nu geen overhaaste beslissingen nemen. Komt tijd, komt raad! Ik wil graag een voorstel doen.'

'Laat maar horen,' antwoorden de mannen in koor.

'Franz en Irene keren naar Schweighofen terug en vertonen zich voorlopig niet in Wenen. Tenminste niet voordat het stof is gaan liggen en je zuster is gekalmeerd.'

'Dat kan nog wel even duren!' werpt de graaf tegen.

'Ook goed, dan wachten we gewoon. Alleen de opperhofmeester weet dat je die ontheffing hebt gekregen. Gelukkig was hij gisteren niet op het feest. Dat deed je eerst verdriet, Ferdinand, maar nu weten we waar het goed voor was. Hij zal alleen geruchten horen en dat vooral van dames die bekendstaan als notoire roddelaarsters, en er hopelijk niet te veel aandacht aan schenken. Niemand, ook Adelaide niet, is verder op de hoogte van die adoptieplannen.'

De graaf denkt even na en knikt. 'Je hebt gelijk. Zo moeten we het doen.'

'En hoe zit het met de lening voor het wijngoed?' Franz maakt zich daar sinds gisteravond grote zorgen over. 'Verlangt u het geld terug?'

De graaf kijkt hem met een ondoorgrondelijke blik aan. 'Kun je die terugbetalen?'

Franz ontkent dit somber.

'Dan blijft het geld nog steeds ter beschikking, Franz, zij het wel als lening. Ik wilde je het geld cadeau doen voor de adoptie.'

'Je wilde me dat enorme bedrag schenken?' Franz is helemaal overdonderd door de vrijgevigheid van zijn vader.

'Natuurlijk! Tenslotte ben je mijn zoon en bovendien zou je het op een dag hebben geërfd. Maar ik had het je liever met warme hand gegeven!'

Ondanks zijn verdriet over deze nieuwe familieruzie, valt er een enorme last van de schouders van Franz. Spontaan pakt hij de handen van zijn vader en drukt er een kus op.

'Ik dank je hartelijk!'

De graaf trekt zijn handen terug. 'Bewijs dat dan maar en ik hoop dat je goed nadenkt over mijn wensen.'

Het wijngoed bij Schweighofen
Eind april 1887

Weemoedig werpt Irene een laatste blik op de slaapkamer die ze zoveel, overwegend gelukkige jaren, met Franz heeft gedeeld. Ze heeft niet boos besloten naar Paulines oude kamer te verhuizen zoals toen Franz zonder reden jaloers was op Josef Hartmann. Ditmaal is het een weloverwogen beslissing. Na dagen en nachten piekeren ziet ze dit als de weliswaar niet definitieve, maar wel enige mogelijkheid om een einde te maken aan een voor haar ondraaglijke situatie.

Urenlang heeft ze Franz proberen uit te leggen hoe de situatie op het huwelijk van Pauline was geëscaleerd. Hoe de zuster van de graaf haar met haar arrogantie en onwetendheid eerst had gekwetst, vervolgens laaiend had gemaakt en uiteindelijk op de meest tere plek had geraakt.

De respectloze uitlating van Adelaide over een onbehouwen dienstmeid uit een weeshuis was puur toeval geweest, had ze meteen na het voorval met de melange al beseft. Dat ze haar zelfbeheersing had verloren omdat uitgerekend Mathilde die haar als dienstmeisje in Altenstadt zo gekoeioneerd had getuige was geweest van de belediging, had ze pas achteraf ingezien.

En dat Adelaide de macht had Ferdinands adoptieplannen te doorkruisen als hij die na het incident nog had willen doorvoeren, had al helemaal geen rol gespeeld in de woordenwisseling. Daar was van tevoren nooit over gesproken en ook Franz had eerlijk toegegeven nooit over dit aspect te hebben nagedacht.

Toch lijkt de relatie tussen Irene en de graaf definitief verbroken te zijn. En na lang dubben moet Irene zelfs toegeven dat ze daarin kan komen. Graaf Ferdinand heeft er alles aan gedaan om zijn aanvankelijke vooroordeel tegenover haar te overwinnen.

Het zou voor hem gemakkelijker zijn geweest vast te houden aan zijn eis van een echtscheiding als voorwaarde voor de adoptie. Uiteindelijk was dat de enige mogelijkheid voor Franz om te hertrouwen met een freule uit toch minstens de lage adel in Wenen. En dat zou de eerste echte stap zijn geweest naar de integratie van het niet-aristocratische deel van Ferdinands nieuwe familie in zijn eigen maatschappelijke klasse. In plaats daarvan had de graaf Irene uiteindelijk als echtgenote van Franz geaccepteerd, niet in de laatste plaats op voorspraak van Pauline. En hij had ook helemaal niet geprobeerd de urgente lening afhankelijk te maken van een echtscheiding.

Zelfs voor haar politieke activiteiten had hij een compromis gezocht. In plaats van haar te wijzen op haar traditionele rol als passieve echtgenote had hij haar grote bedragen gegeven om zowel in Wenen als in haar eigen Duitse kringen veel goeds te doen voor arbeiders hoewel hij hun omstandigheden niet uit eigen waarneming kende.

Irene is eerlijk genoeg om toe te geven dat ze misschien nog zou hebben geprobeerd de schade die ze had aangericht ergens goed te maken als de graaf niet onmiddellijk na de bruiloft de betalingen had stopgezet. De herinnering aan Lea Walbergers en Minna's teleurstelling toen ze hun vertelde dat de financiële steun al zo snel weer was gestaakt, doet haar nog steeds pijn.

'Moest je daar nou zo nodig over beginnen?' had Lea emotioneel gereageerd. 'Hoe moet dat nou met Elisa en Mizzi?' In tranen had Irene Franz gesmeekt toch minstens dit gezin uit eigen zak te ondersteunen en uiteindelijk had hij daarmee ingestemd. 'Aangezien we momenteel allemaal van mijn vaders geld leven, voel ik me daar niet prettig bij. Ik doe het alleen voor dat jonge meisje dat even oud is als Klara. Maar vertel het aan niemand, ook niet aan mijn moeder.'

Minna had het Irene niet kwalijk genomen. 'Maar goed dat ik die dienstmeisjes nog niet bij het fonds heb aangemeld,' verzuchtte ze alleen en maakte Irene zo indirect toch duidelijk hoeveel goeds ze met het geld van Ferdinand had kunnen doen. 'We hebben het vroeger ook gered zonder de poen van je schoonvader. Dat zal ons nu ook wel weer lukken!'

Josef Hartmann, die Irene ook maandelijks een deel van de grafelijke centen had geschonken, reageerde een beetje zoals Minna.

De rest van de schenking die ze nog over had, iets meer dan vijfhonderd mark van de in totaal vijftienhonderd gulden die de graaf haar tot het schandaal ter beschikking had gesteld, had Irene opzijgezet als een appeltje voor de dorst. Intuïtief had ze dit bedrag niet meteen aangesproken om aan Lea te geven voor het gezin van Mizzi, en ze is blij dat ze met Franz een andere oplossing heeft gevonden.

En nu heeft ze voor dat geld een zinvollere, zij het ook geheime bestemming gevonden. Irene heeft een paar dagen nagedacht over het verzoek van Josef en is niet van plan Franz in te wijden om hem niet onnodig bij de kwestie te betrekken. Maar het verzoek vormt wel de basis van haar besluit om het grootste deel van haar garderobe en andere persoonlijke spullen met de hulp van Gitta naar de oude kamer van Pauline te verhuizen.

Nu wacht ze in de salon tot Franz terugkomt van kantoor. Als ze de wielen van het rijtuigje op de kiezels hoort knerpen, versnelt haar hartslag. Maar ze moet zeggen wat ze hem te zeggen heeft.

'Goedenavond, Irene! Hoe was je da–?' Franz' woorden blijven in zijn mond steken als hij haar gezicht ziet. 'Wat is er gebeurd? Je ziet lijkbleek!'

Als ze niet meteen antwoordt, raakt hij in paniek. 'Is er iets met Klara? Is ze weer ziek?'

Irene schudt heftig het hoofd. 'Klara is gezond en wel. Ze heeft vandaag zelfs twee rijlessen gehad, een in de ochtend en een in de middag. "Grootvader wil een echte lipizzanermerrie voor me kopen zoals die van de Spaanse Rijschool in Wenen als ik echt goed kan rijden," heeft ze me enthousiast verteld. Daags voor hun huwelijk heeft hij haar daar mee naar toe genomen. Maar het gaat wel om Klara, niet alleen, maar ook om haar.'

Franz staart haar niet-begrijpend aan.

'Ga zitten!' verzoekt Irene en wacht totdat Franz heeft plaatsgenomen.

Dan ademt ze diep in en komt meteen ter zake. 'Ik ben vandaag uit onze gezamenlijke slaapkamer verhuisd.'

'Waarom? Ben je ziek misschien?'

Ze schudt het hoofd. 'Nee, lieve Franz. Ik wil het je alleen gemakkelijker maken een beslissing te nemen. Mijn besluit heb ik al genomen.'

Franz begrijpt er nog steeds niets van. 'Waar heb je het over? Leg het eens uit!'

Irene tilt haar hoofd op en kijkt hem recht aan. 'Lieve Franz, jij bent de enige man van wie ik ooit heb gehouden. Ik dank de gelukkigste jaren van mijn leven aan jou. Dat was zo en dat zal altijd zo blijven.' Haar stem trilt licht.

'Toch kan en wil ik jou op je huidige pad niet volgen. Hoewel ik niet van zo'n bescheiden afkomst ben als ik ooit dacht, blijf ik een eenvoudige vrouw. Een vrouw uit het volk met een hart voor dat volk. Ik moet er nog steeds aan wennen een vermogende grootgrondbezitster te zijn, strakke korsetten te dragen en bijna alle mensen, met uitzondering van mijn naaste familie, met u aan te spreken. Maar een gravin kan en wil ik niet worden. Niet tegen de prijs die ik daarvoor moet betalen.'

'Wat bedoel je met prijs?'

'Niet meer durven te zijn wie ik ben. Mijn ware opvattingen te moeten verbergen ten gunste van banale gesprekken als we in gezelschap zijn. Mijn sympathie voor de zaak van de arbeiders en dienstboden niet meer te kunnen uiten, laat staan ten volle te ontplooien. Jouw naam en die van je vader te schande te maken wanneer ik het contact met de socialisten in stand houdt. En dat voor de rest van mijn leven. Die prijs is me te hoog.'

Franz krijgt het benauwd. 'En wat wil je dan nu doen?'

'Ik wil doen wat ik vroeger heb gedaan. Me inzetten voor de arbeiders ook al kan het met die verschrikkelijke socialistenwet voorlopig slechts op bescheiden schaal. Maar ik wil niet dat jij, Fränzel en Klara daaronder lijden.'

'Je bedoelt als mijn vader ons om die reden niet kan of wil adopteren?'

Irene knikt. 'Inderdaad. Jullie drieën zijn rechtstreeks verwant. Jullie vormen een echte familie. Ik ben alleen die "aangetrouwde" en inmiddels ook de schandvlek. Ik ben dus verhuisd uit onze slaapkamer om het je gemakkelijker te maken te beslissen van me te scheiden. Omdat ik me nooit als een gravin wil gedragen, blijft er jou, als je die adoptie wilt, uiteindelijk geen andere keuze.'

'Je stelt me dus voor de keuze: jou of mijn vader? Of liever: mijn gezin of mijn gezin en mijn ouders?'

De tranen staan in Irenes ogen. 'Als je het zo wilt uitdrukken, Franz, ja. Dat is het alternatief, al verwacht ik niet dat je voor mij kiest. En de kinderen blijven hoe dan ook bij jou.'

'Maar ze zullen vreselijk lijden onder een scheiding, Irene. Vooral omdat ik niet eens weet hoe Fränzel tegenover die adoptie staat. Ook hij voelt zich niet prettig in Wenen. Dat ziet iedereen.'

'Maar Klara voelt zich er thuis. Ze is een geboren freule. Ook al wist je het niet, via jou heeft ze veel van je vader geërfd. Zij zal het fijn vinden de familie in de hogere kringen te vertegenwoordigen. Ze kan haast niet wachten om een Weense debutante te zijn en in een witte jurk in de illustere kringen te worden ingewijd. Sinds Pauline haar over het gebruik heeft verteld, zwijgt ze er niet meer over.

En Fränzel heeft precies de leeftijd waarop jij ook tegen alle conventies rebelleerde. Zijn afkeer van het "aristocratische circus", zoals hij het noemt, ontgroeit hij nog wel.'

Franz kan niet meer blijven zitten. Ondanks de stekende pijn in zijn stomp staat hij op en opent hij de deuren naar het balkon. Wezenloos staart hij naar het lieflijke lentelandschap van de Palts en de noordelijke Elzas. 'Waarom heb je dit uitgerekend vandaag beslist?' Hij keert Irene de rug toe.

'Het was een lang proces, Franz, dat hiertoe heeft geleid.' Irene verzwijgt wat de doorslag heeft gegeven, maar liegt niet. 'Vooral omdat je vader nog steeds staat op een echtscheiding, of vergis ik me?'

Franz bevestigt dit somber. 'Maar omdat hij me niet onder druk zet met de lening, wil ik hem de tijd geven hier nog op terug te komen.'

'Hoeveel tijd, Franz? Een jaar? Vijf jaar? Tien jaar? En in die periode moet ik me keurig en onopvallend gedragen om geen koren op zijn molen te zijn?' Ze schudt heftig het hoofd. 'Nee, lieve Franz. Ik heb het al gezegd. Die prijs is me te hoog.'

In de gang klinkt de gong die aangeeft dat mevrouw Grete het eten klaar heeft staan. 'Laten we maar naar de eetkamer gaan. Er wordt zo opgediend.' Irene staat resoluut op. 'En aan tafel geen woord over ons gesprek. Ik wil Klara, Marie of mejuffrouw Adelhardt hier niet mee belasten.'

Na de gezamenlijke maaltijd die grotendeels in stilte is verlopen omdat Franz en Irene beiden in gedachten verzonken waren, trekt Irene zich in de schrijfkamer terug. Ze wil eindelijk de brief van Josef, die ze twee dagen geleden heeft gekregen, beantwoorden.

Eerst bedankt ze Josef nogmaals voor zijn uitingen van verbondenheid ondanks het wegvallen van de regelmatige financiële steun voor de zaak van de arbeiders in Frankenthal en biedt hem de vijfhonderd mark die ze nog overheeft aan voor eventuele noodgevallen.

Dan komt ze tot de kern van de zaak, tot het verzoek dat Josef in zijn laatste brief tot haar heeft gericht:

Ik heb nu twee nachten geslapen over je voorstel actief aan de 'Rote Feldpost' deel te nemen om de verboden krant Der Sozialdemokrat *te verdelen. Als ik dat zou aanvaarden zou je mij de adressen geven van de mensen in Weissenburg en omgeving die het blad tot vorig jaar nog per post ontvingen. Aangezien de kranten in het geheim moeten worden bezorgd en frequent contact tussen ontvanger en verdeler niet wenselijk is vanwege de alomtegenwoordigheid van de spionnen van Bismarcks geheime politie, heb je me ook gevraagd de kosten voor de krant op mij te nemen. Ik zou daarvoor de rest van het geld van de graaf kunnen gebruiken als jij dat niet voor andere dingen nodig hebt. Ook zoek je een betrouwbaar adres waar ongeveer vijfentwintig exemplaren van de krant die nu wekelijks verschijnt als postpakket kunnen worden afgeleverd voor distributie in de regio.*

Ik heb er lang over nagedacht en ben tot de conclusie gekomen dat Schweighofen niet geschikt is. Ik wil Franz hier niet bij betrekken en dus is ook het wijnhandelshuis in Weissenburg uitgesloten.

Blijft nog over mijn vriendin Minna in Schweigen. Maar omdat wekelijks een groot pakket de aandacht zou kunnen trekken van de postbode, moet ik haar man Otto in vertrouwen nemen. Hij is kuiper en bestelt voortdurend materiaal per post. Otto heeft zijn vrouw al toestemming gegeven voor zondagse bijeenkomsten met dienstboden bij hen thuis, en ik verwacht geen grote weerstand zolang alles maar discreet gebeurt. Dat betekent dat de kranten in een stevige kartonnen doos worden verstuurd, eventueel verzwaard met stenen, om de postbode te doen geloven dat het om materiaal voor de werkplaats gaat.

Ook het ritme van de zending moeten we aanpassen. Elke week een pakket valt te veel op. Wat als we nu meerdere edities samen verpakken en dan telkens met tussenpozen van nu eens twee dan weer drie weken en op verschillende dagen van de week versturen? Ook de afzender en de plaats van verzending moeten continu veranderen, maar je hebt me al verzekerd dat de Rote Feldpost over genoeg schuilmechanismen beschikt.

Als je het met dit alles eens bent of nog andere ideeën hebt over hoe we de kranten onopvallend kunnen ontvangen, laat me dat dan weten. Voor de verspreiding moet ik nog bondgenoten vinden. Ik kan het zelf maar af en toe omdat te veel mensen me kennen in Weissenburg. Ik denk aan Minna of mijn betrouwbare dienstmeisje Gitta, dat me destijds ook naar Frankenthal heeft vergezeld. Misschien wil zelfs de lerares van Klara, mejuffrouw Adelhardt, helpen met de verdeling. Maar ik wil nog even nadenken over aan wie ik het zal vragen. Omdat we ook een aantal kranten kunnen bezorgen bij eenzelfde ontvanger die ze dan weer verder verdeelt aan diverse anderen, moet het met de juiste organisatie en betrouwbare medewerkers goed te doen zijn.

Het enige waar je rekening mee moet houden is dat de ontvangers de edities niet altijd vers van de pers, maar vanwege de uitgestelde levering vaak enige tijd na het verschijnen zullen ontvangen, al lijkt me dat op de keper beschouwd niet echt belangrijk. Op dit moment kunnen we openlijk toch geen invloed uitoefenen op de politiek en belangrijke actuele gebeurtenissen worden ook door de bourgeoispers verslagen. Het doel van de krant is toch vooral het breed verspreiden van het sociaaldemocratische gedachtegoed om onze aanhang vast te houden en nieuwe mensen voor de zaak te winnen. En daarnaast natuurlijk ook om het passieve verzet te versterken tegen de dictatoriale pogingen van Bismarck en zijn bondgenoten om onze rechtvaardige zaak klein te houden.

Laat me in een volgende brief weten of je het eens bent met mijn voorstellen. Daarna zal ik het bespreken met Minna en Otto Leiser. En zorg als je akkoord bent misschien ook meteen voor dertig exemplaren. Ik wil namelijk zelf een exemplaar van elk nummer en de rest aan Minna geven voor haar dienstbodenkring. Ook haar man Otto zal de krant willen lezen.

Irene neemt de brief nog even vluchtig door, sluit af met de obligate afscheidsformules en strooit zand over de inkt om die te drogen. Ze vouwt het papier netjes op, zet de naam van Josef erop en schrijft dan op een envelop het schuiladres. De geheime politie houdt de post van Josef hoogstwaarschijnlijk in de gaten.

Ze grijpt naar het zegellak om de brief en de envelop te verzegelen, maar ontdekt dan tot haar grote ergernis dat die op is.

Irene kijkt naar de klok. Het is al na tienen. Te laat om mevrouw Burger nog om een nieuw pijpje lak uit de voorraad te vragen. Het versturen zal tot overmorgen moeten wachten. Dan kan Peter, de koetsier, het schrijven zoals gewoonlijk in Altenstadt of Weissenburg afgeven nadat hij Franz naar kantoor heeft gebracht. Of ik vraag Marie de brief voor me te bezorgen. Zij kan vlug lopen en kan het na de les, tijdens de rijles van Klara doen.

In gedachten verzonken stopt Irene de brief in de lade van de kleine secretaire en sluit de klep. Ze strekt haar rug en staat op. Franz heeft haar al meer dan een uur geleden een vluchtige nachtzoen gegeven en zich daarna in hun voormalige gezamenlijke slaapkamer teruggetrokken.

Opeens beseft Irene hoe moe ze is. Geeuwend dooft ze de kleine gaslamp en hoopt vannacht eindelijk weer eens door te kunnen slapen.

Op de gang ziet ze de schaduw niet die in een hoek wegduikt en snel de schrijfkamer in glipt zodra Irene buiten gezichts- en gehoorsafstand is.

Om geen aandacht te trekken, doet Marie de gaslamp niet aan, maar gebruikt ze een kaars na eerst te hebben gekeken of de zware fluwelen gordijnen voor het raam geen licht doorlaten. Omdat iedereen in Schweighofen vroeg opstaat, slaapt het hele huishouden meestal al rond deze tijd.

Voorzichtig opent Marie de klep van de kleine secretaire. Sinds Fränzel in maart zestien is geworden stuurt ze hem geregeld briefjes in het Straatsburgse lyceum. De post aan oudere leerlingen wordt niet meer gecontroleerd.

De tedere band tussen haar en Fränzel van voor zijn vertrek naar Wenen heeft zich in de weken daarna, vooral tijdens de paasvakantie, verdiept. Toch willen ze hun prille liefde nog voor iedereen geheimhouden.

Marie grijpt in de lade naar een vel papier maar haalt ze er in het zwakke licht per ongeluk een brief uit die op de grond valt en half uit de omslag glijdt. Ze wil de brief terugleggen, maar herkent tot haar verrassing de naam van Josef Hartman in Irenes handschrift.

Met een schuldig geweten, maar gedreven door nieuwsgierigheid, vouwt Marie het papier open. Vluchtig leest ze de brief.

Met een triomfantelijk lachje kijkt ze op. Dit is haar kans om zich actief voor de sociaaldemocratie in te zetten. Dat is ze al sinds haar aankomst in Schweighofen van plan.

‘Ik wil helpen met de verdeling van *Der Sozialdemokrat*, zodra het daadwerkelijk zover komt in de omgeving van Weissenburg, Irene.’ Marie kijkt haar uitdagend aan.

Ze gaat steeds meer op haar moeder lijken, beseft Irene.

Ook haar ogen veranderen in donkergrijs als iets haar aangrijpt en glanzen als zilver als ze ergens blij mee is.

‘Ik weet dat ik die brief niet had mogen lezen, maar iets deed me vermoeden dat ook ik eindelijk iets zinvols zou kunnen doen ter nagedachtenis aan mijn moeder.’

Irene fronst het voorhoofd. ‘En wat als je betrapt wordt bij het verdelen van de krant? De politiespionnen zitten overal om de verspreiding tegen te houden!’

‘Dan staan míj minder problemen te wachten dan Gitta, Minna of mejuffrouw Adelhardt,’ antwoordt Marie zelfverzekerd. Kennelijk heeft ze zelf al goed nagedacht over de mogelijke consequenties. ‘Ik ben namelijk nog minderjarig en kom er wellicht met een boete vanaf, terwijl die vrouwen misschien wel een gevangenisstraf boven het hoofd hangt.’

Dat overtuigt Irene. Mocht Marie betrapt worden dan zal ze in vergelijking met de volwassen vrouwen die Irene in gedachten had voor de verdeling, de laagste straf krijgen. Otto Leiser zou als kuiper wellicht in de problemen komen als zijn vrouw betrapt zou worden op socialistische activiteiten. En vooral voor Gitta en mejuffrouw Adelhardt kan het op professioneel vlak ernstige gevolgen hebben. De kans om elders dan bij de familie Gerban nog een baan te vinden zou nihil zijn.

Bovendien zou Irene de schuld volledig op zich kunnen nemen en beweren de naïeve Marie tot het illegale verdelen van de krant te hebben aangezet. Dat zou bij de volwassen vrouwen niet zomaar kunnen.

‘Goed dan,’ zucht ze uiteindelijk. ‘Ik ben het me je voorstel eens zolang alles gaat lopen zoals ik het in mijn brief heb geschreven. En alleen als je hier met niemand over praat en je heel precies mijn instructies volgt.’

Met een licht hart stemt Marie hiermee in.

26

Huize Gerban in Altenstadt

Juli 1887

‘Wat is dit?’

Boos gooit Ottilie een krant op de tafel waar Heidi, het dienstmeisje, doodsbleek van de schrik, staat. Het is een in juni uitgegeven editie van *Der Sozialdemokrat.*

‘Ik wacht op een antwoord!’ scheldt Ottilie terwijl Heidi nog naar haar woorden zoekt.

‘Waar... Waar hebt u die vandaan?’ durft ze uiteindelijk te vragen.

Ottilie staat op en heft dreigend haar hand. ‘En nog een beetje brutaal doen ook, loeder! Dat is een verboden vod dat je in ons huis hebt binnengebracht! Ik geef je aan voor je ons allemaal mee de afgrond in sleurt!’

Het huilen staat Heidi nader dan het lachen. ‘Die krant lag op de laatste dienstbodenbijeenkomst. In het huis van Minna Leiser in Schweigen. Ik heb die geleend om die rustig te kunnen lezen. Dat de krant verboden was wist ik niet!’

‘En waarom heb je die dan onder je matras verstopt?’ krijst Ottilie. ‘Mathilde,’ ze wijst naar haar nicht die op de bank in de kleine salon zit, ‘heeft die daar gevonden toen ze naar de oorbel zocht die ze al dagen kwijt is!’

Er is inderdaad een granaatstenen oorbel verdwenen uit de set familiejuwelen die Herbert Stockhausen ooit als kerstcadeau aan zijn jonge vrouw had gegeven. De dienstboden zijn ervan overtuigd dat Mathilde de oorbel ergens is verloren of verkeerd heeft weggelegd, maar zij verdenkt de bedienden van diefstal. Na vruchteloze ondervragingen is ze nu blijkbaar gaan zoeken in de kamers van het personeel en heeft ze de krant gevonden.

Heidi vervloekt haar lichtzinnigheid, temeer omdat ze de krant stiekem uit Minna’s huis heeft meegenomen. Al een paar weken liggen daar regelmatig exemplaren van de illegale krant en bespreken ze de artikelen die erin staan. Heidi weet natuurlijk dat de krant verboden is en Irene Gerban en het meisje Marie, dat in Schweighofen woont, er op een of andere manier mee te maken hebben. Ze vraag zich wanhopig af wat ze nu moet doen. De gedachten razen door haar hoofd, maar ze krijgt er geen vat op.

Een knallende oorvijg haalt haar uit haar verstarring. Ottilie heeft haar harder geslagen dan ze in jaren heeft gedaan. Sinds een paar jaar geleden aan het licht was gekomen dat ze Gitta geregeld sloeg – haar vriendin werkt nu voor de familie Gerban in Schweighofen – past Ottilie meestal op haar tellen.

Met rasse schreden loopt Ottilie nu naar het schelkoord. 'Ik bel Niemann. Hij moet naar Weissenburg en jou bij de prefectuur aangeven.'

Ze steekt haar hand al uit naar het geborduurde lint als Mathilde haar tegenhoudt.

'Wacht, lieve tante! Ik heb een veel beter idee!'

Nadat ze het dienstmeisje met de strikte orders zich ter beschikking te houden naar buiten heeft gestuurd, wenkt Mathilde haar tante om naast haar te komen zitten.

'Dit is de gelegenheid waarop ik zo lang heb gewacht. We moeten het nu gewoon slim en handig aanpakken. Luister!'

Met gedempte stem legt ze Ottilie haar plan voor, maar haar tante hapt niet meteen toe.

'Wat heb ik eraan om voor jou de kastanjes uit het vuur te halen?' vraagt ze met vertrokken gezicht. 'Jij trekt naar Wenen en je relatie met de familie van Franz en de connecties van zijn vader zorgen er dan misschien voor dat je kunt hertrouwen. Minstens met een rijke weduwnaar uit de burgerij. En ik dan?'

'Jij komt gewoon later, tante Ottilie. Zodra ik daar gesetteld ben en weer zelf geld heb, laat ik je halen. Je kunt mijn gezelschapsdame worden. Dat is daar heel normaal in de hogere kringen.'

Mathilde ziet aan de frons van haar tante dat ze niet bepaald overloopt van enthousiasme. Kan mij het schelen, denkt Mathilde en ze probeert haar ware gevoelens te verbergen. Ik ben jou sowieso al lang meer dan beu. Als ik hertrouw, wie weet met een man van adel, kun jij voor mijn part hier in de provincie verrotten.

'Wel, zie je mijn plan zitten?' vraagt ze met een vals lachje.

Ottilie stemt uiteindelijk toe.

‘Dan roepen we Heidi weer binnen en leggen we haar haarfijn uit wat ze moet doen! En o wee als ze onze instructies niet tot op de letter opvolgt!’

Het wijngoed bij Schweighofen

Eind augustus 1887

‘Wat zit er eigenlijk in die tas?’ vraagt Fränzel lui en eigenlijk zomaar, niet uit interesse.

Marie en hij liggen in een weiland langs de weg tussen Schweighofen en Altenstadt. Het knusse plekje waar een vrolijk kabbelend beekje langsloopt, ligt in een ongebruikte wei van een boer. Marie heeft het aan het einde van de lente op een van haar zwerftochten ontdekt. Nu de zomervakantie is begonnen en Fränzel voor meerdere weken in Schweighofen is, ontmoeten ze elkaar daar regelmatig.

Nu liggen ze loom naast elkaar op de deken die Marie heeft meegebracht en onder een fruitboom heeft uitgespreid en genieten ze in de halfschaduw van de zomerzon. Het is weer een stralende dag, de zoveelste deze week.

Marie steunt op haar elleboog en streelt de wang van Fränzel. De laatste maanden is hij hard gegroeid. Hij torent nu een kop boven zijn moeder Irene en Marie uit. Het eerste zachte dons verschijnt al rond zijn mond en op zijn wangen. Met zijn donkere ogen en krullen die hij nog steeds tot op zijn schouders draagt, lijkt hij als twee druppels water op zijn vader Franz op die leeftijd, heeft Irene Marie verteld.

Het meisje weet nu uit eigen ervaring wat Irene destijds in de jonge Franz had aangetrokken. Ze maakt zich geen illusies dat Fränzel in de arme wees uit een arbeidersmilieu meer ziet dan een puberale flirt, maar zelf is ze tot over haar oren verliefd. In elk geval laat ze dat niet al te sterk merken om zich niet kwetsbaarder op te stellen dan ze al is in de wetenschap dat hun relatie niet zal blijven duren.

Marie geeft Fränzel een kus op het puntje van zijn neus. ‘In die tas zit niets wat jou aangaat. Iets van je moeder dat ik nog naar Weissenburg moet brengen als jij zo weer naar huis gaat.’

Fränzel reageert totaal anders dan Marie verwacht. ‘Waarom mag ik niet met je mee naar Weissenburg?’ vraagt hij licht beledigd. ‘Mag ik niet mee misschien?’

Maries hart gaat sneller slaan. Wat een gedoe, denkt ze bij zichzelf.

Luidop antwoordt ze: 'Je zou je maar doodvervelen, Fränzel. Ik moet iets afgeven dat de naaister voor je moeder moet veranderen.'

Niet het goede antwoord, beseft Marie meteen. Fränzel richt zich nu ook op en kijkt haar onderzoekend aan. 'Waarom lieg je tegen mij, Marie? In deze linnen tas zitten geen kleren, dat zou ik wel hebben gevoeld toen ik de tas op de weg hierheen van je overnam. En jij weet net zo goed als ik dat mama alle kleren zelf verstelt. Ze kan heel goed naaien en brengt zelfs haar avondjurken niet naar madame Marat, als daar iets aan veranderd moet worden.'

Marie voelt dat ze bloost. Verlegen ontwijkt ze de blik van Fränzel.

'Goed, dan maak ik de tas nu open,' zegt hij en voor Marie hem kan tegenhouden opent hij de sluiting. Fronsend haalt hij er een exemplaar van *Der Sozialdemokrat* uit en leest snel de koppen.

'Jij brengt een verboden krant naar de stad?' Hij is sprakeloos. 'Weet mijn moeder daarvan? Of,' hij slaat zijn hand tegen zijn voorhoofd, 'doe je dit misschien voor haar?'

Maries bedremmelde gezicht spreekt boekdelen, maar tot haar immense opluchting lacht Fränzel breeduit.

'Wel, dan ben ik precies de juiste man om je daarbij te helpen. Ik wil al lang mijn steentje bijdragen aan de zaak van de rechtelozen en onderdrukten in dit land.'

'Maar ik moest je moeder zweren hier met niemand over te praten,' antwoordt Marie bezorgd.

'Natuurlijk heeft ze dat van je gevraagd, Marie. Al is het maar om andere ingewijden te beschermen. Maar ik sta aan jullie kant. Ik weet toch wat mijn moeder heeft meegemaakt toen ik nog klein was en wat jou en je zus in Bischwiller is overkomen.'

'Maar jouw grootvader wil dat je ooit graaf wordt!' Marie is weer bij het meest delicate punt van hun relatie aanbeland.

'Niemand heeft mij gevraagd wat ik wil,' antwoordt Fränzel weerbarstig. 'En ook mijn vader heeft nog niet beslist. Alleen mijn zus Klara kan nauwelijks wachten om naar Wenen te verhuizen. Mijn moeder wil die adoptie al helemaal niet, denk ik. Ze houdt vol dat ze niet meer in hun slaapkamer slaapt omdat mijn vader te hard snurkt, maar dat is volgens mij niet de echte reden. Mijn ouders zijn het niet eens over hoe het nu met ons als gezin verder moet.'

Marie knikt. 'Dat denk ik ook. In elk geval weet je vader niets van wat ik in opdracht van je moeder doe. En hij mag het ook niet te weten komen. Dat heeft ze me stevig ingeprent.'

'Om zijn kans op die adoptie niet in gevaar te brengen, vermoed ik,' stelt Fränzel grimmig vast. 'Mijn adellijke grootvader, of liever, de aangetrouwde echtgenoot van mijn grootmoeder zal geen overtuigd socialist adopteren.' Met die conclusie slaat hij de spijker op de kop.

'Maar misschien is het ook allemaal niet meer nodig. De nieuwe stokken ontwikkelen zich immers uitstekend en verrassend genoeg heeft het wijngoed dit voorjaar nauwelijks minder omzet gedraaid ondanks de kleinere hoeveelheid wijn die er in de herfst is gemaakt. De wijnen van Gerban zijn inmiddels exclusieve en gewilde producten. Hansi Krüger heeft me verteld dat men voor het jongste wijnjaar dubbel, soms wel drie keer meer betaalt dan de afgelopen jaren.

Laat mij je dus helpen, mijn schat!' Fränzel kust Marie op de mond. 'En als we toch worden betrapt, is daarmee dat hele Weense adelsgedoe tenminste voorbij!'

Politiebureau in de prefectuur van Weissenburg

Eind augustus 1887, drie uur later

'Het lijdt geen twijfel dat dat meisje uit Schweighofen de illegale kranten verspreidt! Ditmaal werd ze vergezeld door een jonge man die we nog niet hebben geïdentificeerd.'

De politieagent in burger die op straat vanwege zijn kiel voor een ambachtsman wordt aangezien, brengt verslag uit aan Konrad Ahrens, de commissaris.

Ahrens zucht en wrijft over zijn inmiddels grijze snor. Weer die Gerbans, denkt hij bij zichzelf. En wellicht weer datzelfde mens! Wat bezielt die vrouw toch?

'Dank voor de informatie,' antwoordt hij kort. 'We zullen de geadresseerden verder onopvallend in de gaten houden. Bij een van de volgende leveringen grijpen we in.'

Met zijn hand geeft hij aan dat de man kan gaan.

Even overweegt hij om net als destijds met Wilhelm Gerban, contact op te nemen met diens zoon Franz op zijn kantoor in Weissenburg en hem te informeren over de aangifte.

Maar de situatie is toch niet helemaal vergelijkbaar, besluit hij uiteindelijk. De aangifte gebeurde anoniem en hij heeft dus geen bewijs dat het weer om dezelfde persoon gaat. Bovendien gaat het om een al bewezen delict waarvan ook een aantal ambtenaren op de hoogte zijn. Als hij de zaak opnieuw onder de tafel laat verdwijnen riskeert hij zijn baan en pensioen. En dat kan hij zich een jaar voor zijn pensionering niet veroorloven. Zeker omdat hij maar al te goed weet dat er voor inbreuken op de socialistenwet nergens in het land pardon wordt gegeven.

Saverne

Begin oktober 1887

Diep in gedachten verzonken slentert Franz door de straten van Saverne. Het bezoek aan Carl August Schneegans, die hem een paar dagen geleden heeft uitgenodigd, bezorgt hem wat afleiding van de almaar lastigere huiselijke beslommeringen in Schweighofen en Wenen.

Schneegans, de voormalige leider van de autonomistenpartij waarvoor Franz ook een termijn in de Rijksdag heeft gezeteld, heeft zijn mandaat kort na de goedkeuring van de wet die Elzas-Lotharingen meer autonomie gaf al in de zomer van 1879 neergelegd en ingeruild voor de functie van referendaris in de nieuwe regering van het rijksland. Niet veel later werd hij benoemd tot consul in Messina, op Sicilië. Binnenkort zal hij worden gepromoveerd tot consul-generaal in Genua.

Op dit moment is hij met vakantie in Saverne waar hij nog steeds een huis bezit uit de tijd dat hij dat kiesdistrict in het parlement vertegenwoordigde.

Toen Franz de uitnodiging in Schweighofen ontving had hij niet lang geaarzeld ook al was de oogst al begonnen. De afgelopen twee dagen zijn voorbijgevlogen en de stimulerende gesprekken hebben Franz de ellende thuis wat doen vergeten. Vandaag heeft Schneegans echter een afspraak in Straatsburg in het kader van zijn toekomstige baan als consul-generaal en was hij al vroeg vertrokken.

Na een stevig ontbijt heeft Franz de prachtige herfstdag aangegrepen om een wandeling te maken en nu loopt hij weer te piekeren.

Zijn hoop dat Irene spijt zou krijgen van haar besluit haar huwelijksleven even op pauze te zetten, is nog niet uitgekomen. Tegenover iedereen in huis houdt ze de schijn op dat ze een eigen slaapkamer wil om ongestoord te kunnen slapen, maar inmiddels gelooft niemand dat nog. Hem heeft ze een paar keer zacht, maar vastberaden afgewezen toen hij haar in haar toevluchtsoord had opgezocht om met haar te slapen. Doodongelukkig maakt die scheiding hem.

Bovendien heeft zijn vader hem per brief uitgenodigd voor het Weense seizoen dit jaar. Ferdinand geeft duidelijk te verstaan dat hij in die maanden het contact met Franz en Klara – Fränzel zit dan nog op het lyceum en kan er niet bij zijn – graag wil voortzetten.

Tussen de regels door liet hij nog doorschemeren dat zijn familie het aan hem te danken heeft dat het wijngoed sneller dan gedacht weer op volle toeren draait.

Zijn moeder Pauline was in haar eigen brief minder subtiel. *Je hebt nu niet alleen tegenover Irene, maar ook tegenover je vader verplichtingen*, schreef ze. *Hij heeft met name Klara in zijn hart gesloten en mist jullie allemaal zeer. Zolang deze ongewisse situatie, waar je vader erg onder lijdt, aanhoudt, moet je Ferdinand niet onnodig kwetsen door weg te blijven. Kom dus na de oogst met Klara naar Wenen!*

Irene had alleen haar schouders opgehaald toen hij haar vertelde over de uitnodiging van de graaf. 'Doe maar!' was haar laconieke reactie. 'Misschien kun je dan een brief voor Lea Walberger meenemen en zorgen dat ze die onopgemerkt ontvangt. Ik durf haar niet rechtstreeks te schrijven om jou niet te schaden en haar niet in gevaar te brengen.' Kennelijk bestaat er in Oostenrijk geen Rote Feldpost.

Het bestaan daarvan in het Duitse Rijk maakt het voor Irene mogelijk veilig te corresponderen met vakbondsleiders in heel Duitsland en zelfs in het buitenland, heeft ze hem onlangs verteld. Haar brieven worden zelfs in Londen bezorgd en niet alleen bij haar vriendin Gertrud Guillaume-Schack, maar ook bij Friedrich Engels.

'Daar ik geen publieke toespraken mag houden, wil ik op zijn minst op de hoogte blijven.' Volgens Irene zijn dat de enige activiteiten die ze momenteel voor de socialistische zaak uitvoert. Sinds de uitwijzing van Gertrud Guillaume-Schack in de zomer van vorig jaar is ze inderdaad niet meer op reis geweest en neemt ze ook maar af en toe deel aan de bijeenkomsten van de dienstboden bij Minna Leiser. Toch voelt Franz instinctief dat ze zich buiten die correspondentie ook nog met andere subversieve zaken bezighoudt, al heeft hij geen flauw idee met wat.

Hij loopt doelloos rond en staat plots voor het kasteel van de voormalige Franse kardinaal Rohan. Het voormalige paleis van de kerkvorst uit de tijd voor de Franse Revolutie doet tegenwoordig dienst als kazerne. Voor het prachtige kasteel lijkt er wat commotie te ontstaan.

Een grote menigte, bijna uitsluitend mannen, is op de been voor een van de demonstraties tegen de Pruisische bezetter waarover Carl August Schneegans Franz meteen na zijn aankomst heeft verteld. De aanleiding is een incident dat een paar weken geleden heeft plaatsgevonden: een jonge Pruisische luitenant had Elzasser rekruten kennelijk 'wackes' of nietsnutten genoemd en de jonge mannen er zelfs toe gedwongen zich te melden met 'ik ben een wackes' wanneer ze hem groetten. De overige rekruten, afkomstig uit het hele Duitse Rijk, kregen van deze luitenant bovendien het bevel zich met hun bajonet te verdedigen als soldaten uit de streek van Saverne hen oneerbiedig zouden bejegenen. Hij had zelfs een geldpremie uitgeloofd voor 'het neersteken van een wackes'.

Deze interne incidenten waren de lokale pers ter ore gekomen die in lange artikelen de barbaarse bezettersmentaliteit hekelde. De luitenant is inmiddels overgeplaatst, maar toch demonstreren boze burgers elke dag voor kasteel Rohan waar de Pruisische troepen zijn ondergebracht.

Belangstellend loopt Franz naar de menigte toe. Spreekkoren scanderen protesten. Zeker meer dan driehonderd mensen staan op het plein voor het kasteel. 'Weg met de betutteling! Ga terug naar Berlijn!' 'Rot op, Saupreussen!'

Hiermee betaalt de meute de bezetter met gelijke munt terug. 'Saupreussen' was voor de inwoners van het Duitse Rijk net zo'n vreselijk scheldwoord als 'wackes' voor de Elzassers.

De reactie van de bevelvoerende officier laat niet lang op zich wachten. Een man met het insigne van majoor bestijgt een verhoging. 'Dit is een onaangekondigde en dus verboden manifestatie!' hoort Franz de officier roepen. De stem klinkt hem vaag bekend in de oren. Hij hinkt nog wat dichterbij ook al bezorgen de hobbelige kasseien hem behoorlijk wat pijn. 'Verspreidt u, anders laat ik het plein met geweld ontruimen!' blijft de majoor schreeuwen.

Von Wernitz, schiet het Franz te binnen. Dat is Eduard von Wernitz. De arrogante vlerk!

Tweemaal is Franz al met de Pruisische officier in de clinch geraakt. Een keer begin 1871 in het landhuis in Altenstadt toen Von Wernitz Mathilde het hof maakte in de hoop met haar destijds immense bruidsschat de hoge schulden van zijn ouderlijke landgoed in Brandenburg af te lossen. Na een ruzie met Franz werd de verloving echter verbroken.

De tweede ontmoeting vond plaats voor het stadhuis van Straatsburg. Toen stond Von Wernitz aan het hoofd van de wachtposten die verkozen Elzasser raadsleden de toegang ontzegden. De raadsleden hadden zich uiteindelijk teruggetrokken, maar dankzij Franz was dat alleen met smaad en hoon voor Von Wernitz verlopen.

Dat is nu vijftien jaar geleden. Kennelijk is de toenmalige luitenant in de Elzas gebleven en meermaals gepromoveerd tot zijn huidige rang van majoor.

Franz grijnst vol leedvermaak bij de herinnering aan de vernedering van deze Pruisische melkmuil voor het stadhuis van Straatsburg. In de hoop hem opnieuw te zien falen, hinkt hij tot op slechts een paar meter van het verhoogje van waarop Von Wernitz zijn bevelen naar de menigte schreeuwt.

De demonstranten verzetten zoals verwacht geen pas, maar gaan juist nog harder roepen. Von Wernitz laat echter niet met zich spotten en voert zijn dreigement uit. Net als destijds in Straatsburg kiest hij voor de geweldsstrategie van de bezetter en stuurt hij zijn troepen in gesloten formatie met bajonet op het geweer op de massa af.

De falanx nadert dreigend. Ook Franz wijkt werktuigelijk een paar stappen terug. De bajonetten glinsteren in de herfstzon. Hij zal het toch niet tot bloedvergieten laten komen, denkt Franz ziedend.

Op dat moment springt Von Wernitz van het verhoogje. Zijn blik kruist die van Franz en ondanks dat hun ontmoeting al jaren her is, lijkt de majoor ook hem te herkennen. Hij trekt zijn pistool, laadt het door en stapt resoluut op Franz af die deels uit angst, deels uit trots geen vin verroert.

'Wie hebben we daar?' snauwt Von Wernitz. 'De landverrader en aartswackes. Wat een toeval! Naar verluidt kom je elkaar in het leven maar drie keer tegen. Dit wordt dan de laatste keer!'

Zonder waarschuwing tilt hij zijn rechtervoet met de zware militaire laars op en schopt hij doelbewust tegen Franz' prothese die meteen wegslaat. Het laatste wat Franz voelt voor hij ruggelings op de kasseien valt is een stekende pijn in zijn stomp.

Franz opent moeizaam zijn ogen; hij heeft barstende hoofdpijn. Een man met een ooit deftige, maar nu gescheurde en besmeurde jas buigt zich bezorgd over hem heen.

'Hoe gaat het met u? Hoort u me?'

Franz knikt zwak. 'Ik heb vreselijke dorst!' Zijn mond is kurkdroog.

De man verdwijnt uit zijn gezichtsveld en keert even later met een houten beker terug. 'Kunt u op eigen kracht omhoog komen?'

Franz probeert het, maar alles wordt meteen zwart voor zijn ogen. 'Wacht even, ik help u!'

De man knielt naast Franz neer en legt een hand onder zijn hoofd. Onmiddellijk schiet er een helse pijn door zijn hoofd. 'Oei! Dat is een behoorlijke buil!' De man legt zijn hand nu in de nek van Franz, tilt zijn hoofd voorzichtig op en zet de beker aan zijn mond. Het water is lauw en ruikt muf, maar smaakt Franz beter dan een van zijn topwijnen.

'Hartelijk dank!' Ondanks de barstende hoofdpijn probeert hij zich te oriënteren. 'Waar ben ik?'

'In de zogeheten pandoerkelder van kasteel Rohan. Het is eigenlijk de detentieruimte van het hier gevestigde garnizoen,' antwoordt de man laconiek. 'Men heeft u blijkbaar voor een demonstrant aangezien hoewel u bewusteloos was.'

Franz probeert dit te vatten. 'Ben ik aangehouden? En wie bent u, als ik vragen mag?'

'Ik ben hier zonder mijn toedoen terechtgekomen. Mijn naam is Ronald Kretschmar en ik ben rechter bij de arrondissementsrechtbank van Saverne.'

'U bent rechter?' Franz is stomverbaasd.

De man knikt met een spottend lachje. 'Men heeft mij zonder meer gearresteerd met de demonstranten die ze de straat van het gerechtsgebouw in hadden gedreven. Ik was op weg naar huis voor het middagmaal dat ik altijd thuis nuttig en had de pech in de menigte verzeild te raken. Met die hele demonstratie had ik niets te maken. Ik lette dus niet op het bevel van een officier om te blijven staan, werd op de grond geduwd en vervolgens hierheen gesleurd.'

'En nu?' Franz kan nog steeds niet veel uitbrengen.

'Ik had gelukkig mijn identiteitspapieren bij me en die zijn ze nu aan het controleren. Daarna verwacht ik onmiddellijk te worden vrijgelaten.'

Franz laat zijn blik door de rest van de kelder dwalen waar twintig tot dertig mannen zitten. Enkelen van hen lijken gewond te zijn, anderen ijsberen door de duistere ruimte die vaag wordt verlicht door het licht dat door de van tralies voorziene raampjes naar binnen valt.

'Wat gebeurt er met al deze gevangenen?'

Kretschmar haalt zijn schouders op. 'Naar ik heb gehoord zullen ze voor een militaire rechter moeten verschijnen wegens weerspannigheid aan de wet en misschien zelfs wegens majesteitsschennis.'

'Maar ik ben ook onschuldig. Net zoals u ben ik toevallig in de menigte terechtgekomen en ben ik zonder reden door een officier onderuitgeschopt. En dat terwijl ik oorlogsinvalide ben.' Pas nu beseft Franz dat zijn prothese er gelukkig nog is, maar los aan zijn stomp hangt.

'Zal ik iemand waarschuwen zodra ik weer vrij ben?' biedt de rechter hem tot zijn grote opluchting aan.

Franz knikt heftig en dat levert hem meteen weer barstende hoofdpijn op. Hij geeft de rechter het adres van Carl August Schneegans.

Op de weg van Altenstadt naar Weissenburg

Oktober 1887, een paar dagen later

'Au!' roept Marie zacht als ze in een kuil stapt en haar linkerenkel verzwikt. Ze probeert op te staan, maar haar mooie gezicht vertrekt van de pijn.

'Heb je je bezeerd?' vraagt Fränzel bezorgd.

Marie knikt. 'Ik heb misstapt. Maar kom, we gaan verder, zo erg kan het niet zijn.'

Na een paar passen blijft ze echter al moedeloos staan. 'Het lukt niet, ben ik bang. Het gaat steeds meer pijn doen!'

Fränzel geeft haar een arm en leidt haar naar een grote kei aan de rand van de weg. 'Ga zitten. Laat me eens kijken!'

Hij legt de lederen tas met de kranten die ze vandaag in Weissenburg willen verdelen neer, knielt voor Marie in het stof en trekt de kniekous onder haar rok over haar enkel. Marie kreunt zacht terwijl hij voorzichtig voelt.

Fränzel zucht. 'Ik vrees dat je je enkel hebt verstuikt. Die is al helemaal opgezwollen. Wat moeten we nu doen?' denkt hij luidop. 'Peter, de koetsier, zal nog niet terug in Schweighofen zijn. Hij zou vanochtend de landauer naar de wagenmaker in Rechtenbach brengen. En mijn vader is er ook niet om je met het rijtuigje op te pikken. Ik heb geen andere keuze dan in Weissenburg een huurkoets te zoeken. Wacht hier op me. Ik kom je zo snel mogelijk halen.'

'En wat doen we met de kranten?' vraagt Marie teleurgesteld. 'Je weet toch dat de laatste zending onderschept is en de mensen in Weissenburg er al wekenlang op wachten.'

'Geef mij de adressen, dan bezorg ik de kranten gauw voor ik een koets huur. Ik heb je wel geholpen in augustus, maar de adressen niet onthouden.'

Marie knikt. 'Zie je wel! Zo lang is het al geleden dat we kranten hebben bezorgd. Je had toen nog zomervakantie. Nu ben je alweer hier voor de oogst!'

Fränzel heeft met het lyceum in Straatsburg afgesproken dat hij de hele maand oktober op het ouderlijke wijngoed met de druivenpluk mag helpen. Natuurlijk geven de docenten hem flink wat lesmateriaal mee om de lessen die hij zo mist zelf in te halen.

Marie haalt een verfrommeld briefje uit de zak van haar rok. 'Eigenlijk moet ik die adressen uit mijn hoofd kennen, maar ik heb ze in het begin toch opgeschreven om zeker niemand te vergeten. Pas er goed op en verlies het niet! Achter het adres staat ook hoeveel kranten ze krijgen!'

Fränzel knikt een beetje ongeduldig. 'Ik kan maar beter gaan voor het te laat wordt. Over twee uur wordt het donker en dan moet je niet meer alleen hier langs de weg zitten!'

'O, mij zal niets gebeuren.' Marie verbergt haar nervositeit.

Fränzel kijkt om zich heen om zeker te zijn dat niemand hen ziet en geeft haar een kus. 'Ik zal opschieten en handel alles zo snel mogelijk af!'

Met een onrustig gevoel dat ze zelf niet kan verklaren kijkt Marie hem na.

Kasteel van Rohan in Saverne

Oktober 1887, een dag later

'Voor de militaire rechtbank is verschenen Franz Gerban, Beiers staatsburger met domicilie in Schweighofen, wijnhandelaar en landheer van beroep.'

Franz probeert zijn evenwicht te bewaren en leunt op de balustrade van het kleine vierkant waar hij als beklaagde moet gaan zitten. Naast de buil en een lichte hersenschudding heeft Von Wernitz niet alleen zijn prothese verwrongen, maar hem daarbij ook schaafwonden bezorgd die nog niet zijn geheeld. Het zijn geen diepe verwondingen maar toch doet de stomp enorm veel pijn als hij er gewicht op zet.

Gelukkig heeft de tussenkomst van Kretschmar, de rechter die een bericht had achtergelaten bij Schneegans, ervoor gezorgd dat hij dezelfde avond nog werd vrijgelaten uit de pandoerkelder. De daaropvolgende dagen heeft hij als gast van Schneegans onder huisarrest doorgebracht. Zijn documenten heeft het leger in beslag genomen en hij mag het huis of zelfs de stad niet verlaten voor zijn proces.

Hij zou tijd genoeg hebben gehad om nog eens een beroep te doen op het deskundige juridische advies van monsieur Payet in Weissenburg, maar Schneegans heeft het Franz afgeraden. 'Het leger laat zich door niets intimideren en al zeker niet door een buitenlandse advocaat. Dat zal de militaire rechters eerder irriteren dan matigen. U kunt beter een lokale advocaat in de arm nemen! En reken er niet op meer te kunnen bereiken dan ongestraft terug naar huis te kunnen keren.'

Franz was woest. 'Maar die man heeft mij aangevallen en verwond. Zomaar, zonder reden! Ik nam niet eens deel aan de protestactie!'

Schneegans haalde de schouders op. 'U had gewoon de pech op de verkeerde tijd op de verkeerde plaats te zijn. En uitgerekend die Von Wernitz te treffen die blijkbaar nog een rekening met u had te vereffenen. Maak de zaak daarom niet erger dan die is. Het officierskorps, waartoe ook de rechter behoort, is een hechte kaste. Geen enkele militair zal een kameraad berispen, wat hij ook verkeerd heeft gedaan. Dat adellijke geboefte beschouwt zichzelf nog steeds als de top van onze samenleving in Gods orde.'

Franz weet weliswaar dat de officiersrangen in het Duitse leger in het algemeen zijn voorbehouden aan aristocraten, maar toch komt zijn hele wezen in opstand tegen het door Schneegans voorspelde onrecht. Dat de advocaat uit Saverne, een klein mannetje in een afgedragen jas, Franz ook adviseert de rechtbank 'deemoedig en met ontzag' tegemoet te treden, maakt de zaak er natuurlijk niet beter op.

De aanklager, eveneens een adellijke officier, leest de aanklacht voor. Franz wordt 'weerspannigheid aan de wet' in de vorm van 'deelname aan een verboden manifestatie' ten laste gelegd.

'Heeft de beklaagde hier iets op te zeggen?' Nu wendt de rechter, een man van in de vijftig met een lang en mager gezicht en asgrauwe borstelige wenkbrauwen boven vijandelijk kijkende ogen, zich tot Franz.

De kleine advocaat springt overeind. 'De beklaagde heeft me aangeduid om hem te ver–' begint hij, maar Franz valt hem in de rede.

'Ja, ik wil graag mijn mening geven over de aanklacht.'

Hij negeert de verwijtende blik van zijn verdediger en legt uit dat hij volkomen toevallig in de demonstratie verzeild was geraakt. Hij wil juist de gemene aanval van Eduard von Wernitz schetsen als de rechter hem onderbreekt.

'U zag dus niet dat het bij die menigte om rebels gespuis ging dat samenschoolde om de keizer en de troepen onder zijn bevel te beschimpen?'

Franz weet natuurlijk dat keizer Wilhelm ondanks zijn gevorderde leeftijd in naam opperbevelhebber van het Pruisische leger is en dus antwoordt hij naar waarheid. 'Ik heb duidelijk gehoord dat de mensen protesteerden tegen de troepen, maar de naam van de keizer is daarbij niet genoemd.'

De rechter snuift, de aanklager kijkt naar het plafond en Franz' advocaat wringt zijn dikke handen. Vervolgens kijkt de rechter Franz weer strak aan. 'Ik begrijp dus goed, beklaagde, dat u de bijeenkomst herkende als een verboden manifestatie zonder evenwel meteen de plaats van de gebeurtenissen te verlaten? Ook al had majoor von Wernitz de menigte duidelijk verzocht zich te verspreiden?'

Franz knarsetandt van woede. 'Ik kon me niet uit de voeten maken, mijnheer van Rathenow, daar ik...'

De poging om de militaire rechter met de rang van kolonel tot zijn naam en dus tot een gewoon persoon te reduceren, mislukt volledig. Terwijl hij zijn raadsman hoorbaar hoort kreunen, snauwt de rechter hem toe.

'Voor u ben ik óf 'edelachtbare' óf 'doorluchtige', beklaagde! Als u nog een keer zo'n gebrek aan respect toont, veroordeel ik u tot een week gevangenis voor minachting van het hof!'

Franz beseft dat hij zo niet verder komt zonder zichzelf aanzienlijke schade toe te brengen. 'Dan vraag ik uwe doorluchtige om toestemming de reden te mogen geven waarom ik niet weg kon lopen.'

Met een minachtend gebaar geeft de rechter hem te kennen dat hij verder mag praten. Franz schetst waarheidsgetrouw de aanval van majoor von Wernitz en benadrukt dat deze weet van zijn oorlogsverwonding omdat ze elkaar ooit vluchtig hebben leren kennen. Bij zijn laatste woorden vermoedt Franz al dat men geen geloof zal hechten aan zijn verhaal.

De aanklager springt dan ook op. 'Dit dubieuze sujet,' hij wijst met zijn vinger naar Franz, 'beschuldigt een verdienstelijk officier van zijne majesteit met een onberispelijke reputatie, hem zonder reden te hebben aangevallen! En zelfs opzettelijk tegen de prothese te hebben geschopt om hem, oorlogsinvalide, ten val te brengen! Dat is volgens mij een drieste leugen, edelachtbare!'

De rechter fronst zijn borstelige wenkbrauwen.

'Ik ben geneigd het met u eens te zijn, mijnheer de aanklager. Wanneer het daadwerkelijk tot een aanval op de beklaagde is gekomen, moet majoor von Wernitz daar een gegronde reden voor hebben gehad. Wellicht heeft de beklaagde zich naast weerspannigheid aan de wet ook nog eens schuldig gemaakt aan majesteitsschennis. Dat kunnen we alleen ophelderen door majoor von Wernitz als getuige op te roepen.'

Weer kijkt hij Franz strak aan. 'Wilt u dat? Want als uw verklaring vals blijkt te zijn, maakt u zich naast de twee reeds genoemde delicten ook nog eens schuldig aan smaad.'

Franz' advocaat springt overeind en heft zijn hand op. 'Edelachtbare, ik vraag u toestemming om met mijn cliënt te overleggen.' Hij werpt Franz een smekende blik toe.

Na kort te hebben nagedacht, knikt de rechter. 'We onderbreken de zitting vijf minuten!'

De advocaat duwt Franz in een hoek van de zaal. 'Zet nu toch niet alles op het spel, mijnheer Gerban! Wilt u een paar jaar de gevangenis in? U maakt niet de minste kans met uw beschuldigingen!'

'Maar ik spreek de zuivere waarheid!' protesteert Franz.

De advocaat wringt zijn handen weer. 'Daar twijfel ik niet aan en ik denk zelfs dat zowel de rechter als de aanklager dat ook weet. Maar gelooft u nu echt dat ze openlijk zullen toegeven dat een officier met de rang van majoor een voor het hele leger zo beschamende daad heeft gepleegd? Iedereen weet dat die adellijke officieren zich ook tegen hun eigen mannen schandalig gedragen. En tegen burgers zeker! Ze geloven dat hun hoge geboorte hun het recht geeft zich zo te gedragen. En dat ze er altijd ongestraft mee wegkomen. Wat trouwens ook het geval is!'

'Maar daar moet toch tegen worden opgetreden!' Franz waagt nog een laatste, zwak protest.

'Zolang de adel meent door God zelf te zijn aangewezen om over ons allen te heersen, zal daar niets aan veranderen. Maar onze tijd voor overleg is om. Ik smeek u, laat mij verder aan het woord!'

Met gebalde vuisten voegt Franz zich naar het onvermijdelijke en hoort als verlamd hoe de kleine, in deze dingen duidelijk ervaren advocaat zich uit de zaak wringt.

'Edelachtbare! Ik heb nog eens heel dringend met mijn cliënt gesproken en heb daarbij vastgesteld dat er een hiaat in zijn geheugen zit. Mijn cliënt weet nog dat majoor von Wernitz het verhoog verliet en hem benaderde. Maar over de aanleiding en de precieze omstandigheden waardoor hij ten val kwam laat zijn geheugen hem in de steek. Wellicht heeft een demonstrant hem per ongeluk omvergeduwd. Mijnheer Gerban verloor door zijn harde smak op de kasseien tijdelijk het bewustzijn. Zo kon hij zijn besluit om de plaats van de illegale gebeurtenis onmiddellijk te verlaten niet meer uitvoeren en is hij buiten zijn toedoen per vergissing gearresteerd. Kortom, de herinnering van mijn cliënt kan door dit bewustzijnsverlies zijn vertroebeld waardoor hij wat hij juist heeft beschreven voor waargebeurde feiten heeft aangezien. Verder doorvragen heeft nu aangetoond dat zijn laatste indrukken niet meer kloppen. En daarom neemt mijn cliënt daar nu uitdrukkelijk afstand van!'

Om de mondhoeken van de rechter verschijnt even een minachtende glimlach. Dan verstrakt zijn gezicht weer en richt hij zich tot Franz. 'Is het zoals uw raadsman het zojuist heeft beschreven?'

Franz verslikt zich bijna in zijn geprevelde instemming. Maar de rechter bespaart hem de vernedering niet. 'Luider, beklaagde. Ik versta u niet!'

'Ja, edelachtbare, het is zoals mijn raadsman het heeft beschreven.'

'Dan laat ik genade voor recht gelden en spreek ik u vrij van weerspannigheid aan de wet, beklaagde. Maar voor ik u laat gaan, wil ik u nog een dringende waarschuwing geven. Geen enkele man van adel, en al zeker geen officier van zijne majesteit, zou zich ooit zo gedragen als u beweerd heeft. "Noblesse oblige, adeldom verplicht" luidt ons devies. Als burger beseft u natuurlijk niet hoe sterk van karakter men moet zijn om deze lijfspreuk in de praktijk te brengen. Neemt u mijn woorden ter harte. De volgende maal komt u er niet zo gemakkelijk van af!'

Nadat Franz nog wordt veroordeeld tot het betalen van de gerechtskosten, mag hij met het verzoek een 'vrijwillige donatie' te doen aan het troepenfonds om zijn goede wil te laten blijken, vertrekken.

Franz neemt afscheid van zijn advocaat en begeeft zich in een huurkoets naar het huis van Schneegans. De nasmaak van de nederlaag is bitter. Ik ben in mijn hele leven nog nooit zo vernederd. Die gedachte blijft maar rondgaan in zijn hoofd.

De koets rijdt de straat van Schneegans al in, als er een nieuwe gedachte bij hem opkomt. Irene! Irene heeft helemaal gelijk dat ze niet bij deze arrogante bende wil horen. Hoe heb ik dat zo verkeerd kunnen inschatten? Hoe kon ik, alleen maar om tot deze hooghartige klasse toe te treden, mijn gezin en mijn huwelijk op het spel zetten?

Hij neemt een besluit. Zodra ik thuis ben schrijf ik mijn vader en wijs ik zijn aanbod mij te adopteren voor eens en altijd af.

Maar voorlopig kan hij geen gevolg geven aan zijn voornemen. In de hal van Schneegans' huis reikt een bode hem een telegram aan dat tijdens zijn proces is afgegeven.

Verontrust scheurt hij het telegram open. *Fränzel aangehouden – stop – sinds gisterenmiddag in de gevangenis van Weissenburg – stop – kan als moeder niets voor hem doen – stop – kom zo snel mogelijk – stop – Irene.*

27

Prefectuur Weissenburg

Oktober 1887, de volgende dag

'Vertel, mijnheer Ahrens, wat precies legt u mijn zoon ten laste?'

Samen met Irene en monsieur Payet zit Franz in het kantoor van de plaatselijke politiecommissaris. Tot Franz' verbazing trekt de man, wiens naam hij al kent van de klacht van Ottilie die Kegelmann hem ooit in Berlijn heeft laten zien, een bezorgd gezicht.

'Uw zoon werd eergisteren opgepakt met in zijn bezit vijf exemplaren van de verboden krant *Der Sozialdemokrat*. Kennelijk wilde hij de krant op verschillende adressen in Weissenburg bezorgen.'

'Welke adressen?'

'Daar hebben we helaas het raden naar. Uw zoon heeft voordat men hem kon tegenhouden een papiertje, wellicht met de adressen, ingeslikt. Wat de verdenking helaas alleen nog versterkt.'

'Hoe bent u Fränzel überhaupt op het spoor gekomen?'

Ahrens schraapt verlegen zijn keel. 'Er heeft al enige tijd geleden iemand anoniem een klacht ingediend. Daarna hebben politiespionnen de vermelde adressen in de gaten gehouden. En een meisje met de naam Marie Schober, dat voor zover ik weet bij u in Schweighofen woont, werd inderdaad meerdere malen op deze adressen gesignaleerd. Ze had telkens een tas bij zich en gaf er iets af.'

'En hoe weet u dat het daarbij om deze verboden krant ging?' mengt monsieur Payet zich in het gesprek. 'Hebt u huiszoekingen gedaan bij de ontvangers en de bewijzen daarvoor gevonden?'

Ahrens schuift wat ongemakkelijk op zijn stoel. 'Er zijn huiszoekingen gedaan, maar die hebben geen tastbaar bewijs opgeleverd.'

Irene haalt opgelucht adem. Het leveren van *Der Sozialdemokrat* door de Rote Feldpost gebeurt met de strikte instructie het blad te verstoppen op een plaats die niet gemakkelijk te ontdekken is of onmiddellijk te vernietigen als er ontdekking dreigt. Blijkbaar werkt het systeem.

'Wat betekent "geen tastbaar bewijs"?' vraagt Payet.

Ahrens schuift op zijn stoel. 'Mijn agenten vermoeden dat de ontvangers hun exemplaar in de haard verbranden of in het pleehuis gooien. Verkoolde of doorweekte resten van kranten zijn op twee van de ons bekende adressen aangetroffen, maar konden niet meer worden geïdentificeerd.'

Franz moet bij de gedachte aan een ijverige spion die de inhoud van een beerput doorspit om bewijsmateriaal te vinden, een grijns onderdrukken.

'U hebt dus geen bewijs dat de jonge mijnheer Gerban de desbetreffende krant bij deze ontvangers heeft geleverd?'

'Dat vermoeden we alleen. Uiteindelijk hebben we wel nog een paar exemplaren in de tas gevonden die hij bij zich droeg.'

Monsieur Payet brengt de vingertoppen van beide handen samen in de vorm van een ruit en tikt voortdurend met zijn wijsvinger op zijn mond. Franz en Irene kennen dit gebaar uit het verleden en weten dat het een voorbode is van een van zijn gevreesde replieken.

'Laat mij nog even recapituleren wat u tegen mijn cliënt hebt. Een anonieme klacht waarin adressen worden vermeld waar de illegale krant zou worden afgegeven. Geen bewijzen dat die levering überhaupt ooit heeft plaatsgevonden en al helemaal geen bewijs dat de jonge Franz Gerban dat eergisteren heeft gedaan.'

Ahrens bevestigt dit zonder tegenspraak, stelt Franz, opnieuw verrast, vast. 'Dat klopt.'

'Dus alles wat overblijft is dat Franz Gerban junior vijf verboden exemplaren bij zich had?'

'Helaas weigert hij hier iets over te zeggen.'

Monsieur Payet fronst het voorhoofd. 'Wat denkt u zelf, mijnheer Ahrens?'

De politieman haalt zijn schouders op. 'Dat kan van alles betekenen. De jonge Franz Gerban maakt misschien deel uit van het illegale koerierssysteem dat zich de Rote Feldpost noemt. Hij kan de kranten ook uit Straatsburg hebben meegebracht waar hij op school zit. U herinnert zich vast nog uit uw eigen jeugd dat jonge mensen vaak impulsief handelen en de risico's van hun daden onderschatten. Het staat in ieder geval buiten kijf dat studenten van de universiteit in die stad al zijn betrapt met dergelijke verboden kranten. Misschien dat via deze weg ook leerlingen van het nabijgelegen lyceum de kranten in handen krijgen.'

Ahrens kijkt monsieur Payet indringend aan.

Irene kan de spanning niet langer meer verdragen. 'Welke straf hangt mijn zoon boven het hoofd?' vraagt ze met trillende stem.

'Dat hangt uiteindelijk af van de rechter en het proces. Gaat het om een jeugdige onbezonnenheid dan komt hij er wellicht vanaf met een paar weken arrest in een jeugdinstelling en een boete. Maakt de jonge Franz Gerban echter deel uit van het illegale koerierssysteem dan staat hem een veel zwaardere straf te wachten.'

Irene ademt diep in. 'Dan wil ik graag een verkl–'

'Lieve mevrouw Gerban,' valt monsieur Payet haar in de rede. 'Ik wil graag even kort overleggen met u en uw echtgenoot als dat goed is. Mag ik u inmiddels vragen de anonieme klacht op te zoeken, mijnheer Ahrens? Ik wil die graag bekijken.'

'Die is toch anoniem,' dringt hij aan wanneer hij ziet dat Ahrens aarzelt. 'U loopt dus niet het risico voortijdig de naam van een getuige prijs te geven.'

'Dat is waar,' mompelt Ahrens meer tegen zichzelf dan tegen de advocaat. Franz blijft zich verbazen. Het lijkt wel alsof de politieman aan onze kant staat.

In een afgelegen gang van de prefectuur bevestigt monsieur Payet zijn indruk.

'Blijkbaar vindt de heer Ahrens dit voorval zeer onverkwikkelijk,' stelt hij vast. 'Hij probeert uw zoon verregaand tegemoet te komen om het ergste af te wenden. Als Fränzel toegeeft de kranten uit Straatsburg te hebben meegebracht, zal de zaak met een sisser voor hem aflopen. Hij zal als jeugdige zelfs geen veroordeling op zijn strafblad vermeld krijgen wanneer hem hooguit drie maanden arrest worden opgelegd.'

'Maar...' begint Irene weer.

Monsieur Payet kijkt haar scherp aan. 'Wanneer Fränzel echter de medeplichtige is van een volwassen figuur achter de schermen, ziet de zaak er helaas heel anders uit. Vooral als hij opbiecht wie er nog meer bij zijn betrokken. Die mensen kunnen rekenen op zware straffen. Ook Marie zal er in dat geval niet ongeschonden uit komen. Ik pleit er dus voor Fränzel te overtuigen te bekennen dat hij de kranten uit Straatsburg heeft meegebracht. Hij kan beweren alleen de schuilnaam te kennen van de student die ze hem heeft gegeven.'

Weer kijkt hij Irene streng aan. 'Bent u het met dit voorstel eens, mevrouw Gerban?' richt hij zijn vraag nu rechtstreeks tot haar.

Irene begint te huilen. 'Maar dan wordt Fränzel opgesloten,' snikt ze.

'Dat kunt u hem sowieso niet besparen. Een plaatsing in een Pruisische jeugdinstelling is niet te vergelijken met de gevangenis. Daar zal hij bovendien jaren vastzitten als hij weigert de namen te geven van de andere leden van het illegale koerierssysteem. Strafvermindering krijgt hij alleen als hij zijn mededaders verlinkt.

Als zo'n koerierssysteem hier in de regio ook echt operationeel is, moet dat meteen worden ontbonden,' voegt hij er veelbetekenend aan toe.

Tot dusverre heeft Irene alleen Franz na zijn terugkeer uit Saverne op de hoogte gebracht, maar monsieur Payet lijkt er het zijne van te denken. Hij heeft Irene immers al bij het proces in Ludwigshafen met succes verdedigd toen de politie haar had betrapt met Bebels boek *De vrouw en het socialisme.*

'Goed, dan volgen wij uw advies en gaan we te werk zoals u het voorstelt,' besluit Franz. 'U praat met Fränzel en bent bij hem als hij bekent. Maar voorafgaand wil ik eerst samen met u die anonieme klacht nog even bekijken.'

Ze lopen het kantoor van Ahrens weer binnen en daar ligt een verfomfaaid document op het bureau. Monsieur Payet leest het zwijgend en geeft het dan door aan Franz die slechts een vluchtige blik werpt op het schrijven omdat hij het handschrift meteen herkent.

'Jij vals loeder!' sist hij tussen zijn tanden. 'Dit is je laatste streek. Nu laat ik je er echt voor boeten!'

Huize Gerban in Altenstadt

Oktober 1887, een week later

'Wat verschaft ons deze onverwachte eer?'

Ottilie kijkt verrast op achter haar kop thee wanneer Niemann, aan wie Franz heeft gevraagd hen niet aan te kondigen, hen de salon in leidt. Mathilde en haar tante zitten daar net aan de thee.

'En in zulk onverwacht gezelschap!' voegt Ottilie er met vertrokken gezicht aan toe als ze Irene achter Franz ontwaart.

'Je bent hier al jaren niet meer geweest!'

Mathilde springt gedienstig op. 'Kan ik jullie een kop thee en een stuk taart aanbieden? Mevrouw Kramm heeft zich weer overtroffen met deze perentaart.'

Zonder het antwoord van Franz en Irene af te wachten, beveelt ze Niemann: 'Breng nog twee extra couverts.'

Terwijl Irene aarzelend op een van de stoelen rond de theetafel gaat zitten, pakt Franz met een brede lach een stoel. 'Graag, lieve zuster. De taart ziet er heerlijk uit!'

Hij praat met de dames over de oogst die halverwege is en andere onbenulligheden totdat Niemann thee en taart heeft geserveerd. Irene op haar beurt zegt geen woord en nipt alleen nerveus aan haar kopje.

'En hoe gaat het met de kinderen?' Mathilde probeert het gesprek dat telkens stilvalt gaande te houden, terwijl Ottilie, tegen haar gewoonte het hoogste woord te voeren in, zwijgt en argwanend van de een naar de ander kijkt.

'Klara verheugt zich op ons volgende bezoek aan Wenen. Maman heeft ons uitgenodigd voor het begin van het seizoen.' Kort geniet Franz vol leedvermaak van de teleurstelling op het gezicht van zijn zus. Dan haalt hij zijn eerste slag thuis.

'Fränzel zit echter in de gevangenis, of beter gezegd in een jeugdinstelling waar hij de volgende zes weken moet blijven. Hij is in Weissenburg opgepakt met de verboden krant *Der Sozialdemokrat*.'

'O!' Met gespeelde ontzetting slaat Mathilde een hand voor haar mond, terwijl Ottilie zich zenuwachtig naar voren buigt. 'Hoe kon dat gebeuren?'

Franz kijkt kalm in haar amberkleurige ogen die nu geniepig oplichten. 'Dat moeten we aan jullie Heidi vragen. Zij kan ons de juiste informatie geven.'

'O!' Nu is de afschuw van Mathilde echt. Ottilie krijgt felle rode vlekken op haar wangen, maar Mathilde zelf trekt lijkbleek weg. Nog voor ze kan protesteren, trekt Franz aan het schelkoord en opent Niemann meteen de deur waar Franz hem had bevolen te wachten zodra hij Heidi had gehaald. Met neergeslagen blik en ineengestrengelde handen komt de dienstbode binnen.

'Ga zitten, Heidi,' begroet Franz haar vriendelijk. Zodra de nu ongeveer vijfendertig jaar oude vrouw, die al sinds de oorlog in Altenstadt werkt, op het uiterste puntje van een stoel is gaan zitten, spoort hij haar aan: 'Vertel iedereen hier nu maar wat je mij en mijn vrouw hebt toevertrouwd.'

Met zachte, trillende stem voldoet Heidi aan zijn verzoek. 'Ik bezoek om de andere zondag, mijn vrije dag, de dienstbodenkring bij Minna Leiser. Minna heeft voor mijn tijd hier ook gewerkt,' begint ze aarzelend.

'Ja, ja, dat weten we allemaal. Kom ter zake!' onderbreekt Ottilie haar.

Franz heft zijn hand op. 'Laat Heidi alsjeblieft uitspreken, lieve tante!'

'Dus Heidi, wat is daar gebeurd?' Hij glimlacht haar bemoedigend toe.

'In het voorjaar lag daar een krant, *Der Sozialdemokrat*, die in het buitenland wordt gedrukt. We lezen die samen en op een dag...' Haar stem stokt en ze barst in tranen uit. 'Het is allemaal mijn schuld,' snikt ze.

Irene, die naast haar zit, wrijft troostend over haar arm. 'Jou treft de minste schuld van alle betrokkenen,' zegt ze kordaat. 'Vertel verder wat er is gebeurd!'

Heidi snuit haar neus in een niet zo'n frisse zakdoek die ze uit haar schortzak heeft gehaald. Dan ademt ze diep in.

'Op een zondag kwam ik te laat aan in Schweigen. De groep had de nieuwste krant al gelezen. Omdat ik nieuwsgierig was naar wat erin stond nam ik een exemplaar dat daar lag stiekem mee naar Altenstadt. Ik weet dat dat verboden is,' snikt ze opnieuw met een smekende blik naar Irene die bemoedigend glimlacht.

'Het is al goed, Heidi. Je hebt een fout gemaakt, maar die is je al vergeven!'

'Ik verstopte de krant onder mijn matras om die 's avonds te lezen,' gaat Heidi verder zodra ze nogmaals haar neus heeft gesnoten. 'Daar heeft mevrouw Stockhausen de krant gevonden toen ze op zoek was naar een oorbel die was verdwenen.'

'Waarom zocht mijn zuster in jouw kamer naar haar oorbel?' onderbreekt Franz Heidi nu bewust en dat heeft Irene meteen in de gaten.

'Ze was de oorbel in de bibliotheek verloren waar hij uiteindelijk ook is gevonden,' legt Heidi uit. 'Maar tot op dat moment verdacht ze het personeel van diefstal.'

Mathilde ademt hoorbaar in maar is slim genoeg hier niets tegen in te brengen.

'Ach, zo zit dat!' zegt Franz droogjes. 'En wat gebeurde er nadat ze de krant had gevonden?'

'Mevrouw Ottilie Gerban dreigde ermee mij bij de politie aan te geven, tenzij...' Ze hapert weer.

'Tenzij...' Nu helpt Irene haar verder.

'Tenzij ik overtuigend bewijs kon leveren dat u, lieve mevrouw Gerban, de kranten illegaal verkreeg en verdeelde.'

'Wat moest u precies doen?'

'Dat lieten de dames aan mij over en daarom heb ik Minna Leiser en mijn vriendin Gitta gevraagd of ze wisten waar die kranten vandaan kwamen, hoeveel het er waren en wat ermee gebeurde.'

Ze hapert weer. 'Ik deed alsof ik alleen maar geïnteresseerd was en beloofde en zweerde geheimhouding,' vertelt ze verder met gedempte stem. 'En dus vertrouwden ze me toe wat ze wisten. Zo hoorde ik dat Marie Schober de kranten geregeld naar Weissenburg bracht. Minna Leiser zou inspringen als Marie eens niet kon. Ze vertelde me bovendien dat ze de adressen in Weissenburg daarom had opgeschreven en tussen haar recepten in de keuken bewaarde. Daar vond ik het papiertje op een zondag op een onbewaakt moment en prentte de eerste drie adressen in mijn hoofd. Toen Minna terugkwam legde ik het papiertje snel weer op zijn plaats. En toen...' Nu begint ze onbedaarlijk te snikken.

'Het spijt me verschrikkelijk, mevrouw Gerban, maar ik was zo bang in de gevangenis terecht te komen.' Ze is nauwelijks te verstaan.

'Het is je vergeven, omdat je je vrijwillig bij ons hebt gemeld nadat Gitta je had verteld dat Fränzel was aangehouden,' bevestigt Franz nogmaals Irenes verzoenende woorden.

'En toen gaf Heidi jullie beiden de informatie,' maakt Franz haar zin af met een grimmige blik naar Mathilde en Ottilie. 'En heb jij, lieve Ottilie, dit vod geschreven!' Hij zwaait met de anonieme klacht die de verantwoordelijke ambtenaar na de veroordeling van Fränzel in ruil voor een flink bedrag aan monsieur Payet had bezorgd.

'Ontken je dat dit jouw handschrift is, Ottilie?'

Zijn tante zwijgt in alle talen. 'Zal ik het huishoudboekje dat jij bijhoudt er ter vergelijking naast leggen?' Hij grijpt al naar het schelkoord om Niemann te ontbieden.

Dan steekt Mathilde Ottilie verrassend een mes in de rug. 'Geef het maar toe. Jij hebt die anonieme brief geschreven om Irene kwaad te doen!' Het klopt dat in de klacht alleen sprake was van Irene die de kranten illegaal in handen kreeg en via het weesmeisje Marie Schober verspreidde op de door Heidi aangegeven adressen. Er werd met geen woord gerept over Minna of de dienstbodencirkel. Anders zou Ottilie ook Heidi bij het verhaal hebben betrokken en het risico zijn gelopen dat haar intrige zou worden ontdekt.

Ottilie zit even als verstijfd. Dan begint ze te krijsen. 'Maar het was jouw idee. Ik heb het alleen voor jou gedaan, vals serpent! Omdat jij zo wilde zorgen dat Franz zou scheiden van Irene en jij daarna naar Wenen zou kunnen verhuizen om toch minstens barones te kunnen worden!'

'En jij zou me toch achterna komen!'

'Jij gemeen stuk vreten!'

'Jij geniepig vrouwmens!'

De scheldwoorden vliegen heen en weer. Heidi en Irene kijken vol ongeloof toe.

Franz grijpt pas in als de twee vrouwen met tot klauwen gekromde vingers elkaar in de haren dreigen te vliegen. 'Dat volstaat!' Hij verbergt zijn woede achter een glimlach vol leedvermaak. 'Jullie waren er dus beiden bij betrokken en hoopten garen te spinnen bij deze laster. Want laster is het. En daarom is de klacht niet eens als bewijs tegen Fränzel ingebracht! Daar heeft monsieur Payet een stokje voor gestoken!'

Zoals altijd wanneer Ottilie in een hoek wordt gedreven, gaat ze ook nu in de aanval. 'Dan ga ik morgen hoogstpersoonlijk naar de politie en geef ik Irene aan!' dreigt ze. 'En dan laat ik ook meteen die Minna Leiser en haar hele dienstbodenkring oprollen!'

Franz kijkt haar koeltjes aan. 'Als je daarna echt in het armenhuis wilt wonen, moet je dat zeker doen. Tot op heden was ik van plan jullie meteen buiten te gooien, maar ik heb een driekamerwoning voor jullie gehuurd in Weissenburg, waarvan ik zelfs de kosten zal betalen.'

'Een driekamerwoning?' jammert Mathilde. 'Maar dat is toch veel te klein voor ons! En met dat mens,' ze wijst minachtend naar Ottilie, 'wil ik sowieso niet meer samenwonen!'

Franz tuit zijn lippen. 'Ik vrees dat je geen andere keuze hebt, Mathilde. Tenzij Ottilie Irene nog eens aangeeft en in het armenhuis belandt. In dat geval zoek ik een nog kleiner huis voor jou. Drie kamers heb je in je eentje niet nodig!'

'Maar dat huis is dan nog kleiner dan de woning die mijn man me had nagelaten. En die maakte tenminste nog deel uit van de villa en had een grote tuin!'

'Niemand houdt je tegen om terug te keren naar Oggersheim, als dat je beter schikt!' Franz blijft er onbewogen onder. Hij weet natuurlijk dat Mathilde het contact met de Stockhausens al lang heeft verbroken. Maar het deert hem niet.

Decennialang heb ik deze onbetrouwbare vrouwen een levensstijl gegeven die bij hun stand past. Ik had hen al veel eerder op straat moeten zetten, denkt hij bij zichzelf.

Mathilde begint te huilen. Ottilie balt haar vuisten. 'Mathilde heeft haar lijfrente. Waar moet ik van leven?' Nog steeds is haar vechtlust niet helemaal gebroken. 'Mijn man Gregor heeft zich jarenlang ingezet voor het wijngoed...'

'Ik geeft je tweehonderd mark per maand van Gregors rente,' valt Franz haar in de rede. Dat is minder dan een derde van het totale bedrag. 'Jullie hebben elk een eigen kamer. De salon kunnen jullie delen. En aangezien het huis in het centrum van de stad ligt, kunnen jullie de markt en alle winkels te voet bereiken om eten te kopen!'

'Maar dat is het leven van een kleine burgerman!' durft Ottilie nog te zeggen terwijl Mathilde blijft snikken.

'Het is niet anders!' antwoordt Franz onaangedaan. 'Haal je spullen,' zegt hij tegen Heidi. 'Tot die twee hier weg zijn kom jij mee naar Schweighofen! En jullie,' hij wendt zich nog een laatste keer tot Mathilde en Ottilie, 'hebben drie dagen de tijd om jullie spullen te pakken. Dan rijdt de verhuiswagen voor.'

Dan bedenkt hij nog iets. 'Van meubels mogen jullie alles meenemen wat jullie nodig hebben. Als ik hier ooit weer kom wonen moet ik sowieso de inrichting die jullie jarenlang met jullie gemeenheid hebben besmet volledig vervangen!'

Paleis Sterenberg in Wenen

Eind oktober 1887

Nieuwsgierig scheurt graaf Ferdinand de brief uit Schweighofen, die een bediende net heeft gebracht, open. Hij was verontrust door het lange wachten op antwoord op zijn uitnodiging aan Franz en Klara om hem en Pauline in november te bezoeken, en nu dus te ongeduldig om nog te wachten totdat Pauline klaar is met haar ochtendtoilet.

Maar al na de eerste regel slaat de schrik hem om het hart. Hij dwingt zichzelf echter verder te lezen.

Zeer geachte vader,
Aan mijn formele aanspreking en het feit dat ik heb besloten u weer met u aan te spreken kunt u al zien dat ik een beslissing heb genomen – en ook

welke richting die uitgaat – over uw genereuze aanbod mij te adopteren.

Gebeurtenissen in de afgelopen weken hebben me er sterk van overtuigd dat ik noch het karakter heb lid te worden van een adellijke famlie, noch mijn geliefde vrouw Irene wil verlaten. Laat me even kort op deze ervaringen ingaan:

Op bezoek bij een vriend in Saverne werd ik zonder reden aangevallen door een adellijke officier die brutaal tegen mijn prothese schopte en me ten val bracht. Deze onaangename man ken ik van toen hij mijn halfzus Mathilde het hof maakte.

Ik had hem niet aangesproken, laat staan uitgedaagd. Eerder was ik toevallig verzeild geraakt in een protestactie van boze burgers tegen de slechte behandeling van Elzassers door precies dit soort Pruisische officieren. Toch werd niet hij, maar ik bestraft en dat terwijl ik door een harde klap op de kasseien bewusteloos was geraakt en pas weer was bijgekomen in de kerker.

De verdere details van dit onverkwikkelijke voorval wil ik u besparen, geachte vader. Ik neem er genoegen mee erop te wijzen dat de adel zich in ons en ook uw land nog steeds onaantastbaar waant. Leden van uw sociale klasse verstouten zich op iedereen die niet van adel is neer te kijken. Ze denken zelfs ongestraft strafbare feiten te kunnen plegen, wat in mijn geval met de trieste feiten overeenstemt.

In mijn jeugd dweepte ik met de idealen van de Franse Revolutie die een einde wilde maken aan deze ongelijkheid op basis van louter afkomst. Maar de weg naar waarden zoals vrijheid, gelijkheid en broederschap is nog lang.

Deze ervaring plaatst ook de woordenwisseling tussen uw zuster Adelaide en mijn vrouw Irene op uw huwelijk in een ander daglicht. Vandaag juich ik het zelfs toe dat Irene zich liet verleiden tot de impuls uw zuster een kop koffie in het gezicht te gooien. Ook zij was daaraan voorafgaand, net als ik voor de militaire rechtbank in Saverne, diep vernederd. In elk geval kon zij zich nog ongestraft verweren. Ongestraft zolang ik niet buig voor uw eis van Irene te scheiden en zij er alsnog voor moet boeten.

Maar stel dat ik zou toegeven, hoe kan ik dan uw oudere zus of andere leden van uw familie onbevangen tegemoet treden? Hoe kan ik dan verwerken dat ik de liefde van mijn leven opoffer aan deze arrogantie? En vooral waarom? Omdat mijn vrouw zich verzet tegen het onrecht en de verpaupering van de zogenaamde proletariërs en zich inzet voor menswaardige levensomstandigheden voor arbeiders en dan met name werkende vrouwen?

Ook hier stuit ik opnieuw op een afschuwelijk onrecht veroorzaakt door de heersende aristocratie en de voor hen in het stof kruipende bourgeoisie die alleen maar aast op dubieuze titels. Iedereen in Duitsland weet dat de daders van 1878 niets met de sociaaldemocraten te maken hadden, laat staan dat ze door hen waren aangezet een moordaanslag op keizer Wilhelm te plegen.

Maar de socialisten werden te lastig voor Otto van Bismarck en zijn aanhangers en hij greep na de aanslagen naar alle machtsmiddelen die hij ter beschikking had om hun bijeenkomsten en verenigingen te beperken en hun kranten te verbieden.

Zo gaat het ook in Oostenrijk-Hongarije. Ook daar, waar de werk- en levensomstandigheden van de arme bevolking volgens Irene nog slechter zijn dan in het Duitse Rijk, schuift men socialisten laaghartig roofovervallen in de schoenen om vervolgens tegen alle leden van arbeidersbewegingen, 'anarchisten', te kunnen optreden. Ook in Oostenrijk zijn er nu wetten en decreten om het grootste deel van de bevolking de lucht om vrij te ademen te ontnemen.

Hoe zou ik in zo'n land ooit gelukkig kunnen zijn? Ik zou mezelf in allerlei bochten moet wringen om mensen zoals uw zuster Adelaide te paaien. Of om een van de overgebleven freules te trouwen die door adellijke mannen zijn afgewezen, maar zich nog steeds koesteren in de glans van hun hoge geboorte.

En die totaal geen oog hebben voor het welzijn van armen en zieken voor wie de protserige liefdadigheidsgala's zoals bij barones von Hirschstein, beweerdelijk worden georganiseerd. Irene heeft helemaal gelijk met haar stelling dat het de freules die hieraan meewerken alleen gaat om te schitteren in hun veel te dure jurken. Als het volgend jaar mode zou worden om tableaux vivants te organiseren ten bate van zwerfhonden in plaats van een ziekenhuis voor de armen, zullen de dames zich daar met evenveel enthousiasme op storten.

Mijn ervaringen in Saverne hadden me er al toe aangezet afstand te nemen van uw aanbod en mijn vrouw trouw te blijven, maar toen gebeurde er nog iets: in hun streven voordeel te putten uit mijn adoptie en mij tot een echtscheiding te bewegen, hebben mijn halfzuster Mathilde en haar tante Ottilie een smerig complot tegen Irene gesmeed. Ottilie diende een anonieme klacht in tegen mijn vrouw omdat ze de door de vreselijke socialistenwet verboden krant Der Sozialdemokrat *ontving en in Weissenburg verdeelde. Maar bij de verdeling werd niet Irene opgepakt en tot een gevangenisstraf veroordeeld zoals deze gemene wijven hadden gehoopt, maar wel mijn zoon en uw kleinzoon Fränzel. Als ware zoon van zijn vader hangt hij de ideeën van gelijkheid en broederschap aan en streeft hij naar betere levensomstandigheden voor de armen, zoals ik op zijn leeftijd ook heb gedaan. Nu zit Fränzel een straf van zes weken uit in een jeugdinstelling. Ik heb de krant van Irene gelezen die Fränzel bij zich had toen hij vanwege de klacht van Ottilie werd gearresteerd. Daarin staat niets dat ik op verstandelijk of emotioneel vlak niet deel. En daarvoor zit mijn zoon nu vast en verlangt u dat ik van zijn moeder Irene scheid.*

Dat, geachte vader, is voor mij een onacceptabele eis. Ik weet dat het u en mijn moeder pijn doet, maar toch wijs ik uw aanbod mij te adopteren definitief af. Deze beslissing is onherroepelijk.

Ik wil u graag af en toe bezoeken in Wenen en breng dan ook uw kleindochter Klara mee die u in uw hart hebt gesloten. Tot meer ben ik niet bereid en zal ik in de toekomst ook niet zijn.

De lening die u mij zo gul hebt gegeven zal ik zo snel mogelijk aflossen en ik dank u daar nogmaals hartelijk voor.

Ondanks dit voor u teleurstellende nieuws omhels ik u in gedachten en groet ik u en mijn moeder hartelijk,

Uw zoon Franz Gerban

Wanneer Pauline op zoek naar haar echtgenoot de salon betreedt, vindt ze Ferdinand ineengezakt in zijn fauteuil.

'Maar lieverd, wat is er aan de hand? Voel je je niet goed? Zal ik een arts roepen?'

De graaf schudt zwak het hoofd. Pas dan ziet Pauline de tranen over zijn wangen lopen. Voorzichtig pakt ze de brief uit zijn hand en laat ze haar ogen over de regels vliegen.

Dan kijkt ze bezorgd op. In eerste instantie verstaat ze niet wat haar man snikkend voor zich uit mompelt.

'Die vrouw! Zij heeft hem tegen mij opgezet en heeft nu zelfs mijn kleinzoon in de gevangenis doen belanden! Het is allemaal de schuld van die vrouw die Franz op leugens en laster onthaalt.'

Pauline fronst het voorhoofd. 'Dat is ronduit absurd. Hoe kom je daarbij, Ferdinand?'

Haar man pakt een zakdoek en snuit zijn neus voor hij antwoordt. 'Alleen een fanatieke socialiste kan iemand van mijn eigen bloed laten geloven dat wij edelen een hoogmoedige en zelfingenomen kaste vormen. Ze heeft handig gebruikgemaakt van het incident tussen Franz en een Pruisische officier die ongetwijfeld een schande is voor onze hele klasse. Nu wijst hij alle prachtige dingen die ik hem en zijn kinderen in het vooruitzicht heb gesteld af.'

Pauline opent haar mond al om haar schoondochter te verdedigen, maar bedenkt dan een betere manier. Hij weet echt niet hoe ellendig het er in de volkswijken aan toegaat, denkt ze bij zichzelf. Heeft ze Ferdinand zelf niet ooit met deze of soortgelijke woorden tegenover Franz verdedigd? Ze kan zich de aanleiding en het precieze tijdstip niet meer herinneren, maar beseft dat de kern van het probleem, en ook de oplossing in deze onwetendheid schuilt.

Na een nacht piekeren vertelt Pauline haar echtgenoot dat ze besloten heeft onmiddellijk naar Schweighofen te reizen om Franz voor een persoonlijk onderhoud met zijn vader naar Wenen te halen.

Daarna gaat ze op zoek naar Lea Walberger.

28

Paleis Sterenberg in Wenen

November 1887

'Grootvader! Grootvader!'

Helemaal niet damesachtig rukt Klara de deur naar de bibliotheek open en werpt ze zich in de uitgespreide armen van de graaf, die net is opgestaan uit zijn gemakkelijke stoel. Ze kust Ferdinand, die haar stevig vast heeft gepakt, op beide wangen.

'Wat fijn dat we eindelijk hier zijn,' glundert Klara, nadat ze elkaar weer los hebben gelaten. 'Neem je me weer mee naar de Spaanse Rijschool?'

'Natuurlijk, schattebout! Als je zin hebt, wat mij betreft morgen al.'

'O, heerlijk!'

Inmiddels is ook Pauline de bibliotheek in komen wandelen. Met smekend gezicht draait Klara zich naar haar grootmoeder. 'Mag ik morgen met grootpapa naar de lipizzaners?'

Pauline glimlacht flauwtjes. 'Morgen nog niet, lieverd. Maar zeker ergens in de loop van de week.'

'Wat jammer!' Klara trekt een pruilmondje dat haar prachtig staat. Het onopvallende kind wordt met de dag een steeds knapper jong meisje.

'Zo, en ga nu eerst je kamer maar eens bekijken. Gitta is vast al aan het uitpakken.'

Zodra Klara het vertrek heeft verlaten betrekt het gezicht van de graaf. 'Is Franz er niet bij?'

Pauline zucht. 'Nee, liefste. Hij verblijft liever in het hotel. Morgenochtend heeft hij een bespreking met zijn grote Weense klant. Maar 's middags wil hij met je afspreken voor een gesprek.'

'In zijn hotel?'

'Nee, in een klein koffiehuis waar niemand jullie kent.'

Ferdinand doet zijn mond open voor een vervolgvraag, maar Pauline legt glimlachend haar wijsvinger op zijn lippen.

'Zo, en begroet je vrouw nu ook maar eens met een kus, Ferdinand! Anders begin ik net als Klara ook te pruilen.'

In de straten van Wenen

November 1887, de volgende dag

'Maar Pauline, mijn schat! Waar gaan we in hemelsnaam heen? Als je het mij vraagt is de koetsier op weg naar de buitenwijken!'

Lichtjes geërgerd kijkt de graaf door het raampje van het luxueuze rijtuig, voorzien van het wapen van Von Sterenberg, naar de sombere novembermiddag. Pauline hoopt dat haar man niet in de gaten krijgt dat er zowel voor als achter hen huurkoetsjes rijden. In ruil voor een flinke fooi heeft Pauline de koetsier opdracht gegeven zonder verdere vragen te stellen de koets voor hen te volgen. Daarin zit de vakbondsvrouw Lea Walberger met een flink aantal manden vol voedingsmiddelen en kleding.

In de huurkoets die achter hen aan rijdt zitten dan weer vier potige jongens, bedienden van het paleis. Pauline heeft de hofmeester van de graaf gevraagd of hij de knullen die middag wil afstaan. Ze moeten de inzittenden van het rijtuig in geval van nood beschermen aangezien de wijken waar Lea Walberger hen mee naartoe loodst niet doorgaan voor helemaal ongevaarlijk. Maar vooral moeten ze helpen de zware manden en zakken naar de armen te slepen. Geruststellend legt Pauline een hand op Ferdinands arm. 'Franz heeft me de naam gegeven van het koffiehuis waar we hem ontmoeten. Het komt allemaal goed.'

Na nog eens twintig minuten rijden komt het rijtuig tot stilstand. Ferdinand kijkt met een sceptische blik naar het huis waarvoor ze zijn gestopt. De voorgevel is met stucwerk versierd. Hoge ramen zijn voorzien van lage smeedijzeren balustrades. Op dat ogenblik wordt het portier van de koets geopend.

'Gegroet, bovenste beste vader!' zegt Franz. 'En dank voor uw bereidheid mij te ontmoeten op deze plek.'

Bij de aanblik van zijn zoon, die een keurig donkergrijs pak draagt, compleet met hogehoed en schoudermantel, krijgt de graaf een brok in zijn keel. Franz steekt zijn hand uit om zijn vader te helpen uitstappen.

Wanneer de graaf uit de koets stapt die is verwarmd met ijzeren, in vilt gewikkelde warmtepannen, slaat de waterkoude novemberkilte hem onaangenaam tegemoet. Onwillekeurig huivert de graaf, ondanks zijn warme kleding, de dikke sjaal en de handschoenen, waarop zijn vrouw had gestaan dat hij die aandeed. Pauline stapt nu ook uit het rijtuig en steekt haar handen meteen weer terug in haar nertsmof nadat ze haar zoon heeft begroet.

'Brrr, wat is het koud!' Ferdinand rilt nogmaals. 'Waarom wilde je afspreken op zo'n akelig gure plek, Franz?' Dan kijkt hij zoekend om zich heen. 'En waar is dat koffiehuis nu?'

'Straks, vader. Nog even geen koffiehuis.' Franz kijkt hem rustig aan. 'Ik wil je eerst aan iemand voorstellen.' Dan maakt hij een handgebaar.

Nu pas ziet Ferdinand de huurkoets die niet ver voor zijn rijtuig staat en waar een gedrongen vrouw uit stapt. Ze draagt een vormeloze jas en een ouderwetse hoed. 'Dat is Lea Walberger.'

'*Servus*, heer graaf.' De vrouw begroet hem weliswaar niet volgens de regels maar zeker niet respectloos. Zonder de wollen handschoen uit te trekken reikt ze hem haar rechterhand. 'Ik ben de vrouw aan wie u een tijdlang geld hebt gedoneerd voor hulp aan onze armen. Daar wil ik u heel hartelijk voor bedanken.'

De graaf kijkt een beetje verward van Pauline naar Frans. 'Dat is allemaal goed en wel, maar wat doen wij híér?'

Pauline pakt zijn arm. 'We brengen een bezoekje aan een paar families die tot de minderbedeelden horen.' Wanneer de graaf zijn arm lostrekt, voegt ze er bezwerend aan toe: 'Toe, Ferdinand! Ga nu mee! Van dit bezoek hangt het af of Franz hierna met je wil spreken. Dat heeft hij als voorwaarde gesteld voordat hij zich bereid verklaarde met mij mee naar Wenen te komen.'

Verbouwereerd kijkt de graaf nogmaals naar de gevel van het gebouw waar ze voor staan. 'Zo armlastig lijken me de mensen hier niet,' bromt hij. 'Dat is toch een deftig huis!'

'Het voorhuis wel, vader! Over een paar minuten zul je zien wat we bedoelen.' Franz wijst naar een smalle en pikdonkere steeg links van het huis. 'We gaan natuurlijk naar de huurkazerne hierachter.'

Dan draait hij zich naar Lea Walberger. 'Wie gaan we daar bezoeken?'

'Weduwe Kurz met haar zes kinderen. Haar man is vorige maand aan tuberculose overleden. Verder gaan we ook langs bij de familie Wenzel.

De man is in een kaardmachine beland en ligt nu zwaar gewond in bed.'

Franz fluistert iets in Lea's oor. Ze knikt.

Intussen is Pauline naar de huurkoets achter het rijtuig van de graaf gelopen en heeft ze twee van de jongens gevraagd uit te stappen. De verwarring van de graaf neemt alleen maar toe wanneer die mannen zware manden en zakken uit de voorste koets tillen.

'Wat heeft dit te betekenen?' vraagt hij bars. 'Wat hebben jullie hier met zijn allen bekokstoofd?'

Franz haalt zijn schouders op. 'Kom nu maar mee, vader. Of stap anders weer in uw rijtuig en keer terug naar het paleis. Wij gaan hoe dan ook deze mensen bezoeken.'

Met een wee gevoel in zijn maag volgt de graaf met Pauline, die hem een arm geeft, Lea Walberger de donkere gang in. Het ruikt er muf en beschimmeld.

'Pas op, heer graaf, dat u niet uitglijdt!' zegt Lea over haar schouder. 'Hier ligt vaak allerlei glibberige rommel.'

Na een stukje lopen bereiken ze de eerste binnenplaats, waar vanwege de grauwe novemberhemel nauwelijks licht valt. Niettemin ziet de graaf een hele schare kinderen die op hen af komen lopen.

'Tante Lea!' Bedelend steken de kleintjes hun vieze handjes uit. 'Tante Lea! Heb je iets voor ons meegebracht? We hebben zo'n honger!'

Anders dan tijdens het bezoek met Irene vorig jaar knikt Lea glimlachend. 'Kom maar eens hier, rakkers. Ik heb voor ieder van jullie een rozijnenbroodje!'

'Hoera!' Het gejuich van de kinderen weerkaatst tegen de muren die het pleintje omgeven. Als de kleintjes zich rond Lea verdringen, ziet de graaf hoe armoedig ze gekleed zijn.

'Maar die kinderen hebben alleen wat lompen aan.' Ontdaan wendt hij zich tot Pauline. 'De meesten dragen niet eens sokken. Bij dit weer! Dat meisje daar loopt zelfs op blote voeten! Wat moeten die kinderen niet voor ontaarde ouders hebben! Ze worden nog doodziek bij dit vreselijke, waterkoude weer.'

Lea Walberger draait zich om naar Ferdinand als ze de laatste broodjes heeft uitgedeeld. De kinderen stralen van blijdschap om dat zeldzame lekkers en zetten er meteen hun tanden in.

'De ouders van deze kinderen hebben geen stuiver voor kleren over, heer graaf,' zegt ze rustig. 'Zelfs niet als ze dag en nacht werken. Ze hebben nauwelijks genoeg voor wat aardappelen en een homp grof brood.'

'Vorige winter heeft Lea deze kinderen en vele anderen warme kousen kunnen geven,' vult Pauline aan. 'Van het geld dat jij hebt gedoneerd.'

Meteen reikt de graaf onder zijn schoudermantel. 'Als jullie daar op uit zijn, zal ik meteen iets geven voor kleren voor die kinderen. Ik meen twintig gulden op zak te hebben.' Hij haalt zijn beurs tevoorschijn.

'Nee, vader,' mengt Franz zich nu in het gesprek. 'Het is heel mooi van u nu al iets te willen geven, maar dit is niet het juiste moment. We gaan eerst even verder.'

Op de volgende twee binnenplaatsjes die het groepje oversteekt, herhalen dezelfde taferelen zich. De graaf krijgt een steeds beklemmender gevoel. Op zeker moment blijft Lea staan bij een trap die naar een kelderverdieping voert.

Niet-begrijpend staart de graaf naar de onverlichte, vieze treden. 'Moet ik nu soms ook de kolenkelder bezichtigen?'

'Kolen zijn hier niet en dus is daar ook geen kelder voor nodig,' antwoordt Lea rustig. 'We gaan nu langs bij de weduwe Kurz. Die woont hier in dit hol. Pas op, want de treden zijn glibberig!'

Voorzichtig daalt het groepje achter Lea de trap af en vermijdt daarbij angstvallig de smerige muur aan te raken.

Eenmaal beneden klopt Lea kort op een deur van onbestemde kleur, en gaat dan binnen zonder een teken van de bewoners af te wachten.

Een ijskoude, bedorven lucht slaat hun tegemoet. De ogen van de graaf moeten eerst wennen aan het donkere, door slechts één armzalig walmend pitje verlichte vertrek. Lea tast in haar mand en haalt een paar kaarsen tevoorschijn.

'Servus, Christel. Ik kom met het aangekondigde bezoek. Maak eerst eens behoorlijk licht. Je ziet hier geen hand voor ogen.'

Een graatmagere, slechts in een jurk vol gaten geklede vrouw staat op van de ruwe tafel die het midden van de kamer inneemt. Pas als ze de kaarsen heeft aangestoken, zien de bezoekers haar uitgemergelde gezicht.

'We brengen wat spullen om te eten en ook een zak kolen, Christel. Deze mevrouw,' ze wijst naar Pauline, 'heeft er het geld voor gegeven.'

Tot ontsteltenis van de graaf maakt de vrouw daarop een diepe kniebuiging. 'God moge het u belonen,' hoort hij haar fluisteren.

'Wat hebben jullie vandaag gegeten?' Verspreid over de tafel zet Lea de schatten neer die ze heeft meegebracht: vers brood, twaalf eieren, een flinke kluit boter en een kleine zij spek. 'En hier is melk voor de kinderen.' Tot slot zet ze een aardewerken kan op tafel. 'Als je nog aardappelen hebt, maak daar dan voor het avondeten een mooie pan met spek en eieren mee.'

Christel maakt nogmaals een buiging en schudt dan haar hoofd. 'De melk zal ik de kinderen wel geven. Voor elk kind minstens een volle kroes.' Met haar hese stem is ze nauwelijks te verstaan. 'Maar het spek, de eieren en de boter ga ik ruilen. Daar kan ik aardappelen en brood voor een hele week voor krijgen.'

'Maar goede vrouw!' De graaf kan zich niet meer inhouden. 'U en uw kinderen moeten toch iets behoorlijks eten!'

Christel gaat voor een derde keer door de knieën, deze keer alleen voor hem. 'Dat kan ik me niet veroorloven, achtbare heer. Ze hebben me deze week geen werk gebracht. En met één voedzame maaltijd houden we het geen week vol.'

Niet-begrijpend wendt de graaf zich tot Lea. 'Ik begrijp mevrouw niet. Wat wil ze me daarmee zeggen?'

'Dat zal ik je uitleggen, vader.' Franz heeft het woord genomen. 'Christel Kurz komt met thuiswerk aan de kost voor haar zes kinderen en zichzelf. Van zijdepapier vouwt ze bloemen. Voor een kist vol, waar zij en haar kinderen zestien uur aan werken, krijgt ze vijftig kreuzer. Maar het gebeurt dat de uitgever – zo noemen ze die tussenhandelaar – haar geen werk geeft. Omdat ze geen spaargeld heeft moet haar hele gezin in zulke tijden honger lijden. Daarom wil ze die goede levensmiddelen nu ruilen tegen minder goed eten, zodat ze langer te eten hebben.'

'Geen sprake van!' De graaf trekt energiek zijn beurs en rommelt er wat in. Dan haalt hij er muntgeld ter waarde van vijf gulden uit en legt dat op de nog altijd zwak verlichte tafel. 'Koopt u daarvoor wat lekkers voor uw kleintjes en uzelf!'

Met opengesperde ogen kijkt de vrouw naar de glanzende munten.

'Toe, pak ze maar!' Lea moet haar aansporen. 'Mijnheer de graaf meent het echt.'

Bij de vrouw stromen de tranen over de wangen wanneer ze de geldstukken oppakt. 'Elke dag, achtbare heer, elke dag zal ik bidden voor u en de uwen,' hoort Ferdinand haar stamelen wanneer ze voor hem knielt en zijn hand pakt om die te kussen. 'De Heer in de hemel zal u hiervoor belonen.'

De graaf krijgt zo'n brok in zijn keel dat hij geen woord kan uitbrengen.

Hij legt de vrouw, achter wie haar oudere kinderen zich inmiddels verdringen, slechts een hand op haar hoofd.

'En laat Fine vanavond thuis!' Lea wijst naar een meisje met dunne lange vlechten met daarin volkomen misplaatst twee vuurrode zijdepapierbloemen. Het kind is ongeveer zo oud als Klara. 'Beloof me dat!' dringt Lea aan als Christel aarzelt, maar uiteindelijk toch knikt.

'Waar wilde dat meisje dan naartoe?' vraagt de graaf wanneer ze weer op de donkere binnenplaats staan – na de schimmelstank in de kelderwoning komt de muffe lucht buiten hem voor als heerlijk fris.

Nu antwoordt Pauline. 'Waarschijnlijk een van de slaapgasten van dienst zijn.'

De graaf wordt ongeduldig. 'Wat is dat nu weer, een "slaapgast"? En hoe kan dit kind zo iemand "van dienst" zijn?'

Pauline haalt diep adem. 'Een slaapgast is een onderhuurder die in de nachtploeg werkt en overdag in het vaak enige bed van de familie slaapt waarbij hij een onderkomen heeft gevonden.'

'In het bed van de familie? Waarom heeft hij geen eigen woning?'

'Daarvoor verdient hij vaak te weinig,' zegt Lea, nog altijd op dezelfde bedaarde toon. 'En die "gastgezinnen" hebben vaak elke kreuzer die ze van hem krijgen nodig om te wonen, te eten en zich te verwarmen.'

De graaf laat dat even op zich inwerken. Plotseling betrekt zijn gezicht. 'En hoe moet dat halfwassen meisje zo'n kerel van dienst zijn? Toch niet om hem...' Hij kan het woord niet over zijn lippen krijgen.

Lea knikt. 'De meeste meisjes doen het alleen met de hand en soms met hun mond. Maar af en toe verliest zo'n kind haar maagdelijkheid. Hoe dat bij Fine zit, weet ik niet.' Ze haalt haar schouders op. 'Wat een mens al niet doet als hij niets te eten heeft. En dan te bedenken dat de winter nog niet eens is begonnen!'

Ferdinand blijft als versteend staan. Van ontsteltenis kan hij geen woord uitbrengen.

'Maar nou effe doorlopen, mijnheer graaf. We hebben nog meer bezoekjes voor de boeg.'

Pas na de vierde binnenplaats – die pleintjes lijken er steeds armoediger op te worden – loopt Lea Walberger naar de ingang van de laatste huurwoningen. Inmiddels hebben Pauline, Ferdinand en Franz hun zakdoek tegen hun neus gedrukt. Vooral van de stank van de pleehuisjes op de binnenplaatsen waarvoor lange rijen mensen staan aan te schuiven hadden ze bijna moeten kokhalzen.

'In deze huurkazernes is er maar één privaat per twintig woningen,' licht Lea ongevraagd toe.

Gelukkig begeeft de vakbondsvrouw zich al naar de tweede verdieping. Ze komen uit in een smalle gang waar het zoals overal in deze gribus stinkt naar verstopte kachelpijpen, ranzig vet, verzuurde melk en zweet. Ook hier moet het groepje zich langs een rij mensen persen die met emmers en schalen voor de enige kraan op de verdieping staan.

Lea loopt vlak voor Franz voorop. Hij hoort haar mompelen. 'Da's goed om te weten,' zegt ze. 'Voor als we water nodig hebben.'

Ook hij weet niet precies wat hem in de woning van de familie Wenzel te wachten staat. Lea heeft hem alleen gezegd dat het een van de belangrijkste bezoeken zal zijn.

Wanneer de vakbondsvrouw na een klopje naar binnen gaat, slaat de groep opnieuw een onbeschrijfelijke stank tegemoet. Nu is het de iets zoetige lucht van verrotting. Franz en Ferdinand weten meteen wat die stank veroorzaakt.

'Koudvuur!' zegt de graaf. 'Het ruikt hier naar gangreen.' Beiden hebben deze bode van de dood op de vele slagvelden van de oorlogen waarin ze hebben gestreden vaak genoeg waargenomen. Franz heeft er zelf aan geleden en daardoor nóg een stuk moeten afstaan van zijn been dat er bij Sedan was afgeschoten.

'Goeienavond, Guste.' Lea begroet een afgetobde vrouw die met een baby op haar arm is opgestaan van de tafel, die zoals in alle eenkamerwoningen midden in het vertrek staat. Twee kleine kinderen, een jongen en een meisje, hangen aan haar sjofele rok. 'Hoe gaat 't met Berti?'

'Slecht,' fluistert Guste. 'Hij heeft hoge koorts en de wond ettert. De dokter is net bij hem.' Ze wijst naar een hoek die met een gordijn van de rest van de kamer is afgescheiden.

Op hetzelfde moment wordt dat gordijn opengeschoven. Een man met golvend donker haar en een opvallende snor komt erachter vandaan. De mouwen van zijn overhemd heeft hij tot boven de ellebogen opgerold. Over zijn kleding draagt hij een schort vol bloed- en ettervlekken.

'Goedenavond.' Hij nijgt lichtjes zijn hoofd maar steekt naar niemand zijn hand uit. 'Mijn naam is Viktor Adler. Ik ben armenarts.'

Franz kijkt onopvallend naar het gezicht van zijn vader, bij wie een lichtje lijkt te gaan branden. Het is alsof Ferdinand zich die naam herinnert. De naam van deze Weense sociaaldemocraat is hem inderdaad bekend. Irene heeft de man immers tijdens de eerste discussie met zijn vader ter sprake gebracht.

'Heb je verband meegebracht?' De dokter wendt zich tot Lea. Ze knikt en grabbelt in een van de manden die de potige bediende van de graaf achter de deur heeft gezet. De dragers wachten zoals daarnet bij de kelderwoning buiten, omdat de woning van de Wenzels te klein is om iedereen binnen te laten.

Als de dokter weer is verdwenen achter het gordijn, waar nu luid gekreun klinkt, kijkt de graaf zo onopvallend mogelijk om zich heen in het kleine vertrek. Hij schat het op hooguit twintig vierkante meter. Dus hier woont, kookt en slaapt het zeskoppige gezin. Want nu pas merkt Ferdinand een verschrompelde oude vrouw op die ineengedoken in een hoek zit te breien. De graaf vraagt zich af hoe het oudje kan handwerken in het donker. Ook overdag zal er nauwelijks licht binnenkomen via het enige, haast blinde raam. Geen wonder, want de woning ligt in de schaduw van vier voorhuizen die hoog boven de krotten erachter uittorenen.

Ferdinand schat de moeder van de kinderen op eind dertig, misschien nog wel wat ouder. De gedachte schiet even door hem heen dat hij de verbluffende vruchtbaarheid van de arbeidersgezinnen, waarover in betere kringen zo vaak grapjes worden gemaakt, hier bevestigd ziet. Zelfs op die leeftijd worden arbeidersvrouwen dus nog altijd zwanger.

Opnieuw komt de arts uit de nis tevoorschijn. De woorden die hij wisselt met Franz trekken de aandacht van de graaf.

'Gaat Berti het halen?' vraagt Franz.

Adler trekt een pijnlijk gezicht. Hij laat zijn stem zakken zodat de vrouw van de verongelukte hem niet kan verstaan. Ferdinand hoort niettemin de sombere prognose van de dokter.

'Het ziet ernaar uit van niet. Ik kan niet meer voor hem doen dan geregeld zijn verband vervangen. Maar het koudvuur heeft zich ingevreten in de wond. De onderarm moet worden afgezet als hij nog kans wil maken op een redelijk goed herstel.'

De graaf loopt naar Adler toe. 'En waarom laat u hem dan niet naar het ziekenhuis brengen?' vraagt hij streng en met een boze blik.

Adler antwoordt bedaard: 'In de armenziekenhuizen zijn alle bedden bezet. Bovendien hebben ze daar nauwelijks gespecialiseerde chirurgen.

Berti moet door een ervaren specialist worden geopereerd. Maar dat kost in een burgergasthuis minstens dertig gulden. En zoveel geld heeft de familie niet.'

'En waarom draagt zijn werkgever de kosten van die behandeling niet?' De graaf windt zich op. 'We hebben toch verplichtingen tegenover de mensen die ons zijn toevertrouwd?!'

'U misschien, hooggeboren heer graaf. En het siert u dat u ook bekommerd bent om de gezondheid van uw landarbeiders. Maar deze man is slachtoffer van een bedrijfsongeval in een lakenfabriek. De fabriekseigenaar weigert in te staan voor de kosten.'

'En wie mag dat onmens dan wel wezen?' briest Ferdinand.

Franz mengt zich in het gesprek: 'U kent hem goed, va- heer graaf. Het gaat hier om baron van Hirschstein. Vorig jaar waren we nog te gast op zijn liefdadigheidsgala.'

'Hoe heeft dat ongeluk zich eigenlijk voorgedaan?'

Viktor Adler neemt weer het woord. 'Heel Wenen spreekt schande van de omstandigheden in de fabrieken van de baron. De fabrikant investeert nauwelijks in zijn machines. Bijna wekelijks hebben er kleine en grotere ongevallen plaats. Dit jaar zijn er al twee arbeiders om het leven gekomen. In Berti's geval gaat het om een al tijden defecte kaardmachine. De rollen met stalen punten die vliezen kammen van de wolvezels, schieten steeds weer los uit hun verankering. De baron staat erop dat dat euvel verholpen wordt zonder dat de productie wordt onderbroken. Berti was een van de vakarbeiders aan die machine – beter betaald dan de andere werklieden omdat hij verantwoordelijk is voor het onderhoud. Maar een week geleden bleef hij per ongeluk met de mouw van zijn stofjas in de rollen hangen. De scherpe spijkers reten zijn onderarm uiteen. Die arm had meteen moeten worden afgezet. Maar de baron weigert de familie ook maar één kreuzer uit te keren. Hij beweert dat het ongeval Berti's eigen schuld is.'

'Laat deze man onmiddellijk naar een goed ziekenhuis brengen, alstublieft! Naar een héél goed ziekenhuis!' beveelt de graaf. 'Ik neem alle kosten voor de operatie en zijn genezing voor mijn rekening. Ook voor het tussentijdse onderhoud van zijn gezin. En nooit weer,' knarsetandt hij van woede, 'nooit weer zet ik ook maar een voet in dat protserige paleis van die weerzinwekkende baron!'

Pauline houdt de gehandschoende hand voor haar mond om haar opgeluchte glimlachje, dat haar misplaatst lijkt in het licht van de tegenslag van dit gezin, te verbergen. Ze heeft haar echtgenoot goed ingeschat en haar plan lijkt te slagen.

Zes bezoeken later is Ferdinand volkomen uitgeput. Hoewel ze op het laatst een paar 'gewone gezinnen' hebben bezocht die niet recent zijn getroffen door groot onheil, overspoelen hem inmiddels ook de indrukken van de gewone, alledaagse misère.

Hij heeft vernomen dat de vrouw van de onfortuinlijke Berti, iemand die hij voor eind dertig had gehouden, in werkelijkheid pas drieëntwintig is. Hij hoorde ook dat de leden van een achtkoppig gezin in de kamer die hun woning is, met z'n vieren het enige bed delen terwijl de oudere kinderen op strozakken op de kale vloer slapen. Overal tocht het door de half dichtgemetselde ramen; bij gebrek aan verwarming zijn de muren vochtig en beschimmeld; het eten is eenzijdig en karig.

Een familie heeft net van de verhuurder van het hol waar ze wonen gehoord dat hij de huur wil verhogen tot bijna het dubbele van het huidige bedrag. Voor een ander gezin heeft Lea warme kleren voor de kinderen meegebracht, omdat die mensen zich niet eens oude kleren van de voddenboer kunnen veroorloven. Overal heeft Lea Walberger haar spullen uitgedeeld en overal heeft de graaf nog munten achtergelaten totdat zijn beurs echt leeg was en hij Franz vroeg hem geld voor te schieten.

Ferdinand is tot op het bot geschokt van wat hij de afgelopen uren heeft gezien en gehoord. Eén ding is hem echter nog niet duidelijk. Namelijk wat deze bezoeken te maken hebben met het ophanden zijnde gesprek met Franz.

'Dat zul je wel zien,' zegt Pauline geheimzinnig tegen hem. 'Er rest ons nog één laatste bezoek. Daarna kom je te weten waar het Franz om te doen is.'

Eerst lijkt dat laatste bezoek uit te lopen op hetzelfde dat Ferdinand de afgelopen uren al heeft meegemaakt. Weer worstelt het groepje zich over donkere binnenplaatsjes en beklimmen ze de trappen van een hoge huurkazerne. Ditmaal maar liefst tot de vijfde verdieping. Lea Walberger heeft echter geen mand meer bij zich. De twee stalknechten slenteren met niets omhanden achter hen aan. Hun taak bestaat er alleen nog uit het viertal te beschermen.

'Is dat nu echt nodig?' fluistert Ferdinand zijn zoon toe.

'Lea stond erop, vader,' zegt Franz. 'Honger en armoede leiden vaak tot geweld, heeft ze me te verstaan gegeven. En wanneer kom je in deze pauperwijken nog eens een grafelijke familie tegen die met het eigen rijtuig komt voorrijden?'

Wanneer Lea even later aan het einde van een lange gang een deur openduwt is Ferdinand aangenaam verrast. De woonkamer is helder verlicht en in de kachel knispert een opgewekt vuur dat een behaaglijke warmte verspreidt. Rond de tafel naaien twee vrouwen en hun kinderen knopen op kartonnen kaartjes. Ze zien er verzorgd uit, zijn gekleed naar het jaargetijde en ogen niet zo uitgemergeld als de meeste andere mensen die Ferdinand vandaag heeft ontmoet.

Dan draait een van de vrouwen die met haar rug naar de deur zit zich naar hem om.

'Irene!' roept Ferdinand verrast uit. 'Maar wat doet u hier?'

Franz' vrouw glimlacht vriendelijk naar hem. Ze draagt een eenvoudige jurk van donkerblauwe wol, met daaroverheen een wit schort. 'In afwachting van uw komst, waarde heer graaf, hebben we de tijd verdreven met de thuisarbeid waar Elisa Bruckner en haar kinderen van leven. Daarvoor heb ik uitgelegd hoe ze de laatste schimmelplekken hier in de woning kan bestrijden met water en azijn. Sta mij toe u aan Elisa voor te stellen.'

De tweede vrouw staat op van haar stoel.

'Dit is Elisa Bruckner. En hier, lieve Elisa, staat graaf Ferdinand von Sterenberg, aan wie je je gezondheid en het welzijn van je gezin dankt.'

Voor de tweede keer vandaag maakt de graaf het mee dat een vrouw voor hem knielt en zijn hand naar haar lippen brengt.

'Het is al goed, mevrouw. Het is al goed,' stamelt hij verlegen. Hij weet niet wat hij anders moet zeggen. Irene schiet hem te hulp.

'Elisa leed aan tuberculose. Dankzij uw gulle gift heeft ze in een goed ziekenhuis volledig kunnen genezen. Ondertussen heeft Lea ervoor gezorgd dat er goed is gezorgd voor haar kinderen en dat ze eindelijk naar school konden gaan. 's Middags blijven ze allemaal helpen bij het thuiswerk. Maar het gaat beter dan ooit met dit gezin! Vertel anders zelf wat er allemaal nog meer is gebeurd, Elisa!'

De vrouw maakt een reverence. 'Nu het hier altijd lekker warm is, zijn de muren niet meer zo vochtig en klam, waarde graaf. En de kinderen zijn niet meer zo vaak verkouden. Ook zijn ze allemaal veel sterker geworden dankzij het goede eten dat we ons nu kunnen veroorloven. Op zondag schaft de pot zelfs een stuk rookvlees of wat *beuschel.*' Ze straalt.

De graaf laat een geforceerd lachje horen. De delicatessen waar deze vrouw zo dankbaar voor is, namelijk *geselchtes*, goedkoop gerookt varkensvlees, en beuschel, een stoofschotel van long en ander orgaanvlees, verschijnt nooit op de tafel van de graaf. De graaf weet zelfs niet of het op het menu van zijn bedienden staat. In elk geval wordt hier vaker dan eens in de week vlees gegeten, denkt hij.

'En Lea en mevrouw Irene zijn zo vreselijk goed voor me geweest,' voegt Elisa er nog aan toe.

'Dat mag geen naam hebben,' glimlacht Irene. 'Ik heb Elisa geleerd dat ze één keer per week haar ondergoed moet uitkoken. Zo bestrijd je ongedierte en voorkom je schurft. Dat kan ze nu ook doen omdat ze eindelijk genoeg kolen heeft om water aan de kook te brengen. Na elke gang naar het privaat moeten de kinderen en zijzelf hun handen goed wassen met warm water...'

'Daar hebben we zelfs zeep voor!' valt Elisa haar trots in de rede. 'En Toni gaat ook niet meer zo vaak als vroeger naar de herberg. Het is er allemaal zoveel beter op geworden sinds u ons helpt.'

Weer probeert ze de hand van de graaf vast te pakken, maar hij trekt die gauw terug.

Pauline mengt zich monter in het gesprek: 'Maar nu, lieve mensen, zullen we Elisa niet langer ophouden. Ik neem aan dat je er geen bezwaar tegen hebt dat Irene met ons meegaat naar het paleis. We hebben elkaar nog een heleboel te vertellen.'

Epiloog

Sint-Ulrichkerk in Altenstadt

Juni 1892

Voor Irene is het alsof de tijd is blijven stilstaan. Het orgel speelt dezelfde plechtige muziek die klonk toen ze meer dan achttien jaar geleden zelf aan de arm van Herbert Stockhausen door het lange gangpad van de Sint-Ulrichkerk in Altenstadt schreed om eindelijk te trouwen met haar geliefde Franz.

Alleen is het ditmaal Franz, die de prachtige bruid naar het altaar begeleidt, er angstvallig op bedacht niet te struikelen, zo zonder wandelstok, want die wilde hij beslist niet gebruiken.

Marie Schober, die vanmorgen voor de burgerlijke stand van Weissenburg al Marie Gerban is geworden, ziet er inderdaad beeldschoon uit onder haar ragfijne sluier. Het is nog niet te zien dat ze in verwachting is. Haar taille in de maagdelijk witte, met teer kantwerk afgezette bruidsjapon is nog smal en zijzelf slank als een den.

In tegenstelling tot Irene, die destijds vanwege de toen al driejarige Fränzel voor haar eigen bruiloft had afgezien van de sluier met mirtekrans, draagt Marie vandaag op haar grote dag wel die symbolen van kuisheid. En dat hoewel Fränzel de traditie om het eerste kind buitenechtelijk te verwekken nu in de derde generatie heeft voortgezet, zoals Franz half geamuseerd, half ontdaan had opgemerkt toen zijn zoon en Marie hem en Irene zes weken geleden hadden toevertrouwd dat er een kindje op komst was. Terwijl zij tweeën zich al snel verheugden over dat blije nieuws, ook al omdat ze het al wel in de gaten hadden gehad, tilde graaf Ferdinand er aanvankelijk nogal zwaar aan dat niet alleen zijn zoon, maar nu ook zijn kleinzoon niet zou trouwen met een meisje van adel uit zijn kringen. Dat Pauline haar man een paar dagen lang heeft moeten troosten toen het nieuws Wenen bereikte, is vandaag echter niet meer te merken aan de graaf. Als deze mesalliance hem nog dwars zou zitten, dan is daar niets van aan hem af te zien. Nu knipoogt hij zelfs naar Irene en Pauline, die op de voorste kerkbank tegenover hem zitten, waarna hij zich zoals alle andere bruiloftsgasten omdraait om de bruid te zien naderen.

Ferdinands ogen beginnen te glinsteren wanneer zijn blik die van Klara kruist, die achter Marie loopt en haar sleep draagt. Zij is het enige bruidsmeisje.

'Moet je zien hoe trots Ferdi op je dochter is,' fluistert Pauline naar Irene. 'Ze is de knapste freule van heel Wenen.'

Klara is inderdaad uitgegroeid tot een exquise schoonheid. Haar japon van zachtgele zijde contrasteert wonderwel met haar donkere krullen en vooral met de hemelsblauwe ogen die ze van Irene heeft geërfd. Klara doet de graaf ook zijn teleurstelling vergeten over Fränzel die had geweigerd naar Wenen te verhuizen. Klara woont intussen bij haar grootouders en zal de komende lente trouwen met de jongste zoon van een van de graven van Auersperg.

Dat Irene een déjà-vu heeft, houdt ook verband met de bloemenweelde in de kerk, die in dezelfde kleuren is gehouden als destijds bij haar eigen huwelijk: wit, blauw en roze. Een verschil met toen is dat de roze tulpen zijn vervangen door rozen in die kleur, die in juni overal op het wijngoed bloeien. Irene vreest dat zo'n beetje elke struik tot op de laatste roos is leeggeplunderd, zo overdadig zijn de boeketten en andere arrangementen in de kerk. Ook het bruidsboeket van Marie bevat een paar van die schitterende rozen. De kleine meisjes in het wit, de jongste dochters van Hansi Krüger, lopen voor de bruid uit met mandjes vol rozenblaadjes, die ze straks na de plechtigheid op het pad van het bruidspaar zullen strooien.

Maar vooral Fränzel, die met een smoorverliefde blik in zijn ogen zijn bruid ziet naderen, herinnert Irene aan haar eigen bruiloft. Precies zo keek mijn Franz me toen aan, denkt ze met een glimlach. Dezelfde achterovergekamde krullen, dezelfde stralende donkere kijkers. Maar gelukkig staat onze zoon op twee gezonde benen. Een vleugje weemoed overvalt haar wanneer Franz de bruid tot naast Fränzel heeft geleid. Hij neemt zijn plaats in op de kerkbank naast zijn vader. Zijn haar vertoont hier en daar de eerste plukjes grijs. Zijn snor, die eerder grijs wordt dan zijn hoofdhaar, laat Franz tegenwoordig door zijn barbier zwart verven. Hoewel hij met de jaren een beetje dikker is geworden, maakt Irenes hart nog altijd een sprongetje wanneer hij, zoals nu, naar haar glimlacht.

Voor de zoveelste keer prijst ze het lot omdat ze de twee grootste crises in hun huwelijk niet alleen hebben overwonnen maar er zelfs sterker uit zijn gekomen.

Nooit zal Irene de scène op die novemberavond in paleis Sterenberg vergeten toen graaf Ferdinand met betraande ogen haar hand had vastgepakt en tegen zijn lippen had gedrukt.

'Ik moet u om vergiffenis vragen, lieve Irene. Nooit, zelfs niet in mijn ergste nachtmerries, had ik me kunnen voorstellen in wat voor ellende zo'n groot deel van onze bevolking leeft. Al mijn miljoenen zullen niet volstaan om die armoede uit de weg te ruimen.'

'Dat klopt, lieve schoonvader.' Irene kijkt hem bedaard aan. 'En daarom moet er van de grond af iets veranderen. Tot die tijd is elke gulden uit uw beurs weliswaar welkom om de ergste nood te lenigen, maar op termijn is dat niet meer dan een druppel op een gloeiende plaat.'

'Wat is die dokter Viktor Adler voor man?' had de graaf gevraagd. 'In de kranten wordt hij altijd beschreven als een oproerkraaier, als een verrader van zijn eigen sociale klasse of in het beste geval als een zonderlinge vrijdenker.'

'Waarom nodig je dokter Adler niet gewoon eens uit voor een gesprek op paleis Sterenberg?' oppert Pauline. 'Dan kun je jezelf een beeld van de man vormen.'

En inderdaad, luttele dagen later was het al van een ontmoeting gekomen. Eerst had Ferdinand erop gestaan de arts onder vier ogen te spreken 'om me een volstrekt onafhankelijke mening over de man te vormen', had hij aan de familie uitgelegd. Pas na een tijdje was eerst Irene erbij komen zitten en uiteindelijk ook Franz en Pauline. De dag werd afgesloten met een vrolijke, gezamenlijk genuttigde avondmaaltijd, waarna Ferdinand afscheid had genomen van de arts met de toezegging dat hij diens sociale projecten in Wenen per onmiddellijk met een substantieel bedrag zou steunen.

De graaf beloofde Irene dat hij haar in de toekomst onbelemmerd haar werk voor de rechten van vrouwen zou laten doen. 'Daarbij heb ik maar één wens,' zei Ferdinand, toen de familie na Adlers vertrek met nog een laatste glas wijn in de salon zat. 'Stel je onopvallend op zolang de adoptie nog niet rond is. Ik ben van plan die begin komende zomer door te voeren. Mijn zus Adelaide pleegt rond die tijd haar zomerhuis aan de Franse Rivièra te betrekken en daar dan verscheidene maanden te verblijven. Dus die zal ons dan niet voor de voeten lopen. Daarna kun je doen en laten wat je goeddunkt…'

'Voor zover dat binnen de grenzen van de wet valt,' vult Franz hem aan. 'Daarbij moet je vooral aan Fränzel denken. Hij zit nu weliswaar maar een paar weken jeugdarrest uit, maar onze familie zou het niet aankunnen als jij ook nog eens werd veroordeeld.'

Omdat Irene voortdurend geplaagd werd door haar schuldgevoel over het feit dat ze Fränzel, zij het onbedoeld, had betrokken bij de verspreiding van de verboden krant, had ze onmiddellijk ingestemd met die voorwaarde. Totdat de adoptie was afgerond, beperkte ze zich tot het meer informele werk in verschillende vrouwengroepen die zich in het hele rijk begonnen te vormen. Haar geduld was de moeite meer dan waard geweest.

Toen de graaf zich had ontdaan van de oogkleppen die typisch zijn voor lieden van zijn stand, begon hij de wereld om zich heen met andere ogen te zien. Ook merkte hij beslist niet de enige in zijn sociale klasse te zijn die grote vraagtekens zette bij de heersende omstandigheden. Onder het beschermheerschap van de voor Hainfeld verantwoordelijke districtscommissaris, de hoogedele, maar sociaal zeer betrokken graaf Leopold van Auersperg, had in dat stadje rond de jaarwisseling van 1888-1889 het oprichtingscongres plaats van de SDAPÖ, de Sociaaldemocratische Arbeiderspartij van Oostenrijk. Het partijprogram van de hand van Viktor Adler werd daar met een grote meerderheid aangenomen.

Adler zorgde er met Lea Walberger verder voor dat Irene als spreekster werd uitgenodigd. Zo kon zij ertoe bijdragen dat de partijdag deelname van vrouwen op voet van gelijkheid aanmerkte als 'onontbeerlijk voor de tenuitvoerlegging van de beginselen zoals overeengekomen'.

Dat was niet haar enige triomf. Als vrouwelijke afgevaardigde nam ze een halfjaar later al samen met Clara Zetkin deel aan het congres in Parijs waarbij de Twee Internationale tot stand kwam. Daar werd de achturige werkdag uitgeroepen en 1 mei gekozen als internationale Dag van de Arbeid. Het belangrijkste voor Irene, die opnieuw optrad als spreekster, was ook hier de rechtsgelijkheid van vrouwen in de gelederen van de arbeidersbeweging, waartoe het congres unaniem had besloten. Er werd zelfs al gelijke beloning van mannen en vrouwen geëist.

Natuurlijk had Irene inmiddels wel begrepen dat er tussen die intentieverklaringen en de realiteit nog een lange en hobbelige weg was te gaan. Maar toen Bismarck in maart 1890 opzij werd gezet als rijkskanselier en een halfjaar daarna de socialistenwet werd opgeschort was de weg vrij voor haar om zich in heel Duitsland in te zetten voor haar politieke doelen, zonder represailles te hoeven vrezen.

Dat deed ze dan ook met zoveel ijver dat Franz op een dag met een diepe zucht zei: 'Ik zie je nauwelijks nog, liefste. Gelukkig verneem ik via de kranten wat je zoal uitvoert.'

Lachend had Irene hem in zijn zij geknepen, zich terdege beseffend dat er veel waarheid school in Franz' zo luchtig verwoorde klacht. 'Dan weet je nu tenminste hoe het mij verging toen je jaren achtereen op zakenreis was of in Berlijn zat om je werk als parlementariër te doen.'

Franz nam met beide handen Irenes gezicht vast. 'Ja, dat weet ik nu heel goed,' had hij boetvaardig toegegeven. 'Maar mag ik je desondanks vragen mij een béétje meer van je kostbare tijd te schenken?'

Een beetje meer tijd wilde Irene hem niet ontzeggen en daarom was ze minder gaan reizen. Mede ook omdat Franz steeds meer gezondheidsklachten kreeg na inmiddels meer dan twee decennia kreupelheid. Vooral zijn rug speelde hem parten.

En dus kwam het hem uitstekend uit dat zich bij de leiding van het wijngoed een nieuwe wissel aandiende. Met een fikse schenking aan het lyceum in Straatsburg had Franz na de arrestaties van Fränzel indertijd voorkomen dat zijn zoon resoluut van school zou worden gestuurd. Maar Fränzel had het hele schooljaar wel moeten overdoen.

Ondanks zijn schitterende eindexamen voelde hij er echter weinig voor om te gaan studeren aan de Friedrich-Wilhelms-Universität in Berlijn, ver van Schweighofen en ver van Marie. In plaats daarvan volgde hij de tweejarige opleiding aan de Koninklijke Wijnbouwschool in Weinsberg. Vanuit Baden-Württemberg keerde hij om het andere weekeinde terug naar de Palts. In aansluiting op zijn studie ging hij bij Hansi Krüger en keldermeester Johann Hager in de leer om zich ook op praktisch vlak te bekwamen.

Franz' vroegere protegé Hansi had in zijn eentje de leiding over het wijngoed op zich genomen nadat Nikolaus Kerner een jaar geleden van zijn welverdiende rust was gaan genieten. Zodra zijn leerjaren erop zaten zou Fränzel de taken van Hansi als beheerder van de wijngaarden overnemen, terwijl Hansi zou instaan voor het reilen en zeilen van de wijnhandel. Dat zou Franz de mogelijkheid bieden zich helemaal terug te trekken uit de zaak en tegemoet te komen aan de wens van zijn ouders om met Irene minstens de helft van het jaar in Wenen en op de landgoederen van de familie in Stiermarken door te brengen. Daar zou hij zich dan kunnen voorbereiden op zijn toekomstige plichten als majoraatsheer.

Zijn zoon zou de leiding krijgen over een kerngezond wijnbouwbedrijf. Want al met al had de vreselijke druifluiscrisis Gerbans wijnen zelfs geluk gebracht. Ook toen de oogsten weer terug waren op het oude niveau, behielden zijn wijnen op de markt dezelfde hoge prijzen als ten tijde van de wijnschaarste. Franz had zijn vader al lang een groot deel van de lening kunnen terugbetalen, ware het niet dat de graaf zijn belofte nakwam en hem naar aanleiding van de adoptie de hele som had geschonken.

Maar zolang Franz de wijnhandel nog leidt, zal ik verdomme toch nog vaak met hem moeten meegaan naar die vermaledijde kuuroorden, waar hij met baden van zijn rugpijn probeert af te raken, denkt Irene.

Alsof Mathilde wéét dat haar schoonzus net innerlijk heeft gevloekt, voelt Irene nu Mathildes misprijzende blik in haar rug. Haar halfzus zit op de hoek van de derde rij die is gereserveerd voor Paulines familie uit Straatsburg. Als het aan Irene had gelegen had Mathilde naar de maan kunnen lopen. Of liever gezegd naar Wenen. Na het lange ziekbed en het overlijden van Ottilie aan de gevolgen van een beroerte, was Mathilde daar een halfjaar geleden naartoe verhuisd – Pauline had medelijden gekregen en haar uitgenodigd te komen.

'Ik denk dat je zus er nu genoeg voor is gestraft dat ze Fränzel heeft laten arresteren,' had Pauline haar zoon voorgehouden. 'Ze is nu eenmaal wie ze is. Echt een kind van Wilhelm. Wat kun je anders van haar verwachten?'

Irene en Franz hadden haar ontstemd aangekeken, maar Pauline had voet bij stuk gehouden.

'De ergste straf voor haar was dat ze eigenhandig heeft moeten zorgen voor Ottilie totdat die de geest gaf. Na de verhuizing naar Weissenburg ging het er tussen die twee erger aan toe dan tussen kat en hond.'

'Haar verdiende loon!' had Franz schamper gezegd.

Pauline had een sussend gebaar gemaakt. 'Jij bent mijn zoon, Franz. Maar je mag niet vergeten dat Mathilde mijn dochter is. Ik heb altijd meer van jou gehouden en in haar altijd slechts het akelige gevolg van mijn ongelukkige huwelijk met haar vader Wilhelm gezien. Hoe meer hij haar verwende, hoe meer afstand ik van haar nam. Dat heeft haar veel pijn gedaan, zoals ze me onlangs toevertrouwde. Het zal ook zeker van invloed zijn geweest op haar latere houding en gedrag. Enfin, sinds ik zo gelukkig ben met Ferdinand, neem ik het haar niet meer kwalijk dat ze Wilhelms kind is, waar zij dus echt niets aan kan doen. Een kleine suite in ons kolossale paleis en wat vertier in het seizoen moet jij haar ook gunnen, Franz. Al helemaal omdat ze verder nauwelijks nog iets van het leven hoeft te verwachten.'

En zo is het er dan toch van gekomen dat ook Mathilde aanwezig is op de trouwerij van Fränzel. Tijdens de feestelijkheden logeert ze nota bene op haar oude kamer in Altenstadt. Kort na de adoptie waren Franz en Irene teruggekeerd naar het landhuis waar ze elkaar lang geleden hadden leren kennen en van elkaar waren gaan houden. Schweighofen is beneden de stand van een toekomstige graaf.

En al met al hebben Fränzel en zijn jonge gezin het huis daar nodig, realiseert Irene zich. Inmiddels heeft ze zich verzoend met de onwelkome verhuizing.

Het orgel speelt een indringende melodie. Irene schrikt op uit haar gedachten waar ze tijdens de plechtigheid een paar keer in verzinkt. De priester gaat voor het bruidspaar staan en laat Fränzel en Marie na elkaar de trouwbelofte afleggen.

'Ja, dat beloof ik,' hoort Irene haar zoontje zeggen. Haar zoontje? Wat een prachtige kerel is dat piepkleine kind geworden dat ik vroeger met zoveel moeite ter wereld heb gebracht en heb gevoed. Onwillekeurig springen de tranen in haar ogen.

Wat jong waren we toen, Franz en ik! Zo piepjong! Franz was ongeveer even oud als Fränzel nu, toen hij zijn been verloor. Ik zelfs nog drie jaar jonger dan Marie toen ik met Fränzel in mijn buik uit Weissenburg vluchtte.

Haar ogen ontmoeten die van Franz. Nauwelijks zichtbaar tuit hij zijn lippen om haar een kus te sturen. Zijn moeder merkt die liefdevolle groet toch op en pakt Irenes hand. Ook Pauline krijgt tranen in haar ogen. De priester heft zijn handen op voor een laatste zegen. Het bruidspaar staat op en loopt achter de bloemenkinderen aan door het gangpad naar de uitgang. Maries grijze ogen glinsteren als zojuist gepoetst zilver. Aan haar zijde ziet Fränzel er mannelijk en krachtig uit.

Achter haar houdt Klara de sleep en de inmiddels teruggeslagen sluier van de trouwjurk op. Haar dochter straalt over haar hele knappe gezicht. Als ze haar dierbare grootvader passeert stuurt ook zij hem een kus. Klara heeft het van begin af aan heerlijk gevonden. 'Dat ik nu ook een échte grootvader heb!' had ze gejubeld toen ze na de adoptie te horen kreeg hoe de familieverhoudingen precies lagen. Fränzel had er langer over gedaan om aan die gedachte te wennen, maar kon intussen ook goed opschieten met Ferdinand.

Een gevoel van grote dankbaarheid vervult Irene. En die neemt nog toe wanneer ze achter het bruidspaar en Klara twee schimmige gedaanten meent te ontwaren.

In de ene figuur herkent ze haar moeder Sophia. Ze ziet eruit als op de foto die Irene ooit had gevonden in Altenstadt. Even jong en mooi is ze. Haar treurige oogopslag heeft echter plaatsgemaakt voor een blije blik. Hand in hand loopt ze met de kleine Sophia, haar overleden kleindochtertje dat haar naam droeg. Beiden zwaaien naar Irene.

Een plotselinge zekerheid welt zo krachtig in haar op dat het is alsof haar borst open dreigt te barsten.

Het is allemaal goed zoals het is verlopen. Ondanks alle moeite, al het verdriet en alle pijn die we hebben moeten doorstaan. Maar verklonken met het geluk dat ik vandaag voel en dat ik al zo vaak heb gevoeld, maakt dat hele verleden mijn leven compleet en rijk.

Waarheid en fictie

Ook in dit derde deel van de *Wijngaard*-trilogie zijn tal van scènes gebaseerd op waargebeurde historische gebeurtenissen – grote en kleine – die ik heb gevonden in mijn vele bronnen. Of het nu gaat om de moordaanslag op keizer Wilhelm I op 2 juni 1878, om de uitslag van de stemming in de Rijksdag over de socialistenwet in hetzelfde jaar of om de politieke ontwikkelingen in Elzas-Lotharingen tot de beperkte autonomie in de zomer van 1879. En dat zijn maar enkele voorbeelden. Vooral mijn fictieve personage Franz heb ik in die historische context ten tonele gevoerd.

Minder spectaculair, maar grotendeels ook historisch, zijn de gebeurtenissen die Irene tegenkomt. De misère van de linnengoedwevers in Herxheim beschrijf ik op basis van gedegen documentatie, net als de eerste schreden van de vrouwenrechtenbeweging – met bijvoorbeeld het optreden van Gertrud Guillaume-Schack.

Vele passages heb ik geschreven op basis van biografisch materiaal over echte vakbondsvrouwen van vlees en bloed. Dat geldt onder meer voor Irenes nacht te midden van kakkerlakken en ook voor onderwerpen die ze aansnijdt in haar toespraak voor de arbeidsters in Mainz. Bij die scènes en soms zelfs bij een wat meer uitgesponnen verhaallijn – bijvoorbeeld het droevige lot van het echtpaar Schober – heb ik me laten inspireren door de indrukwekkende autobiografie van Adelheid Popp, het kopstuk van de Oostenrijkse vrouwenbeweging. De bibliografische gegevens daarvan heb ik opgenomen in het bronnenoverzicht. Iedereen die zich wil verdiepen in dit onderwerp, beveel ik dat boek van harte aan.

Historisch correct is ook het feit dat de toch al ontoereikende Duitse wetgeving ter inperking van kinderarbeid aanvankelijk niet van toepassing was in de Elzas. In Bischwiller en andere industriële centra hebben tot 1890 de onmenselijke omstandigheden geheerst die ik in de roman beschrijf.

Ook het verloop en de behandelingsmethoden van de destijds veelal dodelijke ziektes tuberculose en difterie zijn op verifieerbaar feitenmateriaal gebaseerd.

Aangezien dus de meeste gebeurtenissen die de leden van de fictieve familie Gerban meemaken op die manier solide zijn onderbouwd, zou het te ver voeren al die voorvallen hier nog eens op te sommen. In wat volgt beperk ik me daarom tot de voornaamste historische gebeurtenissen in dit derde deel die ik omwille van de mise-en-scène heb 'vervalst'. Hoewel toch ook al die episodes een historische grondslag kennen.

In de eerste plaats moet ik het dan hebben over de fylloxeracrisis en Franz' belevenissen in Saverne. Het klopt dat de druifluis, die halverwege de negentiende eeuw vanuit Noord-Amerika zijn weg vond naar Europa, grote delen van het Franse wijnbouwareaal heeft verwoest en dat de luis later ook heeft huisgehouden in Duitse wijnstreken, onder meer langs de Moezel en de Saar. De wijnluis heeft de wijnboeren in de Palts gelukkig niet getroffen.

Aangezien dit ongedierte de grootste ramp voor de Europese wijnbouw van de negentiende eeuw heeft veroorzaakt en veel lezeressen en lezers prijs stellen op historische wijnbouwkundige feiten, heb ik dat thema toch willen opvoeren en heb ik de druifluis daarom ook in de Palts verderf laten zaaien, zij het alleen in de wijngaarden van de fictieve Gerbans.

Wat ik over de verbreiding van het insect en over de bestrijdingsmethoden ervan heb geschreven, strookt deels met de praktijk zoals die tot op heden van toepassing is. Zo is het Duitse wijnboeren nog altijd op straffe verboden om niet-geënte druivenstokken aan te planten, zoals gesprekspartners in het wijndorp waar ik woon me hebben verzekerd. De methode van het 'edel-enten' bestond al in de tijd dat Franz zijn wijngoed daarmee van de ondergang wist te redden.

De tweede om dramaturgische redenen 'vervalste' episode is de zogeheten Savernekwestie. Die speelde pas in 1913, maar verliep in grote lijnen precies zoals ik het beschrijf. De gevolgen ervan waren echter veel dramatischer dan de nasleep zoals opgevoerd in mijn boek; de gebeurtenissen destijds waren voor mij vooral relevant om Franz de ogen te openen voor de arrogantie van de adel.

Alle aristocratische officieren die zich rechtstreeks of zijdelings schuldig hadden gemaakt werden achteraf inderdaad nagenoeg ongemoeid gelaten. De werkelijke schuldige viel daadwerkelijk een kreupele man aan, maar verwondde die veel ernstiger – mijn fictieve majoor von Wernitz beperkt zich immers tot een schop tegen Franz' prothese. Bevolking en pers toonde zich in 1913 zo aangedaan door de gebeurtenissen in het Elzasser stadje Saverne dat een en ander kort voor het uitbreken van de Eerste Wereldoorlog zelfs tot een majeure politieke crisis leidde.

Ook een paar minder belangrijke gebeurtenissen op het hogere politieke niveau heb ik uit dramaturgische overwegingen licht veranderd. Zo heeft Ernest Lauth, de afgezette burgemeester van Straatsburg die Franz in de roman aanspoort zich kandidaat te stellen voor een zetel in de Rijksdag, zich in werkelijkheid nooit gedistantieerd van de warrige standpunten van de protestpartij. Wel verloor hij zijn mandaat op de wijze die ik in de roman beschrijf.

De autonomisten slaagden er in 1878 ook niet meer in te winnen in de kieskring Hagenau-Weissenburg, terwijl Franz in het boek daar wel in slaagt. In dat district stelde namelijk niemand zich kandidaat voor die partij.

Het stemgedrag van de autonomisten bij de tweede en doorslaggevende stemronde over de socialistenwet op 19 oktober 1878 is echter beschreven op basis van de officiële zittingsverslagen van de Rijksdag, waar ik digitaal toegang toe heb. Bij die bewuste zitting was om mij onbekende redenen inderdaad alleen Carl August Schneegans aanwezig en die stemde tegen. De bronnen laten in het midden waarom zijn partijgenoten verstek lieten gaan. En dat bood mij de mogelijkheid daar een eigen verklaring voor te bedenken.

En daarmee heb ik nu ook mijn zevende boek voltooid. Opnieuw wil ik alle mensen bedanken die zo'n succes hebben kunnen maken van de *Wijngaard*-trilogie. Ditmaal wil ik in eerste instantie mijn fantastische redacteur Heike Fischer noemen, want zij was mijn steun en toeverlaat in het relatief korte tijdsbestek dat we hadden voor het voltooien van het derde deel. Waar en wanneer nodig gaf Heike dit boek alle prioriteit, zodat ik nooit écht in tijdnood raakte.

Natuurlijk heb ik de buitenkans om dit project te kunnen realiseren wederom te danken aan mijn geweldige agent Thomas Montasser, die zoals altijd rotsvast in mij en mijn schrijftalent gelooft.

Toch zou dit succes ondenkbaar zijn zonder al die medewerkers bij GoldmannVerlag die zich onvermoeibaar voor mij als auteur en voor mijn boeken inzetten. Als ik één persoon moet noemen van alle mensen die ertoe hebben bijgedragen dat de eerste twee delen van deze trilogie ettelijke weken achter elkaar op de bestsellerlijsten stonden, dan richt ik mijn dank tot Barbara Heinzius, de verantwoordelijke redacteur bij Goldmann, bij wie ik – ondanks de reusachtige omvang van haar taken – te allen tijde en op zeer korte termijn terecht kan voor overleg.

Dat mijn boeken bekend worden en een almaar bredere lezerskring vinden is te danken aan de inspanningen van Katrin Cinque richting pers en media, en aan haar collega Manuela Braun die zich sterk maakt voor de promotie via evenementen. En dan zijn er nog de ontelbare medewerkers van afdelingen zoals marketing, distributie en productie, die ik hier niet bij naam kán noemen omdat ik ze niet eens ken.

Een woord van dank is ook op zijn plaats aan het adres van mijn man Jürgen Fitzek, die me aanmoedigt, me naar veel lezingen vergezelt en die net zo geniet van het succes van mijn boeken als ikzelf.

Toch heb ik dit slotdeel van de trilogie niet aan hem opgedragen, maar aan alle bekende en onbekende vrouwen die grote ontberingen hebben doorstaan en die hun persoonlijke vrijheid of zelfs hun lichamelijke integriteit op het spel hebben gezet in de strijd voor onze rechten en privileges in een tijd dat vrouwen nog golden als tweederangs wezens. Net als Irene ontwikkelden zij zich vaak vanuit de hachelijkste omstandigheden tot ronduit indrukwekkende persoonlijkheden. Het derde deel van de *Wijngaard*-trilogie draag ik dan ook graag aan hen op.